U0460834

粉笔生涯

FENBISHENGYA

杨文群◎著

杨心珉◎整理

黑龙江人民出版社

图书在版编目（CIP）数据

粉笔生涯／杨文群著. — 哈尔滨：黑龙江人民出
版社，2017.7（2021.3重印）
ISBN 978 – 7 – 207 – 11085 – 5

Ⅰ.①粉…　Ⅱ.①杨…　Ⅲ.①自传体小说—中国—当
代　Ⅳ.①I247.5

中国版本图书馆 CIP 数据核字（2017）第 184907 号

责任编辑：孙国志
封面设计：鲲　鹏
责任校对：秋云平

粉笔生涯

杨文群　著

杨心珉　整理

出版发行　黑龙江人民出版社
地　　址　哈尔滨市南岗区宣庆小区 1 号楼
邮　　编　150008
网　　址　www. LongPress. com
电子邮箱　hljrmcbs@ yeah. net
印　　刷　三河市华东印刷有限公司
开　　本　787 × 1092　1/16
印　　张　26　　插页 4
字　　数　400 千字
版　　次　2017 年 7 月第 1 版　2021 年 3 月第 2 次印刷
书　　号　ISBN 978 – 7 – 207 – 11085 – 5
定　　价　68. 00 元

版权所有　侵权必究

法律顾问：北京市大成律师事务所哈尔滨分所律师赵学利、赵景波

谨以此书献给
慈母及同行们

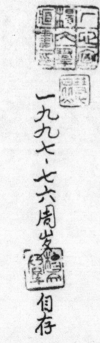

一九九七·七六周岁

自存

纪念祖父杨文群先生在省立湖州师范学校的教育生涯和教育思想

杨心珉

祖父杨文群先生于 1946 年赴省立湖州师范学校任教，期间发表《泛论我国师范教育》一文，该文对国民政府教育体制的弊端多有指针，涵盖了学制过短、教材过简等诸多方面，对于师范毕业生的经济状况以及所承受的心理压力亦有深刻的关注，是其在当时所倡教育改革主张的纲领性代表作。

一

时光荏苒，不知不觉间祖父已离开我整整 13 年了，当时恰逢高考临近，而祖父走得又那么突然，以至于在此后很长一段时间里，幼年时与祖父嬉笑游戏的场景竟被大脑冷冻封存了，直到去年九月，我完成在南京师范大学博士阶段的学习，进入湖州师范学院任教，后经大伯父告知，祖父在民国时亦曾在此校教书，而我无意间竟成了他 70 年后的同事，他的音容笑貌才在脑海中再度清晰起来。

吾家世居台州临海，为本地望族。高祖杨哲商为辛亥革命烈士，精篆刻，善技击，与秋瑾、屈映光、王文庆等人交厚，后经吕公望介绍加入光复会，为会内骨干，武昌起义后参加了攻打上海江南制造总局的战斗。浙军攻金陵时，为前线赶制炸弹，因疲劳过度导致操作失误引起爆炸而牺牲。曾祖杨鸿机，号敝庵，为杨哲商嗣子，才华横溢，好作诗治印，与徐文镜、朱兆蝠等齐名，项士元以之为"章安七子"之首，[①] 青年时留学日本，与郁达夫结为挚友，常有报国之志，然其时军阀混战，以致百事凋敝，遂无奈归乡，以诗书自娱。1920 年游天台石梁时染疟疾，为庸医所误，竟至暴卒，而祖父遂成遗腹之子。时家道中落，曾祖母靠任小学教员的微薄收入将祖父培养成才，而正是由于自小受教育环境的熏陶，祖父遂以教育建国为志，中正大学毕业后辗转于 1946 年赴省立湖州师范学校任教。

二

　　祖父于湖州师范学校任教之际，正是国民党政府撕破和平外衣，挑起全面内战之时，国内经济形势不容乐观，阶级矛盾愈发尖锐，而祖父与其他同事在工作之余十分关心时局的变化，在其自传体小说《粉笔生涯》中，祖父说在湖师执教时他与几位志同道合的老师经常坐论时事，"国家大事谈到国民大会选总统和国共战争的形势，从社会新闻谈到大发劫（接）收大财的括（国）民党和大学生争取全面公费，反饥饿的罢课示威。生活问题则集中物价问题等等"[②]，而最令教育者担忧的，当然还是教育问题。眼见国民党政府只顾眼前利益，忽视对文化教育领域的经营，祖父于 1947 年 11 月撰写了《泛论我国师范教育》一文，发表于《现代》月刊 1948 年第 6 期，以冀得到当局的重视。

　　作为一个注重实际教学工作的实干派教育家，祖父向来不以学术成果的多少判断学者的价值，以至于在他近五十年的教育生涯中，发表的论文屈指可数，然《泛论我国师范教育》一文，直指当时国民政府教育制度痛处，实为深思熟虑后所作。在文章开头他说："忆当胜利之初，万众欢腾，政府亦似乎勇气百倍，喊出'教育第一'的口号，可是两三年来，别的不说，教育确是没有由'第一'而进步"，他进一步指出，"虽然有一年一度的师范教育运动周，可惜多是公文造句，表面文章，运动周一过，大家便好像尽了责任"，直接针砭时弊，道出了发展师范教育成为政府表面文章，

---

① 彭连生：《临海"一影庐"为民国名人孙一影故居》，《台州晚报》2012 年 7 月 1 日。
② 杨文群：《粉笔生涯》（未刊稿）。

而"这必须作为教育建设中心的师范教育到底被推进了多少？当成疑问"①的事实。

对于文化教育，特别是师范教育对建立民主富强社会的意义和帮助，祖父自然有深刻的认识，他说："要建立一个真正的民主国家，又要把这种真正的民主精神继续不断地发展下去，首看人民的自治能力是否有相当的基础，是否能日日滋长，否则，一切政治上的措置，结果都是空语，要培养人民的自治能力，不用说非教育不可。"② 这一认识是具有一定的历史依据的，辛亥革命后，尽管革命党人天真地以为中国已有村社民主的基础，但当旧官僚、乡绅通过地方选举摇身一变成为新政府的基层官员时，这一梦想已在现实面前不攻自破，而这些事实，更加体现了教育对推广民主政治的重要意义。他又说"要培养人民的自治能力，不用说非教育不可，当前的社会成员概让教育负起责任，在此不说，而未来主人翁的公民能力，必籍师范教育去培养，时间不待人，十年以后，今日儿童将身背重任，我们怎好看师范教育糊涂下去"③，表达了对当时师范教育现状的急切担忧。

三

针对现实存在的问题，祖父提出了改革教育体制的方针，而作为一个切身投入师范事业的教育工作者，其教改主张亦可谓极其细致。当时世俗多有所谓"儿童自然不需要什么高深的知识"的偏见，以至于师范教材相对于高中教材来说浅近不少，导致小学教育从业者的知识水平低下，知识构成单一，而祖父认为，这一问题必须得到妥善解决，他说："师范生惟其施教对象是儿童，所以他学问虽不定要高深，知识却实非广博不可，否则怎能适应儿童好奇好问的天性。"④ 当然，考虑到小学教师经济收入有限，难以购买大量书籍构建更为开阔的知识体系，因此如能在师范教材中

① 杨文群：《泛论我国师范教育》，《现代》1948 年第 6 期，第 4 页。
② 杨文群：《泛论我国师范教育》，《现代》1948 年第 6 期，第 4 页。
③ 杨文群：《泛论我国师范教育》，《现代》1948 年第 6 期，第 4 页。
④ 杨文群：《泛论我国师范教育》，《现代》1948 年第 6 期，第 5 页。

实现这一目的自然有事半功倍的作用，这样看来，师范教材的改革就显得十分必要了。当然，师范教育亦应当体现出实用性的优势，因此祖父认为，师范生的各科教材，"应以小学教科书为根据，便于实地应用"，而为了开拓师范生的知识体系，可将"参考资料列于书后"，为了不增加师范生的课业负担，可将当时单独讲授的各科教法以及统计、测验等知识合并到各基础学科教材中，[①] 如此一来则学生的知识体系得到丰富，课业负担却并不加重，可见这是在充分考虑可行性之后针对现存问题提出的构想。

对于师范教育的学制，祖父亦提出了针对性的意见。当时，小学教师的训练分为高、初二级：高级的除少数高中师范科外，还有与高中平行的普通师范班；初级的则有简易师范，三年制师范及初中师范班，如按学制小学入学年龄为六岁计算，则初级师范班毕业生的实际能力不过十五六岁，知识体系尚未充实不说，身心发展亦未彻底成熟。这些毕业生因资格所限，很难在人才集中的都市就业，多选择在农村国民小学服务，而农村学生的入学年龄普遍偏大，许多学校都出现了学生年龄大于老师的情况，如此一来，教育实施上的难度便可想而知了。[②] 对此，祖父认为，与其使简易师范等初级师范科继续存在，"不如轮流调训现任代用教员，作一严格的甄别实验以定去留。如是，不但缓和了师范生就业问题，年龄上的缺点亦可附带补救。"[③] 这也是从现实角度出发的改革构想，而这样细节的问题，如果不是对小学教育有深入地切实考察，恐怕是难以关注到的。

四

祖父对师范教育的关注不仅局限于制度，还包括师范毕业生本体，他在文中指出"各地方政府对于师范毕业生的出路，没有整个计划以配合地方教育的需要"[④]，导致了师资分配不均；而另一方面，"小学教师的报酬不能维持本身的起码生活"，更是造成了当时社会对师范教育的偏见和歧

① 杨文群：《泛论我国师范教育》，《现代》1948年第6期，第5页。
② 杨文群：《泛论我国师范教育》，《现代》1948年第6期，第4页。
③ 杨文群：《泛论我国师范教育》，《现代》1948年第6期，第5页。
④ 杨文群：《泛论我国师范教育》，《现代》1948年第6期，第5页。

视。相对于高中，当时师范学校的唯一招生优势只在学费低廉，而"每当调查师范生入学动机时，总发觉到他们什九是由于经济困难而来，并不是由于他们明瞭基本教育在社会的重要以及教师任务的神圣才来投考。"① 也正因为如此，"我们的社会认为到师范读书的都是：别校考不取，或是读不起的无路可走者，最没有出息了。青年人血性方刚，会受不住这种心理上的轻视。"② 经济地位和社会地位的低下，成为了师范毕业生的沉重枷锁，而更为可怕的是，"社会经济在崩溃路上愈走愈快，人民连读师范的经济能力也渐渐消逝"③。也正是这一原因，祖父在当年无时无刻不在期盼着内战的结束，憧憬着更有远见的新政府能够主持教改的实施，正如他在自传中所称，在前往湖州师范学校任教时，他"已经完全觉悟到政治上的彻底改革——革命比办学要紧迫得多"④，从这个角度看，他的论文，与其说是给当时已一步步走向失败深渊而不可自拔的旧体系看的，还不如说是对正在萌发的新生力量的进言，其赤忱之心，天地皆可以鉴。

1947 年祖父在省立湖州师范学校与所带普师科第一届毕业生合影

现如今，国家的师范教育现状早已发生了翻天覆地的变化，当年的省

---

① 杨文群：《泛论我国师范教育》，《现代》1948 年第 6 期，第 4 页。
② 杨文群：《泛论我国师范教育》，《现代》1948 年第 6 期，第 6 页。
③ 杨文群：《泛论我国师范教育》，《现代》1948 年第 6 期，第 5 页。
④ 杨文群：《粉笔生涯》（未刊稿）。

立湖州师范学校也已成长为省内首屈一指的师范类大学，培养了无数杰出的教育人才，这应该是一生为教育事业呕心沥血的祖父最希望看到的事了。当然，祖父的教育思想，绝不仅仅只有追溯当年的史料意义，即便在今天也应该能为包括笔者在内的新时期教育工作者提供启发和指导，故在湖州师范学院百年华诞之际特撰此文，希望老校友的教育理念能在新的沃土生根发芽。

第一章

（一）

　　这里是东南沿海一个著名县城：山江。当年是府治，如今是专区所在地，不失地位，统辖六县，所以老百姓称它为山江府县。它南邻灵江，北依百固山，城墙筑到山顶，向东西双方蜿蜒而下，形势颇为雄壮。灵江全长数百里，也算得长江和粤江之间一条能驶轮船的有名江河之一。出海口虽然不深，也容得几千吨大轮停泊，离山江约一百二十里。

　　有所建立起来仅一年的县立女子小学。校舍原是一家大户住宅改建而成，要讲的故事就发生在这里。1922 年初秋，江南的日照还相当厉害，像只瞪眼露牙的凶猛华南虎。

　　下午，学生已经放学。校园显得冷冷清清。二位衣着素净的年轻女教师边走边谈。

　　"她是谁？"

　　"你不知道？她叫黎清。陈校长那天不是介绍过了？"

　　"那天我恰巧来了个亲戚，请假没来。"

　　"她是陈校长的同班同学。女师第一届毕业生。陈校长在会上当众说自己毕业成绩不如她哩。后来，我知道，她可算是个真正的薄命红颜。毕业之后立即结婚，不到一年，丈夫就死了，才21 岁，做了寡妇，还有一个遗腹子。可怜……"回答的这位女教师不是本地人。听她口音，审她脸型肤色恐怕是闽粤一带人。她话未说完，忽然掉转话头："哦，家里还有客人等着我烧饭吃呢！"说声再会，便和同事分手了。

　　她们所讲的黎清，是一位中等身材的青年女子，23 岁。一头浓密乌黑的头发，脑后梳了个流行的少妇发髻，嘴巴稍宽，颧骨微凸，尽管两颊丰满，一双秀目,仍掩盖不住她的脸色憔悴。懂得一点面相的人都知道:这种面相如果是男子,也许在事业上可以干出一点名堂;若是女人,多半是寡妇的命。黎清就是一个实例。

说也巧,她的母亲也是一个寡妇。父亲是大清帝国的一位贡生,也算是一个正途出身的博学之士,刚过而立之年就死了。年轻的妻子哀默守寡,后来就在叔伯们赞美声中,领来知府衙门赏赐的一块"柏节同贞"的匾额,她的一生就被注定了。不久,她从大家庭中分出来,依赖二十多亩田自立门户,维持自己和三个女儿的生计。谁也不清楚,这个只会记账的寡妇省吃省用,勒紧裤带,为的是使三个女儿能升入女子师范读书。她把"女子无才便是德"的古训束之高阁。一般人对她惊奇,少数人非常敬佩,而那些极端卫道者则到处叫嚣:"这个疯婆,她使闺女们天天在街上晃来晃去,哪个男人会娶去做老婆!"

然而,大清帝国,既已被孙中山的革命党人埋葬掉,人们发辫尾巴已在讥笑中剪去,那么,男女平等正如自由民主等等精神自然会从北京、上海、广州弥散到各地。山江怎能回避这些潮流的冲击呢?但是为什么在黎清母亲这样的女人身上作用得如此明显,实在难以理解。她不仅节衣缩食,保证女儿们到师范学校读书,而且还为她们选了三位完全民国式的青年做女婿,她把大女儿嫁给在北京大学物理系读书的孙石,小女儿许配给在艺术专科学校学习的青年。黎清是她第二个女儿,是本书的主要人物之一,且待下面慢慢交代。孙石一生也是一位教师,当在本书格局之内,不少场合中都会提到他。只有小女婿,没有尝过粉笔灰,自然不会过多讲到他了。

(二)

现在开始说黎母的二女婿,黎清的丈夫——柳鸿。

柳鸿是柳家的二少爷。在山江县,柳家算得上大户,书香门第。据家谱记载,柳家祖先曾有过三品大员,在大清帝国康熙年间,从福建迁到本省这座依山临水的山江府县。经过几代,传到柳鸿的父亲——柳佩当家。柳佩为人倒也厚道,可做事处世却糊涂得使人啼笑皆非。由于弟弟是个老革命党人,又是武昌起义中牺牲的烈士;更由于还有和这烈士有刎颈之交,做了一省之长的应公的关心和提拔,保荐他当个知县。想不到,他在任上除了坐花船和醉酒外,难得理些政事,甚至把财政大权也旁落给师爷,任他掌握,吞占胡来,亏空了官银。不久,被人在省里告了一状,幸亏省长看前任应公情面,仅以撤职了事,免去查办。

柳佩回家后,面对一个十多口人的家庭生活又将如何安排?他有四子一女。当烈士遗孀要求他过继一个儿子时,长子是不能过继的,他很快就同意把不过十岁的次子柳鸿过继给她们为嗣子,将来柳鸿娶妻生子后,就继过去,但要等长子生了儿子才算数。柳佩思量:这样,至少可以省几份口粮,何况这个老二,从小就是个不服祖训的突头,难得随和,常和父母顶撞。

少一个人吃口粮,何济于事!当时柳家正如其他下坡的世家一样,场面仍要维持,大手大脚,没有精打细算的心向。长子娶亲,卖了十多亩田,维持过去。老二喜事,由于老二体谅家境,亲家黎母亦无二话,只卖了五亩,但是柳佩对这儿子仍无好感,因为他总要和自己别扭。

柳鸿是一个颇有正义感的内向青年,他常常以自己没有赶上辛亥革命为憾事。他庆幸自己成为烈士的嗣子,他深受大学生们民主潮流的影响,暗暗参加山江县的"商学联合会",同时又是第一批救国协会会员。他不愿在生活上凑热闹,但热衷宣传"革命尚未成功,同志仍须努力",反对军阀的中央政府和地方政府。

他对自己的婚姻非常满意,当时有人给他介绍黎家二小姐,母亲反对,认为那个二小姐是个大脚姑娘,把大脚姑娘娶进门来,有辱门风。只是由于父亲默认,应公点头而柳鸿恰又倾心,母亲的反对就起不了作用。原来在不久前,这山江府县中,宣统末年曾由那位辛亥革命烈士号台举行了一次天足大会,认为提倡女子天足是解放妇女的基本活动之一。裹足妇女走起路来如墙头草,难道能和男子平起平坐,和男子享受同等的社会权利?这位在小学念书的二小姐竟响应此举,在柳鸿心目中真可算是自己的同志了。不久,柳鸿又打听到黎清考入女子师范学校读书,越发喜不自禁,便写信去祝贺。从此,二人情投意合,冲破了男女授受不亲的界限。

初秋的天气相当闷热。黎清吃过早饭,正想给柳鸿写信,只见柳鸿忽忽跨进厅堂,母亲迎上去,笑着嘴巴一哎:"进房坐吧。"她也跟着进去。

"清妹!嘎,给谁写信?"柳鸿看见早铺好的信纸。

"还有谁!半个月没有你的音讯啦,你好吗?"黎清看着柳鸿清白的脸色,表示自己的牵挂。

"嗯,正忙着哩。"柳鸿接过扇子扇了扇,又解去领扣,把长衫脱了。"忙着考虑那件事。我已经决定，我就来了。"柳鸿的眼睛闪着坚决的神采。

"是上次信中说的那件事？"

"你们谈吧。"黎母出去了。

"嗯。"柳鸿站起来，走近黎清，严肃地说："我没有犹豫的理由。新生的民国仍被军阀割据。军阀争地盘，各有外国后台，民国徒有虚名，实在连中央政府都没有，只有北京政府。嗣父等革命党人白白牺牲了。前途？当年的革命武装力量多被军阀们所窃，他们中有多少人会真心保卫民国？目前，全国民众们有许多支持孙中山先生在广东所号召的战略呼吁，但只是感情上的。他们不懂为什么？又怎样付诸行动？为什么在北京发动要求北京政府拒签和约，严办曹汝霖、章宗祥等人的运动基本上只有学生？各城市响应的，最积极的也是学生？像我们山江县救国会还难被社会理解，不敢公开哩！……"

柳鸿的话简直像瀑布似地喷出来，最后被自己咳嗽打断。黎清默不作声，不时点头。她深知柳鸿的脾气，难得对时局评论，就恨不得把蕴藏在心里的思想感情全部发泄出来。他接着说："这是认识问题，只有靠教育才能解答。难道枪炮能解答？日本怎样强大起来？通过教育，日本民众真心拥护明治维新。孙中山创建民国，为了民众的眼前利益，把总统让给对民国毫无感情的袁世凯，无怪他野心膨胀，要做皇帝。"

"但是，那时袁世凯手握十倍兵力于革命军，而革命军到底有多少都讲不清楚，打起仗来牺牲太大，对民国何益！反而使革命力量进一步削弱，有甚好处？"黎清怀疑地问道。

"倒不是这点。主要是大清帝国要苟延残喘。听说中山先生为这个决策伤透了心。不过，目前这种情况，不仅教育民众重要，短期的宣传也很重要。清妹，你读师范太好了，我也要读师范。只是山江实在太闭塞，毕业后恐怕还不清楚教给学生什么东西。"

"那么，你决定到北京去了？北京是我们中国最开通的地方，北师大和北大的风气差不了多少，你这样说过。"

"话是这么说。若是离开山江，不如探本寻源到日本去。日本是我们敌国，特别要研究它强国富民之道。不入虎穴，焉得虎子？耳闻不如目见，对吗？"

黎清的心开始抖动。日本虽然比北京远不了多少，总是异国。他从未出过远门，能很快适应异国生活？据说日本男人非常野蛮，能不欺侮他？他可是举目无亲呀！而且学无止境,什么时候能回来？她忧心忡忡地提出这个问题。

"现在还说不准。清妹,我现在这个学历,最好的运气也只能读东京师范大学的预科。我的日文水平只能勉强应付生活,不可能听懂教师讲课。"柳鸿知道黎清不会阻挠他去留学,但她所关心的事可不少。于是用极轻松的语气告诉她一切都有救国会的朋友给他打听好、联系好、准备妥当,甚至到日本后的落脚点都介绍给他。"到日本帮助我的人,甚至比这里还要多。"

黎清比较平静了,她理解未婚夫的心情和志向,想不出异议的理由,只能轻轻叹口气:"毕竟太远了。"

"可以通信啊！"柳鸿温情地安慰她。

"路费？我……你知道我没有条件帮助你。"黎清低下头,觉得非常难受。

"我早筹备好了,除了路费,还有十天左右生活费哩,你别担心。"

黎清转过身来,从床头柜中拿出一只金戒指,一双银镯塞给柳鸿,红着脸说:"你知道这是你给我的订婚首饰。你带在身边吧,见物如见人,也许还可以用于救急,我真担心啊！没有同伴？后天真要动身吗？"

柳鸿把未婚妻的手放在自己两手中间,俩人默默无语,离情滋味已漫侵全身。良久,黎清出去了一会儿,回来说:

"我告诉阿娘,她说你有志气,男儿志在四方,不过她要为你饯行。"

"我有这样岳母,真太幸运了！"

可是这顿饯行酒饭,调子还是低沉的。当黎母亲自斟满这对未婚夫妻酒杯,嘱他们互相祝福干杯时,两个人都泪水盈眶了。

"清妹,你放心。"柳鸿取出手帕拭干黎清出眶的泪水。"后天五更乘早船到上海,那边自有朋友接待,不过现在更须保密,功败垂成,太不合算了。明天我必须若无其事地在家里做些什么。我去后,你找个机会,请妥当的人和祖母偷偷说一声,请求她原谅,她最明白事理,也最疼我们。"

柳鸿不告而别,柳家上下着实乱了一阵。刚稳定下来,三少爷定亲又热闹了一下。想不到定亲后不到周月,亲家提出明年秋后完婚的要求。这就牵涉到二少爷必须在弟弟完婚前把未婚妻娶进来。这事颇为麻烦。莫说柳鸿身在海外,黎清现在没有毕业,师范学校也绝对不会同意的。幸好亲家是个没见过世面的乡下土财主，不敢和做过县太爷的柳佩过分顶撞，答应推迟一年。这一边，柳佩和黎母商定等黎清毕业后就办喜事，不得请未过门的媳妇帮忙劝说柳鸿及时回来结婚，再商定婚后是否仍去日本留学。

黎清到底是个姑娘，叫自己未婚夫回来结婚，真难动笔写上这句话！但是这个意思，毕业后结婚，永远和柳鸿生活在一起的愿望和喜悦完全吻合。因此，她在给柳鸿写信时转弯抹角地使柳鸿体会到这个道理："我们总应该体谅父母的苦衷，再说，我们也很久没有见面了。"

黎清是春季始业的，春节前就毕业了。柳鸿来信说自己正在努力争取把预科课程读完。他在春寒残冬时回来了。婚礼按时举行，是父母的严峻，还是黎清的柔情起主要作用，恐怕只有柳鸿自己心里明白。

这对夫妻情意相投，新婚宴尔，不在话下。但随着春去夏来，山江天气进入梅雨季节，柳鸿那种婚前常有的郁闷又出现了，他告诉妻子在日本社会看到的那种种蓬勃向上的事实都使他伤心。"我看不到民国的前途，觉得自己的前途也很渺茫。"

"这是为什么？"黎清问。

"因为中国目前的情况谈不上向他们学习。比如他们政府把教育事业当作富民强国的基本措施，而我们仅是一种政治上的点缀，我没有看到日本上层人物像中国的官僚那种无度地挥霍。我们曾专门组织一个小组来进行调查哩。日本人没有一个吸鸦片的。"

"鸿哥，你不要这样消沉好吗？也许情况会好转，在广东到底还有一个孙中山的革命政权啊！"

"我自己并不愿意消沉，周围事物太使人伤心。我们对家以及山江县起不了作用，不必说它们了。北京的学生运动还不是镇压下去？最近有消息说蔡元培被逼辞去北大校长。"忽然柳鸿的愤懑表情消失了，用一种认真而稍有得意的口气说："清妹，我告诉你，我取了一个号，叫'敝厂'，你说好吗？"

"敝厂，什么意思，我不懂呀。"黎清只希望柳鸿精神有个寄托，不要无故地愤世嫉俗，所以她很高兴柳鸿换个话题，她希望这个话题使他激动的心情平静下来。

"敝，破旧，想必你知道；厂，是崖边的小屋。我是一个危崖上的破旧小屋，大概风稍大些，就会吹塌。"他又伤感了。

"鸿哥，你真使我担心。"

"我？我还担心你呢！我这间小屋吹塌了，你……"

"不许再说！"黎清把手扪住柳鸿的嘴巴。

"正经事。我们不得不担心民国的前途。"柳鸿又严肃起来。

"如何改变目前这种情况？"

"看来，教育来不及拯救民国，太慢了。"柳鸿在思想上决心放弃教育救国论了。"还是要先改革政治。"

"那么如何改革政治？"黎清这问题逼得太紧了。逼得柳鸿生气地叫嚷起来。

"武力！革命！战争！"他站起来，再横躺在床上，喃喃自语："现在这个是什么样的民国呀！在北京城内还用几百万两银子供养着大清帝国的皇族、大臣，民国京城还允许存在帝国。北方是没有希望了，袁世凯的阴魂天天捣乱。只能寄希望于南方。从南方打到北方，这些军阀会被消灭掉的。"他蓦地翻身起来，走到妻子前面，两手按住她的肩头，温和地问：

"我们一起到南方去好吗？"

"可我——方便吗？还有，靠什么生活？"

"哦——不过今天我觉得很舒畅，闷在心里的话讲出去了。清妹，你陪我喝几杯，你只坐着陪我。酒，我一个人喝。"

于是妻子拿出一小碟花生米，一瓶土黄酒。

"实在，这些国家大事，管它作甚！孙中山多此一举。放翁有诗云：穷耕本是英雄事，老死南阳未必非。人，也许还在茹毛饮血时更快活，我不是自己愿意来到这世界上的。"柳鸿斟满酒杯，回忆说："清妹，你记得去年冬天我在日本寄给你的诗吗？我是一朵雪花：'总为人间无净土，花魂转眼化魂归'。我现在还活着，是不是多事？"

妻子没有回答，只考虑如何才能使丈夫的忧伤消散一些，她害怕丈夫就这样被毁了。

她想了一个办法，但没有把握，她嗫嚅说：

"鸿哥，约个朋友，出去散散心好吗？"

"钱呢？龙潭、云峰可没有兴趣。而且也没有朋友可约，那几个都走了。想不出可以去的地方，没人伴我倒是无关紧要。与其凑合，还不如独来独往。"柳鸿把酒斟个瓶底朝天，不到半杯，一口干了。

"哦，清妹，想起来了，后天是中秋节，到仙台山赏月去。从前老蔡曾谈起过。这个人虽然无话多谈，有时倒也不俗。哎，有心思到仙台山赏月，何俗之有！"

“说得是,明天早去了?”

“不,吃了中饭去。带几个馒头当晚餐。噢,还得带一瓶酒。老蔡总不会不带些吃的吧。这样不花几个钱。和母亲说,晚上到朋友家吃饭,她就开心了,最好我餐餐不在家里。”

黎清听到最后一句话,未免伤心。含泪从枕下布包中拿出一元银洋塞给丈夫:“别太省吃,你是去散心的啊!”

“你哭了! 只明天一晚,后天黄昏一定回来。”

“不是这个意思。我想到,你再去日本继续学业,有可能吗? 把留下的首饰全卖了,能维持你几天生活?”黎清懊悔说出这样的话,但来不及了,柳鸿刚展开的眉头又蹙起来了。

“活着真没劲! 我不能做任何想做的事,我对任何事都下不了决心。”柳鸿说的是老实话。他觉得自己有不可抗拒的救国救民热情,却没有勇气和糊涂的母亲顶撞,也不敢得罪兄嫂。当然,舍不得知书达礼、真心爱他的妻子和尚未出世的孩子,他不能忍受家人白眼,当个破落世家的二少爷,又不能去南方参加真正革命的国民党或再去日本留学。一切一切都做不到,“虽生犹死”。

“不,不是这样的。你不能老是这样想。”妻子慌了。

柳鸿接受了妻子的温存,冷静地说:“看来应该向应公求教。也许先得找个工作,免得家人认为赖在家里吃白食。”说到这里他又激动起来。“吃白食? 这家业是祖父母维持下来的,只有祖母才吃自己的。其余谁不吃白食? ——”

妻子没等他说下去就问:“写信去?”

“嗯,先写封信,现在就写,明天你去投寄。”

然而,命运决定要和这对夫妻作对。

从仙台山回到家已是早晨。进房门就嚷肚饿。黎清摸不着头脑,脸也不洗,用手掠了一下头发,赶紧炒一碗他喜爱的葱蛋饭,由他狼吞虎咽地吃了,躺下就睡。一直睡到黄昏,竟两脚沉甸甸地不能行走,额角热如火炉。黎清认为是自己的蛋炒饭害了他,懊悔得流下泪来。柳鸿不以为然,他喘着气,断断续续地告诉妻子,这病是由于惊恐,他被一件离奇的怪事吓病了。

原来,昨天柳鸿和他朋友步行了九十多里,到天台山脚时,天已暝黑,休息片刻,吃了馒头;边喝酒、边闲聊,乘兴上山。月色朦胧,照着重峦叠峰,却是怪影摇晃,这才是真正赏月呀!飞瀑吼声,隐约可闻。二人偶然停步翘首,只见前面背月的黑压压高山上有两盏红灯向他们飞来,分明不是人的照明灯。柳鸿的胆量素来很大,也不免心慌,跟着朋友,回头就跑。一口气跑了十多里到江边码头,月光下,一般小船上站着老大向他们喊话:

"乘船哦?五更就到府县啦。"

柳鸿二人忙上船钻进篷舱,喘着气坐下,相对无言。船开了,月色被云遮住,惊魂甫定,两人觉有凉意。不料忽而雷电交加,倾盆大雨,破箬篷纸挡不住,船舱失去意义,然而,他仍还是睡着了。

黎明到家,嚷着饿!黎清炒蛋给他,吃了,再睡。然而,辗转不眠,他病了。

"一定是什么山魈之类的眼睛。柳鸿坚持他的叙述是真实的。妻子心里疑惑,却不置可否。妻子认为即使如此,淋雨睡觉和蛋炒饭仍起推波逐澜的作用。她的自疚使她非常难受。柳鸿一声不响,最后叹了一口气:

"真是命运注定。"

声音微弱无力。他已经三天只饮一些开水了。不幸破船又遇打头风,山江南边的临凌江容纳不下几天大雨和上游冲下的山洪以及海潮的上涌,江水淹没了山江府县。气息奄奄的柳鸿被抬上楼房,请不到医生,凭初发病时的老药方也买不到药。洪水退了,柳鸿的生命也终止了。他是在昏迷中停止心跳的。他对妻子黎清没有一句遗言,他当然看不到自己的儿子是怎样艰苦地活下来。

(三)

柳鸿去世后三个多月的一个初冬夜晚,半明不暗的煤油灯光照着躺在床上呻吟的黎清,她似乎再也忍不住了。除了临时雇来的接生婆外,没有别的人,而她早已睡了。接生婆的鼾声和产妇微弱而凄惨的呼喊,谱成一曲"诞—交响乐"的序曲。不久,一个新的生命来到这变幻无常的人间。

"女的吧!"房门外一个女人的头伸进来问,语气体现出她的希望。

"不!是男的,一位少爷,大娘。"接生婆将产妇污衣裤放在春凳上。"明天我会再来看她的,大概不会有问题,月里嫂可以进来收拾了。"

月里嫂是专门照料月子里产妇的女佣,她是大娘的同乡,是一个三十多岁的胖女人。本来黎母为女儿找好一个，无奈黎清的大嫂说早已物色定当。这位月里嫂做事蛮利索，她虽然知道大娘的暗示，只要过得去就好了，不必每时每刻伴着产妇，外面事情要帮忙。但她总觉得这位新婚守寡的少妇，竟有个遗腹子，说什么也得尽心服侍，她丝毫没有体味出她同乡大娘的心情。

她在井边洗刷产妇的衣裤，瘦小的大娘又来低声问她："真是男孩?"

"是呀!"月里嫂瞟了一眼，"相貌堂堂。"

大娘和她婆婆娘家是同村，仅由于此，她才做了柳家的大媳妇。月里嫂的回答使她大失所望，脸孔沉下来，回头就走。一个阴谋在她心的阴影中形成了。她不能由寡妇的儿子占去柳家的长孙位置，她自言自语说："嗯，非这样不可!"

晚上，孩子偎在母亲的怀里。黎清望着他这个似笑非笑的圆胖儿子，早已忘记所有的痛苦，世界上就只有她母子二人，瞬时，她也满意地睡着了。月里嫂按大娘在房门口的示意跟大娘出去了。一小时光景，她回到产妇房里，坐在自己的床沿上，望望床上熟睡的母子，环视产房四周，她觉得有些阴森恐怖，她暗想："无论怎么说，总是作孽，阎王岂能饶我! 但是回乡下后，我丈夫在她娘家的长工差事恐怕难保;那么，我们一家几口的生活怎么过呢?"她不由自主地又看着躺在床上的母子，她站起来走近几步，孩子滚圆的脸，一半紧靠母亲的乳房，一半贴着棉被，她没有勇气再上前一步，她哆嗦地回到自己床边。突然，她拿起自己的包袱，将零星生活用品塞进去，坚决地蹑足离开这凄凉的房间，心里祈祷着："菩萨会保护她们母子的。"她跨出阴森的柳家大门，再也没回来。

这是怎么回事? 作者不清楚，读者更不清楚。无非传说只好任它。

第二天，大娘告诉黎清:月里嫂家里昨天来了人通知她丈夫急病，她只得回去。"你正睡着，我说不必惊动。我已差人请亲家母来想办法了。"

这个男孩——黎清的遗腹子，就这样糊里糊涂继续活下来。柳佩倒也十分高兴，住在黎清后房的老祖母更加高兴，她颤巍巍地来到前房看她的曾孙，她微笑地把包着一块银洋的红纸塞进孩子的怀里，对黎母说:"见笑了，原谅我，只能这样表表心意。"她把柳佩喊过来交代:"这是柳家的长孙，照理应该办几桌满月酒，可是我们能卖田办? 省了罢，但得好好给我长孙取个名字。"由于这孩子生辰八字缺火，柳佩告诉母亲说:

"索性给他取个单名'火'，柳火，其中还含有使柳家能像火花似的重新使人耀眼这个希望。"

"可以。我的曾孙就叫柳火,嗯,火儿。"太祖母甚觉得意。

(四)

黎母没有去物色月里嫂,她觉得最妥当是自己干。她一边看这小胖脸儿外孙,又把眼光移到面额瘦削的女儿,一边想着。谁干,她都不放心,她回家一次,和小女儿说了,小女儿说好极了,我每天中饭后还可以给二姐和你送些吃的,然后再到学校,还是顺路的呢。

满了月,黎清母子随黎母回娘家。她由于悲夫爱子之情的缠绵,心身日益疲惫,乳水无几,只得另请乳娘。黎母能有多少经济实力,度日如年,可想而知。

有一天,几个同班同学来探望黎清。一眼就体味出黎家三代捉襟见肘的窘态。她们建议黎清出来当教师:"反正儿子已经过了周岁,会摇摇摆摆走动,也开始牙牙学语,外祖母爱如掌上明珠,又有小姨母帮着照料,你尽可放心。"

"可是,我妹妹明年毕业后就要出嫁。"黎清说。

"那时你的火儿又长了一岁,白天不必犯愁了。"

黎母在门外听见,走了进来说:"这几位大妹说得不错,你放心,我离不开火儿,他也听我的,他并不调皮,你们看她睡得多甜。"黎母向床上一呶。

"但是,我怎么对柳火祖母说? 她死要面子,会生气的,她最反对媳妇外出做事,有辱门风。"黎清心里忧虑。

"嗯,这点倒说得是。山江到底不是北京、上海,封建浓重。像我一样就好,没有结婚,没有未婚夫,谁能管我!"这个青年教师姓徐,身材不高,却胖瘦匀称,她对自己没有未婚夫很自豪。

"喏,我想起来了,和向校长商量,准有办法。"另一位同学说,她也是县立小学的教师。"她对你印象极好,今日是她嘱我们来的。"

向校长肯定有好主意,大家都这样认为。

但是事情并非一帆风顺,向校长二上柳府,亲自去拜访柳佩。柳佩倒没有什么异议,反而连声道谢,向校长正想告辞,柳佩太太出来发话:"不能这样简单吧,我们柳家在山江府也称得上大户,媳妇抛头露面赚钱,别人会说什么? 再说,每月薪水拿来,难道全放在自己袋里?"她朝向柳佩:"老爷你说?"她转向客人:"再商量吧。"

"可事情不能太拖延下去呀。"向校长完全懂得这个女人的意思,也知道她对柳佩的影响力。

"好说,明天请你再劳驾一趟,老爷,你说呢?"柳佩太太用带有通知的神气对她丈夫说。

"是,是,请校长明天再屈驾。"

向校长想,柳佩惧内,果然不虚。料到他们要商量一些先决条件。她便离开柳家到黎清那边,将交涉的结果和他们母女说。

"只要他们答应,随它条件。"母女几乎同时说出。

"我看柳佩先生为人厚道,决定权在你婆婆。不过,我看她也不会坚持不让你当教师,现在只是面子上的问题,如能按时给他们送去几块钱,过年回去住几天,估计没有问题。"

果然,柳家婆婆提出就是这么两个条件。向校长把"三分之一工资改为五块大洋",按月送上。过年回去住几天,没有问题,事情就这样解决了。

柳家的下坡路越走越快,柳佩只得再向应公求助,结果在当地最高学府省立山江中学谋了一个舍监职位。在大清帝国时代,舍监算官职,却无品级,不是官身,何况现在是"中华民国"! 舍监不过是校长聘用的一个谁也瞧不起的小职员。他的任务是管理学生起居出入等等。正受外国自由民主思潮冲击的学生,人数虽少,却比老百姓难管得多,谁会服他这个做过糊涂官的舍监? 柳佩倒也不在乎,每月薪水到手,上半个月酒肉不断,全家手舞足蹈,那个尚未娶亲的三少爷尤其寒碜。到了月底,日子就难过了,有时连起火都不方便,只好用祖业做抵押,到处想办法。若一时没有主雇,最方便的就软求硬逼黎清的首饰要来典当。幸好第二年,柳佩虽被省立中学解聘,大少爷却由在省城工作的一位世兄章先生为他谋了个蚕丝业里的工作,工资按月有40元,足够维持家用。可惜先宽后紧的家风积弊依然存在。大少爷年终回来带回的年货不多,却买来当时只有豪华之家才有的留声机之类奢侈品。所以不久,柳佩的母亲和妻子去世,少不得又卖去几亩田用于丧葬。柳家的祖业已经没有多大吸引力,加上柳佩的大媳妇生了一个儿子,使黎清母子得以在娘家安居,心满意足地过起每月十二元薪俸的粉笔生涯。

从黎清方面说,老祖母的逝世使她对夫家的印象消退得更快。火儿也不愿去,因为老祖母见到他总有小点心给他吃。而大伯母只在吃饭时夹给他一小块带鱼。二年后,其中有一项协定无形解除。每岁过年,不再到柳家住上三、五夜,因为黎清的住房让给三少爷娶亲做新房,黎清母子在柳家已无房宿夜了。不过为了世俗闲言,每年新春到柳家给长辈请安,有时连新春酒都不吃,和柳家的关系加速地疏远起来。

第二章

（一）

　　这座依山傍水的山江府县,既然办起女子师范学校,怎会没有女子小学? 不过,当地教育界对于是否需要新添一所不准男孩读书的女子小学,却有一番议论。最后,下面的论调占了上风:尽管现在男女应平等,男女从小混在一起学习生活,女孩多半要被男孩带野,长大后难免放浪。而且,女子有些习惯和本领需要设立单独课程来培养。再说山江城里的小学,女学生始终不多。因此种种,女子小学就自然设立起来了。

　　顺理成章,这所女子小学必由山江女师向校长来筹建。这位向校长单名鹏,是 1917 年夏天从南方来到山江的一位新女性。据说曾在广州军政府教育部工作,不幸她的最高上级孙大元帅被逼辞职,她也离开了。南方军阀和北方军阀都是军阀,同样要一心一意扩充自己的地盘。孙中山不愿当傀儡,大元帅不愿当军阀的工具,难道她能在军阀的手下过活? 向鹏的丈夫在省城电报局里有个关系,便落脚在山江县。她丈夫当个电报局长,而她凭着曾在革命军政府教育部工作的经历和她本人所具备的条件,不到半年就成为山江教育界名流,当上山江女子师范筹备副主任。她的能力使县长兼筹备主任十分信赖,就推荐她任即将筹备成功的女师校长。如今,由她筹备一所女子小学,还会有什么困难! 三个月努力,就正式成立。她推荐她的学生陈女士当女小校长。

　　如此渊源,如此后台和关系,黎清到山江女小做教师当然轻而易举了。

这一日上午黎清出席了全体教师会议。她非常兴奋,她深深感激向校长给她的帮助。她暗自决定决不辜负向校长对自己的期望,永远摆脱封建家庭的桎梏,独立开始新的生活,在会上,她仔细听同事们针对校长提出的问题逐渐一致起来:认为女子小学的存在应该认为是权宜之计。男女既然平等,而小学生的性别差异尚未显现,为什么要分开设置?男女不同校,很难进行男女平等的教育。还有少数教师的发言把中等师范也带了进去。不论哪级学校,男女都应该同校。只有个别教师认为,目前既是女子小学,总应该在课程和教学上体现出"女子"的特点,陈校长生在旁边一言不发,不时地在记事本上写些什么。最后她看了看挂表,站起来说:"诸位,这个问题最后要归结到办学方针和学校性质,最重要的是我们的结论一定要有利于学校的存在。我们计划下学期开始用比较长的时间讨论这个问题,还请诸位搜集证据,细致准备。目前我们急需解决的问题是高年级家政常识课的教学内容应包括哪些?怎样进行教学?因为我们已经接受城里所有完全小学的多数女生,除了低年级外,另编成中高年级,我们也已经是完全小学了。家政内容既有理论阐述也有技术培养。现在是民国时代,总不能用王相的《女四书》做蓝本吧。这里先请担任这门课的先生提出初步意见,希望大家一起商议,谁都没有经验啊!"

黎清觉得很新鲜,很想发言而又不敢。她想:"尽管在座大部分是我的同学,发言恐会使人觉得我这个人自视过高,我还没有一个月的教学经验。我应该在自己的工作任务:"国语"和唱歌教学上先花工夫。"因此第一个学期几乎没有在任何会议中主动发言,只有问到她时,才表述自己的意思,但也不坚持。

每天晚上工作之余就给火儿讲故事。火儿最喜欢听故事,母亲没有工夫,就缠着外祖母讲。外祖母虽然没有达到看书的文化水平,但肚皮里有不少故事,而且都很有些文学气息,猜想起来,只能来自博学的外祖父。

(二)

黎清觉得小学教师并不那么容易当。她每天上午要讲"国语"课,下午要教学生唱歌。每月十二元工资,五元要孝敬柳家,自己留一元零用,其余六元悉交母亲。开始,由于妹妹还未毕业,黎清必须精打细算,帮助母亲节俭治家。后来,妹妹毕业出嫁,火儿舍不得小姨妈,抓住花轿不放,哭着要她抱进花轿。哪有此理!好容易边哄边拉,答应她每日带他到学校里去,才作罢休。

黎清把儿子带到学校里,上课如何处理。六年级有个学生出了个主意,拿张小凳,嘱火儿坐在讲台下面看《小朋友》。试看倒还安静,只是黎清揩黑板时粉笔灰常会使火儿揉眼或咳呛。下午唱歌课比较容易解决,柳火坐在学生旁边跟着唱,他根本不懂歌词的内容,却唱得极为欢乐,这也许就是曲调的魅力吧。

柳火生相讨人喜爱,圆圆的苹果脸,两只大眼睛灵活转动,一张小嘴巴可以模仿多种鸟类的叫声。这些都分明来自父亲,只有眉毛,绝像母亲,他很温顺,不啼哭、不吵闹。下了课,低年级学生纷纷拉了他去玩,和他一起做游戏,打弹子、拍花纸;高年级同学搂着他买东西给他吃,教他摺纸儿、挑花线,这样,柳火除了享受母爱、外婆之爱外,还沉醉在女学生的友爱中。他无论在相处上、性格上都像个女孩,娴静怕羞而伶俐,胆子却越来越小了。

有一天放学后,黎清牵着儿子刚出校门,听得后面有人喊她,回头一看是同事孟珍,便站住等她。她便是本书开篇首次出现的那位暗红脸色的女教师。

"大事咧——"她急喘喘地说:"直系军阀已开始围攻浙江。来自省城的可靠消息:本省督军部队中出了不少奸细和叛徒,看来很难抵挡。这些军阀知道不可能再像袁世凯、张勋恢复帝制,但仇恨革命党人则不相上下。十之八九,时局要大变了。"

"不会这么快吧!"黎清认为省督并不孤立,北有冯玉祥,南有中山先生东山再起,重建大元帅府,正在酝酿北伐。直系军阀能不提防自己被南北夹攻?她告诉孟珍,这是向校长的分析。

"那是以前的事,过时了。我的消息也是向校长说的。昨天我和哥哥去拜访她。"孟珍踌躇一下,"我哥哥刚从省城回来,将教育厅一位督学的亲笔信交给她,信的内容很简单,只说省督有下野之意,嘱向校长要有心理准备,继任的省督必定是反对中山先生的直系军阀。向校长看了信就做出如上结论。我哥哥,你还记得他名字吗?孟昌。他接着分析,认为我们山江府六个县,遭福建孙传芳袭击可能性最大,但他们实力有限,如果省南没有叛军内应,一时也难越过省界山岭。"

黎清点头称是,并说:"前几天,我从一个亲戚口中也听到一个消息。他说孙传芳兵力不多,但钞票不少,据说花了二千万给某师长,但愿这是谣言。"

"可惜不是谣言,省城居民谁都知道,省督以长者之风衡量这位师长,还不相信呢。"

事情确实如此,孙传芳又用钞票买通省南守军中的一部分。永温各县相继被占后,大部分军队向西北进入。不知哪里来的几百个北佬流窜到山江县,把这座古城搞得鸡犬不宁。幸好,陈校长事先召开了一个紧急会议,决定暂停课,并劝同事们各自疏散到农村才没有发生不幸事件。省立山江中学、县立小学等校都有教职员被辱被殴。警察局长得了孙传芳贿金,和这些北佬串通一气,直捣他们最恨的国民党县党部,打死三个职员,还有一个女职员被三个北佬轮奸。在山江县城中,凡是没有发髻的女子,尤其是女学生打扮的,被北佬碰到都难免遭此类似的侮辱。

(三)

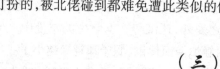

黎清母子随柳家避难到大伯母娘家,离城 50 多里的乡村。三叔夫妻则另有去处。这时大伯母的儿子已有三岁多了。柳家经过三叔的婚事,婆母的丧事,田产已经卖得勉强只够吃,租谷换钱的可能性再也不会有了。三叔夫妇觉得大伯一家人口众多,合在一起,自己实在太吃亏了。小姑出嫁;小叔离家出走,二年没有音讯;便提出分家,讨价还价争得面红耳赤,就差没有动手。后来总算达成协议:房屋暂维持原状,田产四六分家。谁供养柳佩,谁得百分之六十。大伯认为自己是长子,义不容辞。再说,他看到自己三弟不会有出息,弟妇又极泼辣,恐老父受欺侮,就主动提出担负起供养的责任。黎清没有改嫁,柳火是柳佩的长孙,该不该有? 这一点,大伯,三叔完全一致,他们认为柳火已经过继给二房,不能做柳佩的长孙,黎清也不是长媳,柳佩家产不应有份。黎清没有异议,省了不少麻烦,只提出每月五元不再给付。这一点,大伯三叔就没有任何理由反对,所以分家对黎清母子也不无少补。从此黎清母子和柳家可以说再没有什么家庭联系了。

在乡下十多天,每天都有前后矛盾的新闻传到乡下,比如县长和北佬讲和条件是十万银圆换取全县老百姓的安全,过了一天又传来消息:县长被北佬杀了,女儿被北佬带去当军妓;省立中学已被焚;又说它成为民众自卫的团部等等。黎清全不去管它，她最大的希望就是母亲无恙，北佬兵早些撤离，真是度日如年。幸好，最后还是实现了。

黎清带着火儿回城后，立刻去看母亲。

"总算回来了，二囡，这是劫数。山江已经被他们搞得不成样子，店门仍多关着哩！"

"外婆，乡下可好玩，我能爬树了。"在火儿心中，"劫数"不起作用，自是一种孩子心情。

黎清发现山江确实变化很大，在她意料之外。单说教育界，新来县长是孙传芳部下的一个团长，教育局长就由他部下的营长担任。向校长、省立中学校长随同前教育局长等已不知去向。黎清到女子小学转了一圈，只碰到一个打杂的老校工，好容易东转西弯，才找到孟珍，她的住处已换了地方，和一个货郎老头住在一起。脸色憔悴，精神颓唐，与以前健康、活泼、豪爽的年轻女子相比判若两人。

"你病了？"

孟珍摇摇头："就是非常疲倦。"

"究竟怎么回事？"

"叫我从哪里说起？"孟珍吃力地抬头望她的同事。

"就从我们学校说起吧，陈校长呢？"

"她等北佬进城后第二天才走的，我这新居还是她为我找到的。我一个外地女人，除了校舍，能到哪里去？陈校长认为校舍万万住不得。另外两个外地教师早迁出去了。"孟珍为黎清斟了一杯开水，接着说：

"北佬由一个连长率领，进城时，县长已经离开，警察局长接受贿赂带了一队警察去欢迎。原来这个警察局长本是吴佩孚下面的一个排长，是前任县长带来的，前任县长不到一年病死了，他的来历被忽视，再加他会顺风转舵，后来的县长竟被瞒过。这次他得到孙传芳五千大洋，凭他手下一百多名警察左右了山江县城，他和北佬兵一起清洗了县长未曾带走的一切细软……"

"听说县长女儿被他们侮辱后带走了，真的？"黎清急急打断孟珍话头问道。

"不，弄错了。但确有一个年轻女子遭此厄运，她是县长的女佣，很多人看到，绑着两手，真可怜。"

"目前？商店倒陆续开门做市了。"

"听我说，"孟珍的眼光呆滞，声音更轻了，"教育局长是我哥哥的同学，和向校长本来是同事，南方派他来浙江相机行事，组织教育界，响应北伐。教师影响学生，学生影响家长，作用就大了。我哥哥，你知道的，不是见过二次？他对你印象很好的。"

"结果怎样？"

"结果就像现在，他们都离开了。情况不清楚，我不知道向校长是否和他们一起离开，也不知道去省城还是回广州。我去过向校长家，她那位电报局长丈夫只说可能去省城了。"

"我们女子小学能继续下去吗？"

"听说新局长倒是赞成。理由很可笑，他认为做个好太太并不容易，现在这些女孩子非从小严加教育不可能为贤妻良母。据他说，到了十四五岁，受到西洋邪说后就会事倍功半了。"孟珍的情绪比较舒展地，"黎清，你知道我们办女小的目的，先是办女小，无非用那些老封建的钱先办起来，时机成熟，就把它变成男女合校的完全小学。"

"这就对了，那天讨论，我虽然没有发言，但我完全同意女学生不必有什么特别课程。"黎清回忆说。

"男子也应该成为贤夫良父？"孟珍笑了。她把黎清搂得紧一些，几乎斜靠在自己身上："我知道，你在小学读书时已懂得妇女解放，积极参加柳烈士的反缠足大会，真了不起的。"她用手拍拍黎清的前脑。

"哪里，我懂得什么妇女解放？我觉得女孩受莫明其妙的缠足痛苦太不应该了。"

"你以后就成为柳烈士的嗣媳妇？"

黎清垂头不语。柳鸿略带忧郁的眼睛在自己眼前闪烁，亮晶晶的，他准是哭了。黎清鼻子一酸，泪珠就盈眶而出。

"哎，黎清，触动了你的破碎之心实在对不起，我不是故意的。"孟珍取出手帕拭抹她脸上的泪水："他是一个很好的青年，还是留学生，是吗？什么病？"

"伤寒病，水灾误医。"

"听说他生前心境不好——"

黎清将她结婚前后的事情对她讲了。最后她说："他看不惯世道，又和家庭格格不入，读书没钱，工作没路，自己又无能为力。婚前他在日本留学时，心情比国内好，但后来知道留学生中居然有军阀的奸细，他那种高尚的悲观情调立刻在他血流中升起,我不知道如何才能安慰他。孟珍,我总觉得他——唉,他在东京时曾寄给我一首咏雪的七绝,把自己比作雪。'色空透破觉非非,待到中天始懒飞,总为人间无净土,花魂转眼化魂归'。这是不祥之兆。因为我爱他,我就终日惶惶。他常问我:'如果我死了,你怎么办? 赶紧离开这个封建没落的家庭吧。'孟珍,正是'昔日戏言身后事,今朝都到眼前来。'"黎清不由得抽泣起来。

半晌,孟珍道出一句:"他不是得伤寒病死的,他是被社会和家庭逼死的。"

从此黎清和孟珍成了好朋友,来往渐密。尽管两人从前毫无瓜葛,相互认识也只有一年多。

(四)

孟珍,粤北人,父亲有祖传田地二十多亩,是个雇工的自耕农。辛亥革命的开通风气并没吹到他身上,发辫也没有剪,只把它盘到头上。父亲沿袭农村封建的习俗,领养了一个父母双亡的佃农女孩,比孟珍哥哥孟昌小两岁,自然而然地成为未来的媳妇。

她哥哥孟昌,十八岁那年,初级中学毕业了,父亲就要给他圆房。孟昌说:"我还要到省城读书哩。况且,她是我的妹妹,妹妹可以做老婆吗?"父亲威胁他,不结婚就不准开学,孟昌没有再顶撞,但从此就没有回家。父亲查询,不得要领,亲自到县城中学打听,学校回说,学生毕业了,自然离开学校,到哪里去,谁能管?

开始,父母为孟昌了走的事经常吵架,时间的流逝使天大的事也会逐渐忘却,何况后来孟珍的母亲又生了一个儿子,在外边而又无音信的孟昌也就不会引起父母的口角了。

那时孟珍只有 12 岁,还不大懂得这种事情的含义及其会引起的后果。但她总是思念哥哥,常常回忆哥哥背着她涉水滩,砍柴回来带来许多山果给她吃,她觉得很寂寞,那个未成婚的嫂嫂不几个月又被父亲嫁了出去,换来二百块大洋。孟珍更感到孤单了。小学毕业,父亲说够了,女子无才便是德,只要有德,便能够挑户好人家,做个好媳妇。于是她就留在家里照管小弟弟。十四岁那年,父母为孟珍找了个邻县乡绅的儿子,二十岁,有出息,已经在县里的税务机关工作,前途未可限量呀。为了不致失去这个难得的女婿,父母同意两年内嫁过去。

这时,孟珍才懂得哥哥不回家的心情。她决定走哥哥这条路。孟昌离家前曾给妹妹留一个地址。本来用于她在学习上如有什么问题可及时写信问他,结果一次也没有通信,而今却派上大用场。孟珍凭这地址为起点,终于打听到哥哥的下落,两人接上了关系,孟珍本来就是沉默寡言、独来独往的女孩,容易不露声色地准备一切:常用衣裤和用品,偷偷积下路费和干粮,她留了一张简短的字条:

"爸爸、妈妈:我走了,像从前的哥哥,我决不回来,也不会告诉你们我在什么地方,请原谅。"下面便是签名。

半夜里,人不知,鬼不觉,离开了家。

当年孟昌离家比孟珍离家还要狼狈。连路费也不足,步行了一大段路才到广州,露宿大商店门前,做了几天临时苦工,积了五元钱,摆了一个香烟摊度日,哪里会想到什么升学! 一次,有一个老买主发现他津津有味地看《梁启超文集》,好奇地和他交谈起来,以后竟成了好朋友,并且介绍他到一家出版社做校对工作,开始有固定收入,生活有了着落。这,恰好对妹妹的离家帮了一个大忙,使妹妹有一个安全的落脚点,不愁衣食,还送她进简易师范学习。毕业后,在广州一所小学当教师。

孟昌的工作成绩是无疵可责的。他对写作的自我锻炼非常努力,校对工作使他接触到各类文章,燃起了发表欲,终于在一张日报上发表了他的处女作。文章抨击了封建思想对学校教育的影响,恰好和日报社长的意见一致。不久,他就由校对员变成这张日报有记者身份的编辑,负责文化、教育栏。后来,还成为这家报社的拥护孙中山革命派的国民党核心人物之一。他和一个校对工人同住一间堆满纸张的小屋中,而孟珍在学校中倒有一间单身寝室。它成为兄妹之家。

平日,孟昌不回家。每天中午,孟珍都送给哥哥两盆不同菜肴作为中、晚二次佐餐,只是要等上午课后回家烧煮,午餐时就要超十二点了。主食由孟昌自己方便选择,烧饭、清面、白馒头。并带回要洗的衣服裤袜。休息日,孟昌回家和妹妹团聚。他们觉得日子过得挺舒畅、自由自在。两人薪金凑在一起,两人用,不愁匮乏。孟珍俭朴持家。生活零用,人情客礼等等一切所谓家务都井井有条。万事顺心,只有一件事使孟珍纳闷:哥哥已过二十五岁,女朋友来往多得很,怎不挑一个做自己的妻子? 憋在心里太不舒畅,终于鼓起勇气和哥哥说了。孟昌笑道:"我哪有时间娶亲! 况且目前兄妹二口之家实在太惬意。不过,经你这么一说,我倒想起做哥哥的应帮助妹妹挑选妹夫了。"

"谁和你开玩笑!"孟珍红着脸拎了吊桶走向井边。

这个孟昌比他妹妹更认真。他给妹妹介绍了一个中学教师史鉴。他是广东高等师范的高才生,在广州教育界是个活跃分子。他经常为孟昌的报纸写文章,指出民国不像民国,要拥护中山先生继续革命,并把它和教育事业联系起来。他的文章不枯燥,惯用历史事件说明教育和社会进步的关系,说明学校师生在目前应有的态度。亲切、生动,读者喜欢,影响不少,孟珍也是其中之一。

史鉴是孟昌住处常客,和孟珍早就熟识。所谓介绍,无非把婚配含意点明而已。史鉴和孟珍一样,从未想到这件事情,不免吃惊,继而私下各自酌量,然后默认。在言语行动间,日益流露出来。一个星期天,孟昌邀了五六个要好朋友,在一间菜馆吃了一顿,两个当事人就交换了戒指,订了婚。

这天拂晓,孟珍醒来,仿佛有枪声断续从远处传来,她赶紧起床穿衣漱口,喝了一大口冷开水,又是一、二响枪声,辨不出它的方向。脸也不洗,望哥哥住处疾步而去。路上行人稀少,军岗林立,气氛异常紧张。她还未踏进哥哥住房,就听到史鉴声音,是笑声,但很恐怖。孟珍从未听到过她未婚夫有这样的笑声,觉得毛发耸然。房里没有别人,史鉴正朝坐在靠椅上的孟昌低声叱道:

"你这个记者干什么的? 陈炯明正在围攻总统府,中国还有比这更大的事?"很少发脾气的史鉴冒火了。

孟昌没有回答,他在思索。

"难怪重要路口都被叛军封锁了。"孟珍补充说,这时三人又都听到枪声。她问道:"知道从哪个方向?"

"北面。"史鉴毫不吞吐。

"怕是总统府附近。"孟昌接着说:"果真这样,昨晚我很迟才回来,绕过光孝寺,为什么一点动静都没有?"

"陈炯明会事先通知你?"

"中山先生怎样了?"孟昌忧心忡忡地问。

"听说陈炯明出了悬赏,谁谋害中山先生,谁就得银圆二十万。"

孟昌不语。想着："正直的新闻工作者在日报社再没有什么可做的了。我该怎么办？"

"教育局的电话不通，学校大概不会上课。你们日报社是否继续存在也有问题，我们不能待在没有空气的地方。我们离开广州吧。"史鉴似乎对何去何从已有决定。

孟昌没有回答他。他暗忖：难道真是"走为上策？"不一定。现在不应该做出这个决定。他说："我们现在需要沉着，激动会做出错误的决定，我们目前不应该离开广州。中山先生下落不明。如果中山先生离开广州，我们也可以考虑离开，否则，我们都不离开。难道叫中山先生一个人来发展广州这块革命根据地的事业？我估计，学校停课几日，却不会关闭，离暑假还有一个多月。在这期间，中山先生下落和广州的局势可见分晓。那时再商量下一步的走法吧。"

后来，他们得知孙中山已脱险北上，三人就开始商量如何离开广州的事。他们很快地取得一致意见，和在山江县做教育局长的同学联系，这位教育局长回信说："政治气氛只能说不恶劣，生活可以解决，都来这里当教师吧。"

三人到了山江后，秋季学期开始。孟珍到女子小学教数学，孟昌和史鉴被一所私立中学分别聘请为国文教师和历史教师。不过，他们二人呆了一学期，得知陈炯明被云南杨希闵、广西刘震寰等联合击败，退出广州，孙中山又在广州重建大元帅府后，便迫不及待地离开山江转回广州。那时，黎清尚未到女子小学工作，因此并没有见到这两位国民党的青年革命志士。

（五）

黎清第一次见到孟昌还是在陈校长家里。她是和孟珍一起去的。陈校长刚吃完晚饭。她们谈的是低年级国文和游唱的教材问题。黎清感到教低年级孩子唱什么《阳关曲》《春郊》等等实在太别扭，六、七岁小学生实在难以理解"西出阳关无故人"，她觉得像"小哥哥、小弟弟，妹妹与姐姐……"倒是适合的，容易编排动作，将唱歌和游戏结合起来。但这类歌曲实在太少了，非自己创作不可。

"真好！我巴不得你这样做，你的条件很好。"陈校长说，"另一方面，可以通过向校长嘱师范音乐教师鼓励高年级学生创作儿童歌曲,还能提高师范生的质量呢!"她回头向孟珍,"你大概也是谈教材问题吧。"

"我没有这么严重,性质一样。我计划编一套低年级国文教材,哥哥也非常赞成,他会帮助我的。不过难度很大,牵涉常用字问题。像目前'大狗跳,小狗叫'放在一年级第一册第一课就不科学,而且——"

"你哥哥该来了。向校长有事等他商量哩!"陈校长打断孟珍的话。

"说曹操,曹操就到。"孟昌一脚跨了进来,朝着黎清微笑点头,向陈校长说:"我刚从向校长那里吃了晚饭来。我还得去拜访你们那位局长先生,研究一下教育界党员的情况,把他们分类,然后才能具体商量如何按中山先生改组后的宣言进行整顿。"孟昌脸色黑里透红,意气风发,他掠掠头发,拖了一把凳子坐下。

"南方革命形势不错吧?"

"那还用说!矛头直指北方的黑暗。中山先生已下令讨伐曹锟,并通缉拿了五千银圆的贿选议员。不过,我们党内,鱼龙混杂,一心一德谈何容易!要消灭军阀,自己先得团结。团结起来,力量就大。外国人不是说我们中华民族像一盘散沙?作为政党可不能这样。以《宣言》为尺度,改组国民党是必要的。拥护《宣言》才是,要吸收新同志;反对的,去他妈;犹豫不决的,企图等待机会,瞧一瞧。可能也有认识不清、思想模糊的,请便,但不能自做一套。"

黎清听到这里暗想:"他欢迎我吗?一共三类,我算哪一类?我拥护中山先生,凡是他讲的我都拥护。当然拥护《宣言》,应该属第一类。柳鸿在世,更不必谈了,也许我们早已在广州了。"

孟昌向三位女士告别。临走时,和陈校长约定明天上午集中到县党部举行一个临时常委扩大会议。孟昌作为一个曾到过广州国民党第一次代表大会的记者由教育局长介绍,陈校长由向校长介绍,都作为列席身份参加。

黎清回家,见儿子已睡,母亲正在昏暗的灯光下纳鞋底,随手把美孚灯拧得亮些说道:"别把手指戳破,这点钱不必节省了。"她走近她的火儿,圆圆的脸蛋,正对着她笑咧。她禁不住弯下身吻他;真是苦命的孩子,连爸爸都见不到。

"怕有二更天了,睡吧!你的病还没好净哩!"

黎清的病的确没有痊愈;贫血、畏寒。黎母正依自己二姐劝告给女儿吃红焖羊肉,似乎有些效验。所以不得不从生活另外方面再节约一点。她将分家得来的二分菜地，尽量利用，四季不空，蔬菜就可以不再买了。

黎清闭起眼，孟昌的形象就显现出来；眼睛睁开，这就不见了。她数着数，数到100，仍难入睡，她很气恼，让它出现吧。嗯，他比鸿哥壮健，精力旺盛，他至多和鸿哥同年，因为孟珍比自己小好几岁。做事有魄力，自信心很强。鸿哥啊！你的才学可能更胜一筹，为什么这么气馁？总是身体太弱的缘故。你应该锻炼。你不是说过老子是气功理论的祖师，而你不是为他倾心？孟昌这么健壮，国术一定内行，太极还是少林？但是鸿哥的薄命，归根结底还是我没有照顾好。否则，平时你也不是弱不禁风，难得生病，这次怎么会一病不起？我悔不该给你吃蛋炒饭，可你自己却认为是那双怪异的眼睛追赶你的缘故。孟珍说你是被社会害死，这怎么说？孟昌可能也会赞成她妹妹的说法，但我不理解。黎清始终认为丈夫是吃蛋炒饭生病致死，自己是个罪人。

"孟昌也喜欢吃蛋炒饭？"她忽然冒出这个问题。看他对生活那么随便，吃穿都不讲究，和鸿哥差不多。他身上穿的这件中山装，大概起码有五年了。他不会没有钱。新闻记者薪水要比小学教师多。他为什么还没有结婚？有未婚妻吗？孟珍应该照顾哥哥。女人需要男人保护，但男人的生活最好还是有女人照顾。他实在太忙了，风尘仆仆，忧国忧民，有言有行，所以心情舒畅，挺有精神，这就是从封建家庭逃出来的好处。这道理鸿哥也清楚，工作找到就可以另起炉灶。可惜已经来不及，太迟了！她不禁长叹一声，迷迷糊糊睡着了。

她做了一个梦。

她梦见柳鸿仍穿着那件白竹布短衫，黑色烤绢裤，怎不穿鞋子？他似笑非笑地向她走来，她伤心极了，飞似的迎上抱住，哭了。他用袖子揩干她的眼泪，温柔地说："清妹，我知道你对孟昌的印象很好，他是我的朋友，值得你信赖，我已把你和火儿托付给他，他会尽心照顾你们的。"她想："我怎会离开你呢？你多么需要我呀！"可她发现丈夫已经不见了。她赶紧大声呼喊，她醒了。

第二天是星期天，孟珍和孟昌一起来约黎清去郊游。黎清把火儿也带去。

山江虽然是个县治，毕竟是座府城，绕城十里，城墙高大，城砖都刻印着皇朝年号。北有百固山，南有琴山；东门外有东湖，西门外有蚕岩。一天时间,尽有胜景消磨。他们三人不喜欢走马看花,高兴在幽静处聊天谈时局。但没有主题,随话风飘荡。他们谈到孙中山北上的后果,谈到冯玉祥倒戈吴佩孚。其实都是孟昌一个人说的,两位女士一味心血来潮地提问。只有提到鹿钟麟大义灭"清",把清朝皇帝彻底消灭,不留痕迹时,她们才发表自己的意见。

"如果节省下来的库银被军阀仍用来打仗呢? 还不如送给清末皇帝及他的自吹自擂的小朝廷。"黎清朝孟昌看一眼,似乎问他:"我这样说对吗?"

"所以这还是形式上的革命行动,但也是伟大的。有时形式的确也能说明内容。看来,冯玉祥和吴佩孚有些不同,吴佩孚是前清秀才,冯玉祥是个道地的大兵行伍出身。可见知识分子中不仅有糊涂虫,还有拥护封建的坏蛋。"孟昌分析说。

"还有一批洋奴也是坏蛋。"孟珍有些激动。

"这就看你对洋奴如何定义。如果你认为指那些穿西装,讲话夹几句洋话,或那些在外国生活、学习过的人,那就大错特错了。你们总不会忘记我们的革命活动,特别是十次的武装活动的经费都依靠生活在外国的华侨,我们不少坚强的革命党员之牺牲的或尚未牺牲的有很多都是留学生,中山先生也是呀! 洋奴,最明显、最典型的却是以慈禧太后为首的官僚集团,真不可一概而论哩。"

黎清想这个孟昌常反意而言,却也中肯。他这个不可"一概而论"实在是一种正确的思想方法。——忽然,她发现火儿不见了,她急忙站起来放声叫喊,没有人答应,她紧张地跑出斗绿寺,继续喊叫。孟珍兄妹也跟着出来,边喊边走,仍不见火儿踪迹。他们深知火儿对黎清的价值。万一火儿有什么不幸,黎清将不堪忍受。他们决定分头找寻。黎清的脸色变得更苍白,她的喊叫充满哽咽。

"黎清,黎清,在这儿!"

黎清赶紧朝孟昌跑去,顺孟昌指向一看,火儿坐在一株大樟树的树权中,一手抱住树干一手向自己招呼:

"阿娘,阿娘,我下不来啦!"柳火惊惶地喊着。三人来到樟树下,黎清一边要火儿坐稳别慌,一边向孟昌投去祈求眼光,只见孟昌跃身往上一腾,双手抓住树枝,极像单扛动作。他笑对火儿:"你干吗不跳下来? 太高?"

"我怕,我不知道竟有这么高。"

"当初你向上爬时有没有知道?"

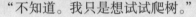

"不知道。我只是想试试爬树。"

"以后一定要先打量它多高，然后再爬。你几时学会爬树本领？"

"我没爬过树，只在家里爬过屋柱。我想能爬得上，一定能下来。"

"你看，火儿，现在你知道了吧！下来有时会比上去难。"孟昌意味深长地说，他似乎想起什么，凝神地说最后一句，近乎喃喃自语。

火儿显然没有听懂他的话，他急急抓住孟昌的手，让母亲向上接抱下来。

"你以后应该先和妈妈说，要到哪里去。"黎清拍干净儿子裤膝上的泥土，整整他的上衣。

"火儿实在可爱。"孟昌接住火儿的手说，"火儿，你喜欢伯伯吗？"

"嗯，"火儿点点头，"你的本领比我好。"孟昌兄妹看他如此认真地说，不禁失声大笑。

"哦，真的，你们兄妹一起来吧。孟先生也许连星期天都会忙着。"黎清心想，第二句话怎会说出的，他会怀疑我不欢迎？她有点懊悔。

"也不一定。今天不是有空了？"孟昌笑笑，然后对黎清说："火儿下学期可以上学了。你看他多伶俐！六岁？"

"是的，孟先生，你真关心火儿。"

这一夜，黎清又做了一个梦。还是梦见柳鸿，还是那双忧郁的眼睛，似乎多了一层哀怨的薄膜，而且带有黎清从未见过的严肃，她的心怦怦跳起来。柳鸿说："清妹，我的推断可没错，你对孟昌越来越有感情了。我不反对，可我多孤单呀！还有火儿，唉，清妹——"他的泪珠像瀑布似的奔泻出来，黎清急忙抱住他，用手去拭，她自己禁不住也哭了。

"不会，鸿哥，我怎能这样呢？我始终属于你的，我不是正抱着你吗？"

"哎哟，阿娘，你怎么啦！"火儿用手推开母亲。原来黎清抱住的是火儿。灯光太暗了，看不清火儿的脸。黎清感到自己此刻有十分强烈的愿望，想看清火儿的脸，就把床头柜上的油灯拧亮些。嘎，多像他爸爸呀。嘴巴、脸形、睡觉的姿态，她轻轻搂住火儿："你真是我的小鸿哥，我的宝贝啊！"

晨起，黎清又静静地凝视她的火儿。多像！眼睛同样闪着温情和善良，嘴巴，小小的，却带着倔强，哪像我！不，总该有一点像我，眉毛绝对是阿娘的。火儿是鸿哥和我的爱情结晶啊！不能对他有丝毫的损害。他知道爸爸已经死了。他并不想另外有个爸爸。母亲应该是我的榜样。她有我们姐妹三个孩子，而我只有一个。我难道不能将她教养成人，现在是"中华民国"

了,没有"柏节同贞"的匾额,这是封建,我心中只有一块匾,叫"爱情专一",这不是封建。

(六)

孙传芳统治浙江的时间很短,他的部下做山江县主人的时间更短。新县长、新教育局长不到两月都离开了。山江又恢复原来的面貌。形势如此,社会心理却暗地变化着。女子小学改为尚行小学,开始招收男生几乎是顺理成章,没有一点阻力。

正如孙传芳的军队引起山江县百姓的恐惧,有一件事情又振动了山江县——孙中山在北京逝世的消息,特别是教育界,被它笼罩着一片悲哀的气氛。完全自发,出自肺腑,要求举行全县大规模追悼会的呼声使县党部轻而易举地实现了。追悼歌自然而然地成为所有学校的音乐教材,《总理遗嘱》被中学"国语"教师不约而同地作为临时必读教材。

黎清和孟珍心里很焦急,因为她们俩都是低年级教师,追悼歌的歌词如果不事先进行讲解,使六、七岁的小学生懂得中山先生为国为民的伟大和创建"中华民国"的功勋,二天时间,最多只能练习三、四次,怕难牢记。是否能使他们对中山先生的逝世表现出悲哀,实无把握。《总理遗嘱》,对小学高年级学生都难讲授,如何使低年级小学生领会它的精神? 于是她们俩人决定邀请历史教师一起商量三月份对低年级学生的整体教学。低年级没有历史课,她俩无非要求提供一些中山先生创建民国的史实而已。陈校长知道了,对她说:"追悼大会后天举行,只好照私塾的老办法,先背后理解。对学生培养中山先生的感情和遗训教育只好过了追悼会再全面研究了。"

事情出乎意料,也许是曲调的艺术魅力,低年级小学生只练唱二节课,居然就能带着哀悼的感情,使黎清感动得满眶泪水。

"痛哉三月十二,总理为国捐躯……"

那一天在广场举行了追悼会,除学校师生外,还有加入商学联合会的商界人士。低泣之声竟汇成隐隐雷似的悲鸣。山江国民党借着这股悲愤动力,迅速扩展自己的队伍,几乎所有的中学教师和城里规模较大小学的教师都参加了国民党。黎清也是,她的介绍人就是孟珍和陈校长。

然而追悼会以后,真正牵动黎清心神的却是儿子的上学,因为有件事情完全打乱了她将儿子送到城里公认最好、规模最大的县立第一小学读书这个计划。

这所山江著名小学的校长是黎清的姐夫孙石。他在北京大学毕业回乡,正碰着孙传芳势力迅速消散,国民党重新左右山江教育界。孙石不是国民党员,他在北大物理系读书时是个少有不受任何政治宣传影响的学生,他的信条是:拥护中山先生革命,不直接参加革命活动。他认为革命活动有政治、军事、科学、文化之分,各种革命活动都必须有足够的人参加,但目的只有一个:建设一个天下为公的大同社会。孙中山说过了,难道共产党所讲的没有剥削的社会和它有什么不同? 从个人说,各人各有不同的革命活动可以参加,挑适合的。一个人挑的是军事举兵打仗,能说他错? 我挑的是科学和教育,谁能说我错? 我正准备为中山先生的《建国大纲》而努力哩? 确实很难驳倒他的平易通俗的理论。国民党员和共产党员都批评他,但均无效。由于他钻研物理学根本不会影响任何派别的政治活动,倒也没人对他强拉硬推。

粉笔生涯

孙石头蓄大学生型的西发,有一对很有精神的小眼睛,长方面型,上门牙稍稍凸出,背微驼,但不失潇洒,除物理学外,还有高尚的艺术业余爱好——专心学习中国传统的山水绘画,他对蔡元培校长佩服得五体投地。称赞他的科学救国或教育救国有远见。他认为艺术只能丰富生活,因此绘画应该是业余爱好。再加上如上所说对革命的见解,他实在是一个既有现代科学知识又有艺术修养,对政治颇为冷淡的名士派知识分子。这么一个人怎能做一校之长呢? 照孙石自己说,这完全是朋友们的圈套。不过他答应了,到底解决朋友之间争夺校长,各不相让的局面。他答应只做一年。一年后,各方厉兵秣马,再来决战,想必可定胜负。

现在时限已到,管谁胜负! 他已经和教育局长打过招呼,他不加思索地将应聘书给省立中学校长。答应他暑假后,如期到校。

端阳节前夕,他和妻子黎娟拎了一篮粽子去看望黎母,吃中饭时,孙石将自己的决定告诉黎母,使黎清吃了一惊,连忙问:

"这是为什么?"

孙石习惯性地抹了抹嘴巴对妻妹反问:"你看我像个校长? 我能当好校长?"

"可你也没有什么被人指责的事啊! 我的同事有时谈起你,只不过说你为人随缘,对校务没有主意,会妨碍学校的发展。但我觉得你不是这样的人,你何不把北大的方针移到这里来?"黎清知道姐夫的名士气质不适宜做校长。他自己更不愿意作卷入政治权力漩涡的校长。只是他离开后,火儿上学怎么办? 为了火儿能够到这所著名小学读书,她试图改变孙石的想法,虽然也知道不会有效果。果然孙石说:

"你的同事说得对。不过也不是什么随缘不随缘。办学这件事不简单,也是一门学问,谁的意见对,有时实在也难判断,幸好有个付诸表决的办法。继续做下去,借鉴北大办学方针? 北大本身也和蔡元培校长时代大相径庭了。而且小学和大学不一样,我岂能和蔡校长比? 真是味同嚼蜡,无法下咽,及早弃之,才是上策。"

"可是,姐夫,小妹夫说他的小学办不下去了,火儿非转学不可。到你那边上学;你去了,怎么办?"黎清只得把自己的动机讲出来。

"这个——"孙石心想,"我总不能为你儿子入学而继续受罪。况且这个所谓有名的小学实际并没有相应的质量。"他把后面这句话的意思向黎清表明,补充说:

"这一点我比你清楚得多了。况且火儿年纪小,体质差,独自到陌生学校,你能放心? 我想还不如你自己带在身边读完小学更好。"

黎清暗忖:"我总不能为自己儿子入学,叫孙石做不愿做的事。何况他这建议很实际,还不是为了火儿?"黎娟在旁也认为这样较为妥当,黎清点头称是。

黎母没有作声,她忙着帮助火儿剥好粽子后才对女婿说:

"我不懂你这个大学生的志愿应该是什么? 做校长的责任总要大些,工作忙些,你上次不是对我说星期天还得探望老师,解决什么问题吗? 我这样想,亲家公不在家,大囡身体不见大好,咳嗽不断,难说已健康复原。不做校长,做什么? 这才是大问题。"她再递给女婿一个粽子,"这是甜的吗? 还是把记号做得明显些好。"

"这正是我打算和你老人家商量的事。邀请我去,我也愿意去的地方太远,我不能照顾家里了。"

"你说说看。"

"北京有一所中学,寄了聘书来,应聘的决心难下。还有省城,来回绕上海转,仍是不方便。再就是这里的省立中学。我知道它缺理科教师,可没有得力朋友引见校长。淡淡之交,怕没有用处,我总不能毛遂自荐吧。"

"还是省中好。"黎娟把声音压得极低,她怕引起咳嗽,结果仍免不了。

"我去和向校长说说,我知道她在省里有人,怕和这位省中新校长有点瓜葛。果若如此,肯定她愿意出力。姐夫是她的学生女婿。"

"嗯,二囡说得不错,不妨试试。按理应该大囡去。大囡有病,二囡去,可能更有效果。"

向校长果然不负黎家母女和孙石的期望,不但出了力,而且一举成功。不到十日还把聘书交给黎清转交孙石。别人都觉得奇怪:对孙石的事会如此积极? 她摸摸自己脸颊上的大黑痣说:

"按常理,我自己都不一定继续留在山江,还管闲事! 但这是一件特殊的事,我就特殊处理了。在山江县里,我佩服的老一辈女性就是黎母。她生长在腐败的封建王朝统治中,不幸又早年丧偶,却能随着皇朝的倒塌,吸取了现代重视女性的思想,把三个女儿都送到师范学校深造,成为我的得意门生,真是罕见啊!"

为了对向校长关怀的感激,是年新春,孙石夫妇带了一对别直参去拜年,向校长说:

"你们破费这么多钱,我能不领情? 我收一支,另一支送给外婆(指黎母)。他年纪比我大多,是难得的老太太呀! 你们应该好好孝顺地,其实,就我而言,你们该送的却未送给我。"

黎娟心里惊惶,他被长期病魔纠缠得胆子越来越小。她带着哀求的表情说:"请向校长讲明吧,我是你的学生,我们应该送你什么礼品? 你需要什么呀?"

向校长注视黎娟苍白的脸孔,微笑不语。孙石在旁体会出来,用手推推黎娟说:"向校长指的是你的健康呀! 对吗?"他转向向校长。

"孙先生说对了。可见他对你是体贴的。我希望明年新春来看我时,黎娟有一张和从前在学校读书时那样红润的脸孔。"

"是的。我尽量做到。"谁都可以看出低下头的少妇对自己恢复健康信心不足。她补充说:"夏天比冬天要好,秋天比春天要好。"她顿了一下,把话题转到孙石工作上:"真亏你。"但是她自己是在暗暗担心,这样绵延不断地咳嗽和低热,会不会是痨病? 她替孙石生养了五个儿女,而现在又怀孕了。

第三章

（一）

　　一艘小汽轮在凌江疾驶。从山江驶往凌江出海口江门镇。比一比同时在凌江的人力或风帆船只，自然要威武得多。当它掀起雪白的浪花向附近扩散时，其他船只都纷纷躲避。它不是正在炫耀自己的权力吗？

　　初秋的天气最为闷热，远处常有闪电。它并不像文学作品所描写的那样天高气爽，倒是合乎"处暑"这个节候的含义。尽管太阳已经西沉，水面上的热气正开始消散，黎清不断地摇着蒲扇，仍旧没有清凉的感觉。她跑出船舱，迎东站在船头。黄昏的阴影从东边渐渐浮过来。她自柳鸿弃世后，从未想过自己会离开山江。但现在她不正让轮船带离山江吗？她为的是什么？怎么会？她最亲的两个人，母亲和儿子却被留在山江？这个问题，她似乎刚刚才发现，她觉得很难简明地回答。各种因素纠缠在一起，乱糟糟地一时理不出头绪，她感到茫然，只能点滴回忆最近发生过的事。

　　年初，春节刚过。正是大雪纷飞后的冰冻日子。火儿和孩伴仍正在天井石板上堆雪人，一个缠着大围巾的女人拎了两包新春礼品向黎清屋里走来，一时分辨不出她是谁，可她似乎是熟门熟路，她和迎上来的黎清点点头，把围巾拉下一点，露出嘴巴，原来是孟珍，她见黎母进来。立刻上去行礼祝福。黎清泡好桂圆茶，细看孟珍，仍似上次山江县被北佬洗劫后见到的一样憔悴。问道："没生病吧？"

　　孟珍摇摇头。

　　"没事？"

　　孟珍没回答。黎清看她神色不对，挨近她，整整她墨绿色绒帽。"心里有不如意的，要讲出来，从前你不是这样劝过我？你我交往不会比亲姐妹差吧？"

"嗯。"孟珍用呆滞的眼光望着黎清，表情麻木地诉说自己的不幸，她像讲一件与自己毫不相干的事情：

"你知道我有一位叫史鉴的未婚夫，我哥哥上次离开山江并没有和向校长一起去省城。他再下广州。不久和史鉴一起参加了北伐军。后来就很少得到他们的音信。在泉州，哥哥寄来信说，史鉴和他分开了。史鉴随国民革命军第四军开赴湖南，向吴佩孚进攻；哥哥则被调到第六军向江西进军。两个月后，有位伤员转来哥哥的信，哥哥确在南昌，他说很久得不到史鉴的消息，大概他在汀泗桥一役负伤后，可能随军进入武汉养伤。我接不到史鉴的信，但愿是由于战争阻塞邮路而不是任何别的什么。"她脸上浮现出无可奈何的表情，深深地叹气。

黎清脑子里闪着孟昌的形象，安慰她说："幸好你们兄妹的联系未断，史先生总会有下落的。"

"不，已断了三个多月。这些日子，我积了一些钱。我的职约到今年七月。我决定，学校一放暑假，我就到省城去打听行踪。省城已经是国民革命军的天下。如果我哥哥仍在第六军的话，省城肯定有他的朋友……"忽然她停住不说，睁大眼睛凝视墙壁上柳火学业优秀的奖状。"毕竟你有个火儿，你是幸福的。可我——"她情不自禁地哽咽起来。她取出手帕，擦擦眼睛说："失去史鉴是命运。但我不能没有哥哥……"

黎清已回忆不起对她好友讲什么，无非是安慰几句：没有消息不等于没有这两个人，等到国民革命军消灭一切军阀，统一中国，建立国民政府后，都会相聚的。而这日子肯定不会长久。

一个月前，暑假开始不到十天，孟珍向黎清辞行。黎清告诉她自己也没有续聘。陈校长已到上海去了。新校长已来校视事。据说凡是他认为和陈校长过于密切的教师全都没有续聘。新校长扬言不会履行前校长和教师的聘约。要继续聘用的，重新发给聘书。据说县党部也将改组，它总是随上级党部的形势而改变。省里国民党和共产党不再合作，相互诋毁，相互争夺军政大权。"这又何苦呢？"黎清对这问题大惑不解。有一次，她去探望向校长，带便问起。向校长笑说："这是复杂的，你以后会逐渐明白。领导权十分重要，很迷人。"黎清觉得自己老师虽然仍同往常一样亲切，但很严肃："目前就有个现成例子。我为什么不能向教育局、向新校长推荐留任你？因为我在山江县已经不再像以前那样有权了。连我自己是否能继续留在女子师范也没有信心，还能推荐谁？权力对工作、生活都是必要的。一个人至少拥有决定自己如何生活的权力,这就叫人权。人权是神圣不可侵犯的,应该由最高法律来保障。你以后可以读读卢梭的《民约论》。我们革命的一个最根本最起码的目的就是把人权从帝王、军阀手里交还各个人自己。"

她激动地站起来,在房内踱了几步,显然是为了设法控制自己,把话头扭回黎清的未来:

"孙先生能帮你找到工作?"

黎清告诉她,根据昨天来信,有八成希望。

"这就好了,你不能没有工作。令堂为了你们三姐妹的婚缘,大概把节衣缩食来的积蓄全花光了。如果还要她负担你们母子的生活,实在太不应该。"

闪电没有了,黎清感到江上的凉风,精神为之一振,但仍不能从回忆中解脱出来。她由衷感谢姐夫孙石为她找到工作。前天晚上,由向校长带头,邀请了黎清比较亲近的两个旧日同学在自己家里为黎清钱行。

她估计再过半小时,轮船就要到达凌江镇,就回进舱内,对面坐着母子二人。尽管灯光昏暗,还是能看清楚。儿子比火儿要壮健,从母亲嘴里知道下学期就要读四年级了。下一站就要上岸。母亲正准备收拾零碎东西。儿子啃着一块芝麻糕,他看见母亲还没有系上的腰带,就拿来当作鞭子掼打,一边唱着:"打倒列强,打倒列强;除军阀,除军阀。"母亲责怪他声音太重,影响在打盹的旅客,他便不唱。不久,母子手挽手上岸去了。

(二)

黎清在小学里的身份是全校游唱教师兼级任班的语文教师。级任导师,语言教学,问题不大,游唱教材怎么办? 前任教师是否仍在校里? 无论如何要去请教一次,刚才在船上的那个孩子估计在农村初级小学读书,"打倒列强"的歌都能唱了。尽管北伐形势喜人,军阀快被肃清,打倒列强谈何容易? 高年级游唱范围广,不甚困难;低年级,唉! 黎清就是带着这不无胆怯的心情来到江门镇一所私立完全小学开始工作的。不过,她所担任的低年级游唱教材,在当地中心小学游唱教师帮助下,开学前也解决了。

生活安排妥当后,诸多思念汹涌而起。她思念母亲,更思念儿子。儿子没有被带出来。原来小妹夫办的那所小学,没有高年级,初年级学生也不多,经妹夫堂兄这位山江府县赫赫有名的教育权威和教育局疏通,允许所有学生通过教育转入县立小学就学。柳火自然不成问题。不过,柳火进县立小学读书,黎清离开他到江门后,仍异常牵念:儿子能不能适应?当她接到儿子第一封信时,心花怒放。把只有二百多字的信反复读得差不多能背出来。不料继之而来的思念却更难脱身。因为在信中,儿子总是把事情提出后就没有下文。譬如说:外婆告诉她"辛亥革命烈士遗孤每月五元的津贴领不到了",为什么只领了三个月?儿子说,他的级任老师上了最后一课,向他们告别,眼泪都流出来了。学校到处是标语,有一天甚至没有先生上课,都出去游行,高年级同学也去了。又说游行队伍在县府前打起架来。这是件大事。儿子仍没有说清楚!能怪孩子吗?他只有十岁,能懂吗?看来北伐军胜利后山江县党政内部斗争扩大到教育界了。也许孙石有更多的消息。儿子信中有件事却使黎清担忧不已。儿子说自己不敢去通往学校的近路。因为有个同学警告他,每次要收一个银圆的买路钱,否则要挨三棒。儿子估计自己打不过他,只得绕个弯走远路。岂有此理!学校能坐视不管?可能火儿还不曾上告级任老师。火儿身体羸弱,不容易动怒,否则他也会不自量力,勇敢和人搏斗。这就十分危险,足使黎清牵肠挂肚了。幸好他找到愿意做他保镖的邻居同学。黎清盼望日子过得快,下学期能把火儿带在身边。

黎清也想念姐姐黎娟。最近她又生了一个女儿。这是第六个孩子了,要这么多做什么?谁的过错?经济上虽然没有问题,对黎娟的健康损害太大。第五个男孩生出来,就被山江县唯一有外国医生的教会医院确诊为肺结核了。黎清从孙石那里得知姐姐入秋后病情迅速加重,幸好孙石的二囡孙冰和那家医院的中国院长的长子订了婚,亲家就自然地成为孙家的家庭医生,能及时治疗。但肺结核终究是一种可怕的疾病啊!

当然,小学虽离城100多里,但江门镇是个有轮船通往沿海各都市的小商港,所以并不比作为府治的山江县逊色。否则,省立中学怎会在那里开办?就黎清个人来说,经济收入比女子小学要多五元,薪金按月发放二十块现洋,除去自己膳费和零用外,还可以寄给母亲十多元。黎母嘱火儿在信中说,这十多元全部可以积蓄起来,因为分家得来的十多亩水稻田足够二人生活费和火儿的学习费。所以黎清比较安心,计划尽早把火儿带来身边。

创办这所小学的是江门镇一位姓汪的富豪,他和哥哥继承了富甲全镇的父亲的百万家业,汪氏兄弟性情殊异。大爷精明能干,是生意场上的英雄;二爷却为人懦钝,生活上稀里糊涂。创业的父亲看得很清楚,遗嘱把商店码头全给汪大爷,而把五、六百亩良田全划给汪二爷名下,兄弟二人各个满意。光阴易过,十多年过去了。他体味出经济发展一定要使教育配合才能稳定。而教育发展又非有相应的经济实力不可,两者发展,相互依存和促进。于是,他把自己一座精致的花园别墅空出作为校舍,还卖了属于他的江门码头作为经常费基金创办了一所江门中学。二爷对比,立刻悟出道理,也把良田卖去数百亩,造起新屋作为校舍,在他住宅附近办了一所尚行小学。而且从此对当地社会公益都带头乐助。他交代总管对农民收租不必太苛,少收地租,无关紧要,对农民说则是性命大事,所以汪二爷虽然也是个无所事事的大财主,却多少自有特点。他并不是没有工作能力,为什么不去谋事?一个谁都明白的原因是太富足了,但像汪大爷呢?为什么要忙忙碌碌到死为止呢?不过这件事似乎从无人去研究,值不值得研究?

汪二爷酷爱京剧,曾经想在江门镇办一个京剧场一类的戏院。和大爷商量,大爷说,这是亏本生意,而投资起码要一百亩田价。大爷说:"暂时不说资金,在没有投资前,要到北京、上海了解京剧界的情况和创建一座京剧场的各种条件。再在江门镇要进行一次比较深入的调查,了解到底有多少基本观众,等等。"汪二爷一向对哥哥的意见很尊重,于是带了一管事,到京沪一带去了。结果除了带回一位刚入门的年轻花旦女演员外,再也不提开设京剧场的事了。这位女演员以后就经汪二爷太太批准成为姨太太。不知这位姨太大施了什么法术,太太竟成了她的弟子,跟她学唱。他们三人既志同道合,家庭就平安无事,反而比以前更为热闹;有时竟请来在江门演出的京班中的合意演员举行一次大堂会。不幸,好景不长,夫人亡故。别人都以为汪二爷立刻会把心爱的姨太太升为太太,谁料汪二爷笑笑说:"我这夫人,没有人可比得上的,扶正的传统就免了罢。"这位姨太大更不简单,对汪二爷这个"革命行动"非但毫不在意,还认为这个称呼能使她记起她有个好姐姐。她笑嘻嘻答应叫她汪姨太的人。她对汪二爷更加体贴,处理家务似乎比汪太太更加稳重,对留下来的大少爷更加宠爱,无论家人、乡亲和邻居。再也无闲言可说。

尚行小学既是他们创办的,他便是私立小学必须具有的董事会的董事长了。说起董事会,从去年起,孙石还被汪二爷新增为董事呢。汪二爷这个董事长自从校长聘定以后,就没再召开董事会,更不过问校务。孙石介绍黎清当教师的事,他亲自和校长谈是个破例,但每学期的开学宴和放假宴却从不缺席,向全校教职工祝酒致意。在宴席上,他丝毫没有架子,说不定还会答应叫姨太太和他一起唱一段《凤还巢》哩。

此外,他对山水国画也有相当兴趣,省立中学搬到江门镇后,他得知有一位物理教师还是一位画龄十多年的山水画家孙石,立刻主动去拜望。观赏了孙石几张作品后,又听他谈到自己的习画过程和开始把主要工夫化在临摹四王作品上,但他更爱沈石田和石涛的山水,因此孙石说:别人认为他的作品多少都能体现出二石的笔意,也是意料中的事了。这一点很合汪二爷的心意,孙石就自然而然地成为汪府的常客了。后来,孙石画了一张大中堂和一张小品给他,并指出那是石田神韵,那是可以看出受石涛影响,汪二爷点头称好,忽而问道:

"不知孙先生大名是否对此的暗示?"

"不,不是。"孙石摸摸光洁的下巴,好像上面长了一绺长须,"是巧合。这名字是启蒙老先生取的,算是学名。家里还另有称呼。而学画,却是十五年后的事。不过现在想起来岂不是和二位山水名家有些缘分?!"

从此,汪二爷和孙石过往更密。每年大节除清明孙石要回家扫墓外,只要住在学校里,总被汪二爷邀去过节,二人虽还谈不上莫逆知交,却也能说是气味相投了,这样,孙石为妻妹黎清向他谋一尚行小学教师有何困难?一句话!

黎清把姐夫和他说的有关尚行小学创办人汪二爷的事情想着,想着,船已靠终点站:江门镇码头。黎清已看到孙石向她招手。他上了船帮助她把行李交给一个挑夫,就近在一个面馆里吃面,挑夫知道他们是去汪府的客人,价也不讨,坐在店外石阶上等待,一齐去汪府。孙石取出一个银角给他,比一般加了二成,挑夫谢谢回去。孙石将行李交给看门男仆放好,自和黎清向前走进总厅。

女仆见是常客孙先生,自动上茶后就往里面道知。王姨太出来了。她上穿湖绿纺绸短袖,下系黑色乔其纱裤,头梳流行少妇髻,雅而不艳。身材苗条,不像三十五六岁的女人。

"孙先生,格热天气,没料你会来,他还在吞云吐雾哩。阿拉喊他去。"她嘱咐女仆去拿西瓜,转头向孙石问道:"这位是——"温情地朝向黎清。

"哎哟!忘了介绍。对不起。这是我妻妹黎清,蒙你二爷照顾,这学期到尚行小学教书。同来,我带她拜谢二爷。"

"孙先生见外了,我早就听说。谢什么!黎先生也不是外人,别客气。

我多了一个伴,我还要谢谢你呢。"她见孙石穿了件白夏布长衫,就帮助宽衣。又见黎清穿的白洋布上衣的样式还是"倒大袖",便过来拉着她的手说:"年轻轻的,那能格古板!"

"哪里,三十早出头了。赶时新,遭人笑。"

汪姨太想起几天前从丈夫口中知道即将来尚行小学做先生的孙石妻妹是个寡妇,就不再说了。她把女仆拿来的西瓜分送给客人:

"请,请,吃吃消暑,我去喊他。"她轻快地飘进去了。片刻,汪二爷从内房出来。是个近四十岁,中等身材的男子,脸色健旺而薄留烟容,可知他的振奋乃是鸦片激起的。他手握画卷,孙石迎上,黎清赶紧放下西瓜立起。汪二爷打量着她向孙石说:"这位定是尊夫人的——嗯,黎先生了。"他将画卷放到桌上,随手拿起一把精致的麦秆扇子,左手一摊,微露真诚的笑容说:"请,请,请吃西瓜。我和你姐夫是老朋友了,勿用客气。"接着,话头一转说:

"孙先生。我正要叫人去请你,来得巧。"他将画卷打开说:"上海托人买的,昨天刚寄到。王翚的,你看如何? 会不会是赝品,王翚的笔法是不是这样? 我化了一百三十元银洋呢!"

"嗯,不错,《平林散牧图》是一幅名画,看笔法,不会是赝品吧?"孙石脑中一闪,如果连笔法都模仿不像,还敢? 是不是赝品他怎能回答? 因此临时将"品"字的发音拖得高些,变成问号。为了加强,他又补充说:"这个难说,我还第一次看到哩。大凡名气越大的画,模仿的人越多。"

汪二爷对是否赝品,似乎不太认真。他摸摸自己下巴稀疏的胡须笑说:"我不在乎,只要是好画,当然。真迹更好。"

"可不,它即便是赝品,模仿得也算巧夺天工,到了家。你看结构自然,浓墨淡色是王翚的特点。南北二宗之妙,兼而有之。"

他们谈得随便,黎清却听得入神。黎清出自书香门第,又受柳鸿那文人气息的影响,非常喜欢诗画。柳鸿去世后,寂寞使她对作诗学画欲望更加强烈。诗,曾得丈夫指点,"作"中"学",还可以;画就毫无基础了。她明知姐夫是位业余画家,她连问他要一张画都不敢,还有勇气去请教? 山江城里,谁不知道黎家二小姐是个寡妇! 山江城里的形象是端庄淡雅;男女授受不亲虽被无形打破,却默默认为应有个分寸。寡妇尺度更要小些。黎清常感到一种压抑,无法摆脱,直至身到江门镇,离开山江县城 100 多里路,心里才比较宽舒。此刻,她聚精会神听他们论画;并走了过去。随着孙石的手势看,果然好画! 心想;牧童中有个"我"多好。汪姨太一声呼喊,也罢,现在出了

神,听不见他们交谈似乎太可惜。她收敛了,继续听下去;不懂,问道:

"王翚的画竟有如此之妙!南宗和北宗又有什么不同呀!?"

孙石微微一惊。他非常乐意回答黎清,正欲开口,汪二爷又接着问道:"我看你的画,王翚的韵味很重,它叫什么呢?"

"庐山派。我?谈不上,只是师偏南宗。小青绿山水倒也不假。"

黎清不甚了了。见孙石没有回答自己的问题,就没有勇气再问。当晚二爷留饭,汪姨太和八岁的小女孩也在,这可以说明,汪二爷一家把孙石、黎清当作家庭朋友,比较随便。据说汪府规矩,正式宴请,汪姨太和小孩就不能上桌。席间,黎清既要不负汪姨太对自己的盛情,和她谈些女人们的话题;又要和女孩逗趣,更不愿放弃孙石和汪二爷的交谈,觉得有些应接不暇。忽然黎清发现汪二爷把话题转到尚行小学汪校长,黎清就不得不更集中注意了,汪二爷说:"他是我这位——咳,"他用嘴巴朝汪姨太一咴,"是她的堂房侄子,是个孤儿。以后就成为我的义子,而且改成我的姓,汪育民。今晚本来叫他来的,和你黎先生见见面。仆人没有找到,想必他到哪位同事家去访问。他很喜欢这样,他说校长难道只等教师去见他?所以和同事之间关系很好,同事说他毫无架子。"

"我怎么从没碰见过?也没听你说起过?"孙石迫不及待地问,"他总该也是个董事吧?"

"这个——他不常来。没有特别的事,每学期只来三次,开学前,结束前和学期中途。前面这两个时间,你们做教师的工作忙,可能碰到的是学期中途这次。你一学期也不过来二、三次,那有这么凑巧。不错,他当然是董事,但董事会有什么必要开?你这位董事不是尚未出席过董事会吗?"

"节日,我总是应你约,怎么不去邀请他?"

"我一向把谈得上的朋友和家亲分开的,免得扫兴。"

"哦,你再说说他罢。几岁了,比你大公子——"

"今年该二十七岁了。"

"没有成家?"黎清也想到这个问题,不便问,好在孙石问了。

"没有,不过他有个心上人在仙台县,也是专区内的地方,你去过吗?这位小姐是他大学同学,是办教育的同志。她和他一起来山江的。事先谋了个仙台县中教师,我不好意思叫咱留在这里当小学教师,省立中学稍早一些搬来就好了。我问他几时可办婚事。他说,他们俩都是一样想法,先立业,后成家。我说先订婚总可以吧。他说,两情坚定,何必订婚?两情若游离不

粉笔生涯

定,订婚何济?这样有出息的青年,我还有什么不放心?看看我这位大少爷,见到他,我就生气。能做什么?读书读不进,生意做亏本了;结了婚,不到半年又离婚,现在只好在大伯一间布店挂个名,在店里混日子,领干薪。他妈一死,更无忌惮,越来越野,很少在店里,也难得回家,你不是也只见过一面?嗨,别提了。我对他没有什么可希望的。还是这个汪育民,不上三年,把学校办得井井有条,还开什么董事会?索性让他放手干。越来越使我欢心。"

汪二爷说得激动,站起来,似乎想起什么,忽又颓然,有些伤感,无可奈何地说:"孙石兄,你是我老朋友了,不怕你见笑,我这个人是花花公子,没有什么用处,能够做到不害人就心满意足了。现在尚有些祖业——唉,说来话长,以后慢慢谈。还要向你请教哩。"

孙石有个交朋友之道,朋友们的私事,不应根究。所以他听了汪二爷的话,心里虽有些奇怪,并不追问,他把话题转向汪二爷义子:"这位汪校长看来是一位有才能的青年,你难道就把他限在尚行小学里面?"

"什么汪校长,你叫他育民就得。他是东南大学文史专科毕业的,办教育启迪民众。不要去做官,这是他一生做官的父亲的遗嘱。说起他父亲,可说是一位品学兼优的有才志的人。还是前清最末一科举人,做过几年京官幕僚,比我这义父上进得多。然而宦海风波总会平地而起。他自己都不知怎会被诬为私通康梁闹维新,差些定了叛逆之罪。虽然以后有幸查无实据,撤职了事。仍打听不出仇人是谁。结果,我长话短说,他越想越憋气,自己本来已经犹豫不决,既然朝廷绝情,索性一刀两断,我也来革你的命。一怒之下,竟真的投奔革命党——这些事,其实我也不甚了了,只听我内人前前后后断断续续讲。最后,他在张作霖统治下的北京送了命。当然,大清朝早已断了气。"

说到这里,汪二爷端起酒怀:"请,请!"将杯中自酌桂花酒一饮而尽。

黎清的印象,这位董事长虽然靠祖业吃饭,自称花花公子,到底自有不同之处。他那个儿子叫什么兴宝的倒是道地的花花公子,虽然她根本没有见过他。

这一晚黎清就住在汪府客房里,汪姨太叫了一个小女仆阿香伴她。客房清雅,阿香侍候周到,黎清第一次享受到这样的清福。她见阿香活泼伶俐,便拉她手温和地问道:

"你来这里几年了?"

"四年多啦!"阿香捻捻在胸前的发辫,又加了一句:"今年十二岁。汪外公和外婆待我真好!"

"你爸妈呢?"

"他们——"本来明亮的眼睛突然发暗,接着又亮起来,几颗泪珠流下来。黎清忙用手帕给它揩掉。

"他们都死了,腹泻死的。"

"哦,怕是霍乱!"黎清也觉黯然,她忽然想起自己的火儿,要赶紧把他带到身边来才是。

"嗯,汪外公也叫它霍乱。棺木是汪外公给的。我只有一个人。汪外公就把我带来了。"

"阿香,别哭,现在不是很好吗? 不过你爸妈得了急病,汪外公又怎会知道?"

"我家本来就住在附近,种汪外公的田。我听妈妈说,我们种了好几辈了。妈妈先死,我爸临死时,嘱我去找汪外公。他说只有汪外公才能抚养我。我们都叫他汪老爷。我见到他,怕极了。第二次就不怕了,我觉得他脾气比爸爸还好,从不骂我。外婆也这样。我们来时,她只叫我拨拨花坛的草,倒倒垃圾。我和侍候外婆的三妹同住,——哎呀,黎先生,几点钟了? 外婆睡前的生活要我做的,去年开始。我称他们为外公外婆也是去年开始的。"

"你外婆不是叫你今夜陪我吗?"

"嗯,我不放心。我去就来。黎先生,你先睡,别怕,其实也没有多少活要做,立刻回来。"阿香笑一笑,去了。

黎清觉得很困乏,晚餐那杯酒的效力似乎继续起作用。眼皮睁不开,昏昏睡去。等到再睁开眼时,阿香已睡在旁边一张临时搭铺的小铁床上了。

(三)

一学期过得很快,就将结束。黎清觉得工作还可以过去,心情也就安定了。她的寝室在尚行小学分部,很宽敞。她借了一些旧家具。为了接火儿来,又借进一张木板床。火儿写信很主动,已有好几封寄来了。这些信便成为黎清阅读自娱的重要内容。从中得到宽慰和喜悦。她把火儿的一张照片嵌在新买翻簧相框中,每当备课或批改作业倦意升起时,注视一下火儿的照片,有时也会出现新婚中去世的丈夫那种忧伤的脸孔。如果没有忧伤,如果把它移到火儿肩膀上,原是火儿啊。父子俩多像!她为什么活着?绝对是为了火儿的成长。他们都活在我心中,可怜的鸿哥。连儿子都没看到;可怜的火儿,连爸爸也见不着。

这天晚上,黎清改完学生的造句练习后,索性把这学期火儿写来的信重读起来。抽出来一封信,是火儿庆祝妈妈的生日。火儿说:"我怕忘了,会引起阿娘不高兴,再说,我也等得不耐烦。所以提早起来道贺的。"十岁孩子能用这样措辞来描摹思母深情,她满意地微笑了。

火儿传了外祖母的话:尽管独自孤零零地处在异乡他地,也应该去吃碗长寿面。火儿又说起大姨母的病很重。黎清想:怎么?孙石一点都没说起。什么意思?他不会不知道吧?此外,火儿讲的就是自己的事了。学校运动会,也得了两个全校第一。一个是毽子比赛,他踢了二百多下。超过女同学。另一个是60米赛跑。还有就是一篇作文在班上被表扬,由国文先生宣读。黎清不禁又流出喜悦的泪珠。这样薄弱的孩子,真亏他的。"阿娘,倒霉的事也有。"

火儿在信中说。夜里和邻居一起爬上大屋柱去捉麻雀,跌伤膝盖,但现在完全好了。捉了一只蚰蜒蟋蟀,打败许多敌人,可惜忘了关笼闸,被它逃掉。看到这里黎清叹口气:"这孩子还是够淘气的,叫娘担心,真像他爸爸。"

黎清将这封信塞在枕下,又抽出另一封。这封信的内容在本章(二)节中已经说过。黎清看完后有些焦虑:看来山江县相当不平静,争权夺位。现在如何?离这封信又有两个多月了。黎清想起向校长的话,若有所悟,又想起当年柳鸿从日本写信给她讲:军阀实际上都是保皇派,操有生死大权,不肃清他们,夺回自己的生死大权,老百姓永无宁日。可惜中山先生过早放弃自己的权力,再也收不回来。是的,权是重要的。如果向校长不帮助自己夺回独立工作权,我们母子恐怕早死在柳家了,如果汪二爷没有权,我怎能在这所待遇优厚的小学里当教师?黎清就是这么想的。

山江县城确是很乱,黎清写信给向校长得不到回音。她去哪里了?听姐夫说,县立小学校长到现在还是个"代理的",有人建议教育科长要把他请回去,谁都不得罪,再缓和一段时间。孙石笑对黎清说:"实际上两面不讨好,傻子才上钩。"教育界如此,还能办了教育,教好学生?学生竟学做强盗,向自己同学收起买路钱,遑言其他!

黎清皱着眉头又换了另一封信读，乃是火儿对自己生日的道贺。他说上次的信太早了。现在正当其时，"送东西给阿娘吃"。他在信纸上画了五只月饼和一盘鸭煮芋艿。月饼就是一个圆圈，写上山江县最大食品店号。鸭的嘴巴比身子还长，黎清笑了，儿子都不想一想，鸭嘴无肉。这只鸭子还有什么好吃！可儿子的心意，她乐滋滋地领了。

这第四封信刚刚上星期收到。讲的是大姨母的病。医生说趁病情还算"稳定"，搬了医院回家静养更好。火儿说外婆去探望她，回来很伤心，大姨母连说话的力气都没有了。火儿问道："稳定"是什么？好事还是坏事？黎清沉住神一想，是了，姐夫请假回家，想必就为此事。有必要问他一下。

此刻儿子在做什么？该睡了。立冬早过去了，外祖母不会忘了给盖大被吧。黎清思念得出神，被笃笃的敲门声拉了回来。这么晚了，会是谁呢？

进来的是黎清女同事，中年级算术教师包真，她是山江城南人，年纪比黎清大十多岁，地道的中年妇女，没有老态，精力充沛，为人热情，肯帮助人。她比黎清早一年来尚行小学。她有一子一女，女儿已成家，儿子在上海艺专读书，丈夫已死了八年。也是寡妇。

身份相同。包真体味到寡妇生活的滋味，感到黎清的年轻新婚守寡比自己的日子更加难过。就特别主动亲近地，经常找上门来。黎清当然求之不得。从她嘴里得知汪校长在教员中有相当威信，也知道她对高年级一位国文教师名张忘天的才学评价甚高：他沉默寡言，使人望之生畏，其实向他请教，他总认真聆听，然后讲出自己意见，话不多，启发不少。王校长少不了他，他从不到王校长那边，甚至董事长请他吃饭，也婉言谢绝。说到汪二爷这位董事长，包真认为随和可亲，可惜对办学一窍不通。包真说："幸好他有个大优点。做董事长有名无实，一切校务决定大权都交给这位有理想有魄力的汪校长。斩而不奏也无妨。"黎清见包真跨进屋里，先想到这句话，接着料到一定有什么新闻来和她说。

"黎清"，她早就直呼其名了。

"哦，包先生"，黎清可不敢，她把包真当作自己的前辈，怎能走腔没板。"包先生，请坐。晚了，没想你来。"

"你干吗？"包真看到黎清桌上火儿的信笑道："典型的良母，打断你做母亲的思路了。你放心，你这孩子乖，懂事，成绩这么好，令堂大人又这么疼他，还愁什么！你大有福气了。"

"这倒不假，可是我就是非思念不可。不过你来了，我总得撇开它。请说吧,有事?"黎清习惯用手指将又粗又密的黑发梳向脑后。没有发髻,毕竟轻松得多。

"一则新闻,千真万确。我太激动,静不下来,只好找你。"

"什么重要新闻值得你这样?不过,你的脾气我清楚。尽管不一定外露,容易激动是常有的事。给你杯热茶温温手吧。"

"世事如麻,哪有好歹可分。黎清,汪校长的未婚妻被绑架了——"

"什么?她不是在仙台县城郊一所县立小学里当教务主任吗?叫——"

"叫——?一时想不起来了。"

"嗯,被绑架?谁绑架她?在她身上要多少赎金?"

"不,不是经济绑架,而是政治绑架。"包真固定了眼神,若有所思。

黎清一时找不出接应的话,头脑中却活跃着汪校长的形象。她记起从汪二爷府宅出来,在分校定居后的第三天,汪校长来探视她。身材几乎和柳鸿一样瘦长,但仍给人以强壮的感觉,那双眼睛,闪闪有神,使她稍微窘迫。他对她表示歉意,因为恰好外出,没有亲自安排居室,以后有不方便之处。尽管我他。黎清连忙点头:"太满意了,有劳费神。"隔了一日又亲自和教务主任一起送课表来。——这时,黎清听到一声轻微叹息,是包真的。

"哦!"黎清从这叹息中觉察出事情的复杂性。

"政治绑架!"包真很严肃,一反常态,"国共分裂由沪杭传到山江,当然也会漫延到仙台。抢夺兵权扩展到抢夺任何有权的机构,各显神通,政治绑架也利用上了。"

"她不过是个农村小学教师,有什么权?"黎清疑惑不解,"难道小学生的天真头脑也要被政治宣传塞满?"

"问题可能出在农村。"包真沉思说,"她是汪校长同学,一起来到山江,当时仙台县教育科长也是他们同学,得到他们行踪后,亲自到山江,硬聘她去仙台。说实在,这件事我不能理解汪校长怎会答应他?这位教育科长只是他们的同学,有这么大面子?和未婚妻一起到这里岂不更好?黎清,你见过她吗?"包真忽然问。

"没有,我到这里后,她从未来过,对吗?我在汪二爷家看见她和汪校长的双人照片,文静端庄。"黎清脑中出现一张圆鼓鼓带些稚气的含笑脸孔,"似乎比汪校长年轻。"

"不,据说同年。照片是静止的,怎能看出她的气质行动举止。她活泼好动,口才尤其出色。思路敏捷,音色甜润,容易使人相信她所讲的道理。

嗯,可能这里面也会出问题,学生家长绝大多数是农民,她的话使她在学生家长中树立起威信。当地乡绅难以容她,政局一变化,那个教育科长走了。只有群众,没有后台是危险的,尽管她也是国民党员。许多共产党员本来都是国民党员嘛。"

"那么,她究竟是不是共产党员?"

"这就不清楚了。反正她被当作共产党员逮捕了。那所学校一位教师快信通知汪校长,他今晨拂晓雇轿子走了。"

"只要没有硬证据,总无碍吧?!"

"说不准。我就知道这些。我睡不着,打扰你了。我回去了。"

"不,"黎清拦住她,"你走了,我也不一定能睡。还是在这里吃些夜宵谈天吧。我还有半瓶杨梅烧。再说,你这个消息引起我不少新问题要向你请教哩。"

"黎清,你知道我一向是个乐天派。革命,我拥护;推翻清朝,打倒军阀,驱逐列强,我全赞成。清朝总算被冯玉祥挖了根。军阀们逃的逃,降的降,下野的下野,也差不多了。列强怎么驱逐? 一句话,自己强起来。还有哪个列强敢待下去? 要自强,先得团结,散沙一盘,谁都可以抓一把,可现在你看口唇之争,文字之争,发展到真枪实弹,为的是什么? 无非权位。国共两党各把自己的意志强加对方,事情只会越弄越糟,就像山江府三县的教育界这个小范围,够使人寒心。孟珠,——对,她叫孟珠——"

"什么? 孟珠?"黎清吃了一惊,"她是谁?"

"汪校长的未婚妻呀。刚才我怎么也想不起来。"

"她也姓孟?"

"她不能姓孟? 黎清,你怎么啦?"

黎清摇摇头。什么事会使她这样失态? 她用手一掠头发,装上一小碟花生和一小碟五香京冬菜,又倒了两杯杨梅烧酒。"来,包先生。"

包真凝视黎清的脸:"难道你们本来认识?"

"不,我不认识。我刚从你口中知道她的名字。已经说过,我只看见过照片。她这学期没有来过这里,我怎么会见到她!"黎清平静地说,"请你接下去说罢。孟珠怎么样呀?"

包真还是用疑惑的眼光瞧她,然后酌了一口酒道:"我的意思是,孟珠被绑架这件事,背后一定有个政治框子。"

"我真不理解,什么都是政治。包先生请讲!"黎清像小学生似的坐在包

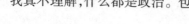

真对面,准备听课。

(四)

　　汪育民坐在轿子里面。他冷静地分析眼前出乎意料的事态,然而没有结果。反而把往事不由自主地引了出来。他思潮起伏,情绪随之跌宕,喜怒哀愁,打着圈儿。

　　四年前的晚春时候,他和其他即将毕业的同学一起参加必修的最后一个既是课程又是锻炼实际业务能力的活动,为编辑、记者、教师等实习。学校规定,文史专科有上述几个实习内容和地点由学生按自己志趣选定参加。他认为这是执行父亲遗嘱,也是向实现自己教育救国的理想开步。他毫不迟疑地选择了教师这一职业所必不可少的"教育实习"。

　　清明节过去后的一天上午,微雨蒙蒙,他和十多个同学一起到中学去,他们应该是他的真正同志了。不知怎的,他被选为这个实习小组的副组长,职责是帮助同学找资料上好课。

　　他心里暗笑:他有什么本领帮助别人,他不也是个生手? 他自己正需要别人帮助呢。他把这意思在小组会上讲了,不是客套,他讲的全是事实,大家无话可说,可组长头脑灵光,立刻说:"那么大家相互帮助吧。"汪育民还有什么话可讲? 他想:既然如此,就该比其他同学主动些,自己上课也必须上得更好些。

　　课目分配定当后,大家就各自分头去准备,实习生的钟点不多,备课却觉紧张,图书馆阅览室内灯火通明。每张桌子几乎满员。他,汪育民,为了要对学生讲透明朝初期政治得失这问题,他正在搁笔沉思:为什么明太祖要杀戮开国元勋,连刘基都不放过? 猛然发现一个同学活泼而又小心地走近他座位旁边,静静一站。这就是孟珠,实习小组三位女同学之一。

　　这时由于轿夫换肩轿子强烈地颠簸一下。他闭起眼睛,孟珠充满青春活力的身形就显现出来。

　　真是关键性的一着啊! 那时她穿一件士林布浅蓝旗袍,一头并不细软却很浓密的黑发,在灯火下闪光。脑后结成一条长辫子,前面的刘海儿规则地拖到后额。她礼貌地轻声说:"密斯脱汪。打搅你一下,不见怪吗?"

　　"哦,哪里,哪里,请坐。"

可是她没有坐。对他一笑，露出洁白整齐的牙齿。汪育民发现没有座位，未免有些发窘，站起来说："请问——"

"喏，恐怕要花些时间呢。但是只有今天晚上，明天上午我就得上这一课。我努力自己解决问题，失败了，只好来请教你，上次你对我讲李白《山居问答》的潜在意义，讲得真好，原来'笑而不答心自闲'一句有这样深沉含蓄。"她说得轻快，好像小小的瀑布声。最后她说："学生反映很好，实在谢谢你了。"

汪育民觉得她的道谢不是时候，有点儿不耐烦，看样子下面还有，就打断她的话头；嘴巴向同桌的人一呶："现在你有什么问题，出去说吧。再讲下去会影响别人。"走出阅览室，他俩坐在图书馆附近一把靠椅上。

回忆到这里，他，汪育民随着坐轿的伊哑声，失去当时怎样帮助她解决问题的具体情况？而女性的温馨气息，似乎又正在陶醉他。他昏昏然闭了眼睛。

在梦中？他闻到一股血腥气味。不，不是梦！他正清洗着孟珠大腿上的伤口，血还没有止住。她是在抗议五卅惨案的反日游行时被人群踩伤的。经过这一血的浸染，他俩的感情起了质的变化，友谊升华为同志式的爱情。他们并不急于结婚，组织家庭，这是次要的。他知道孟珠的学习生活费是孟珠有位义兄叫孟昌支持的。他是孟珠唯一的亲人。当年，孟珠跟父母从粤西逃荒出来，被打败了的散兵冲散，只身躲在一个山冈里饿了一天，才沿路乞讨到广州，躺在一间洋行旁边的石阶上再也起不来。孟昌就是在那里把她抱回家的。

孟珠和他讲这段遭遇时，不禁叹了一口气，庆幸自己的命运。她说："我真不知道怎样感激他才好。他是我父亲、兄姐、母亲、师长，反正是我最亲爱的人。后来，她说我长大了，同住在一起不好，叫我做他义妹，有个名分。他问愿意不愿意。我暗自笑：他真蠢，只有白痴才不愿意。我蓦然一跃，把他抱住，连声叫喊哥哥。他像慈父抚摸我的头发，给我取了孟珠这个名字。他告诉我，他还有一个妹妹叫孟珍。珍珠他同样爱惜。"汪育民回忆到这里，嘲讽自己：真蠢！那时他心中居然升起妒忌——难道至今孟昌还是她最亲最亲的人？那么，他，汪育民呢，在他心中占了什么地位，幸好他没有表示出来，否则一定被她讥笑得无地自容了。

不久，孟昌投军从戎，孟珠以离愁别恨为动力，努力业余学习，以同等学力考进东南大学文史专科，她将每种学科的成绩都孩子似的寄给孟昌看，孟昌的话一向是她的金科玉律,孟昌的信一直珍藏着,常常翻阅。却不给他——汪育民看。孟珠说只有一件事情,她还不理解。有一次孟昌在信中对她说:"蒋介石是革命叛徒,人面兽心,非打倒不可。"孟珠十分痛恨蒋介石公开清共,共产党人没有做过对不起国民革命的事呀!相反,共产党人都像她哥哥一样,是勇往直前的好汉。难道革命是共产党人的专利?她也反对蒋介石在济南和东北对日本人姑息。可蒋介石仍继续北伐,逐个消灭各地割据的军阀,总是好事吧。共产党难道不赞成!难道别人消灭军阀不可以,非要自己领导?她把这个疑窦和孟昌说了,不料从此孟昌就杳无音讯。

汪育民坐在轿中,想这个问题当然有理由,因为他也是这么认为的:谁都可以革命,谁都可以领导革命,好像谁都可以当总统、主席、皇帝。蒋介石清除共产党,不许它存在,这是专制;共产党另立政府和军队,也难说有理。问题在于军队和其他武装;蒋介石动用武装,共产党另组武装便理所当然。武装应超然独立于政党之外。他感到自己比孟珠要理解国共双方的斗争。他和孟珠说了,孟珠沉默良久说有点道理。但是在东南大学中,有些同学讥讽他受资本主义民主概念影响,又有些同学骂他是共产党代言人,还有些同学竟指责他是蒋介石的宣传员。而他,什么也不是。

轿子又抖动一下,汪育民的回忆又被打断了。孟珠的形象出现了。她秀发蓬松凌乱,嘴角还有血,充满感情的大眼睛幽幽的毫无神采。他慌张地请轿夫快些再快些,他谎称探望奄奄一息的病人,迟了就完了。轿夫果然加快速度。摇晃的轿子过了一个多小时,终于到达仙台县城里下轿地点。

汪育民边询问边急步走向仙台中学校长私宅。他并不认识他,过去不闻其名。此刻他带着义父一封介绍信,结果如何,甚难预料。他敲敲门,里面出来一个男仆。他不敢造次。礼貌地把介绍信塞进男仆手里。

"实在对不起,我有急事,麻烦通报一下。"

汪育民暗忖:只要能接见,办法总会有的。哦,来了。一位五十开外,精神饱满的老者健步向他走来。他赶紧迎上,毫不犹豫地亲热地叫了声钟老伯。

"你是汪二爷的大公子?我怎么没有在贵府碰见你?哦,对了,你在外面读书吧!那么孟珠是你的未婚妻了?"

"对,您老记性真好。"

"轿子来的?"

"嗯。"

"没有吃饭吧?"

"轿夫健快,早到了。胡乱在外面吃过。老伯用过晚餐?请便,我在这里等着。"

"怎么可以在外面吃? 太见外了。不过也罢。正经事要紧,你详细说给我听吧,我要七时吃晚饭。早呢! 令尊的信太简单!"

"老伯,其实我也一无所知,我仅仅接到未婚妻同事的快信,说她被便衣逮捕了。"

"是便衣警察吗? 她一定在警察局里,警察局里这批人就得给些实惠才能办事,和教育界不同。教育界里,人情和面子会起决定性作用。"

汪育民赶紧从小手提箱中取出四扎银圆,放在桌上说:"家父说这两百元先交钟老伯打点,若时间来不及。恳请老伯暂且借垫。"

"哪里话,令尊不免见外了。我这所中学能有目前这个样子,还不是令尊大力支援! 这件事不会太纠葛。这样吧,说做就做,我吃碗点心,先到县太爷那里去一趟。我带你去见见你伯母。"

钟夫人是个胖女人,怪和气。她对丈夫说:"原来是二爷公子! 我自会好好接待的。"

钟校长出门后,嘱咐女仆请汪育民到客房安顿。

在汪育民感觉中,这位钟老伯真够爽快、随和。"当然,我义父为他的中学花过三千大洋哩。"他看见桌上放有一张当地日报,便浏览起来。吓,仙台县逮捕奸党四人,孟珠竟在其内,糟了,见了报,难度会更大。钟老伯一定没有看过这张报,否则,和他谈"拯救"计划时,一定会提到。他把报纸掼了,走向会客室。坐下,站起,又走回客房,真像热锅上的蚂蚁。

会客室的钟敲过十一下,钟校长才回来。他焦急地上前将孟珠见报的事说了。钟校长默默地点点头说:"知道了。县长说起。"他搓搓双手,告诉女仆,在县长那里吃了宵夜。晚饭省了。"你去睡吧。不,外面好冷,该生炉子了。"他换了一顶绒线便帽。"我们坐下谈吧。"他接着说:

"事情大概没有问题。县长说,目前这种事不稀奇。共产党犯了法,逮捕法办,理无异议。现在他们在这里好端端地工作者,生活着,有甚罪过! 我和县太爷之所以经常交往,不仅同样主张要完成中山先生的训政教导,主要是靠教育事业。只有教育才能提高人民文化水平,为人民做事的政治家才会出现,宪政中的民主才有基础。军人治国,从来就少办法。他主政仙台县后,我建议筹办中学,立刻同意,立刻委托我全权筹备——"

汪育民听着,离题太远,心急无奈,又不好意思阻他老人家的话头,幸好,他第一句话已挑明"大概没有问题"。"不仅"以后还有什么?听他谈谈和县长的关系也许有意外的收获。

"办学校是发展教育事业最可靠最坚实的办法。我自三十多岁弃政从教后,虽然在大学教书;心里想的却是办学,哪怕办小学也比教大学生对教育事业发展更有贡献。仙台县是个文化落后的山区县。从服务桑梓做起,可以融合我的感情和理智。于是我就布衣还乡了。那年恰好五十岁。但是我的时间选错了。我回仙台县不到两个月,中山先生竟弃世而去。一连几年军阀大混战,无一省一县不受其害,谁肯出钱办学。像令尊令伯既出钱又出力,那是少之又少——哦,世侄,话说远啦,不过你还得听我说一点,这位县太爷在国共关系上的态度和我一致。国民党尽可以不让共产党在党内存在,但不应该在机关、学校、医院等都不允许共产党存在。共产党应该有和国民党同样自由活动的权利,但不能组织军队,自立政府。"

"现有的各种武装都应非党化。当然,议论一番,不负责任,容易得很,行动起来就太难了。这不是几个人的认识,要改变蒋介石这种政策,需要群起而行。人民没有文化,怎生觉醒,睡着的人民只得任凭政客、军阀、党棍左右了。所以这位县大爷从未下过命令去抓共产党人。虽然他接到上级的指示,却尽可能拖延后才转给警察局。县党部热衷于肃共,他也不理会,他和我说,他哪有权力理会?所谓'穷则独善其身,达到兼善天下',此之谓也。喏,世侄,你想这位县大爷和我的交情如何?他能不尽力为之?孟珠即使是共产党,总不会是闻名的头目吧。保释出来有甚困难!"他顿了一下,抽了口水烟,回忆说:"她不是拿着令尊的介绍信,到我这里来过吗?嗯,她是个爽快直率的姑娘。谈起时局,颇有见地。虽然和我不尽相同。一个年轻女子做到不人云亦云,也很难能可贵。这次,可能就是性格上出了岔子,倔强招惹出来的。孟珠实在不是什么共产党。她只是个热衷于办教育的人。和老伯还有那位县长一样,是这方面的同志。仙台县前教育局长轻而易举地使她放弃老伯的中学教员职位,而到县立小学去做教务主任,老伯不是也能理解吗?"钟校长沉吟一下,接着说:

"哦,是同志,那么是不是得罪了什么人?"

"有可能。"汪育民侧着头想,"她的活泼豪爽的性格,言无忌惮,会得罪人的。"

"会不会讲一些反对国民党的话,被人抓住不放?"

"更有可能了。她对国民党不满,有话可说。以前几次学生运动她都积极参加,她对土豪劣绅恨之入骨。而且话锋尖刻,使人下不了台。老伯,我就是喜欢她这种性格。爱憎分明,不怕暴露在别人面前。老伯,我不如她,难道做人不应该这样吗?"

"唉!"钟校长叹了口气说,"世侄,我还是叫你育民罢。现在时间紧迫,暂时不谈做人道理,救人要紧,听你刚才这么一说,孟珠既不是共产党,就不必搞什么保释,索性费些手脚,结案了事,一劳永逸。明天中午,我在聚英楼请县长、县党部书记长、警察局长、教育局长吃饭,手脚要在饭前做。"

"我一道去?"

"这个——不必,这是官场把戏。你去了,有些话,我就不好说,你还是待在家里吧。"

"老伯。我懂,我待在家里时间难过呀!"

"年轻人要学会抵挡得住'难受'的侵袭,这样吧,你可以到南郊的南峰山散散心。"

"仙台中学不是就在南峰山吗?"

"是呀!我给你一张名片,你到那边图书馆消磨时间,包你光阴易过。要知道这个图书馆的基础是令尊出资奠定的。还要请你提些建议哩。孟珠的事,我预料不出三天会叫你满意的。"

钟校长取出名片。在上面写了几个字交给汪育民,坐上人力车去了,汪育民看到名片印的头衔是仙台县参议会参议长,仙台中学校长。汪二爷只知他是校长,没有向儿子说过他是参议长。现在汪育民在名片上看到这个衔头,还有什么不放心呢?况且孟珠根本不是共产党人,这点面子够了。

汪育民从仙台中学图书馆回来时,钟老伯已经回来。他坐在会客室铺狐皮的藤椅上安静地抽水烟。见汪育民进来便说:"事情没有问题,不过他们还有二个条件。警察局长接去我的一百银洋,满口答应,那个教育局长看来不简单,有来头,提出条件——"

"什么条件?"汪育民急问。

"他说,还有书记长也认为,尽管目前不能证明孟珠是共产党,但她反政府的言行实在太多。她煽动教员抵制国定课本,她还公开反对围剿共产党等等。他们说,既是我来疏通,可以先释放再调查,这和保释无异。我说,何必呢?放出算了,结了案。教育局长说,那么请她立刻离开县立小学。她的私生活引起教育界的闲话,也很棘手,这就是条件。育民,怎么又多了一个私生活问题,你不知道?"

"不知道,我肯定它完全是捏造谣言,我毫不怀疑孟珍对我的爱情。这种事,愈驳斥,愈迅速散布,以不理最妥。单凭这点,我完全同意他们的条件。我们立刻回江门镇。"

"好的,我想为了结案可靠,不如再花两百大洋要教育局长写张'查无实据'的证明书。还有那报社社长,给他一百元请他发表条消息,说孟珠无罪释放。你看如何?"

"对极了,老伯,您想得真周到。可我身边没有这么多钱呀!"

"那还用说,我会付的。"

"我们回去,立刻会寄给您。"

事情就这样完全办妥。孟珍出狱后,由钟老伯请那位报讯给汪育民的同事来一起为孟珠饯行。席上谈起"原因"时汪育民发现孟珠和她同事交换了眼色,同事就说:"焦点是为了代管费使用的事和总务主任大闹一场。"汪育民暗忖。这也是极其自然的事,为什么要做眼色? 他未免纳闷。他知道只有和孟珠个别谈,才会清楚。他深信孟珠没有不可告诉他的事。

(五)

汪育民和孟珠回到江门镇后,汪二爷夫妇对他俩的宠爱倍增。汪育民仍住尚行小学。孟珠住在汪家不到三天,张忘天老先生患病不起,汪育民叫孟珠代课,她就搬进校内,仍和包真同住。孟珠每次到江门镇,都住在包真房里,这次岂能例外! 她俩主导思想协调,气质性格类似,友谊发展自然迅速。

汪二爷夫妇为义子和义媳(他俩早已把孟珠当作媳妇了)接风,举办庆祝喜宴时,孙石和黎清也被请参加。黎清开始对孟珠有了感性的认识。她觉得包真对孟珠的描摹是过去的,并不完全符合目前实际,尽管孟珠确实活泼可爱,讲话表情也很动人,但脸型并不见得圆圆红润,反而清癯瘦削,眼睛有一种令人爱怜的默然神伤的表现。黎清认为孟珠内心肯定有什么难言之隐无人可诉说,只能让它咬嚼自己的灵魂。由于孟珠住在包真房里,课余时,她俩形影相随,包真到黎清那里少去。而黎清却常到她俩房里叙谈。

有一天晚上，黎清进来见包真独自在看《文学周报》。

"咦。孟珠呢？"

"到她心上人那边去了。老实说，她两天不去，我就得赶她去。"接着，她指指桌上的《文学周报》说："《文学周报》令我喜欢。文学就得为现实，描绘出人间现实的真相供人们改革现实做参考。无病呻吟，还不如幻想作品。它停刊了。这是旧的。我过过瘾。"

黎清不语，她没见过这种杂志。她教的低年级"国语"，这类杂志和她工作联系不起来。溶解自己的感情积郁，阅读一般文学作品不如古诗词的低吟有效，无病呻吟？她脑中忽然钻出一种相反思想，便对包真说：

"包大姐（由包先生改称为包大姐说明两人的友谊进了一步）、有些人有病也不呻吟。我看孟珠有心事，她的活泼、直率、健谈，有时都是硬凑的，你应知道底细。"

"你真观察得入微。唔，我知道一点"包真突然表现出一种黎清从未见过的滞沉沉的神形。不像平时的包真。

"能告诉我吗？我们协力帮助她分剖分剖……"

"这个——，"包真显得犹豫，和她那种快人快语的性格大相径庭。她虽然知道黎清为人极少交往，也未发现她将自己对她讲的话传给别人。但是她有点懊悔刚才为什么要说"知道一点"，一点是个女人关键性的东西呀！

黎清见包真沉默不语，觉得自己尚未得到她足够的信任，颇为怏怏。随后又体谅地想，可能包真也有了为难之处。例如答应孟珠决不和第三人说等等。于是黎清多少带有虚做的微笑表示理解，再不追问。

两人相对无言，只过了几分钟，多沉闷啊！包真终于开口："当然，我会告诉你的。也许就在明天，哪时可能和你商量些有关事情哩。"说到此，包真自动转了话题，她告诉黎清："张忘天老先生的病多是肺炎。年纪大了，恐怕短期很难恢复。现在已被护送回家疗养。"

"希望他能回来。"黎清叹息说，"好人都应该长寿。唉！包大姐，听说他的过去可说够光荣的了？！"

"怎么不是？他是个老同盟会员，是学习军事的日本留学生。当年曾为中山先生在日本的安全出过力。民国建立后在南京跟黄兴讨伐袁世凯。他积极拥护国民党第一次代表大会的政策。称得上是真正的孙中山先生的信徒。中山先生和黄兴相继逝世，他痛哭流涕。大病一场。病未痊愈，又投身北伐，带领一旅之众北上。以后的事，我就搞不清楚了。前面所讲的也是断续听人说说而已。他自己从来不说，有人问他过去，他总是有礼貌地推开。不过，他为人正直，学问渊博，文武全才，谁都承认。可惜不知怎的竟愿在这尚行小学，默默地隐居下来。"

黎清听到这里，忽然想起柳鸿生前介绍她读的郑板桥《道情》中的《老书生》这一首的最后一句："倒不如穷门僻巷，教几个小小蒙童。"她立刻说："这有什么奇怪呢？"

包真几乎吓了一跳，黎清这句问话的声音有些特别，悲愤兼哀怨，却又带些无所谓的腔调，素来反应灵敏的包真竟然瞠目。幸好黎清忽然又如梦醒似地换了口气说：

"这样的前辈，我没有去拜望，实在歉悔。他家离江门镇远吗？夫人呢？谁照顾他？"

"夫人早故，只留一女。女婿闻说在闽西做县长。女儿是他所爱的，女婿却是他所恨的。女婿是个工程师，理应以发展民族工业为本职，夺回外国人占去的市场，而他却热衷政治和发财。投进地方军阀的怀抱，做起县长来。他还责怪岳父不去利用党国元老这块招牌，真是蠢透了，老先生一怒之下，就从此分手。"

"那么。他回女儿家，这样的女婿能使他安心养病？"

"当然不能，幸好女儿和女婿已离婚，带着儿子在波平一所中学教书……"

"这就好了！"黎清松了一口气。接着又说："我怎么也弄不清楚，像张老这样的人，会到我们这个小镇做小学教员。"

"确实怪，后来汪校长给我解答了。他是汪校长一位老师介绍来的。嘱咐说：张老先生到这里，是学校的光荣，是你的福气，要像父辈一样待他。所以，他实在不是和我们一样的小学教员。名义是顾问，汪二爷给他的工资比汪校长要高。后来，他自己坚持要和高年级国文教员相等。他说，我教小学生比我做过的有些事有意义得多。你别以为他年近花甲，思想可新哩。可惜你没向他请教，这应该怪我。"

黎清暗想：真的太可惜了。应该怪自己，譬如说补充教材内容，周末班主任讲话，请教他不是更好！

包真见她沉吟不语，就说："我打算去看望他，星期六和星期一的课调到下星期天补上，或自己安排补回去。只要教务主任同意。不会有什么问题。"

"我也要去,育民还要我尽早去呢?"孟珠的声音从背后传来。

"你这个丫头,几时像鬼魂似地蜇进来? 想不到你还有些特务本领,"包真对她微微嗔怪,"吓我一跳。"

看来孟珠喜气洋洋。包真暗想,今夜特殊任务,她完成得一定出色,一定得到未婚夫的理。

黎猜想:她们中间有什么秘密,不让我知道,我应该告辞了。她站起来,却被包真双手压着两肩,只得重新坐下。包真对孟珠说:

"孟珠,看你这付憋不住的快乐,事情办得如意吧?! 我肯定料到。"

孟珠笑着点点头。

包真对黎清说:"刚才你不是要我讲孟珠的事? 好啦,你还是听她自己说罢。"

二年前,我随汪育民从上海到江门,在汪家住过几天后,就带着他父亲给仙台中学钟校长的介绍信离开了。汪育民知道义父对仙台中学的经济支援实情后,满心欢喜。尽管孟珠的自立意识和能力很强,有一个长辈(恰好是顶头上司)照顾总是幸运的。

我在钟校长那里宿了一夜,他很健谈,我也不错。他从东南大学谈起(钟校长,现在应亲热地称他老伯了),北伐时,部下有一位参谋就是东南大学投笔从戎的政法系学生,一直谈到蒋介石消灭各地军阀。谈到国民党,也谈到共产党,言语之间,年轻的偏向共产党,年老的偏向国民党;但是我们都没有明说,却在办教育这个目标上统一起来:民众文化水平不提高,就不可能辨别是非,就会被狡猾的政客和军阀一类的地方势力蒙蔽欺压。民众没有民主意识和能力就谈不上民主。国共两党谁不重视教育,就说明谁执行的是愚民政策。其他全是空话、废话、骗人的话。

第二天,我去教育科报到,那位科长却胸有成竹地说:"孟女士,你还是去县立小学当教务主任吧。"

我惊呆了:"你不是和育民在信中讲定了吗? 我还带着你这封信哩。"

"嘻,嘻。你别急。"科长请我坐下又倒了一杯茶,"育民和我通信中好几次都谈到你。我们虽然讲定你到仙台中学来,但随后就感到对教育事业的发展不是最佳岗位,对你是大材小用。你能做一个优秀的中学国文教员,也能办好一所小学。而后者对整个教育事业的贡献比前者要大得多。目前那位县立小学校长有更重要的工作等他去做,我不能长久留住他,勉强请他再待一年,让我们物色接替的人。结果我就选中了你。所以你必须在这个学校见习一下教务的负责工作,我即将到省城去一趟,我来不及和你们商量。在信中也无法讲清楚,而且我知道你们已离开上海,育民还没有给我写信。我不知道你们的通信地址呀!我直觉地相信育民能理解,你也会同意。"

科长的话,简洁有力,充满诚挚的感情,我被慑住了。我不忍心,也没有理由拒绝他。果然,育民回信和他的论调几乎找不到区别。

县立小学校长是个中年汉子。在教师中威信很高,当然也有和他故意闹别扭的人,但也无可奈何。长话短说吧。

中秋那夜,我接受他邀请。到他家共度佳节。他说还有一些朋友,我去了,连主人五个人。另两个都是数学教员,第三个是做梦也没有想到的教育科长。

"月亮不会有了,多厚的云层!月亮没有足够的力量钻出来。"校长进屋将两只镴壶一放说:"本地陈酿,菜总该送来了吧。"

我琢磨他前夫人应该在厨房里操勺。经他这一说,知道他是单身汉在这里,我衷心祝愿他有个幸福的家庭。

校长搓搓手把围巾解下,用一种使人凄楚的眼光望着教育科长。科长说:"不要这样消极。如果刮起一阵风,月光仍会清澈地洒下人间。菜还没送来,时间尽有,多聊聊。前人不是有诗云:'莫怪更深仍坐待,密云或有暂开时。'"

那天晚上,我本来兴致勃勃而来,想不到平素万事乐观有理想、有魄力的校长,会自始至终或浓或淡抹上我毫不理解的消极表情。我惶惑而惊恐,不敢多问,在我曾参加过的节日聚餐中,从没体现过这种窒息的滋味。

我想还是先告辞为好,二位数学教师也站起来。

"诸位,慢着,再坐会儿。"科长的表情严肃而慈祥,"我有件事还请三位帮忙哩。"

我们三人茫然坐下,科长说:"是这么一件事,他(指校长)有要紧的事,明天一早就得离开。说不准什么时候回来。校务暂由孟女士代理。正式公文,明天就会送到学校。你们两位要尽心协助她啊。"

这怎么行!我正想推辞。科长右手在我眼前一摇:"别说了,我们已经决定。明天接到公文后,孟女士当然要邀请训育主任和总务主任一起商量。至于你们二人用什么名义参加——我看一位是代理教务主任,另一位——"

始终默默站在一旁的校长突然说:"可以在科里的公文上附带说明允许代理校长选用一名兼职秘书并增加一名教员。"

"这个不妥,没有前例。"科长表示为难。

我说:"请教育科明天可以先发下一公文指示:县立小学因班级多。规模大,必要时增聘教师一名,并可由校长选聘校内教员作为兼职校务秘书。代理校长问题迟二、三天再发下公文。科长认为如何?"

科长微微朝我一笑:"不错,只好如此,年轻人头脑到底比我们灵活。"

校长果真翌日一早就走了。我立刻写信给育民,他也不知科长、校长葫芦里的药,只叫我小心从事。然而,事情还是不祥地迅速发展下去。

重阳后没几天,那位兼校务秘书的教师偷偷告诉我:教育科长失踪了,有些人说他是异党,被捕了;有些说他出走了;也有说得更骇人:自杀了。总之,下落不明。一直过了半个月,我去拜望钟老伯时才得到确凿的消息:他被捕了,而且立即送往省城。这天晚上,我重新回忆中秋晚上的情景和即将离校的校长,我不禁哭了,这是我成年以后第一次流泪。

以后厄运向我直接袭击。这就是这次事件的本身经过。那天晚上,那位兼秘书的数学教师来和我商量关于应如何处理我在国庆纪念大会上讲话时虚声捣乱的高年级学生问题。我说不必追究,他理解我的意思,我送走了他,正准备关门解衣睡觉,忽然发现有个男人擦肩而过,接着又有个男人推开我的阻拦跨进房来。时已九时多,我又不认识,知道来者不善。一般说我是个大胆的姑娘,但这种情况,我从未经历过,我不免心慌胆怯了。

"你们是谁? 要干什么?"尽管我大声责问,他们仍会发觉我内心慌乱,色厉内荏。其实我自己也感到身心都在发抖。

两个男人并没有回答,自搬椅子坐下,其中年龄较大的一个斜着眼睛邪笑说:"孟校长,不,我知道你还没结婚,年纪轻轻,还是叫你孟小姐为是。孟小姐,你不必害怕。我们不会对你怎样的。不过,你也不必太小气。"他向同伴说:"你说对吗? 不要太小气。"同伴站起来:"嗯,不错。孟小姐够漂亮了。"他走到我身边,竟抚摸我的脸。我没料到他竟会这样放肆,又羞又气,狠狠地还他一个巴掌,他捂住脸,看样子要发作了。另一个男子却笑着把他向前揍我的拳头挡回去。

"咦,老三,孟小姐这一巴掌不好受吧。谁叫你这样心急粗鲁。孟小姐乃一校之长,岂能容忍? 孟小姐虽然风流成性,你也得惜玉怜香才是。我相信那位教书先生斯斯文文,尝到孟小姐的甜头,昏沉沉地正在回味着哩。

吓,孟小姐亏你还是一校之长,夜深人静,关着个青年男教员,不是偷汉子,谁相信会有别的事!"

"胡说,放屁!"我肺都气炸了。

"瞧你自己,衣扣松着,衣襟敞开,能抵赖?好哇,没时间和你啰唆。反正你们共产党女人对这些事毫不在乎。听着,我们奉公而来,跟我去局里走一趟。"话音未落,另一个就把我双手剪起来,用麻绳缚住。

"流氓,恶棍!"我大喊大骂。

"你这女人,想要惊动别人误我们公事?"他随手拉下挂在脸盆架上的毛巾,撕成二片,一片塞入我嘴里,另一片扎住我眼睛。"这样,你该服帖了吧,让我们摸摸总可以吧。你的衣襟不是开着吗?"

我觉得无数只手摸我胸脯,一只手还拉我裤子,却被另一只手拉开了。

"孟小姐,我们不是流氓,否则,真够你享受。"说着,我就被这两个畜生拖出学校后门。大约过了半点钟,他们把我推进一间小屋里,松了绑,径自走了。

第二天开始有人来审问我。一共三次:有穿警服的,也有穿便衣的。最后一次最凶,被他们打了几个巴掌,他们问我的每次都是同样重复:校长到哪里去了?我为什么被教育科长如此重视?除了我们这三个被认为是共产党外,仙台县教育界还有谁?我们做了哪些反政府的事?今后有什么计划?当然,我什么也不知道,什么也没有做。共产党人?我希望是,但我不是。我的一切自由完全被剥夺。本来我打算要求允许我写信给钟老伯,后来仔细一想,这样肯定会牵累他。我就打消了。实际上,我迄今为止,仍不知道我关的地方,因为释放我时,我仍蒙上眼睛。

但是,最使我气愤的是我被捕后,学校里有人造谣,说我是校长的情妇。说什么校长夫人知道了,逼校长回家,他唯恐好事败露,无地自容,偷偷溜走,还算有点羞耻。像我,孟珠,淫不知耻,居然又迷那个校务秘书,也许那个教育科长早是她的地下丈夫了。这些谣言我自然听不到。我释放后直接到钟老伯家里,是那位数学教师偷偷告诉我的。黎女士,你不觉得?我晚餐一直没有吭声,我气惯了。钟老伯还以为我饮食突然增加油水,胃里不好受。他问我,我随便点点头。

"这些人真是下流透顶!那位校务秘书呢?钟老伯怎能不请他来为你饯行?"包真问。

"他。可怜的他,唉!"孟珠长叹一声:"在我释放前早被语言攻倒。听那位数学教师说,他还收到恐吓信:识相些,最好立刻滚回去,当心狗命。他回老家去了——唉,做人真难啊!"

黎清听完孟珠的故事后,暗想像孟珠这样胆大乐观的青年女子,终于也遭厄运,受人欺辱,何况我!

"真是处世如履薄冰。"包真说了这句话后立该转腔,"不过,好在汪校长能体谅我。"

"他怎么说的?"

"他说,这有什么!你遭受坏人欺辱,我同情还来不及呢?这种语言,能影响我对你的感情?如果我有情绪,无非仇恨而已。"

"多好的男人,孟女士该终身无憾了。"

"不怕你俩见笑,我情不自禁地抱住他,深深吻了几下。"

"孟珠,喜酒不会太晚吧?"

"当然。刚才他已说过,不会拖到明年。这里有一个尚未证实的消息,还是那位数学教员说的。仙台教育科长已命令把原来的县立小学校长撤职,任命那个总务主任当校长,他是警察局长的大舅子,说来好笑,他是做棺木生意亏了本才到学校里来的。新任教育科长推荐给县长的。他扬言下学期使县立小学面貌为之一新。至于他自己,教务处工作早由训育主任兼任,下学期十有八九要另谋出路。育民已写信给钟老伯,告诉他钱已汇出,并希望他能打听一下对我有没有拖泥带水的事情。"

孟珠说到这里,轻松的语调早已没有了。包、黎两人的心弦又被拉紧。果然。不久,孙石告诉黎清,钟老伯来信说:虽然谈不上对孟珠有什么纠缠,但有传闻山江县对各县的共产党活动将统一处理。仙台县前教育科长很可能被认为是个领导成员。因此,钟老伯建议,育民夫妇还是早日远离山江,走为上策。这样两人婚礼来不及按传统惯例择定吉日而匆匆在一个星期天举行了。只有少数人参加婚宴,免得招人耳目。学校同事有些扫兴,但都能理解。只是尚行小学从此消失以前那种生气勃勃的气氛了。

黎清的心情变化尤其明显,连庆祝元旦的晚会节目都没有精心研究,只心血来潮地提出《名利网》这个小歌剧,有意无心地排练教唱。但越近演出,越觉得自己选得不错。她觉得这学期短短几个月中所见,究源溯流,还是"追名逐利",是名利。权力只是获取名利的手段,如果人人没有追逐名利的心思,就用不到争夺权利,国民党不会腐败,共产党也不必另组政府和军队。

两党斗争不会愈演愈激烈。仙台县教育科长不会被逮捕，县小学校长不会失踪，孟珠的事情不会出现，汪校长当然不会离开尚行小学。黎清自以为发现"世乱"的根源，她觉得老子的无为而治很有道理。

照例，寒假前夕，董事长汪二爷宴请全校教职工。谁都体会到这次例宴，实际上是和汪校长的离别聚餐，空气被惜别滞住。各人各自吃闷菜，喝闷酒，包真实在憋不住，就跑去和美工等三、四名教员咬耳朵。然后，站起来说道：

"诸位，今晚我们聚在一起，虽然仍托董事长的福，但意味深长，大家心照不宣了。我觉得正因为如此，这样闷着吃喝，不仅对不住董事长对我们的关心和盛意，更对不住汪校长。我觉得我们虽有离恨，却应该欢送。人有悲欢离合，月有阴晴圆缺，何足道哉？我建议，我们边吃边喝边演节目，悲也好，欢也好，总是惜别之情。歌也好，吟也好，讲也好，总是惜别之意，赞成吗？"'

一阵掌声。包真接着说："节目主动自报自演，让我先来抛砖引玉。我吟唱王荆公的《桂枝春》"：

"登临送目，正故国晚秋……"

黎清暗想：已经冬天了。

"星河鹭起，画图难足……"

黎清沉思：一点不错。

包真继续吟唱下阕："念往昔，豪华竞逐，叹门外楼头，悲恨相续——"听得出包真有哽咽之言。她唱到"六朝旧事如流水，但寒烟衰草凝绿——"有人看到包真泪水盈眶。黎清不敢抬头看她，因为她无法抑制自己的感情，偷偷用手帕拭去自己的泪水。忽听得"至今"一转，高亢地，充满悲愤激情："犹唱后庭遗曲。"戛然而止。

过了半分钟，掌声四起。接着，教务主任讲了汪校长在任期内不少感人轶事。美术教员送上一张《春光永驻》的花卉图。他说："这是旧作，现在送给汪校长是最适合不过了，我已准备另一张宣纸，餐后欢迎签名，我会将它们同幅裱装，合送给汪校长。"他指一指课餐桌旁边一张旧课桌上的宣纸和笔墨，又将《春光永驻》图放在旁边。

黎清懊悔自己没有早跟孙石学画。这时，有人喊道："请音乐教员黎清女士演唱。"

黎清愿意，绝对愿意。唱什么才能合景、合情、合理？她站起："好吧，我愿意,我应该,我唱,唱——李叔同的《送别》吧!"

"长亭外,古道边,芳草碧连天。晚风拂柳笛声残,夕阳山外山。天之涯,地之角,知交半另落,一瓢浊酒尽余欢,今宵别梦寒。"

唱到最后一句,黎清感自己的声音也消失了。可是人家都在倾听,意境未尽,似有余音。

"让我们一同为汪校长和孟女士干杯,祝他们前程万里,万事如意。身体健康。"

大家举杯立起,有一个年长的教员说:"还应祝我们后会有期。"

干了杯,大家坐下,只见董事长仍站着,他一手撑住桌子,一手握着酒杯。情绪紧张使他期期艾艾,口吃更明显了:

"诸位,我想唱戏,任——情唱。高——声唱。可我唱不出来。请——请原谅。感谢你——们。我——我这儿子的的确是——好样的,媳妇——也是——好样的。我俩——没,没有福,不能留——留他们在身边,但愿——他俩——不,不辜负同事们的期望,后——后——会有期,来看看我俩和他们吧。"他忽然坐下,黎清忽然发现他和夫人一下子就老了许多。

这次聚宴有些特别,除去开始时闷饮闷食外,菜肴几乎很少人吃,大家被离情别绪塞饱了。最后,汪育民夫妻站起来,先向汪二爷夫妇行礼,再向同事恭手:

"我讲什么话都是难尽情意,让我们沉默地干这一杯吧。"

黎清彻夜不眠,聚宴的情景搅得心乱如麻,她想不通为什么只有数个月就会和尚行小学、汪育民夫妻有这样难舍难分的感情?她回忆几年粉笔生涯。或先或后,或人或己,或彼或此。

都七颠八倒。最后决定下学期把他的遗腹子火儿带来自己身边,即使母亲不来,火儿来了,有半个柳鸿也伴着我们母子。他难道永远丢下我们不管!?

(六)

寒假开始前二天,汪二爷请孙石、黎清参加家宴。不出所料,汪育民夫妻即将离开江门镇。在席上,进一步得知他俩本来要在家过年,后来接到钟老伯来的信说,有传闻:山江专区过了年,立刻要在所属六县逮捕共产党和重大嫌疑分子,名单已拟定,还不知道有没有孟珠。而且钟老伯还说起,有一个偶然的机会,使他知道仙台县前教育科长被抄查的信件中有汪育民给他的复信,表示对那位县立小学已失踪的前校长的文章甚为钦佩,赞成孟珠去那里,并谈了一些如何锻炼孟珠的办学能力等等。会不会把任育民牵涉进去? 很有可能。所以决定,趁忙碌的春节前夕离开更加妥当。

家宴的气氛和那天校宴没有两样,偶尔谈话,也是硬挤出来的。孙石问汪育民:

"往后,你俩怎样打算?"

"难说。上海朋友劝我尽快来上海再说,他们为我在租界租了一间比较宽大的阁楼,爸爸又给我一笔生活费,足够半年之用。我们从中找工作,只要工作有着落,脚跟就立定了。不过,像办学,像办尚行小学这种可以自己发挥教育理想的机会,恐怕是难得了。"

"为什么?"黎清问。

"谁给我办学的权力?"

"哦,"黎清又想到这个魔鬼似的权力,它还可能是天使。"国民党天下,你没有办学的机会,如果在共产党天下,你有机会按照自己的理想去办好一所学校吗?"

"我想有的,因为共产党是按中山先生唤醒民众的遗训来作为教育方针的。"

"这个——我并不清楚。"

"我认为如果按蔡元培先生的左右并蓄的民主办学方针,最好不过。共产党学校能这样吗?"

"我想能够这样。"

黎清心中酌量着,说来说去还是一个权的问题。权到底从何而生? 从何而去? 黎清希望有机会向汪育民夫妇请教。隔了一天,她和孙石到汪府辞行时,没想到汪二爷说:"他们走了。"

轮船茶房(接待乘客的职工)对孙石这个常客已很熟悉了。孙石上船,茶房一定开个小包房给他,他也会大方地给二角银币,四小时的清闲,非常合算。这次当他和黎清一起来到船上时,茶房远远招呼他了。

"哦,孙先生,放寒假,回家过年啦。太太几时来江门的? 我怎没看见? 是了。我还是第一次,别见怪,即使在船上碰到也不知道。"

黎清正红了脸。孙石连忙说："这位是黎先生，也是教员，是我的亲戚。"

"嘻嘻，黎先生，对不起，高抬贵手，我莽撞了。"

黎清当然不会怪他。随孙石进了包房。她把房门开得更大些。用把牌凳挡着，免得房门被风吹关。然后问道：

"姐夫，大姐怎样？你好久没有谈起她了。"

"唉，"孙石习惯地摸摸没有胡毛的上下唇说，"还是这样，没有起色。上星期来信说又感冒了，咳得厉害，这种病最怕感冒。"

"还是应该把小楼上的西窗关了。西北风对大姐绝对不利。"

"说得是。"

"你知道不知道城里学校的情况？我写信给向校长，迄今不回音。"

"总是你争我夺，不过我想共产党大概要退出这台戏，因为力量大悬殊了。我们省立中学也失踪了两位教师。"

"国民党的敌手没有了。学校总该安定了吧。"

孙石笑笑："国民党内部又会产生敌对集团或派别，争权夺拉，哪里会安定？"

"那就国无宁日了。"

"正是如此。共产党的斗争'永久论'倒也符合实际。"

"我不知道共产党的教育政策，但共产党员，或倾向共产党的教员在师生中都有威信，孟珠事件足以说明。孟珠自称不是共产党人，汪校长也不是，包真也不是。仙台县教育科长和县小学校长大概是共产党人；他们在学校中都很有威信。国民党，像仙台县这班党棍、官僚，只会叫人气愤，配得上是总理的信徒？"

"那年你为什么参加国民党？我就不参加。他们说做校长总得是国民党员。我问为什么，不做校长还不成？于是他们不敢强迫我。说那么再讲罢。你是向校长介绍入党的，对吗？"

"对。那时国民党人是好样的。"

"我和你说，二妹，好人、坏人，政治、政党，都是极复杂的，我们别上他们当，做他们的工具。所以我那时做山江县小学校长第一天起，就想辞职，我知道自己成为他们斗争的缓冲点，是双方的工具。我能干下去？现在你看我多好！自由自在，和学生讲物理学，对他们有益无害。这是工作。生活上，我觉得邀游于大自然——山水之间最有意思，这就是我对山水画越来越有兴趣的缘故。"

黎清很同意,柳鸿也是这样以为的,就是太急了。干吗中秋非到仙台山赏月? 学画,现在是个好机会。她鼓起勇气说:

"姐夫,你愿意教我学习山水画吗?"

孙石愣然。他没有这个思想准备,但他很乐意:"当然作为业余消遣,应是上品,琴棋书画之一嘛。"

"那么,今天就开始。"黎清高兴说,她感到年轻许多,仿佛是师范学校里的学生。

"今天? 此刻? 在船上?"孙石摸不清她的心意。

"请为我讲讲学习山水画应该做哪些准备吧。船到岸还有一个多钟头,相对无言真有些难受?"

孙石笑说:"我还是第一次见到你这样又快乐又心急。好吧,你说得也是。"孙石想起她初见汪二爷表现出对山水画的兴趣,肯定她不是随便说说,便回答道:

"十分简单,笔墨纸砚而已。"

"哎呀,你太简单了,你要知道你的学生一窍不通,话说得详细些:什么笔? 羊毫还是狼毫? 什么墨? 练习时是否定要宣纸等等。我要去准备的呀,回城里立刻照办。"

孙石看她这样认真。心中悠然产生一种得一高足的愉悦。便回答说:"喏,并不复杂,请你买支毛笔,中楷羊毫,习字一般用狼毫,习画则以羊毫较适用。习画用纸可买毛边纸,油光纸就不能用,还要买一只调墨浓淡之用的画碟,以后若要着色,还要买一只有格子的着色瓷碟。此外,要买一本《芥子园画传》,共四集,第一集就是山水,前面有学画山水的说明,你一看便知。容易领会,但最重要的还是临摹,从头开始,如有难解之处,尽管和我讨论。"

孙石这段话,并非一次说完。中间夹着其他闲聊。譬如火儿带到江门镇后的生活、学习问题,尚行小学校长人选,汪二爷大公子三宝的前途,国民政府教育部长会不会换人等等。

但这些插进去的话题,都是飘荡无根,最后总转回学画这个点子上。

离开只有十多分钟了,山江著名的双塔已清楚在望,黎清心中忽然涌起一个时局紧张的可怕念头,她问孙石:

"会不会和东洋人打起来,还是仍旧不抵抗主义?"

"东北边区,离京都太远。对皇帝威胁不大。上海就不同啦,如果仍然不抵抗,不是把京都丢了? 京都一失,岂非亡国,我看不会。"

"你说的是。尽管武器不如东洋小鬼,但'师直为壮曲为老',至少我不相信一抵抗,三日便亡。不抵抗,倒是可能。"黎清觉得自己振振有词。

黎清回家后。和母亲、孩子沉湎在天伦之乐中,什么事,包括中日和战这个大问题,一概被丢在脑后。她们想把孩子带在身边,万一战火不可避免危及生命,一个人死不如母子一起死,相依为命啊。她试探性地和孩子说了。

"妈妈,你那边好玩吗?"

"当然,还有妈妈,你喜欢和妈妈做伴吗?"

"喜欢。可是除妈妈外,一切都是陌生的,没有意思,我最怕又有人欺侮我,要买路钱。我一时哪里找到保镖。妈妈,你还是不要去吧。"

"这怎么行! 不去就没有饭吃,没衣穿,谈不上读书,这里有什么好? 这里有人欺侮你,虽然有人保镖,到那边,却有妈妈,谁敢欺侮你!"

"这里好玩的多哩。春天放鹞儿,秋天捉蟋蟀。冬天踢毽子、跳绳,还有捉麻雀。"

"你到那边也可以这样玩呀!"

"没有伴,都是陌生的。不过,听说江门镇要打仗了。和日本小鬼打,我倒高兴参加。"

黎清觉得半年不见,儿子成长了许多,讲话虽然还带有稚气,却蛮有条理。他不高兴去江门,但也没有反对。她相信他不会坚持的,只要到了那里,他会习惯的。

一天,柳火到学校里拿成绩单去了。黎清想起学画的事。记得去年曾为他买了一锭亦政堂墨。不会用完吧。《芥子园画传》已经买来,毛边纸火儿有的是,她顺手拉出儿子的抽屉,吃了一惊,它比自己的抽屉还要整齐,也许藏在这只小盒子里吧,打开一看,没有,里面却装有十多个铜圆和一枚银圆,不禁骇然,这件事比较严重!

正在这时,柳火从学校回来了,把成绩单递给黎清。黎清接过一看,国文90分,算术85分,常识98分。不理想,尚可,应该给鼓励。但银圆和银币一定要查明来路。

"火儿,不错,叫妈妈喜欢。下学期应该更好。但更重要的是做一个好孩子,要诚实,特别对妈妈和外婆。"

"怎么,我没有骗过你们呀。"

"那么，我问你，你抽屉里的银角和铜圆是哪里来的？"

"这个——"柳火没料到这个小小的秘密会被妈妈发现。他看见妈妈那种少有的带愤怒的严峻脸相，委屈地哭了。他想起自己当时的动机，惶恐地说："我赚来的。"

"赚来的？用什么去赚？你再说谎，就不承认你这个儿子了。"

"没骗你，真的是我自己赚来的。柳火拉开抽屉，从一个旧信封中抽出一本账单和几张名单。"妈妈，你看，是我抄写这个赚来的，你不是要我学到自立的本领，用自己劳力来挣钱过日子吗？因为我们没有家业，又没有人帮助我。我这样用劳力赚钱不对吗？"

"黎清赶紧抱住儿子。他只有十一岁哩！两人都哭了。半晌，黎清才问账单来由。柳火告诉她是对门马家舅舅给的。后来看他字体工整清楚，就陆续供应。

"你外婆一点都不知道？"

"她以为我埋头做作业呢，其实，我作业早已做完了。"

这时黎母进来，看见黎清母子，红彤彤的眼圈，问黎清怎么回事，黎清告诉她。黎母过来亲亲柳火说："乖孩子，目前还是读书要紧，不需要你赚钱。"

除夕前几天，农历二十以后，天天都有传统事情要干，家家户户忙碌异常，好在黎家三代不过三个人。所谓过年，无非随俗，装个形式。谈不上讲究排场，年糕、炒米糖都附托在大户人家做。进出年礼不多。柳家早已不来往。孙家照例会送来不少年货，是大囡夫婿的孝敬，用不到还礼。三囡家势中落，大家免了。反正这些事情，黎清从不过问，只有拂尘日，才以黎清为主，带领儿子，把灶房卧室打扫整理一番，并写对红联贴在卧室门上。所以黎清尽有时间去探亲访友。

毫不犹豫地先去看大姐黎娟的病。大姐住在新建一字形西式房子的偏屋楼上。这座二间偏楼是黎娟建议造的，打算以低价典给黎清母子无限期住下去。因为黎母的继子若一结婚，黎清母子就难和黎母同屋伴住，更不可能回转柳家，叫这新婚不到一年的寡妇和遗腹子流浪到哪里去？孙石同意，但上面的公婆发了话：低价也得有个适当数目，也得写个字据。于是500银圆的典价便被确定了。然而，房子造好后，黎家三代的节支省用积起来的还是不够。碰巧黎娟肺病严重起来，需要隔离静养，就搬了进去。

黎清看见大姐坐在垫着被褥的藤椅上。黎姐见妹妹进来，挣着起来，黎清忙过去扶她。

"对我还客气什么！还是躺回床上吧。"

"我情不自禁呀！我多么盼望你和阿娘能来，我实在太寂寞了。"

"我们也记挂你呀，阿娘无日不思念你。她被火儿缠住，三顿饭，少不了，请你原谅她。过了年，她一定会来的。"黎清把椅子移近她。

"我知道。"黎娟拉着妹妹的手，"我常常回忆孩时我们三个姐妹生活得多快乐。阿娘竟卖田给我们读师范。那时伯公说她定是疯了。"

"我们的阿娘是伟大的，连向校长都这么称赞她。"

"大妹，我很想念向校长，我不如你。不是她的好学生，一天工作都没有做过。"

"大姐，不必说了。你身患顽疾。她不是来看过你几次？她对你只有鼓励，怎会责怪！谁愿意自己生病？"

"孙石告诉我，她早不做女师校长了。你应去探望她才是。大妹，我快不中用了。"黎娟抓住妹妹的手，紧紧握住。眼眶里湿漉漉的全是泪水，却没有流出凹进去的眼眶。瘦削的两颊，愈显得苍白。她松开手，合上眼皮，不胜倦意。黎清将她放在胸前的右手塞回棉被里。把橡皮袋里的水换得更热些，也塞进去，依大姐意思压在胸口。这时正好孙石从外面进来。

黎清摇摇手，表示大姐困了，最好别打扰她。但黎娟已经发觉，睁开眼，朝孙石点点头。孙石过去。

"你带大妹出去吃饭吧。我这里只要一小碗粥油，鸡汁不必了，太贵，我们有这么多孩子，拌些别的调味品就好了。"黎娟眼光转向黎清："大妹，吃过饭，我们姐妹再聊聊好吗？火儿今天没有来是对的。以后也不要带来。我这病对小孩特别危险。我这里决不让孩子接近我。"黎娟终于流出泪水。

黎清无言以对。哀伤地跟孙石出去。饭后，她蹑手蹑脚走近大姐床前，看见大姐真正睡着了。她不敢惊动，轻轻坐在床头柜边，心里空荡荡的，随手在尚未吃完的粥碗旁边拿起一本书来——《红楼梦》！

黎娟性格内向，对孙石感情很深，从不逆他的意。孙石对她也不错，关怀备至。假期回家，她的起居饮食都亲自照顾。黎清看在眼里，又喜又伤。喜的是大姐有这么个好丈夫，伤的是自己命苦，免不了有灾有悔，生起病来，谁伺候？母亲年迈花甲，火儿尚未成年，前途真难预料啊。

黎清带着儿子去拜访向校长，在向校长家的会客室里，女仆告诉她："向校长刚出去，不多久便可回来，说不定还带着客人归家。"因为她嘱咐女仆，在中餐再加两个菜。

黎清想:会是谁?总不会为"我"吧。等着瞧,好在和母亲说过拜访向校长,午饭可能被留住。

会客室外是一片大空地,柳火一眼就看见来了几个孩子分阵踢起小皮球。他跑出去坐在廊沿台阶上观看。黎清发现茶几上一张包过什么东西的却端正地放着旧的《申报》,随手拿来坐下浏览。在广告中看到一则寻人启事,谁把它圈了红色标记?黎清被吸引住了。"这是怎么回事呀?"黎清睁大眼睛一直读了三遍。

启事是孟珍登的,找寻她的未婚夫,《申报》的日期是九月三十日,下署通讯处在武昌,难怪黎清写给她的信,杳如黄鹤了。红色标记一定是向校长画的。以后又发生了哪些事?黎清决定今天非看到向校长不可。

时钟刚敲过十一点,向校长回来了。和她并肩走进来的中年妇女是谁?哎!不是孟珍吗?黎清赶紧迎上去,忘记了对老师应有的礼貌,只紧紧握住孟珍的双手。向校长知道她们二人的深厚友谊,激动在自己意料之中,只站在旁边微笑:

"看你俩,进去再说吧。"

三人在会客室坐定后,女仆过来冲了三杯茶。向校长挨次凝视这二个晚辈,表情由欢乐转向呆滞,长叹一声。黎清终于开了口:

"孟珍,喝口热茶,说吧。这些日子怎么过的?统统告诉我,我等不及了。你没有接到我的信吗?"她看孟珍那张疲惫憔悴的脸孔。几乎怀疑挨坐在旁边的是否就是不到一年前的那个两颊丰满、红光焕发的青年女教员。

"说吧,孟珍,我去去就来。你身体欠佳。应吃得素净些。我去关照一声。"向校长说完,离开了。

孟珍有些气喘,头斜靠在椅背上。她从怀中取出一封信递给黎清,黎清接过一看,没有寄信人地址,只写上"内详"。急忙取出信纸,先看信头称呼和信末署名,不禁惊喜:

"是史鉴先生的,他终于有音讯了!"

孟珍不作声,脸色更加灰暗。黎清惶恐地默默读着:

亲爱的珍珍:

你一定为我这么久没有给你信而挂念伤心了。我估计你会给我很多信。我知道我不可能接到你的信。正如你不可能接到我给你的信,因为我完全失去自由。你不必问这是为什么，事情都过去了。我现在自由了，我已经认识到自己过去仅仅是别人的工具，我不敢再做工具了。世间一切均是虚幻。色、受、想、行、识均无意义。我自由了，在五蕴皆空中，我真正自由了。如果我还有什么俗情俗事未了，那便是我没有向你交代诀别。珍珍，你是我过去的未婚妻，我一直爱你。但是你不可能成为我的妻子，因为我，现在的我，不仅不是男人，而且不是人，是空的。在你头脑中浮现的，在你眼前出现的我都是你的幻觉，实际上是不存在的，你也应该清楚了。好了，一切都已过去，我不再祝福你，因为祝福也是空的。我去了。

下面便是史鉴的签名。

黎清把信压在膝盖上，说了一句"怎会有这等事"便皱眉沉默。她们二人各有许多话要向对方倾诉，有许多问题需要对方帮助找到答案。然而，他们不知用什么语词来表达，她们的神经麻木了。时钟的嘀嗒声占据了她们所觉察的整个空间，似乎此刻宇宙只有一座钟。

向校长进来笑道："故友重逢，应该高兴，自有说不完的话，怎能如此浪费时间？"她一眼看到黎清膝上的信，明白了。她问道："你读过了？"黎清点点头。向校长接着说："我们来为孟珍出个主意吧。孟珍，你自己也动动脑筋好吗？你一向思维灵活，别被突如其来的不幸麻痹住。悲哀不能解决任何问题。"

"向校长说得对，"黎清抹抹自己眼边的泪痕，"我想史先生多半是遁入空门了。你们看他信中满是出家人的语言。"

"我也这样认为。"向校长把木炭添上。黎清忙过来："让我来，你歇着。"她把炉火生旺，再搁上一把铜壶。向校长坐回有垫的藤椅上，继续发表她的见解："我想，孟珍还是先把生活安定下来，最为妥当。仍在这里吧。现在我又有力量把你介绍当一个教员了，女子小学已经改成男女同校，成为县立第二小学，需要增添教员，我介绍，必无问题。"

"向校长，你？"黎清心中充满希望。

"嗯，省里变化不小，教育厅长换人。新任教育厅长要我当女师校长。任命状可能年里就会收到。看样子，南京的中央政府已经稳定下来，对这个百年大计的教育开始重视。共产党也已经在陕北建立起根据地。疆界分明，互不侵犯，各行其是，看看效果，倒很科学。如果国共两党真正为国为民,就应该如此让老百姓看看清楚,谁能为他们得到更多的实实在在的精神和物质权利。"

"国民党在南京能持久稳定?"孟珍已经从哀伤的沉默中解脱出来,"我看并不见得,我这次从南京经上海回到山江,我接触过去的同学、各级学校的教师和学生、政府中下级官员、军队中下级军官,还有哥哥的昔日朋友一致对国民党目前情况不满,内部争权夺利,对日本妥协投降,他们说很像定都南京后的太平天国。谈得上稳定吗? 日本人得寸进尺,得了华北还不是为了吞并全中国? 主张抗日的人,国民党内部也有不少,但敢怒不敢言。岂能心服? 在野的知识分子更不用说了。连章太炎都义愤填膺,斥责蒋介石。大学如火山——总不能说都是共产党人做出的吧! 主张抗日的不会都是共产党人吧!"

"蒋介石让日,共产党反日,水火岂能相容!"黎清居然发表起政见来,自觉奇怪。

"蒋介石的'攘外必须安内'的口号实际上是彻底剿共这个方针的代名词。"孟珍的激情并未消散。

"'攘外安内'这口号从理论上说得过去。任何国家不可能在内乱情况下能成功地抵抗外侮,问题在于如何'安内'。这个实在太复杂了。不谈也罢。"向校长把话一转说,"孟珍,你说,你这封信究竟从何而得?"

提到信,孟珍的情绪倏地变了。刚才的民族主义激情完全被未婚女子的忧郁所置换,她低声回答说:"我住在南京的哥哥朋友处。这位朋友是哥哥在广州时结交的,他同史鉴和我本来就认识。他在北伐战争中负伤后,成了瘸子,现在驻京部队中挂一个中校参谋的名义领干薪,他的父亲早故,他把母亲从广州接到南京,租了三间平房,还算宽敞。信封上没有邮戳,猜想是武汉一位来京的人带给我的,我没有看到他。我既不知道史鉴的通讯处,也不知道这位带信人的姓名、住址和行踪,我无法取得任何联系,以后再也没有音讯。"

"也许你哥哥孟昌先生会知道多些。"向校长说。

"可惜哥哥同样杳然。我有两个贴心的亲人,现在都离我而去,生离比死别更为伤心。"

孟珍瘦削的两颊已显不出从前那个圆圆的脸盘。她低下头扭弄自己的衣角。"春天已离我而去。我仅有的是一颗冰的心。也许史鉴是对的,只有这条路可以平静地走到人生的尽头。不是吗? 王维有两句诗:'一生几许伤心事,不向空门何处销。'"她抬起头,茫然对空中凝视。

黎清已想象不出当年孟珍活泼动人的音容,那应该是史鉴见到的。他遁入空门,一定不是为了爱情,他有这样一位品学兼优的未婚妻,能出家吗?他居然出家了,可见事情极端严重复杂了。她没联想下去,因为孟昌的形象清楚地显现。他没有消息?怎么会?军中艰苦危险。他仍然无恙?……黎清轻轻地,不让人知觉到,叹了一口气,她诚心诚意地为他祝福。

这是为什么?她为什么单向他祝福?她觉得自己泛溢出一种似乎像对在日本时的柳鸿的那种感情。于是,颀长清瘦的柳鸿又代替了孟昌,为什么老是这样?已经很多很多次了。这次更使她吃惊。使她心慌意乱,脸上火辣辣的。她赶紧用讲话帮助自己收敛住不应有的虚无心态:

"孟珍,别人也是这样的呀。有位诗人说,人生下来就准备受苦,你何必这样寒心!藐沧海之一粟,人在宇宙中只是一颗浮尘,在地球上不过是一粒沙子。"

"黎清,你这个人比过去有意思多了。按你这个比喻,我们在中国应当有黄豆大小,在学校中是个巨人。你黎清在火儿前面则是一尊严慈祥结合的女神了。"向校长调侃得大家都笑了。她接着说:"笑话归笑话。不要疏忽正经事。哈,孟珍就在家住下。等到你拿到教员聘书后,就移住到学校里去。"

孟珍点头称是。叹了一口气说:"我真的身无分文了。向校长。我还得向你借旅馆费呢。我这次回到山江,就因为有你们。"

向校长继续说:"我这边,我写信给我武汉和南京的朋友。到各文职机关、学校、报社等处查访你哥哥孟昌的去向。"

"我估计孟先生不会再待在军队里。"黎清插话道。

"哦,不错,我怎没想到。"向校长语气中有赞扬。

"除夕即至,年夜饭到我家吃好吗?让我们姐妹多亲热一番。我要听你详详细细讲讲你这半年的生活感受。"黎清邀请说,最后朝她老师看了一眼。

"她到你家吃年饭会比在我家更快乐。宴聚中若有长辈在,就会不自觉地拘束一些。黎母为人随和,对你的影响要比我那位严肃生畏的电报局长少得多。而且孟珍还不认识他呢?"

午饭后。柳火催阿娘回去。向校长的儿子和参加踢球的游伴都比他大几岁,而且壮健。柳火难得跟上一脚,兴趣维持不下去。一到家,立刻就和邻居孩子拨弹花纸。黎清只要他不被游伴欺侮,也就任他。

柳火热衷于赌钱的玩意,花样很多。一种是技术性的如下棋、围棋、象棋、陆军棋;柳火虽感兴趣,但总是输,兴致逐渐降低。但掷铜圆这种技术,则在与他年龄相仿的伙伴中就是数一数二了。谁不想赢钱? 柳火总逗他们掷铜圆。这是指星期天或双十节、元旦之类的短期假日。长而炎热的暑假,柳火倒是喜欢躺在春凳上面看《小朋友》或小说童话。每年正月头十四日,他就参加另一件运气性的赌注。大人们以搓麻将为主,他上不了台,只有等大人做庄家推牌九,火儿经常成为主要边家。做庄家的大人都欢迎柳火参加,因为他输了不哭不赖。正月十四后,闹过元宵,外婆和妈妈就绝对禁止他再去。渐渐柳火也成了习惯,自觉遵守这个不成文的规定了。但是这一年柳火却无法玩到正月十四,热闹的元宵灯会也不能参加,他必须跟阿娘到江门镇去读书。

动身的前一天,黎清到县立二小的孟珍处告辞,希望她得到二位亲人的消息后立刻写信告诉自己,回家时,柳火在大厅黎家祖先像前香案上和孩伴掷"三国图",也是一种运气性赌钱方式。黎清忽然想起儿子抽屉中银角,会不会输了,要知道一枚银角可买一斤猪肉呢?

她打开儿子的抽屉,银角没有了,只剩下十几个铜圆,再翻看各种小盒,仍无着,真的是赌输了? 这还了得——变成赌徒。这时黎母进来,她看见黎清盯着打开的抽屉和小盒发呆,苍白的脸孔似要昏厥的样子,惊问道:

"二囡,你做什么?"

"上次火儿抽屉里的银角不见了。赌博输了,这是绝对严重的。"黎清,忧心忡忡。

"那么,事情还要糟。我正要告诉你:在开门箱里,我放进用银圆换来的三百个铜圆,隔了两天,只剩了七十多个,真怪,那几天我没有特别支出呀,会不会火儿拿走了?"

黎清闷声了不响,事情确实糟透,对火儿教育迫在眉睫,先得查清楚,按真实情况进行教育。她和母亲说了。黎母说:"别慌,我有个法子,你叫他进来,你在旁边看,别插话,别使他有异样感觉,更不要发火,只等必要时帮助我。"黎清点头,她要看看母亲到底怎样探清银角和铜圆的下落。

柳火来了。外婆说:"女儿,我的开门箱钥匙找不到了。你可知道?"

"你不是都放在小橱抽屉里吗?"柳火一边走一边去开那抽屉。"咦,怎么会没有!"

"你不必寻了,想必我忘记丢到哪里,等会找吧。现在我想去买些物品,需要零钱,你妈没有,只好向你借了。"火儿立刻打开抽屉,把无盖铁盒给外婆:"你要多少?我只有这些。"

外婆瞅了一眼:"不够。"

"我这里还有。"他在袋里摸出七八个铜圆。

"还是不够!你不是有银角吗,你自己抄账单赚的。"黎清觉得帮助母亲的时机已到。若无其事地说。

"这个——"火儿低下头。

"拿出借给外婆,明天会还给你的。"

"我没有了。"柳火显得不安。

"怎么会?你要和我们讲老实话,才是我们的好孩子。"

柳火抬起头来,眼神充满恐惧:"我丢了。"

"丢了?几时丢了?丢了银角,你还不叫嚷?"

"火儿,你看,妈妈气恼了。"外婆插进来说:"二囡,你不要对他发脾气,火儿会诚实告诉你的。他怎么可以欺骗我们?不诚实的孩子,读了书有什么长进!"

柳火噙着泪水,走到母亲面前,低声说:"我押牌九输了。"

黎清听着,脸孔由红变青,怒斥道:"你像我的儿子吗?"

黎母把柳火拉到自己身边:"你输光钱就歇手?想翻本?哪来的钱?开门箱的铜圆,你拿去多少?告诉我们,要和刚才一样诚实。否则我会和你教师说,或者,下学期索性不读书,找个店铺当学徒。"

柳火抬起头,望望外婆,又望望阿娘。她们全是板着脸孔。他从没见过外婆和妈妈同时对他这样严肃,尤其要把他送到店铺当学徒,恐惧极了,他不能忍受。陡然,他两手放在外婆膝上,仰面嗫嚅说:"是我拿了,不知多少,最后又输了,只剩这些。"

黎清已气得发抖,她尽力压抑住,不使怒火爆发,然而失败了。她抓住柳火那件棉袍下襟,拖他过来。不料袍面和衬布都已脆旧,"吱"的一声,撕了,这棉花都被翻了出来。柳火跌了一跤。黎母扶起外孙,见他额上的皮擦破,有血丝,连忙将备用的水蜡烛贴上。柳火的眼神由恐惧转变为忧伤。"哇"的一声,抱住母亲大哭。

"阿娘,阿娘,我不要当学徒,阿娘,你和外婆说说吧,我再也不敢了。"

黎清一阵心绞,觉得儿子还是还债的,她懊悔刚才气急败坏地抓他,于是她轻轻抹去他充满无邪的眼睛下沿的泪水。温柔地说："你是乖孩子，对吗？正月里允许你推牌九，无非玩玩。像穿新衣服，买爆竹一样。增加春节的欢乐。不是要你赢钱，或是把妈妈和你自己劳动赚来的钱输给人家，每年只能自己规定一个小数目，譬如至多十个铜圆，输完或赢进三十个铜圆就不应再玩了。像你现在这个样子，岂不是一个小赌棍吗？怎么不叫妈妈气愤？"

这时黎母插话了。她的态度极为认真，语气坚定："黎清，我看火儿不像个读书的。现在就这样没出息！还不如找个店老板当学徒，做个生意人来得实际。"

柳火听说，急急转身蹲到外婆膝旁，眼泪汪汪地说："不，不，外婆，我再也不敢了。"

"不敢什么？讲清楚！"黎母威严地问。

"不私自拿——不偷你的钱。"

"没有了？"

"不赌钱。"

"人家孩子要你去，你怎么办？"

"我告诉他：我不喜欢赌钱，喜欢看书。外婆，我现在能看懂《封神榜》了，申公豹是最坏的坏蛋。"

稳妥的。她脑中浮起一种念头：请母亲一同到江门镇去。她相信住房（主要是烧饭的地方）可以解决的。她需要母亲，火儿需要外婆。

然而，这个念头并没有实现。黎母说："我当然高兴。火儿去了，我会寂寞，进进出出只有一个人，有甚滋味！可是这里谁管？四分菜园地荒芜了，损失也很大呀，还有大囤新屋隔壁的一亩多地池麻，不照顾行吗？现在最重要的事就是把典屋的五百大洋凑足，将来住进去才安定。我必须耐得住寂寞孤单。火儿去了，我还可以腾出一些时间找些换钱活，多积一些钱。以后到新房子去，我就和你们同住。我唯一的心事已了，你们母子也可以从此安居乐业。"说实话，黎母和女儿算了一笔细账，黎清无话可说。只好按照母亲：两地分居，假期团聚。

（七）

柳火转学到江门镇的尚行小学，很快地适应了新环境，一时没有人伴玩，读书到比从前专心得多，每天功课和作业容易完成，剩下时间，便看课外读物《小朋友》等儿童读物，黎清虽然按期从图书馆借来，柳火并不感兴趣，只有《武士风筝》的连环面看了又看，后来，黎清借来《西游记》给他，他就入迷了。同班同学都喜欢同这个温驯腼腆的新同学来往，听他讲元始天尊的门徒和孙悟空大战红孩儿。

在生活上，为了节省开支，黎清决定不再向厨房包饭，自己起火，炊具是一只煤油炉。

尚行小学的家长大部分是农民，质朴尊师，他们历来都把教员当作自己孩子的恩人。再由于学生对教师的敬爱，特别柳火同班的同学更出于对柳火的友谊，黎清的日常蔬菜，肉和蛋都由他们送来，价钱自然格外便宜。母子两人的伙食，如果包给厨房，每月要八元大洋，自己烧，五元足矣，每月能积三元，真是个大数目了。

这些都应该说是顺心的事。可惜除此外，一连几件事情都使黎清悲、忧、愁、苦。简单说吧。

春天来了，黎娟却弃世而去，黎清一直等到孙石治丧回来才知道。这由于黎娟弥留之际和她母亲讲的：不必告诉大妹。黎清抑制住自己的哀伤，想到大姐虽然嫁个好丈夫，但生儿育女一大堆，三分之一时间还在病榻上过日子，空有师范毕业，连粉笔也没有拿过，不能说是好结局。自己情况呢？丈夫同样不错，却是新婚守寡至今，个中凄怆，谁能体会！将来结局谁都难测！"万事原来皆有命"啊！她只寄望于火儿了，火儿身体薄弱，是她害了的。未出世时，受她哀伤之害；既出世，受病魔百日咳之害，先天不足，后天又失调。幸好他品学兼优，无人不疼爱，但如何使他强壮起来，抵挡住各方面突如其来的厄运，成为国家社会人才，就是她的生活唯一目标。"难道我还有别的企求？"她的青春已经付给火儿，她觉得除对火儿的向往外，什么也没有了。

又有一个想不到的噩耗。清明后一天，她应汪二爷夫妻邀请晚餐，孙石少不了的。黎清到时，孙石正凝神听二爷谈什么。黎清已算常客，自己坐定，汪夫人前来为她沏茶说："黎清，你来。让他们专心谈。有要紧事情商量哩。"

汪姨太眼神甚为神秘。她牵着黎清的手又用另一只手端起黎清的茶杯走入她的内房，让她坐在轻便沙发上，自己在摇摇椅中轻轻摇着说："我家出了大事？"

"什么？"黎清不无惊骇。

"出了大事！兴宝偷了田契和大爷私章，把田卖掉。"

"真的？卖了多少？"

"确切数目，管事还说不清。总不会少于二百亩。"

"人呢？"

"不见了。镇上大爷还差人来这里查问呢。这才发觉问题严重。管事一查保险柜里田契和大爷私章，已无踪迹。"

"二爷可以不承认！"

"没有法子。钱已付了。买主已来过，出示银田交割已清的凭据。并声明今年夏收开始都归他们了。"

"买主不止一个人？"

"当然，一个人哪能一时买这么多田。"

黎清虽然知道兴宝是个没出息的子弟，汪二爷不寄以希望，但私卖田地仍出于意料之外。汪二爷并不是恶富强豪，却养出了这个不肖，家业难保了。她心里替二爷叫屈。想不出什么可以应对。只听汪姨太继续说道：

"他，难得兴宝今年回家过年，我们喜从天降。待他如贵宾。他表面上似乎是浪子回头。告诉爸爸说，从今以后要向大爷认真学做生意，到了能自立其食时，会挑个贤妇管家。他爸眉开眼笑，还对我夸赞他哩。我想起'从恶容易从善难'这句老话，我对兴宝的转变着实怀疑，却也不能扫二爷的兴致，只说'但愿如此。'可怜二爷，自育民夫妻离开后，终日闷闷不乐，丧气垂头，难得兴宝转机，引他安心乐意啊。再说我不是他亲娘，我不应在他爸爸面前对他贬落。唉，想不到他原来是佛口蛇心，早有打算，用诸葛亮的欲擒故纵，欲取先予之法，把二爷讨好得浑浑噩噩。不过如此偷契卖田行径仍旧做梦也想不到。往后，我们夫妻结局，真不敢想。育民这孩子，近二个月没有信了，也是不应该的。"

这时，女仆进来通知：大爷已到，二爷请他们出去相陪就餐。桌上菜肴已经摆好，黎清和大爷还是第一次会面，深深地向他鞠躬。大家入席。黎清细观这位大爷，和二爷迥然不同，二爷心肠较顺，人人称赞，形貌却猥琐微驼,无人恭维。大爷则是身段魁梧,花甲已近,丰满不萎,腰背坚挺。讲话有条有理,坚毅自信,显然是个由地主蜕变出来的精明企业家。

开饭后,二爷立起身来,朝大爷举杯:

"家门出了不肖之子,幸得大哥体恤谅解,此后家事,还望多多教诲。"

大爷说:"愿意领情,请坐罢。"

他们相对一口干杯。大爷接着说:"日子总会过去的。愁什么!我这边,被兴宝挪用的数千元钱,就算了账,刚才说过,不必再放在心上,况且,你尚有水田数十亩,足够你们夫妻度日,只是鸦片非戒不可了。"

"愿从尊意。"二爷真诚地欠身说。他回头向姨太说:"明天把烟具和剩下的烟统统设法卖掉。"

"是。"汪姨太眼睛润湿了。

孙石、黎清二人频频颔首。

"有件事情,尚难有周全之计。尚行小学暑假后无法继续办下去,就这样突然消失,董事会总得对教职员工有些歉意表示。他们中不乏人才,离开江门镇未免可惜,我们又当如何留住他们? 这一切,还请孙、黎两位先生多出主意。"说罢,朝他们举杯:"我敬两位。"一饮而尽。

两人连称不敢。黎清自觉不胜酒力,只随意呷了一口。孙石干了杯后说:

"这件事突如其来,我还没有碰到过类似的,哪有先例经验! 饭前,二爷向我们提出尚行小学的善后问题,我一直盘算着,现在不怕浅陋,说出来,请赐示。所谓善后问题,无非从三方面解决:一个是几时宣布,早宣布还是迟宣布? 另一个是怎样表示董事长、董事会的歉意,小学教员生活够清苦,表示歉意最实际的莫过于钞票,数目呢? 我就说不清了。最后一个是哪几个教员有才干的? 留在江门镇,如何帮助他们能尽其才?"

大爷点头称是:"孙先生不愧为教育界精英,善后问题三言两语就点得明明白白。那么,依先生之见。这三方面又怎样解决呢?"

孙石摸摸下巴说:"这就是请二爷把学校情况谈一谈。二爷能谈吗? 二爷这个董事长向来不管事,大爷是清楚的。"他朝二爷抱歉地望了一眼,二爷连忙讷讷点头。"所以二爷还得请代理校长,就是原来那位教务主任谈谈学校当前情况后才能决定。这个交谈越快越好,不能拖延,听二爷说有个教员曾到他那里询问真情实况,因为学校中似乎已经知道兴宝卖田逃走了,谣言纷纷。黎清,你是否听到了什么?"

"我吗？听到的很可笑，不值一谈，差不多。"黎清这句话是搪塞，她听包真说，学校有人说，兴宝和学校一位年轻女教师有奸情，女教员怂恿兴宝用什么方法，既可以提早得到汪家财产，又可以搞垮尚行，使他们远走高飞，终身快乐。她当时和包真说，这不可能，她认为那位女教员虽然有些风流，但不会和兴宝拉上关系。她答应包真暗中察看汪家有无变化，同时嘱包真再不要将谣言扩散，特别不能让那位教员知道。因此黎清只能这样回答：

"正因为如此应该尽早向全校教职员工当众说明学校不能办下去的意外理由及董事会的原则决定。所以二爷明天就得向代理校长李嘉陵先生了解学校目前经济条件和应推荐的教员名单。"

"说得是。"大爷转向二爷说，"事不宜迟，明天上午你必须早起，到他家里去拜访他，如果做不到，索性今晚去。你不能到学校找他，免得教职员工们疑虑重重，容易陷入被动。我这边明天也开始活动。假定有五个教员应该留在江门镇，需要我们安排适当的位置。至于善后的经费，数目不少，想必学校本身和二爷无法支付，只好由我张罗。三天后，我再来。请那位代理校长和总务主任，还有其他几个董事开个紧急董事会，商定善后大事，才算名正言顺，这是尚行小学董事会最后一次会议。"唉，真没料到。世事浮云，本无根蒂。前人所说，原是真理。尚行小学的兴亡也是一个佐证。

午餐是丰盛的，但和汪府昔日的宴请，不能相比了。

二爷慢吞吞的习性，一下子转变为急性了。吃了晚饭立刻进行必要串门。大爷回镇上府邸，躺在安乐椅上燃起雪茄，决定明天开始行动。孙石有他自己的物理教学工作，黎清于当晚就和包真谈尚行小学将停办的真实情况。包真叹了一口气：

"我们也得早想出路了。我不想回山江那种永远钩心斗角的教育界中去。而且——和你直言了吧，我女婿那间书店，新卖的书越来越不像样，我的女儿也是嫁了丈夫忘了娘，和他一鼻孔出气。他们还放高利贷。除了钞票还是钞票。再具体，我慢慢和你谈吧。我和他们肯定过不上半年，非闹僵不可。在外地，眼不见为净。"她从床头书堆中抽出一本书来，把书朝向黎清眼前挥挥。"《菜根谭》，我最近有许多想法，对人和世俗的态度和行动中好多都受它启示。你可以买一本看看。不，不用了，这本送给你吧，看样子，我们大概不会继续待在一起了。留个纪念！"

黎清接过，随手翻阅，包真捂住她说："别慌，慢慢读，细细忖。"

黎清抬头疑惑地凝视包真："如果在江门镇找不到工作，你还不是回去?"

"回去?,我说过不想回山江城里。我也不想在江门镇找工作——"

"哪你干什么?"'

"我打算到农村去。我喜欢农民那种朴实。我在他们中间,会变得单纯,思想感情都单纯了,专心专意办一所农村小学。中国是农业国,农民是主人。我这打算,早就有了,我之所以乐意在尚行,是因为汪育民是个有理想有能力的年轻校长,他为尚行投入全身精力。在他手下做教员是有乐趣的。在这里学生绝大多数来自农村,对先生最为尊敬。如果学校在镇上便会有不少工商子弟——"

黎清不以为然。她觉得欧美诸国历史证明农业国并非长久之计。工商业的发展是强国富民的必要手段。于是拦住包真话尾说:"工商子弟难道不配我们花精力培养?如果把国家稳定在农业上,可能永远铲除不了封建的根子。反封建对我们中国实在太急迫了。"

"好妹子,你的话没错。正由于我国 90% 是农民,就非请他们做主人不可了。农民必须走出手工操作这个数千年一成不变的落后状态,才能富起来。农民如此贫困,国家能富强?"

包真被窗外的闪电和接下的隆隆声呆住了。

"这是闷雷,"黎清随手拿起一把蒲扇用力扇着,"祝愿有一场大雷雨。"

"天上的事,无能为力。我说,黎清,提高农民的文化水平是教育的紧急任务。而且要双管齐下;扫除成年农民文盲,开展培养农民子弟的正规教育。"

黎清回忆起孙石曾对她讲起,一位北京师大的中国语文学系毕业生自愿到偏僻农村去办一所农村小学的故事。包真也必是同一类值得敬佩的人。她又想到《教育杂志》上一篇报道乡村派理论家发表的一篇文章,主张政教合一来提高农民文化水平和政治参与的能力,建设新农村。暗忖包真的同志真也不少哩。她点点头:

"你说得也是。"

汪大爷果然如期来了。这一次是早一日通知的,使汪二爷能及时通知参加扩大董事会的人。

汪二爷刚开始戒吸鸦片烟,脸面瘦黄,精神极其萎靡,他按住桌子站起来,期期艾艾说明这次董事会扩大会议的性质及需要讨论决定的事项。最

后,他认真自责地说:

"我创办了尚行小学,但我又亲手毁了它。成也萧何,败也萧何。咳,萧何月下追韩信,尚行小学好比韩信。我不敢自比萧何,只不过自然联想罢了。一切罪孽皆在我,教子无方。我对不起各位董事,也对不起全校师生和乡亲。我尚有几亩薄田,再卖些作善后费用……"

汪二爷除唱京戏外,讲话一向口吃,说这段伤心极点的话更加困难,足足讲了十多分钟。他双手支撑桌面,摇摇晃晃。汪大爷向旁坐的汪姨太使个眼色,暗示她赶紧扶丈夫进里屋。

汪二爷并不推拒,只对他大哥低声说:"一切请代劳吧。"

会议在汪大爷主持下进行得非常顺利。当然,实际上也没有什么问题要讨论的。尚行小学停办不可逆转,客观存在的事实无法置疑。所以大家的话题都集中在善后问题上:一个是教职员工的今后出路,一个是经济补偿。

教务主任李嘉陵讲了:"本来有许多比较老成的先生主张派代表和他一起去探望董事长,澄清这个'停办'传闻是否属实,这个公推出来的代表就是包真。他们得知包先生参加这个紧急董事会的消息,心中已明白大半,各人有各人问题,各有打算。不过,直到此刻,我尚未知晓有哪位教员需要我们帮助他找出路,对善后中的经济补偿大多数很关心。"

汪大爷认为自己是副董事长,董事长有难,副董事长焉能坐视?而且是亲兄弟!弟弟这次够惨了,被自己的亲生儿子盗卖了这么多祖田。尽管买主多在江门镇,其中某些人还同自己有来往。事发后,他们告诉自己:阿宝事先还摸出父亲的卖田委任书,说是学校基金需要现钞;学田有歉收之危,不如利息可靠。既有二爷私章,又有阿宝私章,能怀疑到竟是盗卖?二百多亩田,二万多银洋呀!真是畜生。去了也好,弟弟倒可以安定下来。不过他只剩三十多亩田,善后费用不能再要他卖田府付了。于是他将这意愿向与会者讲清楚。这时汪姨太忽然出来,将一张纸条交给大爷,大爷当众念了:

"大哥,各位先生,允许我再卖十亩田作为善后费用,让我表示对各位先生一点心意,原谅我吧。"

大家默然,被凄凉罩住了,好像死去亲人。大家感动地对汪姨太做个手势说:"你先进去,安慰二爷。当心他身体。你们今后还是要生活下去的。善后的事就不用他操心了。"

汪姨太进去后,大爷接着说:"我这位弟弟,是个无用人,可是他心地善良。他出资办教育是虔诚认真的。他有自知之明,知道自己无能,就充分信任别人,这点大家一定能体会出来。他要再卖十亩田作为善后用途也出自肺腑。不依他,倒会使他心里痛苦。依他算了。"

"这怎么行?"包真急了。

"我懂,"大爷说,"我们都担心他们夫妻和一个女儿的生活。他的富豪排场也不可能一天之间完全转变,我此刻已决定:他家今后生活由我负担。这一点,请诸位暂时保密,免得二爷伤心。"

会议几乎没有讨论。因为钱既由董事长支出,别人也无言以对。会议上按汪大爷意见教员每位30元,职员20元,校役15元。其他如校舍处理等等,大家更难出主意。校舍本是二爷私产,尚行既已停办,董事会就无权讨论了。

"话也说的是,不过我作为他的兄长,不妨为他出些主意。我对这件事,也曾着实琢磨一番。有两条路:一条路将它出卖,给二爷添补家用,但一时也难寻到买主。大小房间五十多间,谁能买宅?买它何用?另一条路是捐给政府,仍旧办校。现在可能正有个机会,听说教育推行国民教育学区制。每专区一所省立完全中学,一所中级师范,每县设立初级中学、初级师范和完全小学各一所,都是县立的;每区设一所中心小学;每乡设一所完全小学,每村设一所初级小学;它们都由各级相应政府出资开办。当然,这是至少,多多益善。至于私人办学,尽量鼓励,更没有限制了。"汪大爷顿了顿,取出一支雪茄从容地吸了一口。

"看来,国民政府已理解这个百年大计的教育的重要性了。这个发展教育事业的政策倒也像个样子。包先生,你以为如何?"李嘉陵转向包真,投去询问的目光。

包真点点头,然后摆摆手:"听汪大爷说下去。"

"这样,山江专区各县都要按此计划制订兴办教育的规划,山江是专区首县应该带个头。我们只说自己的,江门镇虽是小区,却是除山江城区外最重要的一个区。原有四所公立小学,需要从中挑选一所配备优秀教员成为中心小学,经费常多给一些,教员薪金也要略高,因为按照规定它要指导全区所有公立小学,使他们能带动私立小学。"

黎清疑惑,问道:"汪大爷哪来这么多肯定的官方消息?"

"碰巧,无巧不成书嘛,尚行停办了,不方便转学的学生岂不是要失学,这是不能忍受的。我想空出来的房子,校舍性质不应改变,还是办学。但目前,生意场上不景气,我抽不出资金,又不能把江门中学的基金移用。所以我征得二爷同意,如果政府办学,这些房子就无偿捐献出来,仍旧是校舍。第二天,我便到山江县去见县长和教育局长,这个学区制度是听他们说的。他们正商谈如何进行哩。听了我建议后,就谈得更具体了。他们不仅要求我推荐哪所小学可以成为中心小学,还要求我物色校长。至于尚行校舍,仍办小学基本上不会有问题。暑假开始,都将明确,不知诸位先生以为然否?"

"太好了。"在座的几乎异口同声。

接着汪大爷问起:"谁愿留下来帮助推行江门镇的学区教育制度?"大家一时反应不出,汪大爷笑说:

"以后再讲吧。"

紧急董事会扩大会议便这样结束。暑假后,尚行小学将不会再出现了。

第四章

(一)

汪子庆是江门镇数一数二的商界巨头。他喜欢人叫他大爷。提起大爷,镇上的男女谁人不晓! 汪子庆却不怎么有名了。由于他是镇上最高学府江门中学的创始人,在教育界上也有一定影响。国民政府消灭各路军阀后,宣布结束孙中山遗嘱的军政时期,进入训政时期,教育按理成章成为中央政府的施政重点之一。虽然共产党武装挣脱围攻后在陕北建立根据地,执政的国民党认为无足轻重,缺粮缺武器,只要在陕北外的全国地区肃清它的影响,这点武装就会自然消亡。汪大爷对这种国内政治形势只同意一半。他认为共产党搞军事割据是封建式的,不是文明式的,国民党要肃清共产党在老百姓头脑中的影响,也是不必要的,如果它是无理的,不适合世界民主政治潮流,它会被抛弃;如果它是有理的,能够提出比孙中山更好的建设性规则,它会取得人民的赞扬而向前发展的。他认为不管哪个党来执政,不管哪个人来执行,办实业、办教育,总应得到鼓励。

"这都是具体的,没有什么多大理论,因为办实业能国富民富。唯富能强。哪个强国不如此？原先我就是这样想的,头脑太简单了。工商业需要教育做后盾。工人素质、企业职工素质的提高都需要教育。办教育是培养人才,提高全民族文化水平的唯一途径。道理并不复杂。问题在做,需要有人出钱有人做!"于是他就从商业利润中抽出十万元组织董事会兴办中等学校。

他很佩服黄炎培的主张,原本计划办一所初级职业学校,却遭到了一位在上海办厂的朋友反对,他被这位朋友说服了。他同意:初级职业学校在目前虽然急需,但从长远看不如中等专业学校。只是它需要大量资金和专业教员,一时尚无力量解决。董事会商量结果,决定办一所初级中学,为本省工业、蚕丝、水产、医护四所中等专业学校和其他高中输送考生,上面一席话就是他在第一次董事会上讲的开场白。

尚行小学的停办,他意外伤心。教育上的学区制度却又使他意外兴奋。碰巧,当他和县教育局联系尚行校舍处理时,得知新来的县长原来是他在日本时就认识的朋友,事情顺利多了。县长和教育科长索性明言请他负责江门区推进国民教育学区制度的临时小组,当然是义务,谈不上专职,县长指示教育科长说:

"告诉江门镇长,别忘把车马费给大爷。"

"谁稀罕!"大爷暗说,"纯是礼貌,我倒不好拒收。"

但是到底应将哪所小学升格为中心小学？物色谁来当校长？请哪些人当教员？事关江门镇教育事业的发展。他这个临时负责人,绝不能撇开父母官——江门镇长郑大礼。他决定去拜访他。

"大爷定下就是,何必劳驾!"镇长语带讽刺。

"非来不可呀! 你是父母官,向你请示天经地义。"

"哪里,不敢当,请说罢,我恭听。"

"我希望镇长在江门镇指定一所比较有基础,又有发展前途的小学。"

"没有什么必要吧。"他端正一下自己的眼镜架,"明摆着:江门镇一共六所小学,两所私立的,我们一向不去过问。四所公立的其中只有一所是办了几年的完全小学,当然是非它莫属。"

"说得对,镇长。就这样,是那所石板街小学。再一件事要请示你:尚行小学停办已成事实,汪二爷决定把校舍捐献给政府继续办学,可否成为未来的江门中心小学的分校，县里没有意见，镇长以为然否？"

郑大礼淡淡一笑："捐献校舍是义举，令弟真应表扬。县里既已决定，我尚有何说。"他心中的不满又一次显露出，毫不掩饰。"也许校长都物色好了吧！大爷是推行新学制的县长左右手，县长和教育科长都是你的好朋友。决定了，就去做，通知我就是——不，甚至不必通知我。"

汪大爷怎会不觉察，暗想，当时是自己疏忽了。怎没想到自己只能做副组长？如今已骑虎难下，当心才是。郑大礼不是容易对付的。他施些小花样，自己在商业上也会吃些苦头的。于是他歉疚地说：

"镇长，我只是个临时组长，起个头，联系联系。往后正式成立，开始工作，当然由你兼任，这是江门镇的百年大计呀。"

"哪里，临时转为正式，天经地义。嗯，再说吧，县里派谁来当中心小学校长，我都不会反对。不过，原来右板街小学校长又安插在哪里？"

"其实，县里并没有定下来。只是认为：尚行小学虽是私立，在县里却是闻名的。所以县里的意思最好将那位代理校长，教务主任李嘉陵先生留任为中心小学校长，因为石板街小学校长的辞呈已由江门镇转上县教育局了。想必镇长已经知晓。"

"嗯，嗯，按惯例，我嘱教育科长转呈县里批复。"

"同时，"汪子庆接下说，"把两校原有教员中较优秀的也留下来，重新分配在本校和分校，也是无可非议的。"

"话虽如此。也得办个任命手续：指定石板街小学转中心小学；同时颁发给我们江门镇管理的指令。下面的人事一般教师职工就由两位校长会同我们教育科长，由你大爷决定吧。……"郑大礼突然停下来，用茶杯盖拨弄茶叶，然后若有所思，严肃地微笑说："子庆先生，我来江门镇数年，蒙先生不弃，总算成为相互依赖的朋友，嗯，相互依赖——我有个堂弟，叫郑大仪，很有些理财本领，就到中心小学做个总务主任如何？"

汪子庆立刻答应道："如此甚好，请镇长立刻写张履历，由我一并交给教育科长，算是我推荐的，同时任命就是。"

郑大礼脸上的阴云已被汪子庆的"算是我推荐的"几个字拨开，他轻快地端了一下眼镜架说："大爷，其实，舍弟的职务你可酌量改变的。他曾做过几年小学教员。叫他负责分校也未尝不可，履历，此刻就写给你，请稍候。"说完走进正房。

汪子庆打量这间客厅的摆设倒还文雅，有些古色古香。全副楠木，大中堂山水，衬以行草对联："富贵催人生白发，布衣素食易长年。"虽是俗套，却也难得。他端起茶盏，啜了一口"好茶"，看它颜色，碧螺春无疑。

端午已过，梅天开始。中间虽高挂大吊扇，却不知开关在何处。未带折扇，闷热沁汗。他烦躁地东张西望，一看见茶几中间有报纸，便拿一张当扇子。郑大礼出来看他这样子，连说："失礼，失礼。"忙将吊扇开动后，交给他一张红条信纸，上面写着郑大仪的履历。郑大仪，居然还是省立永温中学的毕业生，汪子庆这才记起郑大礼的祖籍原是永温。祖父到这江门小码头来贩卖两地土产，发了财，定居下来，还造了一幢半洋半古的一字形住宅。为什么不造在自己家乡？郑大礼父亲已不做土产生意，弃商从政，当过议员。不幸早故，好在郑大礼已在上海私立大学毕业，靠他父亲的朋友，不几年就在省社会局当上科长。他在江门镇本有一定传统势力。来镇以后，就着手把汪子庆一家及其产业了解得一清二楚：他像尊敬前辈一样尊敬汪子庆，后来又显一点实力给汪子庆看，使汪子庆有时不得不奉送一些利益给他。想到这里，汪子庆更觉得自己答应当学区推行组长是失算了。"恐怕要损失一点才行。他的堂弟究竟要当什么？"

只见郑大礼把眼镜取下来呵了一口气，用手帕擦擦说："还是请大爷安排他到分校去吧。"

"噢，遵命。"汪子庆爽快地答应，心中警惕：不知那位堂弟是何等人物？"不知令弟是否住在府上？"

"不，大爷，他还在永温，工作确定后，我立刻通知。汪大爷抬举他负责分校，不是还要商量下面的人事吗。"他不给汪子庆有时间否定的可能。

汪子庆从郑大礼家出来。坐在自备黄包车上看到属于自己的商店和公司，责怪自己这一阵子的不务正业。幸好下面负责具体业务的经理一般来说够得上非庸愚之辈，最重要的是忠诚可靠，会不会私下贪些便宜？当然有！不让他们得些额外好处，可能会出大毛病，他索性给每个企业商店经理可以自行支配5%的利润，不入账，不说明。他十分理解古人所说："水至清则无鱼，人至察则无徒。"我若太精明，谁能尽心帮助我？所以，汪子庆经营几桩生意，即使最近三年市场萧条，搓搓均匀，收益仍可上万。他估计自己财富累积已近百万。江门中学经费早经划开，再拨出十万资金吧。还是应该办一所初级职业学校，造就新一代有文化的工商业职工。只有这类学校才能立竿见影，使江门镇老百姓富裕，使江门镇繁荣。从青年人角度着想，小学毕业，不算文盲，却无技术，"家有良田千顷，不如薄技在身"。江门镇每

年有 200 名小学毕业生,而江门中学每年春秋两季总共也只招 100 名,还有 100 名还不是要去争饭碗? 应该给他们职业训练。远大理想固然重要,现实需要更应该照顾。逐渐,他在脑中形成一张蓝图,一所完全配合江门镇特点的水产职业学校。

这是后话。唉! 汪子庆自语自叹。明天必须去县城找县长和教育局长,商量确定中心小学和尚行小学校址成为中心小学分校,以及校长、教务主任、总务主任的人选等必须在暑假开始前做好的事情。

尚行小学期末考试开始了,教员们愈觉心神不安。下学期何去何从,这问题不同程度地影响各人的正常工作和生活。代理校长李嘉陵也不例外。不过,他自从汪育民离开后,就决定另择良枝了。他已经接受省城一所小学里教务主任的聘约。包真仍旧坚持她的想法,到农村去,并且认为这是最适宜的机会。当然也有家庭因素在内。儿子、媳妇待她不甚好,特别在书店进货内容方面与她的意见大相径庭。她决不能同意以赚钱为尺度,她坚持办书店的宗旨主要为提高民众的文化素质。眼不见为净,包真决定与他们分居,住到山江县南门外约三十里的女儿家去。那里有一所完全小学很有被改为中心小学的可能。女婿来信说,她如果真的去了,不过一年,就可以由她做校长,因为目前校长是她女婿,而女婿急于外出发展自己的前途,这样,包真对自己未来的农村教育工作充满希望。

黎清暗自忧伤,刚安定不久,却又不得不大变动。她勉强收敛情意,把学生的试卷批改完毕,送缴给李嘉陵后,回到寝室。未见火儿,想必到学校和同学们踢小皮球了。黎清感到孤单,看桌上的闹钟,已经十时,该烧午饭了。吃什么? 连蔬菜也没有买,蒸两碗蛋羹吧,火儿是个好孩子,估计成绩不会坏,可怜他又要换一所学校,适应新的环境。只差一年。小学就可以毕业。偏偏兴宝这时卖了学田,把尚行小学活生生埋葬了。为什么不迟一年? 黎清暗自哭起来。他卖田还会管你儿子转学? 转到那里? 连自己都没有着落呀! 她觉得渺茫,像丈夫去世后那一段时间一样,失去了自我存在的知觉。

谁敲门? 门开处,是孙石。孙石的物理教学工作也结束了。他问:

"火儿呢?"

"还没回来。"

"着急了吧! 看你那张焦急的脸孔。"

"倒不是为他,他不会超过十一时就会回来的,他懂得我的牵挂。"

"火儿真是好孩子。"

"唉,姐夫。下学期我去哪里? 急死人了。"

"大可不必,你的工作,大爷会包下来的。"

"真的? 你去过二爷家? 二爷身体越来越差了吗?"

"可不! 汪姨太如锅上蚂蚁。她打算恢复二爷抽鸦片,二爷坚决不肯。他当着我和汪姨太面说:'宁死不屈。'还说:'我活着无用。死后还有些产业,全给你。'汪姨太听到后就哭了。二爷又对我说:全部藏画都给我,我听着,也心酸了。"

"这是遗嘱!"黎清低声说。

"不说也罢。幸亏有了姨太,真够忠心了的。至于你的工作,急什么! 大爷早有把你留下的决心。"

"留在哪里? 中心小学尚未定局,谈不上分校。"

火儿进来了。黎清立刻用毛巾擦去他额上的汗水:"又是踢小皮球吧!"

"阿娘猜错了。和人家比赛踢毽子。我踢了 282 下,连最有本领的女同学也只有 254 下,他们封我做毽子大王哩。"

孙石说:"你们不必烧中饭了。二爷昨天差人来说,今天中午邀我们二人和李嘉陵、包真二位到他那边吃中饭,为你们三位饯行。"

"亏他还有心情,我一点精神都提不起。"

"这就不对,如果你处在这境地——"

黎清不等他说下去,就嚷着:"我会? 火儿绝对不会像兴宝。再说,我没有田地房产给他卖。对吗? 火儿。"黎清讲这几句话,感情却迅速变化着,担忧、警惕、无奈,最后她用信心十足的问话锁住自己。

柳火睁大眼睛盯住阿娘,他听不出她问话的含意。兴宝是谁? 他也不清楚。因而他无法回答。他让阿娘拉着自己的手,又拎起自己被汗水粘住的衬衣。

"难道这样去做客人? 姐夫,你坐会儿,我拿件衣服给孩子。来!"他们母子进入用布帘隔成的后间。孙石则在案上翻看黎清的习作山水画:尚未入门,却很认真。他抬头看到裱挂在墙上的自己作品。不好! 应该另画一张送给她。

他们三人到汪二爷客厅时,大爷笑着站起来和孙石、黎清握手。黎清对柳火说:

"向伯公请安呀！这孩子,没礼貌。"

汪大爷摸摸柳火乌黑浓密的头发说:"怪清秀的。"

"大爷来得早哇。"孙石、黎清坐下,柳火却自去凝视着挂在客厅正中的孙石山水作品。

"姨父,是你画的?"这时,李嘉陵和包真也来了。孙石忙着和他们相互招呼,没有对外甥作出反应。

二爷已辞退厨师,每日三餐由在厨房帮工的女仆负责,没有客人,她完全能够胜任。另一女仆打杂,她端茶放下。汪姨太跟着出来,她告诉客人:"二爷近日健康似有起色,大伯设法从北平购来的戒烟药相当灵验。"

"只要二爷心诚、意坚,定能戒掉。诚则灵啊,哈哈。"大爷笑着。

汪姨太又朝孙石说:"不怕羞,应该讲。这样请客还是第一次。菜肴由客人带来。"她怕孙石不懂就解释:"午餐的菜,由大伯从镇上玉楼春菜馆预约,等会儿送来。我们惭愧呀!"

"你真是? 兄弟之间客套什么! 他们才是客人哩。请姨太酌量一下,老弟能早些出来吗?"

汪姨太搀着驼着背的二爷出来了。二爷异常清瘦,两颊和眼眶都凹了进去。不过精神虽然萎靡,从前那种被鸦片毒素染成的黄黑脸色已没有了。汪大爷悄悄和孙石说:"有希望戒掉。"

菜肴并不丰盛,但颇为地道。八大菜一汤,够七人吃。汪姨太拿出补酒说:"也是大伯带来的,它可以巩固戒烟效果,平常人喝了能养神补气,大伯,对不?"

汪大爷点头称是。"和那戒烟药配套的,但不能多喝,它是老弟专利。我们就喝啤酒吧。"

可是包真和黎清要了一点尝尝,果然很烧。黎清不得不张开口呼呼气,包真却连声:"好酒,好酒。"

大爷开口了:"边吃边谈吧! 事情顺利得出乎意料。中心小学就定石板街小学。这里,尚行校舍,有奖捐赠,政府打算给老弟一块奖匾,表示校舍是你捐赠的。另外,再给1000银圆作为奖励,老弟可行?"

二爷喜悦难禁,连忙点头:"太感——感谢大——哥,大哥,长兄为——父。"声音有些哽咽。

"至于人事方面,"汪大爷继续说道,"就得请三位先生帮忙了——"

孙石对黎清做个眼色,黎清忐忑不安的心情稳定得多了。且听他说下去。

　　"这所中心小学班数多,规模大,又有分校。所以教职工方面,石板街小学和尚行小学原有人员只要愿意的都可留下。领导人员:校长、主任,县里希望能够加强,并允许有兼职副手,由教员兼任副校长、副教务主任等等,不另增添编制。县里嘱我负责选聘。当下我就推荐你们各位。哈哈,今天为你们三位饯行,实在是表示欢迎,请三位看我老弟份上应允吧。哈哈,哈哈。"他抖抖宽大的纺绸便服的袖子,站起来,向李、包、黎三位鞠躬。接着,汪二爷立刻拉着姨太站起来,也向他们致礼。由于激动,讷讷得更厉害了:

　　"为——了我——我大哥——哥的诚意——"

　　这突如其来的行动,使得三人慌忙站起来答礼,此外,就不知所措了。汪大爷接着说:"江门是山江地区的重镇,是门户,通商码头,地位特殊。要发展山江府各县,先得发展江门镇,工商业固然重要,但我从日本得到启发,教育文化仍旧不失为基础,而教育又是文化的先行行业。孙石先生,不说你了。你已在山江中学这所全地区最高学府做出贡献,它是省立的,我拉不动你。但是你们三位,务请仍留在江门镇帮助我们办学,江门镇不能失去你们。"

　　"怎么办? 如何回答?"三个人同时这样想。

　　到底是包真,快人快语。对汪大爷说:"多谢老伯看得起,可我已经答应回乡办学了。"她把自己的理想和小婿的邀请说个大概。"人以允诺为重,请老伯原谅。"

　　"嗄! 我能理解,那边确实需要你,我不能勉强,为己太甚。"汪大爷叹息了。李嘉陵先咳了一下,歉疚地告诉汪大爷,自己也已应职省城某校了,真难为情啊!"这,这就不能相提并论了。"汪大爷喝了几大口啤酒:"李先生应聘省城和包先生去女儿家乡办学的含义不一样。我知道像李先生这样,哪所学校不欢迎? 但恕我直讲:在省城,李先生可有可无,而包先生女儿那里,就非她不可,还牵涉到女婿的前途和包先生本人的教育理想,失去这个机会,也许包先生再也找不到更好地方施展她的抱负了。再说,李先生是江门人,像山江府闻名的钟伯老先生,他辞去名利双收的美差,特地回到仙台县老家振兴教育事业,你怎么可以从家乡出去呢? 不过,我还是知道你这心情是得知尚行要停办后才产生的。总怪我们不够及时稳住先生,万请原谅。我想,省城那绝对不会因此办不下那所学校的。"

　　"汪大爷,叫我怎么对你老人家说呢?"李嘉陵面对汪大爷这样诚恳,这样层次井然,没有反驳余地的情理双全的话,确实难以回答。"我何尝想离开江门,当时那种情况迫不得已啊!"

"当然,怪不得李先生。可目前情况又不同啦。实际上,尚行小学并没有停办,只不过改名而已。你本来是代理校长,现在就用不着'代理'了。我已征得县里和镇里同意,请你做将开办的江门中心小学校长。当众宣布啦。不是讲着玩,聘书随后就送上。"

"这个——"李嘉陵鼓起勇气坦率说:"我总不能对朋友不守信用呀!当初原是我求他的,我怎么好意思反悔?!"

"这不妨事!省城那边,我可以附一张由我署名,以江门学区制推广小组长名义,加盖县教育科公章,写信和他说明,为桑梓教育事业服务,他会理解的。"

"不仅这个,我还想——老伯,我答应就是,不过,我希望你能满足晚辈一个条件。"

"哈哈,李先生爽快,"汪大爷高兴地说,"我们正像做一桩教育事业上的生意。讨价还价。好的,好的,只要生意做成。我还能不答应!"

"我不做校长,做一个副的,我会尽量帮助那位校长,为期一年。"李嘉陵说得很坚定。

"那么,这个校长非请先生推荐不可了。"

"近在眼前。"李嘉陵朝黎清看,汪大爷笑道:"好哇。只要黎清先生同意,我自然赞成。"

黎清心头一震,把伸出来夹鱼肉的筷子缩了回来,慌张说:"李先生怎么和我开起玩笑? 我这个人能做校长?"

"这话应该让别人讲出,也许还有参考价值。"汪大爷摸摸上唇浓密的中山式须毛。

"求求你们别开玩笑了。我愿意在李先生领导下做教员,像过去在尚行小学一样。"黎清做了一个急忙的允诺。她知道,对以后工作的担忧大可不必了。暗自高兴。

"黎先生这一年在尚行帮了我不少忙,实际上是我的校务顾问呢。"

"试试也好。"孙石朝黎清投去真诚的眼光,"李先生不是当大爷的面保证尽量帮助你吗?"他转向李嘉陵,"李先生素以信义为重,对吗?"

这样,汪大爷虽没有如愿以偿,却定了大局。在聚餐结束,大家分别向大爷和二爷夫妇告别时,大爷笑和三位尚行教员说:"总算留住三分之二。

具体职务容易商量。"二爷特别高兴,清瘦的脸孔露出近几周来从未见过的笑容。

（二）

整个暑假,黎清一直忙忙碌碌。

那天从二爷家回来后,路上就怪孙石不支持地,投井下石。"我怎么能做中心小学校长? 我能在分校继续当教员就心满意足了。你说,你到底为什么要这样?"她说的是老实话,她的责怪含有怒意。

孙石笑笑,没有回答她的话。

黎清继续责问:"你为什么辞去山江县最出名的县立第一小学校长?"

"那是由于我发现我被他们作为缓冲石,是个权宜之计,我被利用了。"

"我呢?"

"完全不同。汪大爷是真心实意办教育的,他认为救国救民非教育经济双管齐下不可,发展教育事业,简单说就是兴办各类学校。而小学只是基础,所以他出资办教育是他社会观的表现,没有丝毫虚假。其次,他在江门镇是举足轻重的人物,他支持你,碰到不顺心的事就容易解决,更何况县长和教育局长都很信任他呢! 他对你和李先生的聘请是诚恳的,毫无私心。你不在他支持下做些事业,难道还有更好的机会? 别犹豫,万不可失此机会啊!"

"难道不做校长就没有事业?"

"当然不是。可办好一所学校比教好一门课的价值显得要广泛得多。火儿明年可以读初中。他要做寄宿生,你花在照顾他的时间可少些。用于工作的时间就多了。做校长当然要比做一个教员要忙碌。说得实际些,薪金也高得多,估计应有三十多元,最主要一点是你能做校长。"

"也许我可以做李先生的副手。"黎清有些心动了。她记起多年前向校长对她说:"要认真累积自己的经验,接受别人的教训,以后有机会办一所小学。这就是我对你的期望。现在是不是一个机会?"

"这倒不妨,但李先生不能久留,不肯担任正职,所以你得鼓起勇气才是。"

孙石的话很中肯。

黎清回家后,第一件事情:去拜访向校长,把自己不安定的心情和她说了,有点不好意思地征求她的意见,帮助自己做出决定。

　　"我正要找你哩!"向鹏招呼黎清坐下后,斟了一杯菊花茶给她。说起三天前,她向县长请示山江县实施学区制过程中,女子师范有什么任务?由于女子师范和小学关系异常密切,县长就请向鹏草拟一个方案。其中有一条是关于各区中心小学的设置和校长人选问题。根据县教育科统计材料,全县现任小学校长非师范学校毕业的占90%以上,没有做过小学教员的也超过80%。他们绝大部分是当地乡绅的亲友,他们把小学校长当作跳板,跳向政界做乡土官。许多镇长中有不少就做过当地或邻近地区的小学校长。"我认为这样的小教界队伍是难以顺利实施推广学区制度的。所以我的方案中要求扩大县立师范的招生人数。我们的女子师范要招男生。另外,山江专区要新设立合乎规格的中级师范,像省城那所师范一样专门培养小学高年级教师和小学校长、教务主任、训育主任等行政人员。"

　　"这不是要大幅度地改革吗?"

　　"当然,修修补补是没有用处的。教师、校长的素质最为重要。"向鹏说到这里戛然而止,话头转向黎清。

　　"黎清,现在言归正传。县长说江门镇在山江地区除各县城区外是最重要的镇区。那里的学区制度的实施推行是个大关键。他说这件事由他老朋友、热心教育事业的企业家汪子庆老先生负责了。我不认识这位老先生,但闻名已久。企业盈利,办了一个江门中学,了不起。他送上一张江门镇六所小学校长、教务主任和总务主任名单,我惊奇地发现即将确定为江门中心小学校长的竟是你!还有一位副校长李嘉陵原是你所在的尚行小学的校长,而尚行小学改为中心校的分校,分校的校长名叫郑大仪。是这样吗?你应该清楚。他们有无事先和你谈起?你在尚行小学只有一年,使当地的前辈有这样好的印象,一定干得很出色,我这个老师脸上有了光彩。"

　　黎清暗想:汪大爷办事真神速!"校长,汪老先生是尚行董事长胞兄。尚行小学遭到厄运后的善后问题全由他老人家负责处理,出钱又出力。他有这个意思,我并没有答应呀!李嘉陵不仅学问好,能力强,办学经验也丰富,尚行小学一直都由他担任教务主任。我怎么能和他相比,我至多只能做他的副手,怎么可以主次倒装?"

　　"这个我就不清楚了。"她起劲地劝黎清勇敢答应。理由讲得和孙石完全相同。最后着力表明这是她自己对黎清的期望。如有什么困难,及时和她说，她会尽力帮助的。"你是我的得意门生嘛！"

交织着庆幸、兴奋、担忧、希望，黎清心情摇晃得很难受。"如果柳鸿活着，他会帮我定主意。可惜他不会再在我身边了，我只能靠自己决定。但是为什么不去找孟珍谈谈？她头脑灵活，也许会有什么好建议！况且我也想念她，好久没有她的音讯了。"

孟珍正在整理衣服，看见黎清进来，便迎上去紧紧握住她的手。黎清立刻注意到她阴暗的脸色，比寒假憔悴多了；含眶的泪水终于突眶而出。"哇"的一声，一头倒在黎清怀中。

"孟珍，怎么啦？别哭，别哭。"黎清慌乱地抱住她，就近坐在一张椅上，取出手帕，揩拭她的泪水。"什么事不如意？值得如此伤心？讲给我听，别哭，别哭！"黎清看到她整理的衣服不像换季，倒是像收拾行装。"怎么？你要出门？到底什么事？"

"我找到他了。他在江西怀玉山区的一座小道观中，我准备后天动身。我不能不见他。我要把事情弄清楚。结婚，那又是另一件事了。"

"怀玉山占去整个赣东，绵延数百公里，谁知道小道观在哪里呀！"

"我有信心会找到他的。我积蓄一些钱，足够半年生活，而且在南京的史鉴朋友中，已有两个回信给我，鼓励我勇敢前往，费用不必担忧，只要找到后通知他们就可以了。黎清，你知道我的脾气相当固执，史鉴行踪一天不清楚，我的生活也一天无法平静。你知道吗？我在这里的课讲得一塌糊涂。向校长也支持我，并说，若有必要，随时随地，都可转回山江，他们都会欢迎我。"

黎清听说，无言以对，也不想和她商量是否接任江门中心小学校长的事。本来，黎清心里琢磨着，如果她真被任命为校长或副校长的话，就邀请孟珍，多一个可靠的知心朋友是绝对必要的。现在还有什么话可说，这会不会是个不祥之兆？

"那么，"黎清尽量掩盖住内心不吉祥的预感，"明天你能不能和我一起出去走走？我看你也没有多少行李可以整理——"

"当然，本来我打算明天到你家话别的。我是一个远离家乡的姑娘，你照顾我，我会永铭不忘，我忘不了你，也忘不了山江。"

翌日下午，她们像姐妹似的，在烈日照射下爬上了琴山。尽管时已中伏，太阳的热照仍结合湿气向地面压迫，使人闷得难喘。她们一边揩汗，一边走进山凹的松林中席地坐下。黎清发现孟珍的脸色突变青白；赶紧拉她的手,牵她起来。

"还是到附近茅庵要杯冷开水吧,你可能要中暑了,我也渴得厉害。"

茅庵里只有两个尼姑:一老一小。看起来老尼姑近50岁,小尼姑只有十五岁左右。黎清用地道的山江土话告诉那位老尼姑:她们需要开水,有茶更好,会给钱的。茅庵和其他寺庙一样,靠香火度日。老尼始见是二位中年妇女,又是小学教员,便满口答应:

"施主请进。先喝杯凉开水解渴,冲茶还要另烧呢?"

她们随老尼走进一间精致明净的小佛堂中,孟珍扫视一下说:"想不到还有这样清静的好地方。上一次我怎么没有发现?"

"不要说你,连我这个多次来过茅庵的山江土著也不知道。"

她们挑了靠窗边两张板凳坐下。吓,远远还可以看到西门外的凌灵江浮桥。人如蚂蚁,来来往往,好不热闹。黎清禁不住沉湎到往事中去了。那一年,她还是个女子师范学生,未婚夫柳鸿知道她没有去过浮桥,告诉她走浮桥比荡秋千更有气派,硬要拉地去尝试。走到半江,柳鸿在他身边冷不防猛跳一下,浮桥随着大幅度振荡使黎清身体失去平衡,往柳鸿一靠,柳鸿随势接她入怀大笑。来往行人停住观看,黎清禁不住脸上飞红,嗔了柳鸿一眼……几年了? 15年! 黎清两眼失神凝远,隐约看到瘦长的柳鸿怀里躺着自己。

"嗨,想什么? 你喝不喝? 你不喝,我要全喝啦!"孟珍果真把冷开水喝得一滴不剩。抹抹嘴,"真爽快。一元钱都值得。黎清,你又触景生情了。想什么? 让我们同病相怜吧。你是标准寡妇,旧式的,死了丈夫守寡。我是未婚守寡,新式的。你和柳鸿是死别,我和史鉴是生离。生离比死别有时更加残酷,因为死别意味绝望,生离尚有希望,有希望达不到,才是真正残酷。"

"唉!"黎清长长叹了一口气说,"孟珍,不谈也罢,都过去十多年了。现实些,你还是有希望的,不像我,绝望怎么会不残酷? 只不过残酷已经太久,使我麻木罢了。唉,还是不谈我吧。我祝愿你能找到史鉴先生,应该趁便打听令兄的去向。"

"看来,我哥哥的形象已铭刻在你心中了。革命军人的爱情,前车可鉴呀!"

黎清知道她话中含意。"你不要用自己对史鉴的感情乱套别人。死别的伤痕还时刻疼痛,我难道——"她觉得自己对自己的感情难以捉摸,下面的话说不出口。

"但愿如此。"

老尼送茶来："是今年的新茶,施主一尝便知。"

二人谢过。孟珍待她去后说："他不像没有文化的,你看她行动举止,雍容自如,有书香知礼之风。我猜想她半途出家的,碰到她,太好了。你知不知道她几时入庵的?"

"不知道。八年前我陪母亲带火儿新春走八寺到这儿,她就在。那时没有刚才见到的小尼姑,而另有个卧床不起的老尼。"

"你看,她又来了。"孟珍低声说。

这个尼姑捧来一碟瓜子。一碟椒盐糕,垂目微笑说："两位施主随便用一点,结个善缘。"

"既有缘分,又无其他香客,师父请坐如何?"孟珍拖过一把方凳,"敢问师父法号?"

"性空。"

"哦!听师父外路口音,不是本地人了。"

"我来此庵已过十年,乡音难改,被施主听出。这位施主恐怕也不是山江人。"她朝孟珍看了一眼。

"对极了,请问祖居何地?"

"河南。"

"哎呀,我却是广东,一南一北,同是天涯沦落人。请问性空师父缘何到此?"

"本是何处人? 缘何而来? 都是过去的事,过去的事已过去了,施主不必追问。"

"恕我失礼。"孟珍诚肯地向她道歉,"不过,师父法号何意? 请赐教。"

"方外之理,施主正在座年,性空实不敢妄说。"

黎清在旁听了,猛然想起那年听母亲念《心经》以缓解对柳鸿夭折的悲痛,《心经》中不是以五蕴皆空为主题思想吗? 照见五蕴皆空,度一切苦厄,取名"性空"可能就是根据《心经》含意吧。她想把这个意思讲出来,见性空大师那慈祥而严肃的神情,不敢启口,只觉得自己多年不念《心经》是不应该的。

"两位施主请用茶,贫尼不敢打扰。"她徐徐立起行礼,从容走了。黎清目送,转对孟珍说："像仙子下凡。年轻时定很漂亮,讨人喜欢,不知为何出家?"

"一阵旋风,把花刮进空门,我现在逐步体味出史鉴的心情。如果我能具体得知他出家的来龙去脉,我兴许会彻底觉悟的。这次我下这么大决心,与其说找他这个人,还不如说寻求事理的究竟。"孟珍对自己做出结论后,便嗑起瓜子来。

黎清越来越心烦,没有专心听,她觉得自己还是应该和她谈自己必须解决的心事,难道《心经》能告诉我怎样做? 于是她对孟珍说:

"孟珍,我本来要和你商量一件事。可是,经你和性空师父——唉,也许没有什么意思了。可这又是一个迫在眉睫的事呀!"

"是这样吗? 你何必这么讲? 可见仍有讲的必要,讲吧! 否则没时间了。"

"可不? 我还是向你请教为好,是这样,孟珍……"他将下学期的工作选择的始末大致讲了一下,"做校长还是不做?"

"做,做,你去做吧。"孟珍不思索地回道。

"你怎么可以一点都不去分析! 心不在焉。"

"你自己不是已经分析过了? 薪俸较多,工作困难有人帮助,向校长和姐夫也都支持。"

"这难道毕竟不是空的吗? 做校长逃不出五蕴,诸法空相,五蕴皆空,我还是记得《心经》的话。"

孟珍大笑,笑得放纵。蓦然,笑容全敛,严肃地、低沉地对黎清说:"人生下来,注定要在色界中走一趟。多数人浑浑噩噩,死不知因,个别人终有所悟。佛祖释迦不是也做过王子? 悟能彻,即是彻悟。五蕴皆空是彻悟的结果。心有牵挂,不可能彻悟。史鉴抛弃了过去梦寐追求的事业和我这个深爱的未婚妻,在新婚前夕割断情丝,遍及色、受、想、行、识了。这是十分艰苦的。如我目前,恍惚有所觉悟,但我抛不掉他这位未婚夫。几年来,我都在剪不断、理还乱的困扰中。我知道自己目前不可能彻悟,还要到人间滚混一阵。你? 情况完全不同。你能抛开你的火儿吗? 其他许许多多恩恩怨怨都可以不说,你要把火儿教养成人需要多少精力和物力! 对你说,心血来潮谈什么性空、五蕴皆空,什么彻悟是不现实的,弃儿入空门和佛祖的普度众生相距太远啦。"

她们都沉默下来。在头脑中出现的思绪起伏着,伴着蝉鸣,织成了一幅空幻的图景。

半晌,黎清不好意思地叹了一口气说:"我确实是尘缘未尽。你讲得对,你的意思是：我不妨去做个校长。"

"嗯，做校长，心存学生，比做教员更多地造福人间，亦是功德。功德虽空，却是佛缘。"

"孟珍——"黎清深感惊异。半年不见，孟珍成佛教信徒了。"你信佛？"

"谈不上，我已空无所有。最亲的莫如孟昌；最爱的莫如史鉴，两个人都出乎常情地消失了。我不得不联系到佛家无常之理。万物变化无常呀。干吗你哭啦！不必了。天下无不散的筵席。月有阴晴圆缺，明朝一别，看各自因缘吧。"

黎清送别孟珍后，心里像铅塞满似的沉重，辨不出是离情，还是对自己前途的担忧。有许多影子常常隐隐约约出现在她眼前：孟珍、孟昌、柳鸿、孙石、黎娟、汪育民夫妇等等。当孟昌出现时，柳鸿便继而站立在前面，孙石作画对的飘逸神志总和黎娟的憔悴脸孔相掩映；孟珠的活泼果断和意气风发的汪育民出现时，黎清的精神就为之一振；而孟珍的失神眼珠和微微跷起的上唇不协调地凑在一起，使黎清非常难受……最后总是柳鸿那副清瘦身段和悲愤而无可奈何的表情，把所有人都掩盖了。

"哦，鸿哥，鸿哥哟！"

"你又梦见他？"黎母把女儿推醒。

女儿长叹一声，没说什么，翻一个身。

黎母很理解这个从21岁就守寡的女儿的心态。她回忆当年自己守寡初期也是这种讲不清楚的孤寂苦闷——年轻寡妇所特有。那时的封建家庭不允许她再嫁，当然也丢不下三个女儿，再说她压根儿没有出现过这种思想。她万万想不到有一个女儿的命运竟比自己还要糟，比她早十年就守了寡。21岁！和31岁就大不相同了。有时真想劝说女儿再找一个适宜的人。八、九年前，她鼓起勇气向女儿说了："'柏节同贞'的匾牌有什么用？"

女儿反问说："你能为我找到像鸿哥一样的人？你能让火儿称一个陌生的男人为爸爸？"

从此后，黎母不再提了。她默默地想出安慰女儿的方法，尽量帮助她抚养火儿，在日常开支方面，力求节约。火儿在她身边时，她故意督促他每天记流水细账：付豆芽一文、付肉二角、付油条二文；收肉骨头、头发换兑五文等等。当火儿到江门镇后，她应该改变支出计划，每月零用连伙食竟仅二元银洋。自己种的蔬菜吃不了还可以出卖。十多亩租谷剩余加上女儿薪俸积余终于付清和孙家比邻那块地的欠款和二间楼房的典金。那一晚上一家三口竟化了五枚银角欢乐地大吃一顿。

这几天眼见黎清因孟珍离去而郁郁寡欢,很像女婿柳鸿刚去世时那样沉默忧伤。她看一眼躺在床上的女儿,知道她装睡以避开任何人的打扰。这种卧床,不可能有休息健身的效果。

"喂,二囡,起来吧。"黎母轻轻推着女儿。

楼梯有一阵急促的脚步声。

"哦,火儿放学了。起来,起来。"原来孙石办了一个暑期学习班,学生有他四个女儿加柳火。每日由他自己教他们读古文,习字,打太极拳。

"嗨,阿娘,你怎么还睡着!"柳火走近躺在床上的妈妈。

黎清一骨碌起来了。

"到底儿子的话比娘的话要灵验。"黎母打趣着下楼去了。

黎清接着清瘦的儿子,摸着他浓黑的头发,温情地问:"姨父教你什么?"

"没什么,只教我们半篇《醉翁亭记》。可是他为什么要教这一篇?"

"你姨父是山水画家,这一篇是写景的著名文章。"

"嘀,想必阿娘也念过,你不是也画山水!"

黎清笑笑,轻轻抚摩儿子圆脸颊和大眼睛:"真像,真像你爸爸一样聪明,娘是念过的:环滁皆山也,其西南诸峰,林壑……"

"对,对,就是这篇。阿娘何不按照它画一幅山水?我喜欢山水画。"

"娘还没有这样本领,你以后求姨父画吧。"

柳火蹦跳着下楼,充满爱心的黎清觉得自己够幸福了。她环顾房内简单的陈旧家具:三年红漆长桌、玻璃木橱、红漆皮箱都是她残留下来的嫁妆,总算从柳家拿回来了,八扇门衣橱和雕花大木床都卖了。泪花逐渐润湿了眼眶,房内什物模糊不清了。也许就是新婚房间,不,她和柳鸿的新房早被他弟弟占去了。她早非柳家人了。这房间住过姐姐黎娟,于是她眼前出现姐姐临终时憔悴、瘦如木柴的身躯。"她就死在这里!我将来也死在这里?唉,老天呀,世事既残酷又如此颠倒,我什么时候才能安静地生活!这就得靠火儿了。火儿可靠吗?毕竟大姐是幸福的。她有个好丈夫,六个子女中总有孝顺的。我只能盼望火儿,我,拼着命也要把他抚养成人,找一份有保障的工作,不求人。不能当教师,每学期都要担心下学期的生活……"

黎母呼喊她下楼晚餐,把黎清从幻觉中带回现实的世事中。餐后,她迫不及待地去向鹏家,打听教育科关于江门镇中心小学校长任命动静。她对自己是否等待任命状早发表，实在感到困惑。向鹏拍拍她肩膀笑说："现在不对教育事业多些贡献，更待何时？你来得真巧。"

向鹏从文件夹中取出一张委任状给黎清："这是我上午带便从教育科带来的，科长希望你能立刻去江门镇。江门镇和石板街小学校长大概也会在今明内接到通知。"

黎清还能讲什么？除了接办学校做好校长外，还能有别的想法？不过她毕竟已感觉到自己站稳脚跟的喜悦。她轻轻呼了一口气说：

"可我还不知道从何着手呢？"

"刚才不是说过？立即到江门镇。把家务安顿一下。其实你有位好母亲，也没有什么家务，无非把火儿转学到这里的县立小学。过1～2学期再带去，对你的工作，对火儿都有好处。转学的事，我来给你代劳吧。到江门镇后，先办清移交，那是一两天内就可以完成的，再确定人事，然后筹划招生。"

黎清点头称是。继之问道："人事安排，向校长有什么指示？"

"嗨，黎清，你不要老是叫我校长！称老师或先生更合我心意哩！校长这个称呼是官场上用的，你再加上指示什么的，太见外啦。"向鹏呷了一口冷菊花茶继续说，"人事方面，我对那所学校一无所知。我想你一到江门镇，立刻请你的副手李嘉陵先生到校任事。还有分校校长郑大仪先生。李先生谦让校长，可看出他的学识品行，多按他的主意大概不会错到哪里去。对原有的教师，特别对尚行小学的，尽量以不动为原则，反正有个分部，等于原来两所学校，不会太多超编，但本校和分校内部调动，却十分重要，要把尚行小学里的优秀教员调到本校来，这就需要以李先生的意见为主了。拟好名单，千万要请镇长和子庆先生过目，这不仅是礼貌，懂吗？此外，还有一件事，恐怕你会疏忽过去，那就是总务主任这个位置很重要，清廉、实干、不怕琐碎、精明、细心，不要以为只有教务主任才值得你珍视。我不知道两校原有的总务主任是怎样的人。"

"哦，我确没有想到这点，多亏先生提醒。尚行总务要不得，他曾背后造汪育民夫妇的谣，作风不正。"

"这类人动得不好，就会作祟，看着办吧。有什么困难，随时联系。不要怕，小心就是，凡事就近请教子庆先生。他真是个了不起的人物。懂得教育是立国之本，兴办学校的企业家太少了。凤毛麟角！"

黎清回家，将任命状给母亲看，黎母心里高兴，旋又担心起来："校长这么容易做？人事安排多少要得罪人。你当上校长，是祸是福？我能说什么！

火儿留下吧。何必跟去受苦，他只能使你更苦，他还是一个需要照料的孩子。"

最后一句话被正在准备阅读《封神榜》的火儿听到了。他觉得外婆小看他了，于是认真抗议说："外婆说得不对，我能照料自己，我小学都快毕业了，你说过，小学毕业，就像过去进了学的秀才，秀才还要别人照料吗？"

"你衣服是谁洗的？上学是认真的，放学呢？常迟回家叫阿娘担心，影响她工作。你现在日长夜大，你鞋子我会给你做，衣裤还不是要你阿娘劳神。再说，星期六厨房不开伙食，谁烧给你吃？你烧给阿娘吃？"

"难道阿娘没有我在，自己不吃饭？只要米多一把就够。我不会向阿娘要这要那。除了芥菜梗和酸咸菜外，我都能吃。"

外婆一把搂住小外孙，对女儿说："二囡，你这个儿子可不蠢，我已经讲不过他了。"

她用蒲扇给柳火背脊扇了扇，"你说得对，不过你还是应该听话，阿娘初做校长，等事情理得有个头绪，就会来接你的。"她实在太喜欢这个外孙了。她帮助可怜的女儿抚育他，所花的精力和物力并不比女儿少。爱，常和所投入的有密不可分的关系。黎母看着她这个外孙总是全身充满宠爱。

黎清微微点头。黎母看出有些勉强，怎能怪她？黎清和她儿子真所谓相依为命。儿子在身边，她感到充实，工作起来更起劲。但老师和母亲不约而同地"把火儿留在山江县城"这个建议是实事求是的。新到一所学校，一切都是未知数；又是初做校长，肯定会被"客观"牵着鼻子走，对儿子的照料便不得不打折扣。如果儿子真被留在这里，工作之余，一个人进进出出，生活便显得很空洞；对儿子的牵念也许会失去工作的信心。怎生是好！？已经点头，勉强同意。灵光一闪，她想出一个办法：

"火儿，你说，随阿娘回江门？还是和外婆暂留在这里？由你决定。"

柳火望望外婆，照照阿娘，两只眼睛睁得老大，在他苍白脸盘上闪烁得分外炫人。他机灵地，又不知所措地说："我也决定不了呀？三人一起住，哪里都行。"

黎清感动得流出眼泪："火儿哟！真是娘的心肝宝贝，你好聪明，难为你说得又巧又乖。这样吧，下学期暂时和外婆住。我回家过年后，再三人一起到江门镇好吗？"

这件事就这样决定了。当夜，黎清和母亲把历年攒下的钱给孙石家补足典金，各执房契，以利息代租金。永远有使用权。

"这样住下去,心里才踏实。"黎母用力摇摇蒲扇,深情地凝视女儿和外孙,"将来我也能托你们母子的福。"

"应该说是我们母子托您老人家的福,对吗? 火儿。"

柳火并不清楚"福"的含义,但他明白没有外婆帮助,这幢两间小楼就不可能归属自己。他拿起大蚊香在外婆边摇晃,赶去蚊子,对她说:"你放心,我和阿娘不会离开你的。开学后,我留在这里可以帮你拎水,还有其他事,你尽管叫我好啦。"

第二天,黎清买了一个蹄膀,一条鲈鱼,还有一些蔬菜,交给母亲。晚上三人大大庆祝一番。黎母说:"就算是'七月半'吧"。于是设了香案,请祖先入席。"不是女状元,也算女举人投了实职,比你父亲的廪生更胜一筹。都是喜事,应该禀告祖先。保佑你校长任上,万事顺利;保佑火儿健康进步。"

"保佑外婆,长命百岁!"柳火大声嚷着。

黎母拿出孙石送给她的百益酒,每人敬一小杯助兴。每人一杯,三代三人组成的小家庭,此时此刻,全陶醉在融乐中去了。

黎母,真如向鹏所说是一个裹着小脚的眼光远大、跟得上时代的出色女性。对柳火,她既是父亲,又是母亲,抚爱他又严格要求他。柳火初次描红习字时,就定好规则,不管学校有什么要求,外孙每日必须再描两张"上大人,孔乙己。"她发明了一个描红的客观标准:"一笔描去不见红。"然后就可以练习米字格。她识字不多,只会写自己的名字和记每日的支出流水账。可对柳火却有一套"教育家"式的理论。她要把柳火培养成独立谋生、自食其力、胆大心细的成年人。方法上,情理为主,打骂是下策。三年前,柳火就担当起每天记流水账的任务。她认为每天记上日用细账,不仅可以检查用钱是否得当,还可培养收入支出的节俭习惯,认得字,学练算术;不会记账,白搭。写信同样重要,所以柳火和他阿娘离开后,黎母就教导他必须写信,写好信,还要他念给自己所。她告诉女儿:"不要认为柳火有副聪明相,那是表面。能解决生活上碰到的实际问题才是真正的聪明。"她认为下棋对这点有帮助。她会下象棋,是丈夫教她的,在星期天,就教柳火飞相跳马,炮要架起来才能发射,车就可以横冲直撞。后来,过了二十年,当柳火在大学中接触到杜威的实用主义哲学和人本主义教育学时,心中着实自傲:"我的外婆早就将这些理论对我'实施'了。"

黎母要烧香拜佛,诵念经文。年轻的黎清常以无神论自居,和母亲顶撞,黎母多半置之不理,只说:"你不懂,你到老时,才能体会到,这是很有用处的活动。死后的人，应该存在，善恶应该终有报应。"

柳火就是在外婆这样思想熏陶下成长为少年的。母亲的影响实在微乎其微，除了爱心的滋润。

（三）

经过一段时间的忙碌，黎清在各方帮助下，匆忙地定了人事，招进新生，开了学。这期间，多少大事的策划都是李嘉陵拟定，但名分上，他丝毫不马虎，总说那是黎清亲自起草的。他只怕自己陷在江门镇，耽误前程，看在汪大爷的面子才接受教育局的任命，担任副校长兼教务主任。到校后斩钉截铁地和黎清约定"为期一年"。总务主任由原石板街自然教员白大良担任。他是由前任牧校长推荐的。按这位牧校长的话说，这是他给接任校长黎清的礼物。牧校长是一位四十多岁的好好先生，从不愿得罪人，但对人的观察和评价却甚为中肯。他任这所学校的校长就是这种性格的结果：人情难却。这次他抓住学校调整，最不会得罪人的机会，才摆脱了这个极使他厌烦的职位，到邻县一所中学当教员去了。他感谢学区制的推行，感谢这位比他年轻得多的黎清女士勇于接任这个"受罪的职位"。办理移交时，他发现黎清正为没有合适的总务主任发愁时，就推荐了白大良：

"黎先生千万不能忽视总务主任，他就是学校的总管家呀！这位白先生是够标准的。譬如说上级很重视学校师生要去宣传新生活运动，学校本身就要有新生活气氛，如果没有总务主任在环境中配合贯彻，这个校内新生活气氛就不会突出，事情就大了。还有，如果要扩建校舍，那是他本身的具体职责，更不必说了。"

黎清对前任校长和向老师对学校总务主任不约而同的看法已大有体会，正想道谢，忽然涌出一种迷惑不解的心理，就改口道：

"那么，牧先生为什么不请白先生负责总务呢？"话刚出口，就发现自己大不礼貌，辜负他的情意。但对方似乎毫不介意回答："说得是。可是原来的总务主任如何安排？他只不过身体差些，却没有任何渎职行为呀！现在好了，他托我向你请求千万别给他总务主任的聘书，事情就解决了。"

果然，这位白先生管校有方，杂乱而琐碎的事务经他不到半个月的整理就条条井然。他兼任高年级自然课和劳作课，他把这两种别人认为不相干的课结合起来,叫学生动脑又动手。这时,收音机正被人认为是有趣的怪物,刚从上海传向各地。小学生们正被最起码的结构简单的收音机——矿石收音机迷住。白大良想:如果能把制作矿石收音机放在无线电常识课后的劳作课内容中,使六年级学生在毕业前各自做一架,还可以留作纪念哩。但是他想到这是违背部定教科书规定内容,不觉又犹豫起来。黎清知道后,竭力鼓励他,表示如果出现"擅改课程内容"的指责,一概由校方担当。这件事使李嘉陵暗自称赞黎清的魄力,帮她坐稳校长交椅是值得的。

白大良自己先试做一架。几乎在双十节后所有业余时间都化在这方面,简直是废寝忘食。试改十多次,居然能听到上海电台广播的京戏。当他把它作为教具向学生演示时,学生的制作欲被激发了,本来规定每小组三人合做一架的规定打破了,有些学生自动提出二人做一架,有些学生喜欢独自完成,不要同任何人合作。后来,在建校周年展览会上,白大良的劳作教学成绩受到包括上级领导在内的许多观众好评。

以上都是些后事,提前说了。

黎清创建这所中心小学究竟是否一帆风顺?表面上好像是微波荡漾,看来还挺美的。其实不然,这条船驶得很吃力,它碰到不少暗礁,最后一阵狂风掀起巨浪,船险些翻了。

双十节是国庆纪念日,对学校来说是个大节日。为了安排庆祝活动,黎清举行了一次临时校务扩大会议。为了讨论方便起见,请李嘉陵先向与会者讲一下预先拟订的初步意见,话未结束,郑大仪站起来大声说道:

"这个初步意见来路不正,我这个分校校长怎么一无所知?是不是分校不庆祝了?"

"不,严重啦。就算我个人意见吧。请各位先生指教。如果太不成样,全部推翻也使得。"李嘉陵进行解释,语带嘲讽。他早就发现郑大仪在分校拉拢培植个人势力。那个前尚行小学总务主任,现为负责分校的总务主任,已成为他的亲信。他告诉黎清,暂时还不知道郑的用意,但要处处警惕,进退适当。

这时黎清想:还是退一步为宜。她接过李嘉陵的话:"说实在话,这是我的过错,临时抱佛脚,请李先生开个头,总有人先发言嘛。请郑校长发表高见。"

"高见不敢当。我认为全校活动,大家商量。最好不要用初步意见等好

听的名词来堵住大家思路。既然黎校长认为这次做法不妥当，我还有什么话！至于李嘉陵先生这个初步意见嘛，虽然他没有把具体内容说完，但我认为基本上是错误的，理由不复杂，国庆，主要是庆祝中华民国的诞生，怎么可能把九一八、一二八塞进去呢？《淞沪协定》是中日两国政府签订的，难道庆祝国庆活动成为反政府活动？各位，断断使不得呀！"郑大仪环顾一下在座的教师，带点威胁的腔调继续说："目前共产党就是利用抗日来反对政府，难道我们去做共产党的应声虫？我认为抗日内容不仅不能作为庆祝国庆活动的主体，而且根本不应列入。这是指内容而言，形式么，都可以，越多越好，庆祝气氛越热烈越好。所以我认为应该建立一个临时机构负责这件事，人数要少些，这次会议就不必讨论具体事项了。"

这样，会议话题便被转移了，结果建立了一个庆祝国庆小组，黎清为组长，郑大仪为副组长，本校和分校教务主任、总务主任，还有教师代表各一人。显然，分校已达到与本校分庭抗礼的模样了。

会后，只见郑大仪，分校总务主任和三四个原在尚行的留任教师相互做个眼色，先后走出校门，看来事先有约。李嘉陵也对黎清使个眼色：请注意。他看了看壁上挂钟说："我怕时间不够，结果却大大过剩，今天这事完全出我意料。郑大仪等人另有要事商量呢，他们动作真迅速，难道他们早知道了？"

李嘉陵讲这话时近乎自言自语，他看见黎清停在会议室门口，当然听不懂，就喊住她：

"黎校长，请去办公室坐一坐，有件事告诉你。"

"当然，"黎清在办公桌旁的藤椅上坐下，朝白大良打招呼，"老白，李先生说有事谈，你也别走，可能要及时商量。等会儿吧，反正你回家总有现成饭吃。要不，在这儿一起吃。"

李嘉陵进来，凛凛然坐下，半晌无言。黎清感到事情不妙，因为李嘉陵这个人虽然一向不苟言笑，但却和蔼可人。这样严峻的态度，气温都会下降，难道有不好事情？！不错，事情可坏透了。李嘉陵低下头，语音沉滞地讲出一句话：

"汪大爷，子庆先生在上海病逝了。"

"什么？什么时候？怎么在上海？"黎清挨着这一闷棍不疼痛，只觉得心肺颤抖一下，一连提了三个问题后，思想几乎麻木了。随之，她涌出一种孤女般的无援情绪，眼眶里滚出泪水。她取出手帕轻轻揩拭一下，听李嘉陵说下去。

"估计在中秋前后。我听江门中学一位朋友无心谈起的,他以为我早知道,江门中学全校师生为此致哀一天。他说子庆先生在上海有一幢别墅,入秋,他去上海处理业务就住在那里,他和家人讲好,中秋回家团聚。以后却来了电报说:抽不开身。哦,媳妇陪他夫人,带孙辈们去上海过中秋,想不到这是最后一次。听说是中风,开始不能说话,头脑却清楚,赶紧写了遗嘱。详细情形就不得而知了。我知道这个消息对你多重要,为了不影响开会,我硬将它压下。其实对我影响也不小,否则我对郑大仪这样居心捣乱也不会如此姑息了。我联系子庆先生的逝世,郑大仪在会上的嚣张举动,很蹊跷。会后,他们这几个人又相约到哪里去? 以后,我们找个机会再谈吧。黎校长,你也不必大伤心。人死不能复生,当心你自己身体,还望节哀。"

黎清弄不清孙石为什么不通知她,他难道一点都不知道这个噩耗? 前辈中,知我者,除向校长外,就是子庆先生了。我正想为发展学校的设想向他请教哩。现在还有什么希望! 黎清的思想凝固了。她痛苦地站起来,一摆手,长叹一声:"我们吃饭去吧。"

餐桌上,黎清心情不定,常停筷发呆。她失去一个知心的、能帮助解决困难的前辈。向校长又因县长、教育科长易人,已有倦勤之意,她能坚持在这里继续干下去? 尽管有李、白二位热心的具体帮助,开始尚好,还是走吧。趁向校长还在其位,她回山江县谋个课任老师,得与寡母、火儿清闲度日。

李嘉陵看在心里,知道这一打击,黎清恐怕受不了。一定要使她挺住。她还不知道,难对付的事情尚在后面哩。他暗暗下决心,一定要帮她到底,一年不够二年,家乡教育界不能没有她,他看见对座黎清终于没有吃光这碗饭,低头离席,漫步而去。他感到自己责任似乎更大了,他和正在吃得津津有味的白大良说:

"后天发薪水,晚饭我请客。聚仙园。"

"好呀! 还有谁?"

"黎校长。别忘! 再会!"届时,黎清和白大良如约到聚仙园。这是一间小餐馆,仅两间门面。江门镇是小海港,和东南沿海诸码头均有定期客轮来往,每日流动人口不下数千人。不过,经商居多,商人的钱易来、肯花,光顾的多是大饭店。因此聚仙园生意并不红火,据说老板是位中学毕业生,他乐意这么做,他的顾客是些教师和中低级公务人员等一类人,能花多少钱? 有些是独来独往,自饮自醉;有些是三五朋友,浅酌低尝,边谈边吃大有"酒逢知己千杯少"之态,斯斯文文,绝少猜拳行令,即使座无虚席,也不嘈杂。李嘉陵是常客,黎清曾随孙石来过,也欢喜上了。

他们进去,楼上雅座。整个楼房分四小间,李嘉陵早到,他站在一小间门口,引他们入内。白大良没有来过(亏他是个江门土著)!一打量,连称不错。

"布置是不是更幽雅了?"李嘉陵问黎清。

"嗯,你看,还挂着孙石作的山水画呢?"

"孙先生的山水画真而逸。"李嘉陵凝神欣赏,"什么时候方便,请为我求他赏赐一幅。"

"你也喜欢? 好的,保证做到。"

茶房进来一看是熟人,笑嘻嘻请点菜。李嘉陵目询黎清。

"聚仙特色———一元摊和菜。"

"一斤花雕。"李嘉陵补充说。回头问白大良,"够吗? 再说吧。"

"老白,你刚才似乎要说什么,被茶房打岔了。"

"噢,没什么,我说,请你为我介绍孙先生,我想请教一些关于自然科教学内容的事。画,我不懂。"

"是这个!"黎清有些失望。她转向李嘉陵,"老李,你说郑大仪的发言蹊跷,里面有文章?"李嘉陵似乎没有注意黎清迫不及待的样子,却朝白大良问道:

"有收获吗?"

"有一点,你的设想有道理。"

"请说吧,我相信对分析郑大仪的潜在动机有帮助。"李嘉陵转向黎清:"这大概就是你所要听的话。"

"我,拜访的是牧竹,他是这里原校长的儿子,黎校长曾见过一面。"白大良正儿八经地说。

"且慢。"李嘉陵指指茶房,他手捧大木盆,把"一元摊"的菜全端来了。李嘉陵斟满三人酒杯说:"我估计老白讲的仅仅是故事开始的第一章,这故事一定很复杂,我们要耐心听完,刺激性很强,又很难懂,需要冷静分析。先干这杯酒吧。为继续办好区中心校而干杯! 它将遇到狂风暴雨,既然我们是掌舵的人,就非同心协力不可。"

三人干了杯。白大良把眼镜卸下,用手指擦擦,重新架上:

"我没有几句话要说的,这种稀奇古怪的现象,我不会分析,而且觉得很可怕。是这样,那个牧竹,由他父亲请黎校长按插在分校当事务员后,工作很勤快,头脑也蛮灵活,郑大仪对他相当满意。这孩子讨好郑大仪只限于工作,他和那些只因私利的马屁精迥然不同。于是我也喜欢他了。由于工作性质一样,我们接触就很多,他心地善良,本性敦厚,虽然他那天没有参加会议,但我相信,分校或郑大仪如有大事,他十有八九会知晓,他现在仍和他父亲同住,早出晚归。昨天他来我这里有事。我趁便和他聊聊。我只说个人感到郑校长在会上对老李的意见不够尊重,似乎胸有成见,问他在分校有无察觉?他回答说:这个没有什么发现。倒是那天的会议后的行动,使他深感困惑。他说郑大仪开会前一天晚上,特地跑到他家里,嘱他第二天中餐在四时春菜馆预订八元一桌的鱼翅宴,那天中午他也参加吃了。他心中纳闷。连他一共只有六个人,要这么多讲究的菜肴做什么?!肯定有什么大事商量——"

"奇了,郑大仪和他初交,本来不认识,怎会如此热络?"

"如果有一个共同目标,一夕相处,亦可成为同志。"李嘉陵回答黎清的插问,并请她不要打岔,让老白说完。

"他说,谁知席间讲的都是空话,不过他回家后静静一回忆,郑大仪有些话很含蓄,像是对黎、李两位校长,策划某种阴谋。郑大仪说,在座虽都不过是小学教师,但在江门镇这个小码头,除了江门中学和省立山江中学外,总也算是教育事业的代表了。他又说,教育是百年大计,决不能落到异党分子手里。当然,江门镇教育界有无异党分子,那是另一件事情,有人管,和他们不搭界。他们能坚持不办异党教育就好了。他说,郑大仪故意放慢速度说,黎、李两位校长都是国民党员,老资格的,决不会有意把江门镇中心小学引向歧途。不过无意识做错事也在所难免,语气中带有挖苦。例如那个庆祝国庆初步建议——"

"这是什么话!不是暗示我不按中央政府指示办学校吗?他们要干什么?"

"别激动。黎校长,且听老白说去。"

"牧竹说,当时有一位劳作老师认为我打算把制作矿石收音机塞到教材里面去也是不妥当的。牧竹说:'最使我瞧不起的是郑大仪背后对个人隐私不负责任的胡说八道。尽管当时没有指名道姓,却表示他已掌握某些具体事实。适当时,会向外公布,使这个教育界败类滚出教育界。'牧竹说他很奇怪,会是谁呢,我就请牧竹继续为我留心。完啦!"

李嘉陵皱皱眉梢,原以为黎清要被激动,但她低头不语。白大良见她既不喝,也不吃,就问道:"黎校长身体不舒服呜? 我们早些回去就是。"

"也许是的,我们别打扰她。让她静会儿。"李嘉陵暗想:不妙,这是刺激太深,连说话吃饭的力气都没有了。"老白,我们吃,这么多菜剩了,太可惜。"

确实如此,黎清懂得白大良讲的话的全部含义,她对郑大仪今后的行动也能预料到六、七成。她既气愤,又有一种难以言喻的恐惧。子庆先生弃我而去,向校长心境抑郁颓唐。孙石会真心帮助我,但他一直讨厌这种卑鄙的钩心斗角,而且——唉,她已孤立无助,是不是已濒临绝境? 不,不会,她要自力更生,教师们大都对她有好感。何况还有李嘉陵和白大良的真诚共事。他们会不会变心? 会不会看她走投无路,袖手旁观? 老白年轻,更无处世经验,但他是真诚的,只要真诚就好,真诚的人,就有正义感。老李是干练的,处理校务没有什么可说,汪育民校长临走,不是当着全校教职员工的面大大夸奖他吗? 可惜呀,尚行小学。曾听汪育民校长讲过:二爷还想在大爷的帮助下办一班技术班给贫困不能升中学的小学毕业生进行职业训练哩。唉,一切都云烟般消散了。幸好有李嘉陵,但眼前的事已超出校务性质,他能行? 管不上了。她只能用真诚和虚心来待他们了。也许应该有个什么形式吧。

李嘉陵的声音打断她的沉思:

"郑大仪那天宴请,不但有目的,而且十分可能有背景。黎校长,不会忘记吧! 子庆先生和我们谈两校合并时,曾经说起郑大礼介绍这个小堂弟郑大仪来做总务主任的,但临时改变主意为分校校长。这个转变究竟有什么含义,实在费解。郑大礼想在江门镇打击子庆先生的威望是路人皆知的。这位镇长在江门镇做了一些好事。他知道如果没有子庆先生协助是不可能的。他又知道:只要子庆先生在,自己在江门镇这码头就难成霸业。这次推行学区制组长不是他镇长,而是汪子庆,他想不通。因此他除了霸占区党部这个影响日益衰落的地盘外,还叫他堂弟来插一脚。这位堂弟也是和他一样,歪点子极多的精明家伙,绝不是等闲之辈。我们只要看分校校务井然有序便清楚。那一天,我到分校了解各教师的教学情况,教师对他的反映是不错的。子庆先生的离世,对我们是大不幸,对他们却是大幸。梦寐求之,终于实现了。他们认为时机已到,趁热打铁。我们在校内基础尚未巩固,又风闻比较公正的,又是子庆先生的朋友的县长和教育局长即刻要调任,就设法将我们连根拔了。中学,他自知无力染指,小学则完全可以。于是就出现四时春菜馆宴请之举。你们认为我这样分析如何？像吗？"

"有这么严重？"白大良将信将疑。

黎清沉默片刻说道："虽然抽象，却在情理之中。老李，我觉得很可怕，下学期不干也罢。我提出辞职，这校长本是你的，我不自量力。大家散伙吧，你下学期就可以到省城去走自己的路了。我累了你一学期，只好请你原谅了。"黎清表现出心灰意懒，失去继续待下去的勇气了。

"哎，这怎么行！我可不愿意白白花了一个学期的精力和时间。我不也是个副校长？我请你帮忙，你能拒绝？为了我国的教育事业建设，我们能让郑大仪这样的人作威作福？"

黎清低沉地说："当然，你的话很对。可我确实对即将袭击我的诽谤心惊肉跳。人言可畏。我体味到啦，我没有得罪他，为什么要诽谤我。还不是为了这个校长位置？我辞职不干，他还会诽谤我？"

"为时已晚，诽谤已经在群众中间开始流传了。散布谣言的人，总设法使人相信是事实。诽谤是一种无事生非，你怕它则甚；你不怕它，别人就以为可能是无中生有；你辞职，表面上你主动，事实上等于说明你害怕，逃跑了。这样，给郑大仪兄弟起了合理化作用。他们求之不得呀！黎校长，在这个紧要关头，我们决不能泄气，不能退下阵来。"

"可是我怕。"黎清心里委实如此，她把刚才李嘉陵给她过目的诽谤传单瞧了一眼，撕得粉碎，双手微微哆嗦。有什么办法？老李讲的全有道理，骑虎难下，只祈求两位同事帮助，眼睛里闪着"全看你们"这希望之光。

"别怕，我保证，非跳过这人为陷阱不可，将它填平更好。黎校长，只要你认为必要，我可继续待在这里，再不以一年为限，同时我求你，千万别气馁。"

"我相信你的保证，谢谢你。老白，你应该更没有问题了，你不会离开我吧。"

"哪会！可我有何能耐？我除了管管杂务和钞票外，什么也帮不上呀！"白大良认真说，"我甚至于怀疑江门镇是否有老李所说的那样可怕；我的头脑不适合考虑这些问题，实在无能。"

这时黎清脑中出现一种思想，脸上浮现出不好意思的微笑："谢谢你，我也信任你。但不怕你们见笑，我的孤立感仍旧存在，如果你俩能答应我的请求，兴许我会再坚强一点。"

"请说吧，尽量做到。"二人几乎同声回答。

"我想，我们三人——"黎清自感脸颊热乎乎地，迟疑一下，喝了一口酒，鼓起勇气说，"我想和你们两位结为异姓兄弟姐妹。"她立刻又喝了一口酒。

　　这个请求确使二人吃了一惊，一时回答不上来。

　　"请你们恕我唐突。我希望不会是一厢情愿。"黎清的祈求眼神染上哀愁，"你俩知道我是多么不幸的人，你俩不会详细知道，以后尽有机会讲，在目前工作上，除了你俩外，我确实是无援的。老李很清楚，当初我接办这所学校是勉强的。现在，以子庆先生为核心的社会支柱消失了，向校长鞭长莫及，而且听说健康不佳，又受到省、县政治界、教育界不算很轻的压力，已生倦勤之意。我的姐夫孙石是个清高文人，他上次来看我对，见我如此劳神，懊悔当时对我接任校长的鼓励。而且在这里，不妨挑明说吧，老白讲那牧竹听到郑大仪没有指名道姓的诽谤是针对我的，我心中有数。所谓私隐，就是我的婚姻。刚才被我撕得粉碎的谣言传单证实这点。我 21 岁守寡，够不幸了，头几年，许多人劝我再找一个终身伴侣，使自己和火儿都有靠。现在是民国时代，何用守节！谁能讲闲话？这些人都是好心的，我都心领了。其中有些人认为我和柳鸿感情太浓，短期扭转，实有困难，过几年再谈，更合情合理的。不错，说得对，但只有一半，岁月流逝，生活累赘和工作负担使我对丈夫的伤逝之情是谈了些，但我还是没有对任何男人产生过友谊外的感情。我之所以如此，关键是为了火儿的幸福，我的爱只能全给火儿……"

　　李、白二位静静地听，又同情又尊敬。忽然，白大良把黎清的话打断了：

　　"黎校长，我知道啦！我同意，我有你这样一个好姐姐值得骄傲的。"

　　但是李嘉陵没有这样表态，他似乎不管黎清的心态反问道："为了火儿？如果火儿再有一位疼他的爸爸，不是更好吗？"

　　"谁做他的爸爸？"黎清拿起来的筷子重新放下，两眼凝神返照内心，回忆道："他本来就有爸爸的，他们父子死生相差三个月，尽管火儿没有见过爸爸，可他多像他的爸爸啊！我不能把另一个男人推到他前面成为他的爸爸。我没有胆量，这会伤害他，我自己也不能忍受。一个孩子有后父或后母不见得有什么好处。万一我再有一个孩子，就更……，我不愿将母爱分给任何别的孩子。现在你们总该理解我了。"

　　"可是诽谤仍不会放过你的，"李嘉陵冷静说，"寡妇门前是非多呀！"

　　"是的，一点不错，我不怕，为了火儿，我宁愿终身做个寡妇。"黎清的哀愁淡些了，语气勇敢了些。她梳掠一下粗黑的长发，让它全部搁到耳后。她想讲什么，嘴唇动了动，结果仍没有出口。

"我觉得婚姻这事情实在怪,既简单,又复杂——"

黎清做个手势,阻止白大良说下去,然后朝李嘉陵温柔地问道:"你还没有表态呢!你愿意我做你的妹妹吗?愿意还是不愿意?如果你有些勉强,说不出口,摇摇头也可以。我的要求也许太天真了。没有什么关系,我们依旧是好同事好朋友。义兄妹,不过是形式。同事朋友间的友谊,既伟大,又平凡。"

李嘉陵被黎清的诚恳、期望、略带羞怯的情态感动了:"我愿意,也愿意有老白这样一个弟弟。"

他们没有香案。不撮土,不滴血。李嘉陵把酒斟满,三人举杯同誓:"有福同享,有难同当。"酒尽杯底,从此便成义姐妹兄弟。为了避免无端麻烦,不公开,称呼照常。白大良补充说:"最好各人取个名字,算是证据。"三人同意,由李嘉庚担当。

"我真的太高兴了,有你们这二位兄弟。现在让我们兄弟姐妹聊聊家常吧。"

"说的是。"白大良兴奋地站起来,扭了扭身子重新坐下,"饭可以不吃,少吃,菜非一扫而空不可。"他用饭碗盛了半碗咸菜黄鱼汤,"你们吃啊!"他啜了几口,又吃了一大块黄鱼肉。"我刚才说到婚姻观,我说很简单,只把它当作一项做人的应有义务,任何异性都可以;说它复杂,就因为它需要找一个情投意合的人,有了爱情后,才可以商议嫁娶。但是何谓爱情?我就莫明其妙。去年我结婚了,妻子是我父亲从小选定的,我从未见过面。母亲于前年病逝后,父亲催我成婚更紧了,我问他为什么每年都要催我结婚?他说这是做人道理,做儿子的义务。母亲逝世后,家务也要有人主持。他说与其他续弦,不如媳妇过门。妻子不认字,谈不上知书。但还算达礼,对我父亲和我都顺从;家务,自然由她操劳。"

"但是,结姻难道不是个人权利吗?"李嘉陵问道。

"应该是,补充一句,有和谁结婚的权利,也有不结婚的权利。老白,你这个结婚权利已放弃了。"黎清似乎早已胸有成竹。

白大良笑笑,有点似哲学家领悟以后的笑容:"义务应该尽,权利可以放弃。我一点也不后悔。我觉得选择结婚对象是很麻烦的,还需要有相当本领,我没有。幸好,我的父母给我包办了。"

"经过自己同意,就不算包办。"黎清看见柳鸿的头像在自己的酒杯里。她感谢母亲给她的柳鸿,多么温情、善良而又倔强的人啊!居然天不假寿,

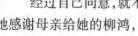

夭折于青春。她不觉轻轻呼出一口气。"我和柳鸿虽由父母聘定,却是相互倾心,自己包办的了。老李,现在该你说说大嫂的情况了。"

"实在没有什么可说的,大同小异。我们有一女二子,老夫老妻了。所谓人生大事,已经过去了。我们还是面对现实再分析一下郑大仪的动静吧。我肯定他有阴谋。那天四时春酒楼的宴请,肯定是他的阴谋之一,同时我怀疑牧竹没有把他所晓得的话讲完。"

"可能,"白大良回忆,"经老李这么一说,我发现牧竹讲到诽谤时,吞吞吐吐,欲说还休。"

"不说也罢。反正我完全明白。他们无非在我和孙石的关系中添盐加醋而已。我自知我的思想感情没有半点儿超出姐夫范围。老实说,我在这方面仍然是守旧的。我甚至于不敢跟他要画、学画。"

"孙先生方面,"李嘉陵近乎追问,"是不是也限于把你当作妻妹,永远当作妻妹?"

黎清没有回答。她想:大姐死后,孙家急需一位持家主妇,别人也有来说亲的,他为什么不早解决?他要怎样一个女人?总不会想到她把!不,他知道"我"不可能是个"主妇"。她正想回答,李嘉陵接下去说:

"要阻止郑大仪停止对你诽谤来阴谋夺取校长,真是与虎谋皮。因此,我想最好用釜底抽薪之计,促使孙石先生早日续弦,诽谤就不起作用,反有自我暴露的可能。"

白大良说:"还有一着也算釜底抽薪。如果孙先生确有情意于黎校长,倒不妨考虑。我的侄儿有孙先生这个继父,决不会吃亏。郑大仪还有什么谣言可造!"

黎清恼了:"老白,你这个人讲到哪里去了。刚才我已经讲得够清楚,好吧,我再补充:我没有勇气做六个孩子的继母,我不能将自己一生被'继母'所束缚。最主要的还是对火儿,我姐姐有六个孩子,谁能保证不会被他们欺负!"

"哎,是了,我真浑。"白大良恍然大悟。

黎清加重地说:"我不能把火儿当作赌注。"

"孙先生怎么想,且勿管他。黎校长如此深思熟虑,安排自己未来的岁月,我们兄弟绝对要维护她。老白的建议失之赌气,更不可取。"

白大良微微脸红,感到不好意思。

黎清瞧见这位义弟天真纯朴,反觉可爱。她说:"郑大仪的靠山既然是郑大礼，郑大礼会自然将为他堂弟进行高层次的幕后活动，例如向县教育局建议改组学校人事，甚至露骨地推荐郑大仪升任校长。"

李嘉陵说："猜得合理，十分可能。"

他们干了杯中剩酒，走出聚仙园，已夜阑人静了。黎清暗想，如果被他们发现，又多了一段诽谤材料，做人真难！

是夜，辗转反侧，想起郑大仪诽谤欺负，愈想愈气，难以入眠，索性起来，把房门打开。一股冷气进来，倒使她有些领悟："何必生气?!"她想起火儿，身体瘦弱，一定受人欺负。十二岁了，懂得气恼，气恼比悲伤更糟。可怜我们母子！还有妈妈——外婆，当年在封建大家庭中年轻守寡，受了多少委屈，"柏节同贞"有什么用？还不是忍气吞声？可怜的三代！

她铺开一张纸，写上几句自警自勉的顺口溜：

"别人气我我勿气，我若气时中他计。气出病来自倒霉，万事无非一场戏。"

黎清写完后，念了一遍，打起呵欠，美美地睡着了。

重阳节前夕，黎清用过晚餐回房，正想写封信给火儿，孙石进来了。他给黎清两幅裱好的画。他将其中一幅直条翻出来："这是送给你的，没有上款，你不会忘记是我送的。"

"哎，怎么是菊花！"黎清很惊奇，我还没有看到你画过花卉，我也没向你要过啊。我只希望你能为我画一张水墨山水，这是我特别喜欢的。'

"没有忘记，我也裱好带来了。可是这幅菊花——希望你能接受。"他拿定上轴，叫黎清卷开下轴，黎清默默欣赏数株错落在岩石上的墨菊，默默地念着上面的题诗绝句：

"九秋佳节值重阳，色更清奇味更香。寒露严霜非所畏，高标傲态压群芳。"

"我哪有这么好。"黎清脸孔有些发烫。她由衷地感动，这几株野菊激起她感情上的涟漪。她对着画，默默地把诗再念一遍。她怎会不知道孙石的用意？明天是她生日——。突然，郑大仪的形象出现了，奸诈的嘴巴，似笑非笑地说："是谣言吗？我没有诽谤你吧！这幅墨画可能就是定情之物了。"黎清毛骨悚然地斜靠在藤椅上。

孙石看到黎清神色突变，脸颊发白，慌忙扶她："没事吧？刚才好好的。"

"没事!"她轻轻地推开，定定神，啜了几口云雾茶。"老毛病，无非有些贫血。产后失调所致，十多年了。"她站起来，"你也喝杯茶。"

"你应该吃些补品，含铁的，驴皮胶也可以。"孙石拿起另一画卷，打开，"这张是应你要求而作，你看，喜欢吗？"

黎清的眼睛发亮了，是一幅标准的南派水墨山水，她最喜欢，层峦叠嶂，松林茂密，还有一位老翁策杖而行。"太好了，我真喜欢。"黎清脑中顿时闪出一种想法，接着说："比那张喜欢。"

"为什么？"

"它们有不同的含蓄。"

"请讲。"

"这一张写意清高，有出世之意。那张意在世俗。"

"你难道不理解我特意为你贺诞所作的墨菊？"

"不，我会喜欢的。谢谢你，我只能心领了。"

"心领，什么意思？"

"你的画，我珍收了。你的意，我只能心领。我的行动不可能迎合你的心意，只能心领。"

"我——你——"素来善于敏思妙语的孙石竟讷讷找不出适当词语。

"不要挑明了。挑明了反而不好，你我都知道，对吗？"

当然知道。孙石现在一切都清楚了；为什么黎清的表情霎时间由温煦转变为冷峻，他是个聪明人，知道黎清这类职业妇女的心态，不是封建意识作怪，而是事业与自由。就黎清说，更起作用的还是对亡夫爱子的牵情，他好似在实验室中完成一项复杂的实验，吁出长长一口气。

"嗯，我知道，不谈了。"

黎清拿来几枚钉和小铁锤："你帮我把这张山水挂上，请。"

他们一起欣赏着，黎清低吟画上的诗：

"昨夜狂风起，松涛万鼓音。登山何所事，聊涤吾尘襟。"

"这样我就不担忧了。"说罢向孙石微微一笑。

"那么，避开你的生日，明天还是重九。应该登高，我们到凤凰山去如何？"

房里没有声音。孙石知道黎清很难立刻做出肯定或否定的回答。他理解她。半晌，她终于说了：

"不是星期天。我不像你中学教师，没课就可以自由活动。我不能不去办公室。明天还要和李、白及郑大仪研究明年的扩建校舍事宜哩。"

"唉,我真懊悔当初劝你接任这个校长,我忘了自己的教训。"

黎清欲言又止,想起老李前言,终于说道:"登山不去,登酒楼吧,聚仙楼,我请客。"

"这是为什么?"孙石疑惑不解。

"你送来的生日礼物,我怎能不还礼。再说,主要的我还有件事和你商量,请你帮助。"

"哦,不错,也算登高。"

他们一起上聚仙园。黎清故意挑了一个周围最热闹的小桌位。

"说实话,你的举动叫我费解。"

"没有什么! 容易理解。你是我姐夫,又是我学山水画的教师,又是比较讲得来的朋友。又是——"黎清没有讲下去。她的语气极为严肃,冷气逼人,"我求你再帮我一次忙——帮我辟谣,澄清诽谤。"接着她把老李给她的传单内容明讲了。

"有这等事! 我们毫无越轨行为呀,有人会信?"

"姐夫,"黎清还是第一次这样称呼他,"我是一个寡妇,你是一个鳏夫。年纪都不算老。我没有再醮,你没有续弦。我们时常来往,业余兴趣也还相投。人们在背后议论什么,用不到我明说吧。现在有人造谣诽谤我,不用事实辟谣,诽谤会起作用,我何以见人!"

孙石微微颔首,然后问道:"他们目的何在? 他们与你往日无怨,今日无仇呀。"

"就是我曾对你讲过的假设,取我这校长而代之。目前已听到紧锣密鼓了。说真的,我有些害怕。"

"我害了你。"孙石真诚地表示歉意,"你何不趁此辞职,岂非更好!"

"另有人也这样认为。我本不愿做校长,但我不能在这种骨节眼中辞职,这岂非表示自己'心亏'? 我必须让别人知道,谣言是无中生有,恶意中伤。"

"当然,釜底抽薪是最好的。"

"那么我请求你的帮助。不会吝啬吧?"

"还用说!"

"请你找个对象,尽快续弦。"

"为什么?"

"明摆着,你这样一个大家庭,上有双亲,下有六个子女,急需一位女当

家。我知道你等待谁,现在你的等待,必无效果。此刻,你清楚要加上一条从未想到的紧急理由,那就是只有这样,才能使人们对我的诽谤彻底破灭,不会起任何作用,算是我求你了。"黎清微微一笑,他回顾四周,有很多座位已经空出。"不早了。不然,也许又添一条谣言的依据。"

孙石不语。

"你吃饭吗?"

"不吃。"他喝完杯中酒,"你的直率,我很感动。想通了,我愿意为你效劳。请你为我物色吧。"孙石暗暗叹了一口气,语态相当勉强。

"请你是不是多托几位,形成一种气氛:孙石在积极寻找对象,急欲续弦。这样,你有选择余地,又可以使我早日摆脱诽谤给我的痛苦。你知道,我度日如年,日子难过哟!"

"可以。"孙石已经比较坚决。他善于解脱自己,他已恢复理智和平静。

过了几天,白大良将扩建校舍的预算给黎清审阅后说:"牧竹又来找我了,这次是好事。他父亲有位远亲的侄女,似乎适合孙先生的要求,嘱我转告你或孙先生,看怎样联系上。我就答应了,并趁机和他说,现在可知对黎校长的谣言,毫无根据,绝对是有意中伤。他沉默片刻说:郑大仪又邀请一些人聚餐,他不在内,可能已发现他和我的关系太密,存有戒心。后来,他又说:分校传出消息,郑大仪外出三日,想必我们已知道。"

"不知道,他一向来去自由! 分校日常事务谁管?"

"还不是那个教务主任?"

黎清的心思不在郑大仪的离校,她想的是牧父那个远亲的侄女。当天晚上,她就上他家里去探问了。第二天晚饭又去山江中学找孙石。

"你要续弦的消息传出后,相信诽谤的人就少了。而且,对象也有了。"

"这么快?"孙石看着他妻妹带有喜悦的严肃脸色,禁不住想:居然如此积极!

"你听清楚,姑娘姓单,二十岁,父母早亡,由姑母养育,小学没毕业。记账看信,勉强可以。身体绝对健康。哈,这是她的照片。"

孙石看到的是:圆圆的脸,还算清秀。他把照片交还给黎清说:"你知道到我家来,勤俭持家是重要的。面貌可以,不知行为举止如何?"

"说得对。家务没问题,起码远胜过我,她在六口的姑母家里,全是她操劳。"

孙石慢吞吞说:"你去看看她的行动举止好吗? 你认为尚可,我就答应啦。"

事情出奇的顺利。黎清在一个星期天,代孙石去相亲。再在另一个星期天,由黎清出面邀请:单姑娘和他的姑母,牧竹和他的父亲,孙石在聚仙楼便餐。孙石给姑娘一枚金戒指,就算订婚。第二年初,姑娘就进孙石家门,做妻子,做媳妇,做六个孩子的继母,子女们呼她婶婶,火儿仍按礼数叫他姨母。孙石为了不忘黎娟旧情,没有取下她的遗像,每年春节仍孝敬黎母一支别直参。这件事,虽然是孙石的人生大事,但和粉笔生涯无甚关系,从此带过。

俗话说得好,无巧不成书。人生世事常会产生难以解释的巧合。譬如说,黎清为孙石续弦所作努力,说到底是为了破除郑大仪对自己制造的谣言诽谤;郑大仪之所以如此,完全为了夺取校长这个职位。谁料到孙石与单姑娘定亲时,郑大仪却对江门中心小学校长的职位根本不放在心上了。他已另有高就。由于他的堂兄升任省南温县县长,而当起该县的教育科长。统辖全县所有小学,哪里会留在江门镇!

黎清所遭受到诽谤威胁旋风就这样自动消散了。

（四）

江门中心小学将要扩建校舍,被江门镇几个建筑承包商证实后,纷纷上门要求。黎清和白大良简直无法应付。他们缺乏这种商业交往的才能,只好借口"图样尚未确定"来拖延。正在为难之际,孙石带来一个使他们兴奋的消息。

孙石交给黎清一张信笺,附在汪大爷生前从上海寄给弟弟的信内。二爷由于身体欠佳,也就忘了。这次由姨太偶然检出来的,信笺介绍庆健诊所陈所长兼中心校校医。又说如果真要扩建校舍,可以委托他所认识的一位姓洪的工程师。他在上海工作,家在江门,事先汪大爷和他们都已说妥,只要黎清去联系。

黎清反复看了,喜不自禁,又吸口气:"汪老先生生前理解我,死后还要依靠他。他不仅是个工业救国的企业家,还是一个教育事业的实行家。可惜哟,天不假寿于他。活到百岁多好! 好人长寿的太少了。"

"恶人夭折的也不少。"孙石摸摸嘴巴。

"什么意思?"

"做好事的和做坏事的性质完全对立。可同样要劳心劳力;郑大仪为了夺取你的校长,费脑汁,必将减寿。"

"你怎么可以这样比!"

"单从消耗精力这一点,当然可以这样说。看你不到半年,憔悴多了。"

"是这样吗?"

"嗯,寒假回去,看外婆老人家会怎样说你。"

"我没料到做校长会有这么多和校长无关的事。我琢磨着,校舍扩建完后,我就辞职。"

"虽无激流,能够功成而退自是明智的。"

"就是收入要降低些。"

"会不会入不敷出?"

"倒不至于。若单做任课教师则至少要低 8 元。如果回到山江县城,大概只有 18 元一月,更少。这些差数,在你们中学教师眼中是无所谓的,对我,则不得不斤斤计较。"

"唔,这也是现实问题。火儿读中学,开销就要再多些。听说我们中学明年暑假后要扩大附属小学招生,我介绍你兼任些课如何?"

"敢情好。你别到时忘记。"

"你的事我会忘记? 况且是我自己说的。火儿下学期来你身边吗?"

"嗯,我想念他。"

"我也打算将三囡带来,有时我感到寂寞。"

"夫人如何?"

"还算识大体,仅此而已。不能和你姐——"

白大良进来把他的话打断了。

"哦,孙先生,我来插一句。黎校长,按市场价格,建筑材料及加工价,初步估计是 1500 元,但这种门外汉估计到底有多少实际意义,我也难肯定,有个印象而已。"

"我正要为这件事找你哩。"黎清把汪子庆先生的信塞到白大良手中。白大良看后说:"太好了,我能找到他家。这样,招标或确定承包人的麻烦,可能就不存在了。"

"不过,你得尽快和洪工程师联系上。"

"明天就去。"白大良说完离开。

"事情总比以前顺利吧?"孙石问。

"不是顺利,只是没有从前那种气恼。"

"好在两位助手都不错。"

"嗯,不过校舍扩建竣工后,老李会不会又提出到省城高就?这是一,老白健康不妙,够我担心。第三,明年上面大调动,县长,科长,江门镇长,都来新人,不知究竟。"

"上面调动担心什么!毫无作用。倒是老白健康,请嘱他早去医院检查,现在有位校医,方便得多。咳嗽太久,总非好兆头。"

"正是。我想起大姐——"

孙石取出怀表,已经过了八时,就告辞回去。他现在探望黎清的次数和座谈时间有意无意地减少了。

黎清将电灯拉亮,做什么?给火儿写封回信,火儿来信说:他们给阿娘生日的贺信,没有得到像往常一样充满爱心的答复,是不是阿娘不爱他了?怎么会呢?傻小子。黎清下了决心,下学期非把他接来江门不可。除了消除母子两地想念之苦,还便于到山江中学接受较为良好的教育。虽然要做寄宿生,但有孙石照顾,离我也近,星期六下午就可步行回家。给他写什么?她觉得有许多话要告诉儿子,一封信岂能写上万言!她对着儿子的照片发呆。黎清的思想恰如一堆乱麻。她不知不觉又想到学校中的事情。这学期尚需高年级音乐教材两首歌,选定就需试唱,这会影响邻室教师。做什么?应该开始考虑学校的三年计划了。她研墨润笔,拿出一张纸,却踌躇起来。可笑呵!明年校舍扩建完工后,我不是准备要辞职吗?考虑什么计划!她对白纸凝神,白纸上竟现出一张圆圆的脸孔,头发一齐往后梳的中年女人,啊,啊,包真先生,性格豪爽,倔强而近情理。对教育事业有抱负,有理想,肯做出牺牲的女人。她正在实验性地办一所乡村小学。她的充满希望的信,还未回复哩,我太不应该了。白纸上的包真被孟氏姐妹所代替,接着又出现孟昌。难道孟昌就无声无息地在地球上消失?多有才华的人!他可能参加共产党长征去了,听说他们只剩二万多人,但已在陕北建立根据地,另立政府。是否仇恨国民党到非另立政府不可?为什么不能合作把国家搞好?但长征的百折不挠的精神,任何人都会赞叹的。国民党仇恨共产党非斩尽杀绝不可,同样是没有任何立得住脚的理由。为什么不能像美、英诸国允许共产党存在?唉,太复杂了。黎清不愿意无结果地再想下去。还有,她觉得自己新认识的朋友都倾向共产党,他们都是好人,就像辛亥革命前,好人多是倾向国民党。譬如孟昌、汪育民等等都像共产党。共产党人都是好人吗？会不会变坏？像以前不少国民党人，现在都变成坏人，只知道权力和名位。这些，她又感到迷惘……

算了吧，这些问题需要大学者才能理清。她？只是一个小学教师，哪有这个本领。还是多研究办教育的事吧，对她说，就是办好这所学校，三年计划还是五年计划？

隔壁女教师的咳嗽，使她又想起白大良。一定要督促他去检查。聘请子庆先生推荐的医生做校医，应该立即办妥。亲自去，校医？他是个著名医生，该给他更尊敬的名称，嗯，医药顾问，带便送上第一个病人白大良。

这晚，她什么也没有做成，头绪纷繁。她觉得天气特别冷。呵呵手，搓了搓，还是睡觉。火儿睡了吗？这是黎清的习惯，临睡前总要把他的遗腹子在脑中盘旋几圈，出现火儿的笑脸，才满意地进入睡乡。

江门中心小学蒸蒸日上。新扩建校舍落成后，一方面在《江门日报》上登了一则道谢启事；另一方面举办了一个展览会。她不仅邀请了江门镇教育界人士，还邀请山江县教育科长。这两位上级参观后，甚为满意，把江门中心小学作为山江县推行学区制的小学典范。指示黎清将她的办学三年计划上报，以便发给全县小学参考。指示表明：办校必须有长远眼光，单靠心血来潮，再努力也不过是暂时的效果。

这件事大大鼓舞了全校教职员工，对黎清、李嘉陵、白大良的激励，更不用说了。

"会不会太显眼了，惹人妒意？"白大良将县教育科颁赠的"办学典范"锦旗挂在校门大镜框上面。

有位女教师说："怕什么！展览会展出的全是事实，无一虚假。"

"听说慈幼小学认为我们招收插班生会影响它的留生问题，甚为不满。"白大良心中还是担心。

黎清有同样的心态。她说："幸亏这件事本来就没有定下，看来应该从长计划。"

李嘉陵说："我们并不违法。"

黎清说："但是如果它的六年级学生纷纷向我校转学，它是私立小学，会影响他们的收入，就不能避免地伤害对我们的感情。在这小小江门镇里，我们的基础尚不坚固，要多交朋友为好。喏，请讲：招收插班生到底有什么好处？无非证明一下，我们在江门镇小教界的声誉和地位。这已是事实，用不到再证明。而教师们的负担增加了，学校的开支增加了，但上面给我们的经费依然照旧。"

白大良十分同意："与其把钱用在转学生上，不如多添些教具。如体育运动器械：低年级运木盗船什么的；高年级的单杠；操场的100米跑道等等。今年植树节，我们计划把后操场周围种些易长的常绿树，都得花钱，多着哩！"

黎清目视李嘉陵，后者点点头："说的也是，到底总务主任想得具体。不过，如果有家长来要求，怎样对待？统一口径才好。我想先应和原校联系，请他们设法留住，留不住，只好收进，但不能超过规定的最高限额，每班50名。否则，硬拒绝，说不定背后会说我们摆架子。"

黎清高兴说："太好了。"

这时，白大良连连咳嗽。黎清皱着眉梢劝道："老白，你还是休息一段时间罢，反正现在不会有大事情，总务处那个小王看来还算诚实肯做，你大可放心。医生怎么说？有进步吗？"

陈所长曾对我说："肺结核没有特效药，所以生活治疗比药物治疗更重要。"

陈所长是子庆老先生的远房外甥，在医学院求学时曾得到他的照顾，毕业后，开设个人医院的资金多半也是他的。那次黎清带着他的亲笔信去求见时，这位陈所长就满口同意。他的私人诊所名为庆健诊所，意在纪念，它就在学校隔壁，师生看病，一切费用全打八拆。这是全国小学所没有的。

为了白大良的离职养病。黎清请求陈所长和李嘉陵，白大良的父亲和妻子一起对他软来硬去，好不容易才说服他，陈所长还教导他的妻子如何服侍患肺结核的丈夫。

然而，为时已晚。这一年清明节过后，白大良终于卧床不起，没到立夏，就与世长辞。他生前人缘甚好，他的死，个个叹息。在这所小学中，到处都有他的遗迹：从新扩建的八间楼房到墙角的垃圾箱。从操场的运动机械到膳堂中的固定坐凳，使人们不可能忘记他。不用说，他的死对黎清和李嘉陵影响最大。

李嘉陵："恐怕归罪于我对他所取的义名。"

"什么意思？"黎清不懂。

"卧泉——躺到黄泉去了。"

"唉，命运定的吧？我总能时常觉察出冥冥之中存在着命运这种不可抗拒的力量。"

黎清看见李嘉陵下课回转办公室，立刻交给他一封信说："命运叫我不能喘息，我只好提早去一趟，但愿过了清明节立刻回来。外婆这几天够惊恐了。"

"放心吧，这几天学校平静如镜，看来火儿体质确实欠佳。脾胃单薄，要不，这种年龄男孩怎会吃了两餐汤团就倒了胃口。"

柳火给他阿娘的信有这样一段：

……这封信是外婆嘱咐我写的。他一定要我告诉你我健康的真实情况。其实我身体蛮好。我参加全校运动会，撑竿跳得了第二名，立定跳远得了第一名。那天舅父来，他和我都喜欢吃汤团，连吃了两餐，就不想吃饭了。吃一点胃就胀痛。不吃不饿，倒很舒服，所以你不必记挂。不过，清明假期，我盼望你来，我多想念你啊！此外，我告诉你：最近我做了一只大风筝，装上鹞琴，尾巴也不长，同学都夸奖我，我自己当然得意。清明节上坟时可以带去玩。可惜爸爸坟边，空地实在太小，为什么不把它迁到外公那里去？还有今年外婆种了许多菜，有冬瓜、蚕豆、木耳菜、芥菜等。外婆说："今年蔬菜就用不着买，可以节省许多钱。"

李嘉陵将信交还黎清："你儿子的作文真够优秀了。他转学到这里来，我们又多了一个高才生。"

"火儿来江门是肯定了。转学到哪里倒是一个问题。"

"什么意思？"

"慈幼小学学生申请转学和实际收留进来的仍旧不少。他们怀疑我们诚意，表里不符。实在慈幼小学并不比我们差。高年级教师阵容比我们强，自然科教具比我们多，到底是老牌！转学的学生家长，除了被报道的夸大赞扬影响外，还不是为了几元学费！所以我打算把火儿转到那里，宁愿付学费，可能平平慈幼小学的情绪。"

"你考虑得真好。"李嘉陵心里佩服，"不过火儿得每天来回跑四次。"

"这点路。不妨事。不过他的健康能适合到江门来？"

果然，黎清回家第一眼见到柳火，就感到事情并不简单，苍白，本来圆鼓鼓的两颊削进去了。大眼睛虽然仍黑白分明，却罩着一层倦怠的薄翳，这是健康孩子所不应有的。他黑粗布校服，又短又瘦。前端涂有柏油的布鞋又太大。黎清一阵心酸，拉住儿子冰凉的手问道：

"中饭吃什么？"

"拉面。外婆的拉面可好呢，今天里面还有鲜肉，外婆今天特地买了二角钱的。"

这时黎母进来。黎清问道："他能吃多少？"

"一小碗。他最爱吃了。"

"那么，不爱吃的东西，譬如粥和饭？"

"薄粥也能喝一小碗，饭就只能吃五六调匙了。"黎清摸摸儿子的胃，

问道：

粉笔生涯

"疼吗？"

"有点。但最不舒服的是胀。里面好像有许多水。阿娘，我做给你看。"说着，他仰卧床上，缩进胃部，用手挤压呼气，黎清果然听见儿子胃部格隆隆的水流声。

"谁教你这么做？"

"我自己发现。这样挤挤很舒服，站起来就发胀。"

"以后不许做，胃要被你挤破的。"黎清转向黎母："吃药吗？"

"吃啦，午时茶，南山殿张元帅的香灰。孙家祖母要他去吸几口烟，和和胃气，可能有效。火儿一定不肯，说学校先生讲过有毒，而且也是犯法的。"

"阿娘，学校先生讲得不错，孙家祖母也是偷偷吃的。上了瘾，难以戒掉。孩子吸不得！"

"明天一早，我带他上恩泽医院请陈先生诊疗，不能再耽误了。十多天吃的东西不如正常孩子一天，能再忍受几时？"

陈先生名醒基，是孙石的亲家，前已表明。儿女虽然尚未成亲，两人职业不同，但业余兴趣都很相投。孙石是个业余画家，陈先生写得一手苏体行书，是个业余书法家。他没有学历，不能与他这位堂堂北京大学理学士相比。他的医道当然也不是三考正途出身，而是自己的努力的结果。在这所美国传教士所创办的医院里做了数十个春秋，由杂工、学徒、护士、见习生开始，终于当了医师。十多年前，传教士年迈思乡要回国，见他笃信基督，心地善良，忠厚勤奋，以造价二十万元的十分之一将医院半送半卖给他，还允许

他五年内分期付清款项。医院设备、医疗条件是山江地区六县之首，再加上医护工作水平高，对病人态度亲切，门诊住院络绎不绝，年益甚丰，只三年就付清了。再过五年，和孙石结为儿女亲家，也是由于为黎娟医病的缘分。

陈醒基知道黎母是孙石岳母，又知道黎清的身世，很是敬重，由于两家贴邻，不知不觉地很快也成为黎清一家三口的特约医生了。

他仔细询问柳火病情和生活起居，检查了柳火的上腹部，确定柳火是由于饮食不当引起的急性胃炎转变为慢性胃炎；同时，由于活动量大少，看书时间太多（柳火自己告诉陈先生，自从看过《封神榜》后，就不断阅读他能设法找到的故事性书籍），表现出神经衰弱症状，他建议柳火由外婆照料搬到医院住一段时间，等饮食恢复后，再回家回校继续学业。柳火正处在生长发育的关键时刻，不能大意。

柳火和外婆被安排在院内一座颇考究的西式楼房中的一间。这座楼房是当年传教士住的地方，可以说是山江地区最漂亮的住宅之一。一切医疗用药自有医院担待。黎清嘱咐儿子务必按陈先生吩咐做。早些恢复食欲，恢复健康，她下半年带他到江门镇上学。

一个月后黎清接到儿子一封信：

亲爱的阿娘：

我的病好多了。每餐可以吃一碗饭，每天还有二次藕粉糊和饼干。医生说这两种点心对我特别适合，他又为我特别配制一种药水，可惜他写药方是用英文的，我不认得。到了中学我一定要努力学习英文。

不看书实在很难过，但我还是勉强忍耐下。过了几天，我觉得不看书，生活也很有趣，有一天，外婆和我到八仙岩上洞天拜祖师，外婆说和你已商定过了，我很喜欢这个祖师，他面容清瘦，精神却很好，仙风道骨，大约和哪吒的师父太乙真人差不多。照外婆吩咐，我向他磕了三个头。他在黄纸上写了两个字，给我说是我的法名：丛本。我盼望他以后能教我一些法术。到江湖走走，除暴安良。可我外婆说，做他徒弟，不学法术也能消灾解祸，添福添寿。星期天，陈先生叫我去做礼拜。这时陈先生站到讲台上讲圣经，像上课一样。他所讲的，我听不懂，没有兴趣。陈先生又拿一本皮面小书《新约全书》给我，说里面有很多故事，我便高兴地翻阅，故事的确很多，可我嫌它太短，特别那些名字，复杂极了，也难引起我的兴趣。不过，我很高兴做礼拜，每次最后都唱赞美诗，风琴伴奏,我喜欢听,也跟着唱。祈祷时我照样跪下去。两旁前后的人都微动嘴唇,喃喃自语。后来我问陈先生,他们讲什么?回答说是或者做错了事向基督忏悔,或者祝亲友好运平安。我想自己没有做过错事,我现在都按你、陈先生和外婆的嘱咐做,所以我后来跟着也喃喃自语:"祝阿娘、外婆平安。"

　　我还有许多话要和你说,可外婆认为我已坐得太久,应该到外面活动活动,我只好下次告诉你了。

　　这封信,黎清读了又读。各种感情迅速翻腾,多半是喜悦,也有辛酸;泪花珠儿就淌下来了。她强迫自己想象出儿子丰腴的两颊,红红的;不,应该是黑里带红。这一点他不能像他爸爸,不能再有病容。她仿佛看到儿子正捧着大碗萝卜面,吃得津津有味。她把信放进枕下,枕旁的《红楼梦》进入眼帘,她再次感到自己真像李纨,不过李纨比自己要幸福,不愁吃用,受到别人尊敬。不像自己,需要不停地工作,还不得不受人欺侮。好在火儿比得上贾兰。可不,这封信写得多有水平!他仅仅是还没能拿到小学毕业文凭的孩子啊。贾兰以后做了官,那是封建时代"学而优则仕",现在时代不同了。不能让火儿做官,在暗无天日的官场中,古今能有几个清白的,这是火坑,怎能进去!

　　将来究竟应该挑个什么职业?要绞尽她的脑汁了。火儿忠厚善良,体质又差,没有钩心斗角的本领。教育界和官场太接近,任课教师还不妨。不过,还是铁路、邮电、海关、银行更好,它们都由中央政府直接管辖,不可能倒闭。循规蹈矩,每年加薪,不必仰人鼻息,完成工作任务即可,生活稳定,自不待言。……唉,太远了,世事无常,想不透它。于是,一首宋词的末二句便顺着脱口而出:"不须计较苦安排,领取而今现在。"不错"现在"最重要。火儿说:他的病好了,会不会骗她?他是懂事的孩子,知道他阿娘爱听什么话。这一想,黎清就像着了火,最好能立刻飞到她火儿身旁,看个究竟。

　　后天是星期六,恰遇下午潮水,晚饭前可到山江县城。星期天吃了晚饭,趁夜班回江门。计算着,黎清就这样做了。要不,她觉得自己无法生活下去。

　　梅天尚有尾巴,闷热仍然难受。晚饭后,黎清母子坐在医院门口那块大岩石上乘凉。落日的余霞照得凌灵江黑里有红,随着微波点点闪烁。不一

会,什么都看不到了。然而,在石级的下端有一个影子向上蠕动。柳火眼尖,这是一个老头,伛偻地朝他们走来,他问阿娘:

"看他身体衰弱,定来看病的。医院夜里还看病?"

"急症一定可以。他似乎不像急症。也许来探望病人的,他的哪个下辈病了住院——哎哟,是祖父,火儿,你爷爷来啦。"

"什么?是柳家爷爷?爸爸的爸爸?"

"别响。怕来看你的。"

"他怎会知道?谁对他讲的?"

"总会有人传递过去的——不错,是他。"

老头已经站在黎清母子前面。他小心地打量他们,用手摸摸柳火双颊。嗫嚅地:"瘦多了。好些吗?我听你舅公说的。想不到二嫂也在,几时回来的?再去江门吗?"

"爷爷,今天回来,明天就回去,火儿,叫爷爷呀,进去坐会儿。"

老人急不可待地喝着他媳妇的热茶。

"慢点,小心烫了。"

"不妨。"老人转向黎母:"外婆,全亏你。他们母子——我问心有愧呀。"他用粗糙的手揩去昏花老眼旁的泪水,"我这一家之主真窝囊啊。"

"爷爷,事情已过去十多年了,不必谈了。你现在生活还好吗?"黎清问。

"我?"老人始终贪婪地嚼着茶:"我已好几年没有喝过这样的热茶了。"

"哦!"黎清不知道应该怎样表示,就用客套来搪塞,"家里大伯,三叔他们好吗?"

"男的相处还勉强,女的天天吵架,从前大嫂欺侮你,现在老三媳妇更狠,她就被欺侮了。真是天理循环。"老人声音低沉,讲得很慢,不时用混浊的目光看黎清,深恐自己讲错什么使黎清不高兴。

"爷爷,您在谁家吃饭?"

"老大。还是他厚道些,就是学去我的不会家计的恶习,改不掉,最近又失业了。生活艰难,一家五口,还加上我这个饭袋,碍眼也是常情。"

"家里的田产卖得差不多了吧?"

"嗯,只剩下八、九亩,口粮不够。卖掉的田中有十多亩是活契。他们打算彻底分家。"

"分了也好,清静些。不过你——"

"到时再说吧。活着也没意思,罪有应得。"

"他们应该供养您。祖上留下来的产业不算少，全被他们花尽了。"

"我前世作孽，今世又没有好好做人。儿子不肖，理所当然。老四离家，不知下落，老二有济世之才，却又夭折。"

黎清听他提到丈夫，蓦地心头就暗了。这时黎母正在清理番薯粉丝。忽然问老人："你晚饭吃过来的？这么早？"

"嗯，吃过一点。他们说粥没有了。"老人的头弯得很低，好像对自己的胸部讲话。

"爷爷，我再给你吃些饼干吧，我只有饼干。"柳火一直在旁边注意听着。他可怜这位爷爷，在如此闷热的天气里，却穿着这一件大小补丁不下十个的夹衣裤。脸上毫无血色，白发零乱，极像贫病交迫的老乞丐。他一定没吃饱。他已经筋疲力尽了。

"咳、咳、哎。"老人接过饼干罐。黎清将他的茶杯加满开水，又为他罐中取出十多片饼干放在小碟中。"爷爷吃吧。"

"唉，咳，咳，怎好吃你的东西！咳，我的二嫂啊，我，我真难为情呀。"

"瞧您老人家说的！你是爷爷，有甚挂碍。"

"这两天我牙龈肿痛。"他把饼干在茶杯中蘸湿后，塞到口里。

黎母拿出了一大包中药给他："这是我娘家的祖传秘方，专治虚火上升，有元参、生地、甘草、金银花，分四次煎服。"

老人抖着手接下，放进衣袋。

"爷爷，山路虽有石级，天黑了难走，早些回去吧——还有事吗？对——"黎清取出一块银洋，"这个给你拿去零花，有时也可应个急需。"

"二嫂哟，我——"老人哭了。

"爷爷，我也困难，靠外婆接济，才混了这么多年。你老人家回去，万事忍着吧。"黎清心酸地说。

"阿娘，我们送送爷爷。"柳火心里觉得：阿爸无法见到，能见到这位可怜的爷爷也是幸福的。他回忆自己幼儿时代，除夕回柳家住几天。餐桌上，大娘只分给他半块带鱼，爷爷不怕大娘白眼，总要再加一点。他又想起躺在后间的太婆是那么疼他，每次见到他都给他几片小圆酥。他听别人说：爷爷还顶有学问，当过县长，如今却落得这种地步，是不是人老了都这样？这怪伯伯叔叔。阿爸如果活着就好！外婆阿娘老了肯定不会这样，因为有我！但是，为什么爷爷不能和自己住在一起？柳火就不明白了。

黎清母子把爷爷送到山下，再三嘱咐：夜路难辨，小心走，不要弯，直去就到家。

回来路上,母子二人都显得心情沉郁。柳火觉得阿娘和爷爷谈话说,小叔仍然不知下落,实在太可惜,他只知道小叔是很好的。和阿爸一样,年纪很轻时,便离家远走。阿爸到日本,小叔到哪里?希望阿娘能告诉他稍多些。

"其实,我也知道很少。"黎清回忆说,"你阿爸生病后他离开的。临走向我告别说:这个家他再也耐不住,到处都是霉烂的气息,他请求我的原谅,不能帮助我。他说,你的爸爸疾恶如仇,有革命气质,又是革命先烈的嗣子,不要太悲观消极,养好病,出来做些对老百姓有益的事。不料如此一别,再无信息。以后,听说去广州参加北伐,在上海作为清党对象被捕了,有消息说他被关在苏州监狱里。都是传闻,无人证实。"

柳火听了非常遗憾,希望一天小叔能回来。同时感到自己毕竟沾了光。北伐是好事,他知道一些。清党就不清楚了。不过,小叔既然是好人,清党自然是坏事。在他心中有一股和他温驯外表十分不相称的叛逆暗流逐渐形成。他单纯地认为革命是好事,革命党人是好人。像孙中山,辛亥革命牺牲了的爷爷,他在县立小学读书时的级任教师,还有小叔等等。他觉得自己是革命党的后裔,当然也应该是革命党人。革命党人都是江湖好汉、侠客、义士,他觉得自豪。他的精神陡地兴奋起来,脚步快了。

第二天清早,黎清正欲去探望向校长,谁知又来了柳家大娘。她带来一斤红糖说是给侄儿暖胃。黎清当然回忆起十多年前在柳家吃她的苦头。古语云:冤家宜解不宜结,自此引导出一种奇想:"由于她,我才下决心脱离柳家。她,岂非是我的恩人?"于是她觉得这位大娘又瘦又黄,显得比实际更老的女人,用眯小而呆滞的眼睛看她母子时,不由得产生一种很难说明的同情。

柳火也没有忘记她的半块带鱼,勉强按阿娘的教导接过伯母的红糖。

大娘坐定后说:"是爷爷回家说的,昨夜他没吃饱饭,那是三婶故意捣乱的结果。可怜的爷爷,那个女人把我们害得好苦啊!二婶,你是清楚的,她有什么教养?整天唆使丈夫,压榨我们。借去米,不还;借去钱,不还。更可笑的是说我们偷她的碗盏,虐待爷爷。爷爷是大家的,干吗单落在我们肩上?我们一家五口,二女一子,而他们,结婚这么多年,屁也不放出,绝后代有份。不过,我怀疑她故意如此,也许早物色好高枝栖身。我们这位三叔也大不争气了——"

黎清一声不响,心想,因为有很多年,没有交往了,她来此必然有事。这个当年盛气凌人的女人,决不会单为发牢骚而来。究竟为甚? 且听她说罢。

"你昨天总看到了,可怜的爷爷,和乞丐有差别吗? 她不供养,做件布衫,也算孝心。"

"唉,三叔忘记了他是爷爷的亲生儿子。"黎清不禁叹息。

"可不? 二婶,她能学上你一半就好了。二婶,你真达时,有礼数。爷爷是体谅我们的。昨晚,你二婶给他的一块大洋,主动交给我。他知道自己生活毕竟要依靠我们。如果他以后都能这样——"她稍微顿了一下,"你二婶手头宽裕,多给他些,由他转给我,我照料苦差也是应该的,只是千万不可让那逆子逆媳知道。这点还请二婶注意。"

哎哟哟,原来为这个! 黎清当然不会表态,差点讽刺她一下。大娘接下去又诉说起三婶的罪恶,黎清既不点头,也不摇头。

暑假,黎清再度回山江,偶尔在街上碰到三婶。这位三婶的口舌工夫比大娘又要高出一筹:"嘿,婆婆被她气死,你二娘被她赶跑,上代祖业被这伙人败得使公公像个老叫花。那天你给他一块大洋,回来像审问犯罪似的逼公公交出。心肠黑得连墨水都难比。嘿,竟想在我老娘太岁头上动土,真是瞎地鼠。"

黎清的心突然下沉:可怜的爷爷! "爷爷身体好吗?"

"能好? 不是疯,就是骂。病在床上,差不多了。"

"哦!"黎清说有事,匆匆离开。心里打算等自己把火儿的功课补习告一段落,再去看他。想不到只过了五天,就送来讣告。柳火是柳佩长孙,在讣告中非署名不可。黎清本不让火儿送葬,倒是柳火自己要去。说:"爷爷死得好可怜,我是长孙呀! 应该送送他。"黎清暗忖,这孩子心肠好,但懂事太早了。她有点担心。

这个丧事,黎清送去十块银洋,而柳家的活契多半变成死契。剩下来,老大老三分了。他们终于彻底分家。除房子,由于相持不下,各人仍占各人已占有的外,统统分光。老大总算问过黎清,因为按理:柳火是长孙,黎清还是寡妇,应得一股。黎清声明放弃,她很自豪。她没有用过柳家一分钱。她在新婚时和柳鸿说:"我要的是你,其余都无所谓。"可柳鸿永别我而去。幸好我有了火儿。现在她只要火儿,其余都无所谓。鸿哥应该高兴。他们母子相依为命,完全独立起来了。

日子飞过几个月,有一个消息传进黎清耳朵里:柳家三少爷由于赌债无法偿还，被债主毒打一顿，卧床不起，死了。他的老婆转回娘家，不久，嫁给一个土财主做续弦。山江府这家名门望族，也就这样从此被人遗忘了。

　　黎清要求外婆和火儿一起到江门，外婆不肯，她慢条斯理地说："这是得不偿失的。谁看守门户？秋收夏粮农民送来，谁去过秤、晒摊和收藏？菜园蔬菜、池麻谁来照料？你哟，真不知持家之难！维持一份人家能这样简单？再说，火儿性格和顺，生活上完全能照顾自己了。"

　　黎清无话可说，母亲的话完全正确。她和隔壁的孙石说起这事，孙石当场就嘱咐妻子不时去看看外婆，有困难的事帮助解决。

　　这一年度，黎清的工作出奇顺利，一切按照常规。在生活上充实得多。每月薪金收入，由于在山江中学附属小学兼了两班音乐课而增加了七、八元。"以后的积蓄是我们自己的了。"她有些得意。至于柳火在她身边，一起生活给她如雨露般滋润，更不用说了。

　　柳火这孩子，温静得像含苞处女，腼腆得讨人喜欢，学习成绩优秀，江门中心小学许多先生都巴不得和他逗玩。柳火对音乐似乎兴趣天生。他很爱唱歌，两三岁时就开始唱"小哥哥，小弟弟……"稍长，抱着黎家舅舅："打倒军阀……齐欢唱……"在小学还参加儿童神话歌剧《名利网》的演出。本来他会吹笛子(搞不清楚是怎样学会的)，后来在医院中，黎清恐怕他被禁止看书会感到寂寞，花了二角钱买了一把胡琴给他，居然在出院时能拉起调子来。于是黎清就给他《梅花三弄》《平湖秋月》等曲谱，和山江摊簧的基本过门：《男工》《女工》。现在又在课余时间利用江门中心小学的风琴，向阿娘要来小学唱歌教材，要阿娘教他基本按法后，虽然没有时间顺序继续教他，自己仍兴致勃勃地学习弹奏。当然，这种学习显然不是正途，不可能真正成才，不值得专家们一笑。可是音乐对他小小心灵的神奇效应，却能体会到。否则刚满十二岁的男孩，嬉戏尚且不够，哪有这种自发的学习恒心。

　　由于柳火转学到慈幼小学，黎清逢人便解释理由，慈幼小学高年级的质量比江门中心学校高；多花几块学费值得，稳住了慈幼小学五、六年级学生，使它的校长深为感激，校际关系、人际关系也亲近起来。在应届学生毕业典礼举行后，两校教师和毕业生还高高兴兴地共同组织一次空前的联欢会。

　　柳火毫不费力地成了省立山江中学的学生。

　　山江中学的校舍并不宽敞。一年级新生的宿舍被安排在校外。每天夜自修后，需要提着灯笼或火把走1~2里路去寝室睡觉，特别是在风雪交加、天寒地冻的冬夜,对这些还是孩子的初中一年级学生也够磨折了。素来体质薄弱的柳火,经受不住,只落得不时感冒。但最倒霉的事情还是:一个又高又大的学生把柳火的脚布拿来揩拭自己的脓疮,使柳火也传染上了。手脚均是。星期六回来,被黎清看见了,就留住他,请校医陈所长治疗,历时近两月,方才痊愈。为了这件事,黎清对孙石不满。孙石那时已把三囡接来同住。黎清暗想:他心里装的到底是亲生女儿,哪有火儿位置!幸好……她庆幸自己。

她将火儿转学到江门中学。他觉得这一着比留在山江中学百利无一弊。几年前曾听汪育民讲起:江门中学有不少真才实学的教师,他们都是国民党清共后隐居下来的,师资质量不一定比山江中学差。再,白大良弟弟二良比柳火年长,已在江门中学念书,牧竹的父亲是那里的教师,托他们关照总也会有些效果。还有,学校环境的优美,更是山江中学望尘莫及的。它本是汪子庆父亲买下的私宅转建为校舍。这里是凌灵江出海口南岸一座小山,向东一眼望去,白茫茫不见尽处,山上建筑只有寺院式的魁星阁和附近不属于汪家祖业的尼姑庵。汪子庆的夫人,就是那个和汪子庆在日本时的同学,以后成为上海企业家(前曾提过一笔)的妹妹,她是金陵大学文学士,主张教育救国。他们的结合是工业救国和教育救国的结合,比一般夫妻关系又进了一层,两人的知、情、意都融化在一起了。结婚前,他们决定在这块山地上开始他们的事业。工厂、企业由丈夫创建,夫人则专心办学,为了照管方便,他俩结婚后的新住宅,就放在校舍范围内,取名红楼,表示两人的永恒感情和对未来的火热向往。不料当学校的实验室竣工时,当他们儿子出生后不到三周岁时,夫人却染上伤寒症,永远离开人世。汪子庆哀痛几绝。人死不能复生,他懂得只有化哀痛为力量,才能对得起亡妻英灵。

他按夫人临终遗言,积极筹备江门中学。除魁星阁一组房屋改建为男学生寝室外,又新建不少校舍,和靠海滩的山坡运动场。江门中学终于招生开学。

汪子庆自知对办学不能胜任,只任董事长。要求上海的妻弟为他物色适当人才,另任校长,由于建校这段时间内独居红楼,到处都是亡妻的遗迹,很难移情;于是他决定不再建造女生宿舍,以红楼代替。开学前,他离开红楼,迁回镇上故宅居住。

中国自古有花园住宅,帝王将相、达官贵人多拥之。五口通商以后,花园住宅也洋化了。然而,一所中等学校像江门中学这样的花园校舍,几乎很难找到。红楼是西式的红砖红瓦二层楼,可红楼外面的布局是中式的,有亭阁、绿荫、假山、石径、四时花草,更多常绿树木。青少年学生的弦歌欢笑从葱翠中洋溢出来,多么动人心弦啊。

当柳火入学时,江门中学已有十余年历史了。有些奇特的不成文规定都已无形中因循惯例成为它的校风校俗了。最值得人神驰赞叹的是中秋佳节。这是汪子庆一开始为了纪念新婚后与夫人每年都上观海亭赏月而定下来的。这一天,晚餐加菜加酒,还发月饼。夜自修用作自由赏月。这时,观海亭更是学生抢占之处。有些学生相约,下午课后就去占领,把晚餐、酒、饭和月饼移至观海亭欢聚。

柳火转学到这所中学后,摘除了黎清心头一块石头。多了八元钱学费,黎清完全能负担:

"钞票花在火儿身上,还有什么可说?"

柳火自己十分高兴,他对阿娘说:

"白天,上课下课和山江中学没有什么大区别,早晨和晚上真是相差太远了。早晨在山坡的运动场上早操,在绿荫小道上朗读英语,效果都特别好,你看我身体都强壮起来了。"他把袖子卷到肩下,曲曲手臂,坚硬的肌肉凸了出来。

黎清很开心。摸了摸,想:"看来比他爸要结实。孩子长大了。唉!"她轻松之后,忽然产生似乎从来未有过的失落感。失落了什么?失落了似水年华。"我老了,我的青春一去不复回了。"她感到,尽管她这十几年活得好辛苦,但似乎也值得留恋。可留恋的不是过去生活的内容,而是赤裸裸的过去本身。"永远不会再来了。唉!"她没料到柳火的发育了的肌肉会使她产生这样落寞的无端情绪,她只能叹息再三。

她望着儿子回校的背影,又想到他的未来,连带也想到自己的未来,哦,我的三十五岁生日就要到了。她唤住柳火:

"下星期六,你知道是什么日子?"

"不知道。"

"唉,阿娘的生日——你忘了?"

"嘻嘻,阿娘自己弄糊涂啦。"

"怎么会?"

"应该说,这个星期六。一星期共七日,第一天是星期日,最后一日是星期六。"

"你怎知道？"

"医院陈先生告诉我的。是耶稣基督受难后复活的日子。我参加做礼拜时，还祈祷过你，祝你万事如意，身体健康哩。"

"哦，我的好儿子！"黎清感动得一把搂住和她一样高的儿子，儿子却挣开说：

"我是中学生了。我应该送你生日贺礼。"

柳火走了。黎清自言自语：这孩子懂得太多了。什么人说的？"人生读书忧患始。"他虽说不喜欢读《圣经》，毕竟读了，祸兮？福兮？她总不应该教孩子不要多读书吧，她忧心忡忡，不知如何是好，不知道怎样教育自己的孩子，亏她还是一个全镇有名的小学校长哩。

星期六下午，黎清从办公室回来已是五时了。她准备再过一点钟去和火儿到江门点心店去吃炒米面。这是山江县的特别品种，粗如蚯蚓，雪白滑溜，专为庆祝生日寿诞之用。黎清全家三人都十分喜爱，三十五岁生日虽然不是大生日，也有些特殊，儿子是中学生了，这就是特殊！他会买什么礼物带给我？他长大了，更懂事了，所以她觉得自己应该表示对儿子礼物的谢意：再去聚仙楼炒他最喜爱的两样菜。聚仙楼比较清静，有雅座，早去占住再叫点心店进两大盒炒米面，带瓶百益酒，和儿子对酌，庆祝自己三十五岁生日，也庆祝儿子读中学。对，就这样。可是怎么还不回来？按常规，早该到啦。

她哪会知道，儿子在路上出了事。

原来柳火这孩子，身体不壮，心肠很壮。他受武侠小说影响甚深。但没有到峨眉山学道那种荒谬打算，而是憧憬做一个"路见不平，拔刀相助"的侠义之士。他从《封神榜》开始，如脱缰之马看了许多武侠小说。论影响，莫过于《七侠五义》和《小五义》，他佩服艾虎，暗暗把他作为自己的榜样。

这一天周末，下课后，立刻到街上买早已想好给阿娘的生日礼物：画笔。狼毫还是羊毫。他不懂。他事先请教了图画教师陈先生，知道写字以狼毫为主，画以羊毫为主。为了可靠起见，各买一支，离开小学大门不到百米之处，看见一个强壮的男孩追赶前面的女孩，在一条小巷口抓住了她。女孩哭了，显然是被欺侮的。义不容辞，柳火赶紧上去问明。

女孩："他抢去我的自来水笔。"

男孩："本来是我的，被她偷去。我发现，向她要，她不给，我自然要夺回来。"

此时柳火脑海中浮现出包公形象，仿效地问道："谁买给你的？用什么证明它是你的？你也是。"他不得不公平地问男孩。包公从不轻率定案。

女孩："我爸买的。对了，他恐我丢失，还给我划上暗记，是个连环圈。"

男孩站在那边不作声，柳火看了看笔上暗记已经清楚，勉强问道："你呢？一声不响就是无法回答。拿来看！"柳火拉住男孩握着自来水笔的手。

男孩的眼珠转了一转。反正笔在手中，何惧之有！他掼开柳火的手，回头就跑，不十步就被柳火追上，拽住他的书包。男孩打量柳火并不健壮，猛然对他当胸一拳，柳火乘势一闪，从侧面抱住男孩，两人就扭打起来。毕竟柳火年龄稍长，正义感又增强了体力，终于夺回自来水笔交还女孩。男孩边走边回头狠狠叫喊："我认得你，认得你！"

柳火大获全胜，得意扬扬地走完楼梯，才记起礼物，一摸，只剩羊毫一支。黎清见儿子站在房外发呆，不觉纳闷，招呼他走近一看，发现他脸上有几条抓痕，大惊喊道："怎么回事？谁抓你？"

"我没有做坏事，我帮助弱小女孩。"

"是吗？不打架，谁能抓你！还不老实对阿娘说。"

柳火看到阿娘严肃模样，慌忙照实说了。最后他理直气壮地评价自己的行为："他先动手，来而不往非礼也。艾虎就是这样认为的。阿娘，这是义侠行为，除暴安良，难道不对吗？"

"当然对。"黎清爱怜地用水洗去血痕旁边的血污。问清这二个学生的模样，心中有数：他们同在五年级，女孩叫黎小瑛，男孩叫邱德军。女孩品学兼优，男孩蛮横欺弱。柳火讲的肯定是事实，做得也对，但她心中不无担忧。

邱德军的父亲是省民政厅的督察。他既是江门镇长上司的上司，又是镇长的后台。因此，镇长就是他家的常客。督察在省城难得来江门，这个儿子虽然不是他亲生，却是他的亲侄子，娇艳的妻子虽然是二婚，却原本是他嫂嫂。他们暗修栈道，早有来往，巧逢兄长北伐时牺牲，才能成为夫妇，自然宠爱有加。邱德军有母亲撑腰，继父又对母亲百依百顺，日子过得还是不错。等到妹妹出世，父母顺理成章便把他送回江门老家，由前是旅馆工人的祖父母抚养。

这天，邱德军跛跷着边哭边喊进了家门。

"谁欺负你？"祖母见他如此狼狈，大惊问道："谁敢欺负你！"

邱德军习惯成自然，讲一分，捏造二分说："班上一个小婊子偷了我的钢笔，我拿了回来，不料校长儿子早已和她勾搭上了。仗着自己是个中学生，抢了回去。还把我打成这个样子。哎哟哟,痛死我啦!"

"那还了得!什么校长?唉,是了,就是你们那个女校长,还不是个老婊子!你过去不是和我说过她和自己的姐夫私通,县里要撤换她,怎么还在?真是暗无天日了。去,叫你爷爷和镇长说去。"

第二天一早,爷爷怒气冲冲地去了。镇长刚起床。

"嘎——哈,老太爷,你好!你老请坐。"镇长把他扶到藤椅坐下。"气色不对呀,谁惹了你?"

"江门镇太不成样了。"

"慢说,慢说,抽支烟再说。这么早,怕没用过早餐?就在舍下方便早点吧。喂,来人!两份早点。"

老大爷如此这般说了一遍,又加上:"那个婊子校长的儿子专门调戏女学生,有其母必有其子。你江门镇能让这个女人继续做校长,为人师表?"

镇长不住点头:"先把这个儿子惩治一下再说。不过,不知道名字,叫我如何进行?喏,你老打听出来后,请立即通知我,我立刻亲去江门中学,要求他们严办这个混账学生。"

镇长的确如此做了,江门中学专管学生品行的训育主任回答说:"这件事情恐怕要调查后再答复你了。"他客气地送镇长出校门。隔了二天,镇长接到通知:"我们已调查过了。钢笔是同班女学生的,邱德军抢去,柳火仗义,邱德军先动手,所以应惩办的是邱德军,不是柳火。"当时,私立中学都由省教育厅管辖,镇长也无可奈何。再说,督察回家过年,表示:"钢笔再买一支就是。脑筋要动在关键之处。中学无法,小学全在我们掌握之中。县长就要换人,加上你这个地方官镇长,做个漂亮手脚,使这女人乖乖离开江门,儿子就不必说了。"

镇长听说,吹捧一番:"督察深谋,我照办就是。"

果然,几个月后,县长换人。新县长亲自到江门拜望即将升为督察处长的老朋友。老朋友设宴接待,陪客中有镇长。黎清的前程就在这次宴后被断送了。

(五)

柳火进入少年行列后,逐渐不愿意和外婆和阿娘一起访亲问友,因为他

粉笔生涯

们使他不得不装起孩子的姿态以符合他们长辈身份。成人意识对他的思想、言行影响愈来愈大。"我是大人了。"这个自我认知，使他在独立活动中感到更大的快乐。他不乐意阿娘在星期一早晨送他到学校里去，也不欢迎平日去探望他。阿娘若和他并肩站着，他就会觉得难为情。

"你老远站着干吗？"黎清被儿子的冷漠惹起伤心。"你不喜欢阿娘吗？"

柳火看到母亲眼眶里含满泪水，慌了。慢慢走近她，低声说："不，阿娘，我怎会！只是，只是怕同学耻笑我。阿娘，你应该知道我已经是大人啦。"

黎清破涕为笑。儿子的回答使她满意，她的小火儿终已长大成人了。顷刻，她仍觉得伤心，不，是孤单和凄凉。因为这种心情很像十多年前，柳鸿去世，柳火尚未出世时一样。儿子长大，就离开娘，她好苦命啊？继则，她只能这样安慰自己：她活下来，不是为了使他长大成人吗？渐渐地，她终于用无可奈何的欣悦来应对儿子的独立性表现。

她忍住母爱来满足儿子的愿望，让他独来独往。她只坚持儿子必须在周末回来外，身体如有不适，也应立即请假回家(黎清卧室)。

在江门中学里，柳火仍以少女似的娴静和温顺赢得同学友谊。有些大龄同学特别喜欢亲近他，自愿做他的保护人，尽管没有人要欺负他。但是如果有人把他当作胆小鬼，那就大错特错了。看，他居然答应参加生物教师建议到运动场下面坟地里掘偷尸骨做标本的活动，而且表现得特别勇敢。他在半夜后爬进坟洞，盗来全副尸骨受到表扬，使大家不得不侧目相视。

江门中学有不少学生都是地主、巨贾出身，用钱很阔绰。柳火每月只有一元零用钱，不免寒酸。他不会应酬，也不敢和他们一起，即使他被例外地允许不必出钱，他也不参加，他自有丰富的课余生活内容。到了第四学期，这个独来独往的人在学生中终于得到和过去单以娴静温顺大不相同的名声。

柳火很喜欢写作。他偷偷写日记，级任导师张效谦规定每周一篇周记，自愿多写。作文上的赞扬标记——红点、红圈，密密麻麻，周记不是作文，却也少不了。张效谦又是他的语文先生，早对这个腼腆少年另眼相看了。然而，他和其他教师学生一样，绝没有料到会超过三年级学生的水平；被评为全校写作竞赛第一名，领来奖品是国内享有盛名的《子夜》和《蚀》的精装本。他的文章被登载在全校性的墙报上。张效廉，不时叫他到自己寝室，介绍当代文学作品给他读，指导他写作，嘱他用日记来锻炼自己，这样，柳火更勤于写日记了。

这所中学的写作竞赛每年举行一次，三年级时柳火轻而易举地又得了第一名，领来《彷徨》和《呐喊》。谁还能怀疑他的写作水平呢？

还有一件事也出人们的意料。柳火参加全校的乒乓球比赛。他的"削抽"使与赛者很难应付，使他成为全校的探花。乒乓球虽比不上篮球和网球，毕竟也需要相当体力的全身运动。在课余，他曾连续不歇打完十局，居然若无其事，揩揩汗，蹦跳着去吃晚饭，使同学感到惊奇。那次比赛，没看到的同学还不相信，不服气。其中有一个就是邱德军，他念念不忘前嫌。他比柳火迟三个学期进入江门中学，寻隙和柳火作对。他暗中怂恿几个全校有名的乒乓健将组织起来，企图用车轮大战搞垮柳火的体力，使他名声扫地。结果如那次比赛一样，被他猛烈"削抽"杀得敌方片甲不留，柳火一连打了十五局，使对手心服。邱德军阴谋落空。

碰巧，这学期的春季运动会，柳火所参加的跳高、立定跳远、100米短跑都没有被淘汰，都榜上有名。学期的体育考试成绩竟是98分。"文武相公"这绰号便这样被同学们叫开了。

学期终了，照例由学生会举行一次欢送毕业同学晚会。晚会中有一个空前未有的英语短剧。由英语教师导演，剧情简单，人物只有三人，要求全部用英语对话，柳火又竟是其中之一。事后，导演评价说："演技和表情不免生硬，但台词却无可挑剔。"

对这些，凑在一起。纷至沓来的荣誉，柳火自己怎么看？他对体育活动、英语短剧表演等等称赞，一笑置之，对写作竞赛的胜利比较欢欣。他觉得自己得到荣誉完全是合情合理的，都是他努力的结果："我花了多少时间与精力啊。"他陶醉，他自豪。自豪不是骄傲。而是信心的驱动力。

除上课外，早晨，他参加集体健身操以后，就溜进校园。他喜欢在两旁种着浓密墨绿色的万年青的荫道中往返朗读英语、诗词、韵文和散文，虽然多半是教师指定的作业，但完成的心态不一样；别人是被动的、痛苦的，而他是主动的、欢乐的。晚自修，他专心做数学题目，除几何外就有些勉强了。

他对文学作品的阅读兴趣相当广泛。语文课内容不提了，张先生介绍给他的，仍难解馋，却愈读愈馋。图书馆的法规戒律，又使他不能尽情借阅。除去用母亲给他的每月零用钱买一、二本书外，他向书摊租借。每月付二角钱；可以无限制地轮流阅读。

写作竞赛第一名和张先生的鼓励加浓了对写作的兴趣，他有点儿雄心勃勃了。私底下，他将要做一个文学家、作家。他偷偷写了一些诗歌或散文

寄给当地的《江门日报》，居然有好几篇给发表了。当他第一次看见自己的文章在日报上出现时，当他第一次领来五角钱稿费时，真高兴得神魂颠倒，不是心跳加速，而是心跳几乎停止。他保密得很好，用的是笔名，稿费亲自去拿，幸福感又不外露，只恐它逃去了。谁也不知道这样绝对可以轰动全校的事，因为他不过是十五岁少年，初中二年级学生啊。

阿娘应该例外。柳火想，只有阿娘应该分享我的幸福，第一次就应该用五角钱买样纪念品给阿娘，让她心花一开。可怜的阿娘，为了抚养他，受了多少委曲，吃了多少苦水啊。他急不可待，吃了晚饭，谎编理由，自修课请假回家。

黎清正打开电灯。拆着包真寄来的厚厚一封信。见柳火进来，不觉一惊，以为他一定生了病，但柳火那种轻松的态度、饱满的精神和发光的脸色，只能说明他的健康，就放心下来，听他兴冲冲说：

"阿娘，我买了一件礼物送给你，包你喜欢。"他打开纸包，拿出小水盏，调色皿和调墨碟各一只，都是瓷器。

"咦，我很喜欢。但你怎会忽然想到买来送给我？我的生日，你不是送过我了？早过了啊。"

"不是生日礼物。这是用我第一次赚来的钱特地买的。我知道你需要这些。你一定会高兴，而且你一定想不到这钱是文章的稿费。喏，你看！"火儿把日报给他母亲看。"阿娘。你要为我保密，我只和你一人说。要是别人知道了，多难为情。"

"哦！想不到。"黎清一边说一边看儿子题为《轿子》的散文，看呀看，黎清的眼泪就盈眶了，等到读完，终于夺眶而出。黎清想起，去年寒假，黎清必须去参观在她学校辅导区内的小学，参观它的成绩展览会。那时没有其他交通工具，柳火赖得跟去。六十多里。第二天又要赶回，两天步行，母子二人都恐吃不消，只好忍痛花两元大洋雇了一顶轿子同坐着去。文章就是记述这件事。最后写着："他们给母亲一方纪念镜框，我的新交小朋友也送我一只自己做的放大镜。我们坐在轿子中，母亲问我有什么感想，我说：我希望过了若干年后，我也能得到这种镜框，我的儿子也得到这样的放大镜。"

黎清破涕为笑，她抱住比她高的儿子，拍着他的背："你真挣气，我的好儿子——心肝宝贝啊。"柳火却不好意思地挣开了。

新学期，柳火进入春季始业的最高班，他接受学生会聘请任全校性大型墙报的主编。而且,他在张先生的推荐和鼓励下,和《江门日报》馆总编商量主编文艺性副刊,半月一期,张先生向报馆保证,柳火如有力不能逮时,一定帮助解决,柳火向报馆保证,稿件决不脱期。报馆又要求张先生最后审阅稿件以保证刊出文章的质量,张先生也同意了。这三个保证,又加上柳火本来是副刊的老作者,又曾获全校写作竞赛的第一名,报馆也就放心应允了。柳火欣喜难描,当日回家将这喜讯告诉阿娘,并且立志将她的辛酸遭遇著文献上。

　　然而,这一次黎清虽然夸奖儿子,接纳儿子这份不寻常的孝心后,立刻冷静地担忧起来:舞文弄墨,即便没能碰上文字狱一类的飞天横祸,算不算有保障的职业,着实有问题。要不,只能当教师。当教师,这个自由职业,有什么保障? 猛然,黎清想起孙石曾告诉他,北京大学中文学系毕业的一个老同学的故事。他自从寄给孙石一首七律后,就杳如黄鹤,不知去向。诗中充满凄凉消极的情调:

四壁寒光冷袭秋,少年英气付东流;
沧桑闲听山僧话,梅竹独留处士家。
野雾蒙蒙迷去路,烟波渺渺寻轻舟;
横空一鹤惊前梦,疏影婆娑独倚楼。

　　孙石说:"他,赵子坚,是一个才德兼备的人,可借苍天无眼,毕业后屡遭挫折,郁郁不得志。一二·八后去海岛教书,成为这所中学一位很得学生敬爱的教师。他只想清静自乐,想不到为了向学生分析目前民族存亡生死关头的情势,被校长解聘。若要活命,必须另找工作。我为他联系山江中学,一连写了三封信,均不见复。估计是自沉东海或上普陀山出家为僧。"于是,黎清又想起孟珍,不知她有否找到遁入空门的史鉴……

　　柳火见母亲出神,愕然问道:"阿娘,你不高兴吗? 你不希望我这样?"

　　"哦! 我的火儿,怎会见? 你写吧。可是,阿娘的过去你有多少知道? 我还可以和你再讲一些。你写吧,也许你长大后会忘记得一干二净哩!"

　　自此以后,在课余,柳火几乎把所有的精力都花在编辑副刊上。当稿件接不上时,自己就得补写凑足。为此,柳火竟要补考平时还喜爱的几何,因为他在做考题时,却去构思补写副刊的文章。

　　幸? 还是不幸? 大力支持柳火编副刊的张效谦先生离任了。副产品,柳火失去每月五元的编辑费。

"哎，柳火没有什么神气了吧!"邱德军到处散播这个观点，自从柳火得了一些荣誉以后，嫉妒者也随之增加，有时对柳火会扮演敌人这个角色。不过邱德军不在此列。他是柳火的宿敌，到处留意能给柳火侧击暗袭的机会，当春季高班一个同学欺负秋季低班一个小同学的事件发生时，邱德军就扇风:"春季高班的人没有一个是好的。像柳火，自高自大，从小学起就在路上公开打人。"

"柳火打人? 我不信。他不是傻子，会知道自己有多少打架本领。他的铅球几乎考不及格。"

"吓，被打的就是我，你不信? 我的脚被他打跛了，躺在床上半个月。目前这件事，我们一定要还击。"

"讲得对，应该把春季班压一下，要争取所有秋季班的援助。"

"我去。"邱德军自告奋勇，"我和秋三班的野猫认识，只要把他拉出来，事情多半会成功。"

野猫是个魁梧似门神、激动而又蛮不讲理的学生，他常常讥笑别人胆小如鼠，不够他一顿饱餐，野猫的绰号便是这样传开了。他素来憎恨春季班，他曾经调戏过女同学，被几个人瞧见赶跑。这些人都是春季班学生，不过他有时也会仗义挥拳，救出被欺侮的同学:"吓，一只老鼠!"

邱德军编造许多春季班学生恶劣行径，其中当然少不了柳火:"这件事，只有你出头才能为我们秋班同学出气。我们能这样窝囊? 说起来，秋班还有鼎鼎大名的野猫，你的英名也受到损害，你咽得下这口气?"

野猫跳起来，他写了一封《给春三班同学们公开信》，"限 24 小时内把罪犯(欺侮秋季低班小同学的人)送来，过期就要诉诸武力。"自己签上大名，接着邱德军和其他被欺侮的小同学都签了名，然后，野猫亲自挨个对自己班的同学签名，谁敢违抗!

春季班学生认为学校训导处已经批评这个犯了校规的同学，就不予理睬。秋班学生封锁了春班学生寝室到课堂的过路;春班学生报复地封锁了秋班学生往校外的要道。

"哼，野猫，它怕不怕猎人? 我就是猎人。诉诸武力，好哇! 我向哥哥要武将来，看他们敢不敢?"说这话的是春三班学生，外乡人，他哥哥是驻江门镇保安部队的营长。

春秋局面，武斗一触即发。学校当局知道事情已十分紧急，出面调停，学生很固执,也很调皮,对校方的劝说都异口同声回道:"我们是被动的,只要对方撤岗,我们立刻撤岗。"没有效果,甚至停了课。

到了第二天,学校终于调查清楚,把欺侮小同学的春季班学生和首先倡议封锁春季班去上课的秋季班学生退学了事。从中挑拨,闹起纠纷,形成对立的为首学生邱德军和野猫却被忘掉了。是校方的无意疏忽还是唯恐他们的父亲出面干涉,校方难以应付甚至被迫不去追究?不管怎样,这件事使柳火愤愤不平。然而,他做梦也料不到,不久他母亲竟会收到镇长转来县政府指示:——教育科的呈文,县长批准照办。"为了使山江教育事业发展得更快,江门中心小学校长黎清调任张家镇小学校长,有关移交事宜,须在今年秋季开学前半月完成,不得有误。"云云。

黎清没有告诉柳火,柳火毫不知情。

暑假开始,黎清整理房中所有什物,好像什么东西都要带回山江,柳火疑惑问道:

"阿娘,这是怎么回事?"

"下学期要到别处工作,不来江门了。"

黎清带有哽咽的低沉声调使柳火愕然再问:"干吗?发生了什么事?"他理解阿娘对这所小学的感情。

"你不懂?"黎清黯然。她把桌上那些不成套的文房四宝丢进藤箱,她觉得自己已经精疲神衰,坐在床沿出神,不发一语。

"不,不会的。你说。我是中学生,我能懂。"

黎清仍没有对儿子说明为什么离开江门中心小学。她只说:"是社会原因。你还没有走出校门,还没有做事,而社会是极端复杂的。"

"社会原因。社会是极端复杂的"等等,柳火能理解。大量文学作品的阅读,他早有这个体会。他的社会性发展是超常的,早熟的他肯定母亲离开心爱的工作是被迫的。他觉得必须使她尽情倾诉出具体原因,才能摆脱她孤独的忧伤。

"阿娘,你该相信我能理解。你对我都要沉默,你不是更孤独吗?让我来分担你的忧伤吧。"

黎清听了儿子的话真使她安慰。不和他说,还能和谁说?他听后也许多一种激励去努力上进,于是她拿出县政府的指示给他看并说明它的缘由。

过了一天,部分小学教师,多数是自己学校的,还有慈幼小学的校长和

粉笔生涯

几个教师,在聚仙楼对黎清表示依依送别。柳火也去了,欢乐的气氛太淡,惜别的气氛太浓。他们说:"我们永远会记住由你筹建的新校舍,它是你在江门镇留下的不会磨灭的痕迹。"她们劝导:请黎校长要解脱此,想得开,新来的校长听说是新任镇长的外甥,是一个民众教育馆的老上司,和邱德军的父亲是老朋友……"他们担心这些小官仍左右学校,本省的发展教育规划非落空不可。他们又问:"黎校长,你打算接受张家镇小学校长的职位?向校长健康恢复否?她不愿恢复教育界的地位?她的先生真要调往他处?……"黎清都没有正面回答,只在最后终席时,举杯拱手致谢:"我讲不出什么话。此刻,说真的,我还没有平静下来。我终生会记住几年来,各位的帮助和今晚的感情,谢谢,谢谢。"

这些柳火都能清楚记忆,他琢磨着。他肯定了是这个罪恶的社会,坑害了他的最亲爱的母亲。可怜的阿娘,好不容易走出封建家庭,又被社会欺凌,社会和家庭一样丑恶。仇恨的种子播种在柳火的纯洁心田上。原来都是真的。柳火回忆起他读过的巴金、矛盾等人描写的社会小说,不禁感叹起来。惜别聚餐的整个过程中,母亲那张勉强而带伤感的笑容使他的善良禀赋罩上一片阴影。使他体验到自己母亲的无援,肯定现实社会已无药可治,只能用中山先生对付清朝的手段:革命。他很烦恼因为他不知道怎样去把这社会的"命"革了。

李嘉陵和小王把黎清整理过的行李捆扎以便托运。

黎清留恋地、无可奈何地扫视这间空荡荡的房子,昏晕地靠在门壁上。柳火见状,忙主动牵住她,扶她走。到了码头,走进船舱,船的发动机响了,黎清和送她的同事挥手而别,柳火觉得母亲的挥手是无力的,很低,举不起来。船身已离开码头,柳火扶着母亲走进孙石早就预订好的舱房,孙石站了起来。

"姨父!"

"嗯,你阿娘离开江门,你要独自生活了。"

"完全可以。"柳火坚定地回答。

孙石回头对黎清说:"大可不必垂头丧气。你应该这样想,自己不是早不想当校长吗?现在达到目的,岂非大幸!天遂人愿,好事哇。"

"话可以这么说,但我毕竟化了许多精力,还得吞忍恶毒的诬蔑。"

"今后再也不会有人伤害你了,难道不是好事?"

"只好这样认为。"

"像我,多自由! 不过,有件事,你要明确一下:山江附小,你到底要不要去?"

"不去!"黎清态度很坚决。

"这就怪了,难道你还想到张家镇小学当校长?"

"更不想去。"

"……"孙石欲讲无言。

"休息几天,调整一下我的思想感情。也许到包真那里去。我想尽快去探望她。"

回家。外婆一眼就看出女儿的神色不对。黎清简单和她说了。第二天晚上纳凉时不知不觉又提起。

"哪有什么! 有工作就好。张家镇小学也不必去了,除非不做校长。做校长,劳心劳力,多这么几块钱,累坏身体,合算吗?"外婆爱怜地对女儿说。

"外婆,你不知道,火儿读书的江门中学是私立的,每年要花一百二十多元哩!"

"怕什么? 火儿不是快要毕业? 以后叫他进公立中学就是。发什么闷! 愁眉苦脸,下学期找个课任教师当,然后安心在家享受剩下来的几天暑假。"

柳火认为外婆的话很有道理,也在旁边帮着劝慰。

黎清思考着:说的也是。校长算什么? 江门小学算什么? 不失去外婆和火儿,能养老抚幼就该心满意足。想当年,那种坎坷的路都过来了,难道小水洼湿了鞋,便不走路? 她想起包真,想起包真讲的《菜根谭》里几句话:"拨开心上尘氛,胸中自无火炎冰兢。消却心中鄙吝,眼前自有月到风来。"当夜,她用一笔不歪的正楷缮写钉在床头,并对柳火解释。

自此以后,黎清心平气和下来,她到包真那里去探望,还住了二天,回来表示决定下学期到包真那所学校去。这个小家庭的气氛就显得轻松起来,暑假中确实过得比较悠闲。

有一次,柳火随母亲去琴山无浪阁听山江滩簧弹唱。琴山位于凌灵江之北;山之阴,松林茂密;山之阳,多有寺院。其中有所南极观道院,建于清初;回廊曲折,除了正殿供奉一尊南极仙翁外,很像一家贵族庭园。南极观里有一间宽大的道藏阁,据说当初曾珍藏著名的明代《道藏》正续集,可惜迭经变乱,早已不知去向。南极观虽几经修复,但道教日趋衰微,不知何年何月开始,道藏阁改名为无浪阁,常被作为游子休息、文人聚会处所,山江的新旧知识分子很少没有去过的。

黎清告诉柳火："你阿爸最喜欢在那里饮酒吟诗。我俩订婚后，这里来过多次，听山江滩簧弹唱非在这里不能过瘾，这是我的建议。"柳火听了，对无浪阁和南极观更有兴趣，乘弹唱没有开始，自去观外溜达，深感奇怪，自己实在早已来过，却对如此美妙的山景毫无印象，至今才第一次发现。

弹唱的人陆续来了。他们都是业余，像京戏中的票友，同时也是孙石、黎清的朋友。孙石为父亲做六十寿时，就请他们唱了一夜。这次孙石没能来，因为他妻子怀孕即将足月，他要做第七个孩子的父亲了。柳火之所以兴致勃勃，一则孩童时常听母亲低哼，二则是母亲给他的滩簧基本过门《男工》《女工》的曲谱，他学会用二胡拉后，觉得非常悦耳，并能表达出性别的差异。《男工》低沉苍劲，《女工》高亢清越。他料得滩簧定能动人心弦，他要求母亲随他同往，儿子已长大成人，母亲自当同意。

这次弹唱的是个传统剧目《黄粱梦》。讲的是钟离权度吕岩成仙的故事，由元杂剧改编而成，当扮演钟离权的老人用坚定沉缓的腔音唱到"阎王注定三更死。断不留停到五更"时，柳火见母亲神色突变，立刻挨到她身边："阿娘，怎么啦？不舒服吗？"黎清朝他看一眼，泪珠漱漱滴下。她一边揩拭，一边轻声说："你阿爸不该死，但是阎王爷注定了，怎能逃脱，可怜他只有二十二岁，留下我只二十一岁。"柳火听着，瞧着母亲无限感慨地触景生情的眼神，觉得冥冥之中，真有一股力量牵着人走。变幻难测的人生啊！

暑假后，柳火独自回到江门中学。他不常到山江中学姨父那里去，虽然和表妹孙洁（孙石的三囡）还讲得来，仍旧是属于礼尚往来，一去一坐就回来。他认为否则姨父很可能会瞧不起他：不能独立生活。所以开始一段时间觉得很孤单，像所有的孤儿一样，觉得举目无亲。尤其是星期天，日子似乎过得特别慢。另有一件事也影响柳火的情绪，那就是语文教师张效谦的离任。张效谦临走时，留下地址，柳火按此写信去表示自己对他的感谢、敬爱和想念。他很快回了信。柳火知道他在家乡当了教育科长。他称柳火为"小友"。他鼓励说："你是我的学生，又是我的最年轻的朋友。唯其最年轻，所以最有希望。别忘记广读勤练。我在江门中学只有一年，如果我有什么收获，哪就是我结识了你这位小友。"每当柳火回忆这段话时，一位慈爱严肃的瘦长的张效谦老师便出现在眼前，自己只能默然神伤。

然而，现实不能使他这样失魂落魄，只在文学作品阅读中得到舒散。他必须专心准备毕业考试。为母亲，也为自己。他把所有喜爱的文学作品部藏在一只手提藤箱中，锁了起来；集中精力来临时抱佛脚。皇天不负苦心人,各科平均成绩居然由全班第八名跃到第三名。成为优秀毕业生之一。柳火在得意之余,首先就想到写信给阿娘和外婆报喜。按例,毕业班学生要举行一次谢师宴。柳火忽然发现自己有一种不得不发泄出来的力量。在宴席上,竟出人意料地失去温彬气质而豪放起来。他尽情畅饮,尽情劝酒,他兴致勃勃找人划拳,还自告奋勇地打了二次通关。一下子他和三年前初进江门中学时的柳火完全变了样。他意识到自己完全是一个大人了。他还发现自己是一个健饮者,父亲的耐酒基因已经传给他。看,他喝了近三斤黄酒而无醉意。眼见不少同学已酩酊大醉而失态,其中一个脱了棉袄躺在地上熟睡,而另一个则独自狂舞,柳火左右顾盼,娇情笑傲。可惜,张效谦先生不在,否则,他定向他敬酒三大杯。

初级中学毕业了。他当然要升上高级中学。可惜山江专区所管辖的六县没有高中。孙石姨父告诉他,山江中学要等到暑假后才招收高中一年级新生。最遗憾的是母校没有这打算。没有经费,能否继续办下去都成问题。多优美的环境!他真不忍离开它。他向所任导师表示自己的这种心情。希望学校能给他一席之地。允许他留在学校中复习功课,准备秋季投考高级中学,早一学期毕业的白二良也有这样打算。学校对他们的要求都同意了。不过,要为学校做些工作。柳火管理图书馆,白二良管理小商店。膳食自理,每月发给六元生活津贴,他们高兴地同意了。为了庆祝自己的自立,他们到镇上聚仙楼吃了一顿如意的晚餐。

"二良,好运气。太妙了。"柳火夹了一只白蟹脚,放在醋里沾了一下,进口啃剥。

"可不? 不过学校的算盘也拨得精。"白二良搔搔头说,"单说工作是否轻松这点,进书、进货,每天又要三次开放借书和营业。两人总抵得过一人。学校如果另请一人,在时间上开放相重叠,无法两全其美,工薪起码也要十五元。不过,我已很满意,四元二角膳费,余有近二元零用。"

"我也是。我们和学校彼此有利。噢,你去联系英语补习的事情怎样了? 能落实吗?"

"是校长朋友,养病的。目前回家过年了。校长说大概没有问题。春节后会来的,单身汉。估计他会答应,只是健康差,不能为我们花太多时间。"

"这样更好,"柳火说,"我们也不可能花太多时间,我们不是还要工作吗?"

（六）

柳火回家,有些衣锦荣归之感。他把下学期的去向讲了一遍,两位亲人都非常高兴。她们称赞说:"你这样懂事,把自己的前途安排得妥妥当当,太叫我们放心了。"

"外婆,外婆,有个报喜的人来了。"在孙家帮活的表姑急急来通知。她有两条线似的眼睛,一张两颊生满冻疮的脸孔,体重使她气呼呼地喘着。

黎清赶紧接过外婆用红纸包好的一块银洋,跟她去孙家灶房,一个老人还轻轻地敲着锣,表姑笑眯眯地对他说:"喏,柳家老太太来了。"

黎清第一次听到有人称他老太太,是儿子给他的荣耀。她喜滋滋地招呼报喜的老人坐下,他对她行了礼:"恭喜老夫人,令郎高中榜首,初中毕业就算进了学。秀才了。恭喜,恭喜。"

黎清将红包塞给他:"请勿见笑。"老人捏了捏,似乎也知足了。道谢后又问:"秀才相公会客去了?——嗯,嗯,是该休息一下,养好身体,再三年,就是举人老爷啦。"

老人去后,黎清困惑不解,问旁边孙石。孙石摸摸上唇:"这还不明白?初中毕业是秀才,高中毕业自然是举人。"

"那么大学毕业该是进士了。"黎清笑说:"我们三姐妹都是女秀才,而你早就是进士老爷了。"

"不敢,不敢,虽中进士,却不曾去候补,谈不上补缺做官,仍只有一领青衫——火儿回来了?"

"嗯,我叫他来见你。感谢你在江门对他的关照。"

"惭愧,没什么! 你不生气就好。"

黎清从隔壁回来,外婆多添了一碗金针木耳红烧肉,味道特别好,三代人又着实高兴了一番,大家都感到这次过年比往年任何一次都要好。柳火打量母亲的神情气色。猜想在包真阿姨那边的生活、工作不会闷气。于是他要求陪她一起到那里去拜年。黎清和外婆商量带什么礼,既省钱,又像样。外婆说:"拣好的就是。今年风调雨顺,又托火儿福,池麻收入多了二成哩。"

一九三七年春节,天气晴冷,没有西北风,寒气却刺骨,阳光虽然眩目,却发不出使人感到温暖的热量。黎清穿了件棉袍，柳火只穿了件制服罩住的薄棉袄。他不肯穿棉袍，黎清也没有办法。

包真的学校在她女婿姜姓的家族祠庙里。他们所在这个乡镇，在山江中不算小，有三百多户人家，除零星外地迁入的散户外，基本上由两大家族组成。一家姓姜，包真女婿是第二代的长房；另一家姓沙。论财势，两家不分上下，这个镇就被协议称为沙姜镇。那是大清皇朝康熙年间的事了，从此，有关镇上各种机构的负责人常不成文地轮流分任。女婿的祖父当上县参议员。后落选在家，仍有声望。女婿的父亲做了镇长，按惯例，新办的学校校长应由姓沙担任。但是县政府没有批准。因为沙姓提名做校长的只是初中肄业生，而包真的女婿姜尚义是这个镇上唯一的师范学校毕业生，又在城里当小学教师，校长位置非他莫属。沙姓虽然无可奈何，但此气非出不可。恰巧姜镇长病重卧床不起，沙姓族长就深谋远虑，选拔子弟小学毕业后送到山江城里的中学深造。他们的族长还背地运动接替了姜尚义父亲去世后的镇长空缺。小学校长姜尚义风华正茂，又有资力，沙姓确实想不出办法，只好暂时搁置。不料姜尚义办完父亲丧事后，决定离乡另谋高就，向教育局建议由岳母包真担任。沙族中没有一个适当的人可推荐，族长退一步决定拒绝外姓来做校长，他直言不讳地对姜尚义说：

"你当校长，我应该支持，所有沙姓的人也不可能反对。但是你叫岳母来担任，即使县里批准，我们沙姓中没有一个会同意的。当初我们沙、姜两姓祖宗，义结金兰，有福同享，有难同当，多少年来，虽不免有龃龉，大局总是顾到的。你现在请了外姓来当校长，而且是个女的。我们绝对通不过，难道你们族人能同意？阴盛阳衰，来自外姓的女人来培养我们后代子弟，他们会遭殃的。"

结果，双方总算做到互让，各自退了一步？包真作为代理校长处理校务。而董事长则由沙姓族长担任，包真只能在董事长同意下列席董事会。

"这就是我为什么到现在还只是一个代理校长。"包真在给黎清的信上这样写道，"代理就代理。我不在乎的。校务处理常被掣肘时就不痛快了。农民夜校虽有成绩，却只办了一期就难继续，离开和你谈的理想天差地远，但我会尽可能干下去。"后来黎清知道自己无法再待在江门镇，就写信和她说了。她热情洋溢地回答："你来，无论什么时候，我都欢迎，只是薪金要差十元左右，我知道你上有老母，下有儿子上学，届时如有实际困难，我会设法解决的。"学期终了，黎清和新任校长办好移交手续后，毫不犹豫地辞谢孙石

为她设法的山江中学附属小学教职,决定到包真那所学校去。她对自己说:"我很疲倦,我需要休息,我需要乡村的静谧。让我离开喧嚣的江门镇和奸诈的人事纠纷,去当一个无名无利的贫穷小学教师吧!七讨饭,八教书,不会再有人费心来计算我吧。她记起郑板桥著名的《道情》里的句子:'倒不如穷门僻巷,教几个小小蒙童。'包真的学校最适当了。"

黎清和儿子随着从左边照射来的无力阳光,转了一个弯,阳光被一座小山挡住。出现一条山阴小路,柳火也不免呵手顿脚。他们发现冰冻寒气使阳光无力,地上很滑,隐约可以看出由冒出来的地气被冻成薄冰。黎清使劲地走着,摇摇晃晃,喊叫前面越走越快的儿子。柳火回头看见,赶紧回去挽着母亲。黎清用手指向左前方:"那就是。"两人又弯了几弯,离开山阴,在阳光照射下走向目标,到一座有围墙的房子大门前停步。

"哦,是黎先生,春节恭喜!"

这是包真的女儿蕾妮,她正在洗衣服,黎清发觉她虽然向自己祝贺,却无丝毫欢乐情态。不由得皱起眉梢:"你好!孩子呢?你妈?"

"孩子还睡着。我妈病了。她想念你,很想见你。你来了太好了。"

"黎清,你终于来了,我知道你会来的。"包真早醒了,女儿过来,为她张罗穿衣、洗漱。

"好端端的,怎会生病?不要紧吧?"黎清走近床前帮忙,"天寒地冻,你躺着吧。"

女儿回道:"我妈的左脚不听使唤,站不稳。妈,你还是靠着床头方便,我去盛红枣粥来。噢,还是先把火盆拿进来吧。"

黎清打量包真,脸型依旧圆圆的,胖胖的,满脸红光,毫无病容,应该放心,再一想,不对,左脚不听使唤,莫非中风?那就严重啦。

"怎么回事?这半个月中发生了什么事?火儿,给包娘姨拜年。"

柳火感到别扭,又不得不扮演"孩子"这个角色。

"坐吧,孩子,初中毕业了,长大了。阿囡,拜年果子拿来呀。"包真对她女儿说,"这便是我常讲起的黎先生的遗腹子。孩子还赖着床?叫他起来,给黎清先生拜年啊。"包真问黎清:"春季没有高级中学招生怎么办?"

"他已经和母校联系妥当,留校当图书管理员,带便跟一位在那里疗养的校长老同学补习英语。"

"真乖,将来一定有出息,不负你这苦命人。乖孩子,吃罢。"

"包先生,你把火儿夸坏了,我不稀罕他过早地自己去挣饭。"

"可他已表现出有自食其力的本领,难道你不高兴? 这不是多数十五岁的孩子能做到的啊!"

"说得也是。不过,他还得学习再学习。下学期当图书管理员是临时的,这个差事,尽管白吃饭,对他倒是顶合适。好了,包先生别再谈我的儿子了。你的左脚不听使唤? 这半个月中到底发生了什么事呀?"

"黎清,你来!"包真的脸色陡地变了。这一声是在凄凉基调上的严肃喊叫。黎清惊恐地走向她,没有等黎清坐定床沿,她扑过去抱住:"黎清呀黎清,我好恨哟。我只等你来,让我大哭一场——呜,呜,嗯咳——"她的泪珠真的如雨般夺眶而落。

"别哭,别哭——"黎清被包真突然号啕大哭弄得手足无措。在黎清眼中,绝不会有这种使包真恸哭的事情。包真是一个经过风霜雨雪的女人。她看不惯世俗的人事关系。她讨厌的,就不走动理睬;她看中的就主动结交。当年在尚行小学时,除校长和教务、总务两位主任外;主动先探望黎清的就是包真。后来。黎清问她:"这是为什么?"论年龄她应该是黎清的师长一辈。包真说:"我不知道,我一向凭直觉行动。什么叫直觉? 直觉就是遍布全身的良知。直觉告诉我,你是一个值得我接近的人。如果你有什么困难,我应该帮助。"又过了几天,包真对黎清说:"对不住,那次什么直觉不直觉,全是玩儿。我从汪校长那里知道你是新婚守寡的不幸女人,我虽然结婚后五年才死了丈夫,仍可配得上同病相怜。我有一儿一女,我早没有父母,有时比你更受孤独的折磨。我真想找个丈夫。我那死了的丈夫,没有你的鸿哥好。我没有你那份对丈夫的恋情。你还有个性格坚忍、懂得事理的和不减母爱的妈妈,更使我羡慕了。"这样,这二个女人,心照不宣,情同手足。

"为什么不找,"黎清想起自己也曾有过这种欲望,虽然被对丈夫、儿子的情爱所困,觉得听听包真的见解,还是有益无害的。

"能找到吗? 这是缘分。我这个人命中注定要空房独守。如今近半百,还想什么,倒是你还不算老,应该考虑。"

黎清笑问:"你不是一向不相信命运吗?"

"现在我认命了。没有命运,世界上有许多事情,就说不清楚,好比我如今躺在床上,一筹莫展,为什么? 除了命运外,任何理由都解释不通。"

"既是命运,还考虑什么? 你刚才说,男女之情全凭缘分,不可强求,缘分就是命运。我认为自己只和柳鸿有缘,柳火这孩子,又把我俩的灵魂紧紧束缚在一起。我和你一样,有时产生一种难以忍受的孤独感,但看到柳火,它立刻烟消云散了。柳火的命也是定了的。他只能有一个从未见过的父亲,没有缘分有一个陌生的爸爸。况且,这种家庭关系很可能出现同床异梦。对柳火更是祸福难料。"

包真大为称赞:"想不到你竟有一套!"

"什么一套!简单得很,我愿意忍受女人的寂寞,不愿意使母爱受到分心。这不是封建守节,而是感情的难舍难分。"

包真已不再流泪。她的头枕在黎清膝上,睁大眼睛,凝望空间。这分明正在失望地回忆什么,黎清忍不住悲哀地叹息了:"这都是过去的旧事了,还是谈你最近出了什么事吧。"

包真没有回答,她从枕边拿出一本小学生用的练习本交给黎清。她压住黎清企图翻阅的手说:"现在不必看。我已经很冷静了。命运对我的安排,我怎能抗拒?只好忍了。我被人推倒,扶上床,请医生诊断后,是中风,即使以后有幸站起来,也不能工作,不能上课,不能办学,但我的头脑似乎仍然正常,双手书写虽然有些发抖,尚能自如。我就动手将我的过去记下来,这里主要是你所关心的,即是我在中风前的遭遇,以后我还要一直回忆下去,写下去,我不是大人物,写'回忆录'怕人笑;但我想,就因为我是小人物,比叫花子还要低一级的小学教师,也许值得同行解闷,把它定名为《卧床随记》可能切合得多。我会陆续寄给你的。火儿十七岁就当上课余的正式日报副刊编辑,笔头肯定不错,让他来整理一下吧。当然。要他愿意,这不是正儿八经的事,并不一定值得做。"

"包大姨,我很愿意。阿娘看过,我整理保证不走样,也许没有什么可整理的,我就给你缮清一份,保留下来。"

包真笑了:"太感谢你啦。"又对黎清说:"此刻,千万不要看,我们见面已很难得。下星期你恐怕又要为生计奔波了。你不像我,不工作,生活暂时没有问题。你,上有老母,下有尚不能完全自立的孩子,不能一年没有工作。这里下学期不可能来了,他们把所有同意我的办校措施的教师统统停聘了。我考虑一下,寒假太短,时间不允许你另找工作,更没有工作等你去做。波平县郊区有所培秀小学,校长是我的老朋友,我给你介绍,而且联系好了。你看——她拿出一封信:"昨天刚收到。她表示任何时候都欢迎你去。就是路太远了,交通不便,只能坐轿子。时局不稳,不管被逼还是自愿,委员长终于抗战了,东南沿海显然是敌人攻击的目标。江门镇和波平县岌岌可危。幸好那所培秀小学在县西南郊区,至山江的通路不是战略要道,一时不会阻塞。"

"好的，我去就是。"黎清接过信封，背面写着包真的介绍话语，没有几个字，却端正地盖了私章。

"时局确实很紧张。战云已从四面八方合拢，谣言很多，难判断真假。委员长到底还没有宣布呀。包真姐，我俩名副其实结为姐妹好吗？是不是太唐突？"黎清灵机一动提议说。

"真合我意，"包真愉快地说，"我没有妹妹，有你这个妹妹太好了。命运到底给我补偿。妹子，你知道吗，那年到尚行小学，我结识你后，发誓要把你从伤感中解脱出来。无疑，柳火是这方面的主力军，我只是个随军医务人员，发挥不了多少作用，一直到我们在江门镇分手，各奔事业。本来是件好事，但是社会的邪恶势力还是放逐了我们。去年，你来了，我和你谈了些这里工作的甜酸苦乐。放寒假你回家前，我还是充满事业的希望。我做梦也没有想到，就在临近年夜这几天，却出现如此荒唐的悲剧。我，唉——"她没有说下去，只叹了一口气。

柳火在旁始终不作一声。他本是个沉默寡言，对任何事物都会发生兴趣的孩子。他绝对坐得稳，耐住心，倾听包真的话和凝看她由激动转为消沉的神色，探索其中的奥秘。当然，还是没有头绪。但是这一位包大姨，已能从她言语中肯定她是一个热心教育而又善良的人。否则她不会和母亲的关系如此融洽，物以类聚嘛。他很想从母亲手中拿过包真那本《卧床随记》。不敢！到底遭遇到什么使她中风——不能起床走路？他环视一下，这房间的陈设和中风怎会如此协调？大凄凉了。

包真的女儿送汤药来，包真喝完，抹抹嘴巴说："其实无用，已经喝了十多天了。"

"妈妈不应该总是这么想。病来如雷轰，病去如抽丝。哪能这么灵验，真是仙丹不成？"

黎清忽然想起一件事，就问她们母女："姜先生呢？不是说一定回家过年吗？"

"是呀，"女儿回答道，"可是又来信说什么要参加县长考试，准备紧张，不回来了。妈妈的病应该怪他。他来了，沙家也不会如此嚣张，什么县长考试！我不稀罕做县长夫人。放着安稳饭不吃，想进官场捞县长，就如往火坑跳，早晚灰溜溜回来，惹人笑话！"说着，出房门做她的家务去了。

"这是怎么回事？"黎清问。

"里面记着。"

包真留黎清母子吃新春饭:十景暖锅。柳火趁锅火的炭木没红,溜出去到事先向包真女儿打听好小学所在地:沙姜祠堂。

祠堂的门开着。柳火跑步似地兜了一圈,三、四间敞开门窗的教室,课桌椅更显简陋。作为祠堂主体的沙、姜两姓祖辈的神位室锁着门。柳火从门缝中看到神位牌分姓摆在两旁。整个祠堂静得可怕,只有一个管祠堂的老头。

柳火回到包真卧房,大家正在等他。饭前包真女儿扶着妈妈和黎清相对三鞠躬,对饮一杯,就算完成结拜姐妹的大礼。柳火和包真女儿也对饮一杯,算是姐弟。接着边吃边谈。包真东拉西扯,少不得谈到自己过去办学的志愿和当前的时局。

"这次的挫折,使我十分悲伤。中风还是其次,我为我过去珍惜的理想不合理而痛心。教育救国论是空想,乡村教育建设的观点,是否正确,恐有问题。至少要受即将来临的抗日战争的考验。我认为没有问题的全成为难解的问题。我本来是个乐天派,嘻嘻哈哈,随人随缘,但我一旦有了主意,又很固执。目无他人,我做我的。我记得我介绍你读《菜根谭》? 其实我那时虽然遭受过许多挫折,只当它在失意时的友情,并不相信它。它是一本娓娓动听的宿命论著作。但我认为命运就是个人的努力,尽管我的遭遇多少次表明:个人的努力不可能掌握自己的命运,直到这次中风躺在床上,才恍然大悟。就近比喻,教育救国吧,根本不可能。没有政治权力作后盾,把教育工作者组织起来,就凭乡村教育建设派这些乌合之众有甚用! 教育充其量,正如汪育民所说只是政治的一种工具。如今,抗日战火即将燃起,打胜仗要紧,正规教育也许退居在抗日宣传教育的背后了。我想我们会胜利的,除非投降。可是我看不到了。抗战宣传教育是今后教师的另一主要任务。可我躺在床上,一无所为。不用宿命论,另难解释。好妹妹,你我知己一场,看完我陆续写的《卧床随记》,你将更了解我的过去和目前的心态。我好恨哟。"包真最后一句话很轻很轻,无可奈何的表情却十分明显。

"包大姐,何必这样悲观? 中风也有痊愈的。你不能绝望啊!"黎清忍着伤感劝慰说。

"看命运对我的处理吧。"

"包大姐,"黎清觉得应该把话转向积极方面,就问道,"你刚才谈到汪育民的话,他有消息? 仍在上海?"

"嗯。"包真从枕下拿出一封信，"他寄来的。他说委员长这次抗战是真的，但也是被迫的。他说许多同志都从监狱里走出来了，形势大好。张学良听共产党话把蒋介石放了是正确的，换来他宣布抗战是共产党的远大政治眼光和行动策略。言语之间似乎只有共产党是认真自觉抗日的。汪育民大概仍留在 C.P 队伍中，当然应该这样说，可我想对政治领袖的衡量标准不是言论而是行动。是否被迫，现在并不重要，重要的是如何抗日。"

黎清看完信回忆说："我对西安事变内幕很模糊，包大姐讲得对，现在顶重要的是如何抗日，奇怪，汪育民怎么一字也未提到他夫人？"

"那我就不得而知了。你看，他嘱我要拢住这所小学，作为山江县郊区抗日的宣传阵地。农民的抗日意识强，是关键性的。可他哪里知道我躺在这里只能孤独地叹息。我提不起精神回他的信，你代我写吧。"

"千万别消极，回信我会写的，到波平后再写。到培秀小学后的情况，我也会告诉你的。火儿暂时留在母校边补习英语边管理图书，经济倒可喘口气。培秀小学校长既是你的老朋友，我会尽心帮助她的。"黎清俯向包真拿起她的手，按抚良久："你放心养病把，会好的。"

柳火望着她们怆然难舍的道别，感到生离比死别还要难受。黎清更加提不起精神。回家后，生活仍然要随俗。她先写一封挂号信，附上包真写的几句介绍，并表明元宵后立刻到校。再，到向鹏家拜年，向鹏健康，比谣传的要好得多。她很沉默，黎清觉得自己老师苍老了，性格变了，对教育事业不感兴趣了，对一向另眼看待的学生也客套起来。黎清有些惶惑，从前那种亲切感，似乎很难出现。她坐会儿就出来了。第三件事是和柳火一起到烈士的遗孀母女——柳火的嗣祖母和姑姑家拜年。照例，柳火拿到一块银洋的拜岁钱。接着就是读包真的《卧床随记》，读之又读，柳火看了感慨万分。他体会到罗曼·罗兰的名言："人生就是斗争。"一点都不夸大，他开始希望有机会能读到他的几部名著。

《卧床随记》写些什么？是教师粉笔生涯中几点火花，应该让它闪烁一下。选录几节：

　　多少人拍拍胸脯，昂起头来说："我站起来了！"我却被人压弯颈腰，如泣如诉对自己的灵魂窃语：我终于真正地躺下了。

　　即使我的下场是命运的安排，无法反抗，我也不服气。如果我的下场是冥冥之神主宰的话，神也是不公平的，也是趋炎附势的。

前日接到尚义给女儿的信,让我看。信中说他可能在过年后便会晋升为教育部荐任级科员了。这个职位和县长同级,以后当县长可以不经过考试,争夺的人很多,虽然已经内定,仍要防止意外,春节前后是个关键,为前程计,只好不回家。

女婿不回来,我有孤独感,我担心:会不会姜老爹趁机取巧,对我掘设陷阱?他本来就不同意我担任代理校长。但他还会有什么动静?我不是都屈从他们了吗?我连扫盲和夜校的要求都大大降低:汉字班报名有31个,由他圈定10名,开学又按他推迟七天,夜校的开办还要等清明过后,我这忍着还不够?

今天,作为姜姓族长的姜老爹来了。他老气横秋颤巍巍地背着手。其实,他还没有到这种年龄。他还刚过半百。自从当了族长,就学着这种装腔作势的架子。进门后。摆起屈尊降临的姿势一屁股坐下。教训起来:

"说起天论,莫过于年终回家祭祖,尚义是个读书人。连朱子家训都忘了?'祖宗虽远,祭祠不可不诚',祖宗遗像都挂上多日,还不回来,谈什么诚!他是我们姜姓所冀望的后辈,如此作为,沙姓取笑。有何话说!我这做族长的如何见人?"他干咳几声,把长烟管在地上敲了几下,去了烟灰,又塞上新烟丝。

我一时想不出话来,我深知在封建气氛中,有许多话,外姓人不宜开口,女儿如此,我更如此。

……

昨天,我被邀请列席校董事会。会上决定如果尚义过年不回来,学校校长的挂名在新春第一天起就停止。姜老爹欠身向沙董事长叹道:"目无祖宗,后辈不肖甚矣,我真无地自容。"

"只要年夜前赶来,也不能说迟。官场中处处兼顾,上下左右,身不由己哟。哈哈,哈哈。"董事长这两声笑,比骂讽都要刺人,在座姜姓确难接受。

"虽无确息,谅必不假。"他朝我说,"你女儿的话不致有错把。在外面做官,当然光宗耀祖,但学校培养沙、姜两姓后代,怎能疏忽?过年不来,实难说通。"

会散后,照例董事聚餐。我毅然参加,因为会上没有决定什么。最后一句话是沙姓族长作为主席的董事长讲的:"如果尚义真的不来,学校人事就得大变动了。到时再说吧。真是遗憾之至。"

显然还有下文，也许我列席董事会是最后一次了。

果然，昨夜我整理农民夜校的教材，因为只需10份，就把多余的教材藏在另一抽屉中。我觉得已报名不让读书的农民，是不是可以用保证下一期入学来安慰他们呢？

正在这时，女儿进来说："姜老爹来了。"

我想，大概要来摊牌了，但我猜不出他摊的是什么牌。我心里盘算着，反正他提出任何要求我都同意，只要留在这里。汪育民说的不错，要拢住这所小学，作为日后山江南乡抗日宣传的根据地。

"嗄，外婆，又来打扰你了。"他客气地招呼。我见他取出烟袋，就招呼女儿来点火。

"上午董事会的决定很清楚，关键在于尚义来不来，还有两天。你当然知道尚义来的可能性是没有的，对吗？"我点点头。

"这样，尚义不来，他被沙姓轻视且不管，你外婆的代理校长也谈不上了。因为你代理的是尚义这个校长；尚又不能继续做校长，你代理什么？"

"谁是校长？"我觉得自己的期望已岌岌可危了。

"别慌，会前沙老头和我商量过这件事。他企图引诱我同意，派姓沙的那个在小学低年级教国文的教师去接替，说什么明年他会通过初级教育行政考试，我当然不同意，我不是傻瓜。无论如何，这个校长一定要我们姓姜的担任。所以他又提议，在姜姓没有选好校长前，暂由董事长兼署，我也不同意。他企图撕毁当年规定董事长和校长不能由一姓担任的协议，我最笨也不会受骗。后来总算由我来主持。我没有资历，只好称临时校长。好似临时大总统，有职有权，这是天经地义的事，沙老头却装出大让步的样子，说人事方面要分享权力，学校一切措施要经过董事会批准，我只好答应了。如果你外婆愿意的话，就做我的私人秘书，我可以就近请教。你当然不会介意是否在教师名册内，对吗？本来你老的事情我会竭力争取的，只是上头有了指示，就爱莫能助了。"

姜老爹的语调非常和蔼，没有一点教训人的口气，但我什么都明白了。

那个"上头指示"是什么？我办学，办夜校，办农民识字班，通过它们宣传抗日，能和"上头指示"有抵触？我百思不解，要我做校长的私人秘书？什么意思！我这秘书建议继续办农校,他能同意？我有留下的必要？我当然有地方去,难道我会失业？

⋯⋯⋯⋯⋯

今天,忽然接到汪育民一封信,是我半年前给他信的答复,并表示歉意。信中口气比在尚行小学时更像共产党人,虽然有些地方失之偏颇,但那种对抗日战争的真诚和坚定,值得我敬佩。他嘱我无论如何不能放弃这块小小的抗日宣传阵地。他说抗战将是持久的,我们要拖垮敌人。胜利的主要力量是几亿农民,农民都抗日了,日本侵略者就不可能在中国立足。

他问我是否仍是代理校长。他说,校长不在,代理人就能起决定作用。就算是普通教师,只要和农民打成一片,在农村做教师会起作用的。

他还和我谈到《西安半月记》是一本荒唐的笑话,顺便又谈到中共顾全大局,释放蒋介石的英明策略,使亲日派措手不及,败下阵来。他建议我读一读《关于蒋介石声明的声明》,它可以作为一面镜子来观察政府的去从。

他说:"黎明即将到来,抗日战争即将爆发;但黎明前往往更加黑暗,抗战爆发前也许有意想不到的挫折。大势所趋,没有人能阻挡。"

这些道理我都懂,我不也曾是一个不折不扣的共产党人吗？这回忆使我极不愉快。共产党不允许我的地主家庭出身,借口我在完成交给我的任务中没有按他们的指示办,尽管任务已经完成,还是以目无组织又坚持错误的罪名给清除出来了。当时我确也心中难受,继而一想,党内有多少当权者出身地主、资产阶级的,独我不成？我心中坦然了。共产党是一心一意为人民的政党,我没有对人民不起。我做的事对人民有好处。我只服从真理,我只相信事实。如果我知道组织指示和真理相对立时,说得不错,我目无组织了。我这样想,就坦坦荡荡地轻松地回来了。嘻嘻,那时我恰好二十岁。

我想起汪育民这信对我的希望。我无条件答应下来,做姜老爹的私人秘书。不在编制之内,省了许多麻烦。也是个策略。韩信为了能做大事,锻炼忍气吞声,钻人胯下;我为抗日宣传保住这个名声不算差的职位,有何不可！而且,如果我离开这所学校,黎清当然得走,她又怎能在这么短的寒假中找到新工作？

今天收到一星期前的《大公报》，我被学生们的大规模抵制日货活动这消息吸引住了。我回忆在尚行小学时所形成不买日货的风气。一所小学，规模小得可怜，却有很多活动深深地印在我的心中。

忽然，我女儿推门进来说："有几位农友来访。"我出去一看，三个人。带头是一个历来就反对办农民夜校的教师，后面跟着两个似曾相识的农民，但绝对不是农民夜校或识字班的学生。要找我麻烦了。我想。

"听说包先生赖在这里不走了。"其中一个歪戴黑毡帽的先开腔。大模大样坐下来，只管自己抽烟。

我本想倒茶给他们。底是十二忙月里的客人。一听到这句无礼的话，就中途停住，回头盯着他脸孔说：

"你是谁？我不认识。"我转向那个教师，"他是谁。他怎么可以这样说我赖在这里？"

教师没有回答。另一个农民年龄较轻，穿了件带罩衫的棉袍，一看便知道是沙姓中的农民少爷，他口吐烟圈说："我这位堂兄不会讲话，包先生别生气。他的意思是说，包先生住在女儿家，不愁吃愁用，干吗硬要到小学吃苦差？沙镇长是我伯公，是学校董事长。他的意思：他不需要你，我们沙姜镇老百姓根本不需要你。"

"我赖在这里做甚？刚开过董事会，新任临时校长请我做他的私人秘书，我和学校无关。你们管得着？"

"嘻嘻，"那个戴黑毡帽的农民鬼笑一下，弹弹烟灰俏皮说，"私人秘书，这是你自己说的。我也在上海一带呆过。私人秘书是什么货色，我清楚，女秘书就是女娇头。你当然和学校无关，你只和姜老头有关，关系密切着哩。包先生，不，包小姐，你也担当不起，称你包女士吧。你年龄也差不多了。照照镜子，和老太婆差不了多少。当年岁轻，死了丈夫，倒像个贞节女人。现在熬不住了，城里人不要你，到沙姜镇来了。我们沙姓中绝不会有姜老头这种色迷，老太婆也能解馋——"

我简直气昏了。我竭力聚集精神、定心思索：对了，这个老师是教语文的。教学技术和文学素养也说得过去，听说是沙董事长的远房侄子，一向在外谋事，回来仅一年，那个戴毡帽的农民，上学期似乎代过课，底细就不清楚，只记得他头脑灵活，喜欢挖苦，代课半月，全校就乱哄哄，我就把他退聘，另请人代课。嗯，我全记起来了。我的清醒头脑告诉我：忍住！不能鲁莽。我闭口不语。我相信自己当时的脸色是难看的，一脸怒相。

这个农村二流子斜着眼哈哈笑起来："怎么你羞怒？女人守寡守不住找男人也是天经地义的事，你又不是姑娘，没有尝过——"

那个教师听他讲得越来越不成体统，就拦住："别胡说！对包先生放尊重些。包先生，他是老粗。请原谅。其实以包先生的才华，哪所学校不欢迎？何必在这里受气。反正包先生竭力主张的农民夜校之类，肯定不会再开办了。抗日宣传当然要搞，但是我们的抗日和共产党的抗日有不同的目的和手段，宣传起来当然也不会相同。听说你有共产党嫌疑，姜老爹尚不知晓。否则，他绝不会要你这个私人秘书。你究竟是什么，你比我们清楚，你不能怪董事长他们。我们都绝对服从委员长领导，在他领导下抗日。虽然有人说，国共要联合起来，但共产党人还要服从委员长的统一指挥，宣传工作岂能例外？上面没有指示要用农民夜校等办法，也没有宣传提纲或课本之类，我们岂能自作主张？包先生，我看你的脸色不好，休息吧。我们的建议值得你考虑，我们先走啦。"

我没有送他们，我也没有开口，我只觉得全身麻木，似乎有一股电流在头脑中翻腾。女儿进来了，看见我这个样子，连忙挽我，可我一站起来，立刻跌倒在她的怀中。

我病了。从此将一蹶不振了。

……

想起我从前许多老朋友。他们都认为我是个坚强的女人。要么成功，要么彻底失败。不错，我曾经是个共产党人，现在可不是了。当年我拒绝写检查，坚决不承认错误，没有错误，怎能承认！当年的同志都认为这样断送政治前途太不值得。吓，我不反悔，也没有怨恨。我已逐渐发现自己的性格和当时的中国共产党要求党员盲从的组织性很难吻合。理想相同，手段和方法不同，也会格格不入。好比结婚，勉强凑合，不如早离两便。既然他主动要休了我，岂非求之不得，何惜之有！要离就离得彻底些，不等到明文的组织处理，我偷偷离开，用原名返回山江老家。按共产党词语就叫叛徒。叛徒就叛徒吧，那是从前的我。

我不能做一条寄生虫，我和一位自由书店的老板结了婚，有一儿一女。书店的方针，我很赞赏，这是我和他结婚的唯一理由，不料婚后，他是个非常专横的人，不允许我有不同的意见。他要求我正如共产党要求党员的组织性，在一个家庭中，我更吃不消了。幸好他得病去世。我对他很少怀念，我自由了，自由书店由儿子继承。开始的方针沿袭乃父，渐渐地他自作主张，以赚钱代替自由，他们夫妻一致，我反而孤立了。

幸好在北伐军中的老朋友孟昌为我介绍给张忘天老先生，我就在尚行小学做个名副其实的"教隐"。

张老先生去世，和孟昌也断了联系。谁知道我的过去？只是对汪二爷，汪育民，还有黎清没有讲真话，心中有愧。他们怎么知道我的用心是好的。若是暴露了自己的过去，说不定会使他们麻烦。蒋介石的清党是全面开展的，认真的。宁杀一百，不漏一个。

今天从城里请来的医生终于对我下了判决书：中风。终身监禁。虽然判决后他又安慰我几句，那不过是人情客套或者是医生对病人的礼貌。

我觉得自己最好是停止思想和欲望等等不着边际的内心活动，我不想再写什么了。

我强迫自己停写已有两天。我发现我没有能力再强迫了。我每夜不由自主地涌出许多乱七八糟甚至发霉的往事。失眠控制住我整个即将破碎的身躯。我盼有人来听我痛快倾诉。也许黎清会来。然而更有可能我会把倾诉的东西全忘了，待她去后，又重新涌现出来。以前我写出来，对自己的倾诉不无效果。我写了，就睡了。看来，人活着一定要做些什么。不然，真成为行尸走肉了。命运毕竟对我并不太凶残，我能写，为什么我要勉强停住？太可笑了。

我嘱女儿做了一张能放在床上的小矮桌。我只要斜靠在床头，就可以将它当书桌写字。我要写。要作长期打算。我又嘱女儿为我买来一打铅笔，免得磨墨或充灌钢笔墨水。

不过，我委实不甘心，我就这样了却一生？

……

昨晚，我又想起那天姜老爹对我说的威胁性言词："上头也有指示"，究竟指什么。敢情不仅是农民夜校等等，还加上我是共产党？我，自己明白，只是一个抗日份子。照那个带头来侮辱我的沙姓教师说法，姜老爹似乎并不知道我从前是个共产党员，那么，"上头指示"究竟是什么呢？

今天一早，一位姜姓农民拎了红包来拜年。他在初中读过书。是女婿堂弟，我唤他小刚，不过二十多岁。是我们农民夜校的班主任。上学期，有个低年级语文教师生病，我请他代课，他却愿意无偿地去教农民夜校。他说自己只因父亲去世，母亲孤单哀伤，暂时待在家乡，能够尽些义务，也是应该的。真太难得。我把原在夜校义务兼课的教师调回学校参加教低年级语文。两位教师都满意。人与人之间的理想、抱负、兴趣的差别多么大啊。

一个月试下来，农民们对他的热情和耐心十分敬佩，竟成为我实行乡村教育理想的同志。后来我才知道他本在南边一个小县的文化馆工作，专负责民众夜校，原是一个老手。

我被侮辱中风后，第二天他就来看我。姜老爹来过后，他又来看我。我便请他设法打听"上头指示"的内容。

他坐定后，就谈这事："查明这指示还是省里来的，不比寻常。抗日倒是真的。指示说抗日绝对要在委员长领导下进行，不能被共产党利用来拉拢人心。不是本乡本土的外来人必须注意。指示又说共产党所说的抗日政策，委员长早就提出来了，只是准备不够，时机没有成熟，才延迟至今。"

"抗日宣传，关系民族前途。人人有权，还分彼此？莫明其妙。"

"外婆不必生气，还有话哩。不过——"

"不过什么？"

"听说那天董事会上，沙董事长曾轻轻告诉姜老爹：她——显然指你，可能还是个共产党员哩。识字班的教材中怎么可以这样开始：'日本，敌人，日本是敌人。'姜老爹表示怀疑。沙董事长拍拍姜老爹的膝盖，说，现在你是校长，照着办吧。古人大义灭亲，何况她不是你什么亲。不过，你要设法留住她，例如给她一个私人秘书之类空衔，观察一下她的言行。"

"如此说来，私人秘书是姜老爹执行董事长阴谋的结果。"

"可以这样说。"

"把我气得脑血管破裂的事情又作何解释？"

"听说沙董事长想来想去，留你在沙姜镇总是祸水，撵出去最是上策。不管你是否共产党人，不管你怎样抗日都和沙姜镇无关了。"

"去就去，不必如此侮辱人！"

小刚见我脸色陡变，装着若无其事的样子说；"你看，你老人家不是生气了？其实，进一步想，可能会因祸得福。"

"怎么说？"

"你躺在病榻上，什么事也不干。日子一久，大家就会将你丢到背后，而你的头脑仍健在如故。秘书辞了，专给我们当抗日宣传的顾问，岂不更好！"

"说的也是。"我继而一想，"不对，不妥当！识字班算啦，你若把农民夜校办下去，不出三天，那批人就会发现我正为你们出谋划策，成为罪加一等的幕后指挥者，真有点共产党人作风哩。"

"嗯，你考虑得周到。"

这时，我回忆起过去在上海时，马日事变后的地下工作联络站是专卖小报和新文化出版社章回小说的一间小书店，在脑中渐渐形成一个方案。

小刚见我半晌不语，无可奈何地叹气："我不会放弃农民夜校的，它在抗日战争中会发挥更大的作用。但是它——我们不能没有你呀！"

"别慌，我有主意了。我可以借口女儿家务太忙，无法照顾我这中风的母亲。为女儿，为自己，我应回家休息。你知道我和儿子关系不好，主要是书店进书方针。我回去后，只要不固执这方面的事情，就可以相安。也许他参加那些乌七八糟的活动，倒能为这遮掩别人耳目。你每次进城都买一二本书就可以了。那时，我们就可以商定只有我们两人知道的'定期活动'。此外，你还得注意，协助你通过农民夜校来进行抗日的内容，也要在表面上和他们一致。都是抗日嘛，容易做到。譬如，上海等大城市宣传抗日，要在一个国家一个领袖蒋委员长领导下进行，我们自然要照样说。共产党不是也声明过吗？至于镇里一些具体事情的处理，要尽量不使他们有异样的感觉。有时会很困难。就事论事，只好再说。"

以后，我们谈了些学校和镇上许多琐碎事情。

明天一早，我就叫女儿通知他，下午就回山江城里，嘱他不必送。不能使人感到我们关系密切。最好给这里的人一种感觉，我一离开，他和我就没有关系了。最后，嘱女儿要对他强调一句："为了抗日最后胜利，什么牺牲都不在话下。"

后话提前说：上面最后一节是黎清到波平县培秀小学后接到的《卧床随记》中选出来的。那时，卢沟桥战火已起。上海十分吃紧。波平县是沿海要埠，自然也处于战争前夕，居民纷纷离境。培秀小学匆匆结束常规工作，校长宣布下学期学校无法继续存在："我们各自参加抗日活动，到战火中去锻炼，尽自己的责任吧。"

波平县通往南边的山江虽有一条简易公路，却无定期班车。黎清母子二人急于回家，苦无车辆，轿子更无从谈起。心急如焚，自不待言。

母子？柳火怎会在波平县呢？

（七）

柳火回到母校不几日，就和白二良一起去补习英文，老师是郑鲁言先生。年龄三十出头，中等身材。架上一副近视眼镜，暗灰色的阔边玳瑁框，使他的脸色更加憔悴。讲话声音很低，他问："你们补习英语的目的是什么？"

"能阅读英语书籍。"柳火不假思索地抢先回答。

"还要考高中。"白二良补充说。

"考入高中又为了什么？"

"……"

"考高中，你们只要复习课本就好。听你们校长说，你们成绩都不错，复习该没有困难吧。所以这里我特地选一本作为你们补习的教材，目的是提高阅读能力。那是一本由英国人写的英文小说。你们认为如何？"

"只怕我们看不懂。"柳火和二良几乎同声说。

"我会指导。按你们初中毕业水平，有困难，难道你们这些年轻人会克服不了？我不相信。"

郑先生语气和蔼，循循善诱。柳火对他一开始就有了好印象。第二天就和二良一起到书店买了《沙氏乐府本事》(Tales from Shakespeare) 原文影印本，每星期两个上午，每人每月送上三元钱。第一次介绍这本书的特点后，指定自学范围，先自学，后讲解。

柳火在自学时，被书中的内容所吸引，很专心，超过郑先生的要求而尝

试翻译,等下一次课就更能专心听了。郑先生发现,极为赞赏鼓励。但是他并没有坚持下去,一则生字太多,查词典的工夫花费大多;二则要考取公立高级中学的公费生,到底不能不顾到其余各科的复习,他不得不把时间多花在数理化上,他只好忍痛割爱自学中文的翻译。但他是个图书馆管理员,他摆脱不了四周书架上琳琅满目的文艺书报杂志的引诱,他依然沉醉其中。

图书馆下午都要向教师学生开放。上午时间需要做整理内部工作,但为时不多。集中精力,一小时就够。余下时间用于自学《莎氏乐府本事》或复习数理化。所以阅读文艺书报杂志只能在中饭后到开放图书馆这段空隙时间。除了已有的外,他还动用学校给图书馆每学期一百元的添置费来买自己喜爱的新书。他每天看报,只为了报纸上的书籍广告。但他不敢把钱用完,万一教师指定他买什么书,乍办?

他第一次似乎亲身体会到权力的可贵。他仅仅是一个临时雇用的小小图书馆理员,就有这么一点权力好处,难怪大小人物拼死争夺大权了。诸侯争夺天下,胜负之差,关系到君王或流寇,他自觉已经理解“成败论英雄”这句流行的评价原则。不论是否,它能如此普及,足以证明权力的广大神通。

三九严寒已过,春寒也迅速退隐。柳火日益增长的文艺兴趣,使他没有察觉出江南暖和花季的可爱。他坐着看,站着看,有时索性在不开放借阅时躺在阅览室大桌上阅读。四个月后,他几乎读完了书库中和他选购来的文学作品。茅盾的《蚀》《子夜》,巴金的《灭亡》《新生》,早已读过。他曾在一个星期天两个晚上读完曹禺的《雷雨》和《日出》、鲁迅的《狂人日记》《阿Q正传》和《野草》以及他的杂文集。还有落华生的《空山灵雨》,何其芳的诗,他也都很喜爱。他开始对外国作品逐渐产生兴趣。托尔斯泰的《复活》、冈察洛夫的《奥勒洛富夫》,屠格涅夫的《前夜》《罗亭》《烟》,陀思妥也斯夫基的《白痴》以及契诃夫和莫泊桑的短篇小说,易卜生的剧本等,都使他在废寝忘食中读完。可是他就是不喜欢郭沫若的作品,他说不出所以然,自感莫名其妙。

文学作品的浏览,总的说,使他的社会意识迅速发展,大大提高。个人的社会责任偷偷地钻进他的心中。他对自己说:他不能不觉醒,不能在封建家庭中牺牲。他怎么会?他和母亲早就脱离了封建家庭。他对有些作品已经跳出情节的着迷而思考它的内涵,产生数不清的问题。为什么振兴民族工作而有才能的吴荪甫会有被人连挤带骗的凄凉下场?为什么吃人社会被狂人发现?为什么公正的法律执行起来就偏袒强者而原应保护像喀秋莎这样的弱者呢？别里柯夫不是企图争权夺势的人物,不过是个中学教师,为什么这样胆小怕事？柳火认为这不是天生的,而是专制政治的结果。中国的政治无疑也是专制的。别里科夫式的人物不会少,他们仇视新事物还是怕？为何不能使他们撕破套子脱颖而出？柳火认为这都是和社会制度分不开的。至于作品中普遍存在的爱情描写,虽然偶尔使柳火体验动心,却没有在柳火精神上涂上任何色彩。

柳火的日子过得自由、平静而舒畅。然而现实却不允许他继续下去。学期将结束时,不得不把文学兴趣收敛一下,重新加强枯燥乏味的数理化复习。最使他感到困难的是即将决定投考什么学校的问题。他觉得这个问题非常复杂,它不只是个人的前途而是和社会责任交绞在一起的。文学作品揭露出社会中的污泥浊水,使他厌恶,可是更难堪的是祖国在世界舞台上挺不起腰的耻辱。他必须投身于社会变革,他仿佛看到自身的价值,就在此发亮。

当母亲形象出现时,柳火就从幻想中回到现实活。他凭什么参加社会变革？生活条件,毕竟更加现实。他能让母亲永远为他而到处奔波？他一定得考取公费。今后他需要一个稳定的职业。不拍马屁,不趋炎附势,也能凭本领赚到最基本生活费用,以免冻饿。这种思想无疑是他从母亲那里传染过来的。逐渐懂事的柳火,每当他阅读关于年轻寡妇受侮的文学作品时,他情不自禁地自责。在山江封建气氛仍旧相当浓厚的社会中,婚后不到一年就孤鸾寡居的母亲,抚养他是多么困难！虽有明达的外婆帮助,她也是一个寡妇呀。寡妇母亲帮助寡妇女儿有多少力量？柳火的丰富的想象力已能体验出两代寡妇生活中的凄风苦雨所带来的创伤。这就是柳火立志要变革社会的内心感情因素。

然而,变革社会谈何容易。生活必须有最基本的生活条件,否则,能谈什么？

柳火眼见自己相依为命的母亲为生活奔波,心中既自责又没有办法。所以对于母亲嘱他报考陇海铁路的练习生完全能够理解,愿意按这个意思做。当时,铁路也按外国企业的管理办。如同邮局和海关。只要守法规、不犯事,每年都有一元银洋的月薪增加,除此之外,在学习期间还有路费津贴,可以减少母亲的负担。毕业后的薪金起点就有二十五元银洋。教师虽然高尚,但没有任何保障；即使是校长,夹在钩心斗角的人际关系中也是身不由己的了。

黎清由于自身的坎坷经历，十分希望儿子能有一个不求人的稳定职业，时常和儿子说这点好处，柳火听得腻了，也会出现不耐烦，嫌她唠叨。可当他接触到母亲那种慈爱无私而又亲昵带着忧伤的目光时，便觉得自己懊悔。他会回忆起一系列往事：婴孩时的百日咳，少年时的慢性胃炎，母亲望着他的哀伤眼神和临睡时虔诚的祈祷："我们母子相依为命，但愿上苍保佑我火儿早日恢复健康。我失去柳鸿，留他在我身边吧。""母子相依为命"这句只有他们两人能懂的话从此根植在各自心中，任造化颠来倒去，任人笔舌生花，都敌不过这句话的感染力。"我不能做任何使阿娘产生不愉快的事情。"柳火时时想着。

然而，时局每况愈下。柳火收到母亲来信说：由于陇海铁路贴近华北，特别东段尤其吃紧。铁路局决定暂缓招收练习生；海关和邮局的业务大减，还有什么招考机会？反正学期即将结束，回到家后另商出路吧。

果如人们所料，日本肆无忌惮地继续向中国大陆武装侵略。驻北京东侧重镇的丰台日军借口一名骑兵失踪，要求进入宛平县城搜查。和防守在那里的中国二十九军发生冲突。中央政府什么态度？这是人人关心的问题。

没有明显迹象可以预料。大家都这么合情合理地希望：这次称总裁不能自食其言了。他的坚决抗日声明的余音还在空中缭绕，难道他有面目屈膝？亲日派如汪精卫、张群、何应钦等人看样子也没有新花样可施了。

柳火又接到母亲来信说可以到波平县投考省立工业学校。在那里，入学考试成绩好可以公费，在那里可以学一门专业技术。"火儿啊！家有良田千顷，不如薄技在身。何况我们！考进那里，不管哪种专业技术，你有了，就不愁没有人需要你。我常常回忆起你在小学读书时的傻话：做教师。现在你长大啦，不能傻里傻气了。千万不能做教师，更不能当什么主任、校长，既要到处求人，还要被人利用，既要讲违心的话，又要做不愿做的事。俗话：七讨饭、八教书。教师比要饭乞丐还低一层哩。火儿啊，你要懂得阿娘的愁肠苦心……"柳火看着不觉泪珠洋洋流下。

这就是母子俩同在波平县的始末。

乘车回山江？不可能。班车早就停开。步行回家，二百多里，带着行李雇人挑，更不可能。黎清暗想只有向黎家一位堂兄请求帮助了。

这位堂兄是波平县邻县一位县长。堂嫂的哥哥是直接由中央军事委员会管辖下的镇波要塞司令。八一三战起,这里调兵遣将,或许有什么军车开往山江。堂兄脾气不怎么好,堂嫂却雍容宽厚,对这位堂妹的身世颇为同情。黎清到波平后,也曾拜望过,只因课务繁重,接着又患上肺炎便没有去。要解决目前回家的困难,只此一着。于是她和柳火交代一下,满脸愁云地去了。

中饭,柳火独自在煤油炉上煮好饭,蒸好蛋羹,等到下午一时,只得自己吃过。他从卧室到大门口来回转悠,自责蠢材,帮不上忙。他知道母亲肺炎痊愈不久,碰上这倒霉的时局,还要她一个人为三个人的生活奔波。生活愈来愈艰难了。如果没有外婆十多担租谷,恐怕口粮都有问题。为什么外婆和阿娘把历年储蓄都花在典租住房上?外婆老屋不是可以再住下去?现在日子怎么过?保佑母亲回山江后就能找到工作。可山江也是沿海地区,谁还有什么心思办学校!母亲失业怎么办?柳火对自己求学前途也没有足够的信心,柳火觉得自己无可奈何,一筹莫展。他有点体悟到外婆的烧香拜佛,是一种求援心情的表现。

他笨拙地坐在小学大门的门槛上,两眼盯着前方不远的高低不平的公路上的人群。有自挑行李的,有把两个孩子放在箩筐里挑着的壮汉,有带拐杖的老人,有包着头纱被人扶着走的病人……

太阳逐渐西斜,余威未尽;梅天虽然已过,而湿度仍然相当高。柳火只穿了件外婆做的布背心,还是闷热湿漉。他望眼欲穿,好容易才看清楚一个穿白麻长衫的知识女子从小路上斜插过来。

母亲终于回来了。他立刻快步迎过去,把阳伞接过,看她摇摇晃晃,不禁问道:

"阿娘疲倦了!"

黎清有声无力地嗯了一声。

柳火赶快扶她进寝室。她看见桌上还有大半碗蛋羹和铝罐中的剩饭,慌忙坐下说:"我没吃中饭,一直到下午三时才碰到他们。我饿紧了。"说罢就狼吞虎咽起来,然后往床上一躺,拿把蒲扇盖住脸孔,再不作声。

柳火暗思,幸亏剩下许多,阿娘饿得多可怜。他估计她已睡去,不敢惊动她。米罐的米只能煮二次粥了。他正想去淘米,母亲起来了。

"你醒了,没事吧?"

"没事。就是身子软,像一很冷油条。见到床睡一会儿就好。"

柳火凝视母亲的脸色,果然在灰色中泛出隐隐红晕。高兴地问:"想必有好消息?"

"是呀!我终于见到他们夫妻俩。你舅父说:正好有一辆军车明晨到山江运米。但预定乘车的人已超过车厢容量的一倍了。不过,他请妻兄沃司令写了一张条子,随身带给司机,只要早些去等候,一定没有问题。"

"哦。我还是独立不起来啊。"他暗自惭疚。

一路无话,到家时已过中午,外婆忙着张罗,烧了两碗挂面当午餐。餐后,柳火帮母亲整理行李。

不几天,传来消息:敌人飞机开始轰炸波平县和附近海防要塞,似乎要在那里登陆,占领长江南岸的三角地带。同时又传闻敌人占领上海后,向西进军,一举侵入南京,要中国政府投降。谣言多变,多有矛盾。流入山江的难民逐日增加,百姓惶惶不可终日。对黎清这户三代三人的家庭来说,这种国家大事影响并不很大,他们最关心最急待解决的是柳火是否到正向内地迁移的高等工业学校去求学这一问题。

学校的录取通知是土木工程专科免费生。柳火入学后只能免去每学期七、八元的学费,其他伙食费、杂费和学习用品费都要自己支付,而且迁移的新校址离山江太远。柳火想的是:既然经济上帮助不大,万一母亲外婆有事,他怎能帮助?(无论怎么说,他都应该负起这个责任了。)黎清想的是:儿子离开太远,交通如此不便,有病有灾,如何沟通?感情上舍不得。不过,她如能找到工作,还是能忍心儿子远离求学。她不怀疑他的独立生活能力。她决定,任凭什么工作,她都会去应聘的,为的是给她相依为命的儿子继续学业,可怜他已半年自食其力了!

兵荒马乱,找工作难如上青天,非常困难。江门镇是海港,小学多数停办。孙石来信说,连省立山江中学都已开始拟订迁校计划了。黎清在山江城里的唯一靠山向鹏已经成为空头的教育界前辈。地方当局对她尊敬有余,尊重不足,基本上无荐人的权力。师范本科的老同学不是在外做了夫人,就是留在府县城里当了最实惠的财主太太。其他教育界朋友,自离城赴江门镇后都失去联系,讲不上话儿了。

黎清正在束手无策,眼见失业将成定局,坐在檐下发呆时,黎母交给她一扎厚厚的纸包,说:

"这是一位南乡人送来的。他说放了暑假会再来看你。可暑假即将结束,还不见影子。前天你刚到家,恐扰你清静,没给你。信这么厚!"

黎清接过一看,是包真捎来的。歪歪斜斜仍不失清秀,里面想必是《卧床随记》。择一个时间，静静地读它吧。现在没有心情，好在她能写，情况不致很坏。母亲说暑假实际上已经结束，想做教师已经没有希望了。别的工作？还有什么？忽然她脑际出现堂兄堂嫂的形象。他们该回来了。不错，曾有这样传闻，而且还说省里要调他到另一县做县长。何不去拜访？一来以报平安返乡全托他们的力，应该去道谢；同时也可趁机打听一下是否可介绍什么工作借以糊口。"他们会帮助我的。不过别影响他们的午休。"她望了一眼末伏刚过的晴热天空，阳光的威力使她有些眩晕。于是决定晚饭后去。

外界传闻是实，他们回来已经四天。镇波要塞吃紧了。但回乡的主要原因是省政府命令堂兄任南青县县长，必须在九月二十日上任，办理移交，接过县印，正式视事。黎清到时，他们晚饭刚毕，堂兄正在和一位共同进餐的客人继续交谈。堂嫂立刻招呼她到会客室去。黎清道了谢，女仆送来山楂茶。

"我喜欢它，饭后一杯。帮助消化。你三姑不是在波平也称赞过？喝吧，凉的。"堂嫂自己先喝了一口。她是黎清家同辈媳妇中最贤惠的一个。大度的心胸恰如她丰满的体态。丈夫有了这位贤内助，家事就完全可以撂开，专心事业。丈夫是军官学校毕业参加过北伐的军人。顺理成章，结果转在妻兄麾下当一名中校参谋。"八一三"事起，司令建议妹夫离开要塞转到政界。同意了，先在邻近一个县里当县长，这次又调任到南青县，可以离开前线。这些都是这位少将司令出的主意和力量。

"你呢，怎么办？"妹妹担心问她哥哥。

"我？我无从想起。军人的天职就是服从。我不能离开，也不能主动请求调职，除非请求更接近战场。否则无异逃兵。日本海军如此强大，要塞的防务设备如此陈旧，十有八九是葬身此间了。幸好这次在省城的上级体谅我，允许我荐派妹夫调到南青县，那边可算是穷乡僻壤。生活不便就甭说了，但在战争时期，却比沿海沿江一带多点安全，把侄子带去，你嫂子自然也得去。这样，我死了还不至于绝了后代。否则，唉——"

这几句入情入理，有一股遗嘱味道的话感动了妹妹的菩萨心肠。她将调令交给丈夫，立即和嫂子、侄儿、丈夫随后动身回山江，着手全家向南青县的搬家工作。

"那么我就不打扰了。往远处迁家是件非常麻烦的事。"黎清知趣地说。她喝了一口山楂茶。口干，真好喝，索性喝光吧！

"二姑，我看你气色委顿，大热天来道谢，太见外了？有事吗？唉，二姑你真是苦命人。这十多年生活真够你累。此刻学校刚开学，想必很忙，不知在哪所小学？"

黎清听说，不禁泪水潦潦滴下。

"二姑，你别伤心，有事尽管说。我们夫妻会尽量帮助你。"堂嫂又为黎清斟满山楂茶。

黎清的伤心并非单为失业，而是在失业状态时听到"你真命苦！"她感激地接过堂嫂送给她的冷湿毛巾，擦去眼泪，低声说："工作没着落。外婆几亩田夏季歉收，秋收恐也好不到哪里去，口粮就存在问题。嫂子，你知道我非工作不可哟。说着，泪水又盈眶，她忍住不让它流出。"

堂嫂也觉凄然，对黎清说："二姑，你且待着。我去和他商量一下，看看有无办法。"

她进房去了。黎清却见堂兄从客厅后门进来。客人送走了，他对她客气地打了个招呼，并向黎母问好，然后走进书房。好一会堂嫂才出来。抱歉向黎清说她丈夫多年在外任职，和家乡的头面人物没有来往，小学界的情况更不了解，说不上话。她丈夫说，南青县政府录事倒有缺，只是委屈些。南青县路远，薪金不过二十多元，如二姑不嫌就跟我们一起去吧。

黎清眼睛一亮，没等堂嫂说完连忙接应："可以、可以，我能嫌什么？我去，当然去，再说（她说了句谎话）我对做教师也有点厌倦了。"心里却想："饥不择食了。我热爱教师这个职业，将来还是要到学校去工作的。"

"这就好了，叔婆她？"

"没问题，她知道我失业的严重性。"

"火儿呢？高等工业学校？"

"他——"黎清将火儿虽然考取免费生而决定不去的理由说明一下。接着说："因此，他转而投考省立山江中学新开设的高中部。由于它是临时按省教育厅紧急指示添办的，所以刚举行过入学考试，还没有放榜。"

"你不必担心，他一定会考取的。"

"嫂子，考取了又怎么样？我担心着呢，不要说三年学杂费尚未着落；毕业后不上大学，什么本领也没有，以后怎样生活？"

"唉，二姑，别想得那么远。眼前能过再说。别说你，我们还不是同样来日茫茫难自料？日本占领上海后，自然要攻打我们国都南京。会不会夺取省城来包抄？谁也难料。我哥说自己这次和我们生离十分可能成为死别。

二姑,我心里也不好受啊!在这朝不保夕的日子里,只能过一天算一天。话说回来,你去南青县不会懊悔?"

"嫂子,我只有这一条生路。谢谢你和大哥了。"

这时堂兄从房里出来将南青县政府录事委任状递给黎清说:"缺个县印,到差时补盖。你们的话我都听到了。二妹去试一试也好,不适应,春节回来就是。喏,这里二十元钱给你当路费。"他将钞票塞到黎清手里。

"我还没有做过工作呀,怎能收!"但她心里却想留下,十元还可以给火儿付入学费用。他们夫妇是真诚的,不妨事。于是她接过钞票说:"请代我以后在薪金中扣回吧。"

"二妹,不要介意,再说就是。我们得先去,上面催得紧。你可以晚几天,把家务料理一下。不过,双十节前一定要到差。"

黎清满心喜欢,谢别回家。她确实想不到今天的拜访竟解决了几濒绝望的生计问题。她兴冲冲告诉母亲和儿子。不料他们的反应极为平淡,使她惶惑。

黎母担心说:"你的肺炎虽已痊愈,健康却未完全康复。看你脸黄颊瘦,能平安到那里?"

柳火说:"高中即使录取我可以不去。阿娘在县政府这个抄抄写写的工作,我也能做。阿娘下半年在家休息更为合算。"

黎清听了,对柳火瞪了一眼:"你这种晓事的话,我不爱听,你难道为这个科员都说不上的职位而停止学业?你就这样叫阿娘灰心?没志气,我辛辛苦苦养育你,白费心机。你一点都不了解做娘的心思,我怎的好命苦呀!"黎清心里却想:真是乖孩子。可自己怎会讲起这些话,愈讲愈心酸,好像谁正在欺侮她,竟然无声地掉下眼泪。

黎母出来,看见二图脸颊沾着泪水,外孙呆呆木木地靠在门边。她对自己女儿发话了:"哭什么!这就是你的不是。谁曾见过火儿这么乖,这么体谅你?你反莫明其妙地淘他气。"

"外婆,不能怪阿娘。我确没有体味出阿娘对我的期望。此刻,我懂了。山江高中我能录取。昨天姨父告诉我说三天定能揭晓。不知阿娘几时离家?"

黎清擦去泪痕。对柳火爱怜地说:"我知道你的情意。你够乖了。但我这十多年来受到的苦难,你知道多少?可是我自己却因而回忆起来了。我只盼你为娘争口气,所以话讲重了,自己也伤心了。"

"我懂,阿娘。"柳火截然说,"我不但要在高中好好学习,而且定能考取大学。我现在就可以向你保证。"

果然,柳火的山江中学高中部录取通知书寄来了,同时孙石也来信祝贺,并自告奋勇担负照顾柳火的责任。自从孙石续弦以后,虽然继夫人是黎清介绍的,由于双方都感到有所不便,黎清和孙石的相互来往要疏落得多了。不过,孙石对李母还是一如既往的尊敬,每年奉献一支高丽人参,从未间断。

黎清考虑到南青县可以经江门镇和儿子先同行一段路,岂非更好?可柳火不同意:"我当然乐意。不过我已是大人了。我曾经独立在江门中学自食其力,难道还怕独自去报到上学?而且万一被高中同学发现,岂非要取笑我?还是我在这里先送你上路。按本来的打算,先到仙台县拜访前辈,再去南青县。"

黎清含笑点头。

仙台距山江约百里,没有汽车路,只能坐轿子,为了当日早些到达,黎清决定起个早,至多五时要上轿。黎母为了使女儿和外孙多睡一会,半夜后两点钟就起来了。饭先煮好,又把昨天烧好的红烧肉煮金针木耳淡菜再烧酥些,又蒸了一碗蛋羹,一碟笋豆,还拿出三分之一瓶的百益酒,算是送行的盛宴。时间还不到四点,黎母就在灶下想开了。她觉得自己就像生一灶火。贡生夫人也曾引起别人羡慕,这算是刚刚燃着的人,然而火头很小,不久便熄灭。饭没有煮熟,于是她收拾一些枯枝败叶,再燃起来,火头仍很小,饭勉强煮熟——三个女儿总算有了终身依靠,谁能料到没有一个能符合自己的愿望。最稳重正派的大女婿,大囡阿娟没福享受,过早离开人世;作为艺术专科毕业的小女婿竟变成一个喜怒无常的人,使小囡阿莲常受打骂之苦;而最有才华最多情的二女婿却等不到儿子的生出竟离开人世,使二囡阿清二十一岁便做了寡妇。唉,唉,她的结局会怎样?只会比我更艰苦。她昏昏沉沉地听见有人唤她。哦,是火儿!"早着咧,再睡些儿。"

"外婆,我早醒啦,你看,阿娘也起来了。"

黎清脸色憔悴;有气无力地说:"我们还是先吃饭吧,吃了饭,等轿子,轿子一到就动身。下午早到仙台,访人办事都比较方便。"

"且慢,"外婆严肃地说,"阿清这次离家远,时间长,应该向观音菩萨,向祖先跪拜,他们会保佑我们的。"她一边说,一边从抽屉里拿出翻印的观音菩萨像和二位祖宗的灵牌。

本来，黎清反对母亲的念佛烧香和吃素，认为浪费时间和钱财。她说："买香烛不如买猪肉。几曾见菩萨保佑过我们？即使泥塑木雕的菩萨有灵，也是硬心肠的，求它们做甚！"

黎母随女儿怎么说，既不生气，也不随同，总是平静而淡淡地说："罪过，罪过，你太不懂事了。如果没有菩萨保佑，单靠祖先是不够的。没有菩萨保佑，怕我们早活不成了。"

黎清只好任她。但对祭祖，清明、七月半、春节，她一向赞成。她心里常模拟《朱子家训》的语气对自己说："祖宗虽沓，祭祀不可不行。"她在祭祖时的邀请祈祷：一个自然是她的丈夫，另一个是父亲，还有一个是柳家大家庭唯一疼她的祖母。她相信他们在天有灵一定会帮助她的。至于菩萨，她自从江门镇小学校长任内受到侮辱，终于以对方调离而告终后，就恍惚感到冥冥之中存有无上权力的神灵。不错，母亲说得对，单靠祖先是不够的。这种权力的主体可能就是菩萨和佛祖了。她在床头总放着一本《菜根谭》，里面就有许多佛理，动人心肺，指人迷津。她逐渐也移心向佛，还买了一本《心经浅说》来念诵，而黎母早背得滚瓜烂熟。"唉，到底还是母亲觉悟得早！"所以这次，当黎母拿出观音肖像后，就立刻把她固定在上首，把三位祖先固定在下首。她们都相信自己的丈夫无时无刻在她们身边，尽力帮助她们逢凶化吉。不过，黎清在跪拜时又添了一个柳鸿的祖母，是柳家唯一同情她的长辈。

柳火祈祷很虔诚。他觉得这是一种感情的倾泻和思念的表达方式。否则，孙中山先生逝世时怎会有几十万人自觉去送葬？他完全能理解唯物主义的本体论，人死后，不会留有灵魂什么的。但他仍感到死人对活人和活人之间精神作用或深或浅地存在着。于是他跪拜时，诚心诚意地祈请祖先保佑阿娘一路顺风，身体健康，工作顺利；保佑外婆老当益壮。

黎清终于比较安心地上轿，可是当她将轿帘撩起和母亲、儿子告别时，看见他们茫然若失的表情，立刻放下桥帘。深深地吸了一口气，徐徐地呼出，她忽然记起那位乐意帮她的堂嫂的话："哥哥对我说，也许这一次生离会成死别"，果如此言，应我母子三人，命也，夫复何言！隐山合道也迟了。

轿子微微抖动，"尹哑"之声加强黎清数月来的忧困，她迷迷糊糊地进入梦乡。

<h1 style="text-align:center">（八）</h1>

黎清到仙台要拜访的前辈就是钟伯。

当年孟珠事件处理完毕，汪育民夫妻离开，尚行小学停办后，二人曾相约在春节去给钟伯拜年。包真大谈自己的农村教育思想，钟伯佩服她不慕荣华，献身农村教育这个艰苦事业的决心，便用自己参加北伐时接触农村实际情况和宣传效果来佐证，使包真欢欣不已。黎清则向他请教办好城镇小学的条件和具体方案。钟伯说，办学不是从校舍开始，而应该从几个志同道合者开始。他希望她在自己接办的小学中有几个矢志不移的同事，黎清记住了。她以后和李嘉陵、白大良义结金兰，就是遵照钟伯这个意思，再用手足之情来加强的结果。

黎清觉得当时钟伯对自己的期望很高，而现在她以这种逃亡者身份来拜访他，实在难为情。她看到钟伯家大门时，脚步不由己地缓慢下来。"他老人家会瞧不起我吗？会批评我吗？虽然他回信如长辈地劝慰我，他能原谅我这个不争气的教育战线上的逃兵吗？"

黎清长叹一声。身已来此，只好破门。没人答应，门是虚掩着的，黎清轻轻推开进去，她走得很慢，似乎还在考虑究竟是否有谒见这位老前辈的必要。她低着头走，身心都有些麻木，没有发现钟伯正走近她。

"哦，黎先生久违了。"

黎清吓了一跳，定定神说："哎哟哟，钟老伯，打扰了。怨我事先没请示你老人家的许可，恕我无礼。"

"说哪里话？我接你从波平寄来的信后，抗战一起，我知道你不会再待在波平，我一直等着你哩。"

"谢谢老伯，波平果然不去了。那边的学校机关停办的停办，内迁的内迁，一般老百姓也纷纷找新寻故向内地走，我也不得不回来了。"

钟伯让黎清进会客室坐定，说："估计得到，但按你的情况，不能不继续工作啊。"

"是的，饥不择食，我改行了。你不责怪我吗？"

"哪会！形势不同——"

"真打扰你们俩老。"黎清接着把从波平回来的处境和到南青县政府做录事约略陈述一遍。行李还在一间旅店里放着哩！

"黎先生,这就有点见外了。"

"不,钟老伯,万一碰不到你?"

"说得也是。"钟伯吩咐男仆按黎清说的那间旅店搬回行李。

黎清随钟伯去见钟太太,老太太还认得出,按黎清在藤椅上坐下。"你比那年清瘦些,想必太辛苦了。"黎清告诉说:"这次我改行到南青县政府做个录事,路经仙台县,特别拜谒,请求指点。再说——"黎清讷讷地讲到路费紧凑,想借住一宵。她羞涩地将头几乎贴到胸口。

钟太太心中有数,温厚地说:"这有什么！路不远,令亲给你的期限不紧。在这里多休息一、二天罢。至于路费你不必担心。我们老夫妻会想办法的。"

"太感激了。我想还是明天过岭,路费欠宽,打量着用还是可以的。"

"急什么！"钟伯进来接过话茬,"看你脸色憔悴——"

"路长,难免有耽搁,早到早安心。钟老伯,不知怎的,我总不时心惊肉跳,像是不祥之兆。"

"别胡思乱想,这都是你身体衰弱之故。"

晚餐,黎清要求钟太太给稀饭吃。她知道钟老好客,自己是个晚辈,怎能生受?

"真的? 不是见外吧！"

"见外,我就不来打扰了。"

钟拍打量一下,对妻子说:"黎先生也不算客人,看她这样子,确实不宜酒荤,还是从命为宜。弄几样清谈小菜配配红米粥罢。黎先生,我还有好多事要讲给你听呢。"

他和黎清出来。黎清恳请钟老伯为她雇轿翻岭,如果可以将行李放上,就省得挑夫费用。

"若在平地,年壮轿夫不在话下,但山岭高有千公尺,路陡,恐难做到。反正这事你由我处理就是,包你满意。"当下钟伯就嘱咐那个拿回行李的男仆去办理。

这一夜,黎清更详细讲他在江门小学校长任内的雄心壮志和受到打击侮辱的情况。她问:

"如果我不是寡妇,或者是个男的,就不会产生这样污损人格的下流谣言吧。"

"也不一定。一般场合倒是不分男女。不过用这种捏造私生活来中伤对方,夺你的校长,不仅卑鄙无耻,明眼人还会知道技尽的窘态而不起作用了。但是谣言始终是被人作为和别人争名夺利的一种重要工具之一。"

"对呀,如果孙石不结婚,我会遭到众口铄金之苦,我会倒霉的。"

"你这种促使孙石早日续弦,釜底抽薪,确是挖掘谣言墙脚的手段。看来。黎先生也很有些计谋。人们最爱听的男女关系谣言,正面辟谣往往加快谣言的传播,画虎类犬。"

"不瞒钟老伯,我那时屡想自杀或出家。但想想柳火这孩子,不像没出息的,我便将这些念头打消。当时这个主意,也许是急中生智吧。"

"我认为孙石一定知道你的用意配合你,很快答应下来。"

"不过,他本来也有续弦之意,客观上确实也需要。这个谣言散得如此之快,也有些顺理成章,只不知我的心态罢了,听者不想想,我要结婚,不是可以更早些,柳火周岁时,我还不过二十二岁哩。"

"此外,也不无机缘,如果对方不调走事情恐怕还有些复杂。不过,黎先生,这件事早已过去,无须再谈了,还是向前看吧。"

"嗯,我在南青县不会长久的。虽是个完全听人差遣摆布的录事,谈不上和政治有关,但总是衙门里的一员,我不喜欢。我知道自己不配做校长。老伯看:我们女师向校长这样言行俱优的人,也屡起屡倒;还有尚行小学的汪育民,品学、胆量、行政能力均无话可说;再有那位高瞻远瞩,将企业利润和田产大部分投办学校的汪子庆兄弟,都以失败告终。我真不理解。似乎谁也碰不得办教育。"

"经你这么一说,我是否也会倒霉?"钟伯将一将新蓄的花白颔须对黎清微微笑着。

"不,不是说钟老伯,我只是不懂而已。"

"没有什么奥妙,"钟伯胸有成竹地说,"教育和政治靠得太近了。借教育为跳板去做官,比比皆是。而真正办学的人志在传播真理,培养真正为人民谋利益的人才,有时就不得不违背当政者的旨意而受到不应有的挫折了。"

"难道应该分离?那么为什么孙中山的救国大纲先训政,然后能宪政吗?"

"你问得恰当。刚才的话说得太简略,太片面。全面地说,当政治制度已在民治、民有、民享的三民主义理论指导下实施时,办学目的和它不谋而合,教育和政治融为一体,是个理想状态。若在专制制度政体下,教育不仅必须和它远离,而且要培养造反人才。若有外力侵入,有国家民族敌人向我们进攻时,政府采取全面抵抗时,教育又须成为政府的工具,培养抗敌的各种人才。中山先生的训政全靠教育,学校教育和各式样的社会教育,培养宪政时期各种人才和提高民众的民主政治意识,是三民主义的最高境界。除此以外,像当年蔡元培的北京大学,在军阀专制统治下,师生们提了民主与科学,实际上是一种对付军阀统治的造反教育。可惜不够强大,中途夭折,被政治口号所代替。"如果按照蔡先生办北京大学那样来推进政治,各政党的理论,容人争论,扬长避短,就不会出现以后什么国共之斗,互相杀戮了。日本人乘虚而入的祸根,早就种下了。"说到这里,钟伯突然看到妻子嘴巴向他一努,再看黎清那种昏昏神怠样子,不禁莞尔。他故用水烟筒重重地往桌上一敲,"嘭"地使黎清觉得自己失礼,然后说:"黎清先生,你是教育实行家,这种教育必须成为政治导向工具的理论,等到你以后需要时再谈吧。"

"钟老伯,实在对不起,我真有些精神不济了。"黎清诚恳地抱歉。她的确没有听钟老伯讲下去。钟伯提到北京大学后,她就记起当年柳鸿潜离家乡东渡日本求学的情景。如果柳鸿不死,就能从东京高等师范学院毕业回来办学⋯⋯"嘭"的一声将她拉回现实。

"哦,钟老伯,办学毕竟不错,像您,连汪子庆先生都不能比。因为他只拿出经费,校务从不过问。"

"嗨,黎先生——"他的话被黎清忽然打断。

"老伯,我求求您老别这先生,那先生了,直呼我名,我还受不了哩。"

"好吧,黎清,子庆先生真是个了不起的人物。他不会不懂装懂,闭着眼睛指手画脚。可惜他儿子太不争气,不能继承父志,连校产都卖了,江门中学停止招生了吧?"

"听说了。我还听说曾在江门中学当过校长、教师的多是和共产党有关。"

"现在不是国共合作共同抗日吗?"

"去年暑假前就这么传说,去年秋季就停止招生了。事情似乎很复杂。我问包真,包真也弄不清楚。"

"不错,复杂得很!连子庆先生的死因也是个未解的谜。黑社会夺去他在上海的资产;儿子用完他家里的储蓄;国民党给他一顶私通共产党的嫌疑犯帽子;摧毁他呕心沥血的教育事业,全部纠缠在一起。虽有打抱不平的人,恐怕也不了了之。此刻又加上抗日烽火已经燃起,谁会关心这种事;噢,对了,我还不时记起望天兄,他算是我的北伐战友,他是个倔强而又随和的人,竟会被女婿气死。他隐居尚行小学,死因早在女儿婚变之中。黎先生,你恐怕还不知道,他女婿控告他继续和共产党联络,告密信没有发出,就被他女儿发现,告诉了他,他一气之下,旧病复发,新病加重而死。"

"奇怪。他女儿怎么没有提起?"

"什么?你见过他女儿?"

"嗯,曾于今年五一节在波平街上邂逅过她。由于望天先生在她面前提起过我,我们就一见如故,在附近酒楼她足足谈了半天,她告诉我她父亲的生平为人,也直截了当地谈自己的婚变,她和她父亲一样有学问,虽专攻化学,是位化学教师,但见多识广,性格深沉而热情。她似乎对自己的婚变毫不在乎,她所悔恨的就是不知道人会变的。她老是用初恋的眼光姑息丈夫,不知她丈夫早已偷偷蜕变为不择手段沉湎于名位的人。她说,如果发现,早离婚,父亲也许不会在病中忧愤而死。"

"到底为了什么事?"

"她发现丈夫当了中央统计局的联络专员,还死不承认。她和她父亲最恨的就是这类躲在暗处放枪的人。于是父亲一死,离婚便是自然的事。她说她不愿回忆丈夫的所作所为,否则只会自己憋气,也许指的就是钟老伯说这些事。"

"她叫张志民是吗?"

"对?老伯怎么知道?"

"是我给取的名字啊!"

"哦,我们在酒楼分手后,还相约在暑假共游雁荡山呢!谁知局势一泻千里,我们再也无法联络。"

钟伯默不作声,然后唏嘘说:"人生自古谁无死!然而他们都不到花甲之年,又死得难以瞑目,老天实在不公道。算了吧,我还要告诉你一件你一定牵挂在心的事。"他装满水烟点火后,猛力抽了一口:"那就是汪育民夫妻的事。"

"哦,他们有消息?"

"可现在又不知道了。"

"怎么说?"

"不许伤心,不许掉泪,我便告诉你。"钟伯用父亲对女儿的腔调说。

黎清听说，知是不幸，不禁泪水湿眶。钟伯看见叹口气道："人生不如意常在八九，我说出来，你索性哭一场吧。"接着他告诉黎清，他最近接到孟珠从南京寄来的信。那是她离开上海市区随军到宝山写的。她在信上大骂蒋介石和国民党政府无能，给抗日士兵粮饷常不及时，连饮水供应也不足，还靠民间后援组织，几十万大军对付不了十万敌军，竟然决定"转进"，放弃大上海。内人说，虽然目前国共合作抗日，这种信件还是焚之为妙。信已成灰，内容仍牢牢记住，只是没有它那原文那样淋漓尽致，动人心肺而已——"

　　"什么叫转进？"黎清问，"这些日子我连报也没看。"

　　钟伯失声大笑："转者，向左右背后变动也；进者，前进也。先转后进是什么行动不是很明显吗？"

　　黎清也熬不住笑起来："嗄，是撤退？"

　　"对，转进者，撤退逃走也。可怜的孟珠在信中说，日军发现宝山的军事价值，已开始向宝山进攻……。信的结尾是：炮声越来越近，正好战地记者来访，遂托他邮寄。希望能收到，后事自难预料，匆匆终笔。"

　　"她的意志很坚强，她会活下来的，可她的信为什么没说别的？譬如她丈夫汪育民，他俩在一起吗？"黎清不禁起疑。

　　钟伯嘴唇动了动，然后用力说出："他被炸死了。被炸前，他们分开各行其道。汪育民是一所初级中学校长。他把学校迁到苏州境界的农村。学生全是上海市区人，绝大部分跟家庭离校，剩下来的有几个随孟珠参加战地服务团。所谓迁校，无非和几个教师到后方，孟珠批评他：这是逃跑主义，和蒋介石部队一样。汪育民不服，他认为即使战局一团糟，学校还是要办的，办校的目的为了宣传抗战，增强抗日力量，争取抗日胜利。黎清，我刚才说的办学和政治的关系，有时必须溶在一起，就是这个意思，想必你没听到。你太疲倦啦。喏，目前政府要抵抗日本侵略，符合民族利益，这是中山先生的民族主义嘛，所以办学要紧紧配合政府，办所抗战学校，我正在考虑如何将仙台中学变成抗战学校。汪育民是对的，他对孟珠说抗战不是一、二年的事，后方也需要坚定的抗日战士。两个人性格都很倔强。各不相让，辩了一阵。一个前方，一个后方，分开了。但是当孟珠接到丈夫的死耗后，失声恸哭，万分悲伤。她信中说：她原想找个机会回去告诉他，他的长期抗战的观点是正确的，她想通了，准备回去和他一起到南京东南的句容山坳里办所抗日学校，对保卫国家尽力。可是来不及了，太迟了。这七个字一连写了三遍。她说她看不到丈夫的尸体，因为被炸的第三天，老百姓把无人认领的尸体全埋在附近弹洞中去了。"

黎清没有哭,连本来的泪水也干枯了。她失神地凝望空间。这间会客室忽然人声嘈杂,这不是尚行小学教师欢送汪育民校长夫妇的情景?

时近三更。钟太太的牌局已散,女仆送来宵夜,钟伯对黎清说:

"这些都已过去,别想了,但愿好好活着。"

"钟老伯,你看抗日的前途如何?"黎清胆怯怯地探问。

"只有这条路:哪怕没路,也要向前走。路总是人走出来的。我不相信日本能把中国吞下。蒙古人把汉族放在口中咬嚼近百年,清朝则有数百年,还不是消化不良。哽噎而死? 所以只要一致抗日,前方后方各做对抗日有利的事,前途绝对光明。目前,你已去南青县途中,只好去。如果那边不如意,就到这里来,我随时都欢迎你。夜已深,睡吧。"

次日,这对老夫妻又送她上轿。钟太太低声告诉她,轿钱,挑钱全已付清,又转身对轿夫们说:"明日傍晚请来回个话。平安到达,另有赏钱。"

放下帘子,黎清觉得怠倦而恍惚,迷迷糊糊真不知是醒是睡。钟伯、汪育民、孟珠、孟昌、孟珍、汪子庆等人,还有包真,当然还有母亲和火儿,走马灯似地旋转着。

一路上,黎清无情无绪。三天后到达南青县,一条大江上游傍水的山城。表面上很像山江,具体而微,山江是府城嘛。它,平静得毫无战争气氛。

堂兄命下属把黎清安顿在县政府内一间屋里。离双十节没几天。录事工作就此开始。

南青县是座贫瘠的山城。建县的时间却早在唐朝末年。它的主要一条街,只有山江城里那条东大街一半阔,是由碎石砌的。要不是中间铺了块南青特产的青石板,走起路来,够人呛的。

穷则变,变则通。南青县百姓出国谋生的就比较多,大多数到法国。做彩石雕刻买卖。彩石是南青县的特产,雕刻是南青百姓的特技。一般人都会几刀。至于为什么去法国? 是不是法国人特别钟爱彩石和雕刻? 尚不见有人去考证。

黎清从陆路到达。休息两天,恢复体力后,就发现自己喜欢这个穷乡僻壤了。堂嫂说,生活条件大差。噫,恰恰这低水平的生活条件对黎清特别吻合。她觉得心境和环境非常平衡。在工作上,她更没有什么困难。底稿都是秘书和科长修改过的,还有她堂兄——县长的批示,她只要按公文程式抄写缮清,压根儿不需要动脑筋。下班后,绝对自由。哪有在学校里非得占去不少夜晚时间的备课,批改作业等等。她想起在江门中心小学那样呕心沥血拟订什么"发展方案",真傻! 在这里,晚饭后,爱做什么就做什么。诗云:"赢得浮生半日闲。"这就是福气。

最关紧要的是写一封报喜平安的家信,她写道:"一切都很好,恬静。完成工作十分容易。牵肠挂肚的只是母亲的健康,秋收的好歹和火儿的高中生活。"另外写给火儿的信:"高中的学习生活一定很紧张,听你姨父说有军事教官,要对你们学生进行军事训练,当然是应该的,全民抗战。谁都应该有军事知识技能。不过做母亲的总担心,你们会不会军训后被派到前线……"其次各写一封信给钟伯和孙石,表示感谢。此外,她就花时间阅读包真那包托人带来的《卧床随记》。

黎清原以为包真的"半边瘫"虽难痊愈,却也不会恶化。有些病人不是瘫了五年十年? 而包真还不过一年! 哪里知道,最后一页却是那位包真很赏识的青年同事的记录:"不幸,我在锻炼时跌倒,昏迷醒来后,另一边手足也不听使唤了。幸好我的头脑尚能思想。我请他记录:我觉得一切学校都应改为相应的各种抗战学校。我们这所小学只好改成抗战学校中最基层的学校。教材设置和内容等等都要彻底改革。民众夜校要恢复,而且要目标明确地分设识字班、宣传班、救护班、战斗班……不过,今天我觉得自己很疲倦,眼皮睁不开。昏昏然,我要睡一会儿了。"

黎清倒翻几页,是包真自己的笔迹,歪歪斜斜,仍不失清秀。她写道:"三天前,女婿回来了。他告诉说:教育部要迁往武汉,最终将在重庆安顿下来。抗战不会很快结束,我们军事力量不如日本。但我们可以拖垮日本;他们希望这战速决,我们却要慢慢胜利。因此,老蒋虽然决心不强,却骑虎难下。中央政府内部的低调俱乐部不敢公开宣传抗战必败,只能偷偷地发发牢骚。当然,时局变幻莫测,说不定南京失守会给低沉俱乐部带来借口。不过,中国的抗日战争的最后胜利肯定不可逆转。也许拖半个世纪才能胜利。"

包真得意地写道:"女婿的头脑似乎比从前清楚得多,我很快慰,但我总难理解,作为我们国家民族象征的南京怎么可以放弃呢? 不过女婿却另有说法。他认为上海失守了,敌人可以沿京沪铁路直冲南京。虎踞龙盘是古代的说法,现代战争,南京外围实在无法阻挡。迁都反足以说明中央政府要抗战到底的决心。至少使'抗战必败派'以南京失陷为借口毫无作用。这时我就问：'既然长期抗战，你回来干什么？'他说：'正因为长期抗战，沿海很可能成为沦陷区。在沦陷区组织力量配合前线抗日不是很有价值吗？'我心中暗喜，看来他已经胸有成竹了。"

"我计划利用学校作为据点来进行。这里不久将会被敌人占领，唤醒民众的工作更为重要，我想你一定会支持我的，蕾妮就不必说了。"

"我们这里的学校领导权已被沙姓夺去，蕾妮没有告诉你？"

"知道。她讲得很详细。我明天就去拜访族长和他商量。我想不至于太难，因为新的校董事会和新校长尚未批准，我不是仍是校长吗？"

"昨天傍晚，女婿回来说：'沙姓族长对我建议立即由我召开全校教师大会无言以对。我又建议，这大会前由双方族长联名上报教育局，说明我已回来，前面推荐新校长及改组校董事会的呈报作废。由我亲自送去，教育科长立刻批了，仍由我带回。喏，从下星期一起，仍由我正式主持校务。'"

"我看过教育局的批示，将呈报交还给他，心里有说不出的高兴。可担心的事仍不少，我问：'人事？教师？新学期即将开始，怎么办？'"

"没有关系。我一个也不动他们，只是请你推荐一个合适的教务主任。如果黎先生不回校的话。"

包真继续写道："我多么想念你啊，黎清，你在波平县又如何了？没有人欺侮你吗？身体健康是否彻底恢复？我希望你下学期能帮助我女婿办学。他已从中央教育部回来了，仍旧是我们这里的校长。他不一样了。没有在教育部养成小官僚的习气，他对抗战有信心，他思想敏锐，办事效率高。他对学校的改革有计划和抗战同步……"

这一段字迹是她女儿写的。不知隔了多少时候，又由女儿接下去写道："黎清，这是天意。今天早餐后。第一次锻炼就跌倒了。我的头撞在椅角上，破了，骨盆也碎了。女儿说我昏迷了好久。高价从城里请来医生。医生的意思，按理应该动手术，但检查我的健康情况却不宜进行，只能在家好好静养，让我自然恢复。至于瘫痪，又是另一件事。现在我头脑虽然清醒。仍不能自己翻身，我的头脑和躯体完全分开了。我是死人还是活人？唉，冥冥的主宰啊！"

"医生还给我一个警告：'你不能受任何刺激，喜怒哀乐都一样，要极端清心寡欲。'黎清，这不是宣判我死刑吗？"

黎清记起母亲曾告诉他，信是南乡人送来的，会是谁？不是她女婿就是那位包真得意的同事，他说以后会再来，可是母亲没提起。也许已经来过，没有碰到。那么，包真的健康到底怎样？谁能告诉她？也许还有什么字条夹在里面吧？她把《卧床随记》翻了几遍。没有！再仔细检查信封，嗄！有张纸头被糨糊粘在里面了。她小心把它撕下，摊平一看，呆了，麻木了，失神了！

"家母已于今晨三时逝世。遗嘱将此《卧床随记》奉上。"署名是蔷妮和姜尚义。

黎清像一根枯木似的对着这张字条，脸上没有任何表情，似乎忘记了自己的存在。忽然，她感觉这是绝妙境界。"过去"绝对消失了。记忆是什么？在哪里？还不是空之又空。活生生的包真，那位乐观的中年女人，绝对不会再出现在眼前了。过去存在吗？这不是《心经》的注释吗？"色即是空，受想行识，亦复如是。我不想再看她前面几页了，没有意思，全都不复存在。"黎清这样想。她把《卧床随记》仍塞进信封，索性放进藤箱里，顺便拿出两本书：《菜根谭》和《心经浅释》。

她翻开《心经浅释》，没有读它。却无端出现一种对母亲的内疚。她想起母亲批评她的无知，而自己还振振有词认为母亲迷信落后，甚至对母亲生气。谁说的？最执拗的人。实际上是最无知的人。烧香礼佛，祈祷上帝，任人自由；笃信佛理却是人过中年后所必须。天上浮云，地下泥石，人世间沧桑万事，都能证明它是无可辩驳的。回去以后，应该痛改前非，和母亲一起念诵《心经》，体验佛理真谛。但这是不是也是空的？还有火儿，我的赖以生活下去的火儿是否真实存在？过去的圆圆的鲜红脸孔，活泼地有些淘气的孩子不是不见了呢？

儿子不在眼前，黎清以回忆多半和儿子有关的往事为消遣。她记起他幼时患百日咳和儿时患慢性胃炎，没有轮廓的脸颊凹了进去，红色退了，涂上蜡黄；有时苍白得像一张白纸，什么颜色也没有；多灾多难。她和他外婆都一样担心是否会提早被他父亲接去。外婆建议请神仙岩上纲天祖师收为徒弟以求保护，幸好我没反对。他目前长得不错，肯定就是这个道理。我应该祈求上仙为他的弟子丛本赐福。

当黎清想到她的柳火时，就会兴奋得要命。白天在办公室常会抄错字，晚上就会失眠。她快乐地回忆他未满周岁在怀中时，不但能喊阿娘，还能用脸部表情和手脚帮助表示自己的需要。最可爱的是在睡醒以后，母子相互亲昵：

"火儿，小宝贝，醒了吗？"

"嗯,阿娘。"火儿便偎进她怀里。"阿娘,火儿要尿尿。"

"嗳,天亮了,就起床吧!"

"天亮了,公鸡喔喔啼了。喔喔——啼!"

"小羊怎么和妈妈讲话呢?"

"咩咩,咩咩!"

她乐了,亲他额角,亲他眼睛,她最喜欢他的眼睛,真像他父亲那双。五六岁了,她带他到纪念嗣祖的哲商小学启蒙上学,那时还有拜孔夫子的仪式。仪式完毕,黎清要吻他,他将脸躲开了。她感到母爱的失落。火儿就是她的鸿哥。母爱的失落暗示爱情的失落。她难以接受,她泣不成声地问:"你难道上了学就不爱阿娘了吗?""喔,阿娘,哪会! 我亲亲你吧!"他抱住阿娘,推倒在板椅上,亲之又亲。那种热情使她想起鸿哥抱着她接吻的情景,她脸火红了。

黎清回忆中的火儿也有淘气的时候,当然这淘气也是可爱的。他上学后,看同班的女孩踢毽子,有几个连单踢五六下都做不到,就取笑她们,那时,有个踢毽子的老手不服气说:"你踢几下? 赐给我看!"柳火回答:"那不行,我连踢都没踢过。如果给我五天准备,反正你我是邻居,星期天踢给你看,这有什么难!"他回家告诉阿娘。黎清一方面怪他胡闹,一方面又为他剪纸做了一个纸条毽子。放学后,偷偷在房里练习,作业也留到夜里补做。星期天,他就在那个毽子老手前面踢了五十多下,他才八岁哩! 谁知那个老手还不饶他:"你敢和我比赛吗?""当然,比就比!"柳火喜欢赌玩。恰巧那时大门外走过糖人贩子,他就说:"不赌,我不比。赌旋糖人一次。"那位老手比柳火大三岁,满怀信心说:"赌就赌。旋一次,一个铜板,到时别哭、别赖皮。""好的。"那时轰动了外婆大院中的男女孩子,有些大人也来凑热闹。这件事是黎清事后听堂嫂说的。

女孩先踢;一共一百○五下。柳火拿起毽子开始踢,没有一个人认为他会超过。但是一、二、三、四……一百……一百一十,……竟踢到一百七十九下。才力竭而蹲在地下,他叫唤女孩名字,要她付出一个铜板来旋糖人时,那女孩早已不知去向。站在旁边看的,曾做过体育教师的堂舅扶起柳火说:"柳火,你去旋吧,你是我们大院里的踢毽子能手,我加奖一次,你去旋两次吧。"堂舅带他走到糖人小贩处,旋了二次,得了一只公鸡和一只小白兔,跛着脚回家。黎清想想这孩子太要强。好事还是坏事?

淘气的事真不少! 爬柱子是柳火名扬大杂院的本领。大杂院是三合院,中间厅堂的柱子又粗又高,他凭两手两脚的粘贴力爬到尽头的栋梁衔接处。还有捉蟋蟀,这就得怪外婆。她,做母亲的远在江门镇,怎能照顾他。不过,她怎能怪外婆?要怪只能怪火儿这淘气的孩子自己。他竟一早起来,到茅坑角落去捉蟋蟀,什么白头翁、一点红,有次被蜈蚣咬了一口,蟋蟀没有捉到,手脚肿得不能握筷子,幸好外婆懂得土法,用碱水浸洗,尚未妨碍。然而这孩子毫无教训,仍热衷于捉蟋蟀,和别人的斗蟋蟀。外婆告诉她,一天放学后,和别人斗蟋蟀,捏着破碎的亮笼哭着回家,晚饭也不吃。问他,才知他斗赢了,输家却偷偷把他的蟋蟀赶往自己的亮笼里去,反而说柳火输了。那个人抱去他的亮笼说:"你不要,我要。况且你输了。"柳火当然不服。这个人把亮笼摔得老远:"谁稀罕!"那个人比他大,柳火自知力不能敌,只好拾起破亮笼哭着回来。

黎清疑惑:玩蟋蟀有甚好处? 有个宰相玩蟋蟀把国家都玩亡了。她忽然涌出这个历史故事,然后自嘲说:"可笑,这和火儿有甚关系? 火儿果然做了宰相,难道他还会玩蟋蟀? 真如所料,他到初中后,再也没有兴趣了。他说那是孩子们的玩意儿,没意思。于是黎清就联想到在江门中学的点点滴滴。"

那时,黎清每月给儿子一元钱零用。例如练习本、洗衣皂、补鞋子等等。可他零用钱几乎全化在买书和租书上。一元钱只买三四本书不过瘾,柳火就和旧书摊打交道:押金伍角,每天二本。黎清一直被儿子蒙在鼓里,等他读完四个学期后,再不租书时才知道这回事。她疑惑地问:"你哪有这么多时间?"

"嘻,嘻!"柳火乐啦,"夜自修以后,熄了灯,和隔床也看租书的同学约好,点起蜡烛呗!"

"哎哟哟,要闯祸的哇!"

"祸倒没闯,但被老师抓住两次。恰巧是我全校作文竞赛奖来的《蚀》和《彷徨》,老师就轻描淡写批评一下算了。"

"还要看别的吧!"

"嗨,我说出来阿娘可不能生气。多着呢,那是另一类的:《荒江女侠》《七剑十三侠》《七侠五义》《江湖奇侠传》等等,等等。"

"对,阿娘要生气。"

"我早不看了,何必生气! 自从张效谦先生指导我阅读后,我就不看这类书了。到底没有多少意思。无非劫富济贫,除暴安良;有恩报恩,有仇报仇。不过,我觉得这些书对我们也有好处,不是坏书。书中侠义之士应是我们青年学生的榜样,长大后做个打抱不平的人。这样的人一多,老百姓就能安居乐业了。"

"你说的也是。"黎清曾不止一次地回忆起自己对儿子的表扬。但过后她又要懊悔:只有闯祸的份。他们母子是弱者,怎能和强暴斗呀! 不是鸡蛋碰石头?

于是她又回忆起火儿那次为诸小瑛打抱不平的事,差些后患难消。

她的火儿现在已经是高中生了,可惜战火弥漫,前途难卜。但愿他少看课外书,认真做功课。其实,她最担心的是军事训练,老天保佑,不要送他上前线。

黎清在八小时工作后的时间,除了学画外,基本上就是这样杂乱无章地、反复地回忆。她喜欢这样,否则,她耐不住孤独的伤心。

重阳节(黎清的生日)前两天,接到儿子一封贺信,喜报一切平安。他说曾回家看过外婆。秋收没有想象这么坏。希望她在自己生日那天吃寿面。黎母嘱咐自己要代她感谢堂侄夫妇,代祝万事如意。这些都能给黎清欣慰。但她觉得很不满足,信太短,信中没有提起他在高中的学习情况,身体健康如何? 没有谈到江门镇是一个小海港,敌人有无进攻的动静? 军事训练是否能适应? 敌人如果进攻江门,受过军训的人会不会被用作抗御敌人? 黎清无法猜想。孙石为什么不写信来? 她对此不满。

重阳这一天,黎清下了班,独自到一间比较清静的酒菜面饭俱全的菜馆二楼,表示登高,要了一碗肉丝面、一盆麻油荚白块,二两一杯黄酒,请堂倌添三双筷子,三只酒杯,这是为柳鸿、黎母和柳火用的。这一餐,她完全在恍惚中过去。她自觉有点醉了,缓慢地走回寝室,倒在床上,立刻睡去。

第二天,她又想到那间小茶馆,兴许真会碰到这三个生死亲人。但她知道不能每晚都到那里去。昨天足足花了五角钱,一月就要十五元大洋? 还是晚饭后散步到那里去转一圈吧,进去没有意思。正在门外踟蹰时,忽听得背后有人喊叫:

"黎校长,黎校长!"

黎清回头看是一位戴眼镜的青年人,一时记不起来,睁着眼睛打量:"先生,你是——请原谅,我实在太健忘啦!"

"嗄,黎校长,你清瘦多了。我反复认了好久才确定。黎校长,我是牧竹，我父亲曾任江门中心小学校长，我是你分校的事务员啊！"

"嘎，对了。可不敢当啊！别叫我校长。校长，都是历史上的事了。你是我儿子的老师，应是平辈，我不过痴长你几岁，叫我声先生吧。令尊好吗？我是很敬佩他的。"

"同样，我也很敬佩你，如获不弃，屈驾到我家里坐坐，我家没有别的人，只——喂，阿婕，来见见我们常谈起的黎校长——黎先生。"

离开他们约四公尺处有个年轻女人，踽踽走过来，清秀文静，黎清一见就喜欢上了。

"黎先生，她叫阿婕——赵婕，是我妻子，我们是去年结婚的。"

赵婕腼腆地低低叫了一声。

"你的眼力真好，真有福气，有这样的妻子。"黎清诚恳地称赞他们。

"你扶黎先生，我们请黎先生回家小坐。多难得，望先生俯允。"

黎清正感寂寞，有这样双重关系的朋友，又有这样楚楚动人的女主人，心里当然不愿推辞了。

牧竹夫妻租住在当地老百姓一间屋子里。外面有些像走廊的空间作为厨房。卧室简朴而清洁整齐，很合黎清的心意：一张大床，两把靠背大椅和骨牌凳，两张学生桌上各放着几本书。除此以外，就是两只皮箱放在自做的木架上。墙上贴着一张中国地图和大幅化学元素周期表。两盏美孚灯，只点亮一盏。此外什么也没有了。

"黎先生。你请坐。"女主人说。

牧竹说："我们也是这个学期来的，在这里真可说举目无亲，碰到你该是我们的福气。有多少话要讲，要讲的几乎全是些伤心事。黎先生，你到这穷乡僻壤一定也是无可奈何的了！"

"是啊，人生不如意常在八九，先听你说吧。"

"我的母亲早亡，你是知道的。现在我再告诉你父亲的事。说起来似乎过于简单。大概就是你离开江门后的这年秋天，他乘渡轮到北岸探望老朋友，渡船在江心翻了，所有乘客无一生还，连尸体也没有找到，我把他生前喜爱的书籍、用品和衣着放进我母亲的坟里。再把墓碑重写了一下，尽了人子之责。我开始感到孤单寂寞。虽然我有固定的职业，我仍觉得自己是个十足没有职业的流浪汉。也许老天对我有了怜悯，碰见了阿婕，才填补了孤儿的空虚，我们建立了家庭，结束各自孤独寂寞的生活。"

"赵婕的父母也不在了？你和她在江门结婚？"

"嗯，就在上半年，她是小学教师。"

"看样子，阿婕这姑娘一定是个典型的东方式贤妻良母。你该好好待她。"

"黎先生说得不错，我不但要好好待她，还要帮助她复仇。"

"咦，这话怎讲？"黎清惊骇地问。

这时赵婕进来，他瞧着她说："阿婕，我要把一切有关我们前前后后的事向黎先生说啦，她会帮助我们的，你说好吗？"

"听你的，什么都由你做主。我想应该去为黎先生弄些点心宵夜。"她微微一笑，"黎先生只管安心，今晚恰好是周末。我们的故事挺复杂，你听了会有什么感想？关于我们未来的计划，如有不妥，你一定要指正。牧竹说过，你是个正直不阿的苦命人，也是被侮辱被损害的人。像我们这种人还有什么可羞耻的。"

这几句话，掷地有声，使黎清很惊奇。她觉得对她认识应该纠正。她并非柔弱的人，她思路清晰，意志坚定，文静中渗透刚强。

下面是牧竹讲的有关赵婕的故事。

赵婕是山江府县江门镇人。八岁时，母逝，父亲续弦。继母曾育一儿，不久夭折，继母亦亡，父以走单帮为生，旅途劳累，买卖辛苦，终至力不从心，乃以所积五十元银洋在江门镇码头附近开一爿杂货店安顿下来。他没有再续娶。节俭省用，略有余贮。赵婕小学毕业后，父亲答应她只要能考取一个费用不大的公立中等学校，他宁愿独力支撑这个小店，使她毕业便于自立。那时他父亲身体已很衰弱，脸黄肌瘦。阿婕看着心痛，宁可不读书，在家帮助父亲经营杂货铺。想不到被码头一帮流氓看中这铺址，便设计骗走他的提货款项。眼看小店不能继续从外进货经营了。他伤心对女儿说："你小学毕业能派什么用场？我一去世，你孤零零一人，如何了得？听说读师范学校费用最省，毕业以后，做个教师，也算是个样子。"女儿听了，无话可说，发愤准备，终于考进离江门镇最近一个温北县立简易师范。温北县不属山江专区，却属永温专区，而和江门镇相邻。

她尽可能做到生活艰苦，学习勤奋。练习本是用毛边纸装订的。她向人家讨来旧报纸给父亲做包装之用。因为存货必须出卖。每个星期六将应得的晚饭菜拿回家与父亲同食。有一次回家，见小店关了门。急忙推进，发现父亲躺在一张祖父传下的破藤椅上，合着眼皮。她赶紧叫他。她知道小店因父亲旧病发作已停业两天。至于父亲饿了几天,她就不知道了,因为父亲对自己到底昏迷了多少时候并不清楚。赵婕顾不得吃饭,父亲更不能吃饭。她立刻去煮粥,向隔壁邻居借了一块豆腐干和韭菜炒给父亲下饭。她知道父亲最爱吃这样菜,可是父亲只吃了半碗粥。她将父亲安顿妥当后,自己躺在那床破藤椅和衣而睡。她请了两天假侍候父亲,缺了的课在家里自学补上。如此这般反复几次,她感觉还不放心,就每天回家烧中饭和晚饭,住在家里。最后,她见到的却是冰冷的、僵直的、没有反应的父亲。说来也是一种巧合的悲剧:这一次恰好是她参加毕业典礼以优异的成绩领到奖状,急急赶来向父亲报喜,父亲却瞑目长逝,没有享受到女儿给他的快乐。她将奖状放在父亲胸口,默默地跪在床边流泪。小小美孚灯发出凄凉的光点照着父女一死一生的哀伤场景。

赵婕把小店连货盘卖给别人(自然是那帮流氓),得了三十元钞票把父亲做一座明坟。她请求学校介绍工作,很快如愿以偿,到永温专区温北县所属一所镇中心小学当教师。果然是个高才生,一学期没完,她的低年级语文教学在这个镇上就出了名。她所教的两个班级,几乎个个学生都喜欢语文,安静听课,主动做完指定作业。在品德培养方面,最顽皮的学生也会听从她的慈母般的教导。真的,她读过亚米契斯《爱的教育》,它的精神完全融化在她血液之中。

牧竹说到这里,黎清突然回忆起一件事,自言自语打断牧竹的话:"当年那个小姑娘莫非就是你的阿婕?"

"喂,阿婕,你过来一下。你听黎先生说。"

"哦,阿婕,我在江门中心小学时,有一次门房来说有一位姑娘从老远地方来,要求一份曾经展览过的低年级语文补充教材。那时我正在主持校务会议,她留下一张字条说:不敢打扰,希望我像自己的学生那样帮助她教好低年级语文教学。还留下地址,我就请教务主任为我做这件事,不知道她有无收到。这位姑娘真是你吗?"

"嗯,黎先生真好记性,是我啊!"

"那么,以后是否收到补充教材?"

"没有。不过我并不怪你,因为我们不是同一专区,同一县。"

"实在对不起。"黎清抱歉说。

"阿婕,说完了吗? 你有什么好点心给黎先生?"

"保密,到时分晓。"她搓着手出去了。牧竹继续讲赵婕的故事。

有一天,校长通知赵婕:县里新任教育科长来观察,你有课,可能来听,请你准备得更妥当些,这会影响你的前途!

这个科长就是郑大仪。"黎先生该清楚了吧! 他是我们三个人的共同敌人。"一刹那,牧竹两眼闪着复仇的亮光。"为什么? 我说给你听。"

郑大仪真的来听课,而且还举行座谈会。他率先把赵婕夸奖,以后又通过学校校长邀请赵婕到他科里去编写小学低年级国语教学法。赵婕去了,他们真的研究起来。他说:"下学期,我嘱校长使你教学班级固定下来,跟班到中高年级,直到毕业。那时,经验也总结出来了。那时,你不过22岁,该多好啊! 你不会使我失望吧?"

"当然,科长,谢谢你。我一定听您的话,不会使您失望的。"赵婕感恩地说。

果如所言,校长照样做了。开学初,科长又通知她说:"中秋到了,你一个人孤零零的,还是到我家热闹些。"校长在旁怂恿她,她不无顾虑问道:"科长家里人很多吗?"

校长说:"这个我不知道。我只知道县长是他堂兄,但年龄相差很大,够他尊为上辈。"

"哦? 我去方便吗?"

"怎会不方便? 科长请你去的啊!"

"嗯。"但她心里还是怯颤颤地。应该带些礼物去,买什么? 科长家里难道会缺月饼? 可能只有听他的话才是他最期望的礼物了。他家和县长公馆贴近吗? 万一碰到县长怎么办? 科长家里到底还有哪些人? 夫人? 儿子女儿? 她忐忑不安地空手走进郑大仪的家门。这是一幢旧式大户的院落,经过整修成为县长的公馆,左边厢房就是郑大仪的家。没等地敲门,郑大仪就开门出来相迎。她恭恭敬敬地行礼,进门,看摆设是书房兼客房。

"赵老师,别客气。请坐。"

一个健壮的女仆送来茶。

赵婕觉得奇怪:这么安静! 他欠身站起来说:"科长,我应该先去叩见大老爷,大夫人和夫人才是。"

郑大仪轻轻按她肩膀,赵婕只好重又坐下。听他讲道:"我和你一样孤单哩。我的父母早故;我是县长及他夫人养大的。他们名分上虽然是我兄嫂,但待我如亲生儿子。这里还有个客观原因:他儿子是个共产党。生母死后,就离开他不知去向。兄长做县长前,登报声明脱离父子关系。否则,怎么做起县长?所以,我们有时谈家常时就唤他们兄爸,嫂妈。现在,你不会感到奇怪了吧?"

赵婕微微点头。

"等会儿,我们一起到县长那边团聚过节。"

"那么,你夫人呢?"

"哎哟,我刚才不是说过,我也是孤单单的,哪来的夫人呀!"

不知怎的,这句话使赵婕很不自在,甚至有些惊恐。但是县长那边的女佣已进门来通知请去入席,赵婕只好鼓起勇气随郑大仪去了。

县长,尤其他的夫人对赵婕极为亲切关心,听她讲自己的身世,非常同情。谈起工作,县长点头称赞。并且说:"你的郑科长,我的堂弟认为你是不可多得的年轻女教师,而且说你的脾气性格都很逗他喜爱。"

赵婕愈听,头愈低。她觉得自己没有力气抬起头来。

"吃哟!赵小姐,别客气。"县长夫人挟了一块炸鸡放在赵婕前面的小碟中,"都是自己家里人啊。"

"怎么可以说是自己家里人?"赵婕惶惑想。

"赵小姐,中秋是家人团聚的节日。邀你来过节,希望你能成为我家的一员。大仪虽然是我的堂弟,因他父母早死,是我们抚育他长大的,亲如儿子。他年过三十,人家早已做爸爸,他却连谈情说爱的对象都没有。唉——"县长叹了一口气后,向她夫人交换了眼色。

这个眼色使赵婕惊恐极了,有什么办法?只得听县长接下去说:

"自视过高,标准就不切合实际,哪成?低既不就,婚姻大事就耽搁了。现在总算选中一位。赵小姐。你道是谁?"

赵婕是个年方十八岁的聪明女孩,怎会不知道话中含义,她羞得脸上发热。忽然她确认这是项阴谋,自己像只羔羊在狼群中,可她说不出话来,只觉应该表示自己的态度,便微微摇头。

"哦,赵小姐,我侄儿选中你啦。"郑夫人夹了一块鸡翅给她,"怎么菜都不吃?别太怕难为情嘛。"郑夫人搂着她的腰,亲热地耳语。"男婚女嫁,天经地义。侄儿年龄和你比较是大了些。但恰可证明他由于标准高,误了青春。他说讨个不称心的老婆宁愿独身终生。你想,现在选中你不正是郑重其事的表现?况且他能力强,上进心不错,又有县长兄爸帮助,三十岁就能当上科长实在也算难得。而且,我这个过来女人算是一条经验:男人年龄大些就可靠得多。县长他就比我大十七岁。"

赵婕低头不语,自觉思想很乱,理不清楚。

"嫂妈说得不错。赵小姐——"郑大仪坐在赵婕对面,站了起来说,"我正如此。这里,我当着兄爸嫂妈的面向你求婚。我,已爱你很久了。"说罢,他竟离开座位向赵婕跪了下去。这一着真叫赵婕手足无措。她姑娘家那见过这种事,她颤抖着手拉郑大仪起来。

"郑科长,你不要这样,你对我帮助很大,关心我,我都知道,我很感激你,我尊敬你,但我可一点没有这种意思啊!"

"那有什么关系!感情都是婚后培养起来的,何况你们彼此已经熟识,存在友谊总不假吧!这对婚后的夫妻感情都会有帮助的。"

也许这几句话镇定了赵婕当时的惊恐,她轻轻地退了一步说:"总得让我考虑考虑。"

"当然,"县长附和说,"倘若令尊令堂在此,应该先向他们请示。可目前你孑然一身,而且又不是立刻结婚。今朝中秋,月圆花好,无非讨个吉利,先订婚,确定关系才是。"

话未说完,县长夫人已从房里走出,手里拿着两个精致的匣子,朝郑大仪说:"难道还要我代你为她戴上?"再回头向赵婕说,"县长做大媒,谅大仪不敢欺侮你,就这么办吧。我嫂妈决不会吃亏你。"

后来赵婕和牧竹说:"我简直喘不过气来。我不知自己为什么竟向他们表示:我很穷,我刚做教师,没有一点可以交换的东西。这不是同意了吗?"

牧竹回答:"那时你肯定被他们骗成功了。"

"你不介意吗?"赵婕偎着牧竹问道。

"怎么会!历史事件,早过时了,我爱的是眼前的你。要不,我就爱你这个过去不幸的、被欺凌的你。"赵婕哭了,于是他们的爱情又上升一层。

当时,县长夫人把一只盒子打开,取出一只镶有猫儿眼的金戒指说:"送你这个,就算我们长辈的见面礼,它是你的,你不妨和大仪作为订婚的交换信记。"赵婕梦游似的照办了。

县长举杯祝他俩"举案齐眉,白头偕老",赵婕能不干杯?接着县长又建议赵婕与他堂弟对饮一杯。郑大仪和赵婕说,我俩理应报答兄爸嫂妈对我们的成全。当时她只觉得脸孔发热。一阵眩晕,终于横倒在县长夫人的怀里,县长夫人将赵婕推唤几下,见她毫无反应,就暗示郑大仪将她抱进自己房里。

赵婕醒来，见自己赤着身子躺在裸体而沉睡未醒的郑大仪手弯里，还有什么可说！这是事实，她被这几只禽兽合谋欺侮了。她痛恨自己的无知、懦弱和无能。她哭了。猛然，不知哪来的勇气，她伸手"劈"地给郑大仪一个扎实的巴掌。他醒来。摸摸自己灼痛的左脸，看见赵婕朝里卧着。他想莫不是她做了噩梦？他正动手把在她身上的毛巾毯盖得好些，还企图翻转她身子。赵婕又羞又恨，猛又给他一下更有力的巴掌。郑大仪真正醒了，知道赵婕虽被他设计占有，生米煮成熟饭，她的心仍未得到，她对他只有仇恨。

从此，赵婕一声不吭，不是暗泣，就是出神。他们将她关在房间。郑大仪代她请了病假。另一边偷偷在当地报纸登了结婚启事，送给她看。并且确实也是低声下气向她赔罪，保证以后决不负心。

"我太爱你了，原谅我吧。你再打几下出气吧。然而不管怎样，你总是我妻子了。全县人都知道。我以后会向你赎罪的。我发誓，你应该相信。今天，我已向你那位校长续假，不是病假，而是婚假，度蜜月假。同时，我也请他们代我俩分喜糖给全校教职员工。"

"难道你这样一说，我就是你的妻子了？谁是你的妻子？我要出去！我要工作！"

"我不否认我对你的骗计，但这是由于我太爱你的缘故。我自知年龄品貌都难以相配。假使用正常途径，明说，我料定会永远失去你。我绝对不能失去你，没有你，我不会再有生活的勇气……"

赵婕没有反应。她私底下想："也许出自内心的真情。"在她坚持下，郑大仪对她提出的"连出门、工作都不答应我，能证实你的保证？"这个问题无言以答对，只好答应了。过了一星期，赵婕终于再出去和孩子讲课。在这段时间里，她发现郑大仪也像自己一样瘦削了。她发现只要自己回答他一两句话，他就容光焕发，如同得到上司的奖励。只要她提出任何要求，除了"离开"外，他都会想方设法去满足她。于是她的心逐渐平静下来，由怜悯而偷偷地宽恕了他。恢复工作后，同事中有开玩笑地称她为科长太太，开始很觉别扭，后来逐渐也习以为常了。至于郑大仪的喜悦更不在话下。

然而，世事正如浮云，变幻难测。早已被郑家兄弟遗忘的事，忽又出现了。

一天，郑大仪正在会议室和温北县各小学校长讨论如何和各乡各镇筹办军粮的事配合宣传。有消息，敌人又将在附近登陆。国军正要大规模调兵遣将,源源经过温北县。沿途筹备军粮是硬任务,直接影响抗战,非完成不可。

电话铃响了,郑大仪拿起话筒一听,是县长亲自找过来的,是兄爸的声音:"是大仪吗?——好的——快来——直截了当结束了——来了就知道——五分钟够了——嗯,会议可以再继续,会议中间不是可以休息一下吗?立刻宣布休息半小时,立刻就来。"

当郑大仪回到会议室重新讨论时,与会者都可以看到他变得没精打采,脸色苍白,和会议开始时相比,判若两人。校长们断定科长在县长前碰到不如意的事了,而且非比寻常。哪敢开腔?会议也就草草结束。科长只嘱各校长回去想尽办法向民众进行宣传,便于乡、镇长自动上缴,多多益善,校舍要空出给军队住,必要时可以停课几天。抗战第一。

什么事对郑大仪的情绪影响如此严重?原来他的堂兄郑大礼县长在江门镇长任内,有个把兄弟,就是前面曾经提到过和柳火同在江门中学春季班的一个同学的哥哥。他是驻在直属山江专区的江门镇保安团营长。江门镇不仅在山江专区,即使全省也是块美味的夹心肉,他们早馋在心里。为了同样目的,他们必须联起手来,一文一武去削弱消灭汪子庆在江门镇的传统声望、权力和经济基础。他们暗地誓约:从汪子庆那里夺来的经济利益,随手平分;而营长若被省保安司令(是营长的同学)提拔升迁,则需在那里为郑大礼谋一县长职务作为答谢。郑大礼使堂弟和营长的又丑又老(年过三十五)、脾气又坏的妹妹订婚。那时郑大仪年不过三十,虽在乡间有个老婆,却无子女,郑大仪早想离婚,但如此的营长妹妹,实在不愿意。经堂兄开导:"你目前无非是一名小学分校校长,这个婚姻关系一定,我们两兄弟怕无前程?"郑大仪思忖一番,聪明人到底容易觉悟。虽然这个女人本身条件实在太差,但我要了她,她就能使我和堂兄青云直上,这个条件是不容易得到的。丑,年纪大些,有什么关系?总是一个女人嘛。脾气坏,多依她便是了。女人,无非是在芝麻绿豆事情上闹别扭。于是他心安理得地和她订了婚约。甚至于希望早些结婚。

果然不久,中校营长升任永温专区上校副司令。践约给郑大礼谋了温北县长,而郑大仪水涨船高成为掌管全县小学的教育科长。他对自己的远大婚姻眼光洋洋得意,私下讥笑那些用什么爱情、美貌、品德等选择妻子的傻子。

再过了几个月,那位副司令随着他上级又调任内陆一个专区的保安司令,官是升了,却失去郑大礼这个官场搭档,且地贫民穷,油水不多。然而军令如山,容不得他多作思考。家属随军。妹妹年近四十,结婚日期若再拖下去,以后假使调得更远(已有预兆:传中央军委正在考虑改组地方保安部队为正规军以加强国军实力),岂非误了妹妹终身? 而他妹妹自己的着急更不在话下了。于是司令向地方专员说明原委,亲自带了一个副官,一个卫兵来到温北县,临动身前,拍了一个电报给郑大礼。这份突如其来的电报扰乱了郑家上下的安宁。

当夜,三人商议对策。郑大仪说:"索性解除婚约算啦。久无音信,三十多岁的男人当然不能再等下去。要我离开赵婕,绝对办不到。"

"说得轻巧。他问你为什么不事先告诉他,你怎么回答?"县长习惯地敲敲桌面。

"说过了,我们没有接到他的通讯地址啊! 他现在离我有几百里。上海失守后,军队只会往内地退,断了音讯有甚责怪。以后他一定越离越远,也许永不会见面。他对我们不会有什么作用。"郑大仪说得理直气壮。最后一句讲得更加响亮。

"话虽如此,可你的头脑太简单! 你和赵婕的事立刻会有人向他报告。"县长紧皱眉头,面有难色。"而且,他从前既能设法给我提升县长,现在他自己已升了司令,即使专区不同,仍能撤我的县长,你的下场也许更糟。"

"是否可以叫赵婕先住到学校去躲几天?"

"不妨一试,什么理由?"

"这倒容易,教务主任正患病,嘱校长请她代理一下。搬进校里住不是名正言顺?"

"要绝对保密。这事你去办吧! 注意,这是你自己的事。"

"我不能牺牲赵婕,她刚开始有点回心转意。"郑大仪喃喃自语。

接下去,他们商量具体的接待事宜,东谈西议,总算决定赵婕搬到学校后,郑大仪的房间让给贵客,再腾出二间偏房给贵客的随从。闹到半夜后,要紧的成亲问题,仍一筹莫展,谈不出所以然,更难涉及有关的具体措施了。

赵婕这夜睡了一觉醒来,还见不到丈夫回房,十分怪异,就悄悄蹑到县长房外,只听到县长说:"此事可行,你今夜就和她讲,明天就搬出,可能明天中午前后就会来。"她,当然指自己。明天中午前谁会来? 她就无从猜想了。接下去,他们谈时局,谈南京危在旦夕,谈共产党等等,她没有兴趣,同时也觉得不便久留偷听,便跨回卧室。

丈夫回来了。唉声叹气地说："贵客临门，连我们的房间也得撤出。幸好你明天要去学校暂住去代理教务主任。我只好住到隔壁同事家去。"

"你说什么？明天要我代理教务主任住到学校去？下午校长碰到我怎没提起？"

"晚饭后的事。你饭后回房，校长就来了。我说应该和你亲自说，他说和我说了再转告你不是一样吗？别多此一周折。校长、教务和训育两主任住校是我们的优良传统。商量处理偶然的事情就方便多了。"

几句话就骗过赵婕，最后还嬉皮笑脸地抱住她说："明天就得暂时分居，虽说讲定不能超过一星期，今夜我们得好好欢乐一下。现已夜半，赶紧些吧。"

他们起得很早。赵婕满腹狐疑地听从丈夫的安排，把房中看得见属于女人的物件一律搬到兄嫂那里。她实在弄不懂：贵客是男性老头，应该知道这房间是晚辈夫妇的卧室，为什么要怕他觉察到女人的气息？这个脾气实在太古怪了。

果然，上午十一时许，一辆美式中型吉普车驶进县长公馆。幸好，据女仆后来借个机会告诉赵婕说："当天晚上副司令就和县长摊牌了。"她说，"不过我只能将听到的告诉你，你想该怎么办？少夫人，你得赶紧定下来呀。"

原来这个女仆是县长夫妇的老厨娘，赵婕进门的前因后果一清二楚。她自己也受过类似的诱骗，未免惺惺惜惜惜惜。再加赵婕脾气好，待人温和，即使下人做错事，她也不会责怪。记得有一次冲开水打破热水瓶，准备挨老夫人责骂，少夫人却说："都是我不好。那个时候怎么能和你讲话呢？"类此小事，她都记在心头。她在私底下已把赵婕当作自己的秘密女儿。若被人知晓，岂不要送她进疯人院？

第二天中饭后，主人和贵客都有午休习惯。女仆做完家务，向老夫人推说看望她老姐的病，保证下午二点钟前一定赶回。她去找赵捷，把听来的话全说了。

县长和客人在会客室里。

司令："我住的房间本是谁的？"

县长："大仪呀！"

"大仪是男人，怎会有香水气味？"

"说来可笑，大仪这孩子，正如贾宝玉，总喜欢洒些香水。从前新生活运动时，在江门还遭同事取笑哩！"

"不必装糊涂了。老弟,请你喊大议前来,这案子非判定不可!"

女仆请来少东家郑大仪。

"你出去!"县长对女仆说,"有事会喊你。"

女仆出去,随手轻轻把房门关好。古老的房子是木板隔的。房里的声音,房外听得清楚。她恐怕引起误会,又怕听不到主人喊她,就在适宜的距离坐下,把灯转得剩一点火,而房里的声音仍时轻时重传出来,决不会失去主人的呼唤。

"这是什么?请你解释清楚!"司令的吼声使女仆蹑足到有壁缝处贴着眼睛瞧。司令从皮包里拿出一张报纸掼到郑大仪面前:"请解释清楚!嘿,竟敢戏弄我!"

兄弟两人顿时呆了。

"你们有胆量登报,没胆量说?嘿,你们想过没有?你们这个县长和科长哪里来的?忘恩负义的东西,我终日打雁,却被雁啄了眼睛,江门协约,我那点没做到?而你——他指着县长的鼻子。恨不得一枪崩了你,竟敢合伙欺蒙我。"

郑家兄弟仍不敢作声。

"怎么?张不开口?让我把你挖开如何?他铿地抽出佩剑,在二人眼前一晃。"

"司令,饶了我们吧,好兄长,我们知罪了。"县长到底见过世面,在官场上混了这么多年,黑道上的规矩也懂些。眼珠一转,胸有成竹,说:"这小子无非是闹着玩的。"

"闹着玩?他妈的!结婚启事可以闹着玩?你们当我是三岁孩子。"

"真的!事到如今,我怎敢骗你老人家。大仪已经是三十出头的大男人了,少不得需要女人解馋。他在江门镇结识了一个私娼,却也不是寻常之辈。她家住在上海,不幸全家被日军飞机炸死,家产荡然。借了钱。回到江门老家。她还有一个瞎了眼的老祖母要供养,举目无亲,只好做起这个没本钱生意,虽然年轻貌美,性格柔顺,人人喜欢,她却有所选择,确实不是那种水性杨花之流。大仪认识她以后,知道她念过高中,就答应为她谋个小学教师,使她有个经常收入,条件是不许她和别人来往。换个地方,谁也不知道她的底细。结婚启事,无非蒙她长期同居下去……"郑大礼不慌不忙地说着恶毒透顶的谎言。

"果真如此?"司令的表情似乎有什么心计,"嗯,大仪,你且把结婚照给我一看。"

大仪惊魂未定,战战栗栗地到兄爸房间取来一帧双人照交给司令:"闹着玩的,哪来的结婚照!无非两人在一起拍了一张,哄她罢了。"

"谅你不敢忘记自己有个未婚妻。"司令仔细察看这张照片,不住点头。"嗯,像个样子。自有动人之处,难怪你着迷。——这样——"他用手指压压太阳穴:"明天晚上,我还礼,在春花楼请你们全家,你那位相好可得绝对要来。绝对,你知道吗?"

"是,是,一定喊她来。"县长和科长同声答应。县长又说:"还礼,我们挡不起呀。敢问司令有何指示?"

"这个——到时再说吧。不过,现在挑明也好,让你们有个思想准备。是这样——如果……"

声音骤然降低,女仆听不到了。少顷,话音稍重:

"老花样?懂,懂。"郑大仪点头,司令大笑几声后,按下去说:"至于我们的约定,就这样——年底结婚。我会和我妹妹一起来的。我是个军人,豪爽是我的天性。往后一定设法把你们调到内地,免得天天担惊受怕。记住,我的警告:你们若再要花样,我妹妹可不好惹的。"

"岂敢,岂敢,承蒙宽恕,又蒙栽培,感恩不尽。"

"你们知道就好。"

"喂。陈妈,进来,准备宵夜。"

陈妈和赵婕讲完后,郑重说:"你现在可以清楚他们的阴险、毒辣和自私的利害了。我劝你下午就离开温北。我也要走。我不可能继续替这种人家工作,我想回老家。"

"你老家还有亲人吗?"

"有个远房侄子,只是多年不知音讯了。"

"这个靠不住,陈妈,你救了我,是我的恩人。你如不嫌我这个苦命的女人,就认我做干女儿吧,我会侍候你老人家的,我们一起逃走吧。我身边还有一些钱和首饰。"

"哦,我没听错?你是我的女儿?我前世积了德。我也有些钱。我的好女儿啊!"

关于赵婕的故事,就此告一段落,因为赵婕把几碗大馄饨陆续捧进来了。

"我怎没听见你垛肉馅子的声音？"

"黎先生聚精会神听他讲我的故事，还能听到别的？"

"你的馅子真好吃，包的形状也很美。内外和谐协调，恰如你这个人。"

"黎先生，看来你真不以为我的过去是可羞耻的。你真是我们的知心人。我俩都是孤儿，由你选择，牧竹做你义子，还是我做你的义女？"赵婕用眼光询问牧竹。

"两个都要可以吗？"

"这怎么行！兄妹和夫妻不是矛盾吗？"牧竹心中惶惑，便随口说出。

"义兄妹成为夫妻，历史上可多着呢！"

"那么，干妈在上，孩儿牧竹，赵婕拜见。"两人真跪下叩头。

"哎哟哟！"黎清搀起他们，从里衣袋摸出两枚银圆分给两人。"我是个穷干妈。只有这点见面钱。钱少母爱深，可不许花用它，留个纪念。老天对我总算另眼看待，给我火儿，还给我义子女。"

读者怀疑上述的真实性，哪有第一次见面就会成为义亲！然而，感情这种事有时难以说清楚的。时间和见面次数往往和感情毫无关系。一见倾心确实存在。人与人之间的了解有时也不一定和时间长短成正比例。黎清和这对青年夫妻似乎已经彼此肝胆相照了。

"我说，两位干儿女，"黎清感慨地说，"厄运和丑恶常连在一起，好运和美善本是一体。阿婕这只羊羔脱离虎口真是美不胜收。从前我的丈夫，——嗯，应该说是你俩的干爸。曾经说过：美可以帮助消化，他常以吟诗下酒，不需要别的小菜。点心虽然吃过，我仍不想回去，要听你们的相爱过程哩。否则。胃里的馄饨恐怕难以消化了。"

"阿婕，该你讲了。我口干，还要喝些馄饨汤哩。"

"好吧，干妈。"她微微一笑，亲切而柔和，使黎清心底开花。

"我和陈干妈逃离温北县后，在一堵破裂欲塌的墙角边休息一会儿。何去何从？除非回到江门，实在没有地方可以立足谋生。好马不吃回头草，我们哪里是好马？——"

"慢着，她在哪里和你们分开？"

"不在这里。在江门，她离开了我，永远离开了我。她死了。我和牧竹结婚不到一个月，她就急病过世。临终时，我把她抱在怀里，她微笑对我说：'医生讲我是血毒症，我想不错，我的血是有毒的。这些毒素是别人给我的。看，我的结局却是多么幸福啊。我得到你俩的照顾，是上苍对我的怜悯。可是我好恨啊！我恨郑家那个畜生，我希望你们在绝对有把握时，为我同时也为你们自己复仇。我这样请求会扰乱你们的安乐，我很难受。你们和他们离得越远越好。那个郑大仪对我凌辱，我自己会向阎王控告的……'"

"这是怎么一回事？"黎清急急问道。

"陈干妈曾告诉我，郑大仪是十分好色的流氓，是色中饿鬼。色心一炽，什么人都可以。陈干妈比他嫂娘年龄还大，他居然强迫她做他发泄的对象。我问她为什么忍辱待在他家？她说无路可走。她原来的丈夫已经和另外女人结婚生子了。她，就是因为不能生育，他用咒骂毒打逼她逃出来的。她没详细谈，太恶心了。"

这时，牧竹紧接着说："当年干妈在江门受他诽谤——"他戛然而止。可黎清已懂得他将说什么。她凄然说："都已经过去了，像烟一样被时间的风吹散了。"黎清脑海中出现那时分校有位教师向她讲起郑大仪调戏女教师的情景。

"还是让我接下去说吧。她还直截了当告诉我，她可以预料到郑大仪在外面还不止一个女人。而且，只要他认为合算，他就会遗弃我的。这次，他们和那个司令密谋，企图把我当作牺牲品。陈妈的话真听得我毛骨悚然，心里感谢她的相救。"

"她一生遇到过形形色色的人和事。好人、坏人、好事、坏事。他的机智就这样被培养出来。一路上全亏她想方设法，平安抵达江门。她在郑家多年，因为无路可走，也为了等待适当时机逃离，她忍辱，她节俭省用，积下一百多元钱，再加上我的首饰变卖，在江门中学所在地小山脚下租了房子，开了爿文具店，兼卖学生们爱吃的零食。阿竹是我们择吉开张的第一个顾客。后来，学校里面开了爿小店，生意就难做了。阿竹主动建议我们进些师生们所需的货。他是化学教师，他告诉我不妨批发些他所需的教学上要损耗的化学仪器和药品。不知不觉地成了我们的常客和生意顾问，他几乎每天晚饭后来座谈，尽管我们谈话不多，有陈妈在中间穿插，使我们不敢——"赵婕说到这里，见牧竹动手整理桌上的空碗，拿出房去，便悄悄地换个话题："干妈，你老别笑，那时我一日见不到他，便无心绪，陈妈看在眼里，喜滋滋轻轻对我说：好女儿，这就叫爱情！我吓了一跳，原来如此。干妈，你别笑我，我虽被诱骗失身，至此方知什么叫爱情。"她指一指门外的牧竹说："他和我一起时，不大说话。只用暖烘烘的眼光瞧我，使我觉得有一种懒洋洋的舒适,可他就没有其他动作,我真想和他说:亲爱的,拥抱我吧,我等着咧。嗄,这才是被人们歌颂了几千年的爱情!"赵婕羞涩地笑了。黎清搂住她说:"不错,这就是爱情,我诚心诚意祝福你俩。"

这时牧竹进来瞧着他们说:"好亲热,开心什么呀,可惜我们只有一张床铺,否则干妈就不必回去了。时间早过午夜,我们来送你吧。"

这一夜黎清睡得很深很甜,甚至暂时没有想到火儿。自此以后,几乎每星期六下午落班后,顺路买些小菜,都到牧竹夫妻那里度周末。赵婕对这位干妈的身世更了解,因而待牧竹更体贴,她暗忖万一牧竹和柳鸿干爸一样过早离开她,就不堪设想了。"是不是要牧竹冒着可能是生命的危险帮助她那种早已过去而又已被谅解的事对郑大仪欺侮她进行报复呢?"这是一个纠缠赵婕精神生活的新问题,她没有和牧竹谈,生怕对他的自尊心有妨碍。其次,又担心干妈在南青县会被郑大仪发现。她劝黎清要提高警惕。她自己就为了不致使郑大仪发觉,改名为邵杰婷,是南青中学的缮写员,是化学教师牧竹的妻子。

黎清想:赵婕的话不错。不过,像郑大仪这类人对权力背景特别敏感,谅他不敢动南青县县长妹妹半根毫毛。防人之心不可无,我尽量使他不知道我在这里便是。为牧竹夫妻的复仇行动,我会竭力暗中探听他的行踪,使他们有个复仇的机会。"是否需要冒这个险? 杀人是要偿命的呀!"也许应找个机会和她们从长计议吧。

这样,黎清在南青县就不怎寂寞了。星期天,居然画起山水来了。星期天有时赵婕来探望她,就帮她磨墨;有时到小夫妻那里吃饭。牧竹添了一张行军床,周末可以使干妈住在那里,自己睡行军床,让他们母女亲热个够。

南京和省城相继沦陷。南京大屠杀使牧竹夫妻的复仇计划黯然失色。谣言又说日本侵略军决定要扫荡东南沿海诸省。江门是地道的沿海重镇之一。黎清对柳火的担忧便冲击着她刚安定不久的心情。

第五章

（一）

几周后的一个星期天，黎清正打算到牧竹家去消遣。顺便把绘制好的山水条幅带给她。

从门外突然冲进一个少年："二姑，我妈请你去我家，立刻！"他名济生，是县长的大公子，黎清的侄子，比柳火小两岁。

"有事吗？"

"嗯，好像还是急事。因为我妈昨夜整理东西，似乎要搬家。"

黎清骇然。懊悔自己近半月没有去堂嫂那里了。她卷好山水条幅放回原处，和济生一道去了。

"嘎，嫂子，请原谅少来探望。"她本要接下去解释理由，看兄嫂子果然翻箱倒柜，把挑出来的衣服裤袜，放入另一个大型新式的手提箱中。转而问："有急事吗？"便不言自坐。

"二姑。"县长夫人的声音有些哽噎。

黎清从未听到过这位端庄稳重的堂嫂有这种语调，甚觉意外，有点手足无措。她上前一步用手绢拭去她快掉下来的泪珠。"别这样，慢慢说。"

"二姑，我认命啦！"声音轻得像自言自语。"看相的曾说我眼角运不好，有丧兄弟之相，果然应了。我哥哥出事了——"她已泣不成声，没有继续讲下去。

明窗净几都充满悲戚气氛，显得很不协调。黎清不知底细，只看着堂嫂流泪。幸好不久县长进来，黎清立起招呼。县长问他妻子："应该差不多了吧？"他接着说，"后天就动身。

后任同意我将这月薪金提前发放。我接到民政厅一位朋友电报：局势将急转直下，速办好移交来省，或能逃避税赋困境。"他见黎清满脸疑云，就喝一口参汤说:"真是晴天霹雳,她兄长在武汉被军事法庭枪决了。同时枪决的还有京沪之间二位江防要塞司令。抗日战起,虽称长期,进退得失,均属难免。放弃要塞罪应处死,失去上海的,该枪毙多少?况且她哥哥!是由于日军从后面包抄,不得不放弃,总没有投降吧!"堂兄的话愈说愈激动,被他妻子打断:

"别说啦,被新县长听见不方便——无事生非。"她转对黎清说,"就这样,省里派来新任县长,调他省里另有任用。谁知道做啥,省境愈来愈少,要找事做的人愈来愈多,所以我们决定搬回家乡,让他一个去省城探听。这都是近两个星期间的事。新任县长前天已经到达,与你哥也有一面之交,一切尚可权宜办理。后天办移交,举行个仪式,奉上县印便是了。二姑怎么办?跟我们回去,只好暂时没有工作;一个录事,无关紧要,谅能卖个人情,只是你孤零零一个,我们难以照顾得到了。"

这一枚炸弹在黎清心中炸开了。她晃一晃头失了神。没有什么难以回答的。回去!她可以离儿子近一些,她可以和母亲生活在一起。天无绝人之路,生活来源到时再说。她之所以说不出话,仅仅为了新交上的牧竹夫妻。离开他们,真有点舍不得。可这是命运安排好的。人生哪有不散的筵席!于是她回答道:

"嫂子,谁都知道我是你们的堂妹。你们去后,我有好日子过吗?"黎清眼前立刻飘过郑大仪的阴险脸相,"好在我没有什么可准备的,随时可走。不过,我还得上办公室整理一下,把尚未抄完的公文送给秘书。"

堂兄点头称是,接着说:"他也要走的,我只嘱他留几天,以便新任县长有所垂询。"

黎清告别出来,精神浑噩。回住所机械地收拾归乡行装:一只绸篮,一只手提箱,被铺还要用两夜。环顾四壁,空荡无物,正像一间旅店。她凄凉难禁,忽又觉得人生实在荒唐可笑。谁都不过是匆匆过客,死了,什么都不存在了。她低低哼起做师范生时学来的一首歌:"百年过客去匆匆,死后万事空……。"她开始怀疑赵婕这种复仇计划是否必须付诸实现。太重要了,她重新拿起画卷两步并一步赶到他们住处。

"我知道今天你老一定会来。"

"你做过梦吗?"黎清笑得很勉强。

"梦倒没做,你能两个星期不见我们?"赵婕扶着黎清坐下,"我买了一条黄鱼,虽然没有江门那里的新鲜,看来还可以凑合烧盆咸菜黄鱼汤。干妈,我告诉你一个好消息：校长说我本来是个教师，恰好有位初中一年级国文教师生病，要我代课哩。我有些怕，这是中学。校长说：初中一年级学生和小学生能差多少？我想不错，教材内容无非多几篇古文，我能应付。这是个机会——咦，干妈，不对劲，你今天脸色异样，有心事吗？有福同享，有难同当啊。你老休息一会儿，阿竹去看个同事，立刻就会回来。你告诉我们，大家一起想办法。"

赵婕又去彻了杯红茶放在茶几上。

少顷，牧竹回来，黎清将兄嫂一家的突发事件简略介绍一遍后说："我们能想出办法吗？这是天意，天意不能用办法改变的。"

二人呆了。黎清接着说："今后事，谁能预测？一切都属偶然。过去事想起来，也都偶然。你们已知道我过去很多的事。我在江门中心小学当校长，能知道以后会在这个县当个最低级的公务员？我到这里，在孤身只影时竟会碰到你们？又比如阿婕碰到阿竹，彼此倾心，结为夫妻，哪一件事情能先知？我从兄嫂那里出来后，一直想着两件事。一件是：我回山江后，若今年歉收，外婆收不足粮食，如何生活？下学期火儿的学杂费如何缴得出？这是我个人的事，你俩甭管。第二件事是属于你俩的，说出来算是临别赠言，请你俩斟酌，你俩结为夫妻实是天赐良缘，珍贵之极，阿婕企图报仇当然是人之常情，但要冒很大风险。开始我赞成并下决心尽力帮助，因为我也受过同一敌人的欺侮。如今家兄突遭波折，我深感世事浮云，旋生旋死；人蚁同理。我固老矣，尽可不论。你们虽然年轻，然而性情憨厚，无虞诈之术，要和遍地的邪恶对立，实在危险。阿婕改名，面貌如故，邻县就近，偶被郑大仪发现的可能性很大。那时会发生什么？想来可怕。比如南青县教育科长即将随我堂兄调任而离去，换来新县长的亲信，他的品德脾气，你俩一无所知。但像郑大仪那种惯于见风使舵，只问目的，不择手段的人都能利用这里的新科长，他们一句话，对你诬陷，你阿婕如何能逃出他的魔掌？

即使你侥幸成功，置他死地，你自己却难逃法网。而且，他也有亲属，单说那个人面兽心的郑大礼，宝贝堂弟被你暗杀，一查就明，你和牧竹都得牺牲。你俩年纪轻轻，既善良又能吃苦，讲小道理，你俩的幸福刚开始；讲大道理，正当国家民族存亡之秋，需要你们为它效劳，这样牺牲实在不值得。"

"干妈说得是，但我总得帮助阿婕的，她单枪匹马岂不更危险？"牧竹深情地望着赵婕，"你觉得干妈的话对吗？"赵婕默不作声，情神恍惚。

赵婕被黎清搂过，她趁势伏在黎清怀里不动。

"她会在你怀里睡着的,你老搂着这么个大娃娃,未免太吃力了。干妈,我得洗黄鱼去了。"

牧竹出去后,赵婕动了一下,满脸泪水朝黎清看。

"孩子,你咋啦? 我的话使你伤心吗?"黎清怜爱地拍拍她的背身问道。

"哪会! 干妈。你说到我心里,我有时也这么想。只是当他的可恶形象出现时,我就被迫恨得咬牙,发誓非将他惩罚得无法再继续作恶不可。我虽然不一定要他死,只想把他眼珠挖出,使他永远在黑暗中度日,反省自己的罪恶。"

"又孩子气了,你能这样做到吗?"

"有阿竹帮助我。"

"你能让阿竹为你这个目标而和你同归于尽?"

"……"赵婕有话难说出口,她只痴痴望着牧竹那张清瘦、戴着近视眼镜的可爱的脸孔。她知道他会勇敢地说:"我愿意。"但她愿意吗,不愿意。那么,她一个人又怎样去进行呢?

"我并不反对你的行动。只感到太不值得! 况且这行动十分复杂,目前刚开始:以后呢? 第二步,第三步……这有些像满清末年,革命党人暗杀督抚官僚,但革命党人有他们同志支持,而你们只能和我说,只有我这个老太婆支持,能行?"

"干妈,让我想想。我理智上听你的了,可感情上我压不住自己呀! 不过我已经把思路转到另一方面了。干妈,你明天肯定不能来,今天是最后一次相聚了。这种离别情伤,我更压不住了,于是我就哭了。"

黎清凝视这个二十出头,未脱稚气的少妇,又爱又怜。尽情用眼光罩住,唯恐她离开。

"我建议,下午我们去照相馆拍一张照留念。"牧竹手拿着肚皮剖开的黄鱼进房来郑重地说:"你们还是关了房门谈吧,木板壁,我能听见,可西北风却钻进来。"

"哎哟,干妈,阿竹欺侮我,把我的东西偷去了。"赵婕对牧竹虚晃着手,牧竹已经出房,带关上门。

"什么?"

"拍照是我的意思。阿竹给我抢走了。"

黎清不觉莞尔:"原来你还会调皮。"

赵婕没理会,朝房门喊道:"阿竹,你先煮饭,烧其他蔬菜、咸菜黄鱼我来烧。干妈,你还得为我画幅山水小品,只托不裱。装在镜框里挂起来,天天都可以看到你在镜框中的影子。"说罢。她拿来四分之一张大小的宣纸给黎清后,就为她研起墨来。这一天,黎清在牧竹家里的心情是乱纷纷的。如果撇开这是在漫天烽火中即将离别,后会茫茫无期,黎清体会到感情的温暖和融乐,着实可以用甜甜的水乳交融的美味饮料来比喻,但是这个"如果"是没有的。随着时间的流逝,一分一秒,三人特别是黎清,一边画画,一边吞咽着凄凉的渺茫。她的画被称为"折柳惜别图"。

第二天,县政府各部门科股长以上官员和新县长带来的二、三名机要助手联合举办移交典礼。黎清当然没有资格参加,典礼后,黎清便把三份尚未缮清的公文交给秘书,她的录事工作便算了结。

第三天,阴雨绵绵,相当冷,是南方最可怕的天气。牧竹夫妻来为黎清送行。

"唉,何必来呢!人生难得惟知己,天下伤心是别离哟。"黎清一手一个,紧握他俩的手,马达声响了,黎清不得不松了手钻进吉普车和卸任县长一家坐在一起。后面还有一辆则是货车运载行李,由三名县警护送。黎清最后向牧竹夫妻挥手,她看见他们的笑容,那是假装出来的,是苦笑,是悲哀的笑;鼻子一酸,泪珠儿就滚下来了。

从南青县到山江估计四百里,先朝北驶,后朝东驶。可朝北只驶了两小时左右,闻南下的人说;省城已被日军占领。司机不信,继续北行,南下的人迅速增多,全是难民,证实传闻。男女老少,残壮病健,拖儿带女。独轮车、三轮车、手推车、脚蹬车、轿子、骡子等各种工具全有。没有多少时间,路旁的小饭店都被挤满了,开始是正常交易,接着也许是难民饿得太难受了,便伸手自拿馒头,店伙们无法可想,只站着呆呆看,一忽儿,全店的熟食抢光了,接着夹生的米饭,未下锅的面,连尚未洗净的蔬菜统统一扫而光。

小店外的汽车路,不要说汽车,一个力气小的人都恐怕挤不过去,和人潮对冲是十分可怕的。

"怎么办?县长。"司机按着方向盘问这位谢任县长。

"有没有第二条路?小道也行,只要比汽车宽。"

"记得路是有的,可是已经过了头,而且不是国道。大型汽车绝对无法过,中型货车,像我们这辆不妨试试,我们的吉普车倒是没问题,可是已经过了头呀!"

"大约超过几公里?"司机说着跳下车,县长也跟着下来,司机见行李车的司机走来就问:"你有经验吗?"

"没有。我从没有走过。"

"怎么办?"司机又问,"那是我几年前的事,那条农村汽车道是否完整可不得而知。似有高山,有点冒险,进退不得。"

县长皱眉不响,忽然大声喊道:"哪有在战争中不冒险。"

两辆车开始缓慢后退,然而离不开人群,一直到转弯朝东,才左右颠簸而去。

前面被高山挡住。果然崎岖逶迤。深谷一边有几段连屏障条石都没有了。司机调整排档,提高动力,车身开始往山上爬。他目不转睛,盯住前面。严肃地说:"这条荒芜通道到处是小窟。你们要坐稳,说不准谁身子一扭,车身受到影响,滑下深坑,我们连尸首都没有人收拾了。"约莫半小时,车到山顶。司机调控动力和速度,又嘱咐说:"车开始下滑了,请你们坐稳。"于是车里的人挪动一下身子,调整一下坐的姿势。"真是好司机!"黎清的混沌头脑竟滑出这么一句清晰的赞扬后,又昏昏地沉迷在断断续续的往事中。

他们顺利过了又长又陡的山岭。包括司机在内的所有人都不约而同地大大松了一口气。

车过一个小镇,司机问县长要不要停下吃些东西,县长摇摇头,他哪有心思。战争烽火愈烧愈旺,省政府已内迁到原来传闻过的丽州的一个小镇上。前途茫茫,他感到惶恐。

车到山江,堂兄嘱一男仆挑行李陪送黎清回家。不数日,他接到战时省政府所在地的确切消息后,就动身为他前程奔波去了。过了半年,谣传日军又要在江门登陆,而且连日飞机轰炸山江城里,他家属也躲进到娘家乡下亲属那边。刚造好的西式小洋楼没住过几年。以后的事,黎清也就一无所知了。

(二)

黎清将回家的原委简明地告诉母亲。黎母不禁为自己的侄媳妇家变唏嘘了一阵后,自然把话题转到家常。没有一件事情使她们母女值得展眉的。秋收很差,黎母二十多亩水田只收来十多担谷子。倒是对岸的佃户小光哥租去的四亩田却送来六担谷。没有余粮可以出卖,能维持自给,度过明年青黄不接就算万幸了。家里包括副食的零用钱全靠麻地二十多元的收入。

黎清听说,立即从贴身衣袋中取出五十多元钱,拿出三十元交给母亲说:

"这是我在南青县几个月工资的积蓄,三十元随你添补家用。我回来,又多了一个人的伙食开支,但愿下学期我能找到工作。余下来的,时局如此吃紧,也许火儿有什么急用可以应付。这孩子——他有信吗?"

"有,有。"黎母从窗前书桌抽屉里取出一封信给女儿。"我拆开了,字太潦草,我认不出几个字。以后要嘱他写得正一些,像你一样,我就能看懂。二囡,他没生病吧?孙石说火儿要参加军事训练,生活军事化,我担心火儿会不会真要上前线去打仗?"

"不会的。训练一下,得到一些军事知识和技术,以后也可防身。喏,外婆,你看,他信上这样说的:军事教官还是中校哩,内务训练把棉被叠得像大砖块,实弹射击已试过二次,每次三发,可是他一发也没有射中,深感倒霉。不过,他说自己一点都不怕,不像有些同学闭着眼睛去开枪,他说他之所以喜欢实弹射击是由于从小就爱放鞭炮,点地雷,刷流星的缘故。外婆,火儿讥笑我,说我真怪,鞭炮有什么可怕,它绝不会打伤我。怎么回事?他一直没有收到我的信,还问我有无收到他的信。难道战火未烧到,邮路先断?我得去江门看望他。"

"这一来回不是又要花一元多钱吗?"黎母提醒她说。

"嗯。"黎清迟缓说:"只——好——不去。明天先写封信,嘱他一定回复,哪怕只有'平安'两个字也好,免得两地牵挂。不过,这封信是五天前寄出的,至少五天前火儿是平安的。"

黎清这封信,足足写了一整天。从问寒送暖的话开始讲到儿子身体的先天不足:"你知道吗?你可怜的爸爸没等到你出世就咽气。你应该从中体会到阿娘抚养你的日子是怎样在忧伤的泪水中和狰狞的孤独中度过的。为了你,我只得默默地交出你爸爸给我的订婚戒指给你祖母以求安耽,然而,这只戒指在没有开支计划的大家庭中只有四五天就不再发生作用了。我依然被冷言讽语所包围,无人可以倾诉,只好闷憋。胃口能开吗?你是在阿娘肚皮里用泪水泡大的。尽管出世后,你两腮鼓蓬蓬,圆圆的脸蛋。不见有营养不良的征兆,但百日咳降落你身上仍可以说先天不足的证明。你瘦了,阿娘也瘦了。百日咳以后,你的成长仍然是多灾多难的,全得怪阿娘了。"黎清没有继续这样写下去。因为有关的回忆，只能使她心酸。"总之，阿娘之所以讲这些，全在于使你了解自己的健康根基差，要注意卫生，经常锻炼，不辜负阿娘艰辛抚养你一场。读来信，知道你能适应军事训练，且津津乐道，使我放心。火儿哟，你已十八岁，长大成人了，阿娘不能在你身边及时帮助你，万事得自己出主意，或向师长、同学请教——"写到这里，她猛然想起张忘天老先生说过的历史上的文字狱以及自己朋友因言论文字取祸的故事。会写文章不一定是好事。她懊悔为了得不到公费而同意火儿放弃到工业学校读书。读高中不也是自己出钞票吗？连六元学费也得缴。亡羊补牢已经晚了。于是她写道："我很高兴你的作文能像初中一样受到教师的表扬，但千万不要忽视数学、物理，而且毕业后要考上没有学费的国立大学，成为一个有特长的人。脑中的知识，手中的技术，谁也抢不走，你就不会像阿娘一样，到处为生活奔波。"在这里，她就近举了一个实例：

南青县有一位建筑工程师。尽管县长轮换不停，他仍屹然不动而受到每一位新任县长的重视。接过县印后的第一件事就是亲自上门挽留他。他是南青县人，很热爱自己的家乡。他只有一个意愿，就是倾力使陈旧的丑陋的南青县城乡的建筑面貌改观，一年比一年美丽。南青县是穷县。他的薪金不高，外面多少地方高薪聘他，他都婉言谢绝了，他决心实现自己的理想。最后她告诉儿子离开南青县的原因，还大有感慨地评论了时局："撇开堂嫂的兄长被处死是否应该不谈。当局确实下了决心抗日，非得到最后胜利不可，迁都重庆一点足够说明。"

信写好，挂号寄出。黎清一向认为挂号信万无一失，按时到达。然而她错了，战争改变了一切事物的常态。

进入山江城的难民突然增多起来，从北面难民得来的消息可以判定省城早已沦陷，省政府确已迁至丽州专区所属的一个小镇；从东面来的难民带来不少相互矛盾的谣言。但有一个看法却很一致：日本人要在江门登陆。据说美丽的江门中学的花园式校舍已经被敌人的兵舰大炮轰得坍落不堪了。江门镇上已经空空荡荡，附近的农村百姓也开始逃避到更深的山田里或盲目地向西找可以安顿的临时居所。敌人的飞机已第五次向山江城空袭轰炸，更使人感到战争的恐惧。黎清是连爆竹都不敢听的人，哪里经受得住有大面积杀伤力的重磅炸弹所发出的声音？五次的连续轰炸结果，居民死伤百余人，摧毁房屋数百间。断垣残壁，死尸横陈，伤者哀号的凄惨场景把山江人吓昏了，他们头脑中不住叹息："老天哟，这是什么日子呀。"

黎母从不怕空袭轰炸，她安静地对女儿说："《心经》有这意思：无挂碍故无有恐怖。我不怕，你赶紧走吧。"黎清认为母亲识字不多，却洞知佛理，真有佛缘，好生羡慕。自己修养太差，满身杂念。念母思子，当然怕死了。于是她天天一早带着干粮随人群出城到东门外三里的地方躲避飞机。那面三面环山，只有一条羊肠小道蜿蜒出口，飞机无法将炸弹投进。点心摊的生意很好，因为冬天吃干粮总比不上热烘烘的食物。如粉丝、馄饨、馒头等等生意兴隆，不在话下。

黎清在山坑里做的只有两件事：一件是反复阅读《菜根谭》，体会它的哲理，第二件就是思念她的儿子。

到江门的一切水陆交通都已断了。隔壁孙家也不知道主人的消息。黎清想象得出儿子正在受苦。他会不会被组织起来保卫江门？国都都沦陷给敌人，守住江门有什么意思？看，火儿从炮弹烟火中冲向敌人了，哎哟哟，火儿倒下了。嗄，幸好不是真的。这生活怎么过呀！火儿呀，回来吧，娘和你相依为命，不能没有你啊。黎清喃喃自语，不知不觉发出声音，遭到周围人群的白眼。

这一天，敌机果然又来了。山坑中躲避敌机的难民遥望西南方的山江城，敌机俯冲二遍后，就开始投弹。按声音和后果，难民们知道除普通炸弹外，还有燃烧弹。敌机去后，城里已是一片火海，浓黑和灰白的烟火几乎把整个山江城郊罩住了。难民们预料敌机不会再来，匆匆回去，口里不断念着：菩萨保佑自己住所完整。菩萨保佑！黎清还喃喃加添《菜根谭》里的警句。明知做不到，念念总有益："躯壳的我要看得破，则万物皆空，而心常虚，虚则义理来居；心性的我要认得真，则万物皆备，而其心常实，实则物欲不入"。

黎清并没有忘记到坟地去看包真。在阴沉的天色下走出城南去。包真坟前，黎清泪涔涔的交给包真女婿一叠《病榻随记》说："里面有不少具体设想，也许对你今后办学有参考价值。她生前曾祈望过我，我不争气，叫她失望。目前，我连生活和培养儿子上学的力量都没有，还有其他议论？"黎清凝视在深灰色天空衬托着的"包真女士"之墓，疑惑地向包真女儿包蕾妮道："你们先回去罢。我还需要在这里多休息一会，我有许多话和你妈说呢。"

"也好，"包蕾妮转向丈夫说，"你别忘记上午九时要出席抗日服务队成立大会！你得准备发言稿，我得准备七个人聚餐的中饭。黎先生，你可不许偷偷地回城里，我知道敌人飞机午后也会来的。再说你在饭桌上可以多多鼓励青年后辈，而且尚义还有事向你请教。"黎清点点头，但对鼓励和请教着实汗颜，暗中自骂一句："不争气。"

其实，黎清根本不准备午前回城。一家三代三口的伙食和零用加上儿子的学费，下学期她不能闲在家里，要请姜尚义帮个忙，她不愿向孙石开口。甚至打算拒绝孙石的主动援助。按情理，她完全可以接受，可见这种拒绝是潜意识作祟，黎清自己也说不清楚。

午饭后，客人先后离去，姜尚义夫妇和黎清继续聊谈。一致认为：抗日政策不可逆转。

"黎先生能来这里帮助我进行抗日服务工作吗？"

"愿意。但很难做到，因为我还有年迈的母亲和在学校的儿子要抚养。"

"令郎一定是热血青年。他难道还能安心在学校学习正规传统的学科？"

"他没有跟我谈到这些，他来信只说很喜欢军事训练。"

"太好啦，说不定以后会派上大用场。你们母子二人都来这里，不是挺好吗？至于令堂生活，我们全包下。"

"难道叫他立刻离开学校？"

"有什么不可以。黎先生难道会让令郎在学校死读书？"

黎清心里充满矛盾。那是一件极其单纯的情理矛盾。从理论角度说，青年应到抗日战争最需要的地方去，这地方绝不是学校。不过，为什么政府在庞大军费开支下还要拿出一笔不小的款项继续办学校？火儿来信说校长要求他们抗日不忘读书，难道错了？从情上说，黎清认为儿子目前处境已相当危险，若脱离学校和学习到和抗日更密切的工作环境去，难道不是更危险吗？若有不测，她岂能独自活下来？母子相依为命在战争中的意义更突出了。儿子到抗日服务队工作虽可自己养活自己，但战争结束后，他无任何技术，又能做什么？

姜尚义见黎清沉吟不语，心中有数，不再勉强。

分手时，包蕾妮交给黎清一扎信说："这些都是母亲死后留下的。我们拆开看过，寄信人都不熟悉。因此，信中的话似懂非懂。有些信，提到黎先生的名字，尚义说，反正我们留着无用，不如交给你带去慢慢看。"

黎清扫视一下寄信人的名字：孟珠、向鹏、钟伯、郑鲁言、孟珍。这倒是了不起的收获,至少她知道这些老前辈、老朋友的去向。回家后当夜就在灯下读起来。

孟珠的信从四川寄来,邮程将近二个月。她的信充满对汪育民的思念。她在一个小县城办了一所抗日学校。有识字班和护士班,不久又增添了民兵班。由于四川是没有退路的大后方,在那里工作和生活觉得比较安定和充实。她热情邀请包真去帮助她。她说:"如果黎先生无家累,也请代为邀请。"黎清看到这里不由得轻轻叹气。但同时又觉得欣慰。连大后方所在地四川都在继续办学,山江这块小后方自然也应该如此。明摆着,所有在学青年都上战场,学校停办,不仅抗战胜利后没有建设人才,恐怕连长期抗战都难维持。于是她觉得不让柳火离开学校到抗日服务队去就心安理得了。

向鹏校长的信很简单,只说自己健康很不好,可能有结核,即将去丈夫家乡疗养。她鼓励包真应该将自己办学理想付诸实现。对自己不能协助包真深感遗憾。黎清想,看来向校长早已不在城里了。不过,向校长怎会和包真如此熟悉?于是她拆开另一封向鹏给包真的信,这封信的措辞亲切,竟称呼同志,向鹏在信中谈的全是对包真办学设想的建议。她回忆说:

"目前形势比北伐前夜更为严峻,因为敌人不是军阀而是日本帝国主义。总理遗嘱中所讲:'必须唤醒民众'就更重要。'唤醒'就非通过教育不可。教育有很多措施,学校始终是最佳最稳的形式。所以办好学校是抗战胜利的根本策略之一,问题在于学校的课程及其内容……"嘎,原来她们在北伐时就已经是同志了。黎清又无端唏嘘起来。

钟伯写信说:他要改革仙台中学,希望包真来仙台和他一起办好由仙台中学改革成的仙台抗日学校。开始她向县政府提出方案时反应很热烈。但随着抗日战争的长期化,越来越遭到县政府的冷落。难道仙台县不主张长期抗战?所以谈不上经费落实和校址的确定。他很苦闷。

这封信没有写完就寄出了。因为下面的署名显然不是钟伯的亲笔。这是怎么回事?她发现信封内还有一张便笺,立刻取出一看,呆了。它是另一个人写的:"钟校长于十一月三日突然中风身亡。仅此哀告。"黎清伤心得麻木了。她没有心思看郑鲁言的信,和衣躺下,昏昏睡去。第二天又糊涂了一天。

第三天,醒得很早,觉得整幢房子空空洞洞,寂静得可怕。往日习惯听到母亲念早课和在灶房里活动的声音都没有了。赶紧穿好衣服下楼,才发

粉笔生涯

现母亲房里有轻微的呻吟。原来黎母起床得太快，闪了腰起不来了。黎清不禁微嗔道："你忘了自己已年过花甲，还逞强。没有客人，又不上船赶车……"黎清感到自己真有些生气了。

"你不知道？今天是初一，十二月初一。"

"嗄，阿娘，是你的生日！"

"可不是？我每年今日都起得特别早。自己生日不早起，下世投股为猪，任人宰割。初一、十五不早起，就会渎神。偏偏昨夜思前想后，迟睡了醒来已过早课念诵时间了。罪过，罪过。二囡，你来助把力扶我，不妨事。"果然，她怕母亲再忘乎所以，乱动没分寸，继续帮母亲穿着、梳洗，包上黑头纱。黎母问："我以后都这样无用吗？"

"别忙，当然暂时。适当的活动早复原，过分活动迟复原，以后当心就是。今天烧香，我代劳吧。"

"这么一点痛受不了？连烧香都要代，什么体统！你知道我祈祷什么？"

黎清不敢执拗。关于烧香拜佛，她早已向母亲投降。这时，她觉得自己有一股强烈的信仰需要，这和她是一个受过一定科学教育的职业妇女身份似乎毫无关系。她觉得自己有一种信仰上的虔诚。她不相信泥塑木雕的佛神会给她幸福；她需要一种绝对的权威支持自己的一切言行，黎清有一颗饱经沧桑后形成的破碎的心，她虽然懂得不少道理，除了一个不愁吃穿的安定生活外，不敢再有冀望。于是这天她继母亲之后了烧了三炷香，请自己不清楚的权威允许她的虔诚。她祝愿，战争不要危及他们一家三口三代的贫穷安宁；她祝愿老母健康长寿；最后她祝愿自己能找到工作，什么工作都行，最好是学校里的教师。

新历虽已推行多时，在民间，人民仍多数用农历计算日子，特别家里有老人，特别从腊月起。中国的除夕和春节是个最受民间重视的节日，好比外国信耶稣基督的国民对圣诞节一样。即使最贫穷的人，也会按自己的财力和幻想来欢度圣诞之夜，像卖火柴的小女孩。可是今年的情况就完全不同。不说黎清一家没钱买年货，富人心情同样不好：白天怕炸弹空袭，晚上怕坏人抢劫，除夕虽是千年习俗，只能将就了。其实，对黎清来说，影响她生活不在无钱买年货，也不在炸弹空袭，而是在对儿子杳无音信所引起的思念，真叫她牵肠挂肚，仿佛飘扬在半空中的灵魂，找不到自己的躯壳，无处着落。

为了镇住自己的思念儿子的痛苦灵魂无处借力，只得求助于占卜。火儿安否？答曰：苦难虽有，仍可顺利度过；生计如何？答曰：自有贵人相助。黎清回家告诉母亲，黎母说："兵荒马乱，谁能帮助我们！还不是靠我们自己。自从你爸爸死后，你们三个姐妹长大，读师范、出阁靠过谁呀！纺纱织布，尽量开源；清茶淡饭，尽量节流；才光光鲜鲜地完成你们爸爸的临终嘱咐。"

黎清不语。谁能来帮助我？算命乃江湖行径，信它作甚！思绪正乱，朝街后门推进一人，是黎清在女师的同学。她没有当过教师，毕业后不久就嫁给一个保定军校出身的离上海不远的一个小县的公安局长。抗战军兴前夕，因病辞职。几年宦海沉浮，积了一些财产。

病愈，友人劝其赴省活动，重上政坛，他摇头微笑。他虽年不过半百，却无上进之心。既不像黎清堂兄急急再去求官谋职，也不挤进地方士绅行列。他早有心造了一幢五间两层土洋楼。买进几十亩田地，一心一意安安静静闲居家中以浏览各种侦探、武侠小说自得其乐。

夫人女师毕业生，为他养育了九个子女，治家甚有法度。量入支出，不放高利贷，使通货年年略有积余；不苛刻农民而使粮食略可粜售。宽人严己，落落大方，很得邻里和佃户好评。

黎清从大家庭中出走自立后，她常主动去帮助。黎清最重要的事莫过于儿子平安长大。有人劝道：若要达到这个目的，必须选择一位多子女的大户人家主妇做干娘。黎清自然想到这位名叫胡昭的女师同学。

这一日，胡昭看报又听她丈夫分析，江门镇不日将成为抗战前线，不知干儿子有否辍学回家？更牵念的却是自己苦命的同学，到南青县后，便杳无音信。她伴丈夫吃完晚饭，嘱咐大女儿督促女佣做好餐后整理工作，便带了桂圆红枣各一包来探望黎母，同时也打听黎清母子的来去消息。

开门的是黎清，胡昭不由得一惊："是你？几时来的？过了年再去吗？咦！好端端的，怎么哭起来了？外婆呢？"边走边问进了黎母卧室。

"哦，干娘。"黎母正侧卧在床，企图起来。胡昭立刻上前按住她。"外婆，你不舒服吗？"

"没什么，腰闪了。虽已好点，但转动稍快，仍要反复。唉，偏巧碰到十二忙月。"

"好在我们只有二人，无所谓过年不过年。"黎清有意安慰母亲。

"火儿？还没回来？"

黎清摇摇头。"短短一百二十里,邮路竟早已不通了。"

"是呀!我那个未婚大女婿也没有消息。"胡昭环顾四周确不像过年模样。一股凄凉气氛使她有所觉察地说:"你们都到我那边吃麦饼筒吧。火儿若能及时赶到,就更热闹了。我们合家十余人,不愁多你们两三个。"

"哪里可以这样?"黎母轻轻喊道,"我们多少也会弄些祭祖的。"

胡昭知道黎母是山江府地前辈中受人尊敬的端庄而倔强的女豪杰,便不作声,心中却计算定了:"初二请你们吃新年饭总可以赐允吧。"当然,黎清母女无法拒绝。等胡昭去后,母亲对女儿说:"正月里不应空宅外出,万一有客人,他们会以为我们有意回避。你一个人去够了。"结果,除夕夜,虽买了一些素菜作馅料,黎母调好粉,腰肌难支,只糊了十多张。

黎清试做,一时也难学好。幸好,胡昭差她四囡送来二十筒,孙石家也送来十筒,就用作祭品。黎母喃喃自诏:"这是不作兴的,只得请祖先原谅了。"

二位年轻时就开始守寡的母女,跪倒祭祖。其实她们心中只有自己的亡夫。一叩抬头,母女对视,泪水如瀑如潮地喷涌出来。苦命的母女,命好苦呀!

初二胡昭一早就来了。刚进门,就问火儿有没有回来?她把用红纸包起来的几块银洋塞在黎清手里说:"不来不要紧,据可靠消息:山江中学全校师生已向永宁转移,暂时要搬到仙台县境一个深山冷岙中去,保证安全。这几块钱算是我干娘给他的压岁钱,望你交他添补些学习用品。"黎清不好意思当面打开,只得道声谢谢。

胡昭说:"还有一个好消息告诉你:石娴回来了……"

"怎么会呢?她先生是西北区司令部高级参谋,日前抗战正激烈展开,她能回来?"

"眼见为实,我碰到了。这次只她和儿子回来,据说还是中央军委会的命令哩。还不是为了抗战到底,把将领们家属迁到安全地带使他们无后顾之忧,集中精力抗战。当时有两个去处,一为陪都重庆,二回原籍。她选择了后者。"

"嘎,干娘,她实在是个贤内助,也是我们的好同学。她不凭丈夫的地位炫耀自己,从不以将军夫人自居。我们什么时候到那边聊聊好吗?"

石娴住宅是一幢西式洋楼,在山江城算是数一数二的了。没有别的客人,可见石娴诚心诚意邀请二位老同学的。三人谈得起劲。回忆往事,石娴说:

"前三届女师毕业生,只有你才对得起向校长和教师、母校和桑梓百姓。我和胡昭真是无地自容了。"

胡昭点头称是。

"但是你们知道一个女人在封建气氛尚很凝重的社会中做工作、当教师的滋味吗?当我听到学生亲亲热热,天真无邪地叫我先生时,当学生在我病床侍候我时,我的心就有说不出的甜。然而酸、苦、辣更为经常。造谣、排挤、妒忌、讥讽等手段特别对准像我一样的青年寡妇。当年向校长帮助我离开封建大家而独立生活时,竟有人在背后骂我:'什么为了生活!?公公做过知县,媳妇没饭吃?借口而已,谁家年轻寡妇不怀春?她又是个看不起贞操的新女性,谈得上守贞?急着找个新丈夫而已。'嘿,难道我不能?如果不是我和柳鸿的深厚感情,更重要的是为了保护火儿的顺利成长,正想大喝一声:不错,我瞧不起守节,我要再嫁人,然而我毕竟不是强者,只好由他们在背后指指点点,造谣讽刺。好笑,还来了不少知趣的媒婆,我一概不理。古云:谣言止于智者。委实不错,几年后,这些终于都安静下来。"

黎清的情绪随讲话内容而变化,最后戛然而止。认真地问:"你们二位老同学说说,我这种甜酸苦辣的滋味谁能领会?"

胡昭默不作声,只想着以后应该如何多多帮助这个乖运的同学。

石娴的眼睛润湿了,她深情地对黎清说:"老同学,别激动,别担心。我们虽然无法为你分忧,但在生活经济方面会尽力的。胡昭告诉我,你的儿子很出息,初中毕业,就在报纸上发表文章。要好生培养啊。胡昭,黎清付出伟大的母爱,柳火自己不懈努力,我们把培养柳火费用全包下来,你不会反对吧。主要是我。你子女多,和我作个伴如何?黎清,你振作起来,挫折、苦难等一切厄运必将在母子的大无畏精神前退缩。"

黎清的苍白脸孔贴紧石娴的新式紫色狐皮旗袍,石娴把她朝外翻转时,发现她眼角挂满泪珠。

黎清在那边吃了中饭。三杯百益酒使三个女人脸红耳热。饭后,黎清答应为这二位老同学各画一幅水墨山水短直条。石娴嘱佣人买来宣纸,胡昭争着研墨。画成,落款、印章后补。

胡昭一定要由她做东晚餐。石娴拗她不过,建议换换口味,先向出家还俗的老尼姑买几个鸡蛋葱肉麦饼,带到西大街老店吃加料加汤馄饨。"我在西安几乎对这两种点心生起相思病,今晚就请为我解这个馋吧。"

她们将分手时,石娴偷偷把一个信封塞进黎清罩袍袋里,握住她的手轻声说:"给柳火下学期缴学杂费和膳费。我和胡昭讲定为你做个会,你做会头先领去二百元,由我给你存放生息。以利息来分期付清会款,本金可作明年度柳火学费、膳费。年年如此,可至柳火大学毕业工作为止。你尽可放心。"

黎清找不出言词来表达她内心的感激,只噙着泪光,深情地望着这二位老同学。

回到家里。黎清将信封内的钞票取出一看,竟是五张拾元!她又把胡昭给火儿的拜岁红包打开,十块银洋和二十元纸币。她喊道:"外婆——阿娘哟,快来!快来,我们有八十元了,是石娴和胡昭给火儿上学用的。外婆,占卜不是自有贵人相助吗?她们就是贵人!"不料黎母并不见得多少高兴,她冷冷地说:"敢情不是好事!我们得终生感谢她们。更重要的是教导火儿第一次领到工资时,首先要实际感谢她们雪中送炭的恩泽。"

黎清惊奇地凝视母亲,自叹不如,从此,对母亲更加敬佩。

然而,石娴并没有接受黎清母子的报恩。这位雍容大方、宽厚待人的善良女人却被自己所信任的男女仆人计算,用棉褥闷死在床上,盗走了所有的现款和珠宝首饰。十个小时后,儿子发现他的尸体,凶手早已逃之夭夭,无处寻觅了。

从此以后,黎清更相信命运,并对善恶报应多不能在"现世"实现甚感失望。然而善恶报应必须存在,于是像所有被欺凌被侮辱的善良人们一样,坚信天堂地狱存在,现世不报,来世必报。

这件事对柳火影响却不相同。它助长了柳火对现实社会的怒火,他认为这种恶人得善报。善人得恶报的社会必须连根铲除,在他脑海中飘浮着的新社会形象,从善恶报应这角度上逐步明朗起来:现世必报,毋求来世。

第六章

（一）

　　江门镇郊外有一条绵延数十里的沿海山坡。从东边江门中学上山，高低起伏，绿色成荫，葱翠苍郁，直到最高处，突然下落。石阶甚陡，至山腰，忽现一片枫林，满眼暗红色的枫叶正茂。这一天，初冬天气高爽，冷暖宜人，恰是星期天。柳火和四个同班同学按昨晚商定的计划来到枫林旁一座半山亭。亭中有石桌石凳，他们或坐或站。或踱来踱去，你说他讲，自由地议论起来。

　　"童曦，你认为南京不会放弃吗?"柳火向一个瘦小，面色苍白的青年问道，同时摘下一片大枫叶丢在石桌上。

　　"不错，这是当然之事，我相信不止我一个人这样认为。"童曦的仙台土腔很重，但吐字十分清楚，语句很有条理。"南京是国都，是政治和经济中心。坚决抗战到底怎能丢给敌人? 否则会使人民动摇信心。从军事实力看，在保卫上海中虽然损失不少部队，但并没有伤及主力。我们还有二百多万正规军哩。"

　　"不一定。"柳火和金耀宗对看一眼，不同意童曦的见解。他们二人曾讨论过这个问题，有比较一致的意见。"当年宋、金交战，朝中有了投降派，战场上的官兵士气就会受影响，该打胜仗的也会被打败。秦桧在朝中得势时，即使岳飞大败金兵，仍旧让出国土。目前我们到底是打了败仗，失去上海等不少城市。我们朝中的投降派本来就有些力量，难道不会趁此时机来散布悲观情绪，提出议和保国的谬论?"

　　"不必争了，事实会告诉我们的。"黄知五站起来说，"我们还是把正经的讨论一下决定吧。"他显然是这五人中的主要人物。他把近视眼镜扶了一下，摆出一个饱经风霜的样子，似乎其他四人都是下辈。其实他只不过比柳火等人大一、二岁。不过他一向言行老成持重,终于换来一个"老头"的绰号。他简洁地说:"国家兴亡,匹夫有责。何况我辈青年,我们也应该和上海青年一样做些抗日救亡工作。可我们不在前线,我们是学生,还要学习,讨论一下我们究竟有哪些工作可做?总不能国难当头,还在学校里做书呆子吧。"

柳火心急,打断他的话:"这个还在其次,先把我们这个组织确定下来,才是当务之急。然后大家议论工作,时间不妨充裕些。"

大家都同意,黄知五说:"说得对,我刚才想继续说的就是这个。"

组织一个什么样的团体,性质明确,抗日救亡团体,大家早就一致,不必再议。好比孩子出世,取个名字,总是不可省了。于是什么山江中学抗日救国团,抗日服务团,青年救国队,学生救亡队,都提出来了。但是没有一个能通过的,连提出的人都立刻加以自我否定。它们太普通。太通俗,任便放在哪里都适用,恐怕全国不知有多少相同的了。什么团,太夸张;什么队,太瞧不起自己。这时柳火忽然想起国民党人纪念嗣祖、辛亥革命烈士的组织称为柳社,就说:"还是用什么'社'来得好。"

"嗯,社团,社团,社比团好。不过,主要是什么社?我认为没有什么可讨论的。自然是抗日救国社。名正言顺,避免相同。前面加上山江中学或'山中'就是。"金耀宗觉得同学们实在无聊。他是个实干家,少说多做,他常常扬言,历史说明清谈必然误国,讨论无关紧要的事亦属清谈。要不是柳火大声叫嚷,他接下去讲的一定是这两句话。

"不对,我们这五个人能代表整个学校?如果用这个名字,就得请校长做我们的社长。而且,抗日救国社这称呼太显眼,万一敌人打进来,国军后撤,抗日工作就必须转入地下,这名字简直一无好处。"

"柳火说得对!千篇一律又惹眼。那叫什么呢?"童曦抓抓头皮,"真有些难哩!"

柳火凝目沉思,忽见有片大枫叶被风从石桌上吹起,他赶紧上去把它压住。这一瞬间,柳火恍然大悟地大喊:"有了,我有了。"

"说呀,还卖什么关?"黄知五神气严肃,好像主持什么重要会议的主席。

"我们四人在这座枫山半山亭筹备这抗日救国组织,我们周围全是野枫。红彤彤的枫叶象征着我们年轻人的热血,对国家民族的爱心和对日本侵略者的怒火,我们是枫叶下的朋友——枫友社。"

"哦,枫友社!"童曦拍手赞叹,"到底是天生的文学头脑,取个原是硬邦邦的社团名字,还像作诗。"

　　大家一致通过。接下去是关键性的章程和经费问题。前者推黄知五和柳火商量草拟,在成立大会上通过,后者由童曦和金耀宗用募捐的方式筹划。说到募捐,金耀宗说:"这就需要我们四个人带头认捐,写在募捐册上,免得别人说闲话。我认二元。"他交出一元给童曦,还有一元到学校给你。

　　"先认后交,我募捐本子都没准备好哩。认捐要自己亲笔签名才好。此外,我还希望黄知五和柳火早些把章程草案拟好,写在募捐册前面,也许对募捐有方便。"

　　"总得给你们二个看过。"黄知五认真说。

　　"真啰唆,看什么! 童曦赶紧买本练习簿,你和柳火拟好抄上就行。"

　　"金耀宗说的也是,反正草案在成立大会上要讨论修改的。还有一点,我想和校长说,希望校方能帮助一些。支援抗日活动,他能拒绝吗?"

　　大家都认为童曦想得好。金耀宗说:"凡是募捐的事,方法,对象,你全权决定就是,钞票多多益善。我跟在你屁股后助威吧。"

　　"谁要你助威!"童曦白他一眼,"你给我收钞票,保管好。否则,你真是一个你自己所讨厌的人,专说不做!"

　　"完全可以。嘻嘻,童曦,我算佩服你了。我下个月还可以捐二元。"

　　童曦和黄知五也各认捐二元。柳火心里着慌,他总共只有二角钱财产,于是他撒了一个谎:他的钱藏在自修室的抽屉里。心里揣摩着,只有向姨父借了。这样,阿娘的形象又自然浮现出来。他思念她的健康是否经得起南青县的奔波,她应该早接到自己的信了,为什么至今还没有回复? 一想到这里就心急了。可他此刻正在和同学们讨论如何开展抗日救国活动,怎可想起阿娘,如被同学发现,岂能免去耻笑? 不能! 他蓦地立起来,他还要建议请一位先生指导我们。他说:抗日救国是一门最重要的功课,没有指导老师不行! 他认为音乐教师汪先生最适宜。汪先生对抗日最热情,他教给同学们的歌曲,没有一首和抗日无关,他目前正计划组织抗日服务队哩。柳火还认为由金耀宗去邀请最妥当,因为他和汪先生最接近,而且是同乡。

　　关于枫友社的抗日活动内容,东拉西扯不具体,时间过得快,如不回校,怕吃不上中饭。

　　童曦建议请黄、柳两同学再偏劳些,在成立大会前除章程外再拟好可供讨论的初步意见。那个大会总不能通过章程后就散伙,要一鼓作气嘛!

　　一鼓作气,一切准备工作进行得顺利,成立大会也如期在枫山半山亭举行。天气虽然阴沉寒冷,青年学生们——枫友们的心是灼炽的。参加约十四人。选举黄知五为社长,柳火为副社长,下设三组:总务组长是童曦;柳火兼宣传组长,还有副组长由白二良担任;金耀宗则任组织组长。由于在讨论今后如何开展抗日活动问题前童曦宣布学校支援二十元,教师捐来十二元,枫友和其他同学捐来八元,共四十元,枫友们掌声大响,讨论起来就热烈得多。

他们决定做三件事:每星期外出街头宣传一次;筹办民众夜校和出版不定期抗日小报《老百姓》,每个枫友自由选择至少参加一种活动。

散会后,第一次进行街头宣传。尽管柳火早将宣传提纲油印分发给枫友们,自愿参加的却只有三人。柳火想:怎好?第一次决不能冷场,第一炮必须打响。他偷偷和黄知五商量,黄知五点头称是,接过柳火交给他的一张名单,跳上石桌,大声喊道:

"枫友们!枫友社今天已经成立,为了纪念,散会后的第一次街头宣传希望都能参加,现在我把今天到会的枫友们分成三组:第一组到码头;第二组在十字街头;第三组到石板巷运动场一带。今天宣传的中心是坚定长期抗战的必胜信心。只要符合这个意思,大家都可以发挥,宣传提纲仅供参考。"

但是有六个人依然很快地走了,剩下来只有八个人。柳火失望而纳闷。无论如何第一次街头抗日宣传不能吹,哪怕只剩四个发起人,哪怕只他一人。他鼓起精神和金耀宗等三人向码头出发。

江门码头虽不能说是沿海大码头,也算初具商埠规模,每天都有固定客运海轮通往沿海未沦陷的各港口,加上货轮以及古老的大帆船等等,岸上人来人往,煞是热闹。柳火等人择好一块空地把枫友宣传抗日的横幅挂起,长凳放在下面。柳火使劲地敲着大锣,不一会就吸引了不少路人。谁先上?身先士卒,柳火应该带头。可他虽有一副机灵的脑袋,有满肚要说的话,却从未在这么多陌生人面前讲过大道理。他犹豫了一下,爱国的热情和抗战的义务威逼他壮了胆,有什么可担心!讲得不好,下次再改。他把锣鼓交给金耀宗,鼓起勇气跳上凳子。下面人声嘈杂:"是山江中学的高中生,准是苏州无锡又失守了。""听说小鬼子为了包抄南京,立即将向本省北部和沿海全线进攻。""也许高中生要武装起来上前线。看他们今天穿军装,还绑着腿哩。""别响。听他说什么……"柳火弯身要回铜锣狠狠地敲了几下:

"喂,请静一下,嗯,是了,同胞们,父老们!你们要了解抗日的形势吗?

请静一下,听我说,苏州、无锡、常州、镇江统统被日寇占了,南京已情况不明。有的人说:南京迟早要被敌人攻占。南京一旦失守,抗战胜利没有什么指望,抗战本身也没有什么意思了。这是错误的!南京的命运绝不是抗战的命运,南京即使被攻占,也绝不会是抗战的结束。道理很简单,中央政府决定先迁武汉,终迁重庆,如果搞什么议和投降,何必迁都?政府的抗战决心是不会动摇的,不赶走鬼子决不罢休。难道我们老百姓不抗战到底?同胞们,让我们和政府一起——打倒日本帝国主义!"

"打倒日本帝国主义!"听众跟着喊了。

柳火喜滋滋跳下来,他夺过铜锣,将金耀宗推上凳子。他讲的是保卫大上海的英雄的故事,最后总结说:撤退上海保存实力,诱敌深入,一举歼之,军民一心,抗战必胜。

宣传在热烈的掌声和口号声中结束。

他们回校已过中午。饭厅已无一人,饥饿难忍,如何是好。金宗耀说:

"没奈何,只能请班长为我们向厨工讨些残菜剩饭,班长和厨工们曾交往过,容易说话。"

黄知五义不容辞了,不料那位包学生膳食的工头听说是同学们的抗日宣传而误了中餐,便亲自炒了一大锅蛋炒饭和两大盆榨菜肉丝汤来慰劳。枫友们洋洋得意,乐观极了。童曦说:

"莫怪这位包工头平时对同学态度很凶,倒是个懂大道理的抗日爱国分子。由此可见,民众是十分拥护抗战到底的政策的。如果同时来一次街头募捐,效果一定不会差。"

"在募捐前,必须演一串街头剧,如《放下你的鞭子》等。准备并不难,但内容要紧凑,抗日主题要突出,合乎我们江南的倒有些难找哩。"

"黄知五说得不错。这就要请我们的作家柳火多开动脑筋。对不?"金耀宗猛拍一下柳火的肩膀。

柳火听了,甜甜地咽下作家这二字。但是他立刻感觉这两字的分量。他拉开金耀宗的手:

"别取笑了,这任务我可担当不起,我从没写过这种剧本,而且总得有个事实依据。"

"你不是可以学着写吗?你的作文有根基。像我,绞尽脑汁,国文先生也不会在我文章上打三个圈儿。你今天跳上凳子搞宣传不也第一次?我也是,说真的,你在凳上讲,我在下面发抖,谁知道人家爱听不爱听?哈,第一个故事没讲完,我已兴奋得不得了,抗日英雄的故事像潮水般涌出来了。"金耀宗捧着脸盆把剩下的汤全喝了。

包膳工头出来看到这群精力充沛的年轻人已狼吞虎咽地把食物一扫而光,不禁笑道:

"吃得好!下次我再多些如何?只要你们出去宣传抗日,迟到半夜来,我们都不会叫你们饿。我和厨工们都住在隔壁,我已和他们打过招呼,你们尽管来叫,谁在,谁就为你们弄东西吃。"

他们抹抹嘴,乱哄哄回到自修室,碰到两个同学。一个说:"刚才军事教官来通知:今后课余的对外集体活动,上街抗日宣传要事先向他登记,否则作违纪处理。又说,我们正在接受军事训练,是军人,军人的纪律是铁铸的,我们必须绝对服从。"

柳火问黄知五:"这话对吗?"

金耀宗抢着回答:"不对!和抗日违背的纪律,我们能绝对服从?"

柳火又问黄知五:"这话对吗?谁的话对?"

黄知五是班长,说:"只好认为对。"

"只好"什么意思!柳火觉得这问题非常复杂。

教官姓程。他对学生讲的话是有渊源的。

为了全民皆兵,中央军委会决定全国高中以上的学生都必须接受为期一年的军事训练。军事教官由中央训练总监部、省军训处直接派来,不属教育厅管辖,也不受所在中学的校长节制。何况这位程教官的军衔是中校,比一般至多是少校的还要高!所以他和山江中学的校长王志碧便常表现出平起平坐的态度,有时甚至于暗示自己比王志碧有更硬的靠山,使王志碧不安。最近有个晚上,他去探望校长。

"哦,程教官,请坐,请坐。"校长不敢怠慢,甚至倒茶递烟。

"无事不登三宝殿,我是军人,原谅我的直爽,我接到省军训处转发中央训练总监部密示,"他把这两个机关名称和密示讲得特别响亮。"密示,嗯。上头指示我务必掌握住抗日活动的分寸。抗日到底已成骑虎,不得不坚持,但只许在一个政府、一个领袖下进行。决不允许野心家利用民众抗日情绪来扩展自己的势力,夺取抗日活动的领导权。这个政策早在抗战前夕的庐山集训时已经决定,如今一再强调,显然要更迫切要求我们去贯彻。蒋委员长,"他霍地立起,随即坐下,"真是英雄。想必教育厅也会发指示给你。要知道,高中以上的学生最容易被人利用,常会使我们麻烦,出了事,王校长难以担待的。"

王志碧点点头。程教官接着说:"指示中有一个具体要求就是不能让师生被野心家的宣传所蛊惑,无形中成为他们的工具。他们是谁?目前不清楚。校内校外都有可能——"

王志碧插进说:"我想不管有无'他们',警惕总是必要的。在我们山江中学需要消除干净的。兴许各种小报和信件也起着作用。至于是否有人,就是刚才所说的'他们'就要请教官协助我们查清了。"

"自然,我们军政一定要合作。"程教官微微一笑。

二人的简单应对都有弦外之音。程教官暗示,出了纰漏,你校长要负主要责任,做工作则非和我合作不可,平起平坐不分上下。王志碧老谋深算,岂不能体味出这一点。于是他用'协助'二字来表明他在上你教官在下。我是校长不怕负责任,但你教官至多像一位副训育主任,协助协助。不过,王志碧并不轻视他,他认为这个程教官确非等闲之辈,中央军校毕业后,也许还在什么地方再接受过特别训练,应该谨慎对待。至少不能成为自己在这所大型省立中学里的反对派。自己曾经是共产党员,北伐军到上海后才转到国民党,知道了又怎么样!当前文官武将中类似我这情况的不在少数,他何惧之有!于是他心无芥蒂地也跟着微笑道:

"说得是。我们在这所中学里的合作岂止这一点。不过,有件事,先得说说:为了抗战前途着想,学校内部工作分工仍需明确。有关学生军训事宜,一切均由老兄负责,必要时使学生有足够的基本作战技术。学生,嗯,思想政治问题,包括抗日宣传等等,仍应由训育主任负责。我,当仁不让,只好全面主持一切校务。不过,在这所中学里,将相和也不能忽视。所以,我建议定期邀请你老兄和训育主任聊聊,交换一下彼此得到的情况,又可及时商量对付办法,为悉尊意如何?"

教官只好点头称善,因为上级的密件中也提到除非教师、校长对最高领袖抗战的信心有动摇的证据外,不得自作主张,攘外必须安内,安内必须团结嘛。目前是国共合作,过去的剿匪应改为团结了。

于是他们又提到最近从各地来的借读生问题。省北平原包括省城,均已在战火范围内,那里的高中学生被允许来山江中学借读,使山江中学高中部学生人数骤增,具有各年级齐备的完全中学。学生多了,教师也多了,有不少教师被抗战烽火所逼,打破原来的生活框架,被交际手段高强的王志碧校长从北平、上海、广州等大城市聘请来了。他们中有些是大学教授，有些是著名出版社的高级编辑，个别的还有已看破世情的博学之士，但是他们都是有传统的民族气节、不愿做亡国奴的爱国知识分子。

王校长对他们优待有加，不敢丝毫怠慢，程教官也跟着假充斯文，主动和他们接近。可这批人就有些不识抬举，除了本来是王校长的知交外。所以这个没有任何组织形式的三人碰头会中也常常议论他们。教官认为这些自高自大又得学生爱戴的很有"他们"的作用，应该暗中监视，校长则反对，只叫训育主任多多和他们交朋友。这不是监视是什么？教官心里暗笑。

无论如何，这三人小组对校务的决定性作用十分明显。比如：决定山江中学在江门镇有沦陷的危险时，迁往仙台县的那座深山古庙中，并立即责成总务主任亲自办理有关产权问题，并派人动工修理，使之勉强合乎完全中学的格局。又比如在一次聊天中决定给学生课余抗日宣传活动以经济津贴等等，他们认为这都是拥护国民政府抗战到底的具体表现。

王校长说："对于学生的抗战热情，首先要肯定。然后加以约束，使他们不被野心家利用。"程教官在黄知五、柳火等人街头宣传后提出纪律，就是这个理由。

（二）

柳火自从第一次街头宣传效果给他鼓励后，真把整个身心都钻到枫友社抗战宣传去了。

他们出版不定期的《老百姓》报纸，学校当局还算支持，只要求审查待印的稿件，如果照办，就可以得到每期五元的津贴。柳火想，这个容易，我们难道会登出对抗战有害的文章？为了办好《老百姓》，柳火还专程拜访国文先生谭祥禾老师。有一件趣事可以帮助我们了解这对师生的性格，彼此有较深刻印象的开端。

第一堂课，谭祥禾一上讲台，就对学生说："你们当然要知道我是谁？我自己来介绍吧！"

说罢，在黑板上写了八个大字"南海圣人再传弟子"。"这就是我！"他掠掠稍有自然卷曲的黑发，一道尖锐眼光从带有欧洲人眼形的眼神横扫全班学生："你们有谁知道，举手回答我好吗？"没有人举手，他有些失望，眼光温柔地说:"也许第一次见面有些胆怯吧。不妨事——还没有人举手?我只好指定了。"然而他一连指了三个学生都回答不出。可以看出他真有些懊丧了:"南海圣人是现代最著名的国学大师呀!高中生怎可以一无所知。嘎!"他终于看见一只手举了起来。他微微地点头。这个学生站了起来,瘦长而清癯:"谭先生。您是梁启超的学生,南海圣人是梁启超的老师。"谭祥禾脸上露了略带惊奇的笑容。后来他知道这学生是最赞成自由出题写作文的柳火。

"我还知道您是永温人。"金耀宗起来大声说。

"不错,不错,都不错,我太高兴了。不过你怎知道?"

"你的国语中永温腔太浓重了。我和您是同乡呢。"金耀宗口气有些调皮。

谭祥禾开始讲课,整个课堂气氛既安静又轻松。他在讲课中常常极其自然地联系千变万化的时势加以剖析。幽默而讽刺的褒贬,比鲁迅的杂文更深入而又不流于攻击和吹捧,使柳火极为佩服。在写作课中,他只给学生划定一个大范围,不出题目,便于学生自由发挥,有些学生对这种布置甚难下手,而柳火却惬意得很,柳火想既然谭先生是梁启超学生,梁启超一定更了不得,于是他按谭先生介绍去买了一部《饮冰室文集》。

决定编印发行《老百姓》后,柳火第一个想到可以帮助他的人不用说是这位谭先生了。

他满口应允柳火做《老百姓》的顾问,当即就说:"经费困难免不了。《老百姓》是同学们的,我能坐视它的夭折?喏,我这里暂时表个心意——"说罢在募捐册中第一个签名并写上二十元。"以后等下月薪俸领来再说吧。"柳火暗暗欢喜,黄知五、童曦也认为这是个好开始,下面的人,同样是教师,就不好意思写得太少,估计总数可超过百元。错了,绝大部分教师都希望第一期出刊后再捐赠,少数则直言已捐过了,一文不认,气得金耀宗把这些教师大骂一顿。

当柳火问及《老百姓》内容和选载标准时,谭祥禾说:"开章明义第一条,凡与抗战到底相抵触的文章一概不登。"他顿了顿,用他那双像白种人深凹的眼睛朝向柳火,柳火感到有一股温暖的气流随血液在身体中运行,使他更加专心听下去。"不过,忽视文章的形式和技术,也难达到目的,而且会影响它的发行。空有正确的理论,无济于事。所以在《老百姓》上刊登的文章尽可能要通俗、生动、深入浅出。文化低的人能看懂,文化人也有新鲜感。比如说:目前上海一带失守后,敌人逼近国都,社会上投降论调屡有出现,人心不免失望动摇。杂文、随笔、小品等类型文章就应发挥压住阵脚、稳定人心的作用。使读者坚信抗战必胜,投降必败的道理。这种文章最忌面面俱到。一篇说明一个问题,短小精悍,才能深刻。你不是读过毛泽东的《矛盾论》吗?当然这不是他创见的理论,但通俗易懂。《老百姓》中的说明文大致如此。此外,要多刊登抗战应用文,它可以用于抗战宣传的东西,如连载描写敌人残暴、抗战英雄勇敢等等。独幕剧、双簧剧、独角戏,还有说唱如绍兴的莲花落等等也很需要。这些应用文可以扩大宣传面,因为它们是宣传工具,所以也可能增加销路……"柳火牢记在心。

由于枫友社的经费有一点样子,民众夜校也开始筹办。校方答应将堆杂物的旧房腾出,把旧课桌椅搬进去作为夜校教室,粉笔黑板由学校供应,经过枫友们对附近居民的宣传,居然也有四十多人报名上学。柳火由于《老百姓》事务,民众夜校就由白二良负责,但柳火急要体验一下做教师的滋味,非要兼讲一节不可。白二良似乎很有办学天才,筹备工作从改装教室至设置课程,邀请枫友做义务教师,排课表,都条条有理,黄知五兼校长老成持重,架上黑边眼镜也很像样。

做教师的滋味果然不错,白二良将学生按程度不同分成两班。初级班从汉字开始,中级班以提高阅读和计算能力为主。每星期有二班合上的学唱抗战歌曲和讲述抗战新形势。柳火的任务是阅读教学。为了编好适合他们学习水平和学习时间的教材,他不得不去各家访问。不久,学生家庭情况都熟悉了。他们几乎都是在温饱线上挣扎的人。他们讲不出爱国的道理,感情却很深沉。柳火到他们家时,他们待之如上宾,尊敬师长的至诚使柳火感动得含泪。"教师工作是神圣的,不能用金钱来衡量。"这句话是谁说的?真是至理名言。他暗暗发誓今后一定要做个教师,何况阿娘也是个教师。

他很羡慕黄知五的板书,写得又快又清楚,感到自己的黑板字太不成样子,从此他抓住每个机会努力练粉笔字。这是做教师的基本功。

然而夜校并没有正常地维持下去。天气进入隆冬,夜校学生不断减少。有些学生是家庭妇女,丈夫每月收入被物价扣低了;有些因时局紧急,工厂内迁而失业,不得不找一些零活做。一位大娘对柳火说:"感谢先生使我能够勉强读报。不是我不想继续上学,实在是远水救不了近火。以后我会再来的。"这样,到冬至前夕,中级班剩五人,识字班只剩七人。义务教学的人依然坚持,兴致不免差远了。

时局越来越使人感到江门即将沦于敌手。根据报纸上揭示的战局动向：日本鬼子早把吴淞口外南北数百海里的岛屿统统占领。最近一月来停泊在江门外海的敌舰常常在来往巡逻，并用探照灯向江门镇搜索，有几次竟直射山江中学校舍。登陆的前奏，还是仅仅是扰乱人心？不管怎样，校方领导不得不加紧迁校工作的进行。

"柳火，你知道我们的新校址吗？嘿，深山冷岙，能够保命。我就反对迁校。我们有这么多青年，足可以编一个营。军事教官恰好是中校营长。干吗没听见敌人炮响就转身跑？抗战是这样的吗？"金耀宗发牢骚了。

"我们这些人能和日本人正面作战吗？凭我们一年的步兵操练？再，武器？全校可用的枪支不足五十条，手榴弹不上三十枚。我说迁校也好，听说新校址在仙台县西南山区里，原是一座大古庙。校方已经花了几千元修理得勉强可以使用了。日本人真来，我们就和他打游击。"柳火冷静地说，"共产党主张在敌强我弱的形势下用这种战术和日本鬼子周旋最妙，敌人最怕这种战术。"

"柳火的话也不尽然，台儿庄大捷不是游击战的功劳吧？"黄知五架架眼镜。

"我们学生能用台儿庄方式和日本人打仗？"

童曦听见他们认真谈论战术，不禁笑起来："我们似乎正在举行参谋会议，扯空！请你们商量一下结束夜校的事吧。"

"有什么好谈！昨天夜里读书班只来了三人！"金耀宗说。他擦擦自己两条浓黑的眉毛，站起来跩了几步八字脚。

柳火心头沉重如铅，一言不发。黄知五和白二良说："应该有个结束，不能任自了之。做事情要有始有终。"

柳火微微点头，忽然他大声说："结束工作我来做，因为办夜校的意见是我提出来的。"

"当然我做。"白二良礼貌得很，"我是夜校的实际校长，没有谁比我更名正言顺了。"

"白二良说得是，夜校结束工作还是他做。看来枫友社在江门的活动要告一段落了。所以经费收支要弄个总账单向枫友交代。《老百姓》也要这样，就由柳火做。总账比较麻烦，我来帮童曦一下。"黄知五说得头头是道，使柳火心服。

第二夜，柳火仍同白二良一起去。全体夜校学生只有九人。只见白二良在黑板上写了四个大字:抗战必胜。然后他对学生说:"同学们,我们学校立刻要迁往仙台县,江门即将成为战区。夜校不得不停办了。让我们把仇恨集中到鬼子身上去,只要我们人不分男女老少,地不分东南西北,团结抗日,最后胜利必属于我们。"最后两句话,他哽咽了。柳火轻轻叹了一口气。

然而正如俗话所说:好花不常开!枫友社的指导老师汪先生对枫友们的宣传工作确有不少帮助。他是一位音乐教师,他热情奔放,他所教歌曲都是抗日的,但不是千篇一律的"大刀向……"他认为口号不能用作歌词。歌词应该是诗,诗和曲调在艺术上就可以统一起来。通过感情,才能真正激发出对民族的爱和对敌人的恨,所以他选了几首诗为它们作曲,其中有一首最受学生欢迎的是《落霞》:

> 别让晚钟敲沉了意志。
> 别让爱人的柔情紧系住心弦,
> 西天的落霞有什么好看?……

汪先生并不满意目前的处境,他说比南宋在杭州苟安还要不如。枫友社没有什么活动可以指导,他开始筹划组织更接近抗战的战地服务团,随正规军驰骋在战场上。他希望枫友社社员都能参加。可这对于无论哪个社员来说都是"关键性"的。响应者寥寥。柳火不敢开言,因为他不能和母亲离开更远。只有金耀宗决心参加,他已等得不耐烦了。

对柳火来说,打击最大的莫过于谭祥禾先生的离开。那是一个敌人兵舰探照灯首次直射校舍的夜晚,同学们哪里有心思复习功课!谭先生亲自到教室里来叫柳火随他到自己卧室。柳火见他已经把被褥卷成铺盖,旁边也放着一个旅行袋和一只皮箱,不免惊异。问道:

"谭先生要远行?在这个时候?"

"坐吧!我已把你们的期末考卷批好上交了。你知道这学期即将提前结束,学校可能在春节前就内迁,新校址我不喜欢,没有人烟的山凹,只适合神仙隐士所居。我不想做神仙隐士。我想回老家一趟,处理一些家事,虽属沿海地区,却是农村,日本人不会占领我们那边的村镇。我不会待得很久,多半要去大后方云贵或四川。你是我在山江中学最接近的同学,有点儿情投意合,我明天一早就得离开江门,我不愿和你不告而别,所以就请你来了。此外,我还送你一件不值钱的礼品,我答应过你的,一诺千金,再不送你,以

后怕没机会了。"他说着拿出一幅小中堂,写的是王仲则的诗:

结束铅华归少作,摒除丝竹入中年。
茫茫来日愁如海,寄语羲和快看鞭。

"你不会不懂罢?"

柳火颔首接过,道了谢,只听谭先生又说:"你的年纪很轻,我也不大。尽管来日茫茫愁如海,我们还是应该努力把握自己的命运。彼此互勉吧。"

这是暂别?还是永别?谁知道!依依别离之情随血液流遍全身,柳火竟然有些麻木,难以启齿,好容易他喃喃地说:"谭先生,你就这样离开我啦。"他觉得其他所有的话都是多余的。他糊糊涂涂向谭祥禾先生深深地鞠躬,匆匆出来,因为他已经不能自持,再待着,恐怕要号啕大哭了。

柳火独自坐在作为校舍的古庙大门石槛上。严冬的黄昏,无风而寒气逼人。豆腐咸菜汤佐饭的晚餐远远敌不过它。柳火把身上的衣服用皮带勒得紧些,抄起手凝视黄昏逐渐变成黑夜。他的头脑不听使唤,想不清楚半个月来出现的意外事件:夜校停办了,《老百姓》停刊了,谭、汪二先生走了,枫友们的凝聚力涣散了。日本人并没有在江门登陆,而自己却随着近千人的山江中学师生逃到这个仅有数十户居民的山坳里,目的都是为了继续抗战?他想不通这个道理,觉得很疲倦。然而有一阵歌声惊醒了他,使他兴奋地沉湎在五天前的除夕夜那种悲壮的迁校情境中去了。

敌舰的炮弹向江门镇发射已经多天了。校长室、教务处、训育处、总务处联合贴出布告,督促师生尽快准备好私人要随身带的物件。大件箱子立刻要交到总务处去集体装运。铺盖每日晨起都要捆扎好,不影响随时出发离开江门。这一天下午,果然又贴出紧急通知:晚饭后起程。

军事教官把高中部学生分成三队:一分队先遣,协助学校寻找宿地,扎营备膳等,人数不多,但体力都较强壮;第二分队和初中生一起,由校长等大队部领导,人数最多;第三分队由教官率领,为部队断后,配有真枪实弹,作为和敌人追兵战斗准备。训育主任自告奋勇参加,总算难得。天气阴沉,北风凛凛,是个标准的漆黑寒夜。不幸,正是合家欢聚的除夕。可恶而该死的日本鬼子!

柳火、童曦被编入第二分队。他们俩用一根竹杠抬着一个铺盖。想不到只一个小时多,天空飘下冷雨夹着冰粒,农村的黄泥路被粘得滑溜,火把常被风雨吹打熄灭。柳火见有些同学离开队伍在路旁小便,顺便休息。他和童曦也有同感,就退出队伍。哦! 多么伟大而动人的场景。

火炬虽断断续续,仍可以在人们视觉中连接起来:一条正在蠕动的火龙。从未见过的壮观。然而这条火龙爬向哪里? 当柳火重新进入队伍,成为这条火龙的一分子时,冒出这样一个问题:是前进还是后退? 敌人也许已经在江门登陆。火龙正在离开前方,难道不是后退? 不过,全面抗战,前后方又怎样划分? 没有前方,哪来的后方? 没有后方,前方怎生维持,不是要变成敌人的后方? 这样看来,这条火龙不能算是逃走。柳火自以为解决了一个理论问题,脚步轻松而有力,跟着不知谁带头的歌唱起来:

> 工农兵学商,
> 一起来救亡——
> 走出工厂、田庄、课堂。
> 到前线去吧,
> 走向民族解放的战场。

那种庄严沉着的男女合唱歌声,把柳火的思绪又搞乱了。分明正在撤退,逃向深山。但愿我们有军事教官领队,也许准备配合国军打游击吧。柳火的脚步虽已放慢,仍随着队伍前进。

远远地后面传来初中部同学的歌声:

> 泣别了白山黑水,走遍了黄河长江。……
> 流浪到哪年? 逃亡到何方?
> 我们的祖国已整个在动荡,
> 我们已无处流浪,已无处逃亡。

没有比这歌声更悲壮,更激动了,柳火禁不住跟着唱起来:

> 无限欢笑,转眼变成凄凉,
> 说什么你的我的,分什么穷的富的,
> 敌人到来。炮轰枪横,

到后来都是一样。

　　唉，哪里是前进，山江中学的青年学生应该感到羞愧。天色已完全黑了，按往日，夜自修已经开始，柳火又被带回现实的回忆。

　　他走进教室，鸦雀无声。两脚踏在微微潮湿的泥地上直冷到全身，不禁哆嗦。管不得许多了。他赶紧翻开数学课的笔记。数学教师是个神奇的人物，他写在黑板上要求同学抄去的东西更加神奇。整个课堂教学很特别：上课一、二分钟前，他站在课室门口，钟声一响就进入教室站上讲台，把点名册放下提问："都来了吗？"在缺席同学空格中记个"0"，便向后转。在黑板上飞疾板书，学生尽快地抄写，不可能有什么思考。定理一，例一，例二……定理二，例一，例二……最后，他拿起放在桌上的表一看，差不多要下课了，于是他停住不写，说："今天到这里为止，下课。"他搓搓手，拿起粉笔盒和点名册。吓，妙极啦，下课铃响了。他匆匆走出教室。怎么办？可到晚自修时，大多数同学按他的板书抄录下的笔记进行复习。例一，例二，例三……全都弄懂了。柳火从心眼里佩服他的笔记，他是真正的一位数学魔术大师。

　　他复习好数学笔记，做了一半习题，明天星期六再做。他习惯地走向姨父孙石的住房。表妹孙姗还在做功课，见柳火进来便问：

　　"在这里办不办夜校？"

　　"似乎找不到学生，不知到哪里去找。"

　　"我很想仍教识字课，但我又有些怕，这学期功课太紧张了，特别是数学。"

　　"你正在做数学练习题？"

　　她点点头。她比柳火小一岁。不知为何比柳火低一个学期。她也是枫友，在江门夜校是汉字班教师，很热情。学生都喜欢她。她说这么一实践，她半年以后真的要当教师了。她把练习本合好："还剩一些明天做。"

　　"我也是。"

　　"听说你们的数学先生很怪，对吗？"

　　"对。他是一个魔术师。"

　　"怎么会是魔术师？他上课要做魔术给你们看？"

　　柳火把他的数学先生魔术似的教学介绍一番。孙石插话了："你们不要认为他只善于教数学。他对社会、时局的议论真够精辟，不鸣则已，一鸣惊人。有一次，我们聚餐会——"

粉笔生涯

"什么？姨父,聚餐会?"

"你难道还不知道? 在江门时就有了。我们五六个人,算是前校长留下的遗臣吧。这位王志碧的阴谋不仅在省里活动,夺取了校长;还想逐步辞退我们这批遗臣。太过分,岂可任他! 我们这个聚餐会每周一次。周末,在四时春或聚仙楼菜馆吃喝一次,交换各人所得的有关王志碧对我们所要的诡计。他是个机灵鬼,老奸巨猾,他使他的心腹故意要求参加聚餐,我们顺水推舟表示欢迎,但席间聊谈的内容全变了。难道我们找不到另外交换有关消息的时间和地点? 说实话,我们只是防卫,不想进攻。他做他的校长,我们做我们的教师。他有省政府做靠山,我们有学生做后盾。他亦无可奈何。讲句公道话,他的办校能力的确胜过前校长,像建新校舍和这次迁校,前校长的效率肯定不如他。就是太要权力,用人唯亲;喜欢耍弄权术,只讲目的,是个政客,不是教育家。学校对他只是一种可利用的工具。说远了,让我接下去。有一次,聚餐后散了。事前约好过一点钟后在其中一教师寝室品茶使王志碧心腹起不了作用。我们就无拘束谈天了。从学校撤退,教官换人。汪先生组织战地服务团,抗战前途一直扯到这个深山里膳食和聚餐的营养价值。他照例沉默。不料行将离座时,他却低声有力地说:'这个王志碧,原形毕露了。过去脱离共产党也许有些客观原因。按目前对抗战的态度看,不仅和共产党相距十万八千里,甚至还倾向妥协、动摇的老蒋。说到老蒋,想必大家都清楚,他有两个灵魂:一个是和日本妥协求降的灵魂,另一个灵魂怕做投降派,怕做汉奸,为老百姓所唾弃。这个灵魂导致遵守西安事变对共产党和张、杨二将军的诺言。但第一个灵魂始终或隐或现地多多少少起着作用。总司令哪可以有两个灵魂? 这就是国军一败再败,失地千里的根本原因。我怀疑他继续领导抗战会最后胜利。'说完,竟自大踏步走了。"

柳火在姨父那里吃了一块蛋糕,由孙姗照着手电筒送他出来。柳火请他回去,他怕同学们撞见不好意思。孙姗笑着:"又怕了,是不是? 我可不管。好吧,不送啦,免得你心慌。不过,火哥,万一再办夜校,别忘通知我一声。"

柳火从没有经过高山冰冻的考验,摄氏零下十多度的寒冷使他全身发抖。但他对这个新环境,特别是对早晨地面由上冲水气形成的支支冰往,很觉奇妙。一早起来,边读英语边找冰柱。一脚踩过,冰柱断碎,发出微弱清脆的乐音,使他愉快。不过,接下去就得忍熬冻冷痛苦。早餐三碗稀饭所得的热量,经不住冻冷的消耗,不到十时,两脚就僵木在课堂的黄泥地上了。可怕的是这种僵木还上升到耳目和大脑,听不清楚教师讲什么,除了数学课必须抄下神奇的教师板书外,只有一位像虔诚的佛教徒一样的国文老先生用低沉圆润的音调朗诵识文中的唐诗宋词,才能使柳火感觉到自己的存在。

一天下午,柳火正和同学们处理用自制炸药包炸死的野狗时,金耀宗远远跑来喊他,他就迎上去:"什么事? 我们不是刚已决定晚饭后商量吗?"

"不,你来看!"金宗耀拉起柳火的手往一年级教室方向跑。他俩挤进人圈,只见二个同学正在脸红耳赤地对吵。其中一个矮胖家伙,一手拿着一只小鸭的头颈,一手拿着小鸭躯体下的一只脚。

"真了不起,"金宗耀称赞说,"居然能把小鸭一撕两截,够男子气! 听说他叫糜力放。"

柳火白他一眼。这算是男子气? 男子气该如此残忍? 小鸭没有惹他,干吗要活活撕死?

金耀宗似乎觉察到自己的称赞得不到柳火的响应,改口解释说:"他借小鸭出气。"

"反正小鸭是无事被害了。他能借动物出气,就难保证今后他不借人出气!"柳火冷冷地说。

晚饭后,柳火、黄知五他们五人聚集在寝室里讨论枫友社在这深山冷岙里如何开展活动。黄知五首先提出:"我们原本不了解这里村民到底有多少? 他们的生活情况一无所知,如何讨论啊!"大家一时无话可说,柳火觉得自己这个建议很勉强,不好意思开口,顺水推舟,也凑着谈起战事。报纸不能按时收到,无法证明各人得到的传闻是谣言还是事实。青年喜欢分析和争辩,管它真假。

"我说是谣言,"金耀宗两道粗黑眉毛一竖,圆起大眼睛说,"武汉三镇沦陷可能是实,和谈一定是谣言。"

"何以见得?"童曦问黄知五,"是这样吗?"

"明摆着的事:国都迁往重庆,为了继续抗战。和谈就是投降,何必迁都?"金耀宗抢着回答,"告诉日本鬼子,我们又有新的国都了,我们不会亡国的。"

柳火不很自信地说:"也许真有和谈这回事。它的性质是一种缓兵之计。八一三至今,军队又乱又败,指挥不统一,相互不帮助,越败越乱。中央政府里的投降派仍有作用,军队里面难道没有?"

"亏你想得出,和谈为了抗战? 如果和谈确在进行,我就要泄气,战地服务团也没有必要。"金耀宗又加上一句,"投降自然可以说成胜利了。"

"柳火没有讲清楚。"黄知五说。

"金耀宗讲得太简单。柳火讲的是假和谈,金耀宗讲的是真抗战。事情就这样复杂,你们殊途同归,争吵什么!"白二良侃侃而谈,像个评论家。

"武汉果真失守,太使人遗憾了。武汉是全国中心枢纽,又是陪都——新国都重庆的门户。敌人若从北京、武汉、广州划一条直线,即使不再西侵,我国沿海精华全失,且被敌人封锁在内陆,困兽之苦就难摆脱。"柳火很佩服黄知五这个议论,心里思忖:可惜武汉已经失守了。

武汉失守。鬼子会不会再一次对我们同胞大屠杀? 童曦忧心忡忡。

"鬼子不是人,人不可能猜出鬼子的心——我相信我不会亏本,如果有枪说不定可以大赚一笔。在这里,真闷死人了。"金耀宗想离开,柳火一把扯他重新坐下。

"干吗? 在这里难道还有什么抗日工作可以商量?"

"谁说?"柳火回忆说,"你记得吗? 那次我们把南京大屠杀作为内容,多好的效果。"

"当然记得。我讲了一个日本鬼子的杀人比赛,有不少妇女都哭起来。'打倒日本鬼子'的口号也喊得特别有劲。这才有意思,在这里,能么? 群众在哪里? 对荒山宣传? 校门口从山下搬来搭草棚的小贩,只晓得赚钱,你讲完以后向他们买点心,他们就高兴了。"金耀宗讲得理直气壮。

白二良说:"金宗耀说的也是,没有听众,对空气宣传是可笑的。我们还没有看见过有什么别的居民。不过,这里有山田,谁种? 他们住在哪里?"

"这个我清楚,"黄知五说得很有把握,"他们都住在分校——三境寺附近,人不少,是个小小的村落。"

"星期天,我们五人去访问,兴许可办一班识字班。"柳火抓住机会又想起表妹孙姗的嘱托。

"我赞成。但我得声明:兴趣不大。我已参加战地服务团。我要更接近抗战。我不希望自己的青春消融在不死不活的学校生活中,我宁愿死在战场上。"他问黄知五,"明天几时去访问,我一定参加。"

黄知五没有回答问题,却对金耀宗的观点表示太粗浅。"话可不能这样死板。全国高中以上学生都上前线是抗日救国的最佳办法?"他走到金耀宗面前取下眼镜擦擦,重新架上,表示出准备辩论的架势。柳火把二人推开,重新按他俩在座位上。他不能分辨谁对谁错，只说："明天访问就这样定了？好吧，明天午饭后在校门口碰头同去。如果我们在这里确实无所作为，再走不迟。"

"是否参加战地服务团，不是原则，由各枫友自己决定，我们对去和不去同样赞成。我总觉得抗战事业极其复杂，只要不背离抗战这一目标，任何方式方法都可以，所以我想建议金耀宗统计一下，到底有多少枫友参加，我们应该举行一个欢送会。"童曦认真表示同意他的意见。

"太好啦。"柳火由衷高兴。问金耀宗几时去。

"最近，不知道具体日子。"金耀宗擦擦手掌，"听汪先生说：急需一笔现款。学校一毛不拔，借贷也不肯。学校只口头上赞扬组织战地服务团的抗战热情，但没有任何实际支持。学校似乎把它尽可能说成汪先生的个人行动，和学校无关。经费只好另行筹划。汪先生说大概没有问题。"

过了几天，战地服务团举行了一个誓师大会。校长倒也出席讲话。说什么战地服务团是抗战的一个组成部分，必须遵守抗战的最高原则：一个政府，一个领袖等等。第二天出发了。不知何故？枫友社并没有欢送金耀宗等人。黄知五以后就没有提起这件事。作为私人，他们都握手道别，共祝抗战的最后胜利。

柳火和金耀宗的性格并不协调。后者的感情是粗线条的。凡事勇敢有余，谨慎不足；而柳火却是一个细腻的人。平时他俩人常相互指责，金耀宗说柳火行动不干脆，顾前虑后；而柳火则认为金耀宗粗心大意，常常画虎不成反类犬。此刻，金耀宗走了，柳火却自感被一股强烈的惆怅缠住，若有所失。虽然以后在分校附近办了一个农民识字班，但劲头不大。不久，学校告诉柳火，因经费短缺，无法对夜校供应粉笔纸张，农民亦因准备春耕，常常缺席或迟到早退，终于半途夭折。柳火对此也没有什么精神震动。他感受到四周似乎都是深灰色的。

武汉失守了。国军还继续不断地转进。前后方的界线由于游击队的活动也难以截然分清。台儿庄大捷所引起的激动和希望，很快地烟消云散了。

（三）

孙石他们几个教师的周末聚餐会的传统带到这深山冷岙中来了。他们都感到这个方式在江门物质营养补充次于精神发泄，在这里则应列于首位了。除了咸菜、肉和豆腐外，几乎没有什么可以佐餐。在战争中，通货膨胀，物价上涨，可以说是无例外的原理。但这些人都是山江中学第一流教师，他们的工资折合米价，还可以买六、七百斤的米，所以大家都同意，每周再加一次，和那间设在草棚里的小点心店预先联系，吃起来真可以说是高水平了。

有一次周末聚餐后，那位矮小的细于言辞的数学教师讲起自己发现的一件事，使大家兴趣盎然。

"老申又一鸣惊人了。"英语教师说毕，夹了一个大肉元塞进口去。

"我只不过为了助兴，没有旁的意思。"数学教师姓申，就是柳火所称的那位魔术师。同事们都叫他老申。老申言明助兴，脸孔却是板板六十四。

"好说，我先敬你一杯。讲得精彩，我们干杯。"孙石建议。

"那天夜里，我把作业批改完时，已经将近午夜了。正欲安寝，却听见门外有说话声，开门一看，有两个人并肩坐在大殿前面的石墩上，一男一女，男的屡次欲亲近，女的一再退缩。女的年纪很轻，一定是学生，我不认识，大概是一年级的，我没教到。那男的分明是国文教师锦毛鼠——"

没等老申说完，那位圣约翰大学毕业的英语教师就嚷："锦毛鼠要偷油吃啦！"

众人大笑，孙石举杯说："老申的故事真可配酒，干怀！"接着大家各抒己见，却都认为偷油大概是事实了。那个女学生一定是小 C，婀娜身态，善解人意；锦毛鼠风流倜傥；一拍当合。分析至此，既是常理，就不必再费脑筋了。倒是对校长前途多少有些消极影响，要是给学生知道的话，因为谁都知道锦毛鼠和校长是知交。

果然，不知怎的，这个能在山岙里添些情调和活力的桃色新闻，从女学生中扩散出来了。对于这种绯红色谣传，不论真假，学生们的兴趣要比教师们强烈得多，不知道什么叫适可而止，随意在传播时扩展自己的想象力，并且在自己的出版物《联合墙报》中写了好几篇有关这件事的叙述和评论。虽然没有指名道姓，小 C 同班同学以及麻雀儿似的女学生自当一目了然。校长和锦毛鼠都亲自来欣赏过。锦毛鼠说：

"看来这里封建气氛太浓，待不下去了。本欲帮老兄忙，想不到添了忙。"

"请勿介意。谣言止于智者，我们不理它，它就不攻自破。你那本翻译过来的《心理学》恐怕也有所论及吧。不过,谁写的。谣言的根还是需要挖出来的。有没有别的动机?"

于是训育主任又多了一个任务。谁料这里没查出,另处又出了乱子。清明节前夕,究竟谁传出总务人员贪污了学生的伙食费? 这一传闻对学生的刺激便远远超出前面师生恋爱这个仅仅是助兴的事。它关系到学生的根本利益,是对绝大部分像难民似的学生切身利益的损害。

一下子,好几个班级的学生愤然骚动起来,由于柳火这一班的学生膳食代表是个急性子,就和其他班级的膳食代表研讨出谁有贪污的可能。因为在江门时,总务处膳管员自从停止包膳制后,上街买菜是和一个同学膳食代表一起,不大会出大问题。迁到这山旮旯后下山买菜起码一天,学生不可能陪他,监督他,谁知道他会做出什么花样。这样的结论使班长黄知五不得不同意举行一个紧急班会。白二良提出双管齐下的办法:口头加文字,派代表向校长请愿解散原膳委会,撤换做具体工作的总务处派来的膳管员。同时请本班《联合壁报》的编辑建议编委会编贴出《特刊》,在青年同学们群情激动时,一致通过了。谁敢反对? 当他们进一步闻说总务主任也有贪污关系时,他们不动声色地在第二天中饭时贴出了,柳火在一幅漫画旁边写了两句诗:

"别把矛头盯准可恶的奴才。更主要的是:把盗窃的首领轰下台。"

不知谁又在旁边加上:"不错,擒贼先擒王。"

然而,这又出乎学生意料之外。学校竟毫无反应。作为请愿代表之一的白二良,说校长的态度很好,同学们的要求几乎全答应下来。对于措辞激烈的《联合壁报特刊》,只是提出一点很婉转的劝告:既然学校接纳了同学们的意见,立即付诸实现,也就不必再搞下去了。学校会继续查清贪污,膳管员当然要撤换!

清明节在深山冷岙中并没有雨纷纷的现象,而在料峭中过去。然而,春天的和煦毕竟从容自若地来了。学生们卸下臃肿的棉衣,轻衣薄裤,活泼强劲。严寒而冷酷的冬天丝毫未损他们的朝气和青春。

童曦前来探问柳火:《联合壁报》是否真要编一期纪念五四的专刊? 柳火是编委之一,他点点头。

"总有你的文章吧?"

"那还用说!"

的确,柳火早已胸有成竹。从当时青年学生围殴外交大臣的描写说到目前抗战中卖国贼的特点,人人得以诛之。围殴厉骂有何不可?那种对危及国家民族的丑恶行为,听之任之、麻木不仁的心态,恰好是敌人求之不得的。他花了相当多的时间,详细读了有关资料,用第一人称写了篇速记。他没有提到抗战这个现实。他预料一定会有人来联系上去。果然,下一期就有几篇短文非议当局抗战的无力。还非议学校对抗日宣传活动支持大少,总务处膳管员的贪污问题又重新提出来了。

青年们坦坦荡荡地,没想到自己将会得到什么后果,他们不知道训育主任和军事教官,在校长指挥下,如临大敌。

军事教官不是上面提到过的高军衔、企图想夺权的那位。他只是一个上了年纪的上尉,平时和教师们相处得还可以。校长就利用这点作为对教师耍手段的一个可靠的工具。而且他对工作也是认真的。他的文化水平不高,只有小学程度,是孙传芳被北伐军打得落花流水后被拉补进去的。归顺国民政府后,他认为真命天子已经出现,安心做一位少校的勤务兵。他听话,勇敢,勤劳。因此随着少校主人的升迁到将军,他就做起尉级的侍卫长。抗战军兴,随将军调中央训练总监部,没料到迁往陪都途中将军被敌机炸死。他对日本人是仇恨的,因为他的老家被烧得一干二净,连妻儿也不知下落,但他已近十年不上前线,勇敢已变成胆怯,所以在后方做个训练军官,使他称心。这次派到山江中学做教官,尤其高兴。远离战火,自无生命之忧,训练对象又是比他文化水平高得多的高中学生。他有这么多的高中学生做部下,说不定以后有许多高级军官都是他的学生,真有些洋洋得意。但事实毕竟是事实,他虽努力自学,缩小和部下的差距,但无法阻止自卑的滋生,特别对同事,他知道他们都是大学毕业生,自己绝对望尘莫及。他那带有朴实的谦逊赢得教师们的好感,也给王志碧校长提供了对他的利用价值,因为这种朴实的谦逊常常会产生对领导报恩的忠心。所以校长待他也是不错的。

这一夜,他正在考虑在这没有大块平地的学校里如何开展军事训练问题。一年光阴即将过去,成绩举不出来,校长能满意?万一省里查知,认为他不适合训练学生,调到前线去,那才倒霉哩。想着,想着,他朦朦胧胧地打盹,恍恍惚惚又发现有人推门进来。吃了一惊。定神一看是校长先生,他肃然立起行个军礼,正欲斟茶招待,校长忙止住说:"别客气了。我特地来请你一同到训育主任那边,有紧急事情商量。"

校长在训育主任房中的随便态度,使后者受宠若惊,这是一种知己似的友好,多么难得,但他警惕自己别忘记自己是校长的下级,是校长聘任的,所以他仍不敢怠慢,端过一张仅有的靠背藤椅,让他坐定。只见校长微微抬起下巴,眼光从对方头顶射过:

"老弟,前几天你提出的问题,已经找到答案了。不,答案自己送上门来了。我当时就说:你不必担心,对吗?"

训育主任咧着青蛙式的大嘴巴,脸上挂上一种下级听上级讲话所应有的带有谦恭的微笑,在校长对面坐下来,带便指一指在旁边的骨牌凳对教官说声"请"!

"王校长真料事如神。"训育主任非常清楚指的是什么,但不知道答案的具体内容。

"是否请校长为我指明,以便我贯彻得更好些。"

"当然,这就是我为什么在学生夜自修后还来找你的原因了。抗战内部形势大变,中央提出如何对待异党活动问题。'异党',这个名词提得好。时局发展方向很清楚,抗战到底非得到最后胜利决不罢休。但和共产党合作这件事显然要走下坡路了。由于问题不仅在共产党,还有那些什么社会贤达名流,七君子、八君子之类,总想把抗战领导权转移给共产党。所以异党这名词更加切当。不错,共产党八路军也打过仗,杀过日本人,他们看来也积极抗日。但时间逐渐暴露出他们最后目的却是夺取全国军政大权。抗日只是一种工具。利用抗日煽动民族主义的狂热,特别是知识青年中,那些不满现状的人最容易上当。本校有没有这类人?你训育主任应该清楚,怎么反倒问起我来?"

训育主任自觉失言,脸上热烘烘。

"应该懂得异党活动的伎俩。那里有不满现状,东指西责的言行,那里就有异党或被异党利用的人。"

"校长说得好,真是一针见血!"

"《联合壁报》看过了?反贪污就是提倡'廉',委员长早在新生活运动中强调过。其中有篇文章暗示读者到我头上来了。嘿,这些小娃娃,真不自量力。共产党,不,是异党,我懂得很。我年轻时也受过蛊惑,什么玩意儿!反贪污只是一种兴风作浪的手段,把水搅混,从中取利。当然,目前不能讲他们是异党,没有证据。但不妨说自觉和不自觉的异党同路人,最容易被异党所利用。"

"对,他们都是异党同路人。"

"所以,立刻要查明:这些文章谁写的。他们用的都是笔名,不查是不会清楚的。"

"自然,我将通过班长。"训育主任抢先说。

"我看还是中队长。"军事教官觉得这是极容易到手的功劳,不能放弃。"中队长都是我指定的,比较可靠。"

校长歪着头沉思半晌说:"通过中队长吧! 我们都知道《联合壁报》这二期作者以二年级学生居多。二年级班长叫什么黄知五的,我在江门时,他为抗战宣传活动经费找过我好几次,看来他是个抗战积极分子,又是什么枫友社的社长。枫友社在这里虽然很少活动,我们也得捉摸捉摸,那是另一件事,现在不说。刚才的事,还是通过中队长,偏劳教官了。不过——他呷了一口茶,转向训育主任说:"老弟,你的任务也不轻,高二班学生中有个柳火,不查也能肯定是作者之一。他是孙石的外甥。孙石,我们还是尽量要拉拢的。请你去和他谈一次,他才是你的对手。"

训育主任觉得校长的任务安排,分明偏袒教官且有对自己责备的滋味,心里不免委曲。不过他继而一想,抗战麻,背三角皮带的尽管一肚草包,还是不惹他为妙。我应该落得大方。小不忍则乱大谋。于是顺水推舟说:

"敢不从命!"

"嗯,"校长的深沉三角眼,微露喜悦之光。他呷了一口茶:"味道不错,是这里土产吗?"

"特级炒青,家乡带来的,校长不嫌少,可以奉送一点。"说罢就去拿镴茶罐,可是校长止住他:

"不忙。老弟。我发现你胸襟宽广。做大事的人不会去计较芝麻小事的,宰相肚里都可以撑船的。以后事情多着哩。这事比较容易办的。吓,杀鸡何用牛刀! 这里我先点明,我们以后要研究的一个大问题:如何培养自己的人,懂吗? 首先要做到'将相和',你俩没有问题。现在限制异党活动,发展下去就是禁止了。做不好限制,谈不上禁止。这次我们应该承认被动。问题发生了,我们慌慌张张去解决,不是被动又是什么? 如果我们平时对学生和教师的活动了如指掌,问题产生不出来,才叫主动。懂不懂?"

怎么不懂! 教官想,这好比在战场上,敌人没有发动进攻,就把他们消灭。训育主任想得比较多：刚才讲"将相和"时，校长盯着教官，分明要教官乖乖做我助手，不能闹别扭。

他心里喜滋滋地非常兴奋。他发誓不辜负校长的期望。这个矮小的校长，肯定是前途无量。他不知不觉低吟《红楼梦》里薛宝钗两句词："好风凭借力，送我上青云。"

果然，教官通过中队长查明作者的真实姓名向校长汇报。从五四专刊起的几期墙报至多存在两天都被校方撕光，因为它无中生有，破坏团结。

训育主任也到孙石那里去执行任务。他装着若无其事的态度和孙石谈了一个黄昏。以后，孙石特地叫柳火来，和他说了："软硬兼施，他这个训育主任没有捞到什么便宜，倒是第二天和王志碧交涉一下，取得小小的胜利。"

"姨父，胜利什么？"柳火不免惶惑。

"他们按文章内容挑出十二名应该被严厉处分的作者——开除学籍！但王志碧表示，对你，我的外甥可以从轻发落。吓，我赶紧道谢了，因为我当时就有这个念头，把十二名全部所谓从轻发落，我对他说，如果他真信任我，不妨把名单拿出来，一个个研究过去，是否应该开除学籍。他答应了，拿出名单，我记不清了，白二良、凌丑章、苗文化等都在内。还有，他说并不是写文章的人都要惩处，例如班长黄知五和一个叫童曦的虽然写了文章，但没有损害团结抗日就例外了。我说：处理这些青年学生是一件很危险的事情。柳火虽然被你关怀，从轻发落。到底还有十一个人。处理过严，无路可走，青年人火气盛，逼上梁山，铤而走险，也不符合党国宽待青年的指示。如此云云。不出我所料，他听得进。他问我应该怎样惩处？我就告诉他：第一个原则，使这批学生永远不会在山江中学闹事；第二，使这批学生能够继续学业，绝不会因此走险；第三，报省厅后，肯定不会批驳。开除学籍，有风险。退学可以转学，既有开除学籍的优点，又无风险。他问：那么柳火呢？我说：蒙你谅解，就给他一个自动退学吧。他又问：这批学生是否真有地方去不至于走上歪路？我说：这个你就别管了。你说这不是一个小小的胜利吗？"

"那么，我们究竟到哪所学校去读书？"

"永宁中学。我和那边的校长联系妥当了。姗儿也去。我也要离开这里。不过，这些事，你要暂时保密到永宁中学读书为止。我还写信给你阿娘，她会来这里，亲自为你办理申请自动退学。想必不日就到。"

柳火知道事情的始末，又吃了不会荒废学业的定心丸，心里很舒畅。隔

一天傍晚，柳火正坐在地铺上靠着屋柱做一本《社会思想发展史》的笔记，一个同学通知他说母亲来了。他连忙把书塞在枕下，到姨父房中，果然姨父和阿娘谈些什么，表妹也在那里倾听。

柳火见阿娘憔悴多了。她脸色黄黑，显然不无忧虑地对他说：

"火儿，我不知道对你说些什么才好。你没有做错什么事，你姨父都对我说了。我觉得很伤心。你应该知道你能在高中读书多困难，用功学习才对，国家大事自有人管，学校事情也是一样，谁听你们学生意见？可不，倒霉的只是你们自己。幸亏你姨父设法，下学期才不至于失学，可是又多了几块学费。唉，你坐吧，晚饭就在姨父这儿吃。"她摸摸儿子的旧呢军装，里面却只一件衬衣。"这是什么穿着？怎能抗寒？唉！"

柳火一声不坑，心里淌着泪水。悔不该写这些毫无作用的文章，害得她爬山挖岭。好容易他进出一句话：

"阿娘，到这么高山峻岭来做什么！自动退学，姨父会告诉我怎样去做的，无非写张申请书。"柳火的这种责备口气，实在是母爱给他的感受，除了阿娘，谁会来看望他？

当晚，他们四人在孙石他们聚餐的小馆子用餐。带便说一句：聚餐会已经自动取消，原因是训育主任要来参加，会后还发现有人跟踪。夜自修，孙姗和柳火各自回去。因为端午节过后不久就要大考。孙石告诉他，女儿是正常的转学，问题不大。他如果有优良的成绩报告单，对各方面都更方便。并叫柳火偷偷将这意思告诉有关同学。果然，永宁中学收留这批学生后，上报省厅时说："虽然言行不轨，但学业成绩尚佳，可予收留教育，望能批准。"

几乎与柳火回家同时，成绩报告单也收到了。在品行一栏中写着："该学生言行多有不合政府要求，准予自动退学。"这是王志碧校长看孙石面子，关怀的结果。孙石看到，还是恼火，当日便把应聘书寄给丽州中学校长，决定离开山江中学。

柳火后来得知另外十一位同学的品行评语是"该生言行不合政府要求，屡教无效，经省教育厅批准，给予退学惩处。"他们都转学到永宁中学。所以山江中学后来的情况，柳火等人就不得而知了。

第七章

（一）

　　假期中，柳火照例没有到任何地方去。为了品行评语，心中懊丧，不免烦躁一段时间，后来想通了，既然他们下学期可以转学到永宁中学，这个评语就毫无作用，干吗为它心烦？于是他安静地读起有关社会、政治这方面的书籍来了。他终日坐在小楼上南窗下的书桌旁，博览群书，觉得自由自在。

　　他觉得毛泽东《论持久战》很有实际参考价值，它和蒋介石的"长期抗战，最后胜利必属于我"完全吻合。为什么这本书只能偷偷地阅读？为什么国共两党的合作的裂痕愈来愈明显？他不知道，心里纳闷。

　　他还读完《理想国》，重读《共产党宣言》和《大同书》。他对《理想国》非常失望，那里仍旧充满不平等，允许奴隶存在还像什么理想国？他赞成人民只能靠自己力量用暴力革命方式来解放自己，改良主义是达不到目的的。孙中山的成功和康梁的失败不是很明显吗？但是对阶级社会推翻后的新社会究竟是怎样的社会，无产阶级掌握政权后会不会蜕变成剥削人民的新统治阶级等等关键问题，《共产党宣言》中当然来不及说明。至于《大同书》无非是对《礼运篇》的注释，只描写，没有方法和手段，变法的改良主义当然救不了清朝的命。

　　于是他怀着强烈的感情把母亲年轻守寡时买来的《中山全书》认真地读起来，三民主义，他觉得通俗易懂，如今抗日战争当然是最根本的民族主义。抗战失败，亡了国，还有什么民权主义、民主政治和提高人民生活的民主主义？民有、民治、民享的社会理想使柳火印象很深刻。他对孙中山所提出的建国三步骤：军政、训政、宪政三个阶段也感到满足。遗憾的是孙中山没有说明在这三阶段中如何运用民有、民治、民享这种民主精神——可能是他的疏忽。此外，仍旧是现实中的老问题：共产党分明在抗战，八路军牵制了敌人不少兵力,为什么尊孙中山为国父的国民党不能与之合作,而是倒退?他百思不解。

《中山全书》中的全国交通建设和全国铁路系统的设计,使他怠倦。太早了,太具体了。那是训政——宪政时期的事情,目前正是军政时期,抗战时间,赶走日本鬼子。他不能花时间在这地方。不过,无论如何,《中山全书》的气魄和孙中山那种轻名位和真心实意为老百姓效劳的精神使柳火崇拜非常。

这个假期,他几乎没有外出,每日蜷缩在小楼里和书籍做朋友。这儿有南窗、东窗,东南风使他忘记正是酷热的暑天。即使是中午前后,也不想打算下楼。他一点都不感到寂寞,书籍就是良友,总能使他在理智上和感情上兴奋。与外婆和阿娘反而生疏起来。

当然,他晚饭后到隔壁姨父那边去纳凉。年纪比他略大的表姐喜欢和他聊天。有一天,他正在对镜里的自己上唇长出柔软的黑须感到难堪,用手指拔掉它时,表姐站在他背后微笑,他明显地感到表姐的乳房贴碰到自己的背脊,使他产生从未有过的冲动。从此后,他很惧怕和姑娘们单独相处。可是当孙姗表妹将她十五岁周岁的照片,签名送给他后,除了探索送照片的动机是否就是小说所谓爱情外,他开始觉得和姑娘们在一起即使相对无言,也是一种快乐的事,当他决定把初中毕业的旧照片还礼送给孙姗时,不知怎的,两个人的脸都绯红了。柳火觉得她实在美,甚至想抱她一下,但是立刻谴责自己太下流。

黎清这个暑期过得并不轻松,为的是下学期的工作。暑期前请她代课的那所小学,分娩的教师即将满月,再过一个暑期,肯定不需要黎清代课。城里更加不必谈了,敌人飞机经常空袭,小学生上课一曝十寒。教育科宣布,除了有条件迁移到城外,经过批准的,其余城内各小学暂时停课,包括校长在内的教师等工作人员一律留职停薪。校产保护人员则另设酬劳。这样形势,黎清能找到工作?

她写信给李嘉陵,他虽早已离开江门镇,却在家乡做一所农村小学校长,他立刻回信来,除了表示同情和理解外,只有歉疚。他说他的小学是个村办的,经费来源不能保证,都在秋收后由子女上学的农民捐款,随缘乐助。这二年天灾作祟,学生的人数不到五十,连他在内,只有三个教师,还是复式教学。由于都是本地老百姓,吃饭在自己家里,薪水是没有的,只有每月5元左右的津贴。他说："你来,怕要带足膳费。还要准备假期回家的路费,这样能行?"

黎清叹了一口气。隔一日,绞尽脑汁,只有包真家乡还可值得一试。他在信上把姜尚义和包蔷妮的名字都写上。回信仍是带来失望。信是包蔷妮写的,她说:"这里的抗日学校办得很得人心,有民兵班、救护班、生产班、识字班。……但是尚义积劳成疾,病了。最气愤的是沙姓家族乘人之危放一把火把作为教室的祠堂附屋烧了。还率先准备好人证物证嫁祸给我们姜族。我们的年轻人不服,去和他们理论,又被打了一顿。他们把民兵班和护士班中不顺眼的学生都退学,美其名曰提前结业。姜尚义的得力助手都没有接到下学期的应聘书,沙姓副校长被正式任命为校长。可以说是大获全胜。去年年底,教育科忽然来了个通知,转来有教育厅指示说一切中小学的课程设置、组织形式不许随意更改,需经县教育科批准,已经改了的,自新学期开始应复原状等等。"这样,好容易办起来的,当时还受到政府表扬的抗日学校就彻底毁了。教育科把它改名为沙姜镇小学,校长和教务主任也另派来。现在因为校舍不够,只有初小四班,信上说:"黎先生,撇开沙姜两姓的纠缠,我不懂为什么抗战进行了这么多时候,抗日学校反而得不到政府的支持而枯萎下去呢?难道抗战即将结束,难道和谈真有蛛丝马迹可寻?"

黎清暗想:包蔷妮进步真快,她问我的问题我能回答?我比她更糊涂啊。

最后,黎清眼光落在签名旁边"又及"上:"尚义健康基本已经恢复,他打算离开沙姜镇,因为他没有什么事可干了。黎先生的事情,他会放在心里,尽量设法,有头绪,当即奉告。""我也许只能把希望寄托在这里了。"黎清头脑中只有这一行字,字体很大,把头脑都挤痛了。

她从开门箱中,拿出钱包,如果下学期没有工作,只有这点钱了。付了柳火学费、膳费和零用费,所剩无几。老天会保佑我,我可没有做过坏事,几十年我过的都是屈辱贫穷的生活啊。

按黎母的说法:"天无绝人之路。我向观音、佛祖虔诚祈祷了几十年,定有效果,柳火高中最后一个学期的费用,你可不必愁的。"

真怪,黎母的预言常会灵验。隔了几天,邮递员送来一信,是姜尚义写的,很简单:先说自己下学期去蒋家乡小学担任教务主任。然后他向校长推荐黎清专任一班国文教师,兼任全校音乐教师。信中还附了一张聘请书,时限一年,月薪折米一担二斗。黎清一看校长的签章,就明白了:这位校长原来是当年江门中心小学辅导区内的一所学校的算术教师。黎清还支持她的观摩教学,在评议会上表扬过她。啊!都是缘分!但黎母认为这是信佛的结果,缘分也是佛给的。黎清心里怀疑,可能还是母亲对。

柳火知道了,快乐无比。他决心在这最后一年高中的学习一定要得个好成绩,打好考取大学的基础。

暑期还剩十多天,他们三人舒心宽意地过了。孙石也为他们高兴。柳火建议:转到新学校还是早去为妙,兴许出现什么新问题,也有时间解决。黎清以为儿子的话很对:"我也应该这样。"她只怕中途变卦,空喜欢一场。

(二)

永宁中学的校舍坐落在离永宁县城约四十里处凹进去的山脚里,也是由破旧的古庙修建成的。生活条件比深山冷岙里的山江中学要好些。睡觉总算有张叠床。柳火等转学学生连同原有的共四十余人,同住在一间大楼房内。伙食仍是咸菜豆腐。柳火很奇怪农村里为什么见不到青菜。晚自修,两三个同学合用一盏菜油灯,起码要燃亮三根灯芯。

枫友社自壁报事件发生直到大部分同学转学到永宁中学,是否被惩处自然地分为两类,虽然没有产生敌对情绪,但芥蒂不无存在。永宁中学的枫友想起壁报前情总有困惑,甚至想到黄知五是否是一个出卖朋友的人。柳火并不这样想:黄知五、童曦等人都为星报写过文章,文章没有刺痛校方,纯属偶然。以后,黄知五来了一封信,慨然说:枫友社这样被拆散,实在始料不及,现在是名存实亡。他建议出一本纪念册,各人都写一篇文章永留纪念。因为再过一年,绝大多数枫友都毕业,各分东西了。这封信写得很动人,传阅后,没有人异议。说做就做。不久,《枫友纪念册》便人手一本了。

柳火非常珍惜这本纪念册,但同时很讨厌自己写的叫什么《自我教育》,板起脸孔,像孔夫子说教的枯燥无味的文章,他很欣赏凌丑章那篇散文中两句诗:"满江枫叶红似火,两岸芦花白似银。"

一天中饭后,程惜惺校长差人来叫柳火,把柳火带到校长室隔壁一间小房里。程校长指出一个坐在靠椅上的中年男子说:"这是永宁县党部的督察,他希望跟你谈谈,你得好好想一想,实事求是地回答。"他转向这位督察点点头,"请,我就想不奉陪了。"

柳火坐下。端详这个矮胖微秃顶的人，心里没有好感。特别他那双昏昏而不能转动的眼珠，使柳火对他产生不信任感。"他有什么东西要问我？"柳火想起金耀宗从重庆寄来的信，说起国共合作这根抗战必胜的红线正在被磨损，也许立刻就要断了，他告诉柳火，他曾经亲耳听到一位国民党的高级将领称共产党为异党。柳火浑浑噩噩地想着自己："我拥护抗战。我没有反对政府，怕什么，小心应答就是。"

"你叫什么名字？"

"柳火。"

"高中快毕业了吧？"

"嗯。"

"你喜欢什么课目？"

"数学，特别是或然率（Probability）计算。"柳火提醒自己绝对不能讲对阅读社会科学书籍有兴趣。随后他补了一句："我们都是理科学生，功课顶忙。"

"总不会忙到连抗日都忘了吧？"

"当然，长期抗战，最后胜利。"

"谁能够长期抗战，最后胜利？"

"当然是蒋委员长。"柳火突然站起来，使这位督察不得不欠身一下。

"争取抗战胜利是非常艰苦的，要长期打算。你也许看过《论持久战》这本书吧？"

"论持久战，还有书？你刚才不是说抗战要长期打算，这就是持久。我当然知道。"柳火警惕性提高了。

"我指的是《论持久战》这本书！"

"我哪里会看到，这里图书馆连订报纸的钱都十分困难。"

"也许从哪个同学那里借到的吧。"

"我们可以说几乎不看任何课外书。我刚才说过，功课很紧张。白天，晚上的课余时间都做数学习题。高等代数我们用作课本的是 Fine 原著，英文不够好的同学还难以应付。物理实验报告也是很花时间的作业。英语几乎每天都要背诵。哪有时间看别的。说实话，我们都听从校长的训导。在校学生，用功读书，便是支持抗战。"

"嗯。不过报纸还是要看的，像《中央日报》《东南日报》。学校总不会连这两种报纸都没有吧？"

"不错,阅览室还有《大公报》《文汇报》。"柳火开始主动性试探了。

"你们学习紧张,时间宝贵,这些报纸不看也罢。"

果然。柳火想这个人真是所谓"来者不善"。听他还有什么话要和我说。

"唉,这样学习也够苦了。课外活动应该调剂调剂。一天到晚捧着书本也不是话。"

"哪有场地活动!连一个像样的篮球场都没有。"

"开个会什么的总有地方吧?"

柳火没有回答,他想不起自己参加过什么会议。

"你们不是在开学初举行过枫友座谈会么?就在学校后山坡的古墓旁。以后还出版一本《枫友纪念册》哩。看来,你们枫友之间团结得很不错。柳火同学,这种事情在中学生中并不平常,最好从你口中如实讲出,不要我一问一答。"

嘎,原来为这件事,有什么不能讲?于是他就把枫友社始末,连同自己是创始人之一全讲了。

"你讲完了?想一想,为什么取名枫友?谁的主意?"

"噢,那是极简单的事。"柳火此刻情绪平静,不激动,不慌乱,侃侃回答:"我定的名。最后一次筹备小组讨论在江门枫山半山亭,满眼枫叶。我提出后,大家都赞成,就定下来了。"

"可见,你们不约而同都喜欢红色。你不知道共产党最喜欢红色吗?"

"当然知道。他们的旗就是红的。"柳火心里已经十分清楚自己被认为有共产党嫌疑了。

"可惜我不是!"

"你们枫友怎么个个喜欢红色,和共产党如此一致。"

"我不知连你怎么会如此清楚!"

"你们《纪念册》里就有不少赞美枫叶的句子,希望整个山江地区都散满红叶。"

"喜欢红叶不对吗?"

"须知枫叶是红的。你们都喜欢红的。"

"我个人倒蛮喜欢红色。别人就不知道了。坚决抗战,需要流血;革命尚未成功,同志同努力,更要流血。血是红的,我们的国旗就是青天白日满地红。"柳火很得意自己有这样敏捷的应答思维。他有点瞧不起这位督察。

"不过——"督察呆了呆，"话虽如此说，共产党红旗和我们国旗的红是不同的。出版《纪念册》又是谁的主意？"他拿起《纪念册》向柳火眼前一挥。

"首先是山江中学黄知五提出的，然后一致通过。不是出版，只是印行。每人一册，另给两校图书馆各一本。你，督察怎会有？"

"这个你别管了。你们以后有什么打算？还要出版什么？好像开始时那种《老百姓》一类的东西。"

"哎哟，我们立刻就要毕业，剩下来只有二、三个月，还能有什么打算？更谈不上出版了。一旦毕业，各走各的路，恐怕见面都难啦。"

"说的也是。我们谈话暂时到这里。听校长说，你们虽然在山江中学有些过激言行，在这里还算不错，能专心学习，听话。知过能改，善莫大焉！"他摇头肯首，站起来。"我希望你记住刚才说的话，学生用功读书，便是参加抗战。别忘了抗战必须在蒋委员长领导下才会取得最后胜利。"

柳火回到教室，空无一人，原来上课预备铃早响过，这是两节连在一起的物理实验课，同学们早去实验室了。接着又要写实验报告，一直等到夜自修后躺在床上才开始思考中午那场意外的审问，它的含义是什么？他回忆起这里的程校长的话："如今，局势和抗战初起时大不相同了，抗日宣传已经不大新鲜了。《救亡日报》早成非法。学生在学校里只有用功读书才是对目前形势最好的适应。"这些话暗示什么？"不大新鲜"总不是过时吧，抗战正在艰苦地继续着啊。"不大新鲜"按字面说应该是"不时髦"，那么，现在时髦是哪些？柳火并不理解。他觉得抗战实在非常奥妙。他所看过的有关社会学、社会思想的著作都没有涉及类似抗战的这种特殊形势。他又想起程校长送走县党部督察后对他讲的话："你放心！扯不到共产党那边去。不过毕业前还应该把精力放在功课上为好。"柳火又想起："幸亏不是，可惜不是。"不过，程校长的话是真诚的。绝对应该肯定。因而，他遵照嘱咐，从没有把这次意外事件告诉任何人。嗯，应该考个好成绩，这是阿娘所希望的。他似乎有了个结论。他睡着了。

永宁中学高中部的课程是双科的，既按文科，又按理科，所以学生特别忙。上课时间安排得满满的。星期日，就非得补上平时作业时间的不足。英文教师自己的水平并不见得好，但要求学生很严格，每星期至少要背三篇短文。他认为学习英文，只有背诵一法是保险的。所以早晨一起床，必须读英文。幸好数学教师是一位口语艺术非常高超的人，他把枯燥的数学讲得

活灵活现，竟能吸引住柳火这一段时期思想常常开小差的人。特别讲到"机遇"这部分，柳火更有兴趣。他模模糊糊地觉得数学上的机遇理论，似乎和社会现象的判断有着某种联系。这是一种特殊的辩证因果律。到底将它如何应用到社会现象，那是一门非常深奥的学问。比如抗战的胜利或失败的概率，谁能计算得出？社会现象千变万化，瞬息不停，简直无从研究。这就是为什么他两年来看过的有关社会改革的著作总免不了主观、空洞和太多的假设，无法应用。他比较倾心的，在理论上是孙中山的三民主义，在理想社会的描述上，他喜爱康有为的"大同"模型，而在当今可以用来指导抗战的则是毛泽东的《论持久战》。

国文教师是一位才子气派的诗人，文学功底远不及山江中学那几位，但对作文课的观点同样采取自由主义的无命题措施，而且只要每二周交上一篇就行。这样，使找不到谈话对手的柳火那颗孤独的心有一个发泄的机会。有一次，他把自己零乱的思想感情点滴记录当成作文交上去。因为他理不清自己的思绪，写不出有主题的文章。哪里知道国文教师郭先生却在篇后给它很高的评价，说它不亚于日本一些杰出的俳句，可以比美泰戈尔的散文诗。从此，柳火的文章习作郭先生便不过问。半个学期，柳火没有交上一篇，他只是对他笑笑，而柳火暗中把他引为知己，作文像书信一样，倾吐自己的心声，更得到郭先生的好评。

如果从写作这个角度看，枫友中能写些东西的不止柳火。柳火甚至对两个人自叹不如。一个叫霍柔知。据他说他祖先本姓柯，是少数民族，和维吾尔族混住在西域，不知哪个朝代有一位祖辈被西征的汉人军队俘虏到中原，流落在江南。由霍姓的夫妻养大，唯恐别人知道底细，又不愿忘记养育之恩，乃改姓霍。他个子瘦小，背微驼，常要和反应不灵敏的同学开个小玩笑。一副调皮的脸相，使大家忘记他的真姓名，叫他"小调皮"这个绰号。他能写精短的小诗，在山江中学的联合壁报中曾和一个会漫画的同学配合，发表好几篇挖苦的作品，于是两个人一起来到永宁中学。自从他在省内大报副刊上发表《这是第三个春天》后，柳火诵吟再三，短短十余行，隽永有味，甚感钦佩。柳火断定他的调皮乃是皮毛之相，内心蕴藏着丰厚深沉的感情，不可捉摸。

"柔知，最近有什么佳作？"柳火在一天晚饭后见他一个人在校门外池塘边徘徊，主动地和他招呼攀谈。柳火多么需要有一个比较谈得拢的朋友啊！

"哎，柳火，别开玩笑好吗？"

"没有的事。我说的是实话。"柳火唯恐他误会,立刻向他诚恳地说明:"你那首小诗实在不错。短短几行,深刻描摹出对祖国的热爱和对它前途的关心。我有时也想写首诗,总是写不成。你这首诗还有个优点,有自然的押韵。诗必须押韵,押韵必须自然。像何其芳的诗,我就很喜欢。硬押硬凑,就不必写诗,写一篇散文不是也可以吗?"

"我知道你的散文写得很好,总被郭先生评上甲等。你能告诉我散文和诗的区别吗?"

"这个我可说不清楚。我只觉得两者在本质上差不多。诗是有韵的散文,散文是无韵的诗。"

"嗯,哪什么叫散文诗呢?"

"我就不清楚了。也许文体结构不同。或者里面的感情和理智的比例不同。"

"我听不懂你的话。"。

"诗中感情丰富,散文中理智多。"

霍柔知若有所悟说:"诚如你所说,单有丰富的感情写不出好诗,单有充足的理智也写不出散文杰作。"

"对极了,"柳火称赞说,"所以我们要多读些书,关于社会变革和发展的著作。文学、诗、散文、小说、戏剧都一样应该为社会发展服务。不过,首先得真实地描刻社会,美的丑的都要实在地使它们展露在民众眼前。"

"你说得不错,可惜功课实在太紧了,不毕业是不好的。"柔知声音很低。

"我更是如此,我在这里读书的费用是由人家帮助的。所以我最近也不看课外书了。除数学必须花足够功夫外,我在练习翻译,一方面使英文生字、短语,课文记得更牢,一方面可以练习写作。"

天色愈加昏暗,黑夜里的树林,像鬼怪巨人。他们加快脚步,走向教室,夜自修的时间到了。

另一个枫友也常使柳火心服,他就是凌丑章。据他自己说从前名叫梅雯,人家常常取笑他:"名不副实,美丑倒置。"他一气之下,在初中毕业申请改了名字,索性把"丑"字放进去。他脸黄身矮,走路八字脚,两手背后,真像私塾里的老学究。虽然他的文章没有特出之处,语文教师很少表扬或记高分。但柳火自从看到《枫友纪念册》里他写的"满山枫叶红似火,两岸黄花白如银"这二句后,推断他的诗词和古文修养一定是有渊源的。他的英文成绩也不错,他和苗文化一样坚持背诵英汉字典。柳火很佩服:"我就不如,到 B

就不能坚持下去。"此外,凌丑章还有二门绝技,一是书法,草书龙飞凤舞,那些露头面的书法家中可能大有人不如他的,可见他从小勤学苦练,和古文诗词同步。二是背诵《三国演义》。开始,柳火不相信,有一次,同学们正在热烈争论一道代数题的解答,他打了一个喷嚏,同学们大笑。不知谁高声喊道:

"嗨,不必再争了。头昏脑涨,不如请凌丑章说回《三国演义》吧!"

一阵掌声,凌丑章也来了兴致,钢笔一放转过身来:"也罢,今天星期日。说哪一回?"

"从头讲起吧!"

"咳咳,"凌丑章把手掌重重向书桌一拍,摇头晃脑地吟诵起来,"滚滚长江东逝水,浪花淘尽英雄。是非成败转头空,青山依旧在,几度夕阳红。"凌丑章取出一团手帕,揩去即将流到上唇的鼻水,继续念道:"渔樵白发江渚上。惯看秋水春风,一杯浊酒喜相逢,古今多少事。尽付笑谈中,"

他的声调苍劲悲凉,和词中含意非常和谐。如果不见其人,一定会认为是出自半白头发、阅历甚深的老人口中。他顿了顿,又把手掌向桌上一拍:"且说天下大势,分久必合,合久必分……"

这时,鸦雀无声,个个搁了数学题目倾听,窗外还站着别班同学,大家都出神了。

"这些人都是天才,我可不是,我必须努力。"柳火想。通过全省毕业会考是容易的。毕业前后的常规活动一转眼都过去了。只有一件事,柳火的印象极为深刻。那就是拍过毕业照后,他和白二良出了校门,边散步边聊天。他们在一块平整的岩石上坐下。柳火很高兴自己发现四周杂树间有一棵老枫树,但叶子是暗色的,似乎暗示他们青年的抗战热情已经今非昔比了。他颇为感伤地对白二良说:

"如果有人说抗战的前途像这棵老枫的叶子是暗红色的,意味什么?"

"你的比喻太抽象,我回答不出。"

"我倒认为意味着它的成熟。因此,要继续地进行下去,一直到最后胜利。暗红色的枫叶要落下,新生的枫叶是鲜红的。"

"抗战更艰苦了。看来日本要把我们和大后方隔断,我们无形中成为孤岛,孤立无援,而大后方也没有出路,只靠东南亚是危险的。"白二良说得头头是道,"不过,我反觉得日本侵占地方愈大,崩溃得就愈快。像元朝初期的蒙古人。所以我对于最后胜利,仍有信心。汪精卫虽然也建立一个中央政府,谁都知道他是傀儡,傀儡总是短命的。"

"你的议论很精辟。你下学期的打算怎样?"

"升学。抗战胜利后,我们要参加建设新中国。没有本领,参加建设是空话。"

"说得好。你想过什么学系?"

"教育。要通过教育不断培养建设人才。社会是发展的,人才需要不断地培养。农业生产,几千年如一日,需要彻底改造。目前中国农民,90%以上是文盲,能完成这任务?工业更不要谈了。反正非优先发展教育不可。"

"我同意。"柳火认真说,"但是教育怎样发展得快?学校教育需要各级教师,其他社会上的教育机构:报纸、电影、图书馆、文化馆等等需要数不清的各种人才。从哪里来?哪里来的钱来培养这么多的教育工作者。所以发展经济比发展教育更需要优先。我打算考经济学系。"

"嗯,经济和教育,谁应优先正如蛋生鸡、鸡生蛋的辩论一样无聊。还是让它们同步前进吧!"

柳火对这个问题虽然讲不清楚,在思想深处,总觉得民众的生活水平提高,应在教育水平提高之前。一个人如此,整个国家社会亦如此。日本侵略中国尽管从小学教育起就配合,到底这些小学都是靠经济发展办起来的。这点说,柳火自认是马克思主义者,经济始终是基础,教育则是上层建筑,他和白二良说:

"我决定研究中国经济的发展,达不到目的,我宁愿做一个教师,勤勤恳恳教出几个学生。当然,如果有机会办所学校如何?二良,我们来合作好吗?"

他们走回教室,欢欢喜喜。好像中国经济已经蓬勃发展,或者学校都已经上千上万地办起来了。教室里的同学也很热闹,看见他们进来,苗文化高声说:"问问他们,肯定是升学,研究什么啊?"

原来教室里的同学也正在讨论同样的问题。大部分同学都兴奋地表明自己要做大学里的理工科学生,他们的目标是工程师、设计师。数学科成绩差的同学,准备投考医学院,数学可以免考。还有读英语,研究英国文学的,凌丑章便是其中之一。

当白二良宣布自己和柳火要研究教育,发展教育事业,即使办不起学校,也愿意做教师时,就纷纷议论起来。

"这确是受人崇敬的职业,没有教师。我们能有今日吗?社会要是没有教师,儿童、青少年怎么办? 恐怕天下立刻大乱。"

"可是社会就瞧不起教师,我父亲说:只有没出息的人才去当教师。我当然不能同意。我问,为什么要我进学校念书把我托付给教师? 他说,那是两回事。"

"你父亲不能代表社会,他是做官的。我父亲是商人,也不能代表社会。他认为做教师的收入越来越少,养老抚幼,实在不够。但是他对教师是尊敬的。"

"那么谁代表社会?"

"当然是占百分之八十的农民。"

"在城市里还有工人。"

"这不假。我们在江门办民众夜校时,学生的家长对我们教师的尊敬真算得上诚心诚意。"白二良回忆说。

"看得起教师的是没有权力的人,有权的人心里看不起教师,面上却装着尊敬,他们会讲天、地、君、亲、师,内心却鄙视得很。他们有权,教师的穷潦问题就解决不了。穷如讨饭,又没有他们的自由。只好再低一级,排在它后面。七讨饭八教书。"

"讲得好。我就是这样被它吸引过去的。真理和善良得不到传播,歪理和邪恶更加肆无忌惮了。"柳火心里想着。没有凑热闹发话。

整个教室充满青春和活力;只有绰号卡朋(Carbon)的同学畏缩在座位上,两眼凝空。

"喂,卡朋,你怎么啦,想必去音乐系了,将来你做个歌唱家?"听不清是谁的叫喊。

"我,我什么也不读,我要去工作代父母还债理。"卡朋是一个黑小子,但嗓子极好,圆润的男中音,常常在教室中大家自修疲倦时起着领唱的调剂作用。此刻,他听见其他同学兴致勃勃地计划自己的前程,他黯然神伤了。他低低地唱了《茶花女》中《饮酒歌》的二句歌词:

"人家说我处世太糊涂,算了吧,我不糊涂又怎么。"他索性离开座位走出教室。教室的欢乐气氛一下子就变得沉闷起来。这种沉闷触动了柳火:"我靠人帮助完成高中学业的。可阿娘希望我升上大学。高中毕业是通才,通才是没有什么大作为的,三年前阿娘就已说过,我怎能忘掉? 我必须大有作为!"他这样想。

柳火曾在作文习作中写了一篇小说,国文教师郭先生在篇末批语中有一句话是这样的：

"人生不如意事常在八九，读此文，益信矣……"

从此，柳火常常碰到"人生不如意事常在八九"的例证。现在他自己也成为例证了。

柳火毕业回家后不久就发起寒热病来。幸靠孙石亲家陈医师的照顾，几乎是免费治愈。但是在临时省城的国立大学联合招生的日子已经过去了。他仿佛自己是一个孤独的夜行者，眼前一片漆黑，看不见可以走的路。体温寒热虽不再发，但胃口不开，精神委顿。黎清知道儿子的心情，竭力劝慰。并说："即使不生病，赴考路费，还有考取后赴校的路费也无从筹划。"

她没有再讲下去。柳火心里有数，反倒庆幸自己恰好在这关节眼中生病。他对阿娘说："你以为我愁眉苦脸单为自己不能赴考？不，我担心的是刚才讲的两项路费。即使我明年考取，至少要百多元，从何而来？"

"不幸你问娘在蒋家乡小学的薪水由于阴雨过多，今年收成大减，学生缴不出学米，教师只好维持三餐一饱，没有余粮可卖。晚季如何？明年如何？只有老天清楚。但愿能在课余找些零活干，总不能又向你干娘求助。"这时黎清不免想起可怜惨死的石娴。

柳火知道母亲心里极其难受。他脑中忽然跳出一个绝妙主意："不，你和外婆还得生活。我已经是个大人了。不该依赖你们生活。我决定去找个工作，赚了钱去读书。"

第八章

（一）

明天，柳火就要上任去仙台中学做教师了。黎清为他整理行装。去做教师，心里又甜又酸。我的火儿到底能自食其力了，可叹他还刚过十八周岁哩！怎么又是做教师？做教师，会不会以后和我一样倒霉？不，不能，绝对不能。做教师也罢，不能做小学教师，要做中学教师、大学教师。可能吗？命运能给他这种好机会？怎不会呢？他还没有进大学念书呀。她转身看望儿子，他正在把高中的数学、物理课本和作业挑出来，又把自己一本新买来的《实用英文法》放在它们上面。这些都必须带到仙台中学去，因为一年聘书中规定他要教数学、物理、英文三科。他心里有些不安，黎清一眼就看出来了。一边劝慰，一边鼓励，一边又恐教课负担重，挤去复习考大学的时间，说不定还会搞垮身体。立刻，她感到不妙，黄色的油灯光线照得房间似乎更昏暗了，一切都无可奈何了。

外婆煮了一罐红枣汤，盛了一碗给柳火。另外，又蒸了一搪瓷罐黑枣说："带去，每天吃几颗，可以补补身子。还是年初胡昭干娘送来的。"她又盛了一碗给黎清说："二囡，你也吃一碗。火儿啊，你疟疾初愈，即将远离家门，要不是为了赚钱求学，我和阿娘怎舍得？那边校长虽是你姨父学生，碍着姨父面子，答应你去，到底不是亲人啊。"

黎清闻言，想起钟伯，叹了一口气："要是他老人家活着，火儿就有依靠了。"

火儿见母亲眼光沉滞，知道像外婆一样正在担心自己，便强装若无其事说："你们看，我已超过十八岁，到底是大人了。我十三岁就独立住校做寄宿生，是个初中一年级生，生活尚能自理。这次我去当先生，生活条件一定方便得多，还担心什么！"

黎清回忆说："到底还免不了受人欺负，生满一身疥疮休学回来。"忽地她转换一个话题："不要为了钞票，担任规定外的课。别忘你这一年的工作目的是准备考取国立大学。准备自学的时间不能被课务时间挤了。再说，你第一次做教师，为人师表最要紧。对学生要慈爱，估计他们只会比你小四、五岁，应该待似小弟妹。但你又是他们的老师，又要树立榜样给他们看。对同事要尊敬。大概在这所中学里，你是最年轻的教师了，因此，凡事应多向别人请教——。"

黎清的话被儿子打断了。柳火说："我知道啦，我早在江门时就做过教书先生了。那时一大半学生都比我年纪大，有的比你还大。"

"什么？胡说！什么学校？你不是在读书？"

"嘻嘻，民众夜校，我教算术、识字，讲抗战到底，我还是负责人之一哩。"

"哦，总算有些经验。不过，这次做先生的是正正式式的中学，大不相同，要谦虚啊。"

"阿娘,我都知道啦,我不会辜负你的期望做个好教师。而且,我还可以保证:明年暑期一定考取不要学费、饭费可以向学校借贷的国立大学。"

仙台县在山江县西边,是凌灵江上游航运的终点,和山江一水相连。仙台中学在县郊靠江的小山上,很像江门中学。不过具体而言,学校范围很小,校舍也大大不及江门中学精致,它的基础只是一座小庙,几乎全是钟伯设法扩建而成。

柳火提早七天动身,告别了外婆和阿娘,也向孙石姨父辞行,并表示感谢介绍。雇了一个挑夫,向西步行而去。为什么不乘船?帆船看风力,逆水而上,若无东风相助,起码三天。陆地相隔仅一百里左右,没有山路,青年人一天可达。

学校事务员将他安排在一间没有地板、阴暗而潮湿的破旧厢房里,和会计同住。这个会计是北方人,隐隐约约的麻痕在他脸上闪着。他表示欢迎,将烟丝装满长烟斗递给柳火。柳火谢绝了。他称赞说:

"很好,青年人不吸烟,你一定嫌我桌上太乱太脏了。"他用手抹去墨水瓶口的尘埃,将账册理得整齐一些,"抱歉,非常抱歉。"

这一夜,柳火睡得不好。这,不是由于房里辛辣烟味,而是由于天亮后就成为一个他早所盼望的教师。"多幸运啊!"不过,他有点担心明天拜访教务主任后,接受下来的任务。"能完成吗?"他睁着双眼看黑暗。他弄不清楚自己是否希望晨光早些明亮。迷迷糊糊直等到哪来的时钟敲了三下,才入睡。不久,又被会计先生的盥洗声弄醒,他赶紧起床。

用膳的地方就在隔壁。那里放着两张大圆桌。早晨吃的是稀饭,桌上各放一碗咸菜,柳火皱皱眉头。他不喜欢吃咸菜,现在不吃也得吃。他正想回房拿碗筷,却被人挡了道。看来,这个人年纪不大,三十出头,微微有些秃额,个子不高,戴着眼镜,相貌举止很斯文,讲话慢条斯理:

"柳火先生,早饭时间未到。校长交代我把你课务安排一下。我这样想:请你担任二年级的物理和一年级二班的英文兼一班级任导师。您认为如何?反正是初步意见,特来和你商量。"

柳火听教务主任这么一说,头脑、口才还不算笨拙的他竟一时回答不出。他对"柳火先生"这个称呼吃了一惊。它显然和几年前民众夜校学生称他的"柳火先生"有不同的内涵。他算什么先生啊!他对级任导师很担心。少顷,才讷讷地回答道:

"我刚从高中毕业,怕当不起级任导师。"

"别忧虑。"教务主任慈祥地说,"这是校长和训育主任的意思,我也赞成。凡事总有个开始。不敢上第一课,就做不成教师。级任导师并没有多大事情,班中住校学生不多,只要不出什么大问题,不严重触犯校规,也就过去了。你的年纪轻,容易和学生相处。"

柳火想:不错。担心什么! 我把学生当作小弟妹,真诚待他们就是。"那么,试试吧。"话虽出口,其实心还有些虚,他嗫嚅地轻声说:"如果我有什么困难,能向你求教吗? 还有教课方面——"

"当然,欢迎来商量,我住在礼堂右侧的教室后边的房间。"他带有鼓励的口气答应了。

早餐中,教务主任又把柳火介绍给用膳的教师,使他们相互熟悉起来。过了明日这个礼拜天,学校便算正式开学。会计先生吃过早饭,去到会计室上班。校舍小,教师只能在自己寝室工作,别的教师都是每人一间住房,柳火是新来的,吃亏些也是常情。他打量这间狭长的房间,幽暗而闷气,和家里一比反差明显。不过,倒还安静,但愿老会计少回房间,少抽烟。

过了星期天,教务主任送来教科书和课程表。他的课都安排在上午,一共十三节课,英文两班是同教材的,从 A、B、C、D 教起,没有什么可担心的。物理这三个课时就难把握了。他不安地翻阅物理课本。自己懂,问题在于如何使没有物理常识的学生懂透。这是自然科学,不能单用言语推理,还要用实验证明。离正式上课还有六天。他计划先把两种教本从头详细精阅一遍,把他认为难使学生理解的内容做记号。在他头脑中,英文每节课时内容不过几行多有重复的句子,加强课堂朗诵练习,课外多做书写练习就可以了。试一试,要求学生都能背诵如何? 物理教本看完后,难点的记号很多,怎么办呀! 幸好物理都在周末,准备的时间比较充分。但他不知如何进行,他决定把一堂课中自己要讲的话全写到讲稿中,难道还会出岔? 我把它背熟就是。

按当时惯例,每学期开学前,第一次全校教职员全体会议这一天,校长要宴请所有教职员工一次。在会议上,校长一一介绍新聘来校的教职员。轮到柳火时,他站起来,脸孔发热,装起微笑,点点头。他觉得自己的样子一定很可笑。宴桌上,校长的祝酒词尽管落套,但柳火听来并非毫无真诚,暗想自己在这里当教师虽说只是一个过渡,也不能被学生、同事笑我无能。

一年级英文课很顺利地通过一个星期的五节课,学生是小学升到中学的少年。中学教师在他们心目中是庞然大物,谁知站在讲台上不过是不到二十周岁的高中刚毕业的学生。幸而学生对他的盲目尊敬使他方便不少。再,他想自己是他们的级任导师,是他们品行的监护人,可能还有点怕我。因此,他再次下决心,不能辜负他们。

可是物理课却完全失败了。课前,他准备了足足可以讲三节课内容。不料第一节课没有下课就被他讲完了。他站在讲台上不免手足无措。幸好灵机一动,他叫学生复习。下课铃一响,他几乎是"逃出"课堂。第二节物理课隔了一天,由于他在课前不止一次在寝室里预讲,总算勉强过关;可是再隔一天的第三节物理课中的主要内容:大气压力的示范实验又失败了。学生们窃窃私语。一个瘦小的学生站起来调皮地说:"先生,想必这根玻璃管有毛病。"接着向坐在旁边的学生做了一个鬼脸,那个学生就大笑起来。

这一切,柳火都看到了。他红着脸将实验仪器整理好放在木箱里。径自拎回寝室。他觉得这堂课特别累,好在下节没有课,索性躺下休息罢。但是当养神一闭眼,物理课中对他带有讥笑的各种表情就逼他睁大眼睛,他腾地跳起来坐到桌边,拿出木箱中的实验仪器。"无论如何,要把示范实验做好。"他不相信自己连这一关都闯不过去。物理学建筑在实验的基础上,做不好示范实验,还能当物理教师? 下星期的阿基米德定理也非做好实验不可,决不能又来一次补做。

第二天,上完英文课后就躲进实验室连续成功地做了四遍。晚上躺下睡觉时又在头脑中反复几遍。

上物理课时,他终于补做成功了。回到寝室,他吁出一口快乐的气。可见叹气不一定表示无可奈何。从此,他在物理课上的示范实验,由于事先都先试做过,再也没有失败过。他是一个敏感的青年,他已经发现学生对他已改变态度。他觉得学生们也愈来愈可爱了。不过在有些年龄比他大的学生前面,他仍有年纪太轻的自卑感。他认为当教师,总应该比学生年龄大。他还不理解,学生们更喜年轻而又知识丰富的教师。

不久,住在城里的一位数学教师带来一则惊人的传闻。鬼子海军即将在江门登陆。据说为了配合包围中央政府所在地的重庆及大西南后方,企图扣紧包围圈,统一占领区,使汪精卫傀儡政府能够自给,更有效地供应侵略战争需要资源。这样,东南几省凡是未沦敌手的几块地方,中央已鞭长莫及,无法支援,岌岌可危。这位数学教师是仙台县唯一北京大学毕业生,是校长黄呼孝的堂叔,钟伯当年回乡办学得到他不少帮助。钟伯死后,仙台中学校长这位置,不用说,谁都会拥护他坐上,可是他生性自由,做校长就受拘束,推荐堂侄。自己只教数学,做一个清一色的数学教师。他知道人家对他这个决定背后必然议论。对此,他总轻松地说:"不错,我是读化学的。我做过多年化工厂的工程师,化学使我厌恶,做化学教师要演示实验,麻烦。教数学,初中这点东西,我可以不准备,多自在。至于校长,每天坐八小时的本领,我根本不具备,叫我当,不如杀了我。"所以黄呼孝对他,感激之余,只能听话。这次柳火到仙台中学教书,是孙石通过他才成功的。他和孙石同在北京大学一年,因为同是山江老乡,大学里的同乡会使他们认识,对当年北京热闹的政治和社会形势,看法相似,就自然接近起来。后来,虽不常往来,但友谊依旧,区区介绍一个教师有甚难处!

抗战军兴,他一度曾到省城,做什么,谁也不知道,不到三月他便回来,钟伯找他做帮手,他欣然同意,但他硬是不答应接受任何名义。可惜两人合作不久,便死别了。这不能不说是仙台县的损失。

所以只要一提他老黄伯这位化学教师,人们就知道他在仙台县,特别在仙台中学有特殊的、无形的地位。他对抗战甚为关心,抗战形势的预言常常准确。这次,仙台中学教职员一听是他说的,都不免慌兮兮了。可他又劝慰说:"不必惊恐,仙台县多半不会来。我们是贫困县,无物可抢,抢到山江府县就差不多了。山江地区所属六县,既非战略要地,又没有几个国军,何必久驻!老实说,山江地区各县恐怕连鬼子派几个代表组织维持会的可能性也不大。战线越来越长,鬼子哪来的兵力?"他是仙台中学抗战形势的评论权威,于是大家又都平静下来。

仙台县开始有难民。先来的多是带亲沾故,有落脚点的;逐渐难民走向客栈。这暂不管它。柳火接到阿娘的信,说敌人已到永宁。蒋家乡小学停课后,随孙石一家到乡下寄居。外婆仍旧没去。她坚决要守住家门。她说她无法挡住日本鬼子,但对小偷还有防范作用。阿娘说乡下住所离城里有五十多里。日本鬼子到城里抢掠粮财后,决不会长期占领。她准备一旦敌人退出城里向永宁、江门方向去后就回家。母亲还告诉柳火,从仙台县到她乡下住所如何走法,并画了一张详细图。但是她没说为什么不到仙台县来看柳火,仙台县离山江一百多里,不是更加安全?"哦,阿娘一定病了。"柳火的心因此而不安。

他无心上课,幸好只隔了一天,消息传来,敌人已退出了山江府县,甚至有传闻敌人已从江门出海去了。于是柳火和教务主任方虹秋商量，准他回家看个究竟，帮助两位老人家处理劫后诸事。方虹秋当然同意，校长也不得不批准。

翌日一早，柳火离开仙台县城，身边带着两个月的剩余工资，徒手步行，照例在半路上的村镇小饭铺吃中饭。人很多，没有空桌子，就在一张只有一对不到三十的夫妇桌边空位上坐下来。点点头，萍水相逢。

"你俩到山江去?"柳火问。

"是呀! 你也是?"

"可不? 日本鬼子退去，谁不想回家。你们在仙台县工作?"

"我是小学教师，我妻子在家照料。"

"哦，同行。我也是教师。"柳火本来想讲自己在仙台中学教书，恐对方认为他自炫，就没出口。

这时，有个女人牵着瘦骨嶙峋的男孩来要饭。小学教师给她一张钞票，她接了，却又哀求说："你们剩些面汤给我喝吧。我一天半没吃没喝，又饿又渴。我看出你们三位都是好人，我可以等你们，你们慢吃。"

他们三人哪能慢吃! 柳火想：这个小学教师无非和阿娘差不多薪金，还有家庭负担，不如我。这碗面就给他们算了，我再要一碗。要饭的母亲接过面；愉快地和儿子狼吞虎咽地吃了，又将柳火和小学教师夫妇的面汤也接来喝完，道谢而去。

面来得很快，柳火实在也饿紧，吃得更快。小学教师等他同行，指着正在向别人要饭的母子说："听口音，他们从北方来。我知道他们。"

"你到过北方?"

"不，我在抗战前多次碰到他们，儿子还刚学会走路。他们多是从皖北逃荒出来的。那时，我在永宁城里小学教书。皖北的自然环境条件实在太差，十年倒有九年荒。如今加上兵祸，无话可说了。"

"兵祸是鬼子的侵略，是鬼子制造出来的人祸。天灾人祸，主要的还是人祸……"柳火情不自禁地要发挥他的人祸论，忽听邻桌一个大汉竖眉圆眼狠骂堂倌，堂倌连声道歉，柳火只好吞下自己想说的话。小学教师的妻子尚未消除疲劳，希望能再休息一下。他们对柳火道声珍重，柳火独自继续向山江走去。

一边走，一边回忆在永宁中学和苗久化闲聊的内容。柳火用回忆来解除自己旅途中的寂寞，觉得很得意。那一次聊天，苗久化并不同意："有时天灾,有时人祸,总不能什么都归至人祸。"柳火记得自己和他说:"我这个人祸,也许概念欠灵清,我只是说老百姓的苦难归根结底是由小部分人使用特殊手段造成的。"他记得当时还举了一些例子,最后一个例子是逃荒不是被天灾逼出来的,如果没有地主要粮,没有政府要税役,农民对自己所有的田地,无论如何都会想出办法,不会离乡出走。人定胜天。苗久化听了后,小心翼翼地说:"这不是共产党的理论吗?""不,是孙中山先生早就提出的耕者有其田的主张。"柳火此刻接下去想:可惜孙中山先生死得太早,可惜国民党的继承人没有着意这个彻底的改革,倒是共产党已开始照着办,苏联早就实现了。所以孙中山先生生前做的工作:改组国民党政治方针,提出和共产党合作的政策是完全正确的。

柳火对自己的这个结论觉得很满意,大踏脚步,走得起劲。

远远有一堆人,柳火走近一看,四个乡丁揪住一个农民不放:"原来逃到这里要饭!巧极了。回去吧,当兵打仗是救国,你还耍赖,准备将来当汉奸?别怪我们不客气了。"

这个农民不肯走,枪托敲他,也无反应。他只失望地瞧着坐在地上哭泣的妻儿。

"他们不是本地人,怎么会是这乡里的逃兵?"一个穿公务员制服的中年人自言自语地问。

"逃兵会带着老婆和儿子?"一个小贩也怀疑乡丁的话。

"你们管得?"乡丁圆起眼睛,"我正在捉摸你们二人可能也是逃兵。"

公务员和小贩赶紧回头就走。观众们也一个个摇摇头或轻轻叹息地走了。乡丁们朝他们阴险一笑。那个农民终于被带走了。年轻而憔悴的妻子,失神落魄地垂着头,似乎没有听见孩子的哭声。一位老农民对柳火眨眨眼说:"你是路过的吧。老天无眼,她的伯伯是乡丁小队长,为了夺取她丈夫半亩水田,就出这毒计。碰不得,乡丁小队长。"

柳火把藏在外衣袋的几元钱塞给女人,女人没有道谢,只望他一眼,这一眼使柳火非常羞愧。物价越涨越快,能用上几天?我有什么用处?空谈教育救国,实在太可笑了。柳火肯定他的"人祸论",又肯定自己确实窝囊。

赶紧离开他们,逃吧!他突然觉得自己十分软弱。

进了家,外婆正在煮泡饭。见他进来,泪水滴下。外婆很少流泪,可见事态不寻常。

"你先歇会儿吧。"她把泡饭盛了二碗,"怎么办?盐菜,豆腐乳,你不会吃。嗯,炒块豆腐,你爱吃,我也方便。"

柳火到灶下,把树叶和小枝燃着,豆腐炒好。一边吃,一边偷看外婆:她老心事重重,仍如此沉着,真了不起,我可等不下去了。

"阿娘没来?"

"孙石家前有人来,说你阿娘下痢,若稍愈,今天一定来。此刻已快初更天,你百里路都赶到,她五十里难道?唉,估计病没好,这种时候,怎可生病?幸好你来,否则,我今夜难熬过去。"

"那我明天一早就去看阿娘。"

"这倒不必,明天孙石家有佣人来,问问他再说。"

"家里损失大吗?柳火环顾一下四周。"

"日本小鬼有三个住在楼上。你可想而知。楼下我整理了一下,楼上等你来,你先去看看吧。"

外婆点亮美孚灯,和柳火一同巡视这两间被鬼子住过的小楼。楼梯下的木板门已被劈破几片。楼上两间朝南住房和小书房真像两具大垃圾箱。纸屑、书籍、衣袜、酒瓶、剩菜、剩饭、果皮等满地都是。柳火让外婆在朝北外间等候,持美孚灯进入。他痛心地踩着零乱的书籍。怎么会有一股臭气?哇!床前有两堆大粪!鬼子把床帐撕下来当草纸揩屁股。呸,鬼子真不算人。但是书橱中还有四本《中山全集》端端正正竖立着,似乎没有动过,壁上挂着的孙石水墨山水和两边的甲骨文对联已被取走。这两件事引起柳火的兴趣。他设想住在这里的几个鬼子有些文化。阿娘曾告诉他,他爸说,有文化的日本人一般都爱中国的诗词文学和绘画书法艺术。所以书画都被取走了。为什么对孙中山这么敬佩,连他的著作都不敢乱动乱扔,难道孙中山征服了日本有文化人民的心灵?他们又怎会到中国来烧杀抢掠,无所不为呢?柳火想不通这个问题,但事实就是如此。

柳火这夜和外婆同住楼下,他无法入睡,山江城里有多少人家被糟蹋?全国又有多少?他恨不得立刻刺死几个鬼子。他甚至于觉得自己对前途的决策完全错了,他早应该跟金耀宗一起上前线。他在哪里?也许死在战场上,也许在后方做支援前线工作被日本鬼子的飞机炸死。柳火仿佛觉得自己也死了,因为他听到女人的抽泣声,是外婆和阿娘发出来的。她们的火儿死了,她们会怎样,能活下去?

柳火在恍惚中发现外婆早已睡熟,刚才的抽泣声竟是她轻微的鼾声。他小心起来,把灯扭亮些,他凝视外婆安详慈爱的睡容。他想起幼年时候外婆对他的教养。有一次他将外婆气急了。原来他常把外婆早晨上的香烛未烧完便偷偷取下，集中起来，卖给专收剩余红烛的贩子。他骗她说取下香柄玩，带便把烛柄和香炉的烛油清理干净。外婆点头夸赏他一番。那次他已集中二十多支半截红烛，正想去卖，被外婆发现：

"你这小畜生，竟如此侮辱神明。我天天上香为你们母子祈祷。你倒好，不敬神明，惹起祸端，我算是竹篮打水一场空。你去吧，下学期跟你阿娘去吧。"外婆素不骂人，那次竟叫自己"小畜生"，他吓哭了，赶紧跪下讨饶。想起那事，他感到仍很歉疚。他继续回忆其他的往事：肉骨、头发换米糖，跟外婆学走象棋；外婆的象棋又是谁教的？

他跷足上楼，轻轻地把所有的书籍都搬回书橱。把还算干净的衣服叠在一起，和必须洗涤的分开。帐子已无法再用了，只好卸下。

其实外婆并没有睡稳。她深知外孙的性格，必须做的事就急着做完。外孙上楼了，她仍一声不响。她无声嘀咕着：火儿总算是还债的，走了一百里路，当夜宁愿不休息就干起劫后复整。她决定明天去肉铺割半斤肉补补外孙的身体。别的，能买什么？她总共八角钱。要不，明天把粪坑的水清了，可以得五角钱。二图要来，三人生活如何应付？她没有料到吃早饭时，外孙交给她二十元的家用钱，恰如第一次接到黎清十元的薪水，喜得直淌老泪。

柳火把鬼子住过的楼房整理干净后，外婆又燃了十支香来驱邪。

隔壁孙石家佣人在午前就到了。和外婆说姨母的病已痊愈，只恐勉强走五十里路，又会复发。所以如果小柳先生（柳火听到这称呼有点不好意思）从仙台县回家，就请他在家休息一天后到乡下来，姨母急于见到他咧。于是祖孙二人又担心起来，尽管外婆舍不得外孙离开，仍旧决定明日一早让外孙跟孙家佣人去乡下。

乡下的房子是放着孙家历代祖宗神位的祠堂。黎清就住在祠堂正门内的大厅，用竹帘构成一间没有房门的地方。有两张木床相对放着，因为原以为外婆也要去的，却没料到在仙台县教书的柳火会来。

黎清正坐在床沿缝补一件秋衣，心里想着火儿。果然，"阿娘，阿娘！"柳火喊着进来了。娘儿俩像久别重逢那样高兴。黎清见儿子身体健壮，欢喜万分。柳火见母亲脸黄颧突，十分伤心。忙问病情。

"没什么，秋凉了，夜里没盖好被，冻坏肚皮，现在好了。"

接着，柳火上楼看姨父。他正在作画，停了笔问些仙台中学的情况。柳火谈不出什么，只把自己上物理课的笑话讲一遍，姨父也笑了。柳火又去看二表姐。她正在患风湿，脚难下地走路，靠着藤椅挑手帕花儿。柳火自从前年暑假被她丰满胸脯紧贴自己背后所产生的特殊快感以后，见到她就心跳，好像做了什么坏事，实际上二表姐无心无意，也许早就忘记了。柳火告诉母亲，假期还有五天。黎清说："那么应该去看看叔婆和小姑。"叔婆是辛亥革命烈士的遗孀，小姑就是他们的女儿。柳火没料到这一去却碰到小姑的丈夫。姑夫，真正的老共产党员。抗战开始时，国共合作，才从省城陆军监狱里释放出来。黎清曾见过几次面，但这次碰到仍十分惊讶。因为谁都知道目前国共两党合作早已徒有虚名了。所以这位姑夫此时此地出现就有点不自然。黎清知道他一向沉默寡言，共产党的纪律极严。他的身份可能已恢复原来在北伐到上海国民党清党后的地下党员。她不知他从何而来，为何在此，走向何方。招呼打过，既想不出甚话可谈，自和嗣婆母女谈家常，主要听她们谈日本兵进城后老百姓被损害的各种传闻。但是这位姑丈对柳火却甚感兴趣。姑父的来历，柳火已从母亲口中清楚。并知道在北伐后几乎和小叔同时被国民党政府逮捕，可惜小叔死在监狱里，要不，多好。

他们按俗套从抗战形势谈起。柳火问道："我们这个省份，这个山江地区，似乎和抗战脱了节。要是日本人这次真的退下海，姑父，您看，敌人的意图究竟如何？"

"恐怕还是整顿，巩固。他们的弱点早已暴露。由于掠地太快，侵占范围超出他们所能付出的兵力，再加上抗日游击队和人民无声无形的抵抗，敌人处处被动，捉襟见肘，无法再向前，只好穷凶极恶搞'三光'。他们这种法西斯脑袋，总是迷信武力杀戮，不会想到'三光'政策的效果反而是提高了人民对他们的仇恨，有利于我们长期抗战。"

柳火钦佩地点点头。问道："您不会都在这儿吧？"

姑父扶扶眼镜框，微笑说："当然，我不久应朋友邀请到大后方去。严格说：我在这里是路过。"

"您去做什么？到前线去吗？"柳火问得实在天真。

"那可说不清了。长期抗战，前线后方实在分不清楚。如果这里有游击队，是前方还是后方？所以到处可以抗日。教师是一个很好的职业，他可以向学生宣传抗日的道理。"

"您说得对。在高中读书时，我和一些同学也曾做过一些，老百姓很欢迎。我们还办过一个民众夜校，印行过一份不定期的报纸哩。"

"哦,是吗?很有作为。应该这样,国家民族的前途要靠你们青年了。"

"姑父且别夸张。我们以后没有坚持下去。学校搬到山坳里,对象没有了。学校当局似乎对学生的抗日宣传,在迁校前就不大感兴趣,没有实质性的经济支持。说起来,真惹气。"

"不会的,也许他们也有困难,如今你当教师了,抓住适当时机进行抗日宣传有条件。——抗战是长期的,持久的。"

"嗯,不过,姑父,我也想到大后方去,继续念书,上大学。明年暑假去参加国立大学联合招生考试。目前当教师,节省下钱,可以当路费。只要录取,到校后,生活就没问题,可以申请贷金。"

"如果你拿不到贷金,另有一所全部公费,又能兼做抗日工作的大学呢?……"

柳火见小姑来了,不得不和她打招呼,姑父的话也没有说下去。接着嗣祖母和母亲也来了。他们一块吃中饭。姑父很少讲话,沉默得使柳火觉得有些神秘。引申出去,中国共产党也有些神秘。尽管他读过一些关于它的著作。

亲眼见到儿子后,黎清几乎不觉得自己的健康有病后的乏力。她决定第二天就和儿子一起回到山江城里。即使路上发生诸如头晕之类的意外,儿子是会照料她的。

果然,他们母子顺利到家。两人的胃口都不错,使外婆高兴非常。不过夜里,黎清觉得自己的小腿僵硬麻木,活动不便。由于敌人退出江门的消息得到证实,柳火就为母亲去蒋家乡小学打听复课消息。校长认为还应观察几天。初步定农历十月初一复课。这位校长既是姜尚义的知交,当然也是抗战的有心人。复课是迟早的事。黎清也就心安了。

(二)

虽然家乡遭劫,柳火觉得自己处处顺利。回到仙台中学后,当夜就到方虹秋那边聊天。心情的舒坦掩盖不了对鬼子暴行的仇恨。他向他们证实这些消息:所有公家、富户的粮全被抢光运走。搜空舍铺、银行、钱庄、当铺后,纵火烧尽,挖地掘土。对城里几家著名富户同样如此。至于强奸妇女等事件,简直无法统计,因为被害人多半隐瞒这种被污辱的事实。单说被强奸后又被拉进他们慰劳队的年轻妇女，能指名道姓的就有一百多人。青壮男子不是被杀，就是被掳走去运背粮食，不知去向。柳火愤慨地说：

"我真正体味到了《流亡三部曲》中的强烈仇恨：无限欢笑，转眼变成凄凉。说什么穷的富的，敌人杀来，到后来都是一样。"

"你有这样的感受，很好。敌人这次来的目的就是抢掠粮食，其他暴行不过是他们本性的暴露，随着他们足迹，到处如此。"方虹秋取下近视眼镜，用手帕擦擦镜片说。

柳火惊奇地发现对方有一双美丽的眼睛，目光是温暖的。它不是无情，而冷静。"您说得对。方先生！"他尊敬地问："照这样，我们山江地区六百里方圆是不是可以安耽一年了？"

柳火觉察出方先生的话带有自嘲，又好像刺讽对面这个青年人，立刻怀疑自己对前途的设计是否太自私。可他为的是抗战胜利后祖国的建设啊！不过，柳火心中对方先生把"安耽"二字改为"苟安"还是认为对的。他们都应该属于"苟安分子"。唉，还是谈谈工作吧。他请问教务主任："补课的时间怎样安排？"

"别忙。最好不调动别人的课。今天已有二位教师要求调课，加上你一个星期内要调动，增补三位教师的课，怕要扰乱全校所有的课。要是你能设法在这学期内完成预定这学期的教学任务就可以不必另安排时间了。"

"真的？我总共缺两班的四节英文、三节物理，这学期内补完还不容易？方先生，学校有什么新闻吗？"

方虹秋向妻做个眼色，一笑。"有倒有一件，只好当笑话听。而且你还是个孩子，可能听不懂——"

"怎么会呢！很深奥？"

方虹秋没有回答，却问道："你知道图书馆管理员是训育主任的妻子吗？"

"知道。"

"你认为她怎么样？"

"不怎么样，蛮好。对我这种初出茅庐的人也还客气，不摆架子。"

"也许由于她和你还陌生的缘故。大前天夜里，他们夫妻吵架，竟扭打到天井来了。学生都出来看热闹。太不像话，我好不容易才赶他们回去。印象多不好！"

"嗯，夫妻二人都是教师，怎会如此，谁也不忍让？"

"常常吵架。但吵到这种地步还是第一次。"

"那么,校长也该知道啦。"

"当然。妻子是校长远方侄女,训育主任则是校长老同学。校长不能得罪老同学,而这位侄女,更难伺候。"

柳火听不懂,这个侄女似乎使校长惧怕,就问:

"这怎么说?"

"侄女的父亲是校长的堂兄。仙台县有名的大绅士。他和学校的原创办人钟伯曾有来往。侄女是他的独生女,掌上明珠。她嫁给训育主任是校长做的媒。而校长之所以能成为校长,是由于她父亲在县长面前的保荐。您想校长对她俩的吵架能说什么话?"

"那么,公道在谁一边?"

"不知底细,无法就事论事。瞎猜起来,公道多半在训育主任这边。别看他对学生蛮凶,其实他都是照章办事。有关学校的各种纪律条文,背得烂熟。他说对于训育主任来说,这些就像科学定理。犯同样纪律的学生必须同样处理,不能有例外。有一次把总务主任的儿子罚了关学。总务主任是校长的长辈,更是训育主任夫妻的祖辈,并曾在那位大乡绅家做过账房,校长只好一面好言抚慰总务主任,一面和训育主任说情,训育主任眼睛一凸说:'我是学物理的。做事一向机械,一是一,二是二。如果你不满意,另请高明便了。'这件事被他妻子得知,就说:'别的我都可不理。训育主任好歹比总务主任高一层,岂容他得逞!我去和校长说。当初这个老儿是我爸爸看他可怜才介绍给校长,他竟敢如此!'真的,她去告诉校长,说总务主任背后讲她丈夫坏话。于是校长又去安抚总务主任。幸好他到底年近花甲,阅业深,知道这位孙辈女人的厉害,再说总务主任在学校里,在学生眼中,虽不及教务、训育两主任,毕竟有实实在在的好处不能丢掉,反正儿子学也关了,落得顺水推舟。"

柳火不禁唏嘘:"小小一所初级中学竟有如此复杂。"

"哎呀,再说下去恐怕更纠缠不清了。还是单说夫妻吵架吧。他们结婚两年,还没有孩子。当初,女的不愿意嫁给一个教师。无权无势又无钱。丈夫是教师,难听。但……"

方虹秋没讲完,来了个事务员。他名方三升,和方虹秋同村。父母早亡,是个孤儿。由方虹秋父母领养过来,年龄只少六岁,以兄弟相称,还让他上学到小学毕业。抗战军兴,又跟兄嫂从沿海老家出来,几经转折,才来仙台县落脚。他为人伶俐而善良,刻苦而勤快。他能知恩图报,每月发来的薪金除膳费外,悉交兄嫂。到岁末,购买些平时冷眼观察兄嫂需要而尚未购得的东西奉赠。方虹秋夫妇感叹不已。他俩结婚多年,尚无子女,便把这位小弟视作己子。相应地,方三升愈加忠心不二。谁损害他俩,谁就是他的敌人。哪怕他们做错了,也不例外。怪就怪在他俩从不做坏事,总是真诚待人,助人为乐。所以,方虹秋夫妇要他做的事,无论公私,从不说二话。实在,他早已是这个小家庭的不可缺少的一员了。二年前他忽然向方虹秋请求:

"大哥,我想在这里从一年级起,随班上国文课,可以吗? 我还想你允许我也能叫你先生,像其他学生一样。"

"哦,小弟,这主意好极啦。不过,不能影响事务员的工作,要得到总务主任的同意,校长批准后,才能开始。你自己去说,我也帮着你。"

现在他已随二年级学生上国文课了。此刻他来了。不请自坐,问道:"明天要出差到山江江门一带,先生,师母有东西要我带来吗? 哦,你们好像正在谈得起劲。我听到半句,是夫妻吵架的事吧,这事我清楚。我住在他们的隔壁,哪句话没听到……"

方虹秋很严肃地打断他的话:"你别胡说八道。即使你亲自听到也不能外传,至于从别人口中听说,更不能散布出去。"

柳火听这话,好像也对自己说的,有点不自在。

"柳先生,不要紧吧?"方三升瞧一下柳火,又以目光询问先生,"你们不是已经谈了吗?"

"当然。我说是你在这里出去以后,不要对别人乱说。特别对本地教职员。"

"这就是了,我会记住的。"他接着说:

有一天晚饭后,我到城里给先生买煤油回来。先生还记得否? 恰好是周末。我听见有个老年客人,很气派地走进他们房里。他们叫他爸爸,想必是训育主任的岳父。听口气,好像是有个意外的宴会需要他们一起参加。谈话声音时轻时重,我将听到的连贯起来是这样的:先是女的说:"你还要犹豫什么! 人家求之不得的事。建设科长总比教书匠吃得开吧。你难道还留恋这比叫花子还不如的位置?"

"也不尽然。我们二人在这里每月有二、三石学米。到那里,买起黑米来，可吃不消呀。"这是训育主任说的。

他岳父叹了一口气后，发话了："你这个人就是书生气十足。难道建设科长无米下锅，县长眼看着他属下的科长饿死？就像我们这个仙台县政府里，哪个职员买黑米？别说科长了。这次机会之好，出乎意料。我只知道这个朋友是省民政厅督察，直至他来探望我的前一天，才从他电报里得知他升任邻县县长。前任县长班底中的建设科长要被带走。一朝天子一朝臣嘛。我这朋友是个督察，一时拼不起班底，建设科长尚缺，要我物色。我当然想到你。立即代你定下，你喜欢还来不及呢。老实对你说：我将女儿嫁给你，无非你是大学毕业生，有发展前途。做部长，五院院长的资格都算具备。当中学教师，只是一条跳板，权宜之计也。多少权位显耀的人，开始都曾做过几年教师。我不会让我女儿一直做个穷师母。"

"可是，我是研究物理学的呀。"

"真是迂腐之言。早知你如此迂腐，绝不会把女儿嫁给你。你这个训育主任还是我的脚力！明摆着的事实：今日，你还是校长的下级，做了建设科长，和教育科长并坐，你就是校长的平级。懂不懂？至于说到你是攻读物理学的，想起来和建设科长倒不是风马牛不相关。建设离不开物质，物质之理即是物理。做大事业的人，老百姓管你学什么！你们的最高上司中央教育部长不是一位地质学家吗？我还得上你校长家，没工夫和你纠缠。我回去啦，苦口婆心乃是看我女儿面上。时间紧迫，机不再来，不听我言，你会后悔的。"

他俩把老头送出，直到山脚，边吵着回房。

"想通了没有？"女的问，"我们对你已情至义尽了。"

"嘭"的一声，女的用脚踢开房门。

"可我是研究物理学的。'

"你在这里研究什么！夜里像更夫一样还要查夜。你若是当个大学教授，我还能将就。"

"我给学生讲的总是物理学知识吧。我不会做官。"

"你这样无礼，别说我，爸爸也会被你气死。你休得后悔。'女的厉声说。

"我不后悔。'

"什么？你盼我们都死？我偏不死。"

"训育主任的声音极低,近乎喃喃自语。听不清究竟说什么。"

"结果?"柳火开始对这家庭问题产生兴趣了。

"看不出来,他们走进走出,互不搭腔。"

"这样的夫妻有甚意思! 住在一起多。"柳火心中本来认为男女由恋爱而结婚一定非常幸福,所以他说:"这就要归罪于父亲对女儿婚嫁的强迫性了。"

"也不尽然。"一向很少插言的方师母发话了,"封建社会里的婚姻全是强迫性的,不是也有不少幸福夫妻白头偕老? 主要看婚后彼此的态度。这对夫妻,双方都是牛脾气。有一方忍让点儿,也就没事了。"

"谁应该忍让?"柳火不知不觉流露出他在高中读书时喜欢评论人事的习惯。"三个人中父女一条心,非要对方屈服不可,是屈辱,不是忍让;事情就难为。说到忍让,应该是父女两人的态度。教育为立国之本,教师却受他们如此奚落。"

"谁使教师无权、无势又无钱?"方虹秋缓缓地反其意而问之。

"应该政府负责。做官的,不管大小,总有其他财路,大官有康庄大道,小官有羊肠小道,已经大错;教师薪俸如此菲薄,恐怕少有其他国家,官僚们死了,留下来的是些奴才、歪才、蠢材,国家民族能有前途? 还侈谈什么'中国的命运'。"

"小柳先生:问题远比你讲的复杂。"方虹秋指出,"我们的历史已是走入邪路。"

"方先生:这点我很难理解。中国历史几千年都受儒家统治。本来是先进的科学技术终被它抑制住而远落人后,这容易理解。但儒家一向顶尊重教师和教育。天、地、君、亲、师,这种观念什么时候的呀?"柳火心中确有这个问题。他想起母亲年轻时,走出封建大家庭,兴致勃勃做教师,但不久便心灰意冷,不希望儿子继承这个承先启后的光荣职业。

方虹秋轻轻呼出一口深长而带有忧虑的口气:"这要请教当今了。不过,烽火漫天,抗日最要紧,教育投资和教师待遇再也难排上队。说到抗日,喏,小柳先生,有件事要和你商量哩。"他转向方三升说:"再啰唆一次,这种家务事,你不要自取麻烦,乱对人讲。小柳先生是可靠的。你先回去,要买什么,明天早饭时我告诉你。"

"什么事?"柳火问。

"学生自治会宣传股长和我谈庆祝双十节活动的节目,他们想排演一部抗日话剧。我告诉他们:'不到十天时间,连选剧本都嫌仓促,话剧的排练,演出根本不可能,不如推迟到元旦。另外,我目前实在没有空。一位国文教师病得不轻,时间拖长,补课也不可能,我要代他上几次。我向他们推荐你去指导。你们年龄相差不大,容易谈得拢。抗战初起,你不是抗日宣传的积极分子吗?'"

"可我没演过戏,怎么指导呀。况且,选剧本这种事,我实在无能为力。"

"别担心!剧本由我选定就是。排演时,只要我有空,一定来。不过,别忘了训育主任。剧本送给他批准,排演时也要通知他。"

柳火知道,倘使答应下来,就会花掉许多保证教学质量的备课时间以及为升学考试而复习的时间。然而,方虹秋对他帮助最大,也是这所中学里最敬佩的前辈。他无法摇头。再说,这一活动多少可以弥补一下近年来对抗日一无出力的遗憾。他咬咬嘴唇,对自己发个誓言:三不误。他经得起考验。君子重承诺。柳火素来欣赏,并且认为轻率答应别人做什么不是值得赞扬的性格,此刻,他同意了,保证完成。

双十节平淡地过去。庆祝元旦的话剧排演非开始不可了。

剧本名《前夜》,由方虹秋选定,训育主任和校长也都同意。它描写一个家庭中,父子对抗日态度的对立。父亲投降日本,当上维持会会长,后来在汪精卫政府里任县长。儿子参加了抗日游击队当小队长,在一次截击运粮车中受伤,潜回家中疗养,主要任务是趁此机会说服父亲,至少不和汪政府合作,继续做他们的走狗。这样,父子在家庭里就展开了矛盾的激化。父亲决定去告发儿子来换取升官愿望的实现。幸好母子情深,密告儿子。儿子就和母亲、妻子悄然离家。在途中母亲因年迈步缓,被追警枪杀了。主角游击队小队长和配角汉奸等都已选定,只有游击队长妻子这角色尚阙如。柳火想起他班中一个十四岁的英文科代表,天真而勤学,柳火对她印象很好。从上第一堂课点名的第一眼起,总感到面善,很像当年的黎小英。六年多了,眼前这个女学生也是黎小英。是一个还是同名同姓的两个人?可不可以问她身世?不可,不可太冒失了。还是暂时搁下吧。黎小英就黎小英,她是我的好学生。为了这个角色,他唤她来。

"我想要你为我做件事,行吗?"柳火心中没有把握。

"什么事?柳先生。"

"其实,说到底不是我的事。我先问你:你恨不恨日本鬼子?"

"当然,他们是我的仇人。"

"那么你应该参加抗日活动。"柳火忽略了黎小英口中的"仇人"带有不寻常的感情色彩。

"当然,柳先生。"

"学生自治会决定元旦要演出抗日话剧《前夜》,你来参加好吗?"

"我能做什么?"

"演一个角色、配角。"

"哎,这个我怎会呢? 可难住我了。我不答应,你会生气吗?"

"我不会生气,我怎么会对你生气? 不过,你不答应,我心里会很难受。而且,我已答应学生自治会,由我找这个角色,我不是骑虎难下吗?"

"柳先生,我答应就是。我不愿意你为我难受,难受就是伤心。我妈曾说过,伤心比生气更会影响身体。是这样吗?"

柳火听了,脑子里涌现出二句诗:"恼怒不曾使断肠,伤心更易断肠人。"他不愿意使她伤心! 他觉得自己有一种未曾出现过的模糊幸福感。于是对她说:"你使我很满意,很高兴。"

她微微脸红。两只大眼睛在女童发式的前额刘海下闪闪发光。"嗯,柳先生说说是什么角色?"

"是一位游击队长的妻子。"

"嘎,那么游击队长该是男学生扮演的了。我怎能做他的妻子,羞死人了。我还不到十五岁哩。"

柳火笑了。"真是孩子。这是做戏,假的。"

"戏散后,同学会取笑我的。"

柳火能理解这女孩的心理。她实在年龄太轻,而仙台县是个山乡僻地,社会意识是闭锁的,和江门不能比,可柳火一时想不出话来回答好。

"柳先生,游击队长不是可以女扮男装吗? 另找一个女同学不是很好? 免得我心窘。"

"女扮男装可以将就。"柳火高兴地想。谁? 不妨请方先生在高班女学生中挑一个。他夸奖了这使他喜欢的女孩,用自以为师长的口气说:"你真聪明,这是好办法。如此就定下,我去物色,你可不许反悔。"

"我怎会? 我若反悔,柳先生心里不是更难受吗?"

第二天柳火就请方虹秋选定一个春季始业,只高一学期的女学生,她比

黎小英稍高一些,谁都知道丈夫不应该比妻子身材矮。经过几次排演,演员们居然很尊重这个毫无演剧经验的柳火。演出后,没有大反应,柳火自己才安心。方虹秋笑对他说:"如何?你已胜利了!"

"无非凑凑热闹。"柳火想起一事,此时不说,更待何时!

"方先生,是否你能答应我一件事?"

"什么事?"

"我曾告诉过你:我在这里只有一年。我要参加明年暑假的国立大学联合招考,上大学,非考取不可。保证一定考取。请你帮助我,给我尽可能方便,不要再给我别的课余工作,侵占我的复习时间。至于教课,我一定仍按自己的力量,不会疏忽。"

"嗯,你真有志气,也很大胆,着实使我感动。上国立大学一向不容易。考生多,学校少。录取比例不超过十分之一。你能公开向外人保证,足见你的决心。我支持你。"

柳火好不高兴!回到房里,斜靠在棉被上。他开始计划如何抓紧复习功课。他把一星期时间消耗分成四类:一为上课,绝对保证;二为备课和批改作业,放在上课前三小时和当日下午;如有空闲,提前批改作业。下午批改作业有剩余,则做各种有关级任教师的事,估计也足够了;三为升学考试内容的复习,固定在晚上自修到十时,绝对不另作他用;早晨六时起床,背诵高中英文教师发来的提高英文作文水平的资料,因为已在国立大学读书的白二良曾来信说联合高考的英文成绩,作文要占60%。柳火一向认为英文作文和中文写作相同,多读多看,多背诵是最有效的提高办法,文法只要记住几个关键原则就不会大错,没有什么可复习的;四是星期天,用作自我检查复习效果,以便订出下星期复习内容的具体要求。所以柳火在仙台中学的第二学期开始,他的课程表中,为学生上课时间虽然只有13节,可所有空格子却都填满了自己要复习的功课。这样,全校同事都知道柳火的升学决心。校长知道了,找他谈话:"我们和学生都喜欢你,能否再留一年,我可以给你增加一些薪俸,你多积一些不是更方便?"柳火回答道:"蒙校长关心,谢谢啦。暑假我一定会考取国立大学。暑假后我不能再应聘,请原谅。"言语的坚决,使校长不得不早设法另请教师来接替柳火。

柳火写了一封家信和母亲、外婆说:为了抓紧复习时间,寒假不回家,但除夕的团圆餐一定赶来参加。初四就返回仙台中学。

在家三天,柳火心情充实。他将积余的俸钱交给外婆说:"足够从家乡到临时省城参加升学考试的路费。下学期的积余就可用作上大学的费用了。"黎清不禁大大夸奖儿子,以后定有出息,意志如此坚定,比他父亲强多了。

黎清在蒋家乡小学的运气不错。又有一个女教师做产,她代了课。那个月她几乎拿到双份的薪金和学米。还有一位女教师赴家奔丧,代课半月又增加收入。黎母除了池麻丰收外,自己种的蔬菜添了红薯;多余的都卖给了近邻,价钱大大低于市场,脱手十分容易。因此,从年夜饭后这三天吃得也比往年开心得多。三个人都认识到,钱这东西确实重要。过了年,黎母主张把多余的现款交给孙石在南货店做账房的爸爸,利息较为丰厚,而黎清则认为应该存入银行随时可派用场。后来孙石爸爸说,亲家的钱可以特别通融,如有急用,连本带利可以照付,黎清当然没话说了。

除夕后守岁时,三代三人闲聊。黎清嘱儿子明天陪她到叔婆(烈士遗孀)和胡昭干娘二处拜岁,柳火自然不能拒绝。外婆希望初三能陪她到元帅殿烧香还愿。柳火已经理解宗教对外婆的奇妙作用,就满口答应。

初四早晨,柳火就要回仙台中学。初三晚上,外婆又弄了五大盆菜肴和百益酒。大吃大喝后,黎清抢先做善后工作。外婆说:"你们母子碰面机会将愈来愈难得,你们去闲聊罢。我来弄。"

黎清听说,眼前灯光突然阴暗起来。看看儿子,怎会得这么瘦长!这双眼睛多像他父亲。不过,比父亲有神。可惜今后不能常常看到它们了。她答应儿子今年暑假赴考,他一定会录取,然后离开我而去。是不是我答应错了。但这样好学上进的儿子,用自己赚来的钱去上大学,做娘的竟不让他去,岂非笑话? 对,我还是做对了。

柳火见母亲这样忧伤地凝视自己。最后,嘴巴微动,却无声音,非常奇怪:"阿娘要和我说什么? 你有心事吗?"

"没有。你这样孝顺,好学上进,我哪会有心事。我看你的眼睛真像你爸。不过,也像另外一位先生。你四岁时,他也在山江,他很喜欢你,老逗你玩。不知你是否还记得。"

"谁?"

"孟先生,孟昌! 孟伯伯。"

"哦,记得,记得。广东人。皮肤黝黑,眉毛很粗,个子比你高一些。力气很大,常常将我举起坐在肩上。他现在哪里?"

"不知道。十多年了。不过，最近有耳边风传来消息：省立山江中学新来一位军事教官是姓孟的，广东人，莫非是他？可笑，这怎么会呢？"黎清觉得自己想入非非，简直荒唐。

"什么事都有可能，"柳火说，"我倒希望这是事实。孟伯伯他一定是个积极的抗日军官。不过，既然是军官，怎么不去前线？"他立刻解答了自己的问题：抗战是长期的，在敌人所控制，随时可以被侵占的地区，对高中学生进行军训是重要的。如他自己，通过军训，知道了《步兵操典》中的规定。他能够俯爬前进，能够实弹放枪，投掷手榴弹等等。

"嗯，说得是，都有可能。我也盼能见到他。"黎清觉得这口气甚不得体，便改口说："不，我实际上只想见到他妹妹孟珍、孟珠。人事沧桑，当年故旧已经零落不堪了。"黎清用叹息来掩盖既想见到孟昌，又怕见他的矛盾心理。不过，最后回到蒋家乡小学后还是写了一封试探性的信寄到山江中学，在信封上注明："如无此人，请退原处。"过了半个多月，不见信退回，她心里忐忑不安。也许不见为好，可是已经来不及了。

雨水过后的一天傍晚时分，黎清吃过晚饭正在批改学生的作文，听有敲门声。她以为是包真女婿姜尚义。开门一看：一张苍老而疲倦的脸孔，黑不溜秋，两道粗眉，一对眼睛却十分有神，哦！客人先开口："黎先生还认识我吗？"

"哦，认得，你是孟——昌先生，怎会不认得！你收到我的信吗？"

"收到才会来啊。"孟昌笑笑，笑得和年轻时一样天真热情，但，黎清不难看出同时也有些勉强。

老朋友相见，一定会谈起当年共同的另一些老朋友。可是都使黎清失望。史鉴一点音信都没有。他们谈到史鉴的出家时，孟昌认为和逃兵差不多，因此孟珍完全不必要这样痴心去寻找。这指责虽然语气不严厉，黎清心中仍觉不快。孟昌接着说："至于我这十多年的来踪去迹，实在也没有什么好说，到了广东以后，不日便随军北上，到武汉不久，我折东往南京，史鉴的下落再也不知道。他的出家，只是传闻。我不希望他真的变成革命的逃兵。我在南京的具体工作经常调动变换，最后在训练总监部。南京沦陷前不久，我被命令调往本省。今年上级原要我到山江中学当教官，后来由于省南面各专区的训练新兵有些问题，就给我一个中校专员身份去视察以便拟定解决方案，顺便了解一下省南几所省立高中的学生军训情况。这些中学里的教官本来都是认识的，事后就和他们说了。你的信到山江中学，那里的教官就留下,我一到就看,今天我就来了。我应坦白告诉你,我到这里还要探望你们的教务主任,我已经见到他了。"

"奇怪,你怎么会和姜尚义认识,又知道他在这儿当教务主任。"黎清感到孟昌这种扼要式的往事叙述,不大像是对老朋友的话,有点失望。但紧张的神经却因此松弛下来。她冷静地提出这个问题。

"这就是所谓偶然。"他顿了顿,喝几口茶,又自去拿热水瓶将茶杯冲满。然后慢条斯理地说:"这个——实在是巧合。抗战初期,他不是企图在家乡训练青年,准备打游击吗?那时,南京尚未失守,我在训练总监部里主管资料室。他来购买《步兵操典》和有关训练新兵的各种资料。我们这样认识了。他是一位抗日积极分子,可惜农村闹宗派被对方用计排挤出来。但我们仍继续来往,以后谈起来,才知他在南京教育部任职时已和我有一面之缘了。"

黎清觉得自己只好相信他的话。他问起黎清和火儿这十多年的变化,跟着黎清叹息起来:"日子过得真快,火儿居然已经当上中学教师了。"

"他还没有忘记你。"

"仙台县城我总有机会去,我去探望他。"

"应该他来看你。"

"等你通知他,恐怕我已经离开山江中学了。"

"他暑期决定去参加国立大学联合招生考试。据说国立大学不但不缴学费,连膳费也可贷金。"

"嗯,有志气。"

黎清总觉得自己和孟昌不如过去那种心向往之了。他礼貌彬彬,她也热不起来。他们相对断续几句话后,他说还要到姜尚义那边,已经约定,住在他寝室里。黎清点点头,送他出去。顺便问清楚他明天一早便回山江中学。再过二日,就直赴省南地区,那里有军训的中学并不多,但新兵问题就出在那里,恐怕时间比较长久。明晨,她到姜尚义住所为孟昌送行。在半途碰到由姜尚义陪着他来辞行。三人一起来到校门口。黎清偷看姜尚义带着特殊的眼色向孟昌点点头。黎清感觉到自己在孟昌心中,远不如姜尚义重要,她对这位老朋友更加陌生,甚至不可思议。

黎清决定不再为孟昌牵什么念了。同时也决定避免和姜尚义谈孟昌过去任何事情。她觉得生活实在已经太复杂了,不必过问的,不应该想的,尽量不问不想。她,就是一个小学教师,拿菲薄的薪金和学米度日。她要侍奉年过花甲的母亲,还要培养儿子上大学。她不相信,四年大学,儿子不需要她物质和精神上的支持。

这一夜,黎清浮想联翩:孟昌与史鉴、孟珍姐妹的性格何其不同;死去的白大良和活着不知音信的李嘉陵;惨死在敌机轰炸下的汪育民;哦,可敬的汪子庆,可怜的汪二爷;于是又想到钟伯和张忘天这两位德高望重的前辈;后辈中值得怀念的当然是牧竹和赵婕这对干女儿了。当然,也联想到堂兄是否仍在那个县当县长? 孙石换了一个中学是否合意。于是大姐在病危时的瘦黄脸孔出现在她面前。过去了,一切都像烟一样被风吹散了。未来的是什么? 柳火下学期会在哪所大学? 不能离我太远呀——她终于昏昏然进入梦乡。

柳火回到仙台中学,总务处将他的住房调移到礼堂后面一间狭长的小房间里。虽然不宽敞,但一个人住,却是清静自由得多。至少,那种强烈的烟草味不会再闻到了。

晚上熄灯就寝后,月光从玻璃透进,野松树的叶和小枝被山风吹得瑟瑟地响,没有一点其他杂音。十分自然,从柳火的记忆中流出王维的著名诗句:"松风吹解带,山月照弹琴,君欲问通理,渔歌入浦深。"柳火的灵魂似已返归自然。要不是校舍,这真是绝好的隐者之归。最后两句,他反复念了几遍,睡着了。

有一晚上,由于白天课务太忙,复习任务完成时已过午夜。赶紧上床,却又兴奋难眠。没有风,窗外松林奏不出乐曲。他索性从后门走出,沿山径散步。一个人影在一间没有灯光的房里闪了一下,谁和他同样没睡? 他好奇地弯身沿墙到这间房子窗下。哦,不止一人。两人,一男一女。讲话音调都是他熟悉的。女的是音乐教师,这是她的卧室,男的竟是校长!

惊骇使他探奇的决心倍增。他屏住气,借着惨淡的朦胧月光,验证了刚才凭声音的判断。这两人是在床上,是搂抱着的,变成一个臃肿的奇形怪状的人。不过声音仍是男女分明,在这万籁俱寂的夜里,尽管如何轻言细语,都能听得清清楚楚。

女:你满意吗?

男:当然。

女:别忘了你对我的承诺。

男:哪会!

女：你再说一遍，你对我的承诺是什么？

男：我一定为你离开那个封建婚姻的女人。

女：儿子呢？是你的种子啊。

男：让她带走，我们再生一个！

女：如果她硬不走，死呆你家里呢？

男：我们逃往内地。

女：路费？

男：卖田地的现款拿到就给你。那么你？

女：（格格一笑）我一向自由恋爱，双方没有任何承诺和约束。

男：你不会和我也是这么自由恋爱吧！

女：你不相信？等等我可以给你写张收据，上面还可以说明这是订婚礼金。

男：你真好。

女的没有回答。柳火只听见"啧"的一声，想象得出，女的给男的一个深深的强吻。

柳火又惊又恨又羞。一切都已明白，好奇心也得到满足，赶紧回到自己寝室。从此，柳火对校长和音乐教师另眼相看。他和方先生夫妇闲聊时，屡次想探听这对露水夫妻的往事，话到嘴边，戛然而止。他这样认为：自己在这里只有三四个月时间，干吗庸人自扰，浪费时间！保证考取大学才最要紧。

人在生活中有个坚定的目标，日子就会过得特别快。一天中饭前，方师母来到柳火房中，把盛满咸肉的盖碗放下说：

"柳先生，我估计你从家里带来的早就吃光，这点给你补上，你不能这样目光短浅，不顾健康地工作和复习。万事要从长计议，从长远利益着想。"

"谢谢您，方师母。我一定要考取。我在大众面前说定了，和校长说定了。校长的聘书只能心领。下学期非上大学不可。考不取，我能活下去？"

"吃饭去！补充点营养才是。你这孩子真倔强。"

清明节前，母亲给他信说：她要在清明假期给一个学生补课，今年扫墓只好算了。你外公和你父亲一定会原谅。柳火自然没有回去。那一天，他跑到窗外附近的松林里，向外公和父亲祈祷，保佑外婆和母亲身体健康；保佑自己榜上有名。这算不算迷信？绝对不是。

学期考试完毕，柳火把卷子批改定分，送交方先生，并告诉他回家日期。

同学中只和黎小英说。这女孩低头不语，几次抬头，欲说还休。柳火看了就问："小英，你好像有话说，对吗？再不说怕没机会了，说吧！"

黎小英讷讷道："柳先生，我早知道你是谁了。后来由我母亲偷看了你，加以证实。可你把我忘记了，我怎敢说。母亲嘱我邀请你，我更不敢。会不会同名同姓？万一你不认我，多难为情啊！"

柳火笑了，笑得很真诚："我总觉得你很面善，名字也有印象。同样有同名同姓的顾虑。你那时是个七、八岁的黄毛丫头，现在则是一位大姑娘，我还是你的先生，怎好冒失，让人耻笑！如今好了，总算到最后时刻说清楚了。"

"你有志气上大学。我们就这样分别？你从前救过我，免被邱德军欺侮。听说，你和黎校长因此遭到邱德军纠缠。真的吗？"

"那时，我还是个初中二年级学生，母亲也不曾和我说起。只是邱德军和我真是冤家路窄，隔了一年半，他也进了江门中学读书，屡次趁机和我作对。幸亏我是高班学生。他也奈何我不得。以后，我毕业了。据传闻，他中途辍学到省城继父那边去了。"他停了停说，"小英，现在该你说啦。你怎么会在这里？"

"我吗？这里是我的老家呀。日本鬼子轰炸江门的第一天，父亲就被炸死了。我们母女二人无法再在江门生活，将剩余的破旧家具一股脑儿卖了。回到这里，幸有破旧老屋可住。当时我只是小学毕业，派不上用场，就帮邻居大户洗衣服。后来，妈妈向叔伯借了些钱，在老屋街面，就摆个杂货摊，我不再洗衣服。帮着卖贷。地点好，价格比别人便宜些，生意就不错，二年后还了债，后来积些钱。母亲嘱我复习功课，考进这里。"

"我们能再相逢，总算有缘。"柳火心头浮起一点青年人常有的念头。他猛地一握拳，把它抑制下去。

"可是你要到很远的地方上大学了。"

"我们不是可以通讯吗？"

"你会写信给我？不过，第一封信该你先寄。我这就把通讯处给你。你考试前写给我一封好吗？我会记挂你的。"

她回去了。柳火茫然若失，他是不是开始恋爱了？不会，不能！他怀疑自己，又向自己提高警惕。他今后只能是集中精力上大学，没有任何理由和人谈情说爱。她不过是我比较喜欢的一个学生而已。

柳火回到家里,花了两天时间整理小书房。他把孙石姨父那幅"登山何所事,聊涤我尘襟"水墨山水朝南挂起来,可惜没有适当的对联,再选一幅"祸兮福所倚,福兮祸所伏……"行草,挂在朝东的板壁上,欣赏它的内容。当他查明这是《道德经》里的句子时,心里佩服得不得了,立刻把父亲遗留下来的书箱打开,找出木刻的《道德经》,准备在联考后研读。在柳火的头脑中,经常出现的只有四个字:"必须录取"。他把白二良不久前寄来的信重读一遍。信中讲的是自己就读的这所中兴大学,虽然新办,设备却不差。与沿海大都市搬迁内地各名牌大学相比,何止优过十倍。战时办起国立大学,史无前例,使各国印象特佳:我们抗战的决心和信心是有物质基础的。英国为了表示祝贺赠送整套名贵的《大英百科全书》,有哪所学校能及! 最可贵的还有一些知名学者从敌占区潜至内地被中途"截住"。但究其根本还是这所新办的国立大学有一位在国际上很有名望的科学家当校长。信中还提到自己所在的社会教育系和其他的国立大学的教育系有所区别。不过区别在什么地方,他没有讲清楚。系主任由教务长兼任。他是国内第一流教育行政学专家。而且学校特别对这个系的学生在生活上给予优待,除贷金外,公费、杂费也都免了。说不定还有制服发给呢。这一点对柳火的影响很大,他决定投考这所大学这个系。

　　过了几天,他又得到确实消息。中兴大学不参加国立大学联合招生了。幸好,两者考试日期不重复,当中空出两三天。柳火决定除中兴大学外,还要去报考联合招生的西南联合大学经济系。西南联合大学是闻名的三所国立大学——北京大学、清华大学和南开大学联合起来的。这对柳火也有一定的吸引力。至于他所以选择经济系,乃是他实在不能判断经济救国和教育救国的主次前后。谁录取我,我就去读,反正抗战胜利后的国家,社会建设中经济和教育都必须发展。

　　从山江到战时省会国立大学联合招考所在地和封建皇朝时进考举人的长途跋涉相比并不显得容易。因为两地相距五百多里,中途还要经过海拔一千多米的高山,山路90里。除轿子外,没有任何交通工具。而轿子的费用是一般考生们无法负担的,别说柳火了。结伴同行可以实现,靠的是双脚步行,每天走一百里,连续不停,也要五天。所以考毕回来,柳火觉得筋疲力尽。也许正是如此,心情倒是十分平静。

　　黎清也放暑假回来了。她在蒋家乡小学工作既认真又有教务主任姜尚义的关照,校长继续给她一年聘书。这比什么都重要。她心里想得透:"我只是用教书来换取一家生活费的穷教师而已,用不着什么'教育救国'这种美丽的口号来掩盖自己的庸碌。"对她,确实如此。她不知道自己的儿子正在用这个口号作为理想来努力追求咧。

黎母依然故我。勤俭而沉着地操劳家务,种植一小块园地的生活蔬菜。她的情绪依然十分稳定。她虔诚地信佛,初一、十五没有例外地烧香点烛,祈祷这个三人三代家庭的安福。也许正因此故,他们三人虽然贫困,却比富家更显得天伦之乐。

虽然柳火有时体验到自己在这单纯而安详的家庭气氛中有陶醉之感,但更多时候有一种莫名的孤零寂寞不断啃嚼自己的灵魂,茫然若失。他想到不知谁的两句诗:

"我现在已经感到成人的寂寞,更喜欢梦中道路的迷离。"

寂寞啊!难以忍受的寂寞已超出母爱的权力范围。母亲的爱对它也无能为力。他的梦是怎样的呢?是教育救国?经济救国的理想吗?是希望一个廉洁而勇敢的政府尽快获得抗战胜利吗?好像是,似乎都不是,他不知道。梦是不清晰的。肯定不需要谁给他唱《夜半歌声》,他没有这种寂寞。今后,他要做的事情很多,那么为什么会感到孤零寂寞呢?也许只有书籍能消除它,它是寂寞中的知己。于是他撇开一切,钻到书中去。除了吃饭外,几乎都躲在小楼上,看书倦了,自歌自唱,自己拉一首《月夜》的二胡名曲,吹一曲《梅花三弄》的洞箫后,还是看书,看书。他开始读《道德经》短短五千字,冥想时间比阅读时间多得多,但收获只有一个:他感到它里面每一句话,都隐现出哲理,仿佛把儒家之所谓修身齐家治国平天下的道理都评说透了。但到底说些什么?柳火不知道,只有"似乎"和"朦胧"。他觉得自己还没有阅读《道德经》的根底,他根本太幼稚了……

哦!他豁然悟知了,原来他的孤零寂寞之感是来自焦急的等待,等待录取的消息:通知书或大报纸。

果然,过了半个月左右,柳火和在永宁家中等待的黄德甘先后收到中兴大学的录取通知书,柳火的孤零寂寞之感一扫而光。他俩约定九月中旬前,黄德甘先到山江,十五日一起动身从山江起程。

黎清既兴奋又伤心。她知道柳火这一去就是四年,在这烽火天下,命运之神把相依为命的母子拆开二千多里路,达四年之久,多么残酷!她能平安渡过等到儿子大学毕业荣归故里?没有把握!临别前夜,她禁不住哭了。黄德甘帮柳火劝她不必担心。"那边山江地区的同学不少,会相互照应的。

只要你老人家保重身体就好，四年时间会很快过去的。"黎母一向冷静坚毅，她说："二囡，我都有信心等待柳火回来，举家欢庆哩。你哭什么！儿子上大学，做娘的哭泣是很不吉利的。"黎清这才抹去眼泪，强作欢容。

由于有行李，必须雇挑夫二人，并讲定要送到有汽车或火车的城市为止。这一笔挑夫的工钱足足要了柳火带往学校的二分之一现钞。柳火心痛，却也别无他法，只好先付一半，另一半到目的地后全部付清。

柳火和黄德甘到目的地后打发挑夫返回山江后的第二天，车票虽然买好，却要黄昏开车。每人只有一个箱和一只铺盖，就不去做行李，省下行李票的钱。上午离开旅馆少一日房钱，将行李交车站寄存。二人闲着无事，就在街上溜达。在一家小面店中餐。正欲起身离店，只听得响起紧急警报声，跟着机声隆隆，已有十多架敌机前来俯冲，面未吃完的顾客放下筷子，店主慌忙关店门，顿时闹市中的人群大乱，纷纷寻找附近的防空洞。柳火二人第一次来这城市，哪里知道？只望郊区跑，躺在一株大樟树下面。只见敌机对准市区反复投弹，在俯冲时，则用机枪扫射。约莫半个钟点，才飞向西北，城市解除警报，二人重新进城，到处火光熊熊。柳火发现在一处烈火旁的大树杈中挂着一只人的胳膊连胸肉。黄德甘看见一座房子燃烧着的屋壁上贴着人肉。闹市区到处躺着已经僵硬的尸体，很少有完整的。当然还有不少受伤者正被救护员抬往医院。二人从未见过这种惨象，不忍目睹，也没有时间帮忙。他们不无惭愧地急急走到行李寄存站。幸好它和车站尚未被命中，炸弹均偏投在附近的街道上。他们赶紧去领出行李走向候车室。出乎意料地里面冷冷清清。他俩挑了两个离月台入口处最近的位置坐下，将行李放在脚下，他们都没有胃口想吃什么。

"如果把车站和正在行驶的火车炸了，恐怕还要惨。"黄德甘自言自语，接着他问："这些轰炸机的驾驶员当然正在制造人间悲剧。他们有人性吗？"

柳火答道："有的，只是在轰炸时，人性不起作用罢了。不过人性究竟是什么？老课题：恶呼？善呼？从成人看，两者势均力敌。恶的总称为自私自利，善的概括为同情利他。前者与生俱来，后者由后天教育和环境影响而成。这样，教育、社会教育就更重要了。轰炸机的驾驶员不得不轰炸，否则他就会被军法处死。自己死不如别人死。战场上的士兵只有杀死对方，自己才可能活着。没有思考应不应该或值不值得以及对方是谁？他们脑子除生死二字外，一片空白。"

"说得是，我们选择了社会教育系是正确的了。不过，战争中各种惨剧由谁负责呢？你刚才的意思,似乎士兵不负责任,恐怕不妥当。像南京大屠杀,士兵能清白无罪?"

"当然有罪。但只能说他们是帮凶。他们像恶主人的狗腿子,贪官污吏的师爷,有时也十分可恶。"柳火的情绪继续加强,轻而有力地说:"发动战争的政治首脑在战争时安如磐石,即使战败,即使他的下级、士兵以及老百姓牺牲了千千万万,他们仍然未损半根毫毛,依然能够好好活着,甚至生活上照样奢侈。如果我是上帝或玉皇大帝,我就这样做:对战胜国的首脑,降病役以免受荣耀。一将功成万骨枯,有何荣耀! 如果败了,授权百姓并让其懂得他的罪恶,让老百姓革去他的命,不再受他欺蒙!"

柳火发了一阵牢骚,心情舒畅得多。他看到黄德甘点头同意,一边却已睡眼难睁,他才发觉自己也十分疲倦。一闭眼,立刻沉睡过去。

车厢猛烈震动一下,他们惊醒了。旅客纷纷下车,居然已到换车的中转站。他俩把行李从架上取下,随人群走出车厢。只听得前面一个男人问身旁的女人:"四更天了,不如回到候室打个瞌睡吧。对! 快抢位置去!"

柳火二人受到启发,黄德甘大声喊:"快,抢位置去!"谁知为时已迟。幸好两人带的是铺盖,放在地上等于软垫,箱子放在当中,舒舒服服地休息,就是不敢睡。因为自此以后,都要改乘汽车,汽车票比火车票更加难买。

天色微明,黄德甘立刻去汽车站买票,柳火看管行李。他把铺盖叠到箱上,头靠着铺盖,屁股坐在另一铺盖上,万无一失。

中午时分,黄德甘才兴冲冲回来,看他高兴的样子,就知道票子已经买到。他手中还捧着肉包子。柳火看见馋涎欲滴,难怪他们,已经有二十四小时没有进餐,每人三只,六只包子一眨眼就被吞咽了。

以后又转三次车。他们终于在学校规定报到时间内到达。白二良说:"我们在这里等待你俩也是很辛苦的。真叫做望眼欲穿,比得上'秋水伊人'。"

一切入学手续均在白二良的陪同和指点下顺利完成。柳火和黄德甘同住一间有十位同系同班同学的叠铺房间。白二良比他们高一级,自然另有住处。

这一晚,柳火高兴得睡不着。"我到底达到目的而成为一个国立大学的学生了。我终于没有辜负可怜的阿娘、外婆的期望。她们一定天天倚门等待邮差送去我的平安家信。"没有听到起床的讯号,他就起来写信。

他一共写了三封信。在汇报一路平安的家信中,表示再过两个星期会写信详谈大学生活和学习。第二封信是写给方虹秋夫妇的,告诉他们自己一路的艰苦,差些被炸弹炸死的经历以及对不少事情豁然开朗的收获。他在信中表示对仙台中学和他们夫妇的留恋之情。如果那儿有什么特别新闻,希望能接到函示。第三封信,写给黎小英。是不是要写?他考虑再三。他觉得这封信很难落笔。称她小英同学,太见外吧,把同学二字涂了,不对,会不会太亲热。我难道已经恋爱她?这是不可能的,我和她之间不过是师生之情。我的任务是努力学习,以优异的成绩毕业。我要自立,赡养阿娘和外婆。教育救国,使老百姓有当家做主的文化条件。我没有任何理由和任何异性谈情说爱。于是他把涂去"同学"二字的一行裁去,端端正正写上小英同学。在这封信中,他冷静地(绝对不是冷酷)用教师的教导口气,在简述了自己近况后,希望她集中精力,好好学习,不辜负她母亲和老师的期望。

他写完信后,又自负地想:"总之,我是地道的国立大学学生了。富家权贵的子女不稀罕大学毕业,买张私立大学毕业文凭就是,甚至到外国得到什么硕士、博士回来。可我是无权无钱,我是靠努力硬碰硬的国立大学学生。"他再一次下决心:一定要以优异的成绩毕业。

从此,柳火就是在这种思想感情意志下开始他的大学生活。

第九章

(一)

下面是柳火在大学中第一个春节时寄出的家信:

亲爱的阿娘与外婆:先祝你俩健康快乐!

阿娘的信已收到。诗云:"家书抵万金。"真是不错。我把它放在枕边,随时拿出来看看。阿娘的教课已经很多了,千万别搞得太紧张,收入少些就少些。我在这里,课本和讲义费、水电等杂费都免缴,吃饭也不要钱。我们被认为是从战区来的学生，按中央教育部规定，应该享受这样待遇，所以我几乎可以不用钱。带来的钱尚有剩余，估计可以用到明年，你两老千万别为我的生活费担心。

我在这里已经读完一个学期。我曾写过三封家信，内容都很简单。你俩一定不满意。今天是农历正月初一。每逢佳节倍思亲。昨晚除夕，我们同寝室的也买了些长生果、甜酒等，穷开心到半夜哩。同学们安息后，我还难入眠。想象你俩的除夕是怎样过的？想起往年的除夕，虽然穷，仍不失欢乐。今天我起得很早，可吃不到外婆的八宝粥了。我只能吃有泥沙的稀饭。饭后，我怀揣阿娘三次的来信和空白黄毛边纸，来到一间小教室坐定给你们写信。新正开笔，诸事大吉。为我们三个人共同讨个吉利吧。

我把阿娘寄来的信再读一遍，心里很难过。你俩在我二十一周岁的生日时，不仅对我慈爱祝福，而且寄来足可买一斗米的生活费。按照阿娘嘱咐，我那天吃了一碗生日面。我觉得每一口面都有你们的汗和泪。可是阿娘的生日，我只寄上一封祝福的信，外婆的生日，我只寄上一张明信片，什么都没表示！我要等到何年才能还清你俩养育我的债务？我只能努力学习，不浪费时间，努力学习和对你俩的遥远的祈祷；祈祷上苍赐福，健康快乐。

我们大学的范围很大，汽车绕一周恐怕要半个钟头。校舍的粗糙显示出临时性。我们永久性的校舍将是建筑在全国闻名的风景区内。目前的校舍除去一幢古色古香像欧洲城堡似的楼房作为校部办公室外，全是新造的。基本上都是些平房。教授的住房也不见得好，但却颇别致。我们学生的宿舍按照北平四合院形式，中间有个大天井。每房放六张叠铺要住十二个人。三、四年级的同学则住八人。这差别并无明文规定，猜想起来：年级愈高，资料、讲义、书籍愈多，需要更多的放置空间。

饭厅很大，没有座位，各人都站着吃。午、晚二餐都是米饭和大锅菜，味道不错，营养差不多够了，因为里面什么东西都放一点。有时阿娘寄来钱，或从报馆里拿来搞费，就买牛肉汤一碗，以表自庆。早餐也是米粥，但没有菜。我买一根油条或花生米。这里是生产花生米的（当地称为长生果），所以价格便宜，不过我还是定量消耗，每次早餐不超过二十颗花生。有人说：十三颗半花生的营养等于一只鸡蛋哩。

这里的图书馆是很好的。中外杂志就有二百多种。教师上课和中学里大不相同。我听了几个礼拜课后,发现教师的教学方法和他们的学问关系很密切。有两位教师使我非常佩服,恰巧都姓骆。一位是教授"教育通论"的骆先生。他的个子小,动过切肺手术,看来羸弱,但精神好。他在上课时讲过的每一句话,几乎都值得我深思。当他讲到某一种理论,联系中国当前的实际时,显得非常激动。他讲完课指定课外应阅读的参考书后,就不管了。所以我多次到他家向他请教一些问题,他的议论就更为精辟,使我得益不少。另一位骆先生是"教育行政"专家,他的讲课另有特色:首先指出当天讲的范围,然后把主要的主题简要说一下,但绝不是使学生再也不用脑筋的答案,而是一种提示。最后把应阅读的参考资料的特点说明一下就算完事。阿娘,我现在已充分体会到在大学读书,没有主动自觉性就不可能有大收获。因为没有任何人来监督或关心学生课余的生活。大学生生活确实非常自由,只要不杀人放火,不触犯刑法,一切听便。这里有些富家子弟,夜里狂玩,跳舞通宵,白天睡懒觉,课都不去听。考试也请学习优秀的同学代替,有谁知道?所以正如骆先生所说:考进国立大学,都具有相当学习成绩,毕业时,则天差地远了。

寝室虽然叠铺,我住的这一间却只有十人,空出二张床铺,正好放脸盆等杂物。中间放书桌,共六张,二人一张,各有大抽屉,足够用。比起中学,学习条件好一些。不过,我不大喜欢在寝室里看书复习或写作。我每夜都到图书馆去,因为大学里复习功课应该对照课堂听来的主题为中心,以教师指定的参考书为主要阅读资料。为此,我必须早吃晚饭,到图书馆等候,否则借不到书,就倒霉。晚十时,图书馆关门,我就回来,我很准时,所以同学们见我回到寝室准是过了十时,我成为他们的计时器。

学校离开战时省城很近,估计不过五里,我去过二次,和我们山江府县差不多,但相当热闹,各种机构很多,大概和省政府所在地多少有点相关。

此外,还有一点也应该告诉您们俩老,总算是个好消息吧。上星期,我在这里省级报纸上发表了一篇千多字的杂文,拿来足够买二斤饼干的稿费。它既能发表我这个陌生人文章,可见还算公道。我打算继续写一些给它。这样,我的零用钱(无非买草纸、笔记本、牙膏等等)就不愁了。所以你俩老千万不要担心我的零用钱。阿娘千万不要加重工作负担。能寄些钱固然方便我生活,不寄来亦无妨。你们俩老亦应注意身体啊。我想,只要阿娘学校的校长和教务主任不变动,你的工作总会继续下去的。

信末是祝福和署名,日期写上后立刻寄出。可是柳火的预料完全错了。蒋家乡小学在学期将终了时发生大变化。校长和教务主任去府城参加会议后就不见回来,训导主任去探问亦无下落。他带了一张教育科的"指示"回来。"指示"说:校长和教务主任擅自离开职守,正在追查中。学校暂由训育主任代理。已发出的聘书一律无效。教职员工各自回家等候。教师们心中有数,知道此事蹊跷,谁敢多言?

这样,黎清又失业了。由于贫血引起的头晕症也发作了。整个暑假都是病恹恹的。幸好黎母仍坚强地生活着,操劳家务,劝慰这个可怜的女儿。重阳节是黎清四十三岁生日,母女吃了一碗肉丝面。黎母看出女儿心中煎熬着思念数千里外的儿子,冷静地说:"等待络麻收成卖出,寄些钱是正经事。目前随你疯思狂想,即使号啕大哭,火儿听不到,觉不着,有甚用处!"

当然,黎清不会由于母亲这几句话就停止了对儿子的思念。好长一段时间,她都在茫然的心态中生活着,只有在帮助母亲做些家务时,才体验到现实的存在。晚上就寝后,就更心不由己了;火儿此刻在做什么?在图书馆用功吧,肯定没有睡觉,也许正在写文章投稿赚零用钱吧。可怜他今年只收到我一次只够买一件衬衣的钱。应公会不会帮助他一些?难说。此刻,儿子在做什么?正在上课?没有课的话,该去散散步,到操场去打打篮球。他在江门中学是篮球队员哩。这时,她不禁回忆到自己在江门小学做校长时的雄心壮志和受到谣言凌辱而离职的委曲。于是她眼前就出现许多人的面貌和相关事情:向鹏、孟珠姐妹、孟昌、史鉴、李嘉陵、白大良、孙石、汪子庆兄弟、汪育民等人,但都印象模糊了。她十分自责地想起柳鸿,竟然更加晃晃闪闪。她捧着一张仅留的柳鸿在东渡日本的照片凝视,又和儿子在高中毕业照片比着看,禁不住潸然泪下。

她也记挂着牧竹和赵婕这对夫妇。他们自从寄来三人合影后,就无音讯,犹如黄鹤,杳杳无踪。他们复仇成功了吗?他们被仇家害了?到内地去了?也许有了孩子。那么,该是我的孙子了。

黎清在整理旧信札时,发现郑鲁言的信竟仍封存,抱歉!她赶紧拆开一看:知道他是向鹏的旧友。向鹏关照过他,说柳火是她得意门生的儿子,素质不错,望能多多教诲。黎清又深深自责,这样的信竟被疏忽。既对不住郑鲁言先生,又对不住自己的老校长。目前已打听不到他们的消息,道歉的机会也没有了。

这一天,黎清接到柳火这长信。看后,叹口气:工作都没有了,还谈得上什么要不要加重课业负担。然而,柳火健康地努力学习的详细情况和劝她不要加重工作负担,自然能得到慰藉和柳火对她孝心所产生的喜悦。说真的,柳火每一封家信都能对这二位青年就丧失丈夫的女人在生活上起了支撑作用。她们的生活目标也就越加单纯:眼巴巴盼望儿子大学毕业回家团聚。

（二）

柳火在大学里的生活感受,恰好和外婆、阿娘相反:越来越感到生活的复杂。虽然他的意志强迫他几乎除上课外,无休止地阅读各种书报杂志,不仅基本上完成各教师指定的参考资料的阅读,还浏览了不少自己不曾想到过的书籍。他已经体会到书中道理的复杂性和宇宙一样无边无际。

这一天晚饭后,照例慌慌忙忙去图书馆抢阅借参考书。刚坐定,同学蒋见虎拍他的肩膀轻轻地说:"外面出了大事,你还在这里稳坐? 你看,阅览室有过这样冷清?"

柳火环顾四周,果然不错。"什么事?"

二人匆匆走出图书馆。一路上大堆小堆的人群都在指手画脚,议论纷纷。二人进了寝室,看见两个同学正在争得面红耳赤。

"提早? 游行到底有什么作用?"

"要他们立刻放回同学。"

"他们不是答应了吗?"

"不见人,答应屁用。我们不是孩子。"

柳火知道抗日剧团的人仍被国民党省党部关押着。他虽是局外人,心中很愤慨。但不知道究竟。他以为仅有愤慨就参加游行,似乎有点鲁莽。就问蒋见虎:"究竟怎么一回事?"蒋见虎是个矮胖的青年。脸色黑里透红,精神奕奕。他把为什么游行的前因后果讲给柳火听:"我们学校里的青年剧团在城里公演《野玫瑰》这件事,你该知道吧! 演'野玫瑰'这个女主角还是我们社教系的女同学哩。不过她转到政治系去了。开演前《国民日报》的记者带了女朋友不买票硬要进去,被我们同学挡住,起初还和他说理:'对不起,这次是义演,所有收入除开销外,全部慰劳前方将士。''好哇,我们给你们写篇报道宣传一下,生意会更好。''谢谢,不过票还是要买的。''《国民日报》记者也要买?''省主席也得买,义演的票谁都得买。'记者尚未还口,围看瞧热闹的人已'嘘'声四起,记者只好悻悻地走了。"

"真痛快,但怎么会发展到和省党部冲突起来?"柳火继续问道。

"据说我们那位女主角真了不起。演到半途,上面的电灯掉下来,她仍不慌不忙继续演,可台下却因此大乱。不过由于演员沉着,秩序终于平定下来,直至闭幕。想不到第二天《国民日报》登了一篇报道说什么中兴大学青年剧团昨晚公演话剧《野玫瑰》,演技太差,引起观众不满。秩序尤成问题等等。这分明是恶意中伤,降低社会对抗战义演的影响,当天的票房收入就少得多了。我们咽不下这口气,非反击不可。《国民日报》是省党部机关报。擒贼先擒王,需要给省党部知道中兴大学学生是不能随意欺侮的。破坏抗战义演,该当何罪!"

这时锣声响了。同学们纷纷从四面八方凑成一条手执火炬或电筒的长龙。柳火和同寝室的几个同学,除了那个对游行的作用有怀疑的同学外,都出来,立刻又被人群冲散。柳火和蒋见虎、黄德甘一起挤出人群,嵌入游行队伍。

这时火龙的头已近战时省城,而龙尾还刚离开学校。路不是笔直的,所以柳火能够看出这条火龙的威势。柳火感动地觉得五、六年前离开江门中学新校舍,走向深山峻岭那夜的队伍可差得多了。那夜的火龙是疲倦地唱着悲凉的流亡三部曲的撤退,而此刻则是一条高呼"打倒邪恶"各种口号的奋勇前进的火龙,心情激昂而舒畅!

忽然,火龙的前段停下来,人们四面散开。有一股同学冲进报馆,噼噼啪啪踢门打窗,蒋见虎等也随手把几张茶几翻倒,他笑对柳火说:"这里没有生活可做了,走吧。"

他们又随着人群到省党部主任委员的私宅,后又折回。有人传出:主任委员和本校代理校长在一家高级餐馆谈判,学生又一齐涌到那边。只见代理校长站在大门口,曾被逮捕的同学站在旁边。说:"看,他们已把同学放了,你们达到目的,该回去了。"

"他们要这样任意逮捕下去,我们得不到保证决不回去!"大概是政治系的一个同学喊道。

"当然,我会要求他们提出保证。"

同学们回校就寝已过半夜。然而他们毫无倦意,寝室里充满气愤、痛快和胜利的气氛,直到黎明才安静下来。柳火做了一个梦,梦见自己用火炬烧了许多高楼大厦,连自己老家两间屋也烧掉,还听见母亲的哭声。他惊醒过来,精神恍惚。

对学生来说,事情已经结束了。但对教职人员,特别对副教授以上的学术权威们,正在紧张地注意中央是否会把目前这位有国际名望的科学家校长撤换。他们分成两派,应该撤换这位治校无能的校长和不应该撤换这位根本不在学校里的校长。他们相互指责,但是他们似乎不敢明确表示冲突双方的是非曲直。

校长提早从战时首都回来。由于日本趁机广播:"国立中兴大学师生反对国民党政策,和省党部发生冲突"等等,最高当局不禁大怒。先后派教育部长和组织部长来校调查真相。

教育部长说:"身负未来国家兴亡的大学生,为这点小事和报馆记者冲突,实在犯不着。不过青年们血气方刚,冲突也是在所难免。"那个组织部长则言,放纵群众,捣毁省党部和报社,太放肆,简直是和抗战作对,非处理不可。两位首长的态度显然不同。但也有相同之处:丢开事件本身的是非曲直,就虚论断。

校长,教务长,训导长等全都同情学生。但都不表态,甚至于对"肯定有异党分子乘机煽动"这类流言也不置可否。校长只对学生自治会主席问道:"谁带的头? 谁在背后煽动?"后者讲不出来。后来他告诉别人说:"当时我真的吓坏了,我不敢抬头,开除学籍是最自然不过的事。我想牺牲了我,平息下来,让同学们都恢复正常学习是件好事。"于是我说:"是我,校长,是我站在膳厅桌上煽动起来的。其实当时只想告诉同学,由学生自治会各部长和青年剧团研究一下再决定是否进行示威游行。"校长听我说了,却文不对题地继续问道:"有多少人参加?"我回答:'包括女同学在内,几乎全部参加了。'校长沉默不语。少顷,他说:'这件事,我已经全明白了。难得你站出来包揽。你回去吧!'我当时真有说不出的难受,我宁愿被他骂一顿。"

再过一天,校长不理会学校那些权威教师们的赞成或反对,召开了一次全校师生员工的紧急大会。他语重心长的宣布说:"我已调查清楚这件事的前因后果。归根结底,罪责在我。我没有教会你们沉着应付突发事件,使你们冲动惹事。我自会引咎辞职。但同学们也不得不处分。凡是那夜参加示威游行的同学都在礼堂几个出口处的桌子铺好纸上签名,不必写系别年级,不知你们有无勇气。我给你们各记大过一次,不影响贷金,不影响毕业,不影响找工作。要签名的人去吧。你们若向中央挽留我,就会扩大事态,害了自己,也害了我,这道理容易理解,去想一想,不要冲动做蠢事。散会。"

这是怎么一个处分呀!不是等于不处分!所有学生立刻纷纷去签名,有的女同学竟哭起来。这样的校长,爱护学生,牺牲自己,我们怎会忘记,柳火这样想。所以学期终了时,教育部指示校长引咎辞职照准后,柳火随着不少同学去校长寓舍求赐一张亲笔签名的照片,珍藏起来。

新任校长是位经济学家,曾是联合国经济顾问之一。他也是学者型的校长,和前任校长有共同的办学用人观点。他特聘前任校长为名誉教授。所以对中兴大学的影响不大。

(三)

大学里各学院都有不少选修科目,它们张贴在图书馆的阅览大厅墙壁上。原则上学生只能选读本学院的选修科目,但经过系主任批准,也可选读其他学院的,不计学分。柳火是这样考虑的:自己家境贫寒,决定毕业后就不要阿娘工作,挑起三人的生活担子,所以绝不能让自己出现"毕业即失业"那种兆头,他必须让自己增加就业的可能性。他选修了工学院普通化学。如果当教师,他可以在中等学校既能教文科各课,也能教理科的某些课程。

他把自己的打算向骆从志先生请教,骆教授就是动过切肺手术的那位教育理论专家。瘦瘦的身子,走起路来身体会向右边倾斜。他是一位又和善又热情奔放,富有正义感的人,他在讲课中,常能联系到目前教育上的现实问题,肆无忌惮地加以批判。阐明理论中的抽象性时,他又能三言二语概括出来,给学生以思考余地。

有一次,他为了骆先生讲杜威实用主义教育哲学时曾说它也是功利主义,一时难以理解,于是当天晚上就跑到骆先生那里去请教:

"若说功利主义包含实用主义,两者该是没有什么本质的区别了?"

"不能这么说，有共性，也有差别。从产生的时间说，后者比前者早得多，但两者均无道德上的含义。实用主义和功利主义加以实践时，可以是道德的，也可以是非道德的。后者的伸延更大。它的原始含义是：为大多数人的精神和物质利益而创立的一种哲理。"

"那么，实用主义也可以这样说了，它们都没有好歹之分。"

"嗯。"

"产生时间的迟早不能作为两种理论的本质区别，对吗？"

骆先生笑笑说："我知道你说这句话的用意。它们没有什么本质的不同。你的思维很敏捷，我承认我犯了逻辑差错。你是对的。"

柳火很得意。于是对骆先生更加佩服。他这样有学问的专家，竟在学生面前自认错误。柳火回到寝室，才记起还有一个进一步的问题忘了请教：信仰实用主义的人既可以做好事，也可以是个坏蛋，为什么共产党人这样憎恨实用主义和贬骂杜威呢？只好下一次找个机会再去请教了。他想不到，不久骆先生调到分校做校长，而且以后，再无缘见面，这一次竟成了永别。

校舍所在地午桥岭，相当典型的大陆性气候。有个夏天，气温竟高达41℃，热得使人发昏。赤膊不必说了，柳火恨不得把皮剥了。什么事也不能做，书看不进去，思维活动几乎也停止了。他将一盆冷水放在床边，泼水取凉。转眼又到隆冬，气温下降到零度以下，幸有阿娘寄来的棉大衣，穿上顿觉温暖如春。此刻他正在一间安静的小教室中写完一篇杂文寄到省报副刊，可能会得到几块零用钱。当他走出教室到被称为白宫的女同学宿舍时，碰到黄德甘，知道一个同寝室同学已于昨晚去世。他是柳火同班同学中年龄最大的一个，老成持重，一丝不苟，竟被伤寒症夺去生命。

伤寒症继续漫延，使午桥岭笼罩着恐怖。每天总有人被蒙着脸从学生宿舍抬出去。柳火已不在学校膳厅吃饭，他参加山江同学会的自办厨房。农学院的同学负责副食，黄德甘煮饭烧菜，经济系的一位同学收管膳费出纳，柳火只当个杂差，实际上坐享其成。约莫两个星期，伤寒症的漫延终于被控制。柳火并没有见到学校采取什么特别明显的措施，他想伤寒菌猖獗一番，疲倦了，自动休息。但柳火在这个时间里所看到的被伤寒菌夺去生命的印象，久久未能泯灭。

柳火写的一篇《两面人》在报纸上发表了，还领到足够买五碗牛肉汤的稿费。他虽不能同母亲、外婆一起喝牛肉汤，也该写信告诉她们，使她们相信他确实有能力自己解决生活零用钱问题。不过,信未写出,他就病了,还按医生嘱咐住在学校的附属医院里,久久不愈。不是伤寒,而是疟疾和痢疾的恶性循环。身体衰弱,心情颓唐,想起家中二老,病榻上重读母亲的信,慈言爱语,谆谆叮咛,尽管封封措辞小异,柳火不觉丝毫厌烦。他不敢写信,因为不应该说假话;如说真话,不吓坏二位亲人才怪。暑假将到,学校的三青团活动似乎特别活跃。柳火病愈出院后,常听同乡们谈起:有些被挑选到湘市集训,糜力放就是其中之一。另一部分本不是团员的同学,只要加入,就可以取得回乡路费津贴。霍柔知问柳火:

"你怎样打算?"

"我当然很想见见母亲和外婆。"

"趁此机会,不出一分钱,回去很合算。"

"我考虑很久,决定不去了。"

"这是为什么?能告诉我吗?我正为此烦恼哩!"

"三青团是什么组织?"柳火像教师问学生。

"自然是政治组织,属国民党。"

"你对国民党垄断政权以及抗战以来的所作所为满意吗?"

"自然不满意。"

"为了回乡路费参加三青团,姑且不谈应不应该,也有些滑稽可笑。"

"什么意思?"霍柔知问得很认真。

"参加政治组织,至少要自己满意,对孙中山先生的三民主义的政治理想和纲领,我知道一些,认为不错。但是国民党现在正在向三民主义的相反方向走去。抗战至今失去几乎全部富饶的土地,国都南京,经济中心上海,文化中心北平全丢了,这能体现出中山先生的民族主义吗?再说,容共政策是否正在走样?既然讲的统一战线,为什么围歼新四军?这些事情的内幕我们知道吗?我一点都不明白,所以我不能参加。为了几元路费,太不合情理了吧。而且,你回家乡后,说不定战场风云骤变,回不了学校,不得不做顺民,岂不是偷鸡不着蚀把米!"

"嗄,"霍柔知口气很真诚,"我本来决定去的,经你这么一说,我要重新考虑了。"

结果如何?不得而知。拿回乡津贴而参加三青团的人,因半路被日军所阻,没有到达目的地而中途折回。开学以后,柳火企图把学分提前修完,使自己早些能专心致志做毕业论文。所以三年级时他很紧张,几乎没有和同学来往,特别和别人交谈过什么。

这年虽已入冬,倒也并不冷。日军进攻的宣传似乎不再引人恐惧。人人都清楚日本侵略伙伴的德、意已自顾不暇了。看!欧洲战场的形势起了急剧的变化。苏联开始在斯大林格勒反攻激起大学生们的胜利希望。同学郑为英激动地对柳火预言:"法西斯面临绝境,指日可待。日本佬末日将到。共产党最后胜利谁也不能怀疑。伟大的苏联啊!"

"不过,美国功劳也不少。如果没有美国的武器粮食等的援助,苏联能反攻吗?这一点,斯大林也不得不公开承认。"柳火补充说。

"但是战争胜负决定在人。没有苏联用共产主义武装起来的部队,武器又有何用?"郑为英越说越兴奋,态度沉着,心里十分有把握。

这个郑为英也是教育系同学,比柳火低一年。他俩同是一个学生团体真学社的成员。真学社有严格的区域限制:必须是同省的同学。柳火是黄德甘介绍的,据说柳火符合真学社的作风正派、学习努力、认真做人并有互助精神等等条件。发起人是高一班向万里等同省同学。他们就将毕业,负责人必须重新选举,结果是下一班政治系同学闻宗斐当上理事长,而十分意外的是柳火被选为监事长。柳火这人在大学里几乎除同寝室和山江同乡外,很少和人交往,怎么会选他主持监事会呢?柳火一直莫名其妙。在大学里,柳火只参加这一个学生团体。所以后来结识而维持交往的也多是真学社的成员。如闻宗斐、郑为英、霍柔知、苗文化、邹慕晓等等。这是插话,从略。

柳火和郑为英彼此甚觉投合,但常有不同见解。此刻柳火觉得郑为英过于忽视美国的力量,和事实不符。于是他接着说:

"没有粮食,饥饿的部队能打胜仗?"柳火觉得郑为英太冲动,没有彻底明白勇敢的全部条件。他等对方如何回答。不过,他毫无辩论的意向。他认为苏联士兵用美国粮食和武器击败希特勒只是时间问题。他只说:"凡事不应失之偏颇。"

郑为英也不再说什么。他另外告诉柳火:"那次冲省党部的事为什么不宜促使事态扩大,成为针对国民党反动政府的事件?"他认为那次是国民党和三青团在省内争夺权力的内讧,所以从整个抗战和反独裁的形势看,不介入以冷静等待收渔翁之利来得妥当。煽煽风是必要的,但需要提防被他们利用。柳火听了似有所悟,并回忆起那天晚上游行前偶然听到风送过来的二个黑影轻言细语:

"为什么我们不加入以扩大影响,进一步团结有倾向性的同学?"

"老洪的说法是正确的,及时的。我们已经调查清楚,游行是大学里三青团总部发起的,矛头是省党部那个主任委员,我们能帮助三青团打倒国民党,做三青团的工具?游行不妨参加,煽风也可以,但要警惕不使他们任何一方怀疑我们的身份。"这个黑影顿了一下,继续说:"上次的战地服务团,我们自己不必参加,只鼓励同学参加。那些参加的同学和牺牲了的人都值得哀悼,毕竟他们都是积极的抗日分子。还有,那个倒孔运动就不同了,我们和西南各大学都联合起来,这是我们策划的。因为孔胖子是国民党的核心人物,对他就是对整个国民党独裁的反对。我们当时的口号是'打倒待人不如狗的孔胖子''打倒独裁统治''打倒反民主的政府'等等,你要理解我们的策略,要仔细领会,组织性最好不是盲从。不过暂时不理解,跟组织走,或完成组织交给你的任务是不能打折扣的。这点,你过去做得不错……"这个黑影的声音更低,也许风向改变了,柳火听不清楚,只有另一个声音"嗄!"的一声,接着二个黑影转了一个弯,什么声音也没有了。那时柳火完全不在心,小便憋得紧,也就忘了。此刻却被郑为英的话引了出来。柳火完全可以确定,还有不少同学有这样的观点。他们似乎被什么东西紧紧集合在一起,潜藏着不可忽视的力量。也许就是共产党和它的同路人吧。没有证据,不能乱怀疑。至于自己,什么也不是。他只是同意这种看法。国民党的独裁政治确是向民主化进程的阻拦虎,凡是独裁的国家总要被打倒的,希特勒多神气,不是就要垮台了?国民党最好是自己改辙换弦,不要等共产党打倒它。三青团算什么?不过是国民党中的一个派,他们不是同一个领袖吗?

(四)

这一年夏天,白二良、霍柔知等人毕业了。毕业典礼举行后,就匆匆返回家乡。不久,传言日寇要来攻打临时省会,大学师生纷纷西去避难。柳火将信将疑:敌人有力量再进军?或许是垂死挣扎,回光返照。不过,对他来说这问题并不重要,因为他又生病了,仍旧是疟疾后的痢疾,他躺在病床上开始绝望。假如谣言所传敌人到了省城,必然来校,他没有丝毫力气抵抗,只能瞪着眼看敌人的军刀向自己砍来。早知如此,上什么大学?和母亲外婆一起安稳过日子岂不更好!

没有料到所谓敌人进攻省城是一场虚惊。西去避难的人白跑一趟,陆续回来。学校如期开学,柳火经大量硫酸镁饮治恢复了健康,心境也随着转好。然而,他更没有料到,临学期结束,又传来敌人进攻省会的动向。而且一天紧一天。学校已经得到中央的批准和省政府的同意,协助向省南山区转移到同一县城。和这消息同时公布的是通告学校各学院各系的课都要提前考试结束。由于时间仓促,交通极端困难,各学院各系甚至各个人都可以自便,集合行动实在力不从心。于是山江同乡同学不约而同地聚集在一起商议,决定购置独轮车,三人一组,随学校迁移,出发南进。

那时柳火正在一个小县城中,由一位教授介绍去当教师,因为他到第六学期已修完学分,只剩毕业论文的两个学分了。此外,家乡和学校所在地交通邮路断断续续难以保证,再者他要集中力量写出比较好的毕业论文,没有心思写那些换取稿费的文章。他在这所中学教的是师范班的儿童心理学,备课时间花费不多,又有每月等于写二十多篇文章稿费的工资,何乐不为。不料年底,接到黄德甘快信,嘱他火速回校参加南迁,否则,孤雁离群,后果不堪设想。幸好这所中学也接到省教育厅通知:学校可以提前结束或暂停,善后问题均可由校方便于行事为准,他就匆匆回校。

他依依不舍地回头瞧那放在自己床边的一只樟木箱书籍资料,尤其是一千多张的读书卡片,永别的滋味实在难受。他好伤感,因为他只能挑选带走和毕业论文有关的这部分。

"柳火,呆什么,快来呀!"同组的一个同学用力拍他的肩膀,使他不得不收敛起依恋感情。按他吩咐,将绳索套住颈项向前拉去。这种独轮车的关键驾驶人是后面的推车者,不仅要使轮子滚动,还要控制轮子不歪,车子不倒,所以很需要力气。拉车不过是帮衬。第三个人以休息为主,带便监视车上行李的稳牢,三人搭档很合理。他们轮流做拉、推、休三种不同的角色。

浩浩荡荡,六、七辆独轮车辘辘上路。开始这批山江青年人,嘻嘻哈哈,觉得好玩,过了半日,三四个轮转下来,这种旅游似的欢乐气氛就荡然无存了。

就这样,他们推拉独轮车夹杂在从北而南逃难的人群中走了两天。傍晚,上了一个小山坡,走进一座靠路边的小村,向农家借宿住下。讲定酬金,供应燃料,膳食自理。大家都已筋疲力尽,有些同学还手脚起泡。狼吞虎咽晚餐后,东倒西歪在草堆上躺下了。

柳火四肢软瘫,头脑反而兴奋,一时睡不着,白天在路旁的黑灰脸色的饿尸总在自己眼前摇晃,又惨又怕。他想起亲人,他想起山江城里的琴山,他在头脑中无声唱着:"故乡,我生长的地方……那里有茂密的松林,在那小小的山冈上。"他又想起城东外的东湖!"月夜,我们曾放舟湖上,在那庄严的古庙,几次凭吊过斜阳……"他刚刚蒙眬入睡就被人推醒:

"快起来,打好铺盖,准备走?"

"别闹,天还黑哩。"柳火有些懊恼。

"你这人,该睡,你不睡;不该睡,要睡。起来!"他一面吆喝一面把柳火拖起。"清醒些,出事了! 快!"他告诉柳火:昨天他们走过那土坡不久,后面有几个同学被土匪截住。其中一位上前说他们是南逃学生,没有东西,想不到后面窜出一个青年土匪,手挥钢刀,把这位同学杀了。"滚"! 剩下三个同学立刻逃过来,碰到他们这个车队的巡夜同学,交换了见闻,才知这一带是土匪窝,真骇人。男子成人后第一次参加抢劫,必须先杀一个人以头献礼。这座小村居民专开黑店,对借住者的谋财,多在午夜二小时左右,所以山江同学这支独轮车队,必须趁黑店伙计们未行动前,偷偷快速离开。

"快,必须立刻上路!"

柳火一听大惊,急忙卷铺装车随队出发。这户黑店仅父子二人,不敢和十多个青年对抗,眼巴巴失去这笔不小的生意。

从此后,他们宁愿多赶路,早休息,择镇而宿。有时一天只走50里,有时则疾走90多里。这一日下午三时,他们进了一座小县城。柳火班上有个女同学,叫竺佑羊的就住在这里。黄德甘认为既然早到,又闲着无事,不如访她。估计她早离校回家。若碰见了说不定还有一顿美餐。虽然柳火从未和她说话,访她似乎太唐突,但被黄德甘说动了心。果如所望,恰巧又见她的未婚夫也在,自然饱醉而归。

再一天,到达目的地。大学总务部门叫他们分别住到自己的专业院系。柳火和黄德甘同住在一大间潮湿的泥板房子内。虽然生活条件一落千丈,但传敌兵变南进为西攻,柳火和整个学校所有人一样,生活总算安定下来。

这是柳火在大学读书的最后一个学期。他的毕业论文题为《论适应》显然是哲学命题。从三年级起,也可以说自从听完"社会教育概论"这门课以后,它的肤浅很快降低柳火对"教育"的兴趣,却对教育哲学一类的著作逐步倾心。但是这不能说他放弃教育救国或教育改造社会观点。他认为具体的教育事业,譬如说办一所群众图书馆或一所学校,必须要有一种哲学来作为指导基础。否则，忙忙碌碌，所创办的任何教育机构都只是一种社会摆设，而不是柳火所希望的社会发展的指南。在他的论文中把适应分成两种：消极的适应是顺应，只是跟着现在社会走的工具；教育及其一切实施都必须走在社会的前面，从这个角度说，教育便是一种积极的适应过程，对社会发展才有指导意义。

按常规，毕业论文须先由指导教师通过，才可以上交系主任批定，但是柳火的毕业论文指导师骆从志先生已去省南分校做校长，幸好学校通知说，由于时局突变，学校各种机构的人事和功能一时难以恢复，毕业论文可以直送系主任。这样，清明节一过，柳火就缮清上交，心里十分轻松。但最高兴的还是收到母亲在邮路上走了两个多月的信：

> 亲爱的火儿：
> 今天收到你的信是上月发出的。铁路线被截断，邮路一定很长。不应该责怪邮局，倒应该感谢它为我们娘儿互通讯息。我看到你在南迁途中如此艰苦，真是伤心透顶。继而才破涕为笑：苦难不是过去了吗？苦尽甘来。为娘在这里还算安定，张家乡小学早恢复，但我已到西乡另一所小学教书了。薪金能按时发给，数目虽小，但学米有一石。我吃了、用了，还可以积余些，将来要派用场的。譬如，你大学毕业了，总该娶亲了吧。我和你外婆一想起这事，就乐不可支。我还要物色你未来的妻子。来介绍的人有好几个，我哪里会随便答应！你千万要立刻回信对我说明你对未来的妻子的要求。我说一定要健康、勤劳、稳重、敦厚，起码要高中毕业，还要有工作，对吗？还应该有什么，你一定要赶紧跟我说。

接着同样嘱咐一番，冷暖当心，不必太用功等等，并说同时汇上钱，如能暂时不用，可以留着回家当路费。抗战总有一天会结束的。

这次不知怎的，汇款只迟了三天也收到了。柳火猜度：日本海军早被美国打得落花流水，空中优势也已完蛋。报纸登载日本本土几乎每天都被美国空军轰炸，敌人再也无力在中国战场有所作为。在他复信中说明这一点后，关于自己未来妻子的条件，称赞母亲提出的那几条，他写道："够全面了。只要你认为可以的，我就会答应。"他的话是认真的。因为如果母亲认为不好,婆媳关系就不会融洽。她俩之间的任何龃龉他都不愿意看到,肯定谈不上包括自己在内的家庭生活幸福。

这时,柳火已经正式成为社会上劳动者一员了。工作是本系邹安汝教授介绍的:省民众教育馆的教导部主任。柳火大学刚毕业,为什么能在省级社教机构做起主任? 一方面,柳火毕业前已在那里帮忙,有个基础。其次他为人比较随和,小事情决不和人争辩,大事情又没有发生过。不大会得罪谁,使人印象不错。三则省民教馆除馆长外,没有一个大学毕业生;最后,邹教授是省民教馆顾问,是社会教育专家,常在馆长面前称赞他。柳火心里高兴,他真希望有个机会能显示一下自己到底有没有"办教育"的实力。他拟好一个计划办一所初级民众学校,馆长批准了。三十多个学生,绝大多数是工人和家庭妇女。"我开始实验!"柳火暗暗下定决心,"不许失败!"

一天,下了班,离开晚餐还有个把钟点,他伸伸懒腰信步出门上街溜达,面对面走来一个中年妇女,衣着华丽,体态发福略显肥胖。两人均觉对方似曾相识,停止脚步:

"你是火儿吧!?"

"哦,你是珍姨!"

她是柳火母亲黎清的女师同学。她毕业后没有做过工作,只在家当太太。因为丈夫是吃银行饭的,收入丰厚。再加上学历和能力都在一般银行职员以上,就逐步高升,如今已是本地区国家银行行长了。柳火少时曾随母亲到她家去过几次,称呼她为珍姨。但这位珍姨的丈夫从未见过。此刻,珍姨表示出极其乐意的热情样子,邀请柳火进家坐坐。她的家就在前面弄堂里,她说她自己一直想念黎清。她打量柳火全身上下,好像他是一件要购买的物品。

"你怎么会在这里? 该工作了吧。在哪里? 离开家乡几多时了? 你阿娘和外婆可好? 说起来我也是黎家出来的,岂止和你母亲同学!"一连串快速问题使柳火不由自主地跟进她家。

"请少待。"她指一指沙发,管自出去。

柳火没坐。他打量着这间颇为精致的小客厅,中间一张"独脚金鸡",上面放着茶盘茶杯。两旁壁挂有中国书画,其中一张是孙石的山水,可见他们和孙石姨父不无交往。柳火觉得自己和这珍姨在精神上又接近了一步。"难道就在这里吃饭? 不大礼貌吧。"可是珍阿姨和她丈夫已经进来,柳火上前一步两人握了手,柳火叫了一声"姨父"。

"火儿，现在你得详细谈谈我刚才向你提的问题了。"珍姨和她的丈夫各自坐下，一个女仆进来上茶。"你恐怕二十出头了吧！真是光阴如箭啊！"

柳火把自己刚从中兴大学毕业和在省民教馆工作的情况谈了，同时把日本人抢劫山江城和母亲、外婆的近况也谈了一下。女仆上来移去茶具，换上菜肴对珍姨说："小姐说，今天晚饭迟来吃，请夫人先吃，别等了。"

"哎，这孩子！我们吃吧，真算是便餐了。抗战时期，一切将就。"

在餐桌上，交谈颇多。行长并不多言，显得很有身份。他还是美国的留学生呢。珍姨很健谈，柳火由于知识面不窄，容易应付。但对这位行长的有些问题，比如"你们经济系主任是哪国留学的？"这一类问题，只好摇头。他趁此机会也探听一下金融人士对教育的社会地位的看法。

粉笔生涯

行长把阔边眼镜架整一整说："教育当然是立国之本之一，但经济发展更加重要，没有经济基础，教育是发展不起来的。不过，教育如不跟着发展，经济——人民生活要进一步发展也很困难。没有人才，能谈什么！"

柳火对经济发展为基础的理论已经搁置多年，对金融在经济发展中的作用没有考虑过，不敢再谈下去。但对这位行长已产生好感。他一看壁上的时钟已将七时，就不得不放下筷子请两位前辈原谅，他今晚还得为夜校学生上课，就告辞出来。他们很客气，珍姨用眼色征求丈夫同意："星期天一定请柳火吃中饭。"

星期天就是后天，柳火应邀否？有些踌躇。照理应带些礼品去，可自己薪水积蓄的钱和母亲寄来的钱加在一起也只够路费。这个月的薪金尚未拿到，还有十余天的生活费哩。不带，恐他们说不懂礼貌；带，带什么？这样的人家，送什么？自感难买。不去，那天没明确婉谢呀。信用，柳火一向十分重视。去，怕什么！穷家庭，穷大学生工作不到三个月，珍姨应该清楚。如果不能体谅，以后不再去就是。

柳火想得对，珍姨对柳火没带礼品去吃饭毫不放在心上，还说省民教馆这点工资能派什么用场。她对丈夫瞟了一眼说："不如索性辞去算了，到我们银行来。好吗？"

"哎，"柳火素来反应不迟钝的头脑竟一时不知如何回答。半晌照实说："上次我已讲过自己修的课程都是教育的、心理学的，和银行勉强凑得上的仅是经济学概论。补充一句，教授倒曾做过中央银行的顾问……"柳火的话未说完，被行长打岔了。

"这位教授我知道，在一次宴会上碰见过，总算是老前辈了。"

"可他的课是纯理论的,从不涉及实际应用。我做不来银行的工作啊。"

"不,有关系。你选修的民法就有关系,有时我们也会和人打官司。"行长似乎很正经地说这句话,"反正有你能做的工作。"他又认真补充一句。

珍姨朗朗笑起来:"火儿,你真是诚实的孩子,不做假。银行工作被人称为金饭碗,你不在乎,我偏要你做。"她说完这句话,朝旁边迟来坐着的女儿看一眼,似有征求意见的味道。但女儿只莞尔一笑。行长的眉梢在圆鼓鼓的脸上展开一下,表示他的乐意。

柳火有些心慌。暗想不久前,他在一次真学社发起的学术讨论会上就"中国该向何处去"大发言论,情绪激昂,驳析剖理,面对数十个大学生而目中无人,此刻,怎么会对这三个亲切款待自己的人却如此蔫笨? 正在犯难,有人敲门,门开处,一位女郎竟相当随便地进来。"有客人?"她瞧见柳火。

珍姨的女儿迎上去,牵手搂腰拉她和自己同坐。

"不算客人,算是外甥吧。中兴大学刚毕业,自己人。"珍姨介绍了。柳火免不得站起来伸手给她。握手时,柳火发觉她的手如发烧似的烘热。他好奇地观察她;脸色苍白,傲态中带点忧伤。他立刻想到《家》中觉新的恋人梅表姐。

"到江边走走好吗?"女郎说着就拉珍姨女儿站起来。她有礼貌地向二位长辈和柳火请求原谅,告辞出去。

"你对我的女儿印象如何?"珍姨忽然问柳火。

又是一个措手不及的问题。不过柳火知道这种场合除了微笑外无话可说。实际上柳火也说不出,因为这么一点时间,连她的形象也不够完整。

"要讲得具体些。"珍姨不满足他的微笑,追问一句。

"嗯,让我想一想——"柳火装个样子,没有适当的形容词。一阵电话铃给他解了围。

"喂,谁? 哦,好,我就来。"行长搁了电话,转对他的妻子说:"头等大事呵。"

"是财政厅长打来的?"珍姨问。

"他刚从重庆回来。要亲口告诉我上次要求的回音。听得出他的轻松口音,绝对不会是坏消息。"

"你立刻就去? 他会不会要你立刻去重庆?"

"明天去重庆? 巴不得今夜就动身。不过,在好消息带来的幸福前面,要使自己镇定才是。"说着,行长披上派力司西装,又对柳火说:"银行里有急事,不陪你,你们继续聊聊。我恐怕要晚些来。"

行长去后,柳火立刻趁机对珍姨说:"珍姨,我也应该走了。大学里一个小型学生团体要我借用省民教馆的礼堂举行座谈会,我本来也是成员之一。这次活动是我联系的,不能不去。"

珍姨听说,叫柳火坐下别急。她似乎忽然想起一个极其重要而又难解决的问题,偏头想,把手按在前额,半晌,才点点头:"也好,以后再来玩吧。写家信时代向你阿娘和外婆问候。"

回到省民教馆,看见他办公桌上放着两封信。一封是黄德甘寄来的。信上说他和白二良一起都在永宁中学工作。它是母校,从前的国文教师邬水文先生做了校长。另一封信,母亲寄来的,还附有一张照片:阿娘端坐,旁边站着一年轻姑娘。柳火心里一笑,不用看信,就知道这姑娘是阿娘为他物色的未来妻子。信中说:"她是我同事的女儿,比你小两岁。娴静温实,端庄厚道。高中毕业,现在省海业管理局驻山江办事处工作。我想你一定同意。她父亲告诉我,她看了你的半身照,听了父亲对你的介绍后,经我要求,就同意和我一起拍照,一坐一站,不是未来婆媳的体现吗?只是目前,抗战尚未结束,来往见面也不可能,只好先通信。不过,这就要你先写了。"

柳火看后,藏好。晚上又拿出来看看:嗯,确实不错。体态端庄,有素朴的美,像一个读书用功的女大学生。没有什么打扮,和珍姨女儿时装花哨大不相同。不知性情如何?照片到底无法说明。言行举止总得通过见面,才能了解。不过,阿娘决不会欺骗我。信中的口气是百分之百确定了的。说得对,应该我先写信给她。

柳火在大学时曾代同学写过求爱信。这一次轮到自己,却犯难了。写什么?至少这第一封信不是求爱的。是什么信?考虑了好久,才寄回信给母亲表示由其做主,但说明自己总觉得应该回家见了面再决定,也许更应该知道对方的态度,同时柳火又写了一封信给这位由母亲确定好了的未来妻子。和她讲自己的工作,有意义而薪金少;虽是主任,却无下级。他告诉她,自己所以选择这个专业,全是同他坚信教育民众是振兴中华的关键。文化水平低下的民众没有能力监督政府因而也没有什么民主⋯⋯他写到这里,觉得可笑,这不是在说教吗?于是他加进一点生活气息内容,讲到自己家里很穷,自己在外婆帮助下才被抚养大的。又说起自己目前薪水低,还得积些路费,一等抗战胜利,就可回家,并且一定去探望她。这里,不免又指出,原子弹使日本政府丧胆,苏联又向日本正式宣战,估计日本的最后精锐部队关东军将被消灭。在中国的敌人有家归不得了。他自然地露出喜悦溢于信中。

信写好，又改写，读了几遍，还是不满意。但再也不知道如何改写了。暗想:算了。她看到这封信，多少增加了对我的了解。如认为我不够做她未来终身伴侣，随时可以中断通信。抗战一结束，立刻回家，问过母亲，见了她面再说。

这是周末。民教馆冷清清像座古庙，本来就是一座古庙嘛。柳火把乐园茶室(这是由几个不满现状的真学社成员为主组成的暑期临时经济实体)同人油印刊物《学习新论》版面排好，还空出了3×5平方厘米。画张小漫画或插图插花一类最好，可惜自己没有这本领。他不愿请馆里搞美工的同事帮助，因为这是半公开刊物，怕他追问，反而不美。蓦然有一朵思想火花在他头脑开放，他赶快拿出铁笔和钢板，正楷写上:"社会上存在的事物并不一定合理，但符合整个社会发展趋势的则一定正确。"他自觉满意，伸了一个懒腰。

柳火在民教馆里又办了一班夜校，对象是附近穷困失学的孩子。每周三个晚上算术，三个晚上国文，一共招收了十五个。其中有一个小女孩在柳火印象里特别深刻，因为她像黎小英。她在哪里? 他曾在大学一年级时寄给她一封信，没有回音。谁知道她有没有收到? 也许她已经嫁人。这个像黎小英的女孩有好几个晚上没有来了。而且渐渐的，其他女孩也越来越少。馆长指示说:经费拮据不合算;再说你也太累，集中精力办好日班就好了。柳火只得照做，于是夜里时间就空出来了。

这一天晚饭后，柳火在馆内的天井里踱来踱去，觉得无聊，更感寂寞。这寂寞似乎从未有过。他脱口念出两句诗:"从此我感到成人的寂寞，更喜欢梦中道路的离迷。"谁写的? 大概是何其芳吧。梦中的道路很神秘，比起现实道路奇幻得多。转而一想，现实的道路也难捉摸。比如，我此刻走出馆外，会在道路上碰见什么? 不知道。

真的。他走出民教馆大门了。走完约五十米小巷便是闹市。一座小县城刚被贴上临时省会的标记，彩色电灯亮起来了。此刻正是华灯初上，街上行人杂乱拥挤，柳火心烦。东张西望，忽见右前方用彩色小电灯扎成"醉梦楼"三个大字。"何不去醉梦一番?"他是个兴趣广泛，性格多面的人。他可能被人当作少年老成，甚至老气横秋的世故汉子，也可能被人认为未谙世情的青年或有点罗曼蒂克的海派子弟。看! 他呆呆地望着"醉梦楼"。一只手摸着裤袋里刚领来的工作第二个月的工资。想着除去饭钱要扣三分之二外，已够零用，何况又在《大众日报》上发表了一篇有关精神分析的长篇科普文章，得到不少稿费。母亲尚未回信，寄钱怕丢，路费几时用？何不先去一醉，寻个好梦呢？他大踏步穿过大街，直往"醉梦楼"而去。醉梦不一定要雅座，却需要安静。楼上有七、八间只放一、二张小方桌或一张大圆桌的小房间，大部分已有人占去，好容易找着只有一个人独酌的一间，他就装着老江湖的样子对他拱拱手说："朋友，我来同坐，不妨碍您吗？"

那个独酌的人年纪还轻，柳火估计不出三十以外，可脸孔瘦削脸色苍白。他似醉未醉的眼睛朝柳火打量，问道："你一个人吗？"

"嗯，老兄也是一个人？"

"不，等等还有一个人要来。不许你吵嚷，她是很爱安静的。"

"不会。我只是独酌几杯而已。"柳火坐下，向堂倌要了二两白干，点了一盆炒三鲜，也就不理他了。说到底，柳火这种行径还是破天荒第一次。开口喝第一杯时，心中对阿娘有愧。第二杯开始，找个理由，他喝的是稿费，不是工资，心就安然了。他开始观察对面的同桌陌生人，他面前只放着一碟椒盐长生果仁。却有二副餐具。和陌生人谈也许比独酌更有意思。酒逢知己千杯少；和陌生人谈天是不是一定不投机？看他这副模样像是有文化的，也是流浪过来的，绝非本地人。咦，他的朋友怎么还不来？趁他爱安静的朋友未来，还是让我先开口吧。

"请问先生，你的朋友会不会失约呀？"

"哦，"陌生人抬起头，啜了一口酒，又用手撮了一颗花生米细嚼，慢吞吞地说："不会的。嗳嗳，是我老婆。看，不是就来啦！"他朝门外堂倌喊："一瓶啤酒要上海来的，火丝跑蛋，十景虾仁。"柳火乘机又要了二两白干，一盆炒肉丝，凑着说："啤酒好贵啊！"

"知道！从上海偷运来，哪能不贵！"他本来讲的是江南官话，紧要处就露出上海腔。

"您从上海来？在后方，我是隔省邻居。在后方，我们也算是同乡了。我是教书的。"柳火兴致勃勃，设法使自己和他缩短陌生距离。无话找话，对酌如何！

"哦，真巧。我也是教书的。"他指旁边放好餐具的空座说："她也是，我们都是同行。"他的脸色不那么呆板，两肋肌肉宽松下来，双眉也展开了。

"我们总算萍水相逢，有缘了。"柳火心中真正感到轻松愉快。他亲切地

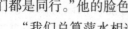

问："尊夫人怎么还不来？"

"喏，这不是？"他瞧着空坐。

"哪里？"柳火向门外看。

"不是坐着？你是看不见的。她只给我一个人看。我也只看她一个女人。"他眼帘低垂，微摇着圆纸扇，尽量表明"这是不容否认的事实。"

柳火的好奇心发烧了，是不是疯子？憔悴而苍白的脸孔，呆滞的眼神，即使不是精神病人，也可以作为精神分析的对象，寻找他隐藏在潜意识中的情结。"我必须和他交谈，可是他却一声不响了。"他只向他夫人频频斟酒，夹给她菜。柳火偷偷地将酒喝了。他再一次主动地引导这萍水相逢的人开口：

"哎，我说老乡，我还没有请教您的尊姓大名呢？还有您这位夫人。"

呆滞的眼神突然放出微弱的光芒："噢噢，我的夫人，你就称她莹就是。我？我叫李汉星。"他转向空座说，"莹，这位是——"

"柳火。"柳火立刻接上去。

"嗯，柳火，柳火先生是同乡，是同行。今天是萍水相逢，不，我们早就认识了。他乡遇故知。莹，柳先生，干一杯。"

柳火决定要和李汉星交上第一个非同学、同事的朋友。他企图效法精神分析法主要用言语作为刺激来揭露他的情结所在。这样，就非要他说出他的秘密不可。情结一般都在往事中。然而这一晚，柳火没有成功。他在李汉星口中仅仅得知他是从上海流落在外的一所教会学校的教员，他的妻子莹也是信教的。现在他俩都在这里一所新办起来的中学工作，李汉星教英文，莹是音乐教师。柳火没有放弃他，心中暗暗说声抱歉："把您作为观察对象。请原谅，我只是想把您在精神分裂症悬崖上拉回来而已。"从此，柳火主动地和李汉星交往，把自己真挚友情给他，使他知道世间还有温暖。几天以后，柳火得到这样一个结论：李汉星不是精神病人。他仅仅有一种强迫性的幻觉，他的妻子莹依然存在，常常和他在一起。当这个幻觉没有出现时，他完全是正常的人，一位教得很不错的英文教师。他们俩终于成了好朋友。奇怪的友谊！

应该说，友谊一直到抗战胜利。确切说，一直到柳火在回乡的黄鱼车上看见李汉星酒醉似地跌跌撞撞在郊外行走，这友谊就突然中断。这是柳火抛弃了他，无心而有意地欺骗他，永远将他撇在身后。这是柳火在自己粉笔生涯中印象最深刻的事件之一。他回忆到它，就要自谴自责。

下面是李汉星在各次和柳火交谈时杂乱无章的自述,经柳火在自己谴责的心情下整理而成。

　　我是个孤儿。我不知道谁是我的母亲和父亲。我只记在五六岁时,坐在北站附近一根被炮弹轰塌下的屋梁边哭泣。后来饿得连哭泣的力气也没有了,才昏睡过去。醒来时,我只见旁边坐着一个工人模样的男人,一手拿着碗米汤,一手拿着瓷匙喂我吃。我不让他喂,伸手夺来米汤碗,几大口就喝得精光。这个男人笑了,他问我一些问题,我知道的全说了。

　　我说,我只记得父母拎起两个包裹和我离开住了很多年的矮屋,母亲说我就出生在那里。父亲和我说上海永远不会平静,因为所有带兵的人都想占有它。不如回老家种田吧。正说时,父亲呀了一声,可不?炮声又响了。我们赶紧向郊外跑,离开北站越远越好。他们把我连抱带拖向前急走。忽听得一声巨响,我就昏了过去。我不知道昏去多少时候。醒来后,父母都不见了。我起来在附近走了一圈,又饿得不能再走了,只好又坐在地上哭泣。这个男人说我父亲多半被军队拉夫,我母亲一定凶多吉少,就是说她死了。这个男人说自己被逼参加清理这次军队内讧的战场,亲眼看到不少女人、孩子的尸体杂躺在士兵尸体中间。后来都被运到郊外埋在一起了。我一听又哭喊着爸妈。

　　"孩子,别哭啦。我最怕听孩子的哭声。这样,你既然讲不清楚老家在什么地方,又不知道上海还有什么亲友那里可去,就和我一起生活,可愿意?我,我的家就是我一个人,加上一间破屋子。有时,我一个人也怪寂寞的,你就住下陪我吧。不过,我是个工人,兵荒马乱,吃完这一顿不知下一顿。孩子,你也只好这样。你有名字吗?"

　　"有。父母叫我阿毛。"

　　"哦,阿毛,你有姓吗?"

　　"姓,不知道。"

　　"好吧,我就叫你阿毛。不过,我得给你取个名字,至于你叫我什么?随你。"

　　那时,我蓦地开了心窍。暗想自己需要一个妈妈和爸爸。原先的都没有了,应该再有。于是我说:"叫你爸爸,我需要一个爸爸,还希望有个妈妈。"

　　这个男人,不,是我爸爸,他哈哈大笑。那么放声、纵情,不由得我也跟着笑起来,他用强壮的手把我拉到他的怀里:"我总算有个孩子了。至于你的妈妈,大概一时不会有的。"

"怎么会?有爸就要有个妈。"我仰望爸爸瘦削的面颊,不相称的浓眉大眼都是和蔼非常,觉得自己非有个妈妈不可。"不会有?我以后为你找。为我自己找个妈妈。"

这个爸爸笑着把我抱起:"阿毛找吧,人家的老婆由爹娘做主,我的老婆却要儿子去找。"

不久,我知道爸爸不是工人,他姓李,是附近一所小学的先生。他把我取名叫汉星。我问他为什么?他说他希望我能成为中华民族中一颗发亮的星星。我又问他为什么?他说以后自会懂的。他很忙,白天在小学教孩子,包括我在内,我也上学了;晚上教附近的工人。工人们比小学生更喜欢他。周末周日不上夜课,可常有工人到家里来谈天。他日见消瘦眼睛显得更大。终于在一个秋天病倒了,身体发烧,经常咳嗽,痰中带血。到了第二年春天,爸爸永远离我而去。他将我托付给小学里另一个教师。帮助我继续念书,我叫他叔叔。不幸得很,就在我小学毕业那年,我的叔叔莫名其妙地失踪了。我拿着一张小学毕业文凭,年仅十三岁,到处找工作。这次是上帝伸手援助了我,我躺在一座教堂石阶睡觉,被教堂的人发现了,把我带到神父那里。这座教堂是一所教会中学的礼堂。神父就是校长。美国人。他待人和气,似乎对孤儿特别友好。他听了我的身世后说:

"可怜的孩子,不要沮丧,你将会得到主的帮助。我这里正想找个勤杂工,可你不到十五岁,还是孩子。孩子做工,就是童工。我们教会反对童工,我又怎能用你呢。我,按照上帝的指引,发现你既是小学毕业有文化,反应又灵活,讲话有条不紊;身体不结实,显然是营养缘故。所以特别例外允许你补一次入学考试。只要你愿意,可以试试,录取了,你就可以在这里继续上学。"

"我?我宁愿做工,我哪来的钱读书?"

"孩子,如果你考试录取了,我可以给你免缴学费。如果学习成绩好,还可以给你奖学金。不过,这个学期你还得用自己劳力来换取膳费。你每天一早要为我们打扫办公室,冲开水。这就叫半工半读,你可愿意?"

"难道勤杂工就这么点事?其他谁做?"

"当然不止。其他的事你就别管了。"校长微笑说,"我想你会乐意的。你别走开,我就拿试卷来让你做。"

我的小学毕业成绩名列前茅。校长拿来的试题仅三个。一篇作文（自己命题），一个应用计算题。这二个容易做。第三个题却是我从来未见到过的。它要测试我碰到生活上问题有没有即时解决能力。题目："如果你捉到小偷，你将如何处理？"我回答说："我要查明他偷东西为了什么？若是为了饥饿，我便给他几个铜圆，放他走。否则，送到警察局。"

　　校长看了我的卷子，满脸笑容对我说："你的答案很好。但那个如何处理小偷问题回答得不够理想，以后你自己会找到解答的。"隔了一年左右，他忽然对我说："我知道你喜欢看小说，如果你还没有读过雨果的《悲惨世界》，我建议值得一看。"果然，我从《悲惨世界》中得到许多启发。我对校长愈加尊重。我当然是基督徒。我几乎要认为校长很可能是基督大弟子中的一位降临下凡。

　　以后，他又把我送到神学院读书。我对文学兴趣的扩展，使我知道《圣经》外各种文学体裁的优美和内容的广博，反映出人生的错综复杂和种种矛盾，因而降低了对《圣经》的研读时间，可《圣经》中的道理，我始终虔诚笃信。

　　八一三起，我国抗战后日本在中国的暴行，对南京军民的大屠杀和欧洲法西斯对犹太人和俘虏的残杀使我一步步怀疑上帝权力的无限。应该有一种更大的力量可以制止他们的残暴。假定日本人民个个不想当兵，而中国人个个都想当兵，问题不是就解决了吗？前者我无能为力，后者不是可以出点力吗？神学院学生虽不如其他大学生支援抗战来得积极，但自从上海成了孤岛，租界成了孤岛中的孤岛后，神学院学生在照顾难民等方面的工作做得不少。由我负责的唱诗班活动被打乱了。我们索性转变为难民支援队。校长认为支援难民比唱诗更符合上帝的旨意。

　　唱诗班的成员，不仅是学生，也有神学院里的青年教职员，像莹就不是神学院学生，而是那所教会中学毕业在神学院教务处工作的职员。当时是唱诗班的女低音，我则是男高音。我俩常在业余活动中被要求和唱或对唱。有一天晚饭后，我在学校与教堂中间那条林荫小道散步，看见莹独自坐在路旁的木靠背椅上发呆，似乎有什么心事。我们相互招呼，没有两个座位，她站起来。我便问道："你吃完晚餐就坐在这里？"

　　"嗯。"

　　"身体欠佳？"

　　"不——不是的。"

　　"那么我们不是可以一块儿散步吗？"

"也好。"她瞧了我一眼。

这一眼使我出神，使我忘记了自己的存在。我第一次发现，她竟如此妩媚。

"走啊！"她的动人的女低音延长了一拍，我才苏醒过来。我欣赏她的女低音。女低音讲起话来也是好听的。我不敢看她的美丽而温柔的眼睛。

她本不红润的脸绯红了。她低声说："有什么好听，像男孩子。"

"这你就不懂。女低音讲话柔浑深沉，有意外的感人力量。比如你这声'走啊'，使我就不得不跟你走。"

"你真会说笑。别人说我们对唱、轮唱、齐唱，只要两种声音在一起，就产生动人的音色，是真的吗？"

"当然是真的！我们此刻何不自己着意表演给自己欣赏一下？"我不等她回答，就鼓起勇气唱起来："我昼夜常思你的爱，耶稣！——"

她立刻用她特美的女低音接下去："不能测到长阔与高深！"

……

最后我们就合唱："你的爱永远不变更，耶稣！荣耀围绕成光浪。"

"嗯，真好听！"我心中暗说：她一定也会这样想，应该常常这样唱下去，唱给自己听。我说："赞美诗是上帝的声音，当然是无比端庄的，不由人不爱。但另一些歌，我也爱唱，你呢？"

"我也是。比如那《流亡三部曲》中的第一部。我这个人没有胆量唱下面这二部。我还喜欢唱舒伯特的《漂泊者》。"她说着，和我不约而同地靠紧一步。我们不时贴着身体并肩而行，脚步越来越慢。

"你难道就这样偏爱凄凉？"我心中有些惶恐。

她微微颔首。

"可你目前并不孤单，不要老是唱这类歌。"

"我不知道你这句话的寓意。可你也要走的。修女们说：教会没有钱了，神学院和在租界里的教会学校都得停办，连教会本身的神职人员都要辞退几个。"

"不错，我也听说，心里很不安。你也许听说我是无家可归的。"

"嗯，我也是，我也没有家，无路可走。"

"这怎么说？"我惊骇了。

"我是在孤儿院长大的。院长说我是被人在一次人为纵火烧掉的几十间棚户区的小屋和一所小学校废墟中发现的。当时我不满周岁。从所穿的服饰看,质美而干净,估计是这所小学里教师的女儿。你说离开这里,我能到哪里?还不是《漂泊者》的角色。"

"哦,我没料到你和我同病相怜。不过,两个孤零者如能结合在一起,不就解决了吗?莹,你说?"从此,我开始呼她为莹了。

这时,我俩的脚步自然停住。我把左手拿来放在她的两手中间。忽然,她倾倒在我手弯中,仰头看我,流出滴滴泪珠。我用手轻轻把它们擦去,吻了她说:"莹,我们两人不是已经都不孤单了吗?应该高兴才是。"

她点点头。她的脸色散射出一种惶惑:"离开这里后,总得有地方去才是。"

"别慌,终究现在尚未到这种地步啊。"

真的,我们从此不再有孤零之感了,因为我们深深地相互爱恋着。我们并没有多少时间在一起,可心心相连能够冲破空间的阻拦。我们的生活极其甜蜜,连合唱舒伯特《漂泊者》时,也是高高兴兴的。所以莹说:"这首歌,我们再也唱不好了。"

好景不常在,我们晶莹透彻的爱恋生活被日本兵突然冲进租界,占领所有外国政治、经济、文化教育等机构所结束。慈善事业和教会教堂还是主要对象呢。幸好我们的神学院离开租界边境还有相当长一段路,校长对我俩说:"看来,日本不顾国际公理了。教会无法保护你们。赶紧走吧。不过,你俩是我所喜欢的人,现在又相互爱恋;此刻虽已午夜,到基督面前,我为你们证婚后再走。"于是我们三人在隐隐的枪声中到基督面前举行了婚礼。校长又交给我们一个信封:"保存着或许有用。来不及和你们说明。孩子,赶紧走吧!愿你俩时刻和上帝同在。我还有许多善后事情要做呢。"

我们就是这样成为夫妇的。依依不舍地向校长告别。校长匆匆离开了,我们只带了一个包裹向敌人进来的相反方向走,片刻就出了租界。第一个问题就是何去何从?我们把校长的信拆开,里面有几张美钞和几张在敌占区通用的钱票,还有一张介绍信,将我们介绍给本省战时省会的教友,想他早已离开上海了。我们历经数不清的苦难和挫折,终于到达,想不到这位教友已经离开。于是我们俩继续追寻。终于在这里找到,那是前年的事了。我们自感十分幸运,这位前辈教友待我们很好。原来他和上海那位恩人校长是同班同学,感情一直不错。这位伯伯满口答应今后至少在生活上给予帮助。他不仅是这个临时省会所在地的教会负责人,还是帮助从沦陷区来的难民救济委员会的负责人。所以为我俩各找一份工作是不成问题的。不到半月,他便介绍我到一所私立中学当文科教师,阿莹当那里的音乐教师。音乐课很少,又兼抄写员工作。伯伯还为我们租了一间民房。于是我俩开始有一个家,多幸福的家啊!

去年的一个晚春之夜,月色清澈,微风拂拂。莹拿出她不久前在旧货摊买来的洞箫吹起来,她说她还没有告诉过我,教她吹箫的是一个不到30岁的修女。二个子女,父母全都被敌机炸死了。丈夫是教师,一天出去上课就不再回来,无声无息。一个美满家庭,只剩下她一个人。她说除出家做尼姑外,别无他路。我问怎么你又信天主教做修女?好说那还不是一样?我的心有依靠,生活有着落就是。可惜租界教会全保不住了。我打算回到乡下小镇老家去,那里有座小庙可了此残生。

"她怎会吹洞箫?洞箫是文人雅士、闺阁千金的乐器。很上品的啊。"

阿莹叹了口气:"你说的不错。她的父亲原是大学教师,母亲本来也是音乐教师,后来生病居家。她出自书香门第,学有渊源的家庭。你不会再怀疑了吧。"

"唉,到处是孤零人。可是,莹,我们幸好不再孤零了。不知这位孤零人现在是否已找到归宿?"我要求:"莹,你再吹一首吧。不过箫声咽噎,和我们生活不相称。吹一首欢乐轻松的曲子如何?"

"这使我犯难了。可怜的师父教我吹的尽是凄婉的,而那时我也喜欢吹这些曲子。"她说罢又吹了一曲,她告诉我:这是《汉宫秋月》。

那时,我忽然回忆起孩时跟一个带着一个小女孩拉胡琴的瞎子到一座酒楼里拉唱的情景。我看见一个用餐的女人用手绢挡住往下滴的泪珠。那个女人拿几张钞票对他说,请再拉一首《春江花月夜》好吗?可是我要回家了,已到用晚餐时分了。我不愿意让抚养我的爸爸记挂。于是我就问道:

"莹,洞箫曲谱里有没有《春江花月夜》这首曲?"

"没有,不过我知道它本来是琵琶曲子,原名《夕阳箫鼓》,后来有人改为合奏曲子,才称《春江花月夜》,那种悲壮的旋律,真过瘾咧。可惜我只在师父家听过一次。后来,我借来曲谱,用洞箫代琵琶独奏,也不错,但不如琵琶如珠的急拨急弹的效果,沉哀有余而悲壮不足。"

"莹,古云:境由心造。也许你今夜吹出来的《春江花月夜》使我只能体味它的欢乐,你吹吧。"

莹微笑地点头,将嘴对准箫孔,左颊露出浅浅的小酒窝。开始吹奏的第一声就把我怔住了。她看我神色,闭目欣赏空中袅袅余音,戛然而止,扑到我胸前,我抱住她:"怎么啦?"

"你只听箫声,忘了吹箫的人了。"

"我抱住你,你能吹吗?开始这一无限延长的箫声可以勾人魂魄。"

"在合奏曲子里,是由笛子导引的。箫声不够响亮,带不出下面所描绘的春江花月。"

"今夜只我一个听众,演奏厅只十二平方米,只适合独奏。请接下去吧。"

你可以想象出这一夜我们的欢乐。我们的房间在二楼,离一条大江的支流不到五十米,月光照射江水粼粼闪动,仿佛听到它的流音。我们种养的一盆春兰,三个花苞有二个半开了,真是春江花月夜的幽幽之情啊!那夜我们一直到半夜后,感到晚春凉气的浸入后才就寝。还谈了未来的打算,约莫四更天,才昏倦睡去。

乐极生悲。第二天下午,莹就开始身体发热。全怪我,后悔已迟。以后体温总是不退,咳嗽久久不愈,很像我死去的父亲的症状,痰中带血。医生诊断为肺结核。嘎,上帝哟!

虽说此处是临时省会,却没有好医院和好医生,而且我们也没有钱。结果,不用我说了吧。不,不,还应该补充一句:"她那时已经怀孕四个多月了。"请原谅,我不能再讲下去了。

上面就是李汉星的故事。在柳火和李汉星相处一起时,有时他一言不发,有时他一夜未进一滴酒。有几次是坐在莹坟前讲的,坐到半夜,饮泣和凄凉的沉默比讲的时间要多得多。

(五)

柳火在省民教馆工作已两个多月,生活充实。除去上面那两个全属偶然事故外,前曾提及的乐园茶座虽因学校开学没人光顾而停止营业,民从学校和《学习通讯》的工作也够费精力了。那次"中国往何处去"的座谈会,尽管没有什么结论,与会同学个个表示出"国家兴亡、匹夫有责"的精神。会上议论积极,常常出现争辩,抢先发言等现象。各种方案都有,但都很抽象。有的甚至谈到老庄思想对建国重要性。不过,与会的大学生们也有一点意见是绝对一致的:抗战胜利后,首先应该结束国民党的一党专政,允许政治上的反对派存在,对政府进行监督。至于如何达到这一步,与会者又辩论起来了,有的认为目前民众的文化水平太低,使用"民主"这个权力很可能形成紊乱的社会,结果又会被有兵权的人所愚弄,贿选也会十分普遍。所以应由国民党专政暂时存在,督促它逐步培养民众的民主意识,有步骤地放弃专权。也有人提出质问,如果它不肯,仍同从前一样,连共产党这样积极抗战,又有事先合作的协议也被取消,不能容纳又当如何? 有的人说:"大概不会吧。"有的人说:"很可能。消灭新四军,就是证据。这样,它将失去民心。不得民心,它能继续存在下去吗?"民心得失的重要性似乎是这个座谈会的结论。这个结论使与会者明确自己应在顺民心的前提下团结起来做些工作,起些作用。后来,这次座谈会纪要的题目被定为《走向民主》。这个"纪要"被学校和地方当局所探知,引起他们的注意。真是岂有此理! 难道国民党只要求大学生糊涂过日子,不要他们关心国家大事! 不过,中兴大学校长并不在"当局"之内。他得知后,却认为大学生关心国家前途是值得高兴的现象。

初秋的天气还是很闷热。晚饭后,夕阳余晖尚在西边闪烁。柳火脱去衬衫,拿了一把大芭蕉扇,搬一把椅子坐在办公室外天井中乘凉。好不清静爽快。他又去拿本书来消遣,没看两页,想不到夕阳余霞很快消失,夜色接着降临。这时,柳火发现大门外喧嚷呼喊,脚步杂乱无序。他急忙跑出去,和一个男子撞个满怀,这个男人疯狂似的大喊:"日本佬投降了,投降了!"推开柳火,竟往前疾走,举手高呼。这一下,柳火的心情也被激动起来了。他故意向人堆走去,大家都在喊着自己的心声,同一种:"日本投降了,哇!"同一种喜悦用不同语言表达出来:"打回老家去。""抗战胜利万岁!""班师还乡啦。""呜呜,我的妈妈哟。""乖乖,别哭,爸爸买饼给你来啦。"有一队是由不认识的人拼凑起来的,有教师、小贩、警察、官员、学生、商人……也许还有流氓小偷,跑单帮的,柳火兴冲冲加了进去。他们高唱《打回老家去》。忽然斜里冲进一个中年女人,看她清瘦,哪来的力气把柳火紧紧抱着:"哦,找到了,你在这里啊,可怜的孩子。"柳火昏头昏脑地捉住她:"嘎,阿娘阿!"然而,立刻,双方都发现自己弄错了。他们被人群挤向路边。

"对不起,对不起,我被胜利冲昏了。不过,我的孩子确实有你这么大了。他是中央军校学生,他提前服役,他当连长,最后一封信从湖南寄来说:抗战将要胜利,他要卸下军装找别的事做。现在真的可以不当兵了,和平了。"讲的是广东口音的普通话。

"哦,哦,你的儿子了不起哇——"柳火没有说完话,就被人群分开了。人群推着柳火走,柳火简直不费力气。爆竹响声震天动地,前线激战的枪声不过如此密集吧。爆竹残骸常常落在头上。柳火已失去主动,被人推来送去,谁在后面重重地敲了他的肩膀,回头一看,大喜!

"我们真算得有缘分了。"

李汉星一手拿着空酒瓶,一手拿着野花:"来,来,陪我到莹那边去,把好消息告诉她。"

"再去买瓶酒,今天准会大口大口喝。"柳火也激动异常。

可惜迟了。他们走遍商店,都已告罄。没法,他俩用大力开路挤出人群向郊外走去。

"且慢,今晚非酒不可,空前绝后的好时机!你自去莹坟地等我,我去设法,就来。"果然不一会他就回来了。他扬一扬酒瓶:

"如何,一瓶白干。"

柳火竖起大拇指表示赞扬。

"骗来的。用空啤酒瓶骗换来的。"忽然,只见他脸上阴云密布,把白干瓶塞进柳火手中。噗的一声,捧着野花跪下去号啕大哭:

"莹啊,莹,你怎么不出来啊,我在这里一直等你呀。胜利了,抗战胜利了。明天,我立刻打电报给可能还在那边的所有教友。回去,我们可带着孩子回去啦。我们不是讲定了吗?我并不困难找到一个足以维持一家三口衣食的工作。莹啊!哎,哎!你快出来啊。"他放声大哭、喊叫,好像世界上只有他一个人哭给另一个世界上的唯一亲人听。

柳火对莹的坟碑深深地鞠躬,他的眼眶湿润了。他笨拙地拉起李汉星的手坐下。眼前模糊地隐隐看到那座他们俩相爱的小楼。他和莹正逗着孩子玩哩。

柳火回到民教馆时,已四更天了。他懒得搬办公桌拼成床铺。肚皮饿得难受,可到什么地方能找到食物?幸亏热水瓶中尚有开水,他一连喝了两杯,他提醒自己记住:今天是八月十六日,一九四五年。然后不由自主地打起盹来。

第二天,柳火写了一封简短的家信:"亲爱的外婆,阿娘:我已计划尽早回家,抗战胜利万岁!祝二老康乐。请立刻回信给我,不必寄钱,恐有失。

我自有足够路费。抗战胜利万岁！"他兴高采烈地上街吃了早点,加买一根油条以资庆祝,然后去邮局,想不到门外已有一队人等在门口。这些人和柳火一样是外地人,思乡情切,急于和亲人联系的流浪者。可诅咒的日本人!

进大门,看见縻力放在天井东张西望地踱步。他就是在中学时代把小鸭撕成两段的家伙,他和柳火同届毕业,留在政治系当助教。两个人在大学时虽是同乡并不接近。后来由于同是真学社社员,才熟起来。他看柳火进来,就上前一步,两人异口同声喊:"抗战胜利万岁!"两人紧紧拥抱着。

"我决定回去了。向万里来信说,工作没有问题,在抗战胜利后我还有什么理由在外流浪？胜利后的祖国到处需要我们。"

"助教也辞去？"

"当然,助教算什么？我现在立刻回去,说不定还可以和向万里一起向美丽的省城接管省里伪政仅呢。今天一早,就到系主任那边去过了。"

"他同意？"

"系主任很愉快点头说:他不敢阻挡我和家人的团聚。他给了一张校笺,嘱我当场写个辞呈,他当场签名同意后说,你可以随时离开。他笑着拍我肩背说:真是归心似箭。"

柳火听着想:难道他也有像自己外婆阿娘那样的亲人？看他这副着急回乡的兴奋样子,自觉不如,真有点惭愧,便说:

"你做得不错,我也就去办。今天办妥。"

"我下午再来,把行李带来。和你一起躺办公桌如何？交通尚未完全恢复,必须天天去到车站物色便车。"他站起想走,柳火按他坐下。

"你不会有事吧？"柳火的回家念头像火燃起。"你且坐会儿。馆长就住在这里。我即刻去,他没有架子。估计能像你系主任,笃定成功。"

真的,不到半小时,柳火回来。笑眯眯说:"我比你更顺利,看,他还给我全月工资。"他塞给縻力放一张便条:"总务主任:请给柳火先生本月薪金。民众学校事务由总务部接管。"

"太好了。明天动身如何？行李不过是一个铺盖,一只箱,下午我都搬来。那边还有几个朋友需要辞别一下,晚饭后准到。"

"我也是,没有什么可准备的。"柳火脑子映出李汉星这个形象:"我只有一个朋友需要去辞行的,说不定,他可能一起走。"

縻力放走后。柳火去总务主任那里领来全月工资,又办好民众学校的移交手续。哪里知道总务主任伙同各部主任一定要饯行,他说:"抗战胜利应该庆祝,你要回家团聚,谁也不能阻拦,只能欢送。举杯同庆。"他言辞真切诚恳,不容柳火推却。

这样,中饭成为省民教馆全体职工的聚餐。馆长致辞:"谁说分离苦?抗战胜利才给我们这个分离的喜悦。"尽情欢饮,酒醉饭饱,谁也不想到还需要晚餐,因为完席已下午三时多了。柳火整理一下办公桌上的杂物,放入箱中,就匆忙去李汉星那间小楼房。

李汉星双手捧着头坐在桌边椅子上休息,桌上散满学生的作业,可以断定,他的工作效力不佳,精力不济。他看见柳火进来,惊喜得跳起来:

"到底是好朋友,你又来看我了。"李汉星微笑着。然而当柳火告诉他明天回乡来辞行时,立刻泪下如雨,泣不成声。柳火懂得自己的快乐激情伤害了李汉星孤独苍白的心。柳火对自己深感不满。他在友情上犯了一个大错误。他本该先和他商量,劝他一起走。足足过了一刻钟,柳火才怯怯地说:"这个主意是个同乡同学出的,请求谅解。是不是可以和莹告别,和他一起回去?李汉星没有回答,两眼噙满泪水。柳火安慰他,说迟早总要回去的。路费有问题吗——"

李汉星没等他说完:"你别说了!你到底仍不了解我。你以为我能这样容易离开这所小楼?抗战胜利了,国家总算为老百姓报了仇。我也不去参军了。我打算留下来陪莹。我能让她孤零零地躺在这异乡僻处?我曾经想把她遗体挖出来火化,把骨灰随身带着,这样也算一家团聚了。可惜弄不到汽油。柳火,你回去吧,你不会懂得我对莹的感情,你有光明的前途,你有外婆和阿娘在盼望你回去,我,除了莹还有谁?不要可怜我,也别想念我。我会在这里安静地活下去,直到和莹以及我们的孩子一起过日子。"李汉星淡淡一笑,接着说,"刚才听你说明天离开,我禁不住悲从中来,那是冲动。此刻它转变成别有滋味在心头了。我觉得无所谓了。我们两人总算有过一段缘分。你去吧,我祝福你,愿你与上帝同在。"他说完,微微垂头闭目,像在做祈祷,又像入定。柳火屡次设法引导他,他都不开口,他的灵魂已经进入莹的坟墓中。

他被动地让柳火握他的手。柳火发现他的眼睛也被泪水浸润了。突然,他抽回他的手。柳火只得向后转,再不敢看他。难以忍受的离别呵!

翌日,柳火和糜力放吃了早点,买些干粮各背一只盛满开水的壶。一手铺盖,一手箱子,去郊外拦车。北上东去的车确实很多,但直到下午四时许才拦住一辆满载货色从西南边境省份来的货车,它要直达沿海一座省会城市,当然没有座位。讲好价钱后,他们爬上货色堆上弯着背坐着。背若一挺会碰到车顶。所以每隔几分钟就得转换姿态。以后他们发现只有躺着才较耐久。这种乘客自愿当作货物,没有座位,没有确定到达时间,临时拦上的车是抗战后期交通的新品种。车费是乘客和司机约定先付,纯是司机外快。这种带上拦车乘客的车,俗名黄鱼车。

车子只跑了二小时,太阳尚有余晖,就停歇在一个小镇上。司机不敢远离找旅馆,就在停车附近找了一家小客栈。柳、糜二人付了车费所剩无几,踌躇不进,司机看准他们为了宿费,建议他夜里仍在车上歇。两人连忙点头同意。饭后又活动活动身子,重新爬上车躺着。柳火睡不着,闭着眼,黑暗中出现李汉星苍白的脸孔。他将如何? 能在这小城中度过一生? 苍白逐渐暗淡,终于和车厢的漆黑融在一起而消失,柳火睡着了。人们应该相信这二个青年人至少比皇帝在龙床上要睡得平静香甜。

太阳上山,车子才开始驶动,糜力放问司机何故? 司机说他已打听清楚,前面有一座高山峻岭,不免有强人出入,白天抢货杀人,机会较少,保货保命,但愿无恙过去。二人点头,提心吊胆。眼看它跟着前面几乎完全相同的木炭货车像沙漠中的骆驼蹒蹒前进,司机严肃地调整排挡,加大马力,让它吃力地上了山坡。

这样的旅途,连续四天,终于进入山江地区。他们下车分手,各自回转家乡。

第十章

(一)

雇了一个挑夫,走了三十多里,到家门已下午四时光景。柳火自认有些神经质。他心头怦怦地跳,只怕有什么不幸出现。敲了门,一位老妇人出来。

"啊哟哟,外婆!"

"谁呀?"

"是我,火儿回来了。"柳火打发挑夫走后,挽着外婆的手,通过灶房,进了卧室。一切都没变,熟悉得很。两张床铺。朝南的一张还是阿娘的嫁妆婚床,已经驳漆斑斑了,另一张是两条长凳搁上棕棚的搭床,阿娘回家睡的。

柳火打量外婆,比四年前老了不少。白发多于黑发,发髻也小多了。精神还算健朗,但额上包着黑纱,说明健康欠佳。柳火有些担心地问:

"外婆,你生病了吗?"

"没有呀!今天早晨起床觉得头有些痛,就扎上包头纱。火儿,你这么远路怎坐来啊?!一定很辛苦了。口干吗?热水瓶里还有昨天的开水。"

真的,柳火口渴了,赶紧起来:"外婆,我自己来。"他吃了一杯又一杯:"外婆,阿娘还在那所学校里?"

"不,早离开了,换了好几所小学,如今在西门外,路倒不远。"

"我明天就去看望她,她好吗?"

"还不就是思念你。去年在报纸得知日本佬切断铁路,要进攻你们大学所在地的那个省城,几天之间,头发全白了。伍子胥过昭关,一夜白了发,怕是真的。愁心最易白发。其实愁有什么用?日本佬不会因为中国老百姓发愁而不进攻。幸好,她每天从鼓楼测字回来,带回测字先生的话都是:在外平安,重逢有日。一直等到你学校南迁定当后接到你的信才比较安心。唉,说来南山殿张元帅的签诗确是灵验了。我屡次求来的都'上上大吉'。"

柳火吃了阔别四年之久的夜粥和炊皮炒蛋,心里又喜欢又伤心。

接着,柳火自去将铺盖藤箱拿上小楼。

"久违了,亲爱的小楼。"柳火深情地环顾,四周依旧,书桌上的灰尘说明久久无人使用。很少有人(譬如阿娘)在它旁边呆过。他念了念孙石那张给阿娘的水墨山水上的题诗:

"昨夜狂风起,松涛万鼓音,登山何所事,聊涤我尘襟。"又念被自然破损的直条所写最后两句:"饮马长城休照影,恐惊霜雪上头颅。"不禁回忆翩翩往事。

这一夜,他睡在外婆房里那张偏床,听外婆讲山江城里的人事沧桑,迷糊地进入梦乡。

柳火醒得很迟。从日本投降那天夜里起,他没有睡过好觉。外婆恰好相反。她兴奋得不能入睡,不到五更就起来上香,并加上二支小红烛,感谢上苍使她了却团聚心愿。她上楼看看闭着眼沉睡的柳火，已经长大成人还有胡须了。这个样子，真有些像他外公。她想起死去三十余年的丈夫和三个女儿的出阁，以及她们各人有不同的厄运。大女儿死得太早，二女儿青年守寡，三女儿常受丈夫欺凌，不知不觉又伤心起来。

柳火醒得迟并不妨碍去探望母亲。这几年生活的锻炼使他步行的本领相当不错。每日百里，尚可继续走四五天。家离母亲工作的小学区二十余里，自当不在话下。八时半出发，十时多就到达。凑巧黎清这天只有早饭后两节课，下课后恰好碰到日思夜忖的火儿。她、火儿二人同样的激情使她失去常态，抱头又哭又笑，不管四周的师生正在瞧看，这一幕母子相会的场景不是作者这支拙笔所能描摹的了。

这一年重阳节，特地请假二天，教务主任知她会巧妙地补上而不另增时间，自然照准。这一家三代三人过的真是神仙生活。四年多没有吃到的山江大米面，红烧猪大肠和来不及弄清楚的几样炒菜，外婆拿来胡干娘送来的百益酒和自己浸制的杨梅烧酒。三个人都吃得醉醺醺了。外婆说，她六十多年，第一次吃这么多酒。该喝，该喝！庆祝外孙大学毕业，等于进士榜上有名。黎清醉眼蒙眬，柳火扶她上床休息。他本想帮助外婆料理餐后杂务，外婆一定不肯，说："只要开心，再多人吃饭也能应付。"其实柳火自己也有些昏昏沉沉，上楼倒在床铺就睡了过去。

第二天，外婆也不要女儿帮忙家务，她的小脚敏健，买菜做饭，没有不方便。柳火换出的脏衣服，早饭前就洗好。她和女儿说："二囡，你们娘儿恐怕有谈不完的话，别管烧吃的事，只有一天，你们尽情谈罢。"

柳火听说，心想："这么一来。我这个穷学生，不是成为大少爷了吗？"觉得不是滋味。黎清也一样辨不出当时什么味道。不过最后两人还是感谢这位一生助人的外婆。甜酸苦涩的事儿一齐涌上心头。当柳火讲到手推独轮车、当黎清谈到和外婆同时生病，相对卧床不起，两人都伤心落泪。当柳火讲到只差一分钟可能被土匪捉杀时，黎清吓呆了："幸亏上苍保佑我儿。应了算命先生的预言和张元帅的签诗。"

在交谈时，柳火不时细细注视母亲:头上的浓密黑发全部白了。仅此而言，阿娘比外婆要老要憔悴。柳火认为外婆比阿娘要坚强，她从不自叹命苦，而阿娘一碰到不如意的事或遭人欺侮就自叹命苦。可见精神因素对健康影响很大。不过这难怪，外婆做寡妇虽有三十余年而阿娘只21岁就死了丈夫。"唉，我的爸爸！"柳火在心中叹了一口长气。转而问:"孙石姨父如今在什么地方？表弟姐妹又如何？"黎清告诉儿子："孙石姨父做了工业学校校长了，和我们疏远了，他最喜欢的老三已和大学的自己老师结婚，老二出阁，说是患有风湿性心脏病，不应该生育，到底仍怀了孕，生了个女孩，健康似乎没有什么影响。你小姨父刚从广东回来，就在堂兄办的私立中学教课；你小姨母尽管常受丈夫打骂，却又生了第六个孩子。"讲到这里，黎清感到儿子没有问起自己那些亲密的同事，江门时代的生活而有些遗憾地说："火儿，你难道不想念孩童时在阿娘身边常和你戏耍的叔叔阿姨吗？帮助阿娘出来做教师的向先生公总记得吧？星期天常带你去东湖、北山、南山的孟昌伯伯，孟珍阿姨和江门的孟珠阿姨，汪育民叔叔和史鉴叔叔总不会忘记吧？还有和阿娘兄弟相称的李嘉陵伯伯和白大良叔叔呢？"

"哪会忘记，不过说句老实话：向先生公我记得最牢，孟昌叔叔我最喜欢，他没有长辈的架子。"

"可惜他一去如黄鹤，杳无音讯，向先生公，过几天我和你一起要去拜访他的。还有一个人是郑鲁言先生，是你的老师，总不会忘记吧。"

"不，绝对不会忘记，我想是一位暂时匿藏在江门中学的共产党员。"

"火儿，不要乱讲。共产党人是政治犯人。张家镇小学两位领导失踪据说就是为了可能是共产党。唉，好人怎会都被怀疑为共产党人呢？真费心思。"

"阿娘，现在不是这样了。汪精卫死去一年多了。日本投降了。国民党和共产党一起建设中国，他们的领导人正在重庆商量国家大计哩。"

"但愿如此。"黎清很虔诚，"火儿，老百姓都希望和平，战争的种种苦难都首先落在老百姓身上，你说家破人亡，妻离子散，大官人家有没有？倒是在战场上的官兵和老百姓命运牵在一起。火儿，到底是谁要战争？掀起战争是谁？作孽！"

柳火没料到这通俗的问题竟一时难以回答。他只能安慰母亲："阿娘，别担忧，待国共双方商量好大计，自然会不再有战争。再说从世界范围看，第二次世界大战的惨痛教训使各国领导人终于走到一快，弃异存同的《联合国宪章》也已经公布了。"

"其实，我也多想。这些世界大事，国家兴亡和我相距太远了，和我密切相关的只是物价平稳，有工作，没有战争。"

工作？柳火的心像触了电，吃了一惊。这是头等大事啊。这学期算是过去了，也没有办法可想。下学期如不赶紧进行，也会失业。难道我大学毕业还要阿娘来养育不成！

黎清看她儿子沉默不语,误以为有话难以启口。一定关于我介绍的那位姑娘的事,应该我先问他:

"你信收到吗？里面还夹有我和她一起拍的双人照哩。你怎么可不回信？"最后一句黎清不自觉地带有嗔意。

"收到了。我怎么可以不回信？第二天就寄出了。你没收到？这也不奇怪,那时抗战还未胜利呢。后来,我离开省民教馆时,也给你一张明信片,说不定遗失了。邮路哪比得上我的直达黄鱼车。"柳火说着,从抽屉里取出母亲的信,又从信封中取出照片说:"像她本人吗？"

"比照片还要可人些。火儿,你看阿娘如何？"

"要比照片老多了。尤其是满头白发,而照片上还是漆黑的。"

"就是去年下半年想念你白了的。去年上半年拍了这张照片。她22岁,今年23岁,脸孔圆圆的。别弄错了,她绝对不是胖姑娘,身材可匀称哩。你看,多娴静、稳重,衣着也很朴素。"

柳火将照片看了一下,同意地点点头:"嗯。"心里想:她的行为举止和脾气毕竟难以从照片形象中反映出来。

第一次黎清陪她儿子去拜访姑娘的父亲,她未来的亲家。实际上就是所谓的"相亲"了。彼此印象不错。但他们这两个当事人的第二次约会时间竟隔了一个多月,这就有些不正常了。回家后,黎清埋怨儿子怠慢了姑娘。柳火回道:"阿娘,她确实不错,娴静端庄,我巴不得明天约好。可是我冷静一想,下学期的工作如果定不下来,我能和她继续交往吗？她会把自己的终身托付给一个大学毕业而失业的青年？再说,我决不会让你在我大学毕业后还要离家劳动养活我！"

黎清默然。暗自庆幸儿子有这样孝心。

（二）

这个姑娘叫章耘花。她父亲农业专科毕业,自己改名章竞天,取意达尔文的"物竞天择"理论,表示自己的信仰和崇拜。但是他并没有用科学来削除自己头脑的封建传统观点。如此学习成绩优良而又用功的女儿,高中毕业后不督促她投考高等学校,却托人介绍她到盐业局做个雇员。他认为这个职位，虽然底下，人人仍认为是只不可多得的金饭碗。它依照外国人经营企业的办法，和海关、铁路、邮电等机构一样，工资自成系统。不仅每月初按时发放，而且只要不犯事，每年都可以加一块银圆薪金，到退休时就能拿到一笔为数不少的退休金。它非常迎合以稳定谋生的人。当年黎清对自己儿子的职业造型就是这样。儿子看来要走另一条路，未来媳妇除人品合她心意，碰巧又是这种安稳的职业女性自然锦上添花了。

章耘花对她父亲的安排几乎没有什么异议。双十年华时，就走进社会，自食其力。她沉默寡言，工作一丝不苟，待人温厚，态度端庄，领导、同事对她影响都不错。是不是没有人想和她谈恋爱？不得而知。可以确定，她从未有过和人谈情说爱的念头。婚后，她对柳火说："我在这方面什么也不懂。"她不知道父亲背地里和黎清谈她和柳火结亲可能性的事。当父母告诉她应该同意黎清要求她和自己拍张照片，又知道这张照片要寄给柳火时，她才有所觉察。认真排辈起来，黎清还是她的远亲姨母；再说，青春已在她心中觉醒；她答应了。但是她以后知道照片已经寄给柳火，却多了一桩心事：这个柳火究竟是怎样一个人？在高中读书时，她曾和另一女同学由孙姗陪同一起去柳火小楼那间书房见过他，瘦长的身材和沉默持重的情态，其余什么都想不起来了。不过，她还是仿佛感到他和自己目前在盐业局那些同事完全不一样。及至第一次见了面，却自觉没料到他是这么一个天真的男孩，和没有大学毕业的年轻同事相比简直有些幼稚，好像是自己弟弟，难道他会是大学毕业？还会有假？她心里微嗔一下。她对柳火主动约见很觉顺心，但约会日子竟在三个星期后，又感一丝惆怅。她觉得自己心里有些乱，搞不清是怎么回事。

柳火第一次见了章耘花后，觉得她的娴静形象化了。午餐虽然同桌，并无半句话，却也没有红脸忸怩。他心里已经同意母亲对她的评价，并私下夸赞母亲的眼力。但她早已参加工作，会不会世故得太早？柳火对事故的人印象不好，因为这个社会的风气太坏，而社会风气又集中表现在政府机关和商业活动的腐化上。她在盐业局工作，政府机关和商业活动都有沾边。她父亲长久在党政机关做事，虽然为官不过七品，是个文书科长，仰人鼻息，无丝毫权力，总是在官场里混，不受影响？柳火想到这点，心里不好受。在没有第二次见面的三个星期，尽管精力集中在落实下学期工作的奔波上，仍然在心中常常涌现这个问题：世风会不会玷污章耘花的纯洁心灵？所以一等到工作落实后，立刻提前去看望她，而且一连就好多次。星期天和晚饭后，他们走遍江山县城内外的名胜古迹,他们最喜欢坐在百固山教会医院附近的岩石上相偎地观看西边的落霞晚照,一点都觉不到冬天的寒冷。

黎清在旁冷眼观看,喜不自禁地寻思:看来两人分不开了。她也应该来我们家呀。她是懂事的姑娘,她会来的。

有一天晚饭后,柳火正想去看她,她却先来了:"你要去我家?幸好我先来,不然就前后相错。"她微笑轻声说。接着就对黎清叫声姨母,对黎母叫声外婆。举止既大方,又有礼数。黎清正想问她什么,见自己母亲偷偷向她做眼色,就知情识趣地改口对儿子说:"你陪耘花到走廊坐坐吧。我和外婆还要盘算池麻账呢。"

西北风加紧,他们两人不得不移坐小楼。柳火终于发现自己被压抑的热情被她欣然接受而陶醉了。他们俩真可说是童男贞女,没有一点虚伪。当章耘花告诉柳火盐业局同事们的庸俗趣味为她不屑时,柳火感到喜悦的同时,觉得还应该把自己和见鬼的世风站在对立面这一点再进一步表白。于是他就从母亲刚才讲的池麻算账谈起:

"每年池麻的收入不过七、八石米价钱,对我们家却是至关重要的。你知道我们家很穷。吃的靠外婆十多亩水田的租款,用的全靠阿娘小学教师的薪金,能有多少?抗战前宽些,省吃省用买了这个菜园,顶典这座楼房住。战争时母亲常失业不免接受别人的接济,目前就单靠我了。柳家是山江大族,但已被叔伯们弄得连祖屋都卖掉,我们母子和它没有联系了。""你们这个菜园不小。还有这两间楼房比我家要好多咧。"

"就是这点,我也不能和你家业相比。我千里迢迢上大学的路费靠我自己在仙台中学教书的积蓄;四年大学靠的是国家贷金和半工半读。"

"贷金不是应该还给政府?"

"说说而已。不过对社会稳定也有好处。政府为了不使青年走上绝路或被逼上梁山,这个规定大有作用。"柳火发觉自己讲话已离开中心,就转过口来:"耘花,你父母和我家阿娘、外婆都希望我们能尽快确定关系,所以我应该坦白我自己的穷困,你不会介意吧。否则这是一件很容易的事;你尽可拒绝和我这样密切交往。"

"难道你认为我会是这样的人?我需要的是你这个人,不是你身外的东西。换了一个人,即使他有金山银矿,我也不要他。"

柳火听了心里喜滋滋,激动地说:"我当然不会这样认为,但是从我对你的真诚这方面说,应该把我的穷困提出。我完全知道你是脱俗的姑娘,一枝出淤泥而不染的荷花,你的父母也不是嫌贫爱富的人。他们知道我家的底细。阿娘几乎只带铺盖行李和刚满月的我离开那破落的书香门第。当时若没有外婆帮助,我们母子肯定活不长的。不过,耘花,我还有一个问题呢。我要你再想想我这个人到底合不合你对终身伴侣的要求?"

章耘花看问得这样认真,十分意外,她回答道:"我根本从未想过这个问题,和你相见前,我甚至没有考虑过要结婚,谈不上对终身伴侣的理想和要求。当我知道我和姨母的合影已寄给你时,我只好奇地想:不知这柳火究竟是怎样一个人?现在我只知道自己喜欢和你在一起,你屡次提到穷困,我觉得困惑。我们两个人工作,难道生活能有什么问题?"

"可我只是个中学教师,收入和小学教师差不多少。这也许还不重要。最重要的是:我能吃苦、节俭,但我不会赚钱,我没有这本领,不可能发财致富。如果再进一步说:我要是投身——"他顿了顿,脑中想的是革命,说出来的是:"社会变革,前途更难预测。"这时,他回忆起在大学参加"倒孔",对省党部、省报社的抗议游行,真学会活动,办乐园茶座,油印出版《学习新论》等等,并且又一次想起共产党人的言行和他们所根据的理论。

她听他说得激动而一时难以理解的话,忽然沉默下来,甚觉奇怪,正想发问,他又开口了:"所以,我介绍你看那几本书,它们都是阐明这社会上的污泥浊水从何而来,我们应用什么思想方法来理解它,不知你有无开始阅读。我多么希望你能永远陪伴我,像一个人一样。"

柳火这时已完全把自己放在反社会现实的位置上了。

她没有立刻回答,心里翻腾着庆幸的感慨。她为自己把终身托付给他足以自豪。他起码是一位有侠义心肠的人。盐业局没有一个同事能和他相比。只可惜我还没有阅读完他介绍我读的那几本书。《街头讲话》还可以,《大众哲学》真难读啊。他会不会见怪?怪我没出息。她真心歉意说:"我没有看完,断断续续,好多地方都似懂非懂。我比较喜欢看《萍踪寄语》,它讲的都是具体现象,扩大了我的视野,使我看到从未看到的东西。我读完了。"

"这就对了。不一定忙着读完,养成读书习惯就可受用一生。我知道你忙,上班时间固定,下班回来还要帮助做家务,带领弟弟。你们局里有报纸吗?哪些报纸?"

"只有三份《中央日报》外,都是地方报纸,少有人看。"

"我倒希望你每天抽半小时翻翻,知道些国家大事。报纸上有些新闻是事实,有些是谣言。多看了,就能提高识别力。"

"好的。不过,你曾告诉我:下学期要教二所学校很多课,你能坚持看报?"

"能。至少我要知道国家社会大事,它们向哪个方面发展。"

"你不是说过不会再有内战了吗? 国民党和共产党合作和平治理国家,美国还从中撮合吗?"

"不错,有可能。但有些地方国共双方武装冲突可厉害呢。理论上,双方都有责任,实际上应由国民党负责,因为国民党正在执政,军事上又有明显的优势。有谁听到过处在军事劣势的部队向优势部队进攻?"

"你能为我讲得详细一点吗? 日本不是无条件投降了吗? 国共双方都是中国人,为什么要打。打仗总是不好的,老百姓最苦,和平是我们大家迫切需要的。你为什么讲只是可能呢?"

"这件事实在复杂,我也讲不清楚。今年日本无条件投降后,国共两党领袖会谈结果发表一份《双十协定》,内容都是全国老百姓所希望的:和平、民主、自由,还要进一步举行有各界人士代表在内的政治协商会议。本来应该说和平建国绝对有望。可最近几个月,根据大学同学从各地的来信,异口同声,不约而同地认为,和平步履似乎越来越艰难,报纸上登载的新闻,仔细分析也有同样味道,照理政府应该着力在如何和平建国上做文章才是。和平建国首先要政治廉明,消除腐败,而实际上却越来越腐败。比如接收日本人和汉奸们的财产当然归公,恰恰相反地被大小接收官员们私吞了。所以老百姓称接收为'劫收'。最可恼的是,上海有个同学来信说:有些血债累累的汉奸,动用金条来行贿消罪,居然成为政府派到上海的地下工作者,变为抗战的功臣——"

柳火愈讲愈激动,声音越来越响。章耘花担心如此气愤会伤害他的健康。于是她牵下他正在挥动的手,捧在自己双手中间:"你何必这样发怒,又不是你的责任。在这里发怒有什么用? 只能是弄垮自己的身体,还谈什么改造社会,救国救民!"

"你说的是,在这里发怒没有用。不过,国家兴亡,匹夫有责,你我都有责任。抗战的胜利,除汉奸外,人人都有功。"柳火的手在她双手中间所产生的温热使他慢慢平静下来。他叹了一口气:"明知道无用,提起这类事情就火。如果政治清明,官员廉洁公平,再专制我也愿意;法律再严,刑罚再酷,只要在它前面人人平等,我也愿意无条件遵守。可丝毫看不出有这种前景啊。"

"别再说这些坏现象了。你不是说共产党在南京驻有代表？美国还派特使帮助我们消弭内战吗？总是好事吧。"

"报上是这么说的。昨天接到同学一封信说：东北国共双方正在大战，《双十协定》中的停战一项成了空文，其他各项也会随着内战的继续而无形失效。但愿政治协商会议早点召开，和平建国总还有一点希望。所以我刚才说的仅是'可能'。"柳火这时已恢复冷静。他看到章耘花脸上有茫然若失的表情，就安慰她说："你别担心，我大概把时局描写得太糟了。我的话也许不切合实际，若是你要求我再讲得具体些或分析得再彻底些，我也没有办法。山江委实太闭塞了，不要说专谈时事的《观察》《民主》《文萃》等杂志看不到，连《大公报》《文汇报》《世界知识》都不能按期看到。耘花，下学期我已应聘这里两所学校，没有办法。暑假后，我想到省城去，你同意吗？"

"嗯，我也请爸爸把我调往省城，山江盐业局是直属省里的。"

"那么，我们的事就在这以前，在山江办完罢。"

"嗯，由你做主。"

"按婚俗，先订婚好吗？"

"好的。"

"不过，我家实在穷。阿娘本也有些首饰，都被我祖母等人卖了。订婚礼物只能表示一点意思。你自然不会介意，不知你父母会不会见笑。"

"不会的。他们早和我说过，看中的是你这个人。"说罢，微微脸红。

"我这个人能有这么好？我的缺点多着咧。"柳火认真说，"你以后别后悔。"

"我比你的缺点更多，你也别后悔。"

"数学上负负得正。我们谁也不后悔，正好配对成双。"

两人相对莞尔，细嚼着幸福。

章耘花从拎包中取出一件毛线衫说："你身上这件可以拆洗了，这么多年。起来，试试。"

"正合身！怎么回事？你没量过我的身材啊。我就不脱下来了。"

柳火把她送到巷口，依依说："多值得纪念的夜晚。"他陡地抱住章耘花亲吻。

"别这样，有人看见。"

"该这样，没人看见。"

柳火回来，外婆和阿娘还在等他。他兴奋地告诉她们："一切都很

圆满。"

自此以后，他们几乎隔一天就得见面。否则两人工作、生活各自都感到空空荡荡。过不半月，举行一次订婚聚餐，除了两家共七人外，还请姜云华的舅舅做了现成媒人。又过了不久，便举行了婚礼。为什么这样急？一是为了山江盐业局和永温盐业局合拼，章耘花将被调往江门附近一个盐场去管理账目；二是开学后，柳火教课任务将会很重；原省城那个机关已搬回省城，命他出年后即去省城报到。

此外，还有一个重要原因：黎清接到祖辈，国民党元老应公嘱男仆送来的复信，表示非常愿意当他的老同志，在辛亥革命牺牲了的烈士嗣孙婚礼上的证婚人，还附上银洋三十元作为贺金，并建议尽早举行。因为国民政府还都后，他继续领导全国赈灾工作，春节后即将赴京。黎清自当感激应公对自己儿子的关怀。其实，柳火也是。他觉得这位伯公虽也是国民党腐败政府中的高层官员，但他具体领导工作是赈灾。有益于人民，所以在大学读书时，每年新春总写信请安，使自己的形象不致在这位革命先辈心中消失。此刻，他和母亲说："我应该亲自去拜访感谢，并请示举行婚礼的具体日期。"黎清自然同意。

日期决定后，柳火写信给尚未毕业的大学同学闻宗斐，未见复信，却意外收到以真学社名义的贺礼———一面贴上"爱结同心"四个字的红霞锦旗，心里又着实喜欢一阵。

黎清是微不足道的小学教师，但同时也被认为是山江府县的一位特殊女性。她少女时放足自豪，山江女师的第一届毕业生，年轻守寡，专心抚养遗腹子到大学毕业；这次证婚人又是山江府六县中社会地位最高的应公；再牵上柳、姜两家到底都是书香望族；柳火的婚礼虽没有排场，仍成为当地不少人所乐道的新闻，他们不约而同地说：上天有眼，不负苦心人，黎清总算苦尽甘来了。顺便对黎母也称赞一番。

柳火婚后不久，岳父去了省城，仍旧在原单位任文书科长。关于这点，柳火早对岳父不可思议。分明是个学有专长的科技人才，却去当一个唯命是从的小官吏，几乎没有什么升迁，过了数十年。后来他认识了岳父的性格，是一种稳定的典型：安于现状，没有主见，多变不如少动，家有祖田，妻子儿女不愁吃用，月薪收入已和县长不相上下。一个人花用绰绰有余，还要求什么。柳火也就不以为怪了。

章耘花即将去盐场，她一定不让他送她。她说："我一路上有同事照顾，到那边立刻写信给你。新学期即将开始，你这么多课，两校来回奔波，够你消耗精力了。冷暖当心，我给你的呢大衣不要舍不得穿。下了课立刻穿上，春寒入人骨啊。"

柳火听她说起大衣，不无感慨。想起自己认识她后，从没有送过一件像样的东西给她，反而接受她表达真情实爱的礼物多件，真是难为情。

（三）

柳火有这样一个脾气：每当自认为是大事、急事、麻烦事办完后常常会独自坐着，靠着（绝对不躺着），像老僧入定，神游空冥。据他自己体验：先是头脑一片空白，继而把这件事从头到尾重新放映出来，再来估计效果和价值，最后向自己提问，接着该做什么？主要的精力将放在什么地方？

此刻，正在处于这个"最后"，他决定，必须把主要精力放在备课上。他认为自己正式出场了。从前进大学前的仙台中学，大学四年级的大安中学兼课以及毕业后一个多月的民众夜校等等的教学无非是乔装打扮，至多只能讲是实习。现在是正式定员了，教师和其他演员一样，给观众的第一次印象是绝对重要的。心理学家不是做过不少的实验吗？

开学了。柳火的工作紧张到极点。师范学校每周有四种不同的课目，每周共有二十课时，其中有一门"农村社会学"，硬着头皮顶下来，颇使柳火担忧。但他并不后悔，他答应教这门课，师范校长才毫不犹豫地给他聘书，并且答应邀请黎清讲授"家政学"。

说起师范学校开设"家政学"的事，颇有话语。早年黎清在女师读书时有这门课，后来女权运动广泛开展，认为这门课是间接束缚妇女，把妇女关在家庭里的手段之一。教育行政当局为了表明拥护女权运动这个世界潮流，就取消了这门课。后来，据说受德、日派教育家、思想家的影响，认为实际上男女成家后，男主外，女主内，家务事很少不是由妇女主管的；况且女的都走出家庭，和男子不可避免地发生就业竞争，家庭——社会的稳定性更为动摇。二十多年前，文化界讨论娜拉走出家庭是否幸福的问题，没有定论便是旁证。再说，女学生确也喜欢家务事，喜欢这门"家政学"的课程。所以，再也没有重新颁布行政命令，是否开设全凭各师范学校量情确定。

山江师范校长本来没有这方面的主见，为了要争取柳火答应下来这么繁重的教学任务,临时想出这条计谋。他接到柳火的应聘后,便琢磨用什么借口,才能使对方不生芥蒂。

开学前,按照惯例,校长宴请全校教职工。宴前,教务主任送课表给柳火,并告诉他校长在办公室等他有事。柳火去了。

"有件事实在要请柳先生原谅。令堂的家政学一课,我虽然在教育局里备了案,但局里认为此课在山江地区各县师范学校久未开设,所以要研究一下内容问题。这样,令堂恐怕得先准备一份讲授提纲,送教育局申请后,教育局如果批准,再奉上聘书了。"校长满脸歉意,心中准备着对付柳火可能反应的语词。为了减少柳火心里的不快,再一次道歉说:"真对不起黎老先生,请她体恤我的苦衷。"

柳火怎会不知道他的虚假鬼话? 校长的言外之意是这次聘约已毫无意义,作废了。校长万万没有想到柳火会高兴地谢谢他,使他感到自己的欺骗权术真的对不住黎清母子。

柳火的高兴是实实在在的。因为这样一来母亲就不再为工作操劳了。真的,自此以后,黎清再也没有出去工作。不久,她知道媳妇怀孕,更被做祖母的喜悦所陶醉。甘心宁愿地自动结束甜酸苦辣的粉笔生涯。

柳火专心致志地投入准备功课。先得攻破"农村社会学"这个难点。他把过去看过的孙本文、梁漱溟及几个外国教育社会学家著作的读书笔记整理出来,如今恰大派用场。其余在师范学校要讲授的课,无非教育概论、教育心理学之类自当不在话下。至于私立中学高一英文,没有教本,自己编选,不知道高一学生的英文要求,实在没有本领,只好马虎一点吧! 他在父亲旧书箱子里找出一本原版的《格林童话》,选出几篇印成讲义,又把文中较生僻的字在篇后注释。能不引起学生厌恶,搪塞过去算了,心中着实内疚。

在教学时间上,他就完全被动了。在师范学校里,上午排了二节农村社会学,上午第四节却多空出来。私立中学的每天一节英文课却偏偏全部排在上午第三节。这样,柳火在师范上了两节课,课间的二十分钟要走三里路,才能到私立中学上英文课。气吁吁,喘得相当吃力。幸好两校长都能体谅他可以早退两分钟,迟到两分钟。柳火这个人很有些"士为知己者死"的味道,因而他反而放开脚步,尽量做到不迟到不早退。所以一回家就喝开水,嚷着要吃中饭,使自己饭后可以休息一会。外婆看他埋着头扒饭,摇着头爱怜地自言自语:"哪里可以如此拼命。垮了身子,一点都不合算。"黎清噙着泪:"慢些,慢些,别噎住。"

农村社会学,下课了。柳火还没有走出教室,有个学生上前说:"柳先生,我很喜欢听你的课,原来我认为非常简单的农村并不简单,如果我毕业后到农村办教育,它对我帮助就大了。"

柳火正想鼓励他,站在旁边听的另一个学生紧接着问道:"农村经济既然是农村社会的基础,那么,只有农村经济繁荣起来,农村社会才能安定,对吗?"

"不错,应该这样推论。下一章专谈这个论点的各有关方面。"柳火高兴说。

又来了几个学生,柳火被他们团团围住了。

一个女学生说道:"我是从农村来的。农村的重男轻女也是重要的社会问题。我的父母只有我一个女儿,才能到这儿来读书。农家有了儿子,女儿的命运多是不好的。为什么? 柳先生能告诉我吗?"

"这问题比较复杂。主要是我国封建统治时期太长,以儒家等级观点为核心的封建思想根深蒂固。革命只革掉一个皇帝,五四运动的反封建潮流被各路军阀不约而同地扼杀了。此外,还有生产力因素,妇女经济的依赖性以及帝国主义保护封建主义使中国永远处于落后的半殖民等等都有关系。"

"现在的贪官污吏实际上是封建遗孽。"一位脸色苍白的短个子学生大声说,使柳火不得不注意他。多么精辟的观点。也许是共产党人吧? 可惜他讲了一句就离开了。

"我说:最关键的还是振兴农村经济。那个梁漱溟的农村建设,对振兴经济不够重视,缺少办法。农民经济独立,地主奈何不得;妇女经济独立,男人又能如何? 男女自然平等。"

"了不起,你作为一个男人能这样站在妇女一边,难得!"

"柳先生,上星期家里来了封信说:农民要求'二五减租',闹得很凶。有人说这是共产党捣乱,是吗?"一个结实的学生从后面挤进来问。

"谁说的?"柳火反问学生。

"乡长说的。"

"你同意吗?"柳火问另一学生。

"不清楚。也许是的,但这不是捣乱。我家看来是地主,我父亲不做工作,我们全靠收租生活。不过,我倒认为二五减租可以减轻农民负担,应该实施。共产党一向善待农民，所以我说可能是他们提出来的。农村因之稳定些，不是捣乱。"

"喂，你这不是响应共产党宣传吗？"

"什么！现在是国共合作建国。对的，就应该宣传。"

柳火已清楚国共合作已名存实亡，这样针锋相对起来，赞成二五减租的同学会吃亏。已经有人告诉柳火：《剿匪手册》又重新印发给各地国军。这不是政府发动内战？国共两党的重庆谈判中，国民党的和平建国的诚意不是可以怀疑吗？从内政方面说，胜利后的国民党政府已腐败得没有能力来领导和平建设民有、民治、民享的社会了。柳火笃信三民主义，相信共产党对三民主义的拥护是真心的。但共产党在他心目中有太多的神秘色彩。他没有看到在他们的宣传中有更具体的社会理想。单有《共产党宣言》中的描绘是不够的。所以他把《双十协定》姑且认为是它的社会理想，它和《共产党宣言》有什么矛盾之处？它和没有剥削、压迫的追求有什么矛盾之处？没有！完全一致。共产党遵照《双十协定》，而国民党言而无信，违背诺言；他认为自己虽然既非国民党员，又非共产党员，难道不应该相信共产党和爱护共产党吗？他宁愿共产党代替国民党来领导中国社会建设。人家说共产党讲专政，一党独裁；难道国民党不是这样？他宁愿共产党来专政，发展中国的社会经济和文化。在清廉政治，宣扬为人民大众服务的气氛中使社会走向国强民富的康庄大道。柳火思潮起伏。稍停，他意识到同学们的辩论更加激烈，便拉回辩论前的话题说：

"你们不要争论了。国共两党还要举行全国人民政治协商会议讨论和平建国的大事哩！你们争什么呀？还是谈二五减租吧。我只说一句：二五减租不是共产党提出来的，是国民党在北伐时的老口号，作为孙中山先生平均地权的准备。所以不能说是共产党的什么捣乱。"

"嘎，原来如此。大概乡长是地主们的代言人了。柳先生，地主到底减了多少收入？"

"其实也没有多少，只在原有的租款中减少25%，这样，农民可能温饱，努力耕种，提高产量，对地主不也有利吗？所以开明的地主会赞成，一毛不拔的地主会反对。反对的地主可能激起雇农愤怒。或怠耕粗种，另谋副业补充，地主不是要被拔去更多的毛？"

"柳先生讲得真形象深刻。"

"柳先生这种讲法不是和共产党所说的'地主靠农民生活'的观点完全

一致了吗?"

柳火听了,不免心头一寒。讲这话的人就是那个非议二五减租应该实施的学生。大学里有国民党的职业学生,他们只是名义上的大学生,真正的身份是侦查学生言行的特务。他们不读书、不听课,只交"情况"给他们上级。会不会在中级专业学校也有? 于是他便策略地说:"其实这些问题还可以讨论。以后同学们多多发表意见吧。我还要赶回家准备明日英文课中的期中考评哩。"他急急走出教室。静一静,他觉得自己太没有胆量,没出息。

隔了几个星期。上午,教育心理学下课后,校长请他到办公室去说有事请教。

"柳先生,你知道学生对你的反应吗?"校长把高度近视眼镜拿下,擦了擦,重新架上,若无其事。

"不知道呀,我早该向您请问了。"

"学生反应不错。柳先生年轻有为。不被教育心理和教育概论教材所束缚,补充一些知识,难得。只是农村社会学这门课,没有教本,只有一个粗略的提纲,灵活性太大,柳先生要仔细选择讲课内容,不要和提纲相左右才好。我曾将学生的听课笔记抽阅几本,记得很简略,只能看出你讲的范围,它似乎和提纲有些出入……"柳火听到这里,知道校长的用意。不吭声,听下去。

"譬如说二五减租,提纲中没有;学生却记下这条。而且记上二五减租应该实施。又譬如社会问题,学生的笔记下的范围大大超过《提纲》。我想这样不太好。目前农村情况比较复杂。提纲中没有的就不必增加了。具体讲课内容不妨多参照《中国之命运》中的精神。"

"当然,当然,承蒙指教。不过,我想今年二月公布的《和平建国纲领》更应该作为指导性文件。按此,指出农村改良的前景在农村社会学这门课中是至关重要的。"

"不过,我想这个《纲领》和农村社会学并没有直接关系,反正这门课不过一学期,即将结束。以后可能不再开讲。今天请柳先生来,主要目的是有劳你帮助指导学生教育实习。是不是把非教育科目的课程压缩一下,如农村社会学,可是提早结束。还有私立中学英文——"

"这个——"柳火有些为难。但立刻找到理由说:"蒙校长看重,却之更加不恭。但中学里的高中英文无法压缩提早结束。而且每天都有,我恐难和学生一起住到小学里。要么请校长和中学老校长打个招呼。"柳火清楚,

粉笔生涯

师范校长不敢碰那位中学校长。一般说,当时的私立中学多数是一种特殊买卖,常被称为学店,经办人应该属于教育资本家。这位校长却不是,他是属于仙台县钟伯、江门汪子庆一类的人。办教育建学校全用自己的家产,是地道的教育救国论者,至于本身的廉洁就不必说了。他在山江教育界老一辈中是个仅存人物,受社会各界尊敬。所以在抗战时期,中学迁到农村非常顺利,到处都有人帮助。聘教师也不困难。有个山江籍的著名生物学家还来教他的初中学生。他用心良苦,把教育办成以体育成绩闻名全省的中学。不过这所中学也有一些难以理解的传统。譬如男生一律要剃光头发,女学生头发不得长过耳。学生犯了学规,被他看见,就要接受他的体罚。学生必须穿着用山江土布制成的校服。师范校长是他的后辈,论地位名望,哪敢对他提出要求。

"就这样罢,柳先生就每天下午到城区两所小学去。这样,农村社会学必须提前结束,其他上午的课照旧,教务处就容易安排了。"校长高兴地作了结论,柳火默不作声地告别回来。

过了两个星期,柳火的工作和生活就按上述改变。弓弦拉得不紧,倒觉得比过去轻松自在。实习学生严格说不是他的学生,不能要求过严,比较随便。倒由于这种随便,引起实习学生的好感,被他们认为是最相投的先生。指导实习并没有发生多大作用,而对社会上出现那些不顺民意的现象,却同站在批判一边,谈得很投机。柳火劝他们应该看报纸杂志,切不可脱离现实。

柳火自己更加如此,他不无歉意地在应付工作,把几乎所有的教课后时间全花在报刊阅读或同学通信上。他愈来愈感到这个社会制度非砸得粉碎不可。修修补补已无多用处,只会延长老百姓痛苦的时间。他很欣赏拉狄耶夫讲过的一句话:"不能忍受的生活应该用暴力毁掉。"他回忆起大学读书时某一次学术讨论会中的发言:赞成毁掉,反对改良。他从王安石变法说到康有为、梁启超的活动。维持清朝统治是和封建妥协。光绪皇帝比慈禧太后要开明。不过改良派终究要失败。不是被革了命,就是被镇压。在讨论会中,也有人隐约迂回地提出中国社会的革命只能由共产党领导。他赞成而沉默。从理论上说,孙中山的三大政策和共产党的社会主义并不见得有相背之处。蒋介石背叛了孙中山而共产党却按孙中山的遗嘱一步一步推进。但对中国共产党统治下的社会究竟会如何,他却一无所知。所以他无法不保持沉默。从那时起,逐渐形成这样一种信念:他愿意暂时牺牲个人的自由和政治上应有权利而服从一位大公无私为民造福的铁腕人物的统治，缔造出像罗斯福所说人人都拥有的四大自由，神圣不可侵犯。这样的政治首脑必须对做出牺牲的全体人民负责，对自己的言行和良心负责，他曾经把这个观点讲给黄德甘听。他常思念起黄德甘和白二良两人。

柳火打算到永宁县探访他们，还有苗文化兄弟等中学老同学据说也都在那里，一定非常热闹。于是他拟定一个计划，在实习指导和教课任务结束后（多半能提早 10 天左右），立即去看望怀孕的妻子，然后去永宁，和老同学们在聊天中听明他们对时局看法的倾向，决定下学期离开山江去省城后继续交往的密度。在山江，母亲和外祖母对自己的爱心，分担妻子分娩的痛苦以及为人父的喜悦都值得留恋，但师范校长显然不是同路人，整个山江城的气氛保守得令他窒息，他非跳出去不可。他先请求两位老人家的支持。黎清说："火儿，你放心去吧，耘花临产有我们哩。好男儿志在四方，只望你不要离得太远。最好请你岳父帮你在省城找一个工作，一天路程，有事仍可商量。"外婆点头称是。柳火又写信给妻子，希望能得到她的谅解。她当日就回信说："只要你高兴，我就赞成。你放心去，请爸爸为你找个事吧。你在省城，我或许也可能请调到那里的省海管局工作，我们仍可在一起生活。"于是他信心百倍地将全家三代都一致支持的意见写信告诉岳父。说到工作："当然，我还是喜欢当教师。"柳火心里这样想：教师为当今世俗瞧不起这一点，社会似乎倒退了。在封建社会中反而是五种被人尊敬的人物之一。不过社会发展离不开教师做的文化、科学的继承工作。战争的胜利靠将军和士兵，和平时期的建设从根本说则靠教育工作者。日本维新的成功靠的是教育，欧洲资产阶级打倒封建官僚后社会飞速发展靠的也是教育。目前，抗战已经胜利，发展经济、文化还不是要靠教育？世俗对教师的轻视，无非经济收入的现实主义。我不在乎，我只要和耘花的收入能够维持一家的生活就好。再说，我的专业是办教育，不做过教师，难道能做校长？趁此时教师还没有多少人竞争的时候，我有这张国立大学教育学士的毕业文凭，想必没有困难。

果然，不到半月，岳父回信来了。他为柳火讲定一所小型教会中学，应聘书也代为填写。柳火定了心，两校课务和实习结束后，把师范和私立中学的聘书亲自退还。并请两位校长谅解。

隔了一天，柳火便到江门附近的盐场探望妻子。那里的领导照顾章耘花年轻新婚，给她一间小楼房。下面是厨房和食堂。柳火跟着妻子进入寝

室后,两眼盯住妻子腹部,笑着说:

"往后,我们讲话,行为都得小心。他在里面监视着咧。"

"我不信,他在肚皮里哪有这本领。"妻子凝视着自己丈夫那张圆圆的脸,出神想着出生的孩子一定也是这样,不禁得意地微笑。

柳火突然紧紧抱住妻子,吻她:"你不相信孩子会察觉到,我就更不在乎了。"

"可是,看你,汗都没揩呢!"

他在那里待了三天,妻子只请了一天假,她知道丈夫最喜欢吃粉食,就请厨房定做一笼蒸饺,味道之佳,使柳火一生难以忘却。妻子上班后,他觉得非常孤独。他后悔没有带几本书来解闷。他发觉自己的性格极像母亲和他谈起的父亲:对世事又忧又愤;无处可泄,无人可谈,悲观便会随之而来。情之使致,他仿照密尔顿的题意写了一首《失乐园》,寄到《山江日报》发表出来。他对自己在《失乐园》中这种无可奈何的心情极为轻蔑。不过,它是真实的,不是"为赋新词强说愁"。他一向同意厨川白村"苦闷象征"的文艺创作理论。他寄出《失乐园》,到永宁县和黄德甘、白二良等老同学畅谈后,由孤独而产生的无可奈何的心情已随之而去了。

回到家里,又看到岳父来信,嘱他早去。岳父是个安分守己的人,他唯恐学校在开学前派人来交代教学任务,女婿尚未到省城就难为情了。信中仍没有具体讲清担任什么课程教学。柳火不怕任何教学任务。初中嘛,当年高中毕业,在仙台中学教书都能得到校长和教务主任的肯定和学生的好感。如今大学毕业,自当不在话下。不过早去是必要的,他可以在上课前去探望在省城工作的大学同学,巡视一下省城的名胜古迹,多好!

行期尚有二天,行装简单,一卷铺盖,一只古老的网篮,一只皮箱,没有什么可整理的了。抽出时间,回忆一下在永宁会友的情况和刚收到黄德甘寄来的信,觉得有点意思,就消遣地把它编述记下。

(四)

黄德甘兴致勃勃地和白二良从邬水文先生(此刻是永宁中学校长)办公室里出来,他被邬校长任命为训育主任。白二良是这个中学的教务主任。由于必须把各教师的教学任务列表交给教务员以便把它尽早排好课程表,正想自去,却被黄德甘喊住:"慢走!"他轻松愉快地说:"二良,我请你喝几盅如何?刚才邬校长对我们期望如此深厚,态度如此真诚,实在出于意料。你我有这样一个办学的绝好机会,怎能放过?我们该喝几盅。边吃边聊今后工作,不辜负邬校长对我们的一番心意。"

"哎,哎,我有事啊!"

"明天正式开学,下星期才开始上课。急什么!此刻已四点多钟,教务员还待在办公室等事做?明天你交代他更名正言顺。"

"瞧你这么兴奋,性急。"

这间小菜馆几乎全做永宁中学教职员的生意,白二良是老主顾,黄德甘也已来过多次。堂倌见是熟人,亲热地问:"白先生,两位?"

"嗨,今天我请白先生。听着,二斤陈酒,先来两个冷盘?"黄德甘问白二良。

"随你便,看你请我什么配酒菜。"

"喏,我一个人做主。两个冷盘先来,酒可要热的,白切鸡、卤猪肝,边吃边谈,再么,炒肉丝、炒鱼片……"

"好啦,不必了。鱼片中看不中吃。弄条黄鱼,咸菜煎汤,配饭。"

堂倌去了。

"去年你初来时,有什么打算?今年呢?"黄德甘问道。

"谈不上,胸无成竹。邬校长也是去年暑假后接任的。他硬把教务主任塞给初出茅庐的我,而我哪能和诸葛亮比!难呀,你知道这里有不少教师是我的前辈,我站在他们上面行吗?再说,永宁政界、教育界和缙绅三种力量的相互作用以及各自内部的情况都极为复杂,我到目前还理不出一个头绪。永宁中学是永宁县最高学府。政界中的国民党和三青团都想派自己在教育界的代表人物控制它作为自己的势力范围,再加上缙绅,合纵连横,如同小小的人生舞台。老校长适应不了,撒手回转老家。两派势力不相上下,只好由缙绅们推荐一个和双方无明显关系的人当校长。我们的邬先生被选中,实在是一种权宜之计。权宜,对永宁中学不无好处。所谓在夹缝中生长是也。"二良说到这里,炒肉丝来了,他端起酒杯。"谢谢!"自己一口干了。

"原来这样!我们何不趁此夹缝时机将学校办得出色些,至少要把基础打牢靠些?"黄德甘还是兴致不减,他干了杯中酒,"我没料到毕业后第一个学期就有这样办学的机会。邬校长讲过,给我们尚方宝剑先斩后奏,一切由我们。"

"老黄,你不要太天真。邬校长这关过了,并非等于一帆风顺。我没有打算把它办成什么样子的学校,我觉得自己没有这种能力,不是客气;我也没有这种雄心壮志;无心又无力。永宁中学是山江地区有名的中学之一,又是永宁县各种权力斗争的场所。也许我只能办小学,在权力斗争之外,自得自乐。"

黄德甘听了有点失望,但他并不气馁:"我不知道邬校长是永宁各种势力暂时平衡下的象征。这样看,他的位置并不安稳?"

"可以这样认为。他下台,我们迟早不得不下台。什么办学理想都落空。不过,你似乎有点胸有成竹,愿闻高见,我会为你效劳的。"白二良最后一句的保证是认真的。

"我希望把它办成北京大学式的完全中学。首先要学习蔡元培选聘教师的原则:有才的请来,无能的欢送。"

白二良一笑,口形像小元宝。"我们有绝对聘请教师的权力吗? 不说别人,单说教过我们课的教师中那两位数理先生,虽属名牌大学毕业的高才生,却谈不上教学效果。学生反映不如自学,听课只是浪费时间。我们能辞他们? 还有一些教师也是属于滥竽充数之流,按理没有继续发聘书给他们的任何理由,但辞他们不得。弄得不好,邬校长的地位都会岌岌可危。前些日子,我们说他即将兼任县三青团的干事长,我去问他,他承认了,他说这是三青团的条件,用县商会会长必须是国民党县党部常务委员交换来的。他说:这对学校可能有好处:外来干涉势力可能减少。不过,人事变动所引起的麻烦自应例外,它太敏感了。"

"他怎会兼任三青团这个职务呢,和他公子哥式的身份也不相配啊。"

"身不由己啊。好在他完全可以不过问具体工作,空头闲缺,挂个名,人家倒会乐意。他计划这么做。"

"嗯,难得。我们不能辜负他一片苦心。"黄德甘转而问道,"校内党团活动如何?"

"我是局外人无话可说。不过我敢肯定:教师学生中党团员都有,但不见他们活动。"

"还有共产党——"

"那更说不出什么了。国共分裂,尽人皆知,共产党活动不得不转入地下以牙还牙,横眉敌对。它组织严密,行动隐秘,谁能知道!"

"共产党绝不会听国民党摆布：它有生气，天天壮大，国民党政权越来越腐化，军事优势是否能继续存在？实在难说。老百姓经不起内战了。"

两人喝闷酒，几乎同时形成一种思想："时局如斯，办学只能尽力为之。"没有说出，心照不宣。白二良想："还不是自讨苦吃！我怀疑他有什么作为。"他摇摇头，暗暗叹了一口气。

黄德甘回到寝室，自感情绪有点低落。"尽力为之"，十分空洞。随之想起过去一些不如意的事情，主要是他自己的婚姻大事。他和白二良一样，父母单纯，奉命早就娶亲，他那时只有十七岁，初中刚毕业，他的妻子长他两岁，不识字，两人思想感情难以沟通，但婆媳关系却甚融洽，使他难以处理。在大学读书时曾和柳火商量过。柳火说："她不同意离婚，又和你母亲感情亲密，硬要离婚伤了两个女人。再说，你以后找来的妻子是否一定能保证没有另外使你难受的缺点？所以还应等到毕业回家，看情况再定。"他并不以为是。反抗封建婚姻是革命的标志呀。他对白二良更不理解。"他竟能对自己的封建婚姻安之若素！"不过，当时烽火遍地，离婚手续根本无法进行，不得不暂时丢开。回家以后，妻子母亲坚决不允，他无法可施，趁邬校长来信之机，离开家，回到永宁城里后，又借口工作忙碌而不再回家。一年来，他在工作上确实十分卖力，强迫自己全心全意投向工作。他认为工作也是一种麻痹剂，不过比借酒消愁或借赌解闷总要上品些。他愿意昏晕在工作中。这是黄德甘勤奋工作的私心，是一种感情的升华。

管他什么党派！在永宁县，无论谁，只要重视教育，对他办学有利的人他就引为知己；在全国，哪个党真心为教育文化发展的，他就拥护，发展教育就得有和平环境，就得提高社会经济和人民生活水平，就得发展工农业生产。等等，等等。没有和平，难论其他。

年度即将结束，黄德甘正在训育处整理被退学学生的劣绩，估计前天送上这张名单不会引起校长的质询，果然邬校长径自走进他办公室："德甘，下学年的工作设想，和二良商量得不错，你们干吧，需要我做什么，事先尽早和我讲。不过——"他将手中那张写着退学学生名单的纸一挥说："这里面有个学生也被退学是怎么回事？"他指其中一个学生的名字。

黄德甘告诉他："这是不得已的事。这个学生的显赫家庭背景，我是知道的，但他品行太差，不仅自己不好好学习，还要在课室里捣乱，来向级任导师上告的学生不少。级任导师向我们建议退学处分。白二良为了慎重起

· 338 ·

见,走访不及格科目的四位先生,知道他们都已给这个学生补考,仍是不及格,同意应该按学校纪律退学处分。我和二良再三商量,不能姑息。如果他不退学,其他学生就没有任何理由被退学了。学规虚设,学校威信扫地,影响太大。"

校长沉默,迟疑地勉强点点头:"嗯,也好,远处着想。单用四门功课补考不及格这理由,别的什么捣乱课室秩序等等就不必提了。"

柳火来访,黄、白二人都很高兴。请柳火吃饭,谈到母校情况时,首先便告诉柳火关于学生退学这件事。

黄德甘说:"原以为照章办事,简单得很,谁知——"

"现在没有什么问题了吧?"柳火问。

"不知道。"二良说,"反应不会这么快!要等着瞧,可能有文章。"

"看来邬校长如此支持你们真太难得。不知教师对你们两人的态度如何?"

"这里的教师分四大类:极少数的有教育救国的志愿,多少也有点办学理想,我尽量向他们求教。还有一类是多数,他们的专业知识和教学经验都比较丰富,不嫌穷,非常稳定,是好教师。他们自命清高,不问政治,认政治为污物,把传授知识来解惑作为终生目标,但无办学理想。第三类教师把永宁中学当作渡船。抗战胜利不久,他们的局面还未打开,有些要进入工程技术界,有些要去从政,虽然教学效果不差,却很不稳定。这类教师,我们还是重视的。最讨厌的是那些混日子的,不学无术的,他们若要离开,立即欢送,只愁送不出去。他们的腰板挺硬,奈何不得,所以在这里实现办学理想是相当困难的。我现在理解二良只想办所小学,不无道理。"

这时白二良微微一笑,表示对黄德甘终于对自己有点理解感到满意。

黄德甘在永宁中学即将一年,办学兴头大大低落是真实的,但工作积极性并没有丝毫下降,这分明是为了躲避婚姻的不随意。有些事分明是教务主任,甚至教师自己的事,他也插一手。他兼教地理,分明有旧课本,添些新材料就可以,他偏要另编讲义。而且即使有空闲也不愿意独处。他到校外教师家里搓搓麻将或就近在校内教师寝室里打老K,好在手运佳,多是赢家,用以增加营养,这年头也算一乐。当然最舒服的是有人摆龙门阵,一杯茶,谈天说地。

这所中学有位教公民课的孙逊先生,和国民党县党部有点关系。上课时,嘴巴一歪就歪到学生所喜欢听的社会新闻上去。黄德甘屡次想和他谈谈,总觉得胆怯。相反,也会偶然参加以他为主讲的龙门阵,听他谈在上海嫖堂子,什么长三么五,津津有味。他心里责备自己真是荒唐!要不要去请教精神分析医生?不需要。他懂得这也算是一种性欲的发泄吧。倒是这位主讲的孙先生,在多数缺乏性知识的青年男教师中,显得是博学多才,自认为是鹤立鸡群的老前辈,讲得唾沫横飞,恬不知耻。

初夏中的一个星期天,上午写了约二千字的地理教材,到食堂吃了饭。名为炒肉丝的肉丝要拨开豆腐干丝用放大镜才看得见。有甚奇怪,猪肉已上涨到200多元一斤了。使人惊吓的是上涨速度比抗日战争时期还要快。单凭这一点,内战恐难避免。蒋毛会晤:政协会议和三人停战小组,是不是双方都是缓兵之计?内战比抗战对老百姓生活影响似乎更大。谁真正想望和平,谁就得民心,老百姓就拥护它。为和平而缓兵和为消灭对方而缓兵完全是两码事。从重庆较场口集会被捣乱来看,内战只能由政府负责。但是这都是推论。在这所中学看不出教师们的和战态度,他们什么政治活动都没有。

他把这种思想告诉柳火,柳火说另有一些有志办学的人也有同感,同样也没有具体事例来证明。他们都认为此时此刻讲办学是缘木求鱼,刷新政治才是关键性。他们只看到表明国民党政府应该而必然下台的各种现象,却看不到共产党所领导的解放区各种政绩表明它必然而应该取代国民党的实证,他们心中充满惶惑。所以黄德甘鼓励柳火离开山江,到省城,有机会别忘记为他留心。也许,不,一定会在那里找到自己所希望的答案。

柳火去后,只有一天的平静,黄德甘思想依然紊乱,像漂在水面上的浮萍。觉得空虚,也有点不知所措。还是没有假期的好!他大踏步走到邬校长那里,邬校长正背着一铲一袋从大门出来:

"吓,来得正好!我正想去找你呢。柳火去了没有?他这个人始终抱有各种幻想,和在高中读书时几乎没变。他竟和我谈起中国的前途,这种事情,他和我这号人配谈?他在高中时的俳句式散文诗给我印象深刻,我相信他会不断写下去,也许现在可以出一本诗集了。德甘,你和他同系同班吗?"

"嗯,他怎会是诗人?我认为他是一个热心社会教育的人。他和你谈些什么?"

"这不重要,他谈的东西没有我们此刻去挖古墓重要。我做的全是实实在在的,他讲的全是空空洞洞的,乌托邦式的。我在写诗时也是沉湎于这种心态中。不写诗,生活倒感到充实。"

黄德甘没有听懂,不自觉地点点头。

这次他们收获不大。古墓三所,空空如也。只拣到一只破陶器,似酒杯亦似餐碗,倒是两块城砖使邬校长沉思:"德甘,永宁县城早在宋代建成,但它的城砖不会印有任何皇朝的年号,不够格。这两块城砖颇似山江府县的,为什么山江府县的城砖会砌在永宁县城上?一定有个故事。"

黄德甘对此毫无兴趣,没有作声,跟在后面,走进邬宅,酒醉饭饱,心想挖古墓虽乏味,却也合算,何况师命不可拒呢。

柳火在永宁中学只宿两宵,和白二良同时离开。一个回江门老家度假,一个回山江准备北上省城,利用暑假期间,开展一些他认为认识中国现实所不可少的活动。他写信征求妻子同意后,就告别母亲和外婆,第二次离开家乡。

第十一章

(一)

柳火到了省城,和岳父同住在一间传达室似的房子里。第二天去和这所教会初级中学联系上,就算报到过了,接着去探望闻宗斐。在那里,知道在省城工作的还有糜力放、邹慕晓、王从正、麻竹田、向万里等人,绝大多数是真学会会员,除向、糜二人是政界小官员外,其他都是中学教师。

闻宗斐,永温人,是个孤儿。他搞不清自己亲生父亲是谁。养父待他还算不错,培养他中学毕业后又让他考上中兴大学政治系,他认为政治学是治国之学,他赞成孙中山的"政治"定义:政是众人之事,治乃管理;管理众人之事，就叫政治。所以他不认为趋势争权的人一定是坏蛋，如夺来的政治权力为人民办好事，自成圣人。无权无势，庸庸碌碌一生的人不能与之相比。柳火认为这个观点不错，因而不瞧不起他攻读政治，反而对自己教育救国的夙愿产生怀疑。他明白在政治腐败下，政治总要干预教育，教育不可能有力量去改造社会。所以热衷于政治的人总是把学校当作跳板或失意后当作洁身自好的半隐之所。柳火自认天真，同时认为闻宗斐更加天真，近乎幼稚。闻宗斐曾经告诉柳火，满清末年以来，由于对国际法无知被骗订了许多丧权辱国的条约，可笑之极。国家民族的地位靠国际法吗？不过，柳火不置可否，因为他想也许共产党执政后的国家，增强足够的实力，国际法也许可以派上用场，以实力做后盾，国际法就会发生效果，弱国无外交嘛。

中兴大学时代，闻宗斐和柳火不同系，后来在真学会活动中认识了，交往才密切起来。若说真学会是个大学生的学术团体，毋宁说它带有明显功利主义，希望在毕业后相互提拔的帮助成员解决遭遇到各种问题。所以增进友谊是实质性的。思想上，会员们对中国社会现实不满是一致的，用什么办法改造它，虽经数次座谈议论，仍不得要领。他们始终存在着三种模糊观点：依靠现有社会结构，部分改变和彻底摧毁。

柳火到了省城，闻宗斐介绍同事项抱仁、宋怀菊夫妇和他认识。他俩都是闻宗斐在中学时的同学，结婚不到一年。柳火和他俩交往几次后，发现他们虽没有什么龃龉，总觉得他俩在处世做人方面不够和谐，便向闻宗斐探问。

"是的。怀菊是勉强嫁给他的。柳火，你得保密，特别不能说是我告诉你的。"

"当然。"柳火随后问："为什么？"

"怀菊是个才女，貌虽平常，才学却增加她的风韵，追求她的人不少。"

"想必你也曾倾心过。"柳火半开玩笑半认真、同时又联想到另一个问题说："你的未婚妻怎样了？我给你信上讲的不会错吧。"

"嗯，不错，她的确没有别的恋情。"闻宗斐冷冷地加了一句，"我们下个月就举行婚礼。"

"有没有征求她的同意？这么急。"

"还有人更急呢。"

"谁？"

"我以后会和你说的，现在不是时候。"

柳火想,我为这件事特地待在南青县一夜,消除他未婚妻的委屈。当时应该不假,但此刻闻宗斐如此冷冰冰地说自己的婚期,态度太不正常,中间可能还有隔膜。柳火自己寻思:"他们自由恋爱还不如我和耘花由父母介绍、自己认同、找个媒人来得美满哩。我现在高高兴兴做爸爸,日夜都盼望岳父能将女儿调进省城海管局。可见婚姻这事儿真有些奥妙。"

极其自然地,在省城的真学会会员之间的来往逐渐密切起来。有一次趁郑为英来省城之便,举行了一次座谈会,他们以救国为己任,任性把时局议论一番,观点虽然不同,但一致认为国共两党已经不宜而战,而把破坏《和平建国纲领》的责任相互推给对方。其中绝大多数的会员坚决认为内战是由国民党有计划有步骤挑起来的,逼得共产党不得不迎战,再借口歼灭之。因为国民党掌握朝政,军力十倍于共产党,共产党不会蠢得自投罗网;背水一战则是另一问题了。

郑为英之所以来省城是从上海回老家省亲中途停留的,他也是教师,在上海一所专科学校当助教。他刻苦耐劳,生活简朴,待人诚恳,对时局发展非常敏锐,对国民党的否定毫无余地。和柳火在中兴大学时甚为接近,他们共同策划"乐园茶室"和油印刊物《学习新论》,柳火心中早认他是中共地下党员。他是闻宗斐同乡,所以他乐意停留省城两天,谈他在上海感觉出时局发展的认识和对真学会何去何从的建议。

真学会是否要走出校门,公开成为社会团体?如果要,就得去社会局登记,就得和国民党打交道,势必被它紧紧控制。试问如何去扩大真学会拥护和平建国主张的影响,连办报刊都不可能呀!难道去为它撕破《和平建国纲领》,去摇旗呐喊?所以这问题很快地被否定了。社友们的心态倾向,上面已有说明。他们认为自己是知识分子,和坚决拥护《和平建国纲领》的知识分子政党民主联合党更为融洽。它既和共产党紧密联系,又能体现出知识分子的特色,为什么不能把真学会并入民主联合党,作为它的一分子呢?

柳火的思想极为活跃。目前共产党在京代表没有全部撤出,国民党也尚未公开提出清剿,他和其他受过高等教育,头脑不算笨拙,深感国家兴亡、匹夫有责的青年一样,自然能判断出国民党不久便会走化友为敌的老路。共产党人的活动早就转到地下,神秘莫测,谁去联系?早在中兴大学读书时,柳火也曾听到延安和江西苏区,对知识分子甚难容纳,经常被当作斗争对象,难道绝对是国民党的宣传中伤?百分之百的谣言?如果我到那边,如果我情愿受它领导去工作,会不会受到信任?毛泽东、周恩来难道不是知识分子？抗日军兴到胜利，共产党始终主张政治民主，反对一党控制，主张言论、信仰、出版、结社自由，公开声明有文可查。否则，民主联合党里这么多全国闻名专家、教授、学者又怎会双手拥护？然而自己又毕竟对它毫无了解，他异常苦闷，他又跌进《失乐园》那时的心态中。

座谈会上，有人提出省城真学会派代表去上海，请郑为英设法和民主联合党在上海的总部领导人取得联系，再定去从。郑为英点头允诺，随后大家就推糜力放和柳火为代表，二人义不容辞。由于国民党日趋独裁，此事必须妥为保密。

闻宗斐婚礼按期举行，他另外借了套西装穿，把柳火那套质量差的交还。柳火参加婚礼后就去上海。

上海。柳火做中学生时已看过《冒险家乐园》这部小说。上海在他头脑中充满幻想和神秘。它是权力和金钱的集散地，是藏垢纳秽的垃圾箱，但同时又是革命的摇篮。正义和邪恶并存。它是残酷的战场，又是享乐者的天堂。上海，呈现出所有社会问题，包含着一切社会学原理。

柳火怀着探秘寻奥的心情来到上海，有点紧张。他对糜力放说："上海，我们这次进入上海也不无冒险了。"

糜力放绷着孩子似的脸："可不是？郑为英暗示过当局不久就要对中共和民主联合党取缔，暴露它的独裁真面目。我们自然应该小心谨慎。"

不过，两人都认为不必紧张。紧张和疏忽常会连在一起。在上海，他们需要的是大胆、坚决和警惕。

走出北火车站，他们径往郑为英住所，知道蒋见虎也在那里当助教，还和郑为英同住一间寝室。这样，就更有友谊气氛了。除糜力放外，三人均是教育系毕业生，见虎还和柳火同届。

蒋见虎，矮壮结实，脸色黑里透红，性格明快，胆量过人，又爱探奇寻根，对现实极其不满，曾屡次向郑表示他不愿做这种不死不活的助教工作。他对郑为英说：

"我不穷，所以我不能独善其身；我虽未达，仍有条件做些兼善天下的事情。我不知道你为什么不为我想办法。我知道你有能力帮助我的。"

晚上，郑为英邀请三人到附近点心店吃面。他环顾四下后说道："这里不好讲话，吃完面回去吧。"

柳火吃面本领，素来惊人，一大碗榨菜肉丝面，不到三分钟便吃完。暗想：上海这十里洋场，仍少不了这种大众化的土面店，生意多红！他东张西

望。咦,这个年轻女人的脸孔多么熟悉:圆鼓鼓的,大眼睛灵活地和他打个照面,同样且现出带有喜悦的惊讶。两人同时立起,走近。女的先问:"柳先生,怎会是你,太巧了。"

"真的太巧了。"柳火一下子就把自己带往五年多前的仙台中学。充满感情地轻声说:"小英,五年多了,你好吗? 你后来有没有升学?"他有很多话要问,但在这种场合,只讲两句就不得不煞住了。

"计算时间,柳先生大学已经毕业了。在上海工作?"

"不,在省城工作,寒假来上海同学家玩。你?"

"我为一个同学送行。"

"从仙台县来?"

"不。从暨山县来。"

"怎么会? 暨山县和你无关啊。"

"柳先生,一时说不清楚,我给你地址。"她问柳火要了钢笔。

这时两位顾客不知为何争吵起来,顷刻间分清阵容,要打架了。黎小英迅速地从地上拾起香烟壳,撕开,疾写几个字塞给柳火。然后就向柳火点点头:"要写信给我啊。"紧随身旁催促她的青年走了。柳火呆呆看她的背影,依然短发,毛线短外套,里面是齐膝短旗袍。瞬间消失在门外的人群中。

他们四人走出店门,里面骂声没有了,已经动手。

"是谁?"郑为英低声问。

"上大学前我教过的一个学生。"

"她旁边是谁?"

"是她小学里的同学。"

"没告诉她你住在哪里吧!"为英紧跟一句,"随时随地要提高警惕,小心为上。"

他们同回到校内住所,郑为英先把自己活动结果讲清楚:"民主联合党总部认为目前形势险恶,国民党即将公开发动全线内战,争取和平民主的活动已转入地下。真学会成员情况复杂,一时无法了解,而你们两个又不是正式代表,集体入党不作考虑,只能以个人身份办手续,不知你俩是否愿意?"

縻力放首先表态:"说得对,即使省城几个社员,具体说来还是不顶清楚。那次座谈会上只叫我们联系,没有授权加入,局势日日趋紧,怎敢!"

柳火点头赞成。补充一句:"我俩以个人名义加入后,回去也不宜集体汇报,有选择地个别交谈为好。身份不能随便暴露。"

蒋见虎与此议题无关,插不上话。

"那么,明天就按我讲的去做吧。"郑为英下了断言。

如此这般,由郑为英"领队"先去探望同校一位讲师,由他介绍见该党总部领导人之一,曾在抗日战争前夕轰动知识界的争取民主运动中的一位女豪杰,最后由她介绍到该党总部秘密所在地一位负责组织的部长那里。三个人填了申请表,介绍人自然是那位又慈祥又庄严的民主女斗士了。柳火填表时听到有人低声问:"你呢?"郑为英回答说:"我就不用了。"他们似乎心照不宣,柳火确信郑为英早已是中共党员了。

将申请表上交后,这位组织部长说:"以后你们有事就和我直接联系。我们的任务是反对内战,主张和平建国;反对独裁,主张政治民主。这个任务永远不会改变。你们掌握住,抓住机会去开展活动吧。目前形势对我们十分不利,凡事务必谨慎,发展盟员,尤须小心。"他朝向郑为英,似乎问:"还有什么?"郑微笑,似乎说:"就这样吧。"

柳火从上海回来,心情极为兴奋,觉得自己总算找到了救国救民的道路,而且有集体力量,有个全国性的政治组织来领导他了。他头脑中过去那种教育救国论已无影无踪——被自己的政治热情批判地扬弃了。中国需要疾风骤雨,除军事外,连政治力量都无力改变根深蒂固的封建和殖民地两种相互凝结成的中国社会。他深感只有共产党提出的拯救中华民族的道路是康庄大道,通行无阻。民主联合党只能做共产党的助手。他叹息自己还不是共产党员,虽然他勉励自己已成为民主联合党员也是件荣耀的事。

第二天,他立刻去找闻宗斐。他预料上海之行的结果一定会引起对方兴奋,同意参加。这样,成立一个小组开展活动就方便多了。不料闻宗斐听后沉默不语。柳火忍耐不住说:"在这个热火朝天的革命运动中,我们虽不能上前线,能在后方做些工作总应该吧。抗战期间,我们躲在大学读书已够脸红,那时我们还可以无人引导为由原谅自己。此刻,只要你同意就可以在民主联合党总部直接领导下建立一个小组,制定计划进行为未来民主社会的建造添加几块砖石的活动了。"

柳火的热情和多少有些惆怅的语气终于使闻宗斐答应考虑,要求给他一些时间,明天晚上到状元巷小酒店商谈。突然,他补充一句:"我能和一位长者同来吗?"

"只要你信得过,像我信得过你一样,有何不可?"

如约,柳火早到,酒店确实小,只在沿壁放着三张方桌。他告诉堂倌先来一斤黄酒,一碟干丝;等些时,还有二位朋友,来时再说。

堂倌是一位老者,脸情慈祥,应对轻快,纯粹土腔。

"朋友还没来,我看错了表,你老坐下来先喝一杯吧。"

"不敢,先生,我得照顾客人。"

"等客人来再走。我不会耽误你。我有个问题向你请教。"

"别客气,请说。"

"这条状元巷,应有典故,你定知道。还有这小酒店,生意似乎并不闹猛,怎会小有名气?"

"嘻嘻,先生猜中了。此巷本名举人巷。据说宋朝有位举人,到这里会试,住在前面那条进士街。试后自觉不佳,失意之极,他羞见同伴,遂到此处,借酒解闷,醉倒在巷口。次晨,被人发现,正欲抬他回宿店,只见报喜队吹吹打打而来,原来醉汉竟是状元。这条举人巷就变成状元巷了。"

柳火正想探问状元姓名,堂倌被顾客唤去。同时闻宗斐已偕一五十左右的男子随之而来。

"喏,这位是罗永驰先生,我们学校的训育主任。罗先生,这就是柳火,我的同学。""嗄,柳先生。"

柳火赶紧起来又握手又让座:"您怎可以呼我先生? 您是我们的师辈啊! 只有我们对您才可以用先生这个尊称。"

闻宗斐再叫来一斤黄酒,一碟兰花豆,一碟盐伴儿。柳火打量这位初认识的老教师,白发不多,脸色黝黑,皱纹明显,态度随和,没有长者架子。他老朋友似的向柳火说:

"我们正在谈一件事。"他转向宗斐,"宋怀菊班里那个学生的态度又如何?"

"听说仍坚持自己的看法。他认为舅父和警察打架是被逼的。因此,他的死亡应由警察负责。"

"怎么回事?"柳火问。

"喏,那个学生的舅父在上海西藏路摆香烟摊。一天来了个警察和他说:'上头要整顿市容,不准摆摊。'他舅父回道:'不摆摊,我吃什么?'警察说:'那我不管。'并反问:'上海市容重要,还是你的摊子重要?'他舅父说:'当然我的摊子重要。不摆摊,生活无着,死路一条。'两人由口角而扭打。香烟摊被另一个警察推倒,烟都被没收。最后他舅父被警察推倒,肩骨和背椎骨被打断,卧床不起。他母亲去上海探望回来说,香烟摊摆不成,上海摊贩集体游行请愿,被警察冲打,死伤多人。后来直闹到摆市,才草草了结。《大公报》上曾报道过,想必你看到了。"

"嗯,报上登得不怎么详细,倒是这个学生舅父的遭遇是个活生生的具体事例。不过,这学生到底怎么回事?"

"他到处和同学说警察该死,杀人该偿命。做官的全是该死的杀人犯。他还在街上大声叫骂。"罗永驰心情沉重地说,"我们怕他吃亏,嘱他不要这样。他说舅父的伤影响表弟读书。寒假他跟母亲去上海。我、宗斐、项抱仁宋怀菊夫妇凑了一些钱给他带去。明知在这币值猛跌情况下没有多少价值,不过表明心意而已。项抱仁还特地和他谈了一次话。虽然我们不知谈话内容,但肯定会产生影响,你说对吗?"他朝向宗斐问。

"对,项抱仁一向站在这类学生一边。"

柳火回忆起在上海和郑为英、蒋见虎也谈起这事,他亲眼看见那里几条大马路行人道上仍然是摊贩处处,政府取缔摊贩的反人民措施毫无效果。可见对这种苛政,个人反抗是无能为力的,集体齐心,便会奏效。共产党的针锋相对策略"以其人之道,还治其人之身"是天经地义的。

酒喝得差不多了。他觉得这位师辈的谈吐还合口味,可以相处,可以请教。但不知闻宗斐为什么约他同来。他应该清楚今晚谈话内容主要是上海之行啊。只好改日再说,他不无惆怅地回转住处。岳父老早睡熟了。

柳火对某些事是个急性子。第二天上课和批改学生作文有些心不在焉。吃完晚饭,立刻去探望闻宗斐。他充满希望地征求宗斐意见,原以为对方会欣然颔首,接着就可以定一个时间和糜力放一起成立小组,商量如何开展和平建国,反独裁统治的宣传活动了。不料宗斐听后,并不热情,淡淡地说:"当然,你这趟差事是成功的,你们的设想我也赞成。保密绝对无问题。只是我不惯政治上那种秘密活动……"他有话没继续说下去,却另起话题:"听罗先生说,你可能到兴州师范去,要教你本行的科目,这是很好的。"

"嗯,我此刻应该认真考虑了。"柳火忍住不满,意味深长地说。

本来,柳火要把这事拖几天。如果他要在省城从事地下政治活动,就谢绝。和宗斐说话第一炮打不响,情绪直线低落。在省城真学会员中,想不出还有第三人。这样就算?他是不甘心的。第二天,他去找糜力放,向万里说他有事回家去了。几时回省城不得而知。

柳火勉强忍住怒火。他急步跨进那家熟悉的小酒店,那位慈祥的老堂倌见他脸孔铁青冷酷,十分吃惊。连忙拿来一壶酒,兰花豆和干丝放在他前面:"先生,有什么不如意事?放开吧,别搁在心上,喝几杯酒,一切烦心的事都会烟消云散。一个人?有朋友来吗?"

"没有朋友,永远没有朋友!"他大声喊,邻座酒客都朝他看。他目中无人。头脑中,闻宗斐和糜力放两个人影在晃闪。他十分生气:"咄,不欢迎!"这两个被柳火引为知己的人竟如此不够朋友!闻宗斐自己有什么鬼打算?还不是对我保密?说什么不惯政治上的秘密活动。放屁!糜力放一声不响,置上海诺言不顾,不告而去,扬长无踪,谈什么同志!

在这种心态下,兴州师范这个新环境对他就增强了吸引力。再加他现在所执教的教会初中简直是一口枯井,自然要决定离开省城了。也许在兴州,可能会有一番新的遭遇与感受。教不教他本行科目并不重要,他现在已经完全觉悟到政治上的彻底改革——革命比办学要紧迫得多。

柳火就带着这种多半失望、少半希望的心情来到长江三角洲的鱼米之乡——兴州。

(二)

兴州师范的校长是一个秃顶胖老头。听口音,苏北人。他通过马形脸、身材高大的教务主任匡先生给柳火的任务是毕业班的儿童文学、小学教材教法及实习指导。这使柳火非常惶恐,他毫无经验,何况还要兼这个班的级任导师呢。幸好,这个班学生只有十五人,个个都是二十岁以上的大人,经过多年的住校锻炼已有独立生活的能力,学习上也有相当的自觉性,柳火认为完全可以放手让他们处理自己的事情,只在他们感到为难时,帮助一下就是。

开学前一夜,照习俗,校长宴请教职工。在席上,柳火结识了左右邻座的两位数学教师,一位男的叫汪完智,本地人;另一位女的名储巾娅兼教化学,江苏人,也是本学期新来的。还有坐在汪完智隔壁的黄立单是农村社会学教师,福建人,高个子,他还是研究农村经济的美国留学生哩。

既然认识了,宴后来往自然多些。特别是汪完智,在兴州师范已有两年,恰好是毕业班以前的级任导师,对这班十五个学生了解很深。柳火认为应该采取主动,向他征求级任导师工作的意见。小学教材教法这一科教学及实习，算术、自然是和国文鼎足三分的，汪完智是数学教师，储巾娅是一所国立大学化学系新毕业生，也免不了向他们请教。至于黄立单，柳火教过农村社会学，自然有共同语言，何况他是美国这个强国的实际情况拥有者，柳火不能失去这个讨教的机会。

级任导师的第一件工作就是把学生班委会改选组织好。这是最后一个学期了，学生们有很多完全和过去不同的工作要做。他们自己提出要重新选举班委会。根据汪完智介绍，这班学生都已成人，学习和工作能力很强，原来五个班委员也都不错，他们之所以要求重新选举无非是对群众信任再认可一次而已。果然，临时班会上全体通过照旧。今后，柳火就请这五位班委学生来座谈，表示希望能举行一个全班学生会议，并邀请学校领导和从前教过他们各科的教师出席指导。为此，班委必须尽快拟定这最后学期的工作计划，在会上修改通过执行。柳火说：

"这次班级全体同学大会只有一个内容，就是通过你们的工作计划。由于第六周后，教育实习是主要活动，所以你们的工作必须以配合完成实习任务为中心。我们请学校领导参加，一则表示郑重其事；二则表示对他们的感谢；三则更重要的是请他们对我们的工作计划提意见，便于今后对工作的指导。我虽然是你们的级任导师，又是专业教师，但由于我年纪轻，经验少，帮助你们恐怕心有余而力不足，只能尽力为之了。"

柳火的谦虚是真诚的，指导实习、上课都是实实在在的事，容不得空话、大话和自欺欺人的谎话。可是学生却不领情，班长微笑说：

"柳先生，你不必太客气。先生对学生太客气会使学生感到先生叫能借口推卸责任。"

柳火想："果然不凡！我心诚则不怕不灵。"因而说道："对我来说，我刚才的话决非客气，只表示我对工作更加认真。我有多少本领和学识，难道我自己不清楚吗？推心置腹地商量，总比刚愎自用、独断专行要好吧。所以——"

没等柳火继续说下去，另一个班委学生又发言了："我认为这次即将举行的班级大会不必邀请他们。实习开始前夕，我们还须举行一次，那时更恰当。至于我们提交这次大会请全体同学通过的工作计划，恐怕仍旧要不断修正。这种性质的班级工作计划我们丝毫没有经验，计划草稿念完后，应请同学授给班委有临时修改权。"他问班长："你说？"

"对极了。"柳火风趣地说，"看，我的思考本领就不如这位同学，我能不虚心吗？"

柳火和毕业班学生的良好关系就这样开始建立起来。

班级大会自然开得非常顺利，把这学期应做的工作和应搞的活动项目全决定了，一直到毕业后如何联系为止。柳火寻思：汪完智的话果然不错，他简直无事可以指导了。

至于教学：儿童文学的理论，柳火胸有成竹，有话可说。在写作练习以前，计划叫学生读安徒生和格林童话的中译本以及国内陈伯吹的作品，结合实习活动各自创作，他选择地进行讲评。小学教材教法，计划讲授"教学通论"后，请五名已做过小学教师的学生总结一下经验教训，在上课时一一介绍，以问题解答形式，嘱全班同学讨论，他只要做个小结就可以了。这一科目的成绩则结合实习成绩来评定。不过，柳火有这样念头：如果我要在师范学校待下去，就不能单凭在大学学过的"儿童心理学"和"教育心理学"那么一点理论知识，我应该兼一些小学的课和兼一个时期的小学级任导师的工作。

柳火心情舒畅多了。他觉得自己的工作很有意义，自然而然地，"立国之道，教育为本"的观点重新在他思想中占有一定地位，但和从前教育救国论不同。教育只能建国，不能救国。救国还是要依靠政治力量：为人民幸福效劳的政党和政府。他断定国民党是无可救药了。共产党能用武装来夺取政权？他还不敢肯定。不过，和平建国的前景越来越暗淡。民主联合党能起什么作用？为共产党宣传针锋相对的武装斗争？还是调解他们继续和平谈判，达到和平建国？看来它已经没有什么大作用了。因此，柳火不知不觉地用培养小学教师代替了作为一个民主联合党党员的发展和宣传工作。前者任务明确，后者一无所知，也没有谁可以请教，他曾写信给郑为英和蒋见虎，杳无复音。不过，他对时局仍然非常关心。《大公报》《文汇报》每日必读，还盼和平不致绝望。

柳火心里舒畅还在于接到岳父和妻子的信。妻子的信附上一张照片，手抱满月的婴儿，一个女儿，不久便可以调入省盐业局工作。省城和兴州距离不远，不过二小时左右汽车，每星期都可以团聚，简直太好了。他常常轻松而得意地想着。

"嗄，匡先生，请坐。什么事要吩咐我？"柳火心里奇怪，前天刚见过面，向他汇报过实习的情况，他除了表扬几句，没有别的事呀！

他接过柳火递给他的茶杯，啜了一口："隔壁没有学生吧？"他似乎有什么秘密要说。

"全出去了。今天是总理逝世纪念日，植树节。下午他们带领小学生去种树，中饭后才能回来。匡先生有事吗？"

"没大不了的事，但一定要和你商量。"他点了一支烟，深深吸了一口说："你们班上有一个男学生和春二年级一个女学生有不轨行为，在操场靠着篮球架搂抱，碰巧被我亲自抓住，女的蒙面跑了。按校规，非开除不可。但这个男学生情况特殊，非和你商量不可。"

"谁？"

"是你班的班长钟才勇——"他故意煞住，注视对方。

柳火吃了一惊："想不到！"

"他的特殊情况，你想必有所了解。"

"不，谈不上。我只知道他是好学生。品学和工作能力均在一般学生之上。这次我们实习工作进行得比较顺利，他的作用不小。"

"嗯，他的确是本校难得的好学生。"匡主任又用力吸一口烟。"你知道他是孤儿吗？他父母均死于沦陷时日本浪人之手。他是由祖母带大的，读书的费用从经商的伯伯那里借来的，讲明工作后分期还清。初中毕业时，有所山村小学，异常偏僻，没人去。他在那里两年。抗战胜利，还清借款，适祖母病死，遂立志进修，考入本校教师速成班。正是这个夏天，这个女的，她叫尉丝韵，初中毕业，游泳溺水，幸遇钟才勇，救了她。可她仍是病了一场，失去暑假升学机会。寒假父母要她考蚕桑学校，可以帮助做蚕桑生意的父亲发展家业。她说她的救命恩人是小学教师，可知小学教师是好样的，她也要做小学教师，并自改名为尉师韵，以坚其志。父母只有她一个女儿，脾气倔强，平时无理执拗，也不敢悖她，何况现在振振有理！两人同在一所学校，自然很快亲近起来。开始，钟才勇只当她小妹妹，但毕竟两人情窦已开，兄妹之情终于蜕化成男女爱情了——"

"钟才勇速师班仅一年，就得出去工作，为什么仍在本校？"

"我们从速师班选了五名毕业生直接升到普师二年级，钟才勇是其中之一。后来女方父亲知道了，不愿意。认为钟才勇无非是一个小学教师，谈不上有什么大出息，可他女儿说：她要问过恩人，要不要她？不要，她就不嫁人，只要伴他终生，妹妹不妨，什么名义都不在乎。父亲没法，又思这个钟才勇确实有几分才能，说不定将来会发迹；而且待他女儿也是真心实意，孤单一人，入赘应该没有问题，找他问个彻底。钟才勇说：我喜欢她，只怕配不上，她可能一时感情冲动，所以只答应兄妹相称，免得自讨没趣。既然她如此认真，我还有什么理由不答应呢。这样，讲定入赘，就订了婚。那天晚上是订婚酒宴后的爱情拥抱，似乎顺理成章，不能单凭拥抱形式来处理。"匡主任说到这里笑着问："柳先生，你说能给他们开除或退学处理？"

"当然不能，法规不外人情，多曲折的故事。"

"再说，校长也通不过。"

"这又是什么说法？"

"校长早看中钟才勇，决定他毕业后留在教务处，协助主任处理有关教育实习活动，将来打算提拔他做附小校长。"

"嘎，校长眼光看得真远。不过，这件事就能这样保密下去？"

"保密是需要的，因为去年曾发生在形式上同样事件做出退学处分。为此，我请你和女学生的级任导师储先生和当事人分别谈一次话：快毕业了，自己感情约束一下，订了婚，亲亲热热不能说非分，但要注意时间地点，来日方长！这次学校就体谅他们了。"

他们二人分头执行，效果满意。柳火问道："这姑娘不怕难为情吗？"

"当然有一点，不过她更怕公开处分。"储巾娅说。

"她没有料到她的导师也有个未婚夫，内行着哩。"柳火开起玩笑来了。

"别取笑！——"

"难道我说错了？"柳火看出她微有嗔意，有些吃惊，她懊悔自己多少失去分寸。

"没有说错，可你不了解，我，也许以后会同你说。"

柳火觉得她有些私隐，便借故离开。不过，自此以后，和她相互往来比其他自然科教师更多些，当然他更经常和汪完智、黄立单闲聊，无拘无束。至于每晚入睡前这段时间总给妻子和只会喊妈妈的女儿写信，看她们和阿娘及外婆的照片，由遐想进入梦乡。

汪完智是一位深得学生赞扬的数学教师，可是他没有相应的学历，连高中的毕业文凭都是伪造出来的。柳火极其佩服他完全自学到能做相当于高中的普师数学教师应有的水平。他笑笑说："一点都不勉强，就凭兴趣，为什么？自己也弄不清，我只觉得解出一个数学题，像办了一件什么大事似的，心中十分舒畅。"

柳火寻思:他也享受过。当他看到第一篇科普论文在报纸上发表时,当他饿了一天,吞吃一只煮熟的鸡蛋时,当抗战胜利他回家看到阿娘和外婆时,心中出现的大概就是这种舒畅。但他还是不清楚数学解题竟也会产生如此极乐的境界。

"具体说,"汪完智掠开被风吹到前额的短发加以补充,"很像我当年偷越敌伪边境成功后的一阵欢乐,恨不得跳几下。你有过这种心情吗?你那时在哪里? 1942 年。"

"我在中兴大学读书。"

"哦,我本来打算用同等学力报考的。到利安县后,有所国立中学专门招收从敌伪那边逃出来的青年,我对自己用同等学力考入大学实无信心,为了早日有吃住的地方,就在国立中学安定下来。当时离你们大学只一百多里。谁会想到今天在这里碰见。"

柳火的好奇心又上升啦。"你如此强烈的数学兴趣总该有个开启的事件吧?!"

"这个——我确实没有认真思考过,我想大概在上海做工时,糊里糊涂滋长出来的。我在初中读书时的一个暑期,父亲失业,母亲生病;我有个姐姐已出嫁,生活问题已很困难,父亲料定秋季开学后,我无法上学,就请朋友为我找到一家工厂的勤杂工作。我是个百分之百出卖体力的工人。我的个子小,体力差,劳动有时实在勉强,终于病倒。后来父亲那个朋友和工头说情。我总算有点文化,在工人中,初中程度已了不起。工头碍他面子,顺水推舟,实际上企图自己轻松些,叫我改做记账。出工时间,坐在车间门口的小矮凳上记工人出勤,上厕所次数和扣工钱的细账,一步也不能离开。不几天,我开始看出工人们对我态度有了转变,鄙视的目光和冷言冷语的刺讽使我伤心。第二个星期,我就开始记假帐,主要是少记上厕所次数,上工时,上厕所次数超过规定便要扣工钱,而上厕所是工人透一口气的主要方法。我记假账,工人心里有数,对我就友善多了。不过,我每次到发工钱前夕总是提心吊胆,直到第二天才放心。大概我对数学和计算的兴趣是从这里开始的。以前,我在初中第三学期已学过一点代数,对 x、y 和方程式的粗线条知识恰引起我对它产生神秘感。我请求父亲让我去读工人夜校数学单科。从初中到高中,没有证书,父亲百思不解。只因他找到一份最没有人去的码头搬运工作,而读夜校的费用又完全由我自己设法,他也就无话可说了。可惜我高中数学没有学完,就不得不离开。到了国立中学,允许我读完初中其他各科,不经考试,升入高中。自此以后,其他各科按部就班,数学就先走一步。抗战胜利回上海,我高中还差一学期,而高中课程的最后一门数学——解析几何早在高二时就学完了。到这里前,我已学过大学数学课程中的微积分。不过,我最喜欢的还是高等数学中的概率论。"

"嘎,老汪,真是又遇知音了。我在高中时,数学中最喜欢的也是概率论。不过,我已忘得差不多,连基本公式都记不起来。只留下它的精神,那是属于哲学范畴:必然是偶然的重复结果;偶然的次数则可用数学来处理。不过我们不清楚为什么社会科学家不把它引入社会现象的研究中去?"柳火心中除了对汪完智自学数学如此坚韧自知不及外,真有一种忽遇知音的喜悦。他摸摸袋里的钞票,浪漫一下如何? 反正添补家用的钱已经汇出。他想起自己的薪金不如妻子多,便有些不自在,觉得有点冤枉。什么时候教师才能不穷? 他脑中闪出一种观念,一种社会制度或政体是否合理应看它是否能给负有文化传递,培养人才,继往开来这种伟大使命的教师有适当的社会政治和经济地位。他很得意,这观点要加以发挥。不过,此刻暂不管它。他拉住汪完智的手:"今晚别在校里吃饭,来,我请你喝一杯。"

在校门口碰到黄立单。身长体不胖,但两腮明显突出,似乎老在忍俊不禁,使人舒心,他一向随缘,柳火约他同去,他牙齿一露,表示同意。

三人进了小小的老店莲芳斋,目的在千张包子。黄立单建议先炒菜下酒,表示他会炒。柳火寻思,也好,正好我恐怕钱不够哩。他慌忙接下去:"千张包子我请。"

"便宜,我就只管吃了。"汪完智架正眼镜。

各人不约而同举杯。一杯下肚,黄立单开腔:"刚才你们兴头什么?"

"我们谈往事。我们不约而同喜欢概率论。概率就是机遇。它在人生中妙不可言。我们在校门口碰到你,相约来此小吃是机遇,你去美国研究农村经济,回国后在这里做教师也是机遇,概率论能计算出来? 社会事件的概率论恐怕是非数学的——算了,不必去谈。老黄,此刻要轮到你说了,你怎会到这里来?"

"你不是说机遇吗?"黄立单淡然一笑,带些讥讽。"我到上海,立刻被舅父劈头盖脑数落一顿:这样社会,这个局面,回来干什么? 咱中国农村还有什么经济问题要你解决? 乡长、保甲长早把农村经济吞下,没有经济,哪有经济问题!"

柳火听了,对他舅父有好感。觉得他对中国农村现状有非常具体的感受，讲话坦率。忙问他是搞什么营生的？

"这种腔调不是知识分子会是何等人？他是个中学教师。"

"即便这样，他也应该有事实根据。"

"说得对。我当时就是这样说。他说：好哇，我们暑期来次调查如何。我们果真去了福建老家，住在舅父的堂侄家里，堂侄是小学教师，可能还是一个共产党员，他帮助我们进行。但我们并不按他那套理论去分析。我们只凭数据。这是我们和共产党不同的地方。"

"老黄，你这样说法我们就难同意了。我觉得共产党是重视数据的。毛泽东说过，调查结果心中有'数'，判断就会正确。"

黄立单紧闭嘴唇不作声，两腮鼓起，做一个似笑非笑的表情："不谈这个好吗？但愿如此。反正我们调查结果证明舅父的话是正确的。但我不能返回美国。我没有钱，当时恰有人介绍我来这里，自然就来了。"

柳火很认真听他讲完，正儿八经地说："共产党取代国民党仅仅是时间问题。共产党从农村来，解放区的经济支持它取得胜利；而国民党统治下的衰落农村促使它战得一败涂地。但是新中国成立后，农村经济的发展得到政治上的保证，还怕你这位农村经济专家没有施展才能的机会？"

黄立单疑惑地说："希望如此，我这个从头号帝国主义学来的东西能受欢迎？而且按它的理论，正走向没落的帝国主义即将消亡了。"

"这是指政治上说的。从科学角度说，他们拥有的东西多少可以吸收过来为我所用，像张之洞所说：'中学为主，西学为用。'柳火凭自己对未来社会的理解，觉得黄立单概括得太粗糙。他随后又补充说："马列主义认为经济是政治的基础，共产党政治自有其经济基础，肯定不是资本主义。否则，革命使社会倒退了。"

千张包子送来了。汪完智边吃边说："你们说的全是空话，到那时不说自明。预言是可笑的，实在是近乎欺骗。我不知道大家为什么都要赞扬它，不可思议。"他一口干完自己杯中剩酒，"数学上似乎没有预言，数学家总是一步一步地计算。"

柳火也干了杯中酒："老汪，这点你就疏忽了。数学上的假设就是一种预言。"

汪完智称赞说："啧，啧。你有些抽象头脑。不过，我等一介书生，讲什么政治经济，不自量力。此刻，别辜负千张包子的鲜美，请享用。我还要添点粉丝。"

柳火问:"千张包子的馅子到底有些什么东西能如此鲜美?"

"主要靠鸡里几和干贝。"

"然而,最近一则消息,听起来更加鲜美。千张包子是味觉的美,这是听觉和思维的美。"柳火沉思说。

黄立单问:"什么消息?"

"一个人死了。"

汪完智说:"死了人的消息会产生鲜美?"

柳火说:"因为他是魔鬼。"

黄立单:"谁?"

柳火:"谷寿夫。"

黄立单:"喔喔,屠杀了四十多万人的刽子手。不错,鲜美之至。"

柳火:"太迟了,扳不回国民党政府的厄运。"

汪完智:"嗯,积重难返。政府的腐败和无能不是一朝一夕能改过来的。我刚收到上海工人朋友的信说,不久前的黄金抢购使国币瀑泻贬值,工人领到工资不能维持一月伙食。青菜、豆腐、大饼、油条能囤积?吃饭不能一月一次,不能提前完餐。我们是王老五?只吃没用,幸有学米。今天晚上在这里穷开心。柳火说他请客,老黄刚才说请酒菜,我看都不必了。'请客'二字不是我们这种人能随便说的。三一三十一,大家均分,方算上策,谁先付,无所谓。"

"其实这种办法在美国早就司空见惯。他们当然不是穷,他们确实够富了。他们是实事求是,他们没有这种'穷要面子'。有些夫妻同到饭店用餐,也是各付各的。"

"好吧,以后都如此吧。"柳火正在估计今天所需要的钱是否能独自会钞,有点心慌。听说,解了围。立刻表示同意。"我们都是穷教师,无处发财,不必要硬装慷慨了。"柳火自叹不如,"我先付就是,也许不够哩,嘻嘻。"

"不够我补。不过老黄说美国人夫妻间也如此,我不赞成。"汪完智口气坚决,"算什么夫妻呀。共同生活是夫妻的特点,难道可以把经济排除在外?我现在还没有老婆,我大概不会要连伙食费都要分开自理的女人做我老婆。"

"这应该由各对夫妻自由选择生活方式了。"

"不过,有了孩子后,夫妻双方就得负起养育孩子的经济责任。"柳火想起自己的女儿,自然而然产生出爸爸的心情。

"所以我现在不想有个老婆。"黄立单正经地说。

这三位教师无拘无束地闲聊着。没有主题，没有分寸，甚至没有任何争辩，虽然从国家大事谈到国民大会选总统和国共战争的形势，从社会新闻谈到大发劫（接）收大财的刮（国）民党和大学生争取全面公费、反饥饿的罢课示威。生活问题则集中物价问题等等。各人见解常常不同，各说各，互不干涉。所以他们的闲聊，几乎发现不出有什么定论。勉强够得上的是：黄立单权威性认为凡是战争，都会使通货膨胀，物价飞涨，生物资料缺乏，人民生活水平下降。但是汪完智仍提出他的相左体验：抗战打了两年多，上海物价并不见高涨多少。柳火头脑中浮出一种思想：内战本来可以避免的，国民党自食苦果，社会经济眼看就要全面崩溃。嘿，搬起石头砸自己的脚。

柳火回寝室经过储巾娅房前时，她恰好开门出来，便问："你还没有睡？"

"嗯。你从外面回来？"

柳火告诉她，她微嗔问："为什么不约我？"

"我们都是偶尔凑合的。像我此刻碰到你，如果聊些什么难道还要约他们。"

"好啊！就你会讲。好吧，进来聊聊。"

"怕太迟，会影响你前间那位先生。"

"不妨事。凑巧他明天没课，回家去了。你进来吧！"看到柳火有些犹豫，她轻轻推推他进去。

"喝杯茶？"她看手表，"不到九点半。我知道你不会这么早安歇的。你的工作比我忙得多。"她把茶杯推向他，"你说，你们谈些什么？国家大事？听说大城市的著名大学，国立的、私立的都示威游行，真的吗？你的消息比较灵通，能告诉我一点吗？我担心着哩。"

"储先生担心的恐怕不是国家，而是未婚夫吧。"柳火故意逗她。可是话一出口就悔了。虽然他们已经很熟，这句话未免太刺激，近乎无礼，于是立刻道歉："说玩的，请勿介意。"

储巾娅笑笑，没作声，可能回忆起什么。上半年，她随同父母从内地迁回苏州老家的，她毕业于内地一所省立大学化工系，为了等回家就没有立刻去工作。她有个军官大学先她二年毕业的未婚夫。他俩私订终身，她父母并不赞成。说穿了，简单得很。他们只恐独生女儿在战火中成了寡妇。这一点储巾娅也曾想到过，由于恋人毕业后被分配在后方军事机关里，而抗战胜利又带来和平曙光,所以一致同意订婚了。订婚后,时局发展中和平曙光忽明忽暗使储巾娅对未婚夫脱离军籍的要求更加坚决,可她未婚夫却回答说:"我是军人,上级要调我上前线,除服从外,没有其他选择。后来,她又企图用:"是不是应该把共产党人当成敌人? 是不是应该拥护《和平建国纲领》等问题说服他另找工作,也无效果。两人难免龃龉不乐。最后总算由未婚夫承诺:在她毕业时,摆脱军籍。若一时找不到适当工作,便帮她父亲做生意,然后结婚,暂时弥补双方在情理上的冲突。两年光阴容易过,不久未婚夫反调任某战区司令部参谋,接着又调到一个实战部队,虽然没有和共军作战消息,但自此以后,就杳如黄鹤,不知去向。储巾娅去信数次,亦似石沉大海,不见浮波。她感到自己深湛的纯洁感情无从着落,回转故乡一时又找不到适合自己专业的工作。和大学同学失去联系,日子寂寞得更难过。父母不可能全面分析女儿的心情,只知她思念未婚女婿,和她谈起来,不免格格不入,被女儿抢白:"我就这样不入流,想他? 想结婚? 他一年多来没有音讯总不是我的过错! 我想得开。我比如从未有过未婚夫,从未有过这个人就是,想它则甚! 我的前途自会料理,你们俩老专心整顿家业。生意,从头做起吧。"父母冷静地考察女儿的话表面上近乎顶幛,实际却有道理。反正女儿早已成人,又受完高等教育,再对她婆婆妈妈,太背时了。

为了解除寂寞,储巾娅专心寻找过去中小学时代的同学与教师,居然有效。她到兴州师范教书,就是她所就读小学的校长介绍去的。因为他是兴州师范附属小学的教务主任,又和当地不少教育界名流同是抗战前的兴州师范校友。她欣喜如醉。到校后,工作悄悄驱走她的寂寞,同时又认识了年龄大不了多少的三个同事,有时她也主动地抓他们交谈消闲。她开始觉得生活并不是没有乐趣的。她特地去买来一册精致的日记本,在第一页写上"新的开始"。它表示旧时岁月和往事已经烟消云散了。

在她日记中,很清楚表示出,不久后,她下意识地对柳火特别注意起来,并将他和从前的"未婚夫"暗地里比较,有强得多的分析判断的能力。她喜欢听他的"我们老百姓"而讨厌那个军官的"我是军人"。他斯文又懂得尊重人。"我为什么要把我曾有个未婚夫告诉他们三个人? 他知道了。她有点懊悔。为啥懊悔? 她茫茫然然。

有一天,她听完学生在小学实习的自然课后,觉得这节课的教材有问题。教师没有用原子结构中电子得失来说明燃烧和火焰,是不是科学? 当天午饭前就去问柳火。柳火说:

"科学知识有不同的层次。给小学生的只是常识,常识不等于科学。即便到了初中,也只能说把常识予以科学化。高中的化学教材是科学之一,它用原子结构中的电子得失说明化学反应。如果在小学中自然课就这样讲,学生就无法接受。教师给学生的科学知识要符合学生的思维发展能力。"

"我知道啦!"储巾娅快活地说。她十分赞赏不同层次科学知识这观点。她正欲向柳火请教自己化学课中的补充教材是否适当时,汪完智进来问:

"老柳,几时去上海?"

"没准,大概下星期吧,凑个星期天。"

"我请你带点东西给我朋友,一个工人。"

"早点拿来。"

汪完智"嗯"了一声,管自出去。储巾娅好奇问道:"去上海? 做啥?"

"妻子从家乡来,调到省城工作。"

"你结了婚?"她暗自一惊,"你能让我看看你太太的照片吗?"

"我还有个孩子哩。"柳火从抽屉中取出那张妻子抱着女儿的照片不无得意地递给储巾娅。她看了。她看出章耘花的端庄温文,又在照片背后看到她写的一行字:"亲爱的,这样一个小宝贝真值得我们骄傲啊!"它明显表示出她对丈夫的深沉爱情,储巾娅不禁怅然若失。她机械地翻动照片,心里懊悔不该对柳火接近,尤其不该向他索看照片。今天不邀他来多好,什么也不知道。

对这位少女的心波起伏,柳火当时一无感知。他只见她那张稍嫌苍白的脸更显清瘦,眼镜里的明眸隐隐发亮。她突然转身取下眼镜用手帕揩拭。她分明哭了。柳火既诧异又心慌地问:"你怎么啦? 不舒服? 下午没课吧? 早些去吃饭,多休息会儿。"

"嗯,不知怎的,头像针刺般疼,眼泪就出来了。谢谢你关心,我已经没事。你说的是,我这就去饭厅。"她勉强微微一笑将照片交还柳火,"你真幸福,祝福你。"声音很轻。

自此数天,尽管两人不可避免地天天见面、打招呼,她那种冷漠表情使柳火不安。柳火也是敏感的人。他体味出她的冷漠反而衬托出难用友谊概括出来的感情。他骇然——实在没有料到。他暗自细忖,他不能,也不愿意接受她这份情意。但他并不明确,可能是自己神经过敏,装着若无其事为好。可万一果真如此,她能不伤心? 那么如何去说明使她能十分理智地收回没有相应回报的感情? 咳,最好暗示。他挑了一个储巾娅前半间那位教

师不在的机会,忡忡地去敲她的房门,同时想好话头:

"请原谅。我那天说你担心未婚夫是没有恶意的。我这个人常有这种自以为只是幽默玩笑,却刺痛别人的坏习惯,别生气好吗?我无意伤害,别对我这样冷漠,我特来向你道歉。"

储巾娅不作声,看不出有怒意。少顷,双眉稍稍舒展,体现某种坚定。她凝视柳火,轻轻吐出柔和的声音:"你多心了。这完全是我自己的事,与你无关。不过,你那天真不该讲这句话,因为我告诉过你我未婚夫的情况,你当然知道我并不情切切地思念他。两年来,我接不到他半点回音,实际上已离开我。你何必揶揄我呢,不过你别自责,我不会怪你的。"

柳火听了放心,旋又想起她的冷漠是看过我妻女合影以后的事,一时又想不出用哪些话能使她"想通"。他捧起茶杯喝了一大口,掩饰自己的不安:"茶叶不错,定是新茶了。"

"那么你就多喝。"她拿起热水瓶把杯子充满。她自觉轻松一些。她微露笑容,沉着地说:"我这几天扳着脸孔,为的是你扰乱了我内心的平静。你是无意的,我的感情起伏只好由我自己负责。我需要把自己冰冻一下。你是聪明人,也许和我一样敏感,我不必再说下去了。如果你出乎我意料是个麻木的人,我更没有必要说下去。你可以认为我的内心一直很平静,什么情况都未发生过。我料定你会来看我,我已很满足,我可以把自己想的结果告诉你。这几天,我考虑很深,很透,很全面如同在化学实验室中做实验:药品分量、纯度、温度、时间、压力等等条件来不得半点疏忽……"她没有说下去,迅速在一张信纸上写了两行字,然后严肃地说:"向你请教!说它是希望亦未尝不可。任你怎样回答,不必讲道理,只要是或否,点头或摇头。"

柳火见她如此认真,呆了。讷讷地问:"你怎么啦,什么事如此严重?可怕吗?"他不敢接这字条。

"别紧张。"她笑了。从她左嘴角窝中反映出真诚的冀盼。她平静地把字条塞给柳火,然后慢慢地为自己沏了一杯茶,故意给柳火几分钟时间考虑。

柳火看着字条,妻子那张善良贤淑的脸庞闪现出来。柳火心里问她:"你同意吗?"妻子点点头。仿佛说:"嗯,你只管同意,我信任你。"

储巾娅仍在对面坐下。瞧着柳火坦率地一笑:"你该表示了。我不怕你不同意,只怕你不真诚,欺骗我。是?否?"

柳火心中放下一块大石头,学妻子的样子点点头。

"喔嗬！真要谢谢你了。你知道我也是没有兄弟姐妹的人。现在我有一个兄长了。不过你也有个妹妹，你看我有多高兴！你放心，我会很乖的。"她愉颜悦色，从日记本中取出一张二寸半身照："你不会拒绝这个礼物吧？还请交换一张！"

柳火接过，宽心地欣赏着："怎么没眼镜？"

"我到这里后，才整天戴。以前只在上课和做实验时戴。毕业时，拍好毕业照，脱去学士服，再拍这张便服的。"

"取下它，我看看像不像？"

储巾娅取下眼镜，头微微一斜："像不像？"表露出向大哥哥撒娇的神态。

"还是不戴这好看，你的眼睛形神使你更活泼无邪。幸好你戴得不久，影响不大。再说眼镜使人老成。"

"做教师应该老成些。"

"不过学生不定喜欢由眼镜促成的老成。"

"依你，我平时不戴就是。"

"我的妻子也这样，近视眼，平时不戴镜，显得精神，工作时就不得不戴上。柳火对自己能在储娅面前无忌惮地提到妻子，很感谢这位用理智将感情处理如此妥帖的少女，有这样一个妹妹，多幸运。于是他心情舒畅地接着说："最近接到妻子来信说，他做了妈妈就不怕戴上眼镜，使别人笑她无端增加年龄了。我回信说，做妈妈更不能戴，因为会妨害孩子和你的相互亲近，还要提防孩子把你眼镜取下当玩具。"

"你真是一位好丈夫，嫂嫂福气。她几岁了？"她开始称柳火妻子为嫂嫂，毫不做作。

柳火很满意，笑着答："属狗，比你大两岁，你属——"

"属鼠。"

"那么，你胆子大不起来了。"

"当真，我孩时一向胆小。后来通过抗战的洗礼才逐步大起来，现在什么也不怕。"

"想不到你会吹牛皮。"

"嗯，寂寞还是可怕的。你很会抓小辫子。"

"那么，就是说现在你不觉得寂寞了。"

"嗯，有你在，我怎会寂寞！"

"可我们总要分开的。"

"你会离开这所学校?"

"难道一生都在这里? 你也不可能吧。"柳火反问说。同时随便翻看照片,发现赠送的日子是三天前。又问?"你早写好? 要是我不接受?"

"那也是可怕的。我毕竟属鼠。我写好后,继续推敲你到底会不会拒绝? 我有了结论:只要我对你讲清楚希望你给我的纯真友谊,而不是到处可见的庸俗男女之情,你哪有拒绝的理由! 你总不会有男女授受不亲的封建意识吧。可不? 我如愿以偿啦。"她慢条斯理补上一句,"你问得及时,我都说了。我轻松得飘飘欲仙呢。"

柳火有相似的感受。两人继续闲聊,像两片白云,自由飞翔,无拘无束,储巾娅说到去年在重庆校场口庆祝政协会议闭幕的群众集会实况。她在场,险被殴打。那些打手,流里流气,一看便知是雇佣来的。回来后,又与那个军官(她这样称呼尚未解约的未婚夫)一鼻孔出气的另一熟悉军官争辩一番。她说:"我并没有和他辩。他认为我不应该去,我说你也应该去。他说那个军官也一定不让她去。他说他们是军人,以服从为天职⋯⋯我没等他讲下去,就和他告别,我最讨厌的是这句话,一股奴隶臭,可也得不失礼,伸出手,让他握一下。喏,柳火,目前局势如何? 似乎不对头,讲点听听好吗?"

"不清楚。下星期我要到上海接妻子,借住一位大学同学家里,可能会听到什么,回来再说。不过根据报纸登载消息,和平建国十九无望。政府满以为用武力消灭共产党或促使他们投降易如反掌。巾娅,我怀疑。"

"你叫我巾娅的声音使我感到自己叫你柳火实在不应该。我真想叫你柳火哥,可我不敢。叫惯了,在别人,特别是在嫂嫂面前脱口而出,怕引起误会,你说?"

"大概不至于。不过称呼是不重要的。"

"说得好! 柳火,我懂。我心里明白。我希望能早日见到嫂嫂,她到这里来吗?"

"不,我陪她直到省城。她爸已为我们在机关里借定一间像传达室似的平房,安顿好后,就得报到上班,没时间经过这里了。"

"真可惜!"

"以后总有机会的。星期天我回家,可以把你这位小妹带去见她。"

然而,柳火完全错了。

柳火去上海的第三天,储巾娅接到父亲的快邮代电:"母病危,即归。"当夜,她乘船回苏州。母亲患的是中风。突然发作,来势凶险。女儿到家不久，虽说危险期已过，但长期卧床需人服侍已成定局，女儿就难离开。女佣无法代替女儿，柳火回校时，汪完智交给他一封信是储巾娅写给他们两个人的。信中除了讲清楚难以回校外，说到学期结束在即，数学课考试等工作，请汪完智代劳，级任导师工作可有可无，由训导处直接管理。只有化学课，请教务处代为要求请物理教师帮个忙，代课金在她薪金中扣除。和柳火讲的话只有两句："珍惜幸福，祝愿全家万事如意。"信末，她写道："在兴州师范几个月的工作和生活真像一场春梦，如此短促就醒了。不过梦境够美，耐我享受。"语气惆怅，略带悲观。

上面是储巾娅"新的开始"日记本中写的几页。哪有这种用第三人称写的私人日记？无非因为它被写在日记本而已。她还写出自己写这些内容时的心情，变化不定，不易捉摸，时时陷入遐想。她写谁呀？写的是事实吗？不对。如果把柳火和储巾娅的名字改一下，那么，大胆写吧。是不是虚构的幻觉？也不尽然。自己确实在这所学校做过教师。那里确实有一位同事叫柳火。但她写他的内心活动分明是幻想出来的。那里的储巾娅究竟是不是自己？她那时的思想感情是这个样子？她把这几页"日记"重复看了好几遍，越看越疑惑。最后，她自言自语："这梦不可能再继续下去。暑假后必须在家乡找一个不影响照顾母亲的工作了。"

对柳火来说，储巾娅突然离去和可能永不再见使柳火在这所学校工作情绪不免有消极影响，但决定离开它却另有原因。在上海，借住在郑为英学校里属美国剩余军用物资的活动房屋中，交谈时，柳火觉到这位值得敬爱的老同学对自己有点儿礼貌有余、热情不足，似乎有一定程度的戒备。柳火问他有没有接到自己给他的信，他应对吞吐，弄不清是否。问他时局发展前途，他只说和平已被国民党破坏，彼此要在战场上见高低，并没有什么具体内容。对柳火表现出一种奇特的冷淡。柳火自觉没情没趣，无话可谈，宿了一夜，第二天就乘夜车回到省城。安顿妥住房，章耘花报到上班后的第三天就回兴州师范。

班长钟才勇向他汇报今后结尾活动的先后程序时，告诉他校长参加了他们的临时班会，校长怎会知道？而且最后还讲了话，讲话有警告口气："要当心被异党惯用的自由民主等美丽口号所迷惑。否则，请便，学生教师，一视同仁。钟才勇认为校长有的放矢，实有所指。会不会上次班委会叉开议题，大家不约而同议论起中共驻京代表团撤退的事，被校长知道？"柳火说：

"如果这样,那么,你认为班委中谁会向校长传递消息呢?"

这样,校长在柳火印象中的就立刻变黑了。他不得不认真考虑要不要写应聘书,他和汪完智商量时,得知校长还兼县党部常务委员。几天前,他和某些教师也曾说起:不欢迎讲自由民主的人。汪完智说:"从前他似乎并非如此。我只能乖乖地在他手中,我的履历使我无法离开。而你,最好不动声色,应聘书不妨给他。回省城,找到另外工作,写封信给他借故抱歉一下就是。行李尽可能带去。剩下的,我来保存。"

毕业典礼举行第二天,柳火就离开兴州去省城。

（三）

省城各中学尚未开始暑假。柳火去探望闻宗斐时,他正在蜡纸上刻写学生英文课考试题。虽然柳火对他婉拒参加民主党有点不满,却没有影响友谊。他认为友谊完全可以超政治,超权力,超名利而存在,否则就不配称为友谊。所以他仍直截了当已打算在省城另谋教席。不想离开妻子和兴师校长的政治警告同样是关键因素。闻宗斐认为最好请罗永驰帮忙。他在教育界人头熟,又乐于助人。果然,他热情地招呼他。听柳火说明来意后,竟拍手欢呼"巧极了",全不像年近半百的老先生。他说:"踏破铁鞋无觅处,得来全不费工夫。"

柳火忙问究竟。罗永驰得意说:"暑假前夕,香山师范荆校长嘱我物色一位有事业心的年轻专业教师,而你恰好希望离开原任师范学校,这不是门当户对吗?香山师范,你总不会不同意吧。"

出乎意料,柳火几乎不相信有这么好的远气。久闻大名的荆校长会要我这样年纪轻、经验少的教师?他对罗先生的推荐能绝对信任接受吗?他把这些疑虑统统说出。罗永驰要他不必担心;荆校长是我老朋友,他是大丈夫,一言既出,只要我没有回绝,他都会等待我所推荐的人,你自将兴州师范聘书退回就是。

柳火心神仍然忐忑,天有不测风云嘛。

一个星期天,快中午了。妻子到父亲那边准备中餐。柳火正在翻阅了中兴大学真学会创办的《新社会》。这是一本综合性杂志。内容五花八门。总的倾向清楚:展露当今社会种种不公平。当然,展露的程度只能适可而止。

"请问有位柳火先生在这里吗?"一个穿白洋布衬衫,一条褪色了的士林兰中山装裤的男人,有点土气,却十分礼貌站在门边向柳火问。

"是啊,我就是,有事吗,请进来吧!"

"哦,好极了。"他笑容质朴,像个老农。

柳火让位给他,自己拉过一张骨牌凳在旁边坐下。他谦让地说:"柳先生,蒙你屈就,到敝校执教,非常荣幸。我今天特地送上聘书,请办个手续,签名盖章,我带回去。"

"哎哟,先生是荆校长,失敬了。"柳火绝对没有想到本省著名教育家会是这个样子的。赶紧拿杯沏茶,表示他唯一能做到的敬意。

"哪里,哪里,我就是荆江眺。"

柳火惶恐说:"荆校长,你是师辈,亲自送来,怎敢当啊。"

"不客气。"他接过柳火签名盖章后的应聘书,"谢谢。罗先生是我的朋友,他对你的印象不错。说您上课深得学生好评,还对我国师范教育存在问题发表过论文,以后当拜读。"

"罗先生太夸张我了。我教学经验少,那篇拙文不过泛泛之谈,那知高低,到贵校后,当奉请荆校长指正。"

"好说,好说。我另有点事,告辞了。"

荆校长匆匆离去。柳火不免把兴州师范校长和他比较,前者近似表里不一的官僚,后者才是一位专心办学的教育家,果然名不虚传。在这样学校里,有这样校长,真是锻炼自己专业的好场所,可能还有点事业成就。聘书中写明讲授教育心理学,并兼这个班级的级任导师和三年级的"心理测验统计"的教学。当级任导师,他胸有成竹:用的是民主和疏导。教育心理学讲授有点经验,那是在山江师范敷衍得来的,不算数,应该重新做起。"心理测验统计"在大学里是一位女教授讲授的。条理清楚,实际材料不够用,需要把师范教本先研究一番。这样一估量,柳火觉得肩膀上压力相当重。不过,无论如何,柳火的心总算安定下来。他当天就写信给兴州师范校长,退回聘书,认真向他道歉。当然不提应聘香山师范的事。

他向罗永驰道谢后,便全心全意集中精力准备上课。这次是关键性的,不能不在尽可能短时间内使校长、同事和学生有个好印象。只许成功,不许失败。他到旧书店找到几种有这两门课的师范教本或专著,抓紧时间,翻阅进修。

省城夏天,十分炎热。柳火有章耘花相伴日子容易过。她白天上班,中餐在局里用,晚上回来帮助她爸做晚餐。她安安静静生怕扰乱丈夫的专心,没有女人的啰唆习气,她担心的只是这样用功可能会使他脑子弄坏。于是,她买艾罗补脑汁给丈夫吃。住房条件实在太差,不到十平方,还是朝西北而无定形。除借来的一张双人床外,只能放一张木靠椅,一张两斗桌和一条骨牌凳。晚饭后,柳火按妻子的劝告休息个把钟点,又做起阅读笔记来。妻子准备好冷开水、冷毛巾,甚至坐在旁边为他扇风、赶蚊子。柳火心里甜甜地给他一个深情的眼光,她也就满意了。

柳火觉得这个暑假过得特别充实。按他的习惯,他将提早五天去香山师范,暑期只三天了。晚饭后和妻子一起去江边散步。

"为什么你老喜欢沿江边走?"

"这是夏天啊!江边有风,看,你头发被吹乱了。"他将妻子细软而黑光光的头发梳正。

他很喜欢它。他想起阿娘曾说过:女人的头发会相夫;如果粗硬就有克夫之危。夏天傍晚若沿山边走,太阳余热反射出来,使人更难受。

"沿山走当然不好,不会悠畅,坐在山顶上,前面景色开阔,必定有风,还是不错。"

"可爬到山顶却够你苦了。不过,你说得不错,只要极目望远,前面没遮拦,我都喜欢。在家乡,我们晚饭后不是常在百固山那块大石坐着吗?远远可以看到灵凌江。"

"那是冬天。我觉得你怕热耐冷。"

"这其中有个奥妙。那时,你不是也不怕冷?你猜。"柳火故意不讲下去。章耘花习惯地以微笑代替语言。柳火非常欣赏她的静态美,它是蒙娜丽莎式的。

"你想,我们相偎,体温交融,冷气哪会起作用。"

耘花莞尔,表示已经从柳火的话中体味出当时他俩的相互温情。

他们脚步平稳缓慢,也许他们正在咀嚼婚前一段并不长的甜蜜日子。他们想起女儿。如果他们牵着她的小手走,该多美。

耘花说:"可不?我自然表示过带她出来的决心。抚养琴儿,虽有个保姆,阿娘和外婆辛苦还是免不了的。带她出来可以减少两位老人家的劳累。但他们舍不得她离开。我发现他们并没有把抚养琴儿当作累赘,反能免去寂寞之苦。再说,这里也没有房子,省城雇用保姆的费用实在太大。"说到这里,她似乎想起什么:"噢,对了,今天我领来薪水,明天得赶紧到三宝弄兑换大头(银圆)。听说涨了,可能会印发更大面值的钞票。"

"估计是十万元面值的大钞。我们将会加薪。哪个国家有这种高薪?不需要。我只盼月末改为月初发薪就好。最好以米价折实发薪。对了,耘花,我还有一个问题和你商量。"

"嗯,"

"其实是你来省城不久就提出的问题:月初你领来薪水,立刻兑换大头,到月底再兑换法币汇给阿娘,还是当日立刻汇给阿娘?"接着,他自己回答了:

"阿娘持家,素有计划,量入支出。这是外婆传下来的好家风。上次她来信有这个意思:月底虽然数目多些,但影响她家计。所以我琢磨着,还是领来即汇。分二次,月初汇你的,留下一点,我们在这里应付生活;月末汇我的,没有什么好留了。"

"你说得是,明天就汇。柳火,回去吧。我似乎有点不舒服,头晕。"

二人回到住所,见门锁上插了一张小纸片:汪完智已来过。请他保管的铺盖等杂物已带来交给邻居。字条上留言:"明日上午八时再来。"这时邻居已将铺盖和网篮送来,柳火道了谢。

章耘花躺下睡觉,柳火坐下看书,做完桑代克名著《教育心理学简编》的读书笔记,明天可以还给省图书馆。他又想起当年大学南迁避战祸时所丢弃的樟木箱书籍和千余张读书卡片,不禁喟叹。

汪完智难得出门,明天应陪他玩一天。柳火心中这样打算。果然,汪完智如约来了。柳火和他到省图书馆还了书,知道他下午要回兴州,便问他如何消遣:"游玩? 聊天? 何者为主!"

"玩啥? 游啥? 拣个好地方,聊天吧。我和你一个多月没见面,闷得慌。"

柳火把他带到江边一间古色古香的茶楼上。泡了二杯菊绿后就谈开了。

"老黄不在?"

"去上海了。"

"储巾娅有消息吗?"

"有,是这个月初她来第二封信,除了谢谢我为她处理妥她担任的数学课所有的工作外,非常肯定说下学期不会再来了。母亲需要她,只能在苏州城里找工作,她说自己能够得到我们三个人的友谊是她一生中最难忘的事,距离远了,友谊不会淡的。又说她匆匆离校,上次写信又是潦潦草草,都忘记留下自己的通讯地址,这封信补上了。你记下罢。"

两个人都没纸片,柳火买了一包红金牌香烟,将储巾娅通讯处写在烟盒上。

"你抽烟?在兴师,我没见过。"

"没有瘾,吸一口,全部吐出,不会上瘾。我买来一包烟,常常没有抽完忘了,发霉了,实在浪费。"

"我看你这包也会浪费掉。没有火柴,你怎么抽?"汪完智买了一盒火柴,两人不像样地抽起来。柳火问:

"她母亲怎会忽然病倒?我们会吗?"

"我们二十多岁人,怎会中风?"

"也许别的什么急病。世事无常,旦夕祸患,谁能料到!像储巾娅,一学期便分开了。"

"你自己不也是一个学期?所以我喜欢数学,喜欢它的真实和稳定。"

"但是人生不是数学所能解释的。今天和你在这里喝茶这件事不是数字能运算出来的。"

"倒是。就说这座茶楼,我祖父曾告诉我,它是八旗子弟汇集之厅,汉人难以上楼,而今安在哉。"

柳火环顾四周:"现在倒是彻底平民化了。任何专制政权终将被人推翻,万岁是没有的。当今企图向德、意看齐,想搞独裁,可能性越来越小。老百姓的路越来越宽了。"

"具体些好吗?"《戡乱动员令》已在报上公布,气势汹汹,内战正式开场。当今明白力量不够,只好总动员,共产党——"

"嘘!公共场所——"

他俩事先已做好准备,长方茶桌靠壁,只能坐二人。柳火抬头一扫眼前:"不必草木皆兵,我们营寨地利不错。"

正说间,一个颈套盘子叫买零食的小贩擦桌而过,柳火叫住买了二包兰花豆和一包花生米。一个卖唱的姑娘跟在拉琴老头上楼来唱京调,唱完一段《苏三起解》后,拿着小铁盆向听众讨赐,不料茶桌边站起一身穿黑色烤绢衫裤的中年男子上前调戏,托托姑娘下巴说:

"好唱腔嘴巴蛮甜,让我亲个嘴如何? 二万元!"说着便去搂她,拉胡琴老头连护住姑娘,赶紧哈腰赔笑:"请大爷可怜可怜,多多包涵。"

"她不是玉堂春吗? 妓女装什么正经!"

围观中有个青年正欲上前干涉,这个流氓却横他一眼,哈哈大笑,径自提着鸟笼下楼去了。

"什么时势,恶人当道,好人受气。"汪完智气愤说。

"我们都是属于头脑不糊涂的懦弱旁观者。不过,这个白相人的道德水平比起不少道貌岸然的官僚政客要高得多。革命对象是生产种种残忍、堕落和不公平等的社会制度。由于它在人的政治、经济和社会活动中体现出来,这种人的命必须被革。我相信共产党不会放弃这个神圣目标的。他们能违背《共产党宣言》吗?"

"我羡慕看了许多革命书籍的人,他们心中有不少理论。但是理论是创造出来,当然可以随时随地的改变了。行动也就变了。我很欣赏'此一时也彼一时也'这句古话。我不大相信别人话,特别政治人物的话。文章是有形的话,我也不相信。在纸上谈兵和对空气谈兵同样容易,共产党执政后的具体表现才是重要的。过去,国民党在取得政权前也不是谈得天花乱飞吗? 有了权,当时诺言谁能约束?"

"你这样说自然很对。我想共产党人不会走样。国民党是它前车之鉴。毛泽东和蒋介石会谈时,向全国人民保证过:民主、自由和平等等,报纸上公开发表,白纸黑字啊。"

"我说过,执政后,白纸黑字可以重新写。就算毛泽东努力兑现诺言,下面各级官员都能做? 政令都能贯彻?"

"那是名称,符号,数学上的未知数,没有质的区别。"

"反正我们应该充满希望。我刚才要说的是:共产党都是硬汉子,且有鲜明的理想,《戡乱动员令》吓不倒他们;可能适得其反,帮助振奋士气,国民党末日来得更快。"

"不过,它到底有几百万美式装备的军队。"

"已经零零星星被共产党消灭了些。从发展看,国军必溃无疑。"柳火随后回忆在大学毕业前为油印的《学习新论》写的两句补白含意:存在的未必正确,正在发展着的,必含真理。他又一次证明自己的观点,暗自得意。

汪完智接着说:"共产党的小后方比国民党的大后方一定稳定得多。你看这里,物价一日数涨,人心惶惶,怨声载道,怎能支持前方打仗! 我上海那位要好的工人兄弟来信说:"盼共产党如盼菩萨。共产党来,定能帮他们脱离苦海。大家心照不宣。"

柳火又买了二包兰花豆。

"老汪,我问你:校长接到我退还聘书后,没有说什么?"

"有、有。差些忘了。他说你是个聪明人,但不要太自信。他认为在这时候谈自由民主就容易被人利用。他说永远不会有什么民主自由。还叫我将这点和你说。又说你离开,对我倒有好处,安心教数学。"

"你认为他的话对吗?"

"当然不对。自由民主是有的,不含糊。民主国家的人民就有自由。他们可以骂州长、总统,可以批判政府的政纲,甚至可以向总统丢掷臭鸡蛋。"

"对! 我们要争取就是这种自由,罗斯福讲过的言论、出版、不匮乏、不恐惧四大自由。人民有了这种自由,政府必受人民监督,无法为非作歹。"

"共产党掌握了政权后,会不会给我们老百姓四大自由?"

"我想会的。我说过了,毛泽东向全国人民保证过的,你还不信?"

"政治的不确定性实在太大。政治里面绝对没有数学。"

"不过,四大自由中的不匮乏自由只能慢慢来。"

"怎讲?"

"我们这么大国土,这么多人民,在清朝腐败后加上数十年的战祸,生计凋敝不堪,共产党不是神仙,哪能变戏法地立刻统统富有起来? 共产党各级干部决不会像国民党官僚向老百姓巧取豪夺,中饱私囊或成为投资经商的资本进一步公开剥削。上海外滩中央信托局就是这种机构之一。"

"你从何得知?"

"熟知共产党政策的朋友告诉我。共产党所指的国民党反动派就是这些人和他们的狐群狗党,包括那些地主恶霸等等。人民最痛恨,共产党也最痛恨,共产党要跟人民走,人民才会跟共产党。我们绝对可以相信它不会重蹈国民党覆辙。"

"万一呢? 不会像数学上那样绝对吧。"

"自然也会被人民推翻,像目前老百姓拥护共产党推翻国民党一样,古话说:水能载舟亦能覆舟。人民是水,是汪洋大海。"

"比喻得好。储巾娅说她很喜欢听你谈论什么。听起来轻松,想想耐味。她说你可以做政治家。我想你在大学里一定是活跃分子。"

柳火大笑:"恰恰相反,我最爱静。我是一个十足书呆子,书呆子不会是个活跃分子。我最讨厌夸夸其谈的人。"柳火正想告诉对方,做一些使民众在政治上觉醒工作,即使是书呆子也是力所能及,……他为了保密而咽下,只对汪完智内疚地瞧了一眼,然后大声叫茶房冲开水。

他们看见斜对面有两张躺椅空出,立刻箭步抢来。柳火建议就在这里午餐:"面和生煎包子如何? 餐后一躺,还可以打个午盹。"

下午四时许,柳火送走汪完智,回家晚饭后访闻宗斐。他正在加紧进修法文,到法国留学不致有语言障碍。他决意专攻国际法。他认为任何党派执政的中国,要不在国际上丢脸,仅仅着眼于国内稳定和经济文化的发展是不够的,还需要运用国际法来加强自己的国际地位,保护自己。他急于出国是一种藉词逃跑还是眼光远大,柳火不知道。还有那个靡力放,依然无影无踪,为他介绍工作的向万里也茫然不知。他的假期早已超过。他太不讲理和友谊了。

第十二章

(一)

香山师范校长荆江眺,年过半百,是个苦出身的老一辈知识分子。父亲是乡镇小钱庄的学徒,满师不久便因病失业。他不谙农事,祖传几亩田,只好雇人耕种,勉强维持全家七口生活。荆江眺排行第四,下面还有个妹妹。两个姐姐早已出嫁,自有门户。哥哥在家帮助父母务农。荆江眺小学毕业后,由于好学,成绩优异,从初中到大学毕业几乎都得到奖学金,所以很少问家里要钱,有几个学期半工半读,还有收入,将余钱寄回补贴家用。妹妹以后咋办? 她喜欢学习,成绩也不错,他建议父母让她考简易师范学校,花钱不多,由他供应。父母自然同意。妹妹简师毕业后,做了小学教师,能自给自足,后来和他的大学同学结婚。如今这对夫妇同在香山师范工作。妹妹当女生指导员。妹夫是一位讲课生动、条理清晰的专业教师。

柳火到校后所担任的工作和聘书完全相同。他当级任导师这班学生刚从初中毕业,是群大少年,和山江师范和兴州师范的学生不一样。言行带有稚气,比较天真。如何使他们成为一种切磋无间的学习集体?班委会的作用是关键性的。但是他们相互之间还是陌生,民主选举条件不够。民主还需要训练。他建议训导处:指定的临时班委会的存在应延长些,一年级各班可按自己的具体情况灵活决定。他又建议临时班委会和任务,主要是开展能促进同学相互了解的一些活动以奠定民主选举的基础。

当训导主任将柳火建议请示荆校长时,他稍加思索便含笑点头:"这很符合陶行知先生的'做中学'观点。民主做中培养,是教育和政治相互促进在学校中的体现。"

柳火异常感动。自己能幸运地碰到如此有理想、全心全意投入办学而又开明的校长,真是得其所哉。他暗暗下个决心,再也不离开香山师范了。全国需要多少小学教师啊!救国工作有军事、政治、经济、工农业等等,他感到自己都不适宜,无能为力。我是一个教师、教育工作者,还是安下心来,做一个教育救国的斗士罢。他骄傲地回忆起母亲的教师生涯,可惜父亲夭折,不然肯定也是个教师,妻子能不能转到学校工作?我的家可算是教师之家了。

一日,柳火有课。他拿着点名册在教室门外等上课铃响,看到荆校长向自己走来把手中的教育心理学教本微微朝上一抬:"柳先生,我来听你上课好吗?事先没有通知,请勿见怪。"态度严肃,柳火心慌。他曾听说:"校长对教师要求很严格,讲不好课,休想在香师待下去。任何新聘教师,聘约都一个学期,柳火自不例外。此刻,校长来听课,显然有考察之意,柳火只能表示欢迎,沉着控制自己,用点名来缓和内心紧张。"

下课后,柳火送校长出来,边走边谈。校长问他班级情况,工作上有无困难,生活上是否过得惯,关于这堂课的话一句也没有。他实在憋不住,开口征求意见。校长慈祥地说:

"陈选善先生是著名心理学家,他编的教科书,又经教育部审定,您胆敢提不同见解和删略,不错;补充材料也算得体。至于需要改进的地方,总不会没有。教学水平是永无止境的。我料您自己会发现。自己发现比别人提出更有效果。"

"那么,校长什么时候有空来听听我的'心理测验和统计'这门课吧。我初次讲,毛病一定更多。"

"不必了。柳先生,这班三年级学生评价教师教学水平的能力相当不错。他们很有胆量。如果对您讲课有什么意见,会直截了当对您说出。他们没有对你说什么吧! 他们有几个和我曾趁便说起:很喜欢听你的课。统计是比较枯燥的。您能使学生喜欢,我还有什么好说? 不过,你如果多用一些小学实际例子进行运算,就会对学生更有益处。"

荆校长的话不多,柳火却感到对自己的启发很大,帮助自己指示努力的方向。他暗自做出两点决定:编写适用乡村师范的教材,和到附属小学听课,甚至于有选择性地对小学生讲课,体味小学教育的实际,多少会提高自己教学和自编教材质量。

但是,他会不会从此安居乐业? 不,在一个内战激烈,生活动荡,物价飞涨的乱哄哄国家中,任何人都不大可能安心生活和工作。就以荆江眺为例吧! 他早年献身于教育救国事业,有理想、有办法,也有用武之地。他意志坚强,满以为抗战胜利后作为立国之本的教育事业一定会大大发展,他这所香山乡村师范一定能为消灭农村愚昧,提高农民文化科学水平、发展农村经济做出更大的贡献。然而,不到一年,全面内战使他对国民党政府完全失望。假定共产党取代国民党而执政,中国可能会彻底改观,对他说更具体的是教育可能被重视而发展。这,只是希望。他并不清楚,也没有人明确地告诉他,连和他讨论的人也找不到。此刻,他仅仅直觉到老百姓,特别是几亿农民受苦受难的日子够长了。教育救国实是远水救不得近火。他有意无意地、小心翼翼地常表示出对政府的不满,暗地里帮助反政府的师生。

当柳火体悟到荆江眺有这心态和言行时,他脑中跳出一个不寻常的古怪问题:他难道不可以在校长无形庇护下进行力所能及、使人察觉不出的促使共产党早日建立新政权的活动吗? 虽是微不足道,却也不无意义。然而,这是冒险的。尽管校长是开明的,还有不少参加过省城反内战、反饥饿、反迫害大游行的师生,但学校所在地这城镇是本省战略要冲,当局定会密切注意。几百名师生中,谁是真正的同志或暗探? 他们没有标记,正像自己。一个人是不是可以革命? 他回忆起少儿时阅读过的那些武侠小说中的豪杰,不乏劫富济贫、惩罚贪官污吏的独脚大盗。自己虽无飞檐走壁的本领,只要隐蔽得妙,做个孤独的革命者有何不可! 得,就这样决定。有哪些活动可以孤独地进行? 怎样巧为隐蔽? 他越想起劲,越兴奋,越觉得自己不同于常人,直到四更,才蒙眬睡去。

醒来一看表,糟了! 今天有课,已过了二分钟,吃什么早饭! 正欲去教

务处拿点名册,学生班长来了:

"我们正等着哩！柳先生,你没病吧？点名册,我去拿,你直接去教室就是。"

柳火脸红了,热辣辣,好不惭愧。这堂课需要补充材料。他满以为夹在书本里,临时却找不到,他努力镇住心慌意乱,灵机一动,把激励学生努力学习的心理学原则,举了一个省城上半年"反饥饿,反内战"游行为例。他指出人民生活水平的直线下降是内战结果,"反内战,反饥饿"的口号甚得人心,示威群众就不断增加。柳火为了控制自己对国民党政府腐败统治的痛恨,急急把它移贴到"学生努力学习"这讲课主题上去。

"所以,教材或讲课内容的实际价值须使学生知道。否则,即使表面看来是学习,仍属于被迫。被迫的学习很难持久。你们参加夜校识字班工作的同学应该更清楚:倘若农民不知道识字的好处,坚持识字学习是十分困难的。"

学生似乎听得蛮有兴趣,丝毫没有发现他内心的尴尬。下课后,不少学生还从"游行"这例子出发,问东问西,全关于时局的预测。按理"师者所以传道授业解惑也",他是这班学生的导师,应该如实说明:"共产党必胜,国民党必败。"但他是个懦弱者,没有勇气,不敢说;一时又想不出既能使学生懂得有这个意思,又不被坏人听了当作把柄的言语。心里叹了一口气和学生说:"我还没吃早饭哩。"急忙忙地离开教室。

他觉得自己是个见不得人的胆小鬼,不负责任的教师。做一个合格的教师多难啊！

上午,本来第四节还有课,要和三年级学生讲"标准差"。他故意在上课铃响后二三分钟才进教室,立刻开讲,避免课前学生来谈时局问题。

这堂课没有出什么岔子,但下课后,心情仍觉不安,说不清为什么。他兴致索然地吃过中饭,路过装有教师信插的走廊,习惯性地一眼,料不到自己有封信。闻宗斐寄来的。信中说自己即将去法国留学。在上海将有二天逗留。船票已定好,星期天下午开航,经香港、印度洋、穿过红海,至马赛上岸。非常希望在出国前能见一面。这是一个新而强烈的刺激,取代了近日由自疚而产生的懊丧。

他决定把下星期的课提前上,星期六上午讲完第一节课就可以直接乘火车到上海。送走闻宗斐后,还有一天可以在上海逗留,可以进一步了解上海。他预测不久后,由共产党掌政的上海,绝对不可能不面目全非。被暴风骤雨冲洗过的马路给人的喜悦程度将取决于风雨前的脏污感受。

<h1 align="center">（二）</h1>

柳火走出车厢，从月台出口处绕到入口处，到和闻宗斐约定的地方等待。站了半个钟头，有点脚痛。本来他有随地坐下休息的脾气，这次为保持妻子为他新做一套英国花呢西装的整洁，不得不节制一下。他挤进候车室，好不容易找到位置坐下。他环顾四周脏乱、杂沓聒噪的环境和人群，微合眼皮竟出现一幅战争图景：枪声砰砰，炮吼隆隆，飞机在空中盘旋，掷下炸弹；呼叫哭喊，尸横处处。秃顶的蒋介石穿着大元帅戎装闪了一下，被愤怒的学生和衣着破烂的穷人们冲倒；被蒋介石称为朱毛二匪出现了，那是柳火早年读过《西行漫记》中的形象，素朴的布质棉军服却毫光烁烁，柳火肃然起敬。边座一个吮着母亲乳头的婴儿忽然挣开母亲胸怀大哭。他睁开眼，一切云消烟散。时钟正好敲了二下。他起来向原处走去，远远看见闻宗斐朝他急步。

他俩紧紧握手，似笑非笑，半晌不语。什么东西沉淀在他们心中？

"值得纪念的日子。"柳火先开口。

"嗯。"

"不知何日再相逢？"

"我肯定回来的。"

他俩不约而同地朝向一间小饭店走去。柳火为他同学钱行。干杯后，边吃边聊。

"也许你出国是对的。"柳火若有所思。闻宗斐接下说："我知道以前你对我不参加民联党和决定出国留学都不是满意的。我也知道自己在国家危难时逃避应负的责任是懦弱的。但我更知道自己的性格和才能。我毫无政治上隐蔽斗争的本领。是不是可以用公开的方式参与政治？我是政治系毕业的啊。当时，中共的军政形势没有目前这样明显优势，但我估计国民党腐败政府不会久长，新的中国几年后定会诞生。在和平的国际环境中，要加入国际社会并处于一定地位就需要国际法。只能依靠法律，各国才能平等相处。这就是我之所以选定这门学科去法国留学的理由，我希望自己在这方面对未来的新中国有所作为。"

"我仍旧只想做个教师,如果有机会办所学校更好。新的中国在和平环境中也许有这种机会。同时,我还这样想:在这个新中国即将出现前,我们年轻人应该为它做些催生工作。不知怎样做。既不被当局发现,又有群众效果。没人商量,有力使不出,感到孤单。"

"你不也曾为考取了英国的自费留学?"

"早过期了。"

"你不曾有过'去'的考虑?"

"考虑过。"

"无论如何,你比我勇敢,再过二个小时,我将登船离开,想必你可以和我谈谈你的组织的活动了。"

"谈什么!无话可说。当时,我从上海回来,满腔热情,不料你泼来冷水,这不是主要的,糜力放销声匿迹,郑为英和上海民联党总部又无回音,才使我感到孤单而消沉。逃避似的离开省城去兴州。那时民联党已被当局宣布为非法,活动必须在隐蔽中进行。一个同伴也没有,谈不上发展地下组织了。我觉得自己这种小心谨慎实际上是胆怯。也许我比你更无这方面的才干。我不但自卑,也讨厌自己,没有你如实地认识自己,另择道路。这就是我刚才说你出国留学可能是正确的了。"

"我不这样认为。你稍加考虑便放弃出国留学,对国家兴亡的心比我热情多。你不应该过分自责,妄自菲薄。"

"不见得,"柳火坦白地解剖自己,"从原因说,那时主要是自私。为的是家里二位老人、怀孕的妻子和尚未出生的孩子。离家万里,若有急事,怎能照应?我做不到牺牲亲人来换取未知的前途。社会责任所起的作用微乎其微。"柳火说完这句话觉得轻松一些。

"我没有像你这样切肤相关的新亲人。你知我是一个孤儿,离开中国牵挂不多。妻子年轻有牢靠和工作,不妨事。"

"她同意了。"

"难道她能够不同意?"

柳火想再问一句:"你爱她吗?"没有出口。他回忆起闻宗斐告诉他关于宁怀菊是个不少同学向她追求的才女那个故事。

柳火付了钱,走出店门,在附近照相馆拍了一张合影留念。

"我该上船啦。外国客轮开航时间钉死了的。"

他们乘上外滩停泊法国邮船"勒朋"号的码头。庞然大物,闻宗斐说:

"里面有电影院、游泳池、网球场、舞厅等等。柳火很想见识一下，无奈凭票上船这规矩，毫不通融，两人只好互道珍重而分手。柳火目送他登船。直到船身转了方向看不见为止。"

"人间难得惟知己，天下伤心是别离。"谁写的诗？初夏的软风使他被伤感融化。他凄凉地送走了那艘法国邮轮，又送走了落日余晖。

他背过身来，外滩巨厦的霓虹灯已亮。他呆呆地凝视着，就乘电车直到郑为英住处。居说，郑和蒋见虎早已先后离开。柳火心灰意冷地贴靠在墙上，邻居以为他身体不舒服，请他进去休息，他婉谢了。希望不能熄灭。老潘必不失信。但约期在明天上午，而且约见地址和通讯处不同，能见到吗？此刻，他又该往何去？找另一个山江同乡同学吗？万一又不在乍办？不妨！他可以游到半夜再去宿店，也许不如到车站打盹一宵来得浪漫，谁不知道上海是不夜城，何况周末！

这个朋友在税务局做事，名叫方坦，是个安静的人，写得一手如女才子似的娟秀行书。他的二胡拉得比柳火动听。大热天，为了避免蚊子咬，他可以坐在帐子里面拉，他的毫无火气的忍耐工夫真叫柳火佩服。此刻，他正在税务局公共宿舍中等候柳火。两人相见，免不得寒暄一番。

"信收到吗？"

"当然。虽然你的口气不十分肯定，我估计你必来。宗斐去了？我正等你吃饭哩。"

"不忙。嗯，宗斐去了。好大一般客轮，可惜不让上去参观。"

"也好。先找个安顿的地方。"

"为什么？"

"我看出你并不急于吃东西。"

"不错。我和宗斐两点钟才吃饭。老朋友你这里有没有安顿的地方？"

"实在抱歉，我的房间还有四个同事。"

"那么，去找个小旅馆吧。"

"上海人虽过夜生活，但半夜在上海找间适当的小旅馆，并非是易事，我这附近有个小旅馆，税务局同事有客人多往住宿。老板对我们的生意，不敢调皮。"说完，他带柳火去定了一间双人房，还代付了的定金。然后，走进淮海中路一家兼卖点心的小菜馆。柳火看到有小笼馒头，自言自语说："穷人不装富。老方，这是上海的南翔小笼？价钱不会太贵吧！"

主人就以小笼为主，再叫一盆三鲜汤，二盆小炒，一瓶啤酒。他提醒跑

堂:"先来小炒、啤酒。"坐定后接着说:

"宗斐真有见识,我怎么就想不到自费留学这件事! 老柳,我目前忐忑不安,在共产党来前,换个工作才好。"

"慌什么! 你又不是反动派。"

"税务官会使共产党另眼看待。听说解放一个地方后,收税的人甚至有被处死的。"

"哪有这事,谣言! 不过我相信如果查出有敲诈勒索行为,共产党绝不宽饶。你会沾上?!"

"我从未收过税,也没有坐地分赃,统统沾不上。不过,我仍想换个工作,能到学校里教书,像你就好。"

"共产党接管政权后,也需要税务人员。对了,上海局面怎样?"

"可以说人心惶惶,天天有事。小吵小闹,不得而知,不久前抢米风潮发展成反饥饿游行,有十多万工人参加,学生教师更不必说了。共产党喜欢教师学生这些知识分子,他们把你们当作自己人。"

"那么,你也来教书。上海有这么多学校,不会太困难。"

"我正在认真考虑,不过公立学校教师薪水要迟发,物价上涨太快,迟发等于少发。私立学校看它基金。基金多影响不大,甚至月初就发,基金太少的,干脆不发,关门大吉。我到学校里只备个教师头衔,准备向父母要钱过活,堂堂大学毕业生,太不光彩,正在犹豫。"

"说的也是。像我目前,多半靠妻子工资,维持家庭,勉强养老抚幼。说起家庭,对了,你不想结婚?"

"想又怎样? 同谁结婚? 草木皆兵,不结也罢。没有家累,单身汉在乱世自有优越性。一个人收入一个人用,还凑合。干怀!"

走出饭店不几步,方坦指着前面二十多米处的蓝色霓虹灯:"蒂丝。"是一家舞厅。

"气氛不错。雅致、幽静,进去坐坐如何?"

"我不会跳舞。门票贵吗?"

"别管,我刚领来薪水。我没有家庭负担,这里不贵,请得起。我也不会跳舞。我们坐坐。有话则聊,无话则看,还可以听。它雇演员为我们舞蹈或歌唱。"

柳火跟着进去。他第一次进舞厅,好奇得东张西望。总面积不过五百米平方,中间舞池最多一百平方。上方三位乐师,其中的提琴手正在轻轻拉出来柔和的曲调,配着紫黄相间的灯光,十分融合。乐队背后托挂着一张大油画:月夜田野,远处隐荡着微波,好一派静悄悄的沉醉景色,柳火不禁赞叹。

他们选坐在一张离舞池较远而又能看清楚的位置。顾客陆续进来。文质彬彬,步履稳重,讲话轻声细语,不觉得嘈杂。中年以上的男女居多,外国人也有十多个,单身顾客较少。

两人各要了一杯牛奶咖啡。柳火看见仆孩有二盆炒面给邻座,不禁问起究竟,方坦笑道:

"这里还有西餐点,各式吐司,尤其佳美。刚才你看到的不是炒面,而是有名的炒通心粉,意大利通心粉。"

"早知如此,在这里用餐多好。你说得对,我喜欢上啦。"

"再请你一客虾肉吐司如何?"

"不必了。你打算这个月饿肚皮吗?"

"不妨。难得嘛!说不定这是我们第一次,又是我们最后一次。"

音乐又起,一位年轻歌女站在乐队前面,舞池边缘,面对观众。灯光一亮,展露她脸上无可奈何的莞尔,随后灯光变换紫色的圈状,罩住她。顾客纷纷下池,按她唱的节拍跳起勃鲁丝舞来:

> 你知道你是谁? 你知道华年如水。
> 你知道今日的江山,有多少凄惶的泪。
> 你想想啊,对不对?
> ……

这支名为《问》的歌,在大学念书时曾听一位女同学唱过,是抗战时期流行名歌之一。女同学唱到"对不对?"听众齐声高喊:"对。"柳火印象深刻。他没有料到在上海这花花世界中被视为黄色的舞厅有这种振人心弦的悲壮歌声,他完全被镇住了。这句下沉而双息似的"年华为水",加上歌女的悲剧的气质,使柳火回忆起景莹,联想到李汉星。这位爱情的失落者可能就在上海。难忘的朋友与往事啊!

一阵轻轻掌声后,有人递条子要求再唱。灯光转为黄色,歌女脸上显出憔悴忧伤。她双眉一皱,头一仰,长发像黑色瀑布似地泻下。她向乐队示意,乐队便奏出过门,知道她将要唱什么歌的舞客,下池跳华尔兹。歌女唱词清晰,柳火专心倾听：

都会里燃着狂欢的火焰,热情飞溅在脚尖。
生活变成固定的旋律,永远旋转在迷梦之间。
浪掷虚伪的情感,——

哎哟哟,她在唱自己啊。真情难耐,她哽咽了。

展露时装的欢颜；
在种种的压迫下,依旧要巧语花言。
看,每副笑脸含着哀怨,
看,每副笑脸充满辛酸。
何处去找寻真情热爱?
何处去掘发光明的源泉?
时光如矢催人老,年年复年年。
永远旋转在迷梦之间。

她一定有不少可悲可叹的遭遇,她一点不像歌女。这是艺术场所,她是歌唱家。她征服了听众,竟使他们在唱完谢幕后几秒钟,才响起热烈的掌声。柳火没有鼓掌,他已走进迷梦之间。

不过,是不是在场的听众都像柳火一样,迷梦醒来时,情思万千,最后联想到当今社会制度像鲁迅所说是"吃人"的,必须砸碎,就很难说了。同一首乐曲对不同的人常有不同的感染效果。这里也许会有人听了更加颓唐,而柳火却被她的歌唱增强对现实反抗的勇气。

他饶有滋味地吃完方坦为他叫来的布丁。

接下去是一位白种少女的舞蹈表演。她跳的是舒伯特的《野玫瑰》,柳火听过这只曲,也知道它所描写的内容:草坪上的野玫瑰含苞初放,却被轻浮少年粗暴扼折。这位舞女用芭蕾步法表现它,轻盈潇洒,惹人怜爱。

"这节目也感动人,我猜她是白俄遗裔,不然,表演难以出色。"柳火对方坦说。

"不错,据说她祖父还是公爵哩。在上海白俄小姐多数有显赫的家世,公主就有好几个。哎,老柳,共产党掌政后会不会产生许多流亡到外国去的

'白华'？"

"她们的祖辈有罪，可后代是无辜的。"

"是不是共产党还记恨他们？"

"不会吧，不大会吧！革命时，他们还没出世，犯什么罪？共产党是讲理的，可能这些孙辈自己不愿回去，怕受到不公平待遇。至于'白华'，嗯，可能。——"柳火忽觉得"白华"二字刺激他神经，他不能待得太晚，应该回旅馆安歇，养精蓄锐。明天碰见老潘，也许有伤脑筋的事要做。

他们走出蒂丝舞厅，在旅馆门前握别。

房间另一张床铺空着。柳火一躺下就觉得不应该欺骗方坦。不过，不说明天回省城，又如何说法？总不能和他讲真话：明天要和老潘会面，请教如何 回省城开展反对现政府的活动。当然不能，只好为共产党执政后再向他请求原谅了。可见人生在世，欺骗有好有坏，全在内心动机。

明天到底有什么事情发生？一向严肃的老潘，歌女的余音袅袅，舞女的轻盈舞姿，轮流在他脑际出现，无法安睡。他重新起来走出门外。初夏的午夜，在上海这个闹市地区，空气开始清新。他拐出小马路，便是康庄的西藏路。然后，绕道福州路。福州路是条奇异的马路。

白日，由于新旧大小书铺，比比皆是，来往路人多是文化人和书呆子。一到晚上，华灯闪烁，各档妓院门口，热闹非凡。从小城来的小财主、投机交运的暴发户、小偷扒手、白相人、帮会小喽啰，各自寻找自己的猎物。还有那种特殊商品：年轻女子。她们涂脂抹粉，包装打扮，多站在幽暗的灯光阴影中，畏缩而希望地等候男顾客挑中自己。这条福州路白天不乏理智和高尚，晚上则是色情和冶游的代名词了。

柳火放慢脚步。他回忆起初次到上海时，蒋见虎带他到这里参观特色，并表演被路边野鸡（最下等妓女）拉的闹剧，以及表演后的议论：

"我这玩笑实在残酷。她们绝大多数是生活所逼的良家妇女。有些人只偶一为之，补充家用；有的被人拐骗卖给不是妓院的妓家。名义上是主人的女儿，实际上身不由己，被迫出卖皮肉。她们只是陀思妥耶夫斯基笔下值得同情的一群被迫害者。我祝愿她每晚都能碰到客人，否则，日子难挨。"

他一失神，碰撞对面走来的人，是个女人，四十多岁。连忙说对不起。她向他打量了一下，就发话了："侬要白相，何必撞我。"

"对不起，我不是故意的。"

"侬这小白脸，嫌阿拉老吧，阿拉自知不配。瞧，那个该满意啦。"她紧拉

粉笔生涯

柳火的手,指指她后面的人:"来啊,小囡!"

只见路边暗处出来一位年轻女子。柳火知道自己碰到什么了。赶紧笑眯眯说:"放手呀!"妇人以为自己"小囡"碰着主顾了,手一松,柳火顺便一推,她趔趄不稳,他乘机疾步走进人群。虚惊一场,也算一次经历。夜晚单身男子在这条马路溜达,毕竟要有相当勇气和机智。

他回到旅馆,早过午夜。上床后,习惯地又将明天活动计划安排定妥,脑里一片空白,睡着了。

老潘黝黑矮壮,是个典型的广东青年。在大学里是农学院学生。不同学院,低柳火二年,素不相识。大学南迁后一次真学会理事、监事换届选举活动中,由郑为英介绍认识。彼此都对社会现状不满,相互就有好感,谈话投机。抗战即将胜利的那年暑假,他们一起开办露天的"乐园茶座"资助油印刊物《学习新论》,往来就更密切。

他比郑为英更为沉着,分析时局更为尖锐透彻:"除了推翻它,别无他法,而推翻它只有靠共产党。"曾经有一次,柳火问他:"为什么共产党要和国民党建立联合政府?"他回答说:"这是将计就计,是对敌斗争的策略。是暂时用一下的战术,目的仍然是消灭它。"柳火听了就想:也许蒋介石邀请毛泽东也是同样性质,真算旗鼓相当。政治,太阴谋了。国民党的阴谋为继续维护自己的统治权,共产党也用阴谋以夺取政权。前者必须谴责,后者自应拥护。可见阴谋和欺骗一样只是一种方法或手段,好坏在于动机或真正目的。

老潘大学毕业后,没有去从事农业科学化工作,却到上海做中学教师。这个消息是郑为英告诉的,以后就联系上了。柳火回忆老潘言行,似乎比郑为英更像共产党人。不是又怎样?为什么只有共产党能推翻国民党的反动腐败?"只有"什么意思?难道民主力量只存在于共产党?国民党政府为什么要宣布民联党也是非法?这些问题在柳火脑中都很模糊。还有,方坦讲得不错,共产党喜欢教师和学生。为什么?他们的民主自由要求对打倒国民党政府能起难以估计的作用。

柳火如约准时到碰头地点:一间坐落在火车站附近热闹地区杂货店的阁楼。除一桌一椅一书架外,看不到其他家具。接待他的不是老潘,而是一位穿中山装的文弱中年男子。

"我想您就是柳先生,老潘的同学。老潘是我的同学,他今天有件意外事情;柳先生从省城专程来不容易,他不愿失信,嘱我在这里等候您。喏,这是他的条子。"

老潘的字体,柳火很熟悉,不假,可他看了条子后只说:"没什么事,他是我的老同学,这次我送另一老同学出国留学,顺便探望。"

"老潘知道这位出国留学同学的姓名。"

这时,柳火想到"警惕保密"等词,不敢应对。中年人一笑说:"果如老潘所言,你是很谨慎的。这里还有一封给你的信,你看后,当我面烧了,彼此放心。"他从里袋取出一封贴好邮票,封好口,署上假名的信封,"你拆开看就是。"

信不长,仅一张纸,上无称呼,下无署名。看完后,向中年人点点头,要根火柴,烧了。

"我不送您了,原谅我的怠慢,您能理解。"

当然理解。柳火到了车站附近,有点犹豫。此刻就去买票,还是回去退了旅馆房间再来? 正想着,忽听得一阵警哨声,附近人群中传出:"又游行啦!""有啥用,白白牺牲。""又是学生,工人吧!""去看!""不必轧闹猛了。去年不是连路人都打伤十多个吗?"柳火挤进人群,远远看到手拿各种形式彩色小旗的游行队伍。隐隐传来口号:"反对内战!""我们要吃饭!""团结就是力量!"他企图冲到对面马路以便参加游行,被军警阻住。瞬间,火车站也被军警封锁,不让任何人进去,他只好要辆黄包车绕道去旅馆,退了房间。

午后,他去车站买了一张下午五时的慢车票。还有四个钟头,怎样排遣? 上海是座世界性的金融大都市。记得在大学时修读"经济学概论"时,那位口含雪茄,边讲边抽,曾任某大银行总裁的教授说:"资本主义社会的实质就是资金活动决定一切社会现象。证券交易所和各种证券的贮存买卖最能体现了它自由竞争特点。"他又联想到在中学时期读过的小说《子夜》里有许多不懂之处,他的好奇心强烈难禁。何不趁机到交易所参观一番? 共产党要坚决埋葬资本主义,一切企业归公,还有什么证券股票,何来证券交易,买空卖空?

为了熟悉上海,他决定步行。四个钟头,无非四五十里,不在话下。他先到交易所,只见交易大厅中挂着写满各种企业股票以及其有价证券的大牌。人群拥挤,男女老幼,穿着各种服装;人声嘈杂,正像一块腐肉上的嗡嗡苍蝇。嘎,没落的资本主义,一切的腐朽现象即将寿终而逝了。

交易大厅虽有电扇降温,作用似乎不大。柳火觉得异常闷热,就挤到门口站在门角里看人。这是一幅人海奇景:有睁大眼睛注视牌上股证涨跌,有高声喊叫，有踮着脚向人做手势，有欢呼狂笑，有垂头丧气，个个都是疯子，只是疯态各异。他也发现有少数人不在此列；他们步履轻松，到处穿梭引线，脸上带有狡黠笑容，大概是些股证掮客或所谓经纪人了。他们和实卖股证者不同，不管涨跌，只要成交量大，收入笃定丰厚。柳火心里想，这才是大赌场。赌徒心理活动比沙蟹、牌九、轮盘等任何赌品都要紧张激烈，赌资也最大。至于《子夜》里那些人物，虽不在大厅里招摇，各自在华丽舒适的场所中运筹帷幄，但浑身血管恐怕都随时有爆炸可能；胆战心惊，因为他们的赌注常常是倾家荡产，生死攸关的哟！

从交易所出来，他步行南京路、淮海中路和西藏中路溜荡了最繁华的十里洋场，折北径向火车站，倒底有些疲倦了。

坐在火车中，柳火不无感慨：真是花花世界啊。不过，谁能说上海只是藏垢纳秽的丑恶之地？不是也有正义和进步吗？他自我纠正了《冒险家乐园》这部小说对他的影响。它只不过是一本描写外国人在上海这座国际都市中发财行径的故事而已，实在写得太偏了。

（三）

柳火回到香山师范寝室时，已过晚上二更天。第二天到教务处上班，（他现在兼教务处的注册组长），碰到满头银丝的老主任慈祥地称赞他："柳先生的假期未满，旅途劳顿，这里没事，回去休息吧。"

"不妨。坐在这里备课也是一样，朋友登上法国客轮后，我觉得回来更好。"

教务员交给他两封信。一封是妻子从省城寄来的，妻子说："医生估计预产期在八月底，暑期未过，不管在那里分娩，都想先见见女儿，请几天假，回山江一趟，你陪我。我太思念她了。"妻子这个要求早就提过，他当即同意。继而一想，不妥当。母爱最为强烈，他不能阻挡，只提示她接近分娩，怎可以乘坐长达十小时的颠簸公路车，万一路上早产，岂不可怕？于是他劝妻子到时再说，同时写信给母亲征求意见。另一封信该是母亲的复信了。他赶紧拆开：

亲爱的火儿：

顷接来函,万分欣慰。我和外婆身体尚佳,孙女在这里,虽有奶娘带着,每日三餐还得亲自张罗,奶娘待孙女不错,但乳汁日少,只好以牛奶补充。这样也有好处,以后断乳较容易。琴儿孙女长得活泼可爱,早学会叫妈妈、爸爸、娘娘了,后来学会逗太婆,喜得太婆连声念佛。

家用粮食全靠外婆地租收来。你俩寄钱来后,我就定好预算:大约五分之四用于奶娘工钱和菜蔬副食,余下另用,菜园池麻收入也起一定作用。反正量入支出,我会安排,幸勿记挂。但愿物价涨得慢些,生活过得去就好。

花儿不久就要分娩,所讲欲回家探望一事,我和外婆都认为不妥。来回两次长途汽车,震动对胎儿十分不利。万一因此小产,后悔已迟。所以还是分娩满月后再带孩子回家为佳。那时全家六人团聚,四世同堂喜上加喜了。余言后谈,祝

康乐如意

母字六月二十四日

一日晚饭后,校长夫人过来招呼柳火。她虽是和黎清一样毕业于旧制师范,却久已不做工作,料理家务和教养儿女,使丈夫无后顾之忧。她是一位非常慈祥、勤劳、节俭的老太太。对柳火说:"省城的接产水平虽然较高,但收费太贵,可能要用掉您一个月薪水。而且,产后无法静养,侍候省城保姆更难,你们没有房子。这里的卫生院和我家素有来往,我可以请那里的助产士来家接生,只要你们同意,我还可以做助手。这里雇用月里嫂容易,价钱比省城便宜多了。"她态度诚恳,柳火很感动。周末回省城对妻子说了。耘花满心欢喜。柳火趁机将母亲的信给她看,耘花只好不去。柳火决定暑假一开始就回山江老家一趟,还要为女儿拍张照片带来。其实,柳火更急于见这个尚未见过的女儿。

暑假开始后的第三天,柳火带了一盒拼图玩具,轻装前去。开门的仍是外婆。她正在灶房准备夜饭。这次相隔仅二年,看不出她有什么变化。他亲切地叫了一声。

"嘎,火儿!"外婆对他上下打量,"嗯,蛮好,看来比上次从内地回来要精神多了。喂,二囡,火儿回来啦。琴儿,快来见爸爸!"

黎清牵着宝贝孙女从厅堂后出来。孙女挣开祖母的手要自己走。柳火看见女儿走路的样子,有趣极了,像南极的企鹅,摇摇摆摆,居然比祖母要

快,可当柳火迎上前去抱她时,又退躲到祖母背后。

黎清拉她到前面:"琴儿不怕羞,叫爸爸,来,叫爸爸。"

女儿睁大眼睛,轻轻地叫了一声。她惊奇地看这个陌生的男人,忽然大声喊叫:"爸爸!"

这两声爸爸使柳火感到飘飘然如喝醉了酒。他居然是一个爸爸!他抱起自己的女儿,然后向母亲请安。她瘦而并不憔悴。但他仍表示深深的感谢和歉意。

黎清笑道:"外婆不说了。还有奶娘帮助着哩!不过说实话,奶娘本身却有了不少麻烦。劳累些免不掉。看看琴儿如此乖巧伶俐,劳累就成了乐趣。噢,对了,我正想和你商量:趁你在家,把奶断了,另托人雇请乳水足的奶娘。耘花就要分娩,送孩子回来,又不能多住日子;临时找奶娘,实在太渺茫。"

隔了两天,奶娘回去,琴儿有三个大人陪她玩,就忘了奶娘。有时想起,便哄她说上街买东西。饿了想奶吃,除固定时间喝牛奶外,就用她爱吃的小圆酥代替,多几片,她也就心满意足。柳火写信给妻子说,估计一个星期后,琴儿会习惯,自己就回省城。

一天下午,柳火探望胡干娘回来,看见女儿坐在床上正撕碎杂志和照片取乐。撕一下,"丝"一声,她笑一下,真是美极了。只是被撕破的杂志和照片太可惜了。这时外婆恰巧进房,正欲干涉,柳火连忙阻止住。他知道这是孩子好奇心的表现,是一种视觉、听觉和手指小肌肉协同功能的锻炼,促进大脑的发展,是一种学习。不但不能阻止,而且要鼓励。因此,柳火找出几张旧报纸和废纸去调换。开始,女儿不肯。柳火撕碎旧报纸向她示范。报纸大,撕音连续时间长。柳火撕得有轻重缓急,声音就有变化。女儿主动向爸爸要旧报纸。不过,杂志和照片已所剩无几了。

过了小暑,天气已经很热,晚饭开始搬到廊下吃。山江习俗,晚餐主食多是稀饭。黎清喂孙女稀饭已摸到规律。孙女怕热,即使稀饭早凉也要等娘娘诵唱"东风凉,西风凉,琴儿吃过会快长;东风吹,西风吹,琴儿吃过会读书"后才肯吃。若匙中主食上没有花样,仍会把小脑袋别开。柳火想,如果她自己吃,这个习惯自然会消失。于是他也用调匙吃,示范给女儿看,孩子喜模仿,立刻夺过祖母手中调匙乱搅稀饭,搅得饭碗四周都溢出稀饭,却不能盛满一匙进口;最后还是由祖母喂她。柳火并不认为失败。这种学习比较复杂,不是朝夕能够奏效。他和阿娘说,看来以后请你继续教练下去了。

一日黄昏，晚餐已过。外婆收拾碗筷匙盆，自去灶间。黎清准备热水给琴儿洗脸揩身。这时，朝街后门轻轻推进，走进一位脸色红黑，身材矮壮的青年人。柳火迎上，两人紧紧握手。他很有礼貌地向黎母和黎清请安，问她们是否还认识自己。

"哎，你就是和我外孙结伴回来的大学同学叫糜——"外婆记不起来了。

"糜力放，外婆好记性！"

黎清瞧着客人疑惑："怎么我没见着过？"

外婆笑说："你似乎比我更老了。火儿不是暑假回来的，他是抗战胜利后才回来，不是假期你能见到？"黎清也笑了。嘱孙女叫伯伯，可孙女仍叫爸爸。她心里一定有个疑问：怎么又是一个爸爸？

"你们老同学见面难得，廊下凉快，多坐会儿。"黎清牵着孙女进房，"和伯伯再见！"孩子说："爸爸再见！"大家笑了。

糜力放先开口："我来向你赔礼的。"他坐下。柳火给他一杯凉开水，坐在他对面。

"赔礼不必，说清楚是需要的。"柳火心有芥蒂，热不起来。

"一年多了。要不是你去胡干娘家，我还不知道你回来。"

"你有意来看我？为什么？"

"说过啦，赔礼。柳火，我离省城，事先没告诉你，谈不上商量。从友谊角度说，我欺骗了你，不过我相信你会理解的。"

"好哇，先不必说理解不理解了，要是你对我有点儿信任，就谈谈和信任程度相一致的事情，否则，什么也别谈。我们不妨仍是同学、朋友，相互寒暄：你好，我好，天气好，以及那些陈年往事。小心失密！"柳火不无怪责，最后一句明显讽刺。

"别生气，柳火，你听我说。"糜力放诚恳而耐心地告诉柳火："去上海前已和中共省东地区党组织联系上了。上海之行曾征得同意。回到省城后，立即被派往游击区，转而又去省南一个游击据点参加党的现阶段方针政策学习班。你知道我们党对党员的组织性要求非常严格，比如这次我和你谈话都得通过组织上原则同意。你想那时我怎么能向你告别？"

"好吧，你向前，我原地踏步，夫复何言！"

"其实，你也不必内疚，此刻到处是战争，到处都是战场，到处可以打击国民党反动派。注意！不是所有国民党人。不久前，新华社一篇评论中就指出：目前已有两条战线。你和我情况不同。你上有二位老人，下有女儿，你如到解放区或游击区去，单靠嫂嫂一个人薪水是难糊口的，所以你不必像我一样做法。第二条战线就是正义的学生运动和反动政府之间的尖锐斗争。你是教师，有的是学生，只要有意，在这条战线上做点贡献同样有价值。"

"我何尝不知道！太孤单，无人商量。别笑我，有价值而绝对安全的活动实在难找。"

柳火对靡力放已胸襟坦然了。

两人沉默片刻。靡力放沉思说："这样吧，我告诉你一个地址和假名，你介绍学生去，可以壮大我们的队伍。选择学生务必谨慎，自己不留痕迹。不需要介绍信，我心中有数。"

柳火心头一亮，记住地址和假名，他懂得最好的保险箱就是脑子。既然对方在一定程度上认自己为同志，便礼尚往来地把从上海回来后，无法进行活动的情况谈了一下，顺便批评自己的软弱，感谢对方给他有个出力的机会。但是他不提老潘和闻宗斐的事，更不说起自己企图做个孤独革命者的设想，因为对方显然也有许多事情对他保密。

"这也不算软弱。各人具体情况不同。只要有推翻国民党反动政府的决心，各做力所能及的工作，大小都有价值。总理遗嘱说：'深知欲达到此目的必须唤醒民众。'国民党反动派背叛了自己的总理，而共产党反倒执行了他们总理遗嘱。"靡力放慢条斯理说。

这个比喻很动听，柳火觉得这个多少有些鲁莽的老同学长进得很快，是否共产党对党员的教育有特效方法？三年前在那次真学社座谈会中，他还大谈老庄治国，而现在的口气绝像一位共产党员了。柳火心中有数，他既不明说，我何必点破！

后来他们又谈些时事，靡力放问："你知不知道民联党的近况？""一无所知。"

"我倒可以告诉你些。民联党被反动政府解散后，领导人出走香港，重建民联党总部，发表宣言：承认过去'以和平求民主，以公开合法斗争'的主张已告失败。今后民联党活动和中共的武装粉碎蒋介石政权必须完全一致。"

"哦！"

"民联党和中共亲密合作，已无彼此之分。不久，他们领导人将进入解放区。"

以后他们又谈到军事形势,两个人更加兴奋。糜力放为柳火证实:解放军已消灭国民党军二百多万人,解放区面积约占全国四分之一,解放人口约三分之一。他们认为蒋介石将越来越无所作为了。不过,要提高警惕,垂死挣扎有时也十分可怕。

柳火送走老同学后,心情舒畅,孤独革命者有事可做了。他盘算出一份行动腹稿。这晚,他睡得很甜。

女儿逐渐忘了奶娘,晚上和祖母一起睡,再不吵闹。柳火决定后天回省城。黎清预感媳妇这胎一定是个儿子。她再三叮嘱儿子:别粗心大意,别让媳妇用大气力,要尽早到香山师范安顿。柳火一一从命。行装中除大包外婆和母亲整理好的产妇用品和初生婴儿的裹包和尿布外,还有一袋给产妇月里吃的姜汁炒米。

柳火做事,虽有计划,能分轻重缓急,却是急性子。决定做的事巴不得立刻开始,计时完成。回省城后第二天就要求妻子请一天假,准备迁居。柳火先去香山,按妻子吩咐,卧室重新布置,放了两张大床。天热,月里嫂就在隔壁教室搭铺。然后去省城接来妻子到卫生院检查,预产期依旧,一切正常。

校长夫人已约定一位助产士。同时月里嫂也来了,是个壮健的中年农妇。柳火夫妇等待着孩子出生。

几天以后的黄昏,耘花阵痛开始。校长夫人与校长妹妹荆先生,随助产士来到床边。荆先生对柳火说:"您坐着,放心就是。"

阵痛加紧。柳火不敢看妻子的痛苦表情。他闭着眼,坐在离床一公尺处,紧张等待。似乎很久,其实不过半小时。"哇"的一声,接着是校长夫人的声音:"恭喜柳先生,是位大男儿。"柳火霎然立起。助产士已为婴孩洗澡。

"喔唷,八斤多!"助产士说。

好个大官人,多神气,月里嫂接过婴孩。助产士又抱回来给柳火一扬后,送到床前。耘花微笑地用无力的手摸摸婴孩红色脸蛋。她移动身体,让儿子睡在她旁边。柳火凝视床上母子,遗憾地没法拍张照片。他谢过乐于助人邻居长辈和助产士。助产士临走时严肃地吩咐:"当心蚊子咬!"随手将蚊帐放下。

当夜,柳火发了一个电报给外婆、阿娘报喜,并请转告岳父母。过了三天,阿娘回信说:"欣慰之余,立刻把奶娘定妥。奶娘比耘花早足月分娩,乳水很足,只要孩子一到,就可喂奶。黎清再三叮嘱:要注意月里保养,不要吹风。满月后,立刻回家,留给我抚养,你们可安心在外工作,为全家谋生。"

耘花平安度过月里。可这次回乡并不顺利。汽车到仙台县抛锚,不能再驶,非修理不可。柳火三人只好在车站附近的小旅馆过夜。半夜里,孩子哭了。其实父母也没睡着,只感到浑身奇痒。两人起来,点亮油灯。吓,满床臭虫。有几只正在孩子胖胖大腿上聚餐哩! 耘花赶紧去捏死。他抢起孩子,坐在椅子上,好在孩子仍甜甜睡着了。柳火打算消灭蚊帐四角成堆的臭虫,仅清除一角就满手染红了。他想起在大学读书时,每夜不过二、三只,实在太幸福了。这孩子刚满月就遭劫,但愿他以后生活顺利,能受得住苦难。

他看见耘花倦怠样子,便接过孩子,孩子不舒服,醒了,哭了。妻子说:"你应让他躺在床上似地躺在两手弯里才好。"两人坐着轮换抱孩子或打瞌睡。

幸好车子修理顺当,第二天上午就到家。奶娘已住进家来,乳水果然很足,耘花放心了。这个虎头虎身的孩子使上辈喜不自禁,连他只有三岁的姐姐也常来摸摸他喊叫:"弟弟、弟弟!"

产假已满,耘花不得不上班;新学期即将开始,柳火非回校不可。终于,他们取定儿子名字叫柳立后,就离开他,离开他的姐姐琴儿,离开年老的母亲和年迈的外婆回转省城。他们深感生活多么艰难和无情。

（四）

在开学宴上,荆校长给柳火介绍一位新来的教师,江宁大学教育系毕业的章加福。第二天早饭后,章先生去探望柳火,柳火非常高兴。

"请坐,请坐。早闻大名了。章先生在《大公报》发表的教育论文,我拜读过,针砭时弊,很好。现在我们同行又同事,你讲教育概论,我讲教育心理,息息相关,多多指教。"

"那里,那里。请求指教的是我。荆校长说柳先生教学深得学生欢迎,还自写《小学教育心理学》讲义作教本,未知有否完篇?"章加福身材矮小。一口四川普通话。深度近视眼镜架在鼻梁上,配合过早的秃顶,使苍老大大超过实际年龄:比柳火还小两岁。

"没有,大概还有五分之一。双十节可完工,装订成册后,当奉送一本。

请您教正。"

"自当拜读。"

这种开头虽不免客套,比"天气好"要文雅多了。而且非常符合这二位有志于教育事业的青年教师身份。所以话头既出,就难收拾了。他们从师范教育的现状谈到教育事业被内战所困杀;从内战又谈到物价飞涨,民生疾苦;隐约之间,都表现出对现政府的不满,非彻底改造不可;他们都向往共产党能完成这个使命,建立起焕然一新的政权。两个年轻的心灵进一步接近了。于是在交换如何做级任导师时,计划建立一个课余读书会。

"可能吗?"章加福怀疑,"政府常把读书会等一类组织作为被共产党控制的工具,有可能被取缔。"

"不妨。我们限在校内,我们两班学生之间,只要校长不过问就可以。荆校长比较开明有点像蔡元培,我到这里就为了这一点。"

"这就好了。"

"事先索性和荆校长说明,更为主动。"

"这就要请你去了。"

次日,柳火去和荆校长说,他不思索点头同意:"学生不能仅仅接受课堂知识。小学教师知识面不广,就不足以对付学生的强烈好奇心。"当夜柳火去和章加福说,章加福回道:"荆校长果然开明,不过我们总得取个名字。"

柳火偏头想道:"还不容易?你是秋季班导师,我是春季班导师,就称它为春秋读书会如何?"

"好极了。'春秋'有褒贬,含意深长。"

春秋读书会有两所借阅处,分设在两位级任导师自己住房内。他们各以自己的藏书为基础,再到省城旧书铺买些科普类读物和《周报》《群众》以及多少能反映出一点达达主义的《文萃》《观察》等旧杂志。为了避免可能出现的麻烦,还陈列出一些政府推荐的书籍报刊。他们分头向自己班级学生鼓励借阅,并嘱他们自己已读过的课外书拿来陈列以便相互交流。开始,只有少数学生来借阅,随着时局的变化,有关书报几乎统统借出去了。

一天,柳火将讲义稿子交给刻写员时,荆校长过来轻轻和他说:"有人注意你们的春秋读书会了。鼓励学生阅读课外书不一定要形式,取消它更妥当。"

"多谢校长。"柳火一向严肃的脸孔衷心一笑,内心感谢他及时地"通风报信"并且体味出：只取消春秋读书会这种形式，学生的课外阅读仍需鼓励。

他和章加福通了气："真是一位值得敬爱的校长。"当晚，他们各自向自己的班级学生宣布。有几个学生跟进房来询问。柳火笑答："没有这个名义，你们借阅起来不是更方便？"

周末，柳火照常回省城。这个月的收入，夫妻加起来要五分之四汇到山江老家作为四口老小的生活和奶娘的膳费工钱，再扣去自己二人的最低生活费，估计尚有二块大头（银圆）可买。谁知到了金银黑市场，新印行的金圆券价格又大跌，连一块大头也买不到。看来，它不久又要变成像废纸一般的法币了。"如何是好？"章耘花担心得很。

"没有办法！不过，我相信这种倒霉日子不会长久。东北的共军已大成气候。从报纸上登载的消息，可以分析出，除了游击战是他们的看家本领外，他们已可以和国民党打任何形式的战争，他们的武器不是小米加步枪而是米麦、坦克、大炮了。否则，他们怎敢和美式装备的国军对垒。"

"东北离我们远着哩。"

"当然不是一年半载的事。熟悉战局的朋友说：东北战争中最近几次战争使战争形势起了质的变化，国军优势已经丧失。不过我认为人心的向背、后方的安定与否更加重要。"

"我还是担心眼前的事。"

柳火叹了一口气："担心何用！从前我们争取和平。现在国共双方已决心在战场上拼个死活，骑虎难下，一下虎背，便要被虎吃了。"

"不知阿娘在家尚能维持否？"

"当然有困难，不过阿娘继承外婆勤俭生活、量入支出的本领，想必无妨，只盼奶娘工钱不要上涨才好。"

"还要看奶娘有没有良心。像琴儿的第一个奶娘，等到孩子少不了她时，提出加工钱外的各种条件，也是吃不消的。"

回到住所，耘花和爸爸谈起。他爸说："一块大头，必需换进。幸好我刚领来薪水，我给你补足；同时为我也换一块。快！"

夫妻再去，已是中午时分。金银黑市高峰已过，没有继续上涨。他们兑到两块"孙中山"，满意而归。柳火急急用完午餐，返回学校。

"柳先生，回来啦。省城有什么新闻？"皇甫祖是个胖子，挺着弥勒佛似的肚子迎面走来。

"我能听到什么？金圆券贬值，天天如此，没有注意，不敢留它过夜。哎，不错，有个新闻。据说省城粮食恐慌，有些机关要到香山来买米了。"

"不是据说，确有此事。上午省城有所大学来这里买好米，米车到江边，被人抢得精光。"

正说着，语文教师江隆生来了。他是三十出头的壮健男人，本校在抗战时期的毕业生。他先向教师皇甫祖恭敬招呼过后，跟柳火到房里："晚上来吗？"

"当然。"

"下午？此刻不过二点钟。"

"有点疲倦。养养精神，我晚上还得赢。下午你们不是可以搓几圈麻将？"

"只好如此。"江隆生点头回去。

他们讲的是香山师范某些教师自然形成的星期牌局。麻将、沙蟹、牌九等等，由各参赌者临时决定。荆校长早有新闻。可参加的都是教学水平较高、工作负责的教师，时间上也有分寸，星期天下午到晚上九时止，也就装聋作哑了。不过，他发现柳火竟也参加，心中委实纳闷。

江隆生离开不久，荆校长踱进柳火房门，柳火放下笔，将稿子向旁一推，起身让座。

"打扰你了，你应该休息一下。"

"不碍事，谢谢校长关心。我想早点结束这本讲义。"

"哦！我不客气了。你请坐，贴邻不必讲礼。"他拖了一张楸木凳坐下："江隆生怎会找到你？你和他们玩过？"他竭力装出若无其事，柳火还是觉得他特别认真。不过，柳火学他的随便样子，理理桌上的参考书，朝他轻松一笑："嗯，哈呵，荆校长。"

"你有这样闲情空暇？"

"第一次完全是巧合，后来他来邀请我，调剂一下或许有好处。我考虑很久，才参加的。"

"考虑什么？"

柳火觉得不能轻松随便下去了。他敛容反问："校长认为这些玩牌教师，包括我在内，工作上不拆烂污对吗？"

"嗯。"

"前些日子,在厕所、学生膳厅等公共地方发现过几次为政府所不容许的传单和标语,是吗?我们香师教师的课余消遣竟是扑克、骨牌,不像有强烈政治意识的人吧。我就对政治不感兴趣。这样教师会教出贴这种传单标语的学生?"说到这里,柳火故意诡谲地一笑。

荆江眺严肃地点头,入神地听柳火说下去。

"我不知道政府有无来查询过?对前来查询的人,和他谈些这种情况不是理直气壮吗?你校长竟允许教师在课余赌博消遣,像个包庇贴传单标语的人?那么,由校外潜入的可能性就更大了。我们学校没有传达室,四通八达,任何人进来,任何时间进来,难得被人注意。局势如此,给人这样形象,对学校和你荆校长以及全体师生真有些方便呢!"

"嘎,柳先生,我懂了。谢谢您。"荆江眺的笑容特别善良和单纯,柳火感到自慰。"柳先生,您休息会儿吧,不要太用功了,身体要紧。"他向柳火点点头,径自回去。

"身体要紧!"这是外婆和阿娘的经常嘱咐。柳火听起来特别亲切,"男人也会有这样嘱咐!如果父亲没死,一定也会。可我从没有见过。有个父亲多好,有事向他请教。当时,他是个不满现状的孤独者,抑郁而死。那时,山江已经有共产党了,要是他知道谁是共产党,他一定会投奔他。我现在和父亲是否有些相似,这所学校肯定有共产党员,可我不知道。不过,我不抑郁,我可以孤独革命,我不认为只有共产党员才能革命。"

他回忆起当年真学社社员们有一个中心议题:青年对社会的责任。青年有救国救民的责任。他觉得"责任"有无穷威力,而且很奥妙。他觉得自己目前就被责任缠住:儿子的责任、丈夫的责任、父亲的责任、教师的责任、国民的责任,这些责任都要完成,由不得他丝毫犹豫和气馁。比如,他得尽快把"讲义"的最后一章写完。以后就开始写一篇小说《最后的冬天》,揭露现政府统治下老百姓水深火热的种种苦难。它应该是积极的,因为冬天过去,春天即将来临。他已在报帘上发表一首序诗,并把它剪下来寄给在法国的闻宗斐。还有……尽不完的责任,做不完的事情。

这时,一个女学生拿着钉好扣子的衬衫交给他。接着又有一个男学生从乡下家里带给他一包萝卜干可佐稀饭。柳火心里感动:不是仅仅一声道谢就可以平衡了的。他是他们的导师,他对他们负有教导他们的责任:给他们有用的知识,最要紧的要培养他们分析是非的能力,偏偏这一点他做得太少、太差。他暗想:把孤独革命行动和导师的身份一致起来,救国责任不就是导师的责任?! 晚饭后,章加福来谈:他班里学生流传着一则消息,东北共军即将入关,势如破竹,国军根本无法阻挡。他料定谁看了什么传单引起的。他说:"多半是中共地下工作者搞的。"

"我班学生也有风闻。"柳火不免兴奋,内心有点得意,指出:"这种工作难道普通老百姓不会搞? 贴张传单,没有什么大不了。"

"说的也是。不过内容总是有关方面提供,两者不无关系。"

柳火暗暗称是,实际上他也不是孤独的。不过往后可能再不会有资料供应。他不在乎,拆穿报纸上的欺骗性新闻,分析给学生听,也是必要的。

章加福回去后,柳火正儿八经地赴约赌钱。

"老柳,还是牌九?""当然,牌九痛快!"同时暗想:今夜要试试自己的新发明了。他对牌九等主动押钱的赌玩设计出一种"倍数押注必胜法",先定出押注单位。第一次押出一个单位,输了;第二次二个单位,输了;第三次四个单位……如此下去,总有一次会赢出一个单位。然后,重新以一个单位再押。反复次数等于所赢单位数,借机早退。柳火绝不做庄,做起庄家,就没有这种主动权了。因为赢得极小,牌友并不责怪,反笑他赌无豪兴,有何味道! 柳火笑而不答。醉翁之意不在酒,自有乐趣,无人知晓。

有时在牌局中,偶然也有人谈及时局世事、标语传单,柳火便装起一副赌徒脸孔:"我真不懂这些事和我们有什么关系。有人说:搓搓麻将,国事管她娘,倒可作为座右铭。不过教学不得马虎。荆校长如此明白事理,我们不能对他不起呀。"

大家连说不错。庄家把两颗骰子掷下,喊一声:"穿!"

这年秋天,西北风过早强劲吹来,树木不多的校园也到处可见枯萎黄叶。冬天来了,北方冷空气不断南下,似乎有意配合进入关内的解放军对国军一次又一次的歼灭性围攻,鲁南苏北这个古战场,国共两军殊死作战的结果,江北国军崩溃已定。虽然柳火早已收不到任何宣传资料,然而报纸终于无法隐瞒,登载出"战略地暂时放弃徐州,待机反攻"的消息,学生们纷纷要求柳火讲解这次战役的意义。柳火明知长江以北的控制权几乎全为解放军所有,国军反攻根本不可能,但不能公开明说。灵机一动,何不如此! 他不到教室,就利用晚饭后一段空隙时间,在教室外面对十多个学生说:"我不是军事家,讲不清楚。国军的司令部设在徐州,可见徐州确是重要。我从前读过一首诗,描写徐州的形势。那时叫铜山,是兵家必争之地。这首诗我还记得。"他说着进教室,在黑板上写上:

> 龙吟虎啸帝王州,旧时东南最上游。
> 青嶂四围迎面起,黄河千折夹城流。
> 炊烟历乱人归市,悲酒苍茫客依楼。
> 多少英雄谈笑尽,树头一茫夕阳浮。

"看,多通俗,多悲壮,你们能读懂吧!"

柳火停住不语,有些学生在抄录。过后,仍然生动地解释一下。主要说明黄河虽已改道,但目前是津浦铁路和陇海铁路的交点,在军事上就更重要了。他故意又问一句:"重要吗?"

"重要!"学生们异口同声喊道。

"你们看:青嶂四围迎面起,易守难攻呀! 失而复得的可能性极小。对吗?"

"对!"教室里几乎没有空座了。"很惭愧,别的我不会讲啦! 只好由各人自己去推论吧。"

大部分学生都能领悟柳火讲话的含意。有几个学生天真地追问:"国府会不会垮台? 划江分治有无可能?"柳火用反问去应付。个别学生显然有探查性质,柳火相信自己这个班级没有特殊学生,但仍须提高警惕,小心应付。使所有学生和同事们认为他不过是对政治不感兴趣的,对学生别无要求,除课堂里的知识性讲授外,自己也是混混沌沌的人。他成功地戴上一副不左不右的面具。他成为全校师生政治常态分配曲线上广大群体中的一点。只有荆校长和章加福心中有数。

柳火并不知道自己言行早被校内各政治倾向的代表人物所注目。有一次训育主任向荆校长问:"春秋读书会似乎不大正常,未知校长清楚否?"荆江眺回忆起那次对他关于赌博的议论,心中计算一下笑说:"还是我亲自批准的咧。"

"那里的书刊有些是被禁阅的。"

"但是也有《中国的命运》《中山全书》等。"

"可能为掩饰罢。"

"你去过他们的借书处？我去过，就在柳先生房里。他们把自己所有的书刊和班级学生自己已阅读过的书刊都搬出放在两把长凳上，连旧的师范教科书和武侠小说都有，像堆垃圾。我想你多怀疑了的。我老实告诉您，这两个先生，特别那个柳火，是我这座小院里的邻居，什么事情也瞒不过我！你不知道罢，柳火还喜欢赌博消遣哩！星期牌局里其余的人，你总早知道是我的几位宝贝高足，人以类聚，柳火参加进去掩饰什么？"

"想不到校长这样了解他"。

另有一人，是个明显倾向中共的学生，是学生自治会领导之一。他为了争取能表示支援省城的学生示威运动，向荆校长请示用什么方式最恰当，顺便谈到教师情况时提到柳火，荆江眺又回忆起那次和柳火关于赌博的交谈，说道："这位先生脾气古怪，思想也古怪。他除了教学上绝对负责外，其他全不放在心里。学生和他谈形势，他回答总是这么几句：形势不好，法币贬值，物价又涨了。如果问他政治军事什么的，他就摇头：这些不是他管的，叫学生找报纸看。问他爱什么？他说管学生。尽可能多给他们将来做小学教师时有用的知识。问他管不管学生品德？他回答更干脆：管！不准他们有损人利己的言行。至于学生思想，看不见，摸不着，咋管！学生看到传单，问他传单上的话对不对？他睁大眼说，他没看到，谁知道有无，道听是虚，他哪知对不对。还有，上月初我从省城向教育厅交涉学校经费失望回来，在教师饭桌上议开了。大家极为愤慨，只有他若无其事，轻描淡写说：学校还能勉强维持总算是不幸中大幸。我们最好别生气，气坏了身体，学生晦气。我们当教师不能使学生晦气。饭后他回寝室碰到我，劝我也不必生气，气坏了身体，教师晦气，校长不能使教师晦气。你能说他讲得不对？这个人就是这样，无话可说。说出你也不信，每周日的教师牌局，你是知道的，他多是高高兴兴去参加的。"

"哦！有这等事？可他对学生讲话有时很起暗示作用。比如他说：'在红军离开江西，到达陕北前，国军消灭不了它，就决定了自己的灭亡，注定以后要被解放军消灭。因为解放军背后有民众支持，而国军背后的民众反对它。'不久前又说：'攘外必须安内，安内必须爱民，爱民必须尊重民众意愿，别的全是空话。'讲得多动人！"

"信口开河,讲过算数。要叫他做他尚未想到的事,绝对不能;他要做的事,谁都无法阻止,要不,自觉停止。他从不背后议论人,礼貌周到,温驯而有点玩世不恭;独往独来,而又叫人可亲。所以我建议,你们不必对他多花工夫,也不必有太多的期望,让他自由自在地做个教师,他决不会害人。"

荆江眺就如此这般呵护柳火,使他平安而孤独地为推翻蒋介石政权做出永不为人知的尽力为之。

1949 年春季学期开始,教职工们聚在一起有久别重逢的气氛,有点陌生了。这可能由于寒假期间,全国政治军事形势发展太快的缘故。出人意料的迅速,中共军队已经席卷华北、中原和江北,它正在扫荡国民党在这些地区政治军事的残余势力。蒋介石已在元旦宣布下野,由李宗仁代总统。本省最高行政长官、教育厅长等全都易人。学校人事和物理环境虽仍依旧,可教职工们总感到空气中新生出来的异味影响呼吸。

学校囤屯积起来的粮食,没几天可以维持,校长忧心忡忡,束手无策。习俗性的开学宴已无条件举行。总务主任提出一项变通办法:农场里还有几头猪,杀两头,校长和教职工共进红烧肉。

红烧肉对柳火有强烈的吸引力,他提早进入教师膳厅。谁知早坐满人,他还是个迟到者。

教务主任见柳火进来便问:"柳先生,今天有多少学生注册? 总共多少?"

"六十三个,两天总共一百四十三人。"

"明天不必截止了。希望再有学生来。"教务主任嘱咐说。接下来,教职工就议论纷纷,东一句、西一句,很难搞清谁讲的话? 只有少数几个闷声不响,他们曾经预料过,解放军要和国军对抗,无异以蛋击石,此刻,他们有何话说? 柳火偷眼看他们,觉得可怜又可笑。

"说的是,学生多来,学米就多些,我们靠他们填饱肚皮哩。"

"看来,有三分之二学生来就蛮不错了。"

"干脆关门,学生无路可走,游击队伍就会迅速壮大起来。"

"这不行,学生散光,学校也不能关门,饿死会热闹些。"

"听说前天来的学生,昨天注了册,今天又走了。柳先生的统计数字可能过大。"

柳火说:"我说的是注册人数,注了册又走了,我可无法统计。"

"走,只好让他走。非常时期,情况特殊,不能留生。"

"听说国民党向共产党求和?"

"求和不好听,是谈判。"

"反正谈判就是求和,谁都清楚。目的在争取时间,可人家经验丰富,不会再上当了。"

"这学期的周会大概会多出现几次'共产主义,吾党所宗'这种歌声了。"

"哇!红烧肉来啦!"大家骚动起来。

"怎么荆校长还不来?"

"他和我说过一定来。"

"你知道吗? 阿陵也到那边去了。不愧校长儿子,出色。"

皇甫祖夫妇来了,不见校长,校长哪里去了? 皇甫祖虽然仍带着弥勒笑脸,显得勉强放不开喉咙:"师母嘱我代校长向诸位先生致歉,他因急事,被县长请去了。"

"请去? 校长恐怕会出事——"

"赶紧吃罢,冷了不好吃。"

"不错,非常时期,赶紧吃罢。"

大家狼吞虎咽瞬即完餐散去。

章加福问柳火:"你班来几个人? 我们不到二十人,十九个。"

"比你班多二人。"

章加福说了一句:"我要和同学谈一次话,不是为了安定人心。"径自走了。

柳火回转卧室,横身床上。想:县长请去这种时刻,叫人担心。他眼前立刻浮现出上半年晚春时节所发生的一件事:

那天晚饭后,柳火看见荆校长和皇甫祖在院子门口谈些什么,皇甫祖连连点头,荆校长当即出门,柳火管自己校对要印发的补充教材。约莫半小时后,一个学生匆匆来说:"警察包围了学校,便衣进来了。"

柳火一惊:"他们走向哪里?"

"学生宿舍。我再去看。"

柳火忙把桌上整理一下,藏去刚才有个学生送还的一本杂志,加放一些学生的作业本子和教科书,急向一位体育教师住房走去。这位教师正想出

门,被柳火拦住:

"别出去了,杀一局如何?"

"好吧。上次输给你,这次要复仇了。"他放好棋枰,拿出黑白,摆上星位,自己先小飞。

柳火随手应着大飞,心不在焉。香山师范素有"左倾"名声。前数次学潮都有师生赴省城参加。此刻警探包围学校的具体原因虽不明白,可能存在中共秘密组织是没有问题的。自己是个孤独革命者,不怕被牵连。但若为标语传单,就不得不提高警惕。他一边用眼睛落子,一边用耳朵远听动静,而头脑却在考虑可能发生情况的应付办法。分心之下,不免错着,被对方吃去七子,形势逆变。

体育教师得意说:"这局输定了,投降罢!"柳火清醒过来,果然输局已定。心想:"棋子由你吃,输亦不妨,只要我这个人不被吃掉就行。"柳火瞧敌人一眼:"未必。纵使输光,决不投降!"他将一子打入对方阵地:"砰!"

一直没有动静,过了二更,柳火回房,碰见校长夫人荆师母出来倒脸盆水,知道校长已经回来。她说:"没有什么,回来却懊恼极了。听到几个学生被捕。连说中计,没有休息,又去学生宿舍查实。"

事情是这样的:荆江眺应邀去会县长。咿咿唔唔,客套了二个钟点。整个过程中,只有下面这些对话也许有些意思。

县长:人人都说荆校长思想进步,聘请来的多是进步教师,教出来的都是进步学生,令我敬佩。所以,我请教一下,究竟什么叫进步? 哈哈,反正闲聊,不怕莽撞。

校长:这是别人说的呀! 我从未感到自己有什么"进步",我也没有讲过"进步"是聘请教师的标准。县长听我说过吗? 我对教师只看讲课水平;至于学生,我倒常鼓励他们进步;学业进步,品德进步。至于别人讲的"进步"有什么意义我就不知道了。

县长:对,别人讲的不管了。荆校长刚才讲的品德进步又是指什么呢?

校长:礼义廉耻啊。这礼义廉耻放到未来小学教师身上:懂礼貌、讲仪表、尽教师义务、勤劳廉洁,懂得教不好学生是最羞耻的事。总的讲就是委员长的训词:"做好本职工作。"

县长:那么,荆校长就该以身作则,怎有允许在校内公共场所张贴标语、传单,甚至鼓动学生参加游击队。

校长：县长此言差矣。事后知道能涉及该不该吗？县长管辖全县，我能说县长不该允许——

县长：好啦！说着玩，何必认真！

校长：这是大逆不道的事，不得不认真啊。做校长希望学生都能在校安心读书。学生跑光，学校关门，我这校长还当得住吗？本县目前已有游击队，如果百姓全去游击区或游击队占领域区，你能继续当县长吗？

县长：高见，高见。还是谈回来，学生的学业进步又如何判断？

校长：标准是学生对教师讲课内容的理解和牢记的程度。

县长：听说荆校长经常要求教师鼓励学生阅读课外书。是这样吗？

校长：不错，仅仅学好教师在课堂里讲的内容是不够的。

县长：鼓励他们读些什么书报呢？

校长：这我就谈不出具体的名称了。

县长：听说，有些教师还组织过什么读书会，现在还有吗？校长要过问才是。

校长：嘎，县长消息真灵通。从前确曾有过，我知道利害。嘻嘻，给我取缔了，其实，也没什么，学生借阅《中国之命运》《总裁言论集》的也不少呢。

后来，县长把话岔开，谈到香山比省城稳定，至少粮食尚能应付。荆江眺不免夸他几句，随后说："所以，敝校师生吃的问题也不担心了。"后来他又提到教育厅早已肯定的重建校舍，县长说："这就难了，政府哪有这闲钱！"说罢，朝墙上自鸣钟一瞥，估计已经和警察局长约定的时间差不多了，就故意说："时候不早，荆校长晚饭吃得早，在这里宵夜吃点心如何？难得嘞！哈哈，在香山，我们两人算是数一数二的人物了。"他知道荆江眺的脾气，落得用这种礼貌逐客。

荆江眺怎不知道！他早就对县长无事约会起疑，调虎离山之计，担心校内出事，立即告辞，起身返校。

他从学生宿舍出来，已查明有四个学生被带走。三个是学生自治会成员，一个是校内出版物定期刊物的编辑。对荆江跳说，学生无异子女，彻夜难眠，合情合理。

他黎明即起，催促妻子为他煮稀饭。好容易等到上班时刻，出门去拜访警察局长，回忆昨晚被骗情况，恨不得把他和县长的诡计大骂一顿。然而，这只能使自己痛快，对四个学的前途却百害无益。这是自私！所以面对离

座迎接他的警察局长仍以不卑不亢的态度握手谢坐。说明来意,不料这位警察局长自动说明,言态认真,并致歉意:

"请荆校长谅解,县长和我只能这样做。如果事先和您商量或知照您,这四个学生躲起来,我们交不了差。否则,这些不懂事的警察可能冒犯您。思前忖后,出此下策,实在抱歉。请,请用茶。"

荆江眺一时难以对应,心想:"道歉亦佳,方便我提出要求。"他端起茶怀,喝了一口说:"岂敢,岂敢,请问究为何事逮捕他们?"

"目前形势,除去异党问题,能惹学生?"

"有证据?"

"名单是上头交下来的,没有说明证据,我不能乱说。"

"这——,我是校长,少了四个学生,我如何向他们父母交差?"

"这不难,请您叫他们到这里来,我保证会卸去你的责任。"

"嘎,局长,允许我保释总可以罢!"

"唉,荆校长,难呀!你知道异党分子比任何罪犯都重要。当地保安机关不能擅自处理,命令我们直接送往省城。他们已不在这里了。"局长彬彬有礼,双手一摊:"请您原谅。"

荆江眺无奈,告辞出来。家人们正在焦急等待,见他紧锁双眉,无精打采的样子,看来准无收获。皇甫祖建议上省城探听。向谁探听?

荆师母从厨房进来说:"我倒想起一个人。抗战胜利,我们尚未搬进这座古寺时,有位毕业女学生来过,仿佛提起她的丈夫是军官,可能会调到省城保安部门工作,这算不算一条路?"

"是了。"皇甫祖的记忆一向很好。他回忆说:"她叫吴桃晶。在校时,学业成绩不错,人也长得漂亮。我也曾听说她已来省城。她丈夫的军衔不算低。果真调到省保安部门工作,官就不小,是一条路。可她家到底在哪里?吴桃晶自己做什么工作? 先得探听明白。"

"这件事由我来办。"荆江眺妹妹荆先生说,"这个女学生不错,我现在也记起来了。热情助人,有正义感,同学对她印象不错。等会儿,我把所有在省城的校友通讯全找出,我和哥花费一个星期天,同到省城,挨户打听,准有下落。只要她真在省城,一定有校友知道。"

说去就去,隔一天却是星期日。他们果然如愿以偿。吴桃晶丈夫是省保安处参谋主任,她在家照顾不到三岁的女孩,暂时做个专职太太。按荆江眺的着急心情,立刻去她家。妹妹认为在这种局势下,对一个身为保安处参谋主任太太的学生,商谈敏感的异党嫌疑犯保释问题,过于唐突,不若先写封信探探口气为妥。荆江眺同意了,当即写了信寄去,既节省邮票,又缩短路。

没有回信。荆江眺连接再去二信,共三封。吴桃晶全收到。她,一向敬重荆校长,感到自己毕业后,虽当过小学教师,结婚后居然辞职做家庭妇女,心里非常内疚,无脸见他,如何落笔复信?另一方面,她知道丈夫的保安参谋工作有个不过问政治原则,幸好单纯涉及政治的案件另由一个副处长亲自负责,使他便于掌握这个原则。那么,荆校长提出这个政治案件如何和他说?她绝对不能拒绝荆校长的要求,她不应敷衍回信,她必须有点端倪才敢写。三封信,一封比一封更为感动,读到最后,她忍不住哭了。她捉摸自己和丈夫的坚固感情,这三封信对丈夫也许能起作用。

"阿东,"她丈夫名方东海,"你知道我和你结婚前最佩服的是谁?"

"又来啦!你不是已经和我讲过多次,是你的荆校长呗!"

"他一连寄来三封信呢。"她把信塞给丈夫,"他说有事求我,怎么可以说'求'我,若能为他做些什么,还可以有脸见他。你看,要请你帮忙,我为我最尊敬的人求你了。"她偷偷看她的丈夫表情。

方东海认真读完,有些段落还反复几次。沉默片刻后说:"真没料到竟有这样热爱学生、视学生如亲生子女的校长,无怪你敬爱他了。我们能让他失望吗?你赶紧回信去,请他放心。没有直接牵连到武装暴乱的证据,事情不难解决。无罪释放做不到,保释外出,想必没有问题。我这就去!"方东海一边穿衣服,一边嘀咕:"大半边天下已归共产党,死不觉悟。"

吴桃晶满心欢喜,立刻写信。真挚的师生感情洋溢纸上。最后,谈了些丈夫打算辞职的原因。随后一想,既然谈到丈夫,就该给丈夫过目,是否如此说法。而且,丈夫出去,可能马到成功,补上几句,使校长开开心花。

中午,丈夫回来,刚用完餐,荆江眺竟找上门来了。

吴桃晶急步上前握住校长的手,再介绍丈夫给他。一阵亲切的寒暄后,荆江眺就转入正题。他欠身向方东海问道:"麻烦方主任,实不得已,万请谅解,不知有无头绪?我要对他们安全负责,真急煞人。"

方东海一直冷眼观察荆江眺。暗暗思忖:他是教育界知名人士,可他朴素得像个乡村小学教师,一套褪色的灰布中山装,一双贴上胶底的布鞋,一把桐油布伞;满脸皱纹,真如老农。再,他那三封信的信封都是旧信封拆翻成的。想到这里,他感到自己的哔叽军装实在太不像样了,他脱下它,里面的全羊毛线衫仍觉碍眼。他暗暗叹了一口气,然后崇敬地对荆江眺说:

"荆校长,您放心。虽然涉及异党嫌疑的案子并不由我经办,上午我去有关同事处查明并无直接参与武装叛乱的罪名,同意保释出去再说。"接着他又告诉荆江眺保释手续如何进行。

荆江眺千谢万谢,起身告辞,弄得吴桃晶不好意思:"荆校长,算什么啊!我们能有机会为您效劳实在太高兴了。您不来,我也会立刻写信告诉您,看,信都写好了。不过,我还会寄它出去的。保释事办好后,请通知一声,兴许我们会到香山拜望您,还有师母;今天我知道您归心如箭,不便留您了。"她朝丈夫一看。

"真的,我们确实想去拜望荆校长。"

夫妻两人送走荆江眺后,主任微笑地凝视妻子:"现在我才明白了。"

"明白什么?"吴桃晶真不懂。

"原来你是他培养出来的。无怪你为人如此勤俭乐助,我忘了谢谢他给我这样一个妻子咧。"他坐近妻子,就吻她,不成,女儿醒了。

"别开玩笑。"她起身进房,少顷出来:"又睡着了。说正经的,你辞职的事办得怎样了? 时间不等人啊。"

"我考虑待荆校长保释学生这事办妥后,再具体进行。你知道我的辞职是坚决的。当年我考进中央军校全为杭日,不是为内战,打共产党。后方保安为内战,我不能继续干下去。"

"辞职后干什么? 我们有孩子,积蓄不多。"

"昨夜我基本未睡,辗转反侧,想好了。正要和你商量。荆校长保释出学生后,我们去拜访他,趁机请求他帮助我们各找个教席。你是地道合格的小学教师,我勉强能当个初中教师,文史数理都可以,边学边教嘛。荆校长是教育家,肯定乐于帮助我们做教师。他是教育界知名人士,是前辈,熟人很多,我估计能如我们所愿。"

"嗯,阿东,你说得对。"吴桃晶突然像初恋似地抱住他,"阿东,你真值得我爱啊!"

不用说,过不多天,他们接到荆江眺言恳词诚的感谢信,他已保释出四个学生。

......

回忆有时也很损耗精神,柳火迷迷糊糊睡着了。醒来已凌晨六时多,急去荆校长家探听,知道昨夜荆校长已平安回来,只是时时翻身,辗转难眠,这时势,谁能睡得香甜?

随着战场形势起了彻底变化,尽管代理总统李宗仁摆脱蒋介石的遥控,派张治中等人到北平和中共周恩来等人谈判、签订协定,李宗仁却推诿不签字,他被溪口传出"美国将出面阻止中共渡江"的消息所迷惑,对"划江而治"仍抱幻想。

幻想总得破灭。在规定签字最后日子四月二十号午夜一过,中国共产党立刻发布《向全国进军的命令》,当夜就渡过长江。两天后,连南京总统府也被占领;李宗仁早已南下,蒋介石急从奉化飞逃台湾。金陵春梦终于醒了。

在这种时代大背景下,小小的香山师范学校不能不起大变化。星期天的牌局,开学后自然停止,因为这些已穷困得无钱可押;再说局势惊心动魄,需要紧张地等候应急。学校粮食只够应付十天左右,幸好学生只剩小半,并且不断离校他去,天天减少,在校师生就可多吃几天。荆校长束手无策。他终于把省教育厅最后一个指示向全校教职工公布:本校要组织应变委员会,"待省厅特拨的应变费一到,就按指示发给。"那时,各奔前程罢。

章加福对柳火说:"应变会是国民党命令组织的,对新政权决无好处。不过,荆校长也没讲具体内容,什么意思?"

柳火不假思索地说:"显然,荆校长除发应变费给教职工外,别的都不打算执行。"

"会不会到这里来一次大搜捕?"

"难说!什么事都可能发生。荆校长已无力维持下去了。"

"省城有何消息?省政府迁搬了吗?"

"上月就有谣言说开始了。"

"搬到哪里?"

"不知道。我岳父已离职回到老家。"

"嫂夫人呢?"

"似乎没有影响,照常办公,我打算明天回省城。"

"也好。再迟,怕走不了。谣言国军要死守香山,封锁江边。"

"那么你呢?"

"我决定和几个同学到游击区去。"

"早走为好。我们还要为新中国教育事业服务哩。"

"你该收拾一下行李了。"

"简单得很,你看,我早陆续一点一点搬回省城家里。"

"省城会早解放的,我告辞了。什么时候再见?"

"不会很久。"

他俩紧紧握手,互道珍重,后会有期。

最后一夜,古寺出奇安静,可柳火兴奋难眠。天微明,起床卷好铺盖,一手提着;另一手提起网篮。为了避免可能出现的不必要麻烦,他没有向荆校长、皇甫祖先生两家邻居告别,径向省城方向而去。